Reader's Digest Auswahlbücher

Die Kurzfassungen in diesem Buch erscheinen
mit Genehmigung der Autoren und Verleger

100 (228)
Printed in Germany
ISBN 3 87070 843 3

Reader's Digest Auswahlbücher

VERLAG DAS BESTE
STUTTGART · ZÜRICH · WIEN

INHALT

Connor Fitzgerald ist ein absoluter Profi: Träger der Tapferkeitsmedaille und der treffsicherste Attentäter der CIA. Wenige Tage bevor er seine Agentenkarriere beenden möchte, schickt ihn die Direktorin der CIA mit einem letzten Auftrag nach Moskau. Noch nie hat Connor versagt, und erst als die Falle zuschnappt, beginnt er zu ahnen, daß er diesmal das Opfer einer Intrige geworden ist.

An einem trüben Junimorgen im Jahr 1591 wird die Leiche einer jungen Frau aus der Themse gefischt. Der mit der Untersuchung beauftragte Arzt Simon Foreman erkennt in der Frau die Zofe Eliza wieder, die Monate zuvor in seiner Praxis war. Simon stellt nicht nur fest, daß die Tote schwanger war, er findet auch Hinweise darauf, daß Eliza ermordet wurde – eine Entdeckung, die ihn selbst in höchste Lebensgefahr bringt.

Um ihren Liebeskummer zu vergessen, nimmt die junge Wolfsforscherin Helen Ross das Angebot an, in den Bergen Montanas ein Rudel Wölfe zu überwachen, das die Rancher der Gegend in helle Aufregung versetzt. Doch den Haß, mit dem die Einheimischen unter Führung des Rinderbarons Buck Calder die Tiere verfolgen, hat sie nicht erwartet. Ein erbitterter Kampf entbrennt, in dem Helen schon bald zwischen alle Fronten gerät.

Zu gut weiß Kapitän Abeling, daß die *Anabel* große technische Mängel aufweist und dringend überholt werden müßte. Aber immer wieder hat die Reederei seine Anträge auf Instandsetzung des Containerschiffs abgelehnt. Nur unter Protest begibt sich Abeling noch einmal auf See. Prompt gerät er vor den Bermudas in einen Hurrikan, es kommt zur Katastrophe: die Maschine fällt aus, das Schiff wird manövrierunfähig …

Das elfte
GEBOT
JEFFREY ARCHER

TELLIGENCE AGENCY

„Laß dich nicht erwischen.
Passiert es doch, darfst du
auf gar keinen Fall zugeben,
daß du auch nur das geringste
mit der CIA zu tun hast.“

So lautet das elfte Gebot der CIA.
Einen Profi wie Connor Fitzgerald,
der seit achtundzwanzig Jahren
dabei ist, braucht niemand mehr
daran zu erinnern.

1

Als er die Tür öffnete, fing die Alarmglocke an zu schrillen.

Ein solcher Fehler durfte einem Amateur unterlaufen, nicht aber Connor Fitzgerald, der in seinen Kreisen als das unübertroffene As galt.

Fitzgerald hatte vorausgesehen, daß mehrere Minuten vergehen würden, bevor die Polizei von Bogotá auf einen Einbruch im Stadtteil San Victorina reagierte. Das jährliche Freundschaftsspiel zwischen Kolumbien und Brasilien fing erst in zwei Stunden an, doch bestimmt war gut die Hälfte der Fernsehgeräte hier in Kolumbien bereits eingeschaltet. Wäre Fitzgerald nach Beginn des Spiels in der Pfandleihe eingebrochen, hätte sich die Polizei bestimmt nicht vor dem Schlußpfiff bequemt, der Alarmmeldung nachzugehen. Es war allgemein bekannt, daß die hiesigen Ganoven sich während des Freundschaftsspiels beinahe zwei Stunden uneingeschränkter krimineller Bewegungsfreiheit erfreuten. Aber wenn Fitzgerald seine Pläne für diese Zeitspanne erst in die Tat umgesetzt hätte, würde die Polizei nur noch ihrem eigenen Schatten nachjagen. Und es würden Wochen, wenn nicht Monate vergehen, ehe irgend jemand den wahren Grund für den Einbruch an diesem Samstagnachmittag herausfand.

Der Alarm gellte immer noch, als Fitzgerald die Hintertür schloß und durch das kleine Lager zum Verkaufsraum an der Straßenseite eilte. Er beachtete die Reihen von Uhren auf ihren Halterungen ebensowenig wie die Smaragde in ihren Zellophanhüllen, sondern schob den Vorhang aus Holzperlenschnüren zwischen Lager und Laden rasch zur Seite. Hinter dem Verkaufstresen blieb er stehen und blickte auf einen etwas ramponierten ledernen Aktenkoffer auf einem Tischchen in der Mitte des Schaufensters. An dem Verschluß waren die Initialen D. v. R. in abgegriffenem Gold zu erkennen. Fitzgerald regte sich nicht, bis er sicher war, daß niemand von der Straße aus hereinschaute.

Er hatte dieses handgefertigte Meisterstück erst am Vormittag zum

Pfandleiher gebracht und dem Mann versichert, daß er nicht beabsichtige, jemals nach Bogotá zurückzukehren, um es wieder auszulösen. Es dürfe daher sofort verkauft werden. Fitzgerald wunderte sich deshalb nicht, daß der Koffer bereits im Schaufenster ausgestellt worden war. Einen zweiten wie ihn gab es zweifellos in ganz Kolumbien nicht.

Er schwang sich über den Verkaufstresen und ging zum Fenster. Aufmerksam blickte er die Straße auf und ab, um zu überprüfen, ob ihn zufällig ein Passant beobachtete, stellte aber fest, daß niemand zu sehen war. Mit einer raschen Bewegung griff er nach dem Koffer, sprang dann zurück über den Tresen und entfernte sich schnell. Er schob den Perlenvorhang aus dem Weg, schritt zur Hintertür und öffnete sie vorsichtig. Bevor er hinaustrat, schaute er auf seine Uhr. Die Alarmglocke schrillte inzwischen seit 98 Sekunden. Fitzgerald trat auf die Gasse, blieb kurz stehen und lauschte. Da keine Polizeisirene zu hören war, wandte er sich nach rechts und spazierte scheinbar gleichmütig in Richtung Carrera Séptima.

Als Connor Fitzgerald den Bürgersteig an der großen Straße erreichte, sah er suchend nach links, dann nach rechts und schlängelte sich anschließend durch den fließenden Verkehr auf die andere Straßenseite. Dort betrat er ein überfülltes Restaurant, wo eine Gruppe lärmender Fußballfans vor einem riesigen Fernseher hockte.

Niemand beachtete ihn, als er sich an einen Ecktisch setzte. Zwar hatte er von dort keinen guten Blick auf den Bildschirm, dafür aber auf die andere Straßenseite. Ein ramponiertes Schild mit der Aufschrift J. ESCOBAR. MONTE DE PIEDAD, GEGRÜNDET 1946 schaukelte in der nachmittäglichen Brise über dem Leihhaus.

Mehrere Minuten vergingen, bevor ein Polizeiwagen mit quietschenden Reifen vor dem Laden des Pfandleihers hielt. Sobald Fitzgerald gesehen hatte, daß die beiden uniformierten Polizisten das Haus betraten, verließ er seinen Tisch und schritt anscheinend unbekümmert durch die Hintertür auf eine weitere Gasse, die an diesem Samstag ungewöhnlich ruhig war. Hier hielt er ein Taxi an und sagte mit breitem südafrikanischem Akzent: „Hotel El Belvedere an der Plaza de Bolívar, *por favor.*“ Der Fahrer nickte knapp und stellte das Radio lauter, weil auf diesem Sender ein Experte nach dem anderen seine mehr oder weniger fundierte Meinung zum heutigen Spiel abgab.

Fitzgerald warf einen neuerlichen Blick auf seine Uhr: 13.17 Uhr. Er war mit seinem Zeitplan etwa zwei Minuten im Rückstand. Die Rede mußte soeben begonnen haben, doch da sie gut vierzig Minuten dauern würde, blieb ihm noch immer reichlich Zeit, sich dem wahren Grund seines Aufenthalts in Bogotá zu widmen. Er rückte ein paar Zentimeter nach rechts, damit der Fahrer ihn auch deutlich im Rückspiegel sehen konnte.

Sobald die Polizei ihre Untersuchung begann, mußte jeder, der ihn an diesem Tag gesehen hatte, in etwa die gleiche Beschreibung geben: Weißer, etwa fünfzig, gut ein Meter achtzig, ungefähr hundert Kilo, unrasiert, dunkles, widerspenstiges Haar, wie ein Ausländer gekleidet, mit fremdem, aber nicht amerikanischem Akzent. Er hoffte, daß wenigstens einer der Befragten die südafrikanische, nasale Aussprache erkennen würde. Fitzgerald war immer gut darin gewesen, Akzente und Dialekte nachzuahmen. In der Schule hatte er sich oft genug in Schwierigkeiten gebracht, wenn er die Lehrer nachäffte.

Als das Taxi 17 Minuten später vor dem Belvedere anhielt, gab Fitzgerald dem Fahrer eine Zehntausendpesonote und war aus dem Wagen gestiegen, ehe ihm der Mann für ein so großzügiges Trinkgeld danken konnte.

Fitzgerald rannte die Treppe zum Hotel hinauf. Im Foyer eilte er geradewegs zu den Fahrstühlen, stieg ein, fuhr in den achten Stock und lief zu Zimmer 807. Dort steckte er die Plastikkarte in das elektronische Türschloß und wartete, bis das grüne Licht aufleuchtete, bevor er den Türknauf drehte. Kaum stand die Tür offen, schlüpfte er ins Zimmer und hängte das BITTE-NICHT-STÖREN-Schild an den äußeren Knauf. Dann schloß er die Tür hinter sich und verriegelte sie.

Wieder blickte er auf seine Armbanduhr: 13.36 Uhr. Die Polizisten dürften inzwischen die Pfandleihe verlassen haben. Zweifellos vermuteten sie wieder einmal einen falschen Alarm. Sie würden Herrn Escobar anrufen und ihm mitteilen, daß offenbar alles in Ordnung sei. Wenn er am Montag in die Stadt zurückkehre, möge er jedoch nachsehen, ob etwas fehle, und sie gegebenenfalls benachrichtigen. Doch bis dahin würde Fitzgerald den ramponierten Lederkoffer schon längst ins Schaufenster zurückgestellt haben. Montag vormittag könnte Escobar lediglich mehrere Päckchen ungeschliffener Smaragde als gestohlen melden, die die Polizisten beim Verlassen seiner Pfandleihe eingesteckt hatten. Wie lange würde es dauern, bis ihm klar wurde, daß noch etwas ganz anderes fehlte? Einen Tag? Eine Woche? Einen

Monat? Fitzgerald hatte bereits beschlossen, mit einem kleinen Wink darauf aufmerksam zu machen, damit es schneller ging.

Er nahm die Fernbedienung vom Nachttisch, schaltete den Fernseher ein und setzte sich auf das Sofa davor. Ricardo Guzmans Gesicht nahm den Bildschirm ein. Guzman ging auf die Fünfzig zu, aber mit seinen 1,85 Metern, dem vollen schwarzen Haar und der sportlichen Figur konnte man ihn für vierzig halten. Außerdem war er der Favorit bei der bevorstehenden Präsidentschaftswahl und der Boß des Cali-Kartells, das achtzig Prozent des New Yorker Kokainhandels beherrschte und im Jahr über eine Milliarde Dollar Gewinn machte.

„Als euer Präsident werde ich als erstes jede Gesellschaft verstaatlichen, von der Amerikaner die Aktienmehrheit besitzen", kündigte Guzman gerade an, und die kleine Menge um die Freitreppe des Kongreßgebäudes an der Plaza de Bolívar brüllte zustimmend.

Fitzgerald schätzte, daß die Rede noch etwa sechs Minuten dauern würde. Er hatte sie bereits wenigstens ein dutzendmal gehört: in überfüllten Foyers, in halbleeren Bars, an einer Straßenecke. Nun zog er den ramponierten Lederkoffer vom Bett auf seinen Schoß.

„Antonio Herrera ist nicht der Kandidat der Liberalen", zischte Guzman, „sondern der Kandidat der Amerikaner. Er wiederholt nur das, was der Mann im Weißen Haus von sich gibt." Herrera war der derzeitige kolumbianische Vizepräsident und Guzmans Hauptrivale bei der bevorstehenden Wahl. Die Menge jubelte.

Fitzgerald ließ die Verschlüsse des Aktenkoffers aufschnappen, hob den Deckel an und starrte auf die Remington 700, die sich lediglich ein paar Stunden außerhalb seiner Sichtweite befunden hatte.

„Welche Unverfrorenheit der Amerikaner, anzunehmen, daß wir immer mit allem einverstanden sind, was ihnen genehm ist!" donnerte Guzman. „Und das nur wegen ihres allmächtigen Dollars! Zur Hölle mit dem Dollar!" Die Menge johlte, als der Kandidat eine Dollarnote aus seiner Brieftasche zog und in Fetzen riß.

Behutsam hob Fitzgerald den McMillan-Fiberglasschaft aus dem Koffer.

„In zwei Wochen werden die Bürger von Kolumbien die Gelegenheit bekommen, ihre Meinung der ganzen Welt kundzutun!"

„Vier Minuten", murmelte Fitzgerald. Er nahm den Edelstahllauf aus seinem Fach und schraubte ihn fest an den Schaft. Er paßte wie angegossen.

„Innerhalb eines Jahres werde ich die Amerikaner so weit haben, daß sie uns nicht mehr wie irgendeine ihrer Kolonien in der dritten Welt behandeln, sondern wie Ebenbürtige."

Die Menge tobte vor Begeisterung. Fitzgerald löste das Leupold-Zielfernrohr aus seiner Halterung und schob es in die zwei kleinen Montagesockel auf dem Lauf.

„Denn wenn ich euer Präsident bin ..."

Fitzgerald legte die Schaftkappe der Remington 700 an seiner Scnulter an. Das Gewehr war wie ein alter Freund. Aber wie könnte es auch anders sein? Jedes Teil war nach seinen exakten Angaben maßgefertigt.

Er deutete mit dem Zielfernrohr auf das Fernsehbild und richtete die kleine Strichreihe aus, bis sie etwa einen Zoll über das Herz des Kandidaten zeigte.

Noch drei Minuten. Fitzgerald atmete aus. Er senkte das Gewehr und stand vom Sofa auf. Es würden noch neunzig Sekunden vergehen, ehe Guzman zu seiner schon zum Ritual gewordenen Schmähung von US-Präsident Tom Lawrence kam.

Fitzgerald nahm das Hohlspitzgeschoß aus dem speziell dafür angefertigten kleinen Lederfach innen im Kofferdeckel, öffnete den Lauf und schloß ihn wieder, nachdem er die Munition in ihre Kammer geschoben hatte.

„Bürger von Kolumbien, es ist eure letzte Chance, die katastrophalen Fehler der Vergangenheit ungeschehen zu machen!" schrie Guzman.

„Eine Minute", murmelte Fitzgerald. Er schritt bedächtig durchs Zimmer zu dem großen, zweiflügeligen Fenster, zog den feinen Spitzenstore zur Seite und spähte über die Plaza de Bolívar bis hin zum Kongreßgebäude, von dem aus der Präsidentschaftskandidat auf die Menge blickte. Er wartete geduldig.

„Viva la Colombia!" rief Guzman. „Es lebe Kolumbien!" brüllte der Mob fanatisch.

Fitzgerald öffnete das Fenster, und der Lärm der Menge schlug ihm entgegen. Zum zweitenmal legte er die Remington 700 langsam an seiner Schulter an. Aller Augen ruhten auf dem Kandidaten, als dieser die Worte hinausdonnerte: *„Dios guarde a la Colombia!"* Der Lärm wurde ohrenbetäubend, während Guzmans Anhänger enthusiastisch die Worte echoten: „Gott schütze Kolumbien!" Guzmans Hände blieben mehrere Sekunden lang triumphierend erhoben, wie am Ende einer jeden Rede. Und wie immer verharrte er in dieser Pose eine kurze Weile absolut regungslos.

Für einen Augenblick hielt Fitzgerald den Atem an, während er die Finger seiner Linken fester um den Gewehrschaft spannte. „Drei ... zwei ... eins", murmelte er, dann betätigte er kurz den Abzug.

Guzman lächelte noch, als die Kugel in seine Brust eindrang. Eine Sekunde später sackte er wie eine Marionette zu Boden.

Fitzgerald senkte das Gewehr und schloß schnell das Fenster. Er hatte seinen Auftrag ausgeführt.

Nun mußte er nur noch darauf achten, daß er auf keinen Fall das elfte Gebot brach.

„OB ICH seiner Witwe und Familie mein Beileid bekunden soll?" überlegte Tom Lawrence laut.

„Nein, Mr. President", erwiderte Larry Harrington, der Außenminister. „Das sollte besser ein Staatssekretär für interamerikanische Beziehungen übernehmen. Es dürfte nun so gut wie sicher sein, daß Antonio Herrera der nächste Präsident von Kolumbien wird, also ist er derjenige, mit dem Sie offiziell zu tun haben werden."

Der Präsident nickte.

„Wenn Sie kurz Zeit hätten, Mr. President. Ich glaube, ich sollte Sie ein wenig eingehender über unsere gegenwärtige Politik in Kolumbien informieren. Die Medien werden Sie vermutlich über die möglichen Auswirkungen ..."

Der Präsident wollte Harrington eben unterbrechen, als an der Tür geklopft wurde und Andy Lloyd eintrat.

Es muß elf Uhr sein, dachte Lawrence. Er hatte keine Uhr mehr gebraucht, seit er Lloyd zu seinem Stabschef gemacht hatte.

„Später, Larry", antwortete er. „Ich muß jetzt eine Pressekonferenz über den Gesetzentwurf zur Abrüstung geben. Ich kann mir nicht vorstellen, daß sich viele Journalisten für den Tod des Präsidentschaftskandidaten eines Landes interessieren, von dem, geben wir es doch zu, der Großteil unserer Bürger nicht einmal weiß, wo es genau liegt."

Harrington schwieg. Er hielt sich nicht dafür zuständig, den Präsidenten darauf hinzuweisen, daß der Großteil der Amerikaner selbst jetzt noch keine Ahnung hatte, wo Vietnam auf einer Weltkarte zu finden war. Wortlos verließ er das Oval Office, das Amtszimmer des Präsidenten im Weißen Haus.

Kaum hatte sich Harrington abgewandt, schlug der Präsident den blauen Ordner mit der Aufschrift SOFORT auf, den Lloyd ihm bereits früher an diesem Vormittag gebracht hatte. Er las die Fragen durch, die nach Lloyds Meinung bei der Pressekonferenz am Mittag höchstwahrscheinlich gestellt würden. Wie viele Steuergelder erwarten Sie durch diese Maßnahme zu sparen? Wie viele Amerikaner werden dadurch ihren Job verlieren? Selbstverständlich war zu jedem Punkt eine Antwort vorformuliert worden, die der Präsident nur noch abzulesen brauchte.

Tom Lawrence ließ den Zeigefinger über die Liste gleiten. Bei Nummer sieben hielt er inne. „Ist der Gesetzentwurf nicht ein weiteres Beispiel dafür, daß Amerika von seinem geraden Weg abkommt?" las er vor und blickte zu seinem Stabschef auf. „So, wie gewisse Kongreßabgeordnete auf diesen Gesetzentwurf reagieren, könnte man wirklich meinen, daß wir immer noch im Wilden Westen leben."

„Da kann ich Ihnen leider nicht widersprechen. Aber wie Sie wissen, halten vierzig Prozent der Amerikaner die Russen nach wie vor für unsere größte Bedrohung, und fast dreißig Prozent erwarten, daß es zu ihren Lebzeiten einen Krieg mit Rußland geben wird."

Lawrence fluchte und fuhr mit der Hand durch sein dichtes, vorzeitig ergrautes Haar, ehe er sich wieder der Fragenliste zuwandte. Bei Nummer neunzehn hielt er erneut an. „Aber Viktor Zerimski wird wohl kaum Rußlands nächster Präsident werden, oder?"

„Wahrscheinlich nicht, doch bei der letzten Umfrage landete er immerhin auf dem dritten Platz. Zwar besteht weiterhin ein ziemlicher Abstand zu Premierminister Tschernopow und General Borodin, aber seine Kampfansage an das organisierte Verbrechen wird ihm sicher nützen."

„Gott sei Dank sind es noch Jahre bis zur nächsten Wahl. Denn wenn die Gefahr bestünde, daß der Faschist Zerimski Rußlands nächster Präsident wird, hätte die Vorlage für das neue Abrüstungsgesetz weder im Repräsentantenhaus noch im Senat die geringste Chance."

Lloyd nickte, als Lawrence weiterblätterte.

Nachdem der Präsident die letzte Frage gelesen hatte, klappte er den Ordner zu. „Ich möchte wetten, daß Tschernopow gewinnen würde, wenn er den Wählern verspräche, daß er der erste Präsident sein werde, der mehr für das Gesundheitswesen ausgibt als für die Verteidigung."

„Da mögen Sie recht haben. Aber genauso sicher ist, daß Zerimski, falls er gewählt wird, Rußlands Kernwaffenarsenal wieder aufstockt, lange bevor er auch nur an den Bau von neuen Krankenhäusern denkt."

„Daran besteht kein Zweifel." Der Präsident nickte bedächtig. „Aber da ja nicht zu befürchten ist, daß dieser Fanatiker die Wahl gewinnt..."

Andy Lloyd schwieg.

CONNOR FITZGERALD wußte, daß die nächsten zwanzig Minuten über sein Schicksal entscheiden würden. Er schritt rasch durch das Hotelzimmer und warf einen flüchtigen Blick auf den Fernseher. Die Menge floh in alle Richtungen vom Platz. Die laute Begeisterung war in blinde Panik umgeschlagen.

Fitzgerald hob die leere Patronenhülse auf und steckte sie in ihr Fach im Koffer zurück. Würde der Pfandleiher bemerken, daß eine Kugel abgefeuert worden war?

Er zog das Fernrohr ab und drückte es an seinen im Hartplastik skulptierten Platz im Lederkoffer. Danach schraubte er den Lauf ab, den er ebenso an seinen Platz legte wie den Schaft.

Nun schaute er ein letztes Mal auf den Bildschirm und sah, wie die Polizei auf den Platz stürmte. Er griff nach dem Lederkoffer, steckte ein Streichholzheftchen aus einem Aschenbecher auf dem Fernseher ein, schaltete das Gerät aus und öffnete dann die Zimmertür.

Nachdem er sich auf dem leeren Korridor umgesehen hatte, ging er schnell zum Lastenaufzug. Er drückte mehrmals auf den kleinen weißen Knopf an der Wand. Als die schweren Aufzugtüren langsam aufglitten, sah sich Fitzgerald einem jungen Zimmerkellner in roter Jacke mit vollbeladenem Lunchtablett gegenüber.

„No, señor, perdone, no puede entrar", versuchte der junge Mann zu erklären, als Fitzgerald sich an ihm vorbeischob und auf den Knopf drückte, auf dem PLANTA BAJA stand. Die Türflügel hatten sich bereits geschlossen, bevor der Junge ihm sagen konnte, daß dieser Aufzug in der Küche endete. Doch genau diesen Weg hatte Fitzgerald für seine Flucht ausgewählt.

Im Erdgeschoß angekommen, schlüpfte er geschickt zwischen Edelstahltischen voller Horsd'œuvres-Platten hindurch und hatte die Schwingtüren passiert, bevor irgend jemand des weißbekittelten Personals auch nur daran dachte zu protestieren. Nun rannte er den schlechtbeleuchteten Flur entlang – am Abend zuvor hatte er die meisten Glühbirnen ausgeschraubt, als er vorsorglich seinen Reisekoffer zum Auto brachte – zu einer schweren Tür, die zum Souterrain und in die Garage des Hotels führte.

Er strebte auf einen schwarzen VW-Golf zu, der in der dunkelsten Ecke geparkt war. Mit einem Schlüssel, den er aus seiner Hosentasche nahm, schloß er die Tür auf, dann rutschte er hinter das Lenkrad, zog die Tür zu, schob den Lederkoffer unter den Beifahrersitz und drehte den Zündschlüssel. Der Motor sprang sofort an. Fitzgerald manövrierte den Wagen ohne Hast durch die Reihen geparkter Wagen und fuhr die steile Rampe hinauf zur Straße. Oben bog er links ein und verließ langsam die Plaza de Bolívar.

Schon hörte er die Polizeisirenen hinter sich. Als er in den Rückspiegel blickte, sah er zwei Polizisten auf Motorrädern mit eingeschalteten Blaulichtern auf sich zukommen. Er fuhr an den Straßenrand und ließ diese Begleiter der Ambulanz mit Guzmans Leiche vorbeirasen.

Sobald ihn der Konvoi passiert hatte, ordnete sich Fitzgerald wieder in den Verkehr ein und nahm die erste Seitenstraße, die nach links abzweigte. Auf Umwegen fuhr er zur Pfandleihe, wobei er mehrmals denselben Weg hin und zurück nahm. Vierundzwanzig Minuten später parkte er in der Gasse hinter dem Laden. Er zog den ramponierten Lederkoffer unter dem Beifahrersitz hervor und stieg aus, ohne den Wagen abzuschließen. Er beabsichtigte, in spätestens zwei Minuten wieder hinter dem Lenkrad zu sitzen.

Wieder betrat Fitzgerald das Haus, was sogleich den Alarm auslöste. Diesmal machte er sich jedoch keine Sorgen, daß möglicherweise ein Streifenwagen auftauchte – die Polizei würde fast ausschließlich am Stadion eingesetzt sein, wo das Spiel in einer halben Stunde begann, oder an der Plaza de Bolívar, um jeden Menschen im Umkreis von eineinhalb Kilometern zur Befragung mitzunehmen.

Fitzgerald schloß die Hintertür der Pfandleihe. Zum zweitenmal an diesem Tag durchmaß er Lager und Verkaufsraum, wo er den Koffer auf das Tischchen im Schaufenster zurückstellte. Wie lange würde es dauern, bis Escobar bemerkte, daß eine der sechs Kugeln abgefeuert worden und nur noch die Patronenhülse da war? Und würde er es überhaupt für nötig erachten, die Polizei davon zu unterrichten?

Nach nicht ganz neunzig Sekunden saß Fitzgerald wieder hinter dem Lenkrad des Golf. Den gellenden Alarm hörte er noch, als er auf die Hauptstraße fuhr und den Wegweisern zum Flughafen El Dorada folgte.

Sobald er die Schnellstraße erreicht hatte, fuhr er auf der mittleren Spur und hielt eine Geschwindigkeit unterhalb des vorgeschriebenen Tempolimits. An der Ausfahrt zum Flughafen verließ er die Schnellstraße und bog nach etwa fünfhundert Metern auf den Parkplatz des Hotels San Sebastian ein. Er griff ins Handschuhfach und holte einen südafrikanischen Reisepaß mit vielen Stempeleintragungen heraus. Mit dem Streichholzheftchen aus dem Belvedere setzte er den Paß, der auf den Namen Dirk van Rensberg ausgestellt war, in Flammen. Erst als seine Finger in Gefahr gerieten, öffnete er die Wagentür, warf die Überreste des Reisepasses hinaus und trat die Flammen aus, achtete jedoch darauf, daß das Emblem der Republik Südafrika noch erkennbar war. Anschließend legte er die Streichhölzer auf den Beifahrersitz, nahm seinen Koffer vom Rücksitz und schmetterte die Tür zu. Dann schritt er zum Hoteleingang und warf die Überreste von Dirk van Rensbergs Reisepaß in den Papierkorb am Fuß der Freitreppe.

Fitzgerald trat hinter einer Gruppe Japaner durch die Drehtür und schloß sich ihnen an, als sie durch die Hotelhalle zu einem wartenden Fahrstuhl geführt wurden. Er war der einzige Gast, der im dritten Stock ausstieg. Geradewegs begab er sich zu Zimmer 347, das er unter einem anderen Namen gebucht hatte, und öffnete die Zimmertür mit der dazugehörenden Plastikkarte. Den Koffer warf er auf das Bett und blickte auf seine Uhr. Noch eine Stunde und 17 Minuten bis zum Abflug.

Nachdem er die Jacke ausgezogen und über den einzigen Stuhl im Zimmer geworfen hatte, verschwand er im Bad. Er brauchte zwanzig Minuten, bis er jede Spur seines eine Woche alten Bartes entfernt hatte, und mehrere Handvoll Schampon, ehe sein Haar die Naturwellen und die sandbraune Farbe wiedergewann.

Dann kehrte er ins Schlafzimmer zurück und schlüpfte in frische Kleidung. Anschließend zog er die dritte Schublade der Kommode auf der anderen Zimmerseite heraus und tastete nach dem Päckchen, das er an die Lade darüber geklebt hatte. Obwohl er mehrere Tage nicht in dem Zimmer gewesen war, stand nicht zu befürchten, daß jemand auf dieses Versteck gestoßen war.

Fitzgerald riß den braunen Umschlag auf und überprüfte den Inhalt: einen Reisepaß, der wiederum auf einen anderen Namen lautete, fünfhundert Dollar in gebrauchten Scheinen und ein Flugticket erster Klasse nach Kapstadt. Flüchtende Attentäter reisen nicht erster Klasse.

Fünf Minuten später schlenderte er mit dem Koffer in der Hand durch das Foyer, ohne sich am Empfang auszuchecken, überzeugt, daß niemand einem Einundfünfzigjährigen in blauem Jeanshemd, Sportjacke und grauer Flanellhose auch nur einen zweiten Blick gönnen würde. Als er vor acht Tagen angekommen war, hatte er im voraus für das Zimmer bezahlt.

Er brauchte nur ein paar Minuten zu warten, bis der Zubringerbus zum Flughafen vor dem Hoteleingang hielt. Seine Uhr verriet ihm, daß ihm bis zum Abflug noch 43 Minuten blieben.

Am Flughafen erfuhr er, daß der Aeroperu-Flug 63 nach Lima eine Stunde verspätet starten werde, was ihn nicht im geringsten verwunderte. Mehrere Polizisten beäugten in der überfüllten Abflughalle, in der es turbulent zuging, argwöhnisch jeden Fluggast. Fitzgerald wurde zwar mehrmals angehalten und befragt, aber man gestattete ihm schließlich, sich zu Flugsteig 47 zu begeben.

Als Fitzgerald sich der Schlange zur Paßkontrolle anschloß, wiederholte er mehrfach lautlos den Namen, unter dem er auszureisen gedachte. Ruhig reichte er den Paß dem Beamten. Der Blauuniformierte in der kleinen Kabine öffnete den neuseeländischen Paß und studierte sorgfältig das Bild, das unleugbare Ähnlichkeit mit dem adrett gekleideten Herrn vor ihm aufwies. Er gab ihm den Paß zurück und gestattete Alistair Douglas, dem Ingenieur aus Christchurch, in der Abflugwartehalle Platz zu nehmen. Nach weiterer Verzögerung wurde der Flug endlich aufgerufen.

Eine Flugbegleiterin führte Alistair Douglas schließlich zu seinem Platz in der ersten Klasse. „Darf ich Ihnen ein Glas Sekt bringen, Sir?" fragte sie.

Fitzgerald schüttelte den Kopf. „Nein danke, aber vielleicht ein Glas Mineralwasser." Dabei probierte er gleich einmal seinen neuseeländischen Dialekt aus.

Er schnallte sich an, lehnte sich zurück und tat, als vertiefe er sich in eine Zeitschrift, während das Flugzeug langsam auf die Startbahn rollte. Als die Räder schließlich vom Boden abhoben, begann sich Fitzgerald zum erstenmal an diesem Tag zu entspannen.

Sobald die Boeing 727 ihre Flughöhe erreicht hatte, entledigte er sich der Zeitschrift. Er leerte das Glas Mineralwasser, das die Flugbegleiterin ihm gebracht hatte, schloß die Augen und dachte darüber nach, was er tun mußte, sobald er in Kapstadt angekommen war.

„Hier spricht Ihr Kapitän", erklang in diesem Moment eine ernste Stimme. „Ich habe eine Durchsage zu machen, die mich ebenso schmerzlich bewegt wie alle meine Landsleute." Fitzgerald richtete sich abrupt auf. Die einzige Eventualität, die er nicht in Betracht gezogen hatte, war eine unplanmäßige Rückkehr nach Bogotá.

„Meine Freunde, heute ist es in Kolumbien zu einer nationalen Tragödie gekommen", verkündete der Kapitän ernst. „Zu meinem allergrößten Bedauern muß ich Ihnen mitteilen, daß die kolumbianische Mannschaft mit zwei zu eins von Brasilien geschlagen wurde."

Ein enttäuschtes Stöhnen war die Reaktion auf diese Nachricht, als hätten die kolumbianischen Patrioten einen Absturz der Maschine in den Bergen diesem Desaster auf dem Fußballfeld vorgezogen. Fitzgerald erlaubte sich den Anflug eines Lächelns.

Die Flugbegleiterin blieb wieder bei ihm stehen. „Darf ich Ihnen jetzt, da wir unterwegs sind, einen Drink anbieten, Mr. Douglas?"

„Vielen Dank", erwiderte Fitzgerald. „Ja, ich glaube, ich hätte jetzt doch gern ein Glas Sekt."

ALS TOM LAWRENCE den Saal betrat, erhob sich das Pressekorps wie ein Mann. „Der Präsident der Vereinigten Staaten", verkündete der Pressesprecher des Weißen Hauses – wohl für den Fall, daß Besucher aus dem All anwesend waren.

Lawrence stieg die eine Stufe zum Podium hinauf und legte Andy Lloyds blauen Ordner mit möglichen Fragen und dazu vorbereiteten Antworten auf das Rednerpult. Dann bedeutete er den versammelten Journalisten, wieder Platz zu nehmen. „Ich freue mich, Ihnen mitteilen zu können", begann er scheinbar entspannt, „daß ich dem Kongreß einen Gesetzentwurf vorlegen werde, den ich dem amerikanischen Volk während der Wahlkampagne versprochen habe."

Der Präsident erinnerte die Pressevertreter daran, daß ein Abrüstungsgesetz es ihm ermöglichen würde, mehr Steuergelder für ein langfristiges Gesundheitsprogramm zur Verfügung zu stellen, damit sich der Lebensstandard von amerikanischen Bürgern im Ruhestand verbessere.

„Mr. President!" erklang es von überall im Saal, als Lawrence den blauen Ordner aufschlug und einen Blick auf die 31 zu erwartenden Fragen warf. Er schaute auf und bedachte ein vertrautes Gesicht in der vordersten Reihe mit einem Lächeln. „Barbara", er deutete auf die altgediente Journalistin von United Press International, der es als Doyen des Pressekorps zustand, die erste Frage zu stellen.

Barbara Evans erhob sich von ihrem Stuhl. „Mr. President, können Sie uns versichern, daß die CIA nichts mit dem Attentat auf den kolumbianischen Präsidentschaftskandidaten Ricardo Guzman zu tun hat?“

Allgemeine Spannung war plötzlich im Saal zu spüren. Lawrence starrte auf die ausführlichen Fragen und Antworten in seinem Ordner und wünschte, er hätte Larry Harringtons Angebot, ihn näher über die US-amerikanische Politik in Kolumbien zu informieren, nicht so leichtfertig übergangen.

„Ich bin froh, daß Sie diese Frage gestellt haben, Barbara“, behauptete er, ohne zu stocken. „Ich möchte betonen, solange ich Präsident bin, wird sich diese Regierung unter keinen Umständen in die internen Belange der Demokratiebestrebungen eines souveränen Staates einmischen.“

Ehe Barbara Evans mit einer zweiten Frage nachhaken konnte, hatte sich der Präsident einem Journalisten in der letzten Reihe zugewandt, von dem er hoffte, er habe kein Interesse an der Präsidentschaftswahl in Kolumbien. Doch kaum hatte der Mann seine Frage gestellt, bereute Lawrence seine Wahl.

„Haben Ihre Pläne zur Abrüstung im Kongreß überhaupt eine Chance auf Mehrheit, wenn der nächste Präsident von Rußland Viktor Zerimski heißt?“

Während der nächsten vierzig Minuten beantwortete Lawrence verschiedentlich Fragen über die geplante Gesetzesvorlage, aber immer wieder wollten zwischendurch Journalisten mehr über die gegenwärtige Rolle der CIA in Südamerika wissen und forderten eine klare Stellungnahme über die Haltung Washingtons gegenüber einem möglichen russischen Präsidenten namens Viktor Zerimski. Schließlich beendete Lawrence die Pressekonferenz übergangslos und verließ den Saal in Richtung Oval Office.

Kaum hatte Andy Lloyd ihn eingeholt, brummte der Präsident: „Ich muß sofort mit Larry Harrington sprechen. Und richten Sie der Direktorin der CIA aus, daß sie spätestens in einer Stunde in meinem Büro sein soll! Falls ich herausfinde, daß die CIA auf irgendeine Weise an dem Anschlag in Kolumbien beteiligt war, dann kann Helen Dexter was erleben!“

CONNOR FITZGERALD reichte dem australischen Zollbeamten seinen Reisepaß. Zum erstenmal seit drei Wochen benutzte er dabei seine wahre Identität.

Der Beamte stempelte das Touristenvisum in den Paß und sagte: „Einen angenehmen Aufenthalt in Australien, Mr. Fitzgerald."

Connor bedankte sich und schritt durch die Gepäckausgabe, wo er gegenüber dem Förderband Platz nahm und auf das Erscheinen seines Koffers wartete. Er achtete darauf, sich nie als erster durch den Zoll zu begeben, selbst wenn er nichts anzugeben hatte.

Als er am vergangenen Tag in Kapstadt gelandet war, hatte ihn sein alter Freund und Kollege Carl Koeter am Flughafen abgeholt. Carl hatte die beiden folgenden Stunden damit verbracht, Connor auf den neuesten Stand zu bringen, dann erst hatten sie sich zu einem ausgiebigen Mittagessen zusammengesetzt, bei dem sie sich über Carls Scheidung unterhielten und darüber, was Maggie und Tara – Connors Frau und Tochter – so unternahmen. Die zweite Flasche 1982er Rustenberg Cabernet Sauvignon war schuld daran, daß Connor seinen Flug nach Sydney fast verpaßt hätte. Im Duty-free-Shop erstand er für seine Frau und seine Tochter noch in aller Eile Mitbringsel, auf denen deutlich die Prägung MADE IN SOUTH AFRICA zu erkennen war. Nichts verriet, daß er über Bogotá, Lima und Buenos Aires nach Kapstadt gekommen war.

Während er in der Gepäckausgabe darauf wartete, daß sich das Förderband in Bewegung setzte, dachte er über das Leben nach, das er seit 28 Jahren führte.

Connor Fitzgerald war in einer Familie aufgewachsen, in der Recht und Ordnung großgeschrieben wurden. Oscar, sein Großvater väterlicherseits, war zur Jahrhundertwende vom irischen Kilkenny nach Amerika ausgewandert. Von Ellis Island – einer kleinen Insel vor New York, an der alle Einwandererschiffe anlegten – war er sofort nach Chicago gefahren, um wie sein Cousin Polizist zu werden. Oscar hatte fünf Söhne gezeugt, von denen drei zur Chicagoer Polizei gingen. Der jüngste, Connors Vater, wurde beim FBI aufgenommen.

Connor erblickte am 8. Februar 1951 in Chicago das Licht der Welt, und noch ehe er alt genug war, die örtliche katholische Schule zu besuchen, war offensichtlich, daß er ein großartiger Footballspieler werden würde. Dies brachte ihm sogar ein Stipendium für die Notre-Dame-Universität in Indiana ein.

Die Erziehung durch einen Vater, der sich unweigerlich erhob, wenn eine Frau das Zimmer betrat, und eine Mutter, die einer Heiligen nahekam, hatte dazu geführt, daß Connor trotz seiner sportlichen Leistungen in Anwesenheit des anderen Geschlechts schüchtern blieb. Dies änderte sich erst zu Beginn seines zweiten Studienjahres.

Als Connor zum wöchentlichen Treffen des irischen Volkstanzklubs erschien, schlüpfte die junge Frau gerade in ihre Schuhe. Ihr Gesicht konnte er nicht sehen, aber das spielte keine Rolle, denn er vermochte den Blick nicht von ihren langen, schlanken Beinen abzuwenden. Als Footballstar war er es gewohnt, von Mädchen angehimmelt zu werden, aber für diese junge Frau, die er so gerne beeindruckt hätte, schien er nicht einmal zu existieren. Die Tatsache, daß ihr Tanzpartner Declan O'Casey war, der beste Tänzer weit und breit, machte es noch schlimmer. Beide hielten den Rücken absolut gerade, und ihre Füße bewegten sich mit einer Grazie, deren Connor, wie er glaubte, nie fähig sein würde.

Der Tanz endete, und Connor war nicht imstande gewesen, ihren Namen zu erfahren. Schlimmer noch, sie und Declan gingen, ehe er eine Möglichkeit gefunden hatte, sich ihr vorstellen zu lassen. In seiner Verzweiflung beschloß er, ihnen zum Studentinnenwohnheim zu folgen. Er blieb etwa fünfzig Meter hinter ihnen und hielt sich in den Schatten verborgen. Als sie das Wohnheim erreichten, hauchte die junge Frau Declan einen Kuß auf die Wange und verschwand im Haus.

Kaum hatte sich Declan entfernt, schlenderte Connor auf dem Bürgersteig unterhalb der Schlafsaalfenster hin und her. Schließlich hatte er Glück und sah seine Auserwählte flüchtig im Bademantel, als sie die Vorhänge eines Fensters zuzog. Selbst dann brauchte er noch ein paar Minuten, bis er sich endlich, wenngleich widerstrebend, entschloß, zu seinem Zimmer zurückzukehren.

Im Lauf der Woche bemühte er sich, soviel wie nur möglich über die junge Frau zu erfahren, aber mehr, als daß sie Maggie Burke hieß, ein Stipendium für St. Mary's erhalten hatte und hier in ihrem ersten Jahr Kunstgeschichte studierte, fand er nicht heraus. Über Declan erfuhr Connor, daß er nicht bloß der beste Tänzer des Klubs war, sondern auch als brillantester Mathematiker der Uni erachtet wurde.

Am folgenden Donnerstag war Connor der erste im Tanzklub, und als Maggie in ihrer cremefarbenen Baumwollbluse und dem kurzen schwarzen Rock aus dem Umkleideraum erschien, sah er sich nur dem einen Problem gegenüber, ob er in diese wunderschönen grünen

Augen oder auf ihre langen Beine blicken sollte. Wieder blieb Declan den ganzen Abend lang Maggies einziger Tanzpartner, und Connor beobachtete sie stumm von einer Bank aus. Nach dem letzten Tanz folgte er ihnen erneut zurück zum Studentinnenwohnheim.

Nach einem langen Gespräch und einem weiteren auf die Wange gehauchten Kuß verschwand Declan in Richtung seines Wohnheims. Connor ließ sich abermals auf die Bank gegenüber von Maggies Fenster fallen und starrte hinauf. Er beschloß zu warten, bis Maggie den Vorhang in ihrem Zimmer zuzog, doch ehe es soweit war, döste er ein.

Als nächstes erinnerte er sich, daß er geträumt hatte, Maggie stünde in Pyjama und Bademantel vor ihm.

Er fuhr hoch, starrte sie ungläubig an und streckte ihr die Hand entgegen. „*Hi*, ich bin Connor Fitzgerald."

„Ich weiß", erwiderte sie und schüttelte ihm die Hand. „Ich bin Maggie Burke. Ist noch Platz auf dieser Bank?"

Von diesem Moment an sah Connor nie wieder eine andere Frau an. Zwei Wochen nachdem Maggie ihr Studium mit summa cum laude abgeschlossen hatte, wurden sie getraut. Sie durften gerade viertägige Flitterwochen genießen, bevor Leutnant Fitzgerald im Juli 1972 an die Front nach Vietnam gesandt wurde.

Diese zwei Jahre in Vietnam waren nur noch eine vage Erinnerung. Die Beförderung zum Oberleutnant, die Gefangennahme durch den Vietcong, die Flucht, bei der er das Leben eines Kameraden rettete – das alles schien ihm unendlich lange zurückzuliegen. Fünf Monate nach seiner Rückkehr verlieh ihm der Präsident die höchste militärische Auszeichnung, die Tapferkeitsmedaille. Doch nach 18 Monaten als Kriegsgefangener in Vietnam war er nur glücklich, noch am Leben und wieder mit Maggie und Tara, die geboren wurde, während er in Vietnam war, vereint zu sein.

Schon in der ersten Woche nach seiner Rückkehr begann Connor nach einer Arbeit zu suchen. Er hatte bereits ein Vorstellungsgespräch bei der Chicagoer Niederlassung der CIA geführt, als Chris Jackson, der Hauptmann seines Zuges in Vietnam, ihn unangemeldet besuchte und ihm vorschlug, sich einer Spezialabteilung anzuschließen, die in Washington zusammengestellt wurde. Jackson machte ihn jedoch von vornherein darauf aufmerksam, daß es bei dieser Position Aspekte geben würde, über die er mit niemandem reden dürfe, nicht einmal mit seiner Frau.

Als Maggie eine Stellung bei der Verwaltung der Universität Georgetown angeboten bekam, wurde Connor bewußt, wie entschlossen Jackson war, ihn zu rekrutieren. Am nächsten Tag schrieb er seinem alten Zugführer, daß er sich freue, bei der „Maryland-Versicherungsgesellschaft" eine Ausbildung für die gehobene Laufbahn anzufangen.

Und damit hatte die Zeit der Verstellung begonnen.

„Erwarten Sie etwa, daß ich glaube, die CIA habe nicht einmal davon gewußt, daß ein Attentat in Erwägung gezogen wurde?"

„So ist es aber, Sir", antwortete die Direktorin der CIA Helen Dexter.

Der Präsident begann im Zimmer auf und ab zu gehen. Er fand, daß ihm das gewöhnlich nicht nur mehr Zeit zum Überlegen gab, sondern seine Gäste auch verunsicherte. Nervös waren die meisten ohnehin bereits, wenn sie das Oval Office betraten. Wäre aber im Rosengarten des Weißen Hauses eine Bombe explodiert, würde Helen Dexter wahrscheinlich höchstens eine gepflegte Braue hochgezogen haben. Ihre Karriere hatte bereits drei Präsidenten überdauert, von denen, den Gerüchten nach, jeder zu irgendeinem Zeitpunkt ihren Rücktritt gefordert hatte.

„Und als Mr. Lloyd mir telefonisch mitteilte, daß Sie nähere Einzelheiten benötigten", fuhr Dexter fort, „wies ich meinen Stellvertreter Nick Gutenburg an, sich sofort mit unseren Leuten in Bogotá in Verbindung zu setzen und mir genauestens Bericht zu erstatten, was dort Samstag nachmittag geschehen ist. Gutenburg hat seinen Bericht bereits gestern fertiggestellt." Sie tippte auf den Ordner auf ihrem Schoß.

Lawrence blieb unter einem Porträt Abraham Lincolns stehen, das über dem Kamin hing, und musterte Helen Dexter. Sie blickte jedoch unbeirrt geradeaus.

Die Direktorin der CIA trug ein elegantes, maßgeschneidertes dunkles Kostüm mit schlichter cremefarbener Hemdbluse. Sie verzichtete weitgehend auf Schmuck und machte auch bei feierlichen Veranstaltungen nur hin und wieder eine Ausnahme. Daß sie im Alter von 32 Jahren von Präsident Gerald Ford zur stellvertretenden Direktorin der CIA ernannt wurde, geschah eigentlich nur, um den weiblichen Teil der Wählerschaft während der Wahl von 1976 zu besänftigen. Wie sich bald herausstellte, war Ford der Notbehelf, nicht Dexter.

Sie hatte bei der CIA im Büro der Spezialabteilung angefangen, und bis sie zur stellvertretenden Direktorin der CIA aufgestiegen war, hatte sie sich bereits mehr Feinde als Freunde gemacht, doch im Lauf der Jahre schienen ihre Widersacher zu verschwinden, einige wurden auch gefeuert oder gingen vorzeitig in den Ruhestand. Sie war gerade vierzig geworden, als sie endlich zur Direktorin ernannt wurde. Die *Washington Post* schrieb, Helen Dexter habe eine Position erreicht, die Frauen in der Regel vorenthalten werde. Das hielt die Buchmacher jedoch nicht davon ab, Wetten mit hohen Einsätzen darüber anzunehmen, wie viele Tage Dexter im Amt überstehen würde. Die Tage wurden in Wochen umgewandelt, die Wochen in Monate. Und jetzt akzeptierte man Wetten, ob sie als Leiterin der CIA sogar die Amtszeit von J. Edgar Hoover beim FBI übertreffen würde.

Andy Lloyd hatte Präsident Lawrence bei mehreren Anlässen nachdrücklich vor einem unüberlegten Schritt gewarnt. Sollte er je versuchen, Dexter ihres Amtes zu entheben, müsse er Beweise vorlegen können, die die Öffentlichkeit von geradezu unglaublichen Vergehen überzeugten – etwa von der Art, daß Mutter Teresa ein Geheimkonto bei einer Schweizer Bank eröffnet und vom organisierten Verbrechen regelmäßig Geld erhalten hatte.

Lawrence war so klug gewesen, den Rat seines Stabschefs ernst zu nehmen. Doch jetzt hatte er das Gefühl, Dexter innerhalb weniger Tage absetzen zu können, wenn es ihm gelang zu beweisen, daß die CIA an der Ermordung von Ricardo Guzman beteiligt gewesen war, ohne ihn davon zu unterrichten.

Er kehrte zu seinem Sessel zurück und drückte unauffällig auf den Knopf unter dem Schreibtischrand. Das würde es Andy Lloyd ermöglichen, das Gespräch vom Nebenzimmer aus zu belauschen oder sich die mitgeschnittene Kassette später anzuhören. Lawrence zweifelte nicht, daß Dexter wußte, was er beabsichtigte, und er vermutete, daß ein Gerät in der legendären Handtasche, die sie stets bei sich trug, bereits jede Silbe ihres Gesprächs aufgenommen hatte. Trotzdem benötigte auch er für seine Unterlagen eine Aufzeichnung seiner Version der Ereignisse.

„Da Sie so gut unterrichtet zu sein scheinen", der Präsident setzte sich, „könnten Sie mich vielleicht detaillierter darüber informieren, was in Bogotá tatsächlich geschehen ist."

Helen Dexter ignorierte den sarkastischen Ton in Lawrence' Stimme und griff nach einer Akte auf ihrem Schoß. Auf der Mappe stand in Großbuchstaben: VERTRAULICH – NUR FÜR DEN PRÄSIDENTEN BESTIMMT.

„Von verschiedenen Quellen wurde bestätigt, daß ein einzelner Schütze das Attentat verübte", las sie vor.

„Nennen Sie mir eine dieser Quellen", forderte der Präsident sie auf.

„Unser Kulturattaché in Bogotá", antwortete die Direktorin.

Lawrence zog eine Braue hoch. Die Hälfte der Kulturattachés in den amerikanischen Botschaften rund um die Welt war dorthin entsandt worden, um Helen Dexter in der CIA-Zentrale in Langley ohne den Umweg über den jeweiligen Botschafter, geschweige denn das Außenministerium, direkt Bericht zu erstatten. Und vermutlich würden die meisten von ihnen „Don Giovanni" nicht für eine Oper halten, sondern für ein italienisches Restaurant.

Der Präsident seufzte. „Und wer, glaubt er, steckt hinter diesem Attentat?"

Dexter blätterte in der Akte, nahm ein Foto heraus und schob es über den ovalen Schreibtisch. Der Präsident blickte auf das Bild eines gutgekleideten, offenbar wohlhabenden Mannes mittleren Alters.

„Das ist Carlos Velez. Er führte das zweitgrößte Drogenkartell in Kolumbien. Guzman war der Boß des größten."

„Wird er wegen Mordes vor Gericht gestellt?"

„Nur wenige Stunden nachdem die Polizei einen Haftbefehl erwirkt hatte, wurde er bedauerlicherweise ermordet."

„Wie passend! Und hat dieser einsame Attentäter einen Namen? Oder starb auch er, kurz nachdem der Haftbefehl ausgestellt worden war?"

„Nein, Sir, er erfreut sich offenbar bester Gesundheit", gab die Direktorin zurück. „Er heißt Dirk van Rensberg. Er ist Südafrikaner und tauchte sofort nach dem Attentat unter."

„Und wissen wir etwas über van Rensbergs Schritte nach dem Attentat?"

„Er hat offenbar unter dem Namen Alistair Douglas eine Maschine nach Lima genommen und ist dann mit demselben Reisepaß nach Buenos Aires weitergeflogen. Danach haben wir seine Spur verloren."

„Und ich bezweifle, daß Sie sie je wiederfinden werden."

„Oh, so pessimistisch wäre ich da nicht, Mr. President."

„Nun", erwiderte Lawrence, „ich werde über diese Angelegenheit jedenfalls nicht so schnell Gras wachsen lassen. Bei unserem nächsten Wiedersehen wäre es durchaus möglich, daß ich einen eigenen Bericht habe, den Sie in Betracht ziehen sollten."

„Ich freue mich schon darauf, ihn zu lesen.“ Dexter erhob sich. Sie legte die Akte auf den ovalen Schreibtisch, griff nach ihrer Handtasche und verließ das Zimmer ohne ein weiteres Wort.

Einen Augenblick später betrat Andy Lloyd den Raum.

„Ich glaube nicht ein Wort von dem, was sie sagt“, wandte sich der Präsident an seinen Stabschef. „Das Beste, was wir tun können, nehme ich an, ist, ihr ein wenig Angst einzujagen und zu hoffen, daß sie nicht auf die Idee kommt, noch einmal eine solche Operation abzuziehen, solange ich im Weißen Haus bin.“

„Darauf würde ich mich nicht verlassen, Mr. President.“

„Was raten Sie mir zu tun? Ich kann ja schlecht einen Killer auf sie ansetzen.“

„Meiner Meinung nach hat sie Ihnen zwei Möglichkeiten gelassen. Sie können sie entweder ihres Amtes entheben und sich dann dem Untersuchungsausschuß des Senats stellen oder so tun, als glaubten Sie ihre Version der Geschehnisse in Bogotá, und hoffen, daß Sie das nächste Mal die Oberhand bekommen.“

„Es könnte eine dritte Möglichkeit geben“, sagte der Präsident ruhig.

Lloyd hörte aufmerksam zu und erkannte rasch, daß der Präsident intensiv darüber nachgedacht hatte, wie er Helen Dexter ihres Postens als Direktorin der CIA entheben könnte.

CONNOR sammelte seine Gedanken, als er auf das Förderband blickte, auf dem nun die ersten Gepäckstücke von seinem Flug lagen. Als sein Koffer erschien, nahm er ihn an sich und ging damit durch den Zoll.

Kaum hatte er die Ankunftshalle betreten, entdeckte er sofort seine Frau und seine Tochter in der wartenden Menge. Er ging schneller und lächelte die Frau an, die er abgöttisch liebte. „Wie geht es dir, mein Liebling?“ erkundigte er sich, während er Maggie umarmte.

„Ich werde immer erst dann wieder ein ganzer Mensch, wenn du sicher von einem Auftrag zurück bist“, wisperte sie.

Er versuchte das Wort „sicher“ zu ignorieren, als er sie losließ und sich der anderen Frau in seinem Leben zuwandte. Sie war eine etwas größere Version des Originals, hatte die gleichen langen roten Haare und die blitzenden grünen Augen. Connors einziges Kind drückte ihm einen so stürmischen Kuß auf die Wange, daß er sich um Jahre jünger fühlte.

„Wie war es in Südafrika?“ erkundigte sich Maggie.

„Seit Mandelas Tod ist die Lage dort noch prekärer geworden.“

Connor hatte sich bei dem langen Mittagessen von Carl Koeter ausführlich über Südafrikas Probleme informieren lassen.

Wie oft er Maggie doch die ganze Wahrheit hatte gestehen wollen. Aber er hatte immer seinen Kodex eingehalten, der totales Schweigen vorschrieb. Im Lauf der Jahre hatte er versucht sich einzureden, daß es besser für sie war, nicht die ganze Wahrheit zu kennen. Doch wenn sie, ohne zu überlegen, Wörter benutzte wie „Auftrag" und „sicher", ahnte er, daß sie mehr wußte, als sie je zugab. Bald würde er sie jedoch nicht mehr täuschen müssen. Bogotá war seine letzte Mission gewesen. Während des Urlaubs würde er Andeutungen über eine mögliche Beförderung machen, einen ruhigeren und auch besser bezahlten Job, der keine ständigen Reisen mehr erforderte.

Arm in Arm traten sie aus der Ankunftshalle hinaus in die warme Sommerluft und schlenderten zum Parkplatz.

2

Andy Lloyd hielt ein Taxi an und sprang hinein. „Zu AVs in der New York Avenue", sagte er.

Das Taxi bog nach rechts in die Pennsylvania Avenue ab und fuhr die Sechste Straße nordwärts hinauf. Er bemühte sich, seine Gedanken zu sammeln, und war froh, daß der Fahrer offenbar nicht vom redseligen Schlag war oder gar versuchte, seine Meinung über die Regierung oder den Präsidenten an den Mann zu bringen.

Nachdem sie links in die New York Avenue eingebogen waren, fuhr das Taxi sogleich langsamer. Lloyd reichte dem Fahrer einen Zehndollarschein, noch ehe sie angehalten hatten, und stieg aus, ohne auf das Wechselgeld zu warten.

Er ging unter einer grün-weiß-roten Markise hindurch, die keinen Zweifel an der italienischen Abstammung des Besitzers ließ, und öffnete die Tür. Erleichtert stellte er fest, daß das Lokal leer war, abgesehen von einem einsamen Gast am hinteren Ende des Raums, der mit seinem halbvollen Glas Tomatensaft spielte. Sein eleganter, gutgeschnittener Anzug verriet nicht, daß sein Träger arbeitslos war. Der Mann hatte immer noch die Statur eines Sportlers, aber seine Glatze ließ ihn älter erscheinen, als man seinem Geburtsdatum in der

Akte nach annehmen sollte. Ihre Blicke trafen sich, und der Mann nickte.

Lloyd ging zu dem anderen hinüber und setzte sich zu ihm an den Tisch. „Ich bin Andy...“, begann er.

„Das Rätsel ist nicht, wer Sie sind, Mr. Lloyd, sondern weshalb der Stabschef des Präsidenten mit mir reden will“, entgegnete Chris Jackson.

„UND WAS ist Ihr Spezialgebiet?“ fragte Stuart McKenzie.

Maggie blickte ihren Mann rasch an. Ihr war durchaus bewußt, daß ihm Fragen über sein Berufsleben nicht willkommen waren.

Connor erkannte, daß Tara ihre neueste Eroberung nicht davor gewarnt hatte, die Arbeit ihres Vaters zu erwähnen.

Bis zu diesem Augenblick hatte er, soweit er sich erinnern konnte, kein Mittagessen so sehr genossen wie dieses. Fisch, der erst, Stunden ehe sie sich an den Ecktisch in dem kleinen Strandcafé bei Cronulla gesetzt hatten, aus dem Wasser gezogen worden war. Früchte, die unbehandelt waren und absolut frei von Schadstoffen. Und ein Bier, von dem er nur hoffen konnte, es werde nach Washington exportiert. Er nahm einen Schluck Kaffee, bevor er sich zurücklehnte und die keine hundert Meter entfernten Surfer beobachtete. Das war ein Sport, den er gern zwanzig Jahre früher entdeckt hätte! Stuart war überrascht gewesen, wie fit Taras Vater war, als er das Surfbrett zum erstenmal ausprobierte. Connor bluffte, indem er Stuart versicherte, daß er zwei- bis dreimal die Woche Bodybuilding betrieb. Zwei- bis dreimal am Tag wäre der Wahrheit näher gekommen.

Obwohl er wohl nie jemanden als gut genug für seine Tochter erachten würde, mußte Connor doch zugeben, daß ihm die Gesellschaft des jungen Anwalts während der vergangenen Tage überaus angenehm gewesen war.

„Ich bin im Versicherungsgeschäft“, antwortete er, aber natürlich war ihm klar, daß seine Tochter Stuart das bereits erzählt haben mußte.

„Ja, Tara sagte so etwas, aber Näheres erwähnte sie nicht.“

Connor lächelte. „Das liegt daran, daß ich auf Entführungen und Erpressungen spezialisiert bin und alle Fälle vertraulich behandle, genau wie ein Anwalt.“ Er fragte sich, ob das den jungen Australier von dem Thema abbringen würde.

Um weiteren Fragen vorzubeugen, stand Maggie in diesem Moment auf und wandte sich an Connor. „Ich gehe jetzt schwimmen. Hat jemand Lust mitzukommen?“

„Nein, aber ich würde es gern noch einmal mit dem Surfbrett probieren“, antwortete Tara. Sie war sofort bereit, den Versuch ihrer Mutter zu unterstützen, die Fragerei zu beenden. Sie faßte Stuart am Arm. „Gehen wir, Supermann! Ich werde dir jetzt eine Gelegenheit geben, den Helden zu spielen und mich zu retten.“

Stuart sprang auf, und die beiden rannten den Strand hinunter.

„Er ist ein sehr netter junger Mann“, sagte Maggie. Sie nahm Connors Hand, und sie machten sich ebenfalls daran, zur Brandung hinunterzugehen.

Maggie dachte an den Beginn ihres gemeinsamen Lebenswegs zurück. Sie hatte sich über Connors Entscheidung gewundert, als er bei der Maryland-Versicherung die Ausbildung anfing. Sie hatte immer gedacht, er würde in die Fußstapfen seines Vaters treten und zur Polizei gehen. Das war natürlich bevor er ihr erklärt hatte, für wen er tatsächlich arbeiten würde. Zwar ging er nicht ins Detail, aber er sagte ihr zumindest, von wem er sein Gehalt bekam. Und er machte ihr klar, was es bedeutete, daß er ein *non-official cover officer*, also ein Geheimagent besonderer Art, kurz ein NOC, sein würde. Sie bewahrte sein Geheimnis all die Jahre, obwohl es sie manchmal verlegen machte, daß sie mit ihren Freundinnen nicht über den Beruf ihres Ehemanns reden konnte. Aber sie sagte sich, daß das wohl das geringste Problem war, verglichen mit der Geschwätzigkeit anderer Männer, die ihren Frauen täglich in allen Einzelheiten von ihrer Arbeit erzählten, jedoch alles andere verschwiegen.

Sie hoffte nur, daß ihre Tochter eines Tages den Mann finden würde, der bereit war, die ganze Nacht auf einer Parkbank zu sitzen, nur um zu sehen, wie sie den Vorhang ihres Fensters zuzog.

CHRIS JACKSON zündete sich eine Zigarette an und lauschte aufmerksam dem, was der Mann aus dem Weißen Haus zu sagen hatte. Er machte keine Anstalten, ihn zu unterbrechen.

Nachdem Lloyd schließlich zum Ende seiner vorbereiteten Rede gekommen war, nahm er einen Schluck Mineralwasser und wartete gespannt auf die erste Frage des ehemaligen Vizedirektors der CIA.

Jackson drückte seine Zigarette aus. „Dürfte ich wissen, weshalb Sie glauben, daß ich der Richtige für diesen Auftrag bin?“

Lloyd sagte die Wahrheit: „Wir wissen, daß Sie von Ihrem Posten bei der CIA zurückgetreten sind, weil Sie eine Meinungsverschiedenheit“ – er betonte dieses Wort – „mit Helen Dexter hatten, und das, obwohl Ihr persönlicher Einsatz immer beispielhaft gewesen ist. Aber seit Sie aus, nun sagen wir, ein wenig bizarren Gründen gekündigt haben, waren Sie offenbar nicht in der Lage, eine Ihren Qualifikationen entsprechende Stelle zu bekommen. Wir vermuten, daß Mrs. Dexter auch damit etwas zu tun hat.“

„Ein Anruf genügt“, bestätigte Jackson trocken, „vertraulich selbstverständlich, und plötzlich muß man feststellen, daß man offenbar nirgendwo mehr erwünscht ist.“ Er zündete sich eine neue Zigarette an. „Sie müssen wissen, Dexter ist der Ansicht, daß Tom Lawrence den zweitwichtigsten Posten in Amerika innehat. Sich selbst hält sie für den wahren Verteidiger des amerikanischen Glaubens. Für sie sind gewählte Politiker lediglich lästige Zeitgenossen, die früher oder später wieder abgewählt werden. Sie können sicher sein, daß Dexter eine Akte über Ihren Chef führt, voll der Gründe, warum er ungeeignet ist, noch eine zweite Amtsperiode Präsident zu bleiben.“

„Dann werden wir anfangen müssen, eine eigene Akte anzulegen, Mr. Jackson. Ich wüßte niemanden, der für diese Aufgabe besser qualifiziert wäre als Sie.“

„Womit soll ich anfangen?“

„Mit der Untersuchung, wer hinter dem Anschlag auf Ricardo Guzman im vergangenen Monat in Bogotá steckt“, antwortete Lloyd. „Wir haben Grund zu der Annahme, daß die CIA etwas damit zu tun hat.“

„Ohne Wissen des Präsidenten?“ fragte Jackson ungläubig.

Lloyd nickte, zog einen Ordner aus seiner Aktentasche und schob ihn über den Tisch. „Lassen Sie sich Zeit“, riet er Jackson, „denn Sie werden sich alle Einzelheiten genau einprägen müssen.“

Jackson schlug die erste Seite auf und vertiefte sich in den Text. Als er die Akte durchgelesen hatte, fragte er: „Wieviel Zeit habe ich?“

„Der neue Präsident von Kolumbien wird Washington in drei Wochen mit seinem offiziellen Besuch beehren. Es wäre sehr hilfreich, wenn wir bis dahin etwas vorzuweisen hätten.“

„Das erinnert mich alles schon sehr an die alten Zeiten.“ Jackson drückte seine Zigarette aus. „Nur habe ich diesmal die Genugtuung, daß Dexter offiziell auf der anderen Seite ist.“ Er zündete sich bereits die nächste Zigarette an.

„Für wen werde ich arbeiten?"

„Offiziell sind Sie freiberuflicher Mitarbeiter, aber inoffiziell arbeiten Sie für mich. Ich werde mich mit Ihnen in Verbindung setzen, wann immer ..."

„Nein, Mr. Lloyd", unterbrach ihn Jackson. „Ich nehme mit Ihnen Verbindung auf, wenn ich etwas Wichtiges zu berichten habe. Dadurch reduziert sich die Gefahr, daß jemand auf uns aufmerksam wird. Sie müssen mir nur eine Telefonnummer nennen, die nicht zurückverfolgt werden kann."

Lloyd kritzelte sieben Ziffern auf eine Serviette. „Damit kommen Sie direkt zu meinem Schreibtisch. Nach Mitternacht wird diese Nummer automatisch auf das Telefon neben meinem Bett umgeschaltet. Sie brauchen sich auch keine Gedanken wegen einer möglichen Zeitverschiebung zu machen. Es stört mich nicht weiter, wenn ich aufgeweckt werde."

„Das ist gut zu wissen", erwiderte Jackson. „Denn ich glaube, Helen Dexter schläft nie."

Lloyd lächelte. „Haben wir an alles gedacht?"

„Nicht ganz", erwiderte Jackson. „Wenn Sie gehen, biegen Sie nach rechts ab, dann an der nächsten Straßenecke noch einmal nach rechts. Blicken Sie nicht zurück, und rufen Sie kein Taxi, ehe Sie nicht mindestens vier Blocks weit marschiert sind. Von jetzt an müssen Sie denken wie Dexter – und vergessen Sie nicht, sie ist seit dreißig Jahren in diesem Geschäft und kennt alle schmutzigen Tricks. Es gibt nur einen einzigen Menschen, der noch besser ist als sie."

„Ich hoffe, das sind Sie", sagte Lloyd.

„Ich fürchte, nein."

„Sagen Sie nur nicht, daß er für Dexter arbeitet."

„Doch." Jackson nickte. „Er ist zwar mein bester Freund, aber falls Dexter ihm befehlen würde, mich zu töten, hätte ich kaum eine Chance. Wenn Sie von mir erwarten, beide zu schlagen, können Sie nur hoffen, daß ich in den vergangenen acht Monaten keinen Rost angesetzt habe."

Die beiden Männer erhoben sich. „Leben Sie wohl, Mr. Lloyd." Jackson gab ihm die Hand. „Dies wird unsere erste und zugleich letzte Begegnung bleiben."

„Aber ich dachte, wir hätten eine Übereinkunft getroffen ..." Lloyd blickte seinen neuen Verbündeten besorgt an.

„Zusammenzuarbeiten, Mr. Lloyd, nicht uns zu treffen. Bedenken Sie, für Dexter wären zwei Treffen kein Zufall mehr.“

Lloyd nickte. „Dann werde ich darauf warten, von Ihnen zu hören.“

„LETZTER Aufruf für United-Airways-Flug 816 nach Los Angeles“, ertönte eine Stimme aus den Lautsprechern. „Wir bitten alle Passagiere, sich sofort zum Flugsteig siebenundzwanzig zu begeben.“

Connor und Maggie setzten sich in Richtung der Paßkontrolle in Bewegung und bemühten sich, ein paar Schritte vor ihrer Tochter und Stuart zu bleiben, die sich immer noch eng umschlungen hielten. Während der vergangenen zwei Wochen hatten sie zunächst angefangen, Stuart zu mögen und später so etwas wie Hochachtung für ihn zu empfinden. Alles in allem dachte Connor nun, daß dies einer seiner angenehmsten Urlaube gewesen war.

Sobald sie die Paßkontrolle hinter sich hatten, hielt sich Connor ein Stück zurück, während Maggie weiter zur Abflugwartehalle ging, um der Flugbegleiterin am Flugsteig zu versichern, daß die beiden letzten Passagiere umgehend folgen würden.

Als Tara ein paar Augenblicke später widerstrebend um die Ecke bog, legte Connor sanft einen Arm um ihre Schultern. „Es ist zwar kein Trost für dich, aber deine Mutter und ich finden ihn ...“ Connor stockte.

„Ich weiß“, entgegnete Tara schluchzend. „Sobald ich wieder in Stanford bin, werde ich mich erkundigen, ob ich meine Dissertation an der Universität von Sydney beenden darf.“ Connor sah, daß seine Frau sich am Flugsteig mit einer Stewardeß unterhielt.

„Hat sie solche Angst vor dem Fliegen?“ flüsterte die Flugbegleiterin Maggie zu, als sie die schluchzende junge Frau erblickte.

„Nein. Sie mußte nur etwas zurücklassen, das man sie nicht durch den Zoll bringen ließ.“

„SIND Sie sicher, daß Jackson zu trauen ist?“

„Nein, Mr. President. Aber in einem bin ich mir sicher: Jackson hat eine ebenso große Abneigung gegen Helen Dexter wie Sie.“

„Na, das ist doch so gut wie eine persönliche Empfehlung“, meinte der Präsident. „Was hat Sie sonst noch veranlaßt, sich für ihn zu entscheiden?“

„Er hat auch die anderen Eigenschaften, die ich gesucht habe. Da ist seine Personalakte als Offizier in Vietnam und als Leiter der Spionageabwehr, ganz zu schweigen von seinem Ruf als stellvertretender Direktor der CIA.“

„Warum hat er denn so plötzlich seinen Posten aufgegeben, wenn er noch eine so vielversprechende Laufbahn vor sich hatte?“

„Ich vermute, Dexter fand sie ein bißchen zu vielversprechend und sah in ihm eine ernsthafte Gefahr für ihre eigene Karriere.“

„Wenn Jackson beweisen kann, daß Dexter den Auftrag erteilte, Ricardo Guzman umzubringen, könnte er das vielleicht durchaus noch sein. Halten wir die Daumen, daß Jackson tief genug im Schmutz wühlt, damit wir Dexter endlich offiziell loswerden können. Und wenn wir dann schon dabei sind, sollten wir die Sache vielleicht im Rosengarten inszenieren.“

KAUM hatte Maggie das Schlafzimmer ihres Häuschens in Georgetown betreten, wählte sie schon die Nummer in San Francisco. Connor fing an auszupacken und hörte dabei dem Gespräch zwischen seiner Frau und seiner Tochter zu. Sie hatten sich am Flughafen in Los Angeles getrennt, wo Tara ihren Anschlußflug nach San Francisco nahm.

„Alles in Ordnung mit dir?“ fragte Maggie.

„Ja, natürlich“, bestätigte Tara, ehe sie sich während der nächsten Minuten bemühte, ihre Mutter davon zu überzeugen, daß sie nicht dabei war, etwas Überstürztes zu tun. Schließlich fragte sie: „Ist Dad in der Nähe?“

„Ja. Warte, ich gebe ihn dir.“ Sie streckte Connor das Telefon über das Bett entgegen.

„Würdest du mir bitte einen Gefallen tun, Dad?“ fragte Tara.

„Na klar.“

„Bitte erkläre Mom, daß ich nicht beabsichtige, irgend etwas Unüberlegtes zu tun. Stuart hat vor, Weihnachten herüberzukommen, und ich bin mir ziemlich sicher, daß ich bis dahin durchhalten kann. Übrigens, Dad, ich weiß bereits, was ich mir zu Weihnachten wünsche.“

„Und was ist das, mein Schatz?“

„Daß du die nächsten acht Monate die Rechnungen für meine Überseegespräche bezahlst. Ich habe so das Gefühl, daß sie möglicherweise teurer kommen werden als der Gebrauchtwagen, den du mir versprochen hast, wenn ich promoviert habe.“

Connor lachte. „Einverstanden. Auf Wiederhören, Schatz.“ Er legte auf und lächelte Maggie beruhigend zu. Er wollte sie zum mindestens zehntenmal beruhigen, sie brauche sich keine Sorgen um Tara zu machen, als das Telefon läutete. Er griff nach dem Hörer.

„Tut mir leid, daß ich Sie gleich nach Ihrer Rückkehr belästigen muß“, meldete sich Joan Bennett, seine Sekretärin. „Aber so dringend, wie die Chefin es machte, kann es sich nur um einen Notfall handeln. Wie schnell können Sie hiersein?“

Connor blickte auf die Uhr. „In etwa zwanzig Minuten.“

„Wer war das?“ fragte Maggie, ohne im Auspacken innezuhalten.

„Joan. Ich soll nur schnell zwei liegengebliebene Verträge unterschreiben.“

Connor verließ rasch das Zimmer und rannte die Treppe hinunter und aus dem Haus, bevor Maggie Fragen stellen konnte. Er stieg in ihren alten Toyota, steuerte ihn auf die 29. Straße und verschwand 15 Minuten später in einer von außen nicht als solche erkennbaren Tiefgarage.

Als Connor das Haus betrat, legte der Wachmann flüchtig die Hand an die Schirmmütze. „Willkommen zu Hause, Mr. Fitzgerald“, begrüßte er Connor. „Ich hatte eigentlich nicht erwartet, daß Sie vor Montag hiersein würden.“

„Ich auch nicht“, antwortete Connor und ging zu den Aufzügen. Als er im siebten Stock ausstieg, begrüßte ihn die junge Frau am Empfang mit einem Lächeln. An der Wand hinter ihrem Schreibtisch stand in großen Buchstaben MARYLAND-VERSICHERUNGSGESELLSCHAFT.

„Wie schön, Sie wiederzusehen, Mr. Fitzgerald“, sagte sie. „Sie haben Besuch.“

Connor lächelte, ging den Korridor hinunter, bog um die Ecke und trat in sein Büro.

„Wir haben ein Problem“, sagte Helen Dexter nur und schob einen Ordner über die Schreibtischplatte.

„GEBEN Sie mir einen brauchbaren Hinweis, dann mache ich die ganze Knochenarbeit“, versprach Jackson.

„Ich wollte, ich könnte es, Chris“, erwiderte Bogotás Polizeipräsident. „Aber einige Ihrer ehemaligen Kollegen haben mir unmißverständlich klargemacht, daß Sie jetzt Persona non grata sind.“

„Ich hätte Sie wirklich nicht für jemanden gehalten, der sich um so was schert.“ Jackson goß dem Polizeipräsidenten Whisky nach.

„Chris, Sie müssen doch verstehen, daß alles völlig selbstverständlich war, solange Sie noch für Ihre Regierung arbeiteten …“

„Einschließlich der Entschädigung für Sie, wenn ich mich recht erinnere."

„Natürlich", entgegnete der Polizeipräsident gleichmütig. „Sie sehen sicher ein, daß die Ausgaben nach wie vor beglichen werden müssen."

„Kann ich dieser kleinen Klagerede entnehmen", erkundigte sich Jackson, „daß sich an der Gebühr nichts geändert hat, auch wenn man als Persona non grata abgestempelt ist?"

Der Polizeipräsident leerte das Glas. „Chris, Präsidenten kommen und gehen, sowohl in Ihrem Land als auch in meinem, nicht aber alte Freunde."

Jackson bedachte ihn mit einem dünnen Lächeln, ehe er ein Kuvert aus der Brusttasche zog und ihm unter der Theke zuschob.

Der Polizeipräsident warf einen Blick hinein, knöpfte eine Brusttasche auf und ließ den Umschlag darin verschwinden. „Ich sehe, daß Ihre neuen Chefs bei Ihrem Spesenkonto offenbar nicht so großzügig sind."

„Ich bitte Sie nur um einen einzigen brauchbaren Tip", erinnerte ihn Jackson.

Der Polizeipräsident lächelte. „Ich war schon immer der Meinung, Chris, daß man in einer Pfandleihe so allerlei Brauchbares finden kann." Er stand auf. „Und wenn ich an Ihr gegenwärtiges Dilemma denke, mein alter Freund, würde ich in San Victorina anfangen und mir keine größere Mühe machen, als Schaufenster anzusehen."

SOBALD Connor die Einzelheiten des vertraulichen Memorandums gelesen hatte, gab er der Direktorin den Ordner zurück.

Ihre erste Frage überraschte ihn. „Wann ist es soweit, daß Sie aus dem Außendienst ausscheiden?"

„Nächstes Jahr im Januar, aber ich hoffe, bei der Gesellschaft bleiben zu können."

„Es dürfte nicht ganz so einfach sein, gegenwärtig jemanden mit Ihren besonderen Fähigkeiten unterzubringen", sagte Dexter. „Ich habe jedoch eine Vakanz als Direktor unserer Zweigstelle in Cleveland."

„Cleveland?"

„Ja."

„Nach achtundzwanzig Jahren bei der Gesellschaft hatte ich eigentlich gehofft, Sie würden etwas in Washington für mich finden. Sie wissen doch bestimmt, daß meine Frau Leiterin des Studentensekretariats der Universität von Georgetown ist."

„Ich würde Ihnen gerne entgegenkommen“, antwortete Dexter sachlich. „Aber in Langley gibt es in absehbarer Zeit nichts Passendes für Sie.“

Connor starrte die Direktorin über den Tisch hinweg an. Ihm war schmerzlich bewußt, daß sie ihn jetzt abservierte wie bereits viele Kollegen vor ihm. Aber warum? Er blickte auf die Akte. Hatte der Präsident gefordert, daß jemand geopfert werden solle, nachdem er peinlichst über die Aktion der CIA in Kolumbien befragt worden war?

„Gibt es eine Alternative?“ fragte er.

„Sie könnten vorzeitig in den Ruhestand gehen.“ Helen Dexter erhob sich. „Geben Sie mir Bescheid, wenn Sie sich entschieden haben.“ Ohne ein weiteres Wort verließ sie das Zimmer.

Connor blieb reglos an seinem Schreibtisch sitzen und versuchte, sich die Folgen von Dexters Worten auszumalen. Er erinnerte sich an ein fast identisches Gespräch, von dem Chris Jackson ihm vor acht Monaten erzählt hatte. Er fragte sich, wie viele andere gute Mitarbeiter im Lauf der Jahre auf dem Altar von Helen Dexters Ego geopfert worden waren.

ALS CHRIS JACKSON die Tür öffnete, läutete eine Glocke, um den Geschäftsinhaber darauf aufmerksam zu machen, daß jemand den Laden betreten hatte.

In Bogotá gibt es über hundert Pfandleihen, und der Großteil davon befindet sich im Stadtteil San Victorina. So viel herumgelaufen war Jackson nicht mehr seit Beginn seiner Laufbahn als junger Geheimagent.

Escobar, ein Mann in fortgeschrittenem Alter, blickte von seiner Abendzeitung auf. „Guten Abend, Sir“, begrüßte er den Eintretenden und erhob sich von seinem Hocker. „Wie kann ich Ihnen zu Diensten sein?“

„Das Gewehr im Schaufenster...“

„Ah, ja. Es ist ein Liebhaberstück.“ Der alte Mann hob die Klappe des Verkaufstresens hoch und ging zum Fenster. Er nahm den Koffer von seinem Platz und legte ihn auf den Tresen, damit sein Kunde den Inhalt näher betrachten konnte.

Jackson genügte ein flüchtiger Blick auf die handgearbeiteten Gewehrteile, um ihre Herkunft zu erkennen. Es überraschte ihn nicht, daß eine Patronenhülse leer war.

„Was kostet das Ganze?“

„Zehntausend Dollar“, antwortete Escobar.

Jackson hatte keine Lust zu feilschen. Aber so viel Bargeld trug er nicht bei sich. „Wäre es Ihnen recht, wenn ich jetzt eine Anzahlung leiste und den Rest morgen früh bezahle, wenn ich das Stück abhole?“

„Selbstverständlich, Sir“, antwortete Escobar. „Für dieses besondere Stück benötige ich allerdings eine Sicherheit von zehn Prozent der Kaufsumme.“

Jackson nickte und zog seine Geldbörse aus der Innentasche seiner Jacke. Er nahm mehrere Scheine heraus und schob sie über den Verkaufstresen. Escobar stellte eine Quittung aus.

Jackson blickte hinunter in den offenen Koffer. Er lächelte, nahm die leere Patronenhülse heraus und steckte sie in seine Hosentasche.

Escobar blinzelte verwirrt, nicht wegen Jacksons Benehmen, sondern weil er hätte schwören können, daß alle zwölf Patronen voll gewesen waren, als er den Koffer angenommen hatte.

BEIM Öffnen der Tür schrillte die Alarmglocke. Er schob den Perlenvorhang zur Seite und betrat den Laden. Er blickte hinüber zu dem Tischchen im Schaufenster. Der Gewehrkoffer lag nicht mehr darauf.

Er brauchte mehrere Minuten, bis er ihn unter dem Verkaufstresen versteckt fand.

Sorgfältig begutachtete er seinen Inhalt, bemerkte, daß eine Patronenhülse fehlte, dann klemmte er sich den Koffer unter den Arm und verließ schnell das Haus. Nicht, daß er befürchtete, geschnappt zu werden: Der Polizeipräsident hatte ihm versichert, daß der Einbruch frühestens nach dreißig Minuten gemeldet würde.

Man konnte den Polizeipräsidenten wohl kaum dafür verantwortlich machen, daß sein alter Freund nicht genug Bargeld bei sich hatte, um das Gewehr zu kaufen. Ganz abgesehen davon, war der Polizeipräsident alles andere als traurig darüber, für dieselbe Information gleich zweimal bezahlt zu werden und schon gar in amerikanischen Dollars.

SIE SCHENKTE ihm eine zweite Tasse Kaffee ein.

„Maggie, ich überlege, ob ich bei der Gesellschaft kündigen und mir eine andere Stellung suchen soll, bei der ich nicht soviel in der Weltgeschichte herumreisen muß.“ Er blickte über den Küchentisch und wartete auf die Reaktion seiner Frau.

Maggie stellte die Kaffeekanne auf die Warmhalteplatte zurück und blickte Connor an. „Warum jetzt?"

„Die Direktorin hat mir gesagt, ich würde aus der Entführungs- und Erpressungsabteilung abgezogen und durch einen Jüngeren ersetzt. Das ist in meinem Alter bei der Gesellschaft so üblich."

„Aber für jemanden mit deiner Erfahrung muß es in der Gesellschaft doch genug andere Positionen geben."

„Die Direktorin bot mir die Leitung unserer Außenstelle in Cleveland an."

„Cleveland?" Maggie schüttelte ungläubig den Kopf. „Warum ist die Direktorin plötzlich so versessen darauf, dich loszuwerden?"

„Oh, ganz so schlimm ist es auch wieder nicht. Wenn ich ihr Angebot ablehne, habe ich immer noch Anspruch auf sämtliche Ruhestandsleistungen." Connor versuchte gar nicht, Maggies Frage zu beantworten.

„Meinst du nicht, daß es jetzt an der Zeit wäre, mich in die volle Wahrheit einzuweihen?" fragte Maggie. „Du hast mir nie die Tatsache verheimlicht, daß die Maryland-Versicherungsgesellschaft nur ein Tarnname für die CIA ist. Ich habe dich nie gedrängt, mir Näheres zu erzählen. Aber in letzter Zeit haben gutgetarnte Reisen deutliche Spuren hinterlassen."

„Ich fürchte, ich verstehe nicht", entgegnete Connor lahm.

„Als ich deinen Anzug von der Reinigung abholte, hat man das in einer Tasche gefunden." Maggie legte eine kleine Münze auf den Tisch. „Ich habe erfahren, daß sie nur in Kolumbien benutzt wird."

Connor starrte auf das Zehnpesostück. „Du mußt mir glauben, Maggie..."

„Ich weiß, Connor. Ich habe es immer akzeptiert, daß es einen guten Grund geben muß, weshalb du mir gegenüber in all diesen Jahren nicht völlig ehrlich warst." Sie beugte sich über den Tisch und nahm die Hand ihres Mannes. „Aber wenn du jetzt aus keinem offensichtlichen Grund einfach abserviert werden sollst, meinst du da nicht auch, daß ich ein Recht darauf habe zu erfahren, was du während der vergangenen achtundzwanzig Jahre getan hast?"

CHRIS JACKSON bat den Taxifahrer, vor der Pfandleihe auf ihn zu warten – er würde nur wenige Minuten brauchen – und ihn dann zum Flughafen zu bringen.

Als er den Laden betrat, eilte Escobar vom Lager herbei. Er wirkte sehr erregt. Kaum erkannte er den Kunden, senkte er den Kopf und öffnete wortlos die Registrierkasse. Er nahm stockend zehn Hundertdollarscheine heraus und reichte sie Jackson über den Verkaufstresen.

„Ich muß mich entschuldigen, Sir", sagte er, „aber ich fürchte, der Koffer wurde heute nacht gestohlen."

Jackson schwieg. Nachdem er die Pfandleihe verlassen hatte, wurde Escobar den Eindruck nicht los, daß sein Kunde nicht sehr überrascht gewesen war.

Während das Taxi zum Flughafen fuhr, holte Jackson die leere Patronenhülse aus seiner Jackentasche. Er würde zwar nicht imstande sein zu beweisen, wer den Schuß abgefeuert hatte, aber für ihn gab es nun keinen Zweifel mehr, wer hinter dem Befehl zur Ermordung von Ricardo Guzman stand.

3

Der Hubschrauber landete weich auf dem Rasen beim Reflecting Pool zwischen dem Washington Monument und dem Lincoln Memorial. Während die Rotoren langsamer wurden, klappte eine kurze Treppe auf. Die Tür des Nighthawk schwang auf, und Präsident Herrera zeigte sich in voller Paradeuniform, was ihn unwillkürlich wie einen kleinen Schauspieler in einem zweitklassigen Film erscheinen ließ. Er erwiderte den zackigen militärischen Gruß der Marineinfanteristen, dann schritt er zu seiner gepanzerten Cadillac-Limousine.

Präsident Tom Lawrence, Außenminister Larry Harrington und Stabschef Andy Lloyd warteten am Südportikus des Weißen Hauses auf ihn. Je phantasievoller die Uniform, je farbenprächtiger die Schärpe, je zahlreicher die Medaillen, desto unbedeutender das Land, dachte Lawrence, als er vortrat, um seinen Besucher zu begrüßen.

„Antonio, mein teurer alter Freund", sagte er, als Herrera ihn umarmte, obwohl sie einander zuvor erst ein einziges Mal begegnet waren. Drei Minuten lang stellten sie sich der Presse. Fotoapparate blitzten, und Videokameras sirrten. Danach bat der Präsident seinen Gast sowie Harrington und Lloyd ins Oval Office. Während sie kolumbianischen Kaffee zu sich nahmen und erneut fotografiert wurden, tauschten sie lediglich Belanglosigkeiten aus. Erst als alle Zaungäste verschwunden waren, ergriff Lawrence entschlossen das Wort und verbreitete sich zu Themen wie dem Auslieferungsabkommen, der aktuellen Kaffee-Ernte und dem Drogenproblem. Als sich der Außenminister in die Diskussion einschaltete, um auf die Rückzahlung fälliger Dollaranleihen zu sprechen zu kommen, schweiften Lawrence' Gedanken ab.

Die Gesetzesvorlage zur Abrüstung war im Kapitol versandet. Hier war noch einige Überzeugungsarbeit zu leisten. Er würde wahrscheinlich mit mehreren Abgeordneten persönlich reden müssen, wenn er überhaupt eine Chance haben wollte, das wichtige Gesetz durchzubekommen.

Aus seinen Gedanken gerissen, fuhr er abrupt zusammen, als Herrera sagte: „... und das habe ich vor allem Ihnen zu verdanken, Mr. President." Ein strahlendes Lächeln breitete sich auf dem Gesicht des Kolumbianers aus, während ihn die drei mächtigsten Männer der USA verblüfft anstarrten.

„Wären Sie so nett, Antonio, das zu wiederholen?" bat der Präsident, denn er war sich nicht sicher, ob er die Worte seines Besuchers auch wirklich richtig verstanden hatte.

„Da wir uns im abhörsicheren Oval Office befinden, Tom, möchte ich noch einmal betonen, wie dankbar ich Ihnen bin, daß Sie bei der Wahl so viel für mich getan haben."

„WIE LANGE arbeiten Sie schon für Maryland-Leben, Mr. Fitzgerald?" fragte der Vorstandsvorsitzende. Das war seine erste Frage in diesem Vorstellungsgespräch, das bereits über eine Stunde dauerte.

„Im Mai werden es achtundzwanzig Jahre, Mr. Thompson." Connor blickte den Mann fest an, der ihm gegenüber in der Mitte des langen Tisches saß.

„Ihre Personalakte ist außerordentlich beeindruckend", stellte die Frau fest, die rechts vom Vorsitzenden saß. „Weshalb wollen Sie Ihre gegenwärtige Stelle wechseln?"

„Meine einzige unmittelbare Chance auf eine Beförderung hätte einen Umzug nach Cleveland erforderlich gemacht", antwortete er. „Und ich finde, daß ich es meiner Frau nicht zumuten kann, ihre Stelle bei der Universität Georgetown aufzugeben."

Der vierte Teilnehmer an diesem Vorstellungsgespräch nickte verständnisvoll. Maggie hatte Connor darauf aufmerksam gemacht, daß der Sohn eines Ausschußmitglieds in Georgetown studierte.

„Damit dürfte wohl alles geklärt sein", meinte der Vorsitzende. „Vielen Dank, daß Sie heute nachmittag zu uns gekommen sind, Mr. Fitzgerald."

„Es war mir eine Ehre." Connor stand auf, um zu gehen.

Der Vorsitzende erhob sich hinter dem langen Tisch und kam zu ihm herum. „Hätten Sie und Ihre Gattin Lust, nächste Woche einmal mit uns zu Abend zu essen?"

„Sehr gern, Sir", versicherte ihm Connor.

„Ben", verbesserte ihn der Vorsitzende. „Niemand bei Washington Provident nennt mich Sir." Er schüttelte Connor herzlich die Hand. „Ich werde meine Sekretärin anweisen, Sie morgen im Büro anzurufen, um sich zu erkundigen, wann es Ihnen und Ihrer Frau am besten paßt. Ich freue mich, Ihre Frau kennenzulernen – Maggie, nicht wahr?"

„Ja, Sir", antwortete Connor und hielt kurz inne. „Und ich freue mich darauf, Mrs. Thompson kennenzulernen, Ben."

ANDY LLOYD hob den Hörer des roten Telefons ab. Er erkannte die Stimme des Anrufers nicht sogleich.

„Ich habe einige Informationen. Tut mir leid, daß ich so lange gebraucht habe."

Lloyd griff rasch nach einem Notizblock und nahm die Kappe eines Filzschreibers ab. Er brauchte keine Knöpfe zu drücken, denn jedes von diesem Telefon aus geführte Gespräch wurde automatisch aufgezeichnet.

„Ich bin soeben aus Bogotá zurückgekommen, wo ich zehn Tage verbracht habe. Aber jemand hatte bereits dafür gesorgt, daß man mir die Türen nicht nur vor der Nase zuschlug, sondern sie auch noch verriegelte und verschloß."

„Dexter muß also herausgefunden haben, was Sie beabsichtigten", vermutete Lloyd.

„Bereits wenige Minuten nachdem ich mich mit dem dortigen Polizeipräsidenten unterhalten hatte, vermute ich."

„Bedeutet das, daß sie nun auch weiß, für wen Sie arbeiten?"

„Nein, da war ich sehr vorsichtig. Deshalb hat es auch so lange gedauert, bis ich mich bei Ihnen gemeldet habe. Aber alle Indizien deuten darauf hin, daß die CIA hinter dem Attentat steckt."

„Wie können Sie da so sicher sein?"

„Ich habe das Gewehr gesehen, mit dem Guzman ohne Zweifel erschossen wurde. Ja, ich habe sogar die leere Patronenhülse der Kugel in der Hand, die ihn traf. Außerdem bin ich mir ziemlich sicher, daß ich den Mann kenne, der das Gewehr hergestellt hat. Er steht unter Vertrag, für eine geringe Zahl von NOCs zu arbeiten."

„NOCs?"

„Non-official cover officers – Beamte, die keiner Regierungsstelle angeschlossen sind. Wenn bei ihren Aufträgen irgend etwas schiefgeht, kann die CIA abstreiten, irgend etwas damit zu tun zu haben."

„Also steht der Attentäter auf der Gehaltsliste der CIA", konstatierte Lloyd.

„Es hat ganz den Anschein. Außer es ist der, den Dexter vor ein paar Tagen in Pension geschickt hat."

„Dann wäre er jetzt genau der richtige Mann für unsere Gehaltsliste."

Nach einem längeren Schweigen sagte Jackson: „Mr. Lloyd, dieser Mann würde keinen ehemaligen Arbeitgeber verraten, nicht für eine noch so hohe Bestechungssumme. Er diente in Vietnam unter mir, und nicht einmal der Vietcong konnte ihn zum Reden bringen. Falls es Sie interessiert: Ohne ihn wäre ich nicht mehr am Leben. Wie auch immer, Dexter wird ihm weisgemacht haben, daß ihre Befehle direkt aus dem Weißen Haus kamen."

„Wir könnten ihm erklären, daß sie gelogen hat", schlug Lloyd vor.

„Das würde nur sein Leben in Gefahr bringen. Nein, ich muß Dexters Einmischung beweisen können, ohne daß er herausfindet, was wir vorhaben. Und das wird wahrhaftig nicht leicht sein."

„Wie beabsichtigen Sie, es zu tun?"

„Indem ich zu seiner Abschiedsfeier gehe. Denn es wird dort eine Person geben, die ihn sogar noch mehr liebt als ihr Vaterland. Und vielleicht ist sie ja bereit zu reden. Ich lasse wieder von mir hören."

Der Hörer am anderen Ende wurde aufgelegt.

ALS NICK GUTENBURG, der stellvertretende Direktor der CIA, das Wohnzimmer der Fitzgeralds betrat, sah er als ersten seinen Vorgänger Chris Jackson in ein Gespräch mit Joan Bennett vertieft. Erzählte er ihr, für wen er in Bogotá gearbeitet hatte? Nur zu gern hätte Gutenburg die beiden belauscht, aber zuerst mußte er das Gastgeberehepaar begrüßen.

„Ich werde noch neun Monate bei der Gesellschaft bleiben", sagte

Joan gerade, „dann steht mir meine volle Pension zu. Danach hoffe ich, wieder bei Connor arbeiten zu können.“

„Ich habe eben erst davon erfahren.“ Jackson nickte. „Scheint ideal zu sein.“

„Stimmt, aber es ist noch nicht offiziell“, warnte Joan. „Doch da der Vorsitzende der Washington Provident ihn und Maggie zum Abendessen eingeladen hat, dürfen wir wohl annehmen, daß er die Stellung bekommen hat.“

„Nett von Ihnen, daß Sie gekommen sind, Nick“, sagte Connor herzlich und reichte ihm ein Glas Mineralwasser. Niemand hatte ihn daran erinnern müssen, daß Gutenburg nie einen Tropfen Alkohol anrührte. Connor drehte sich zu seiner Frau um. „Maggie, das ist Nick Gutenburg, ein Kollege. Er arbeitet in…“

„In der Schadensregulierung“, warf Gutenburg rasch ein. „Wir von Maryland-Leben werden Ihren Mann alle vermissen, Mrs. Fitzgerald.“

„Oh, ich bin sicher, Ihre Wege werden sich wieder kreuzen“, erwiderte Maggie, „jetzt, wo Connor eine Stellung in der gleichen Branche annimmt.“

„Das ist noch nicht offiziell“, warf Connor ein, „aber wenn ich den Job antrete, werden Sie der erste sein, der es erfährt.“

Gutenburgs Blick kehrte zu Jackson zurück, und als der sich von Joan Bennett entfernte, entschuldigte sich Gutenburg bei Maggie und Connor und ging zu Joan hinüber. „Ich habe mich sehr gefreut, als ich hörte, daß Sie bei uns bleiben werden, Joan“, begann er sein Gespräch. „Ich dachte, Sie würden vielleicht mit Connor gehen.“

„Nein, ich bleibe bei der Firma“, entgegnete Joan, die keine Ahnung hatte, wieviel der stellvertretende Direktor wußte.

„Ich dachte nur, da Connor in der gleichen Branche weitermacht…“

Du willst mir ja bloß die Würmer aus der Nase ziehen, dachte Joan. „Tut mir leid, aber davon weiß ich nichts.“

„Mit wem unterhält sich Chris Jackson denn da?“ fragte Gutenburg.

Joan blickte durchs Zimmer. „Das ist Tara, Connors Tochter.“

„Was macht sie beruflich?“ erkundigte sich Gutenburg.

„Sie schreibt ihre Doktorarbeit in Stanford.“

Gutenburg wurde klar, daß er nur seine Zeit vergeudete, denn Wichtiges würde er von Connors Sekretärin nicht erfahren. Als Connors Tochter zum Tisch mit den Getränken hinüberging, um sich nachzuschenken, verließ Gutenburg Joan ohne ein weiteres Wort.

„Ich bin Nick Gutenburg", stellte er sich ihr vor und gab ihr die Hand. „Ein Kollege Ihres Vaters."

„Ich bin Tara", sagte sie. „Welcher Abteilung der Gesellschaft gehören Sie an?"

„Schadensregulierung. Ziemlich langweilig, verglichen mit der Arbeit Ihres Vaters." Er rang sich ein leises Lachen ab. „Ach übrigens, ich habe mich sehr gefreut, von dem neuen Posten Ihres Vaters zu hören."

„Ja. Allerdings ist es noch nicht offiziell." Tara verstummte plötzlich und drehte sich um, als Chris Jackson auf den Tisch klopfte, um die Aufmerksamkeit auf sich zu lenken. „Meine Damen und Herren", begann er. „Es ist mir eine Ehre, einen Toast auf zwei meiner ältesten Freunde, Connor und Maggie, auszubringen. Im Lauf der Jahre hat sich Connor als der Mann erwiesen, der mich mit erstaunlicher Hartnäckigkeit von einem Schlamassel in den nächsten gebracht hat. Aber steckt man erst im Schlamassel, gibt es keinen Besseren, der einen wieder herauszieht." Dies wurde mit herzlichem Applaus begrüßt.

Gutenburg bemerkte, daß sich sein Piepser meldete. Rasch zog er ihn von seinem Gürtel. SOFORT ANRUFEN, las er. Er stahl sich aus dem Zimmer, benutzte das nächste Telefon und wählte eine Nummer, die in keinem Telefonbuch zu finden war. Am anderen Ende hatte das Telefon nicht einmal geläutet, als eine Stimme sagte: „Direktorin."

„Ich habe Ihre Nachricht erhalten, befinde mich jedoch auf keiner abhörsicheren Leitung."

„Jelzin hatte vor siebzehn Minuten einen tödlichen Herzanfall", informierte ihn Helen Dexter. „Melden Sie sich umgehend in meinem Büro." Die Verbindung war unterbrochen. Kein Anruf über eine nicht abhörsichere Leitung zu Dexters Büro dauerte je länger als 45 Sekunden. Auf ihrem Schreibtisch stand eine Stoppuhr.

Gutenburg legte den Hörer auf und verließ das Haus, ohne sich von seinen Gastgebern zu verabschieden. Er war bereits auf dem Weg zurück nach Langley, als Chris sein Glas am Ende der Rede hob: „Auf Connor und Maggie und was immer die Zukunft für sie bereithält!"

Alle Gäste hoben nun ihre Gläser. „Auf Connor und Maggie!"

„ICH KANN Ihnen ganz genau sagen, woher ich meine Information habe", sagte Tom Lawrence. „Vom Präsidenten Kolumbiens höchstpersönlich. Er bedankte sich vertraulich für die Rolle, die ich bei seiner Wahl gespielt hätte."

„Das ist wohl kaum ein Beweis", entgegnete Helen Dexter ohne die geringste Gefühlsregung. „Aber wenn Sie die CIA beschuldigen, Geheimoperationen ohne Ihr Wissen durchzuführen, kann ich nur hoffen, daß Sie sich dabei nicht nur auf das Wort eines südamerikanischen Politikers verlassen."

Der Präsident beugte sich vor. „Ich schlage vor, daß Sie sich aufmerksam den Mitschnitt eines Gesprächs anhören, das vor kurzem hier in diesem Büro geführt wurde."

Nick Gutenburg, der rechts von Dexter saß, rutschte nervös auf seinem Stuhl hin und her. Andy Lloyd drückte auf die Taste eines Kassettenrekorders.

„Haben Sie Beweise, daß die CIA etwas mit dem Attentat zu tun hat?" Es war die Stimme des Präsidenten.

„Die Herkunft der tödlichen Kugel konnte zu einem Gewehr zurückverfolgt werden, das an eine Pfandleihe verkauft wurde, bevor der Attentäter aus dem Land floh. Das Gewehr wurde später von einem Ihrer Agenten aus dem Pfandhaus geholt und als Diplomatengepäck in die USA geschickt."

„Wie können Sie da so sicher sein?"

„Mein Polizeipräsident ist anscheinend viel offener zu mir als die CIA zu Ihnen."

Andy Lloyd schaltete den Kassettenrekorder aus. Helen Dexter schaute auf. Die Augen des Präsidenten schienen sie durchbohren zu wollen.

„Aus diesem Gespräch geht absolut nichts hervor, das die CIA mit dem Attentat auf Guzman in Verbindung bringt", entgegnete sie ruhig. „Ich schließe daraus nur, daß Herrera versucht, die Person zu decken, die seine Befehle ausführte."

„Ich nehme an, Sie meinen damit den ‚einsamen Attentäter', der nach dem Anschlag irgendwo in Südafrika verschwunden ist", sagte der Präsident sarkastisch.

„In dem Moment, in dem er wiederauftaucht, finden wir ihn, und wenn ich Ihnen den Mann vorweise, der für den Anschlag verantwortlich ist, wird es keinen Zweifel geben, für wen er gearbeitet hat." Ihre Stimme klang schneidend.

„Falls Ihnen das nicht gelingt, könnte es leicht dazu kommen", fuhr der Präsident fort, „daß diese Kassette", er tippte mit dem rechten Zeigefinger auf den Rekorder, „ihren Weg zur *Washington Post* findet. Sie würden eine Menge unbequeme Fragen beantworten müssen."

„Sollte es je dazu kommen, werden auch Sie die eine oder andere Frage beantworten müssen, Mr. President", konterte Dexter, ohne mit der Wimper zu zucken.

Lawrence stand verärgert auf. „Ich will hiermit betonen, daß ich auf einem positiven Beweis der Existenz Ihres vermißten Südafrikaners bestehe. Und wenn Sie ihn nicht innerhalb der nächsten achtundzwanzig Tage erbringen, erwarte ich Ihren und Mr. Gutenburgs Rücktritt. Und jetzt verlassen Sie mein Büro!"

Die Direktorin und ihr Stellvertreter traten ohne ein weiteres Wort aus dem Zimmer. Beide schwiegen, bis sie auf dem Rücksitz von Dexters Wagen Platz genommen hatten.

„Haben Sie schon mit Connor Fitzgerald gesprochen?"

„Nein", antwortete Gutenburg. „Ich habe vor, ihn am Montag anzurufen, nachdem er die Antwort von Washington Provident erhalten haben wird."

WIR BEDAUERN, Ihnen mitteilen zu müssen...

Connor las das Schreiben zum drittenmal, als das Telefon auf seinem Schreibtisch läutete. Er war wie vor den Kopf geschlagen. Was konnte nur schiefgegangen sein? Das Abendessen bei den Thompsons hätte gar nicht angenehmer sein können. Als er und Maggie sich kurz vor Mitternacht verabschiedeten, hatte Ben für das kommende Wochenende Golf in Burning Tree vorgeschlagen, und Elizabeth Thompson hatte Maggie eingeladen, zum Kaffee zu ihr zu kommen, während die Männer den kleinen weißen Bällen nachjagten. Am nächsten Tag hatte Connors Anwalt angerufen, um ihm zu versichern, daß der Vertrag, den die Washington Provident ihm zur Begutachtung übersandt hatte, lediglich ein paar kleinerer Änderungen bedürfe.

Connor griff nach dem Hörer. „Ja, Joan?"

„Ich habe Nick Gutenburg am Apparat."

„Stellen Sie ihn bitte durch", bat er müde.

„Connor?" sagte die Stimme des Mannes, dem er nie getraut hatte. „Es hat sich etwas Wichtiges ergeben, und die Direktorin hat mich ersucht, Sie umgehend zu informieren. Fünfzehn Uhr am üblichen Ort?"

„Ist gut", willigte Connor geistesabwesend ein. Er las den Brief zum viertenmal und beschloß, Maggie nichts davon zu erzählen, bis er einen anderen Job in Aussicht hatte.

CONNOR kam als erster am Lafayette Square an. Er setzte sich auf eine Bank, die einen Blick auf das Weiße Haus bot. Wenige Minuten später nahm Nick Gutenburg am anderen Bankende Platz.

„Der Präsident höchstpersönlich möchte, daß Sie diesen Auftrag übernehmen", murmelte Gutenburg. „Er verlangte unseren besten Mann."

„Aber ich verlasse die Gesellschaft in zehn Tagen!" erinnerte ihn Connor.

„Der Präsident bestand aber darauf, daß wir alles in unserer Macht Stehende tun, um Sie zu überreden zu bleiben, bis dieser Auftrag durchgeführt ist."

Connor schwieg.

„Connor, der Ausgang der Wahlen in Rußland könnte die Zukunft der freien Welt in Gefahr bringen. Falls dieser Irrsinnige Zerimski gewählt wird, bedeutet das die umgehende Rückkehr zum kalten Krieg."

„Aber Zerimski hat den Meinungsumfragen nach keine Chance. Heißt es nicht, Tschernopow werde die Wahl haushoch gewinnen?"

„So mag es vielleicht jetzt aussehen", räumte Gutenburg ein, „aber bis zur Wahl sind es noch drei Wochen, und der Präsident würde sich viel besser fühlen, wenn er Sie dort wüßte, nur für den Fall, daß Ihre besonderen Fähigkeiten benötigt werden."

Connor ging nicht darauf ein.

„Wenn Sie sich Gedanken wegen Ihrer neuen Stellung machen", fuhr Gutenburg fort, „bin ich gern bereit, mit dem Vorsitzenden der Gesellschaft zu reden, bei der Sie in Kürze anfangen werden, und ihm zu erklären, daß es sich nur um eine befristete Mission handelt."

„Das wird nicht erforderlich sein", wehrte Connor ab. „Ich bin bereit, den Auftrag zu übernehmen. Unter einer Bedingung: Ich will einen Beweis, daß der Präsident diese Mission billigt."

Es dauerte eine ganze Weile, bevor Gutenburg sagte: „Ich werde die Direktorin von Ihrer Bedingung informieren." Dann stand er auf und ging davon. Drei Minuten später schlenderte Connor in die entgegengesetzte Richtung.

ANDY LLOYD griff nach dem roten Telefon. Diesmal erkannte er die Stimme sofort.

„Ich bin fast sicher, daß ich weiß, wer den Auftrag in Bogotá ausgeführt hat", sagte Jackson. „Und er hat sehr wohl für die CIA gearbeitet."

„Haben Sie genügend Beweise, um einen Sonderausschuß im Kongreß zu überzeugen?" fragte Lloyd.

„Leider nicht. Fast alle meine Beweise würden als Indizien hingestellt werden. Aber zusammengefügt gibt es da viel zu viele Zufälle."

„Zum Beispiel?"

„Der Agent, den ich für den Beauftragten halte, wurde sofort fallengelassen, nachdem der Präsident wissen wollte, wer für das Attentat auf Guzman verantwortlich war."

„Als Beweis nicht einmal zugelassen."

„Vielleicht nicht. Aber derselbe Agent stand kurz davor, eine neue Stellung bei Washington Provident anzunehmen, als man dieses Stellenangebot ohne jegliche Erklärung zurückzog. Drei Tage später traf sich Gutenburg mit diesem Agenten, um ihn mit einer befristeten Mission zu beauftragen."

„Haben wir eine Ahnung, worum es sich dabei handeln könnte?"

„Nein. Aber es würde mich nicht wundern, wenn der Auftrag ihn weit weg von Washington führt."

„Okay." Lloyd überlegte einen Augenblick. „Was, meinen Sie, tut Dexter momentan, um sicherzugehen, daß man ihr nichts anhaben kann?"

„Ehe ich auch nur versuche, das zu beantworten, muß ich wissen, wie ihr letztes Treffen mit dem Präsidenten ausging", gab Jackson zurück.

„Er gab ihr und Gutenburg achtundzwanzig Tage, um zu beweisen, daß die CIA nichts mit dem Anschlag auf Guzman zu tun hat, und um einen unwiderlegbaren Beweis zu erbringen, wer ihn erschossen hat. Er ließ auch keinen Zweifel daran, daß er ihren Rücktritt verlange, falls sie dazu nicht imstande wären, und er sämtliche in seinem Besitz befindlichen Beweise der *Washington Post* aushändigen würde."

Es setzte ein längeres Schweigen ein, ehe Jackson reagierte. „Das bedeutet, daß der betreffende Agent nicht einmal mehr einen ganzen Monat zu leben hat."

„Sie würde doch nie einen ihrer eigenen Leute eliminieren!" entgegnete Llyod ungläubig.

„Vergessen Sie nicht, daß er ein NOC ist. Die Abteilung der CIA, für die er arbeitet, existiert offiziell überhaupt nicht, Mr. Lloyd."

„Sie sind mit diesem Mann befreundet, nicht wahr?" erkundigte sich Lloyd.

„Ja", antwortete Jackson leise.

„Dann sollten Sie dafür sorgen, daß er am Leben bleibt."

„ALSO, wie funktioniert es?" fragte die Direktorin.

„Es ist wirklich ganz einfach", sagte Professor Ziegler, Leiter des technischen Dienstes der CIA. Er drehte sich zu einer Reihe von Computern um und drückte auf einige Tasten. Tom Lawrence' Gesicht erschien auf dem Bildschirm.

Nachdem Helen Dexter und Nick Gutenburg kurz der Rede des Präsidenten gelauscht hatten, fragte die Direktorin: „Was soll daran so erstaunlich sein? Wir alle haben Lawrence mehr als eine Rede halten hören."

„Aber bestimmt nicht diese Rede", versicherte ihnen Ziegler.

„Was wollen Sie damit sagen?" Gutenburg blickte Ziegler neugierig an.

Ein fast kindliches Lächeln der Befriedigung breitete sich auf dem Gesicht des Professors aus. „Ich habe in meinem Computer – Kodename ‚Tommy' – nahezu tausend Reden und Interviews gespeichert, die der Präsident in den vergangenen zwei Jahren gehalten hat. Jedes Wort, jede Phrase, die er während dieser Zeitspanne benutzte, ist hier gespeichert. Das bedeutet, ich kann ihn eine Ansprache über jedes Thema halten lassen, das Sie auswählen. Dieses Programm wurde für den Fall entwickelt, daß der Präsident stirbt, während wir uns im Kriegszustand befinden. Damit könnten wir den Feind glauben lassen, daß der Präsident noch lebt."

Dexter dachte über die Möglichkeiten nach. „Stellte man Tommy eine Frage, könnte er dann eine überzeugende Antwort geben?" hakte sie nach.

„Nicht spontan", gestand Ziegler. „Aber wenn Sie eine Vorstellung von den Fragen haben, die man ihm vielleicht stellt, könnte ich wahrscheinlich sogar Lawrence' eigene Mutter täuschen."

„Wir brauchen uns also nur auszumalen", warf Gutenburg ein, „was ein eventueller Gesprächspartner unter Umständen fragen wird."

„Was nicht so schwierig sein dürfte, wie Sie vielleicht annehmen", meinte Ziegler. „Wenn Sie Einleitungen und die abschließenden Bemerkungen vorbereiteten, ebenso wie – sagen wir – fünfzig Fragen oder Erklärungen, auf die er aller Wahrscheinlichkeit nach eingehen oder die er geben müßte, könnte ich ein glaubhaftes Gespräch fast garantieren."

„Wie lange bräuchten Sie, um ein bestimmtes Programm auszuarbeiten?" erkundigte sich Gutenburg.

„Wie lange werden Sie brauchen, um auszuarbeiten, was der Präsident sagen soll?" erwiderte Ziegler.

SIE HIELT den Finger auf den Summer gedrückt, bis Connor den Hörer auf seinem Schreibtisch endlich abhob.

„Was gibt's für ein Problem, Joan? Ich bin doch nicht taub."

„Ich habe die persönliche Sekretärin des Präsidenten am Apparat."

Joan legte auf, und Connor hörte eine andere Frauenstimme: „Mr. Fitzgerald? Der Präsident möchte Sie sprechen. Ich übergebe."

Connor hörte ein Klicken. „Guten Tag", meldete sich eine bekannte Stimme.

„Guten Tag, Mr. President."

„Ich glaube, Sie wissen, weshalb ich anrufe."

„Jawohl, Sir."

Professor Ziegler drückte auf EINLEITUNG. Die Direktorin und ihr Stellvertreter hielten den Atem an.

„Ich hielt es für angebracht, Sie anzurufen, um Sie wissen zu lassen, für wie wichtig ich diesen Auftrag halte." Pause. „Weil Sie zweifellos der Richtige dafür sind."

Ziegler drückte auf den PAUSE-Schalter.

„Ich weiß Ihr Vertrauen in mich zu schätzen, Mr. President", sagte Connor, „und ich bin Ihnen sehr dankbar, daß Sie sich die Zeit genommen haben, persönlich mit mir zu reden ..."

„Nummer elf", sagte Ziegler, der sämtliche Antworten auswendig kannte.

„Ich fand, das war das mindeste, was ich unter diesen Umständen tun konnte." Pause.

„Danke, Mr. President. Obwohl Mr. Gutenburg mir versicherte, daß es in Ihrem Namen ist, sah ich mich außerstande, den Auftrag zu übernehmen, bevor ich sicher sein konnte, daß der Befehl tatsächlich direkt von Ihnen kommt."

„Nummer sieben.“

„Ich kann Ihre Besorgnis durchaus verstehen.“ Pause.

„Nummer neunzehn.“

„Vielleicht könnten Sie und Ihre Gattin mich im Weißen Haus besuchen – wenn das alles vorbei ist.“ Pause.

„Es wäre uns eine Ehre, Sir“, antwortete Connor.

„Gut. Ich freue mich, Sie nach Ihrer Rückkehr zu sehen.“ Pause. „Es war nett, mich mit Ihnen zu unterhalten. Auf Wiederhören.“

„Auf Wiederhören, Mr. President.“

Connor hielt das Telefon immer noch in der Hand, als Joan hereinkam. „Da ist also wieder einmal ein Mythos in Rauch aufgegangen“, sagte sie. Connor blickte sie an und zog fragend eine Braue hoch.

„Daß der Präsident immer jeden, mit dem er spricht, mit dem Vornamen anredet.“

GUTENBURG händigte Connor einen großen braunen Umschlag aus, in dem sich vier Reisepässe, drei Flugtickets und ein Bündel Geldscheine verschiedener Währungen befanden.

„Muß ich denn dafür nicht quittieren?“ wunderte sich Connor.

„Wir werden uns nach Ihrer Rückkehr um den Papierkram kümmern. Sobald Sie in Moskau ankommen, begeben Sie sich in Zerimskis Parteizentrale und zeigen Ihren Ausweis als freier Berichterstatter aus der Republik Südafrika vor. Man wird Ihnen die Presseunterlagen seiner Wahlkampagne geben.“

„Habe ich eine Kontaktperson in Moskau?“

„Ja. Ashley Mitchell.“ Gutenburg zögerte. „Es ist sein erster großer Einsatz. Er hat die Anweisung, sich nur mit Ihnen in Verbindung zu setzen, wenn er grünes Licht bekommt. Dann händigt er Ihnen die Waffe aus.“

„Fabrikat und Modell?“

„Die übliche Sonderausführung der Remington 700“, antwortete Gutenburg. „Aber wenn Tschernopow weiterhin in Führung bleibt, wie wir vermuten, werden Sie nicht eingreifen müssen. Sie kehren dann am Tag nach der Wahl hierher zurück.“

„Hoffen wir es.“ Connor verließ den stellvertretenden Direktor, ohne ihm die Hand zu geben.

„KÖNNEN wir absolut sicher sein, daß es nichts gibt, was darauf hinweisen könnte, daß er je existiert hat?“ fragte die Direktorin.

„Nicht die geringste Spur“, versicherte ihr Gutenburg. „Als NOC erscheint er in keinen Unterlagen.“

„Aber was ist mit seiner Frau?“

„Warum sollte sie Verdacht schöpfen? Sie weiß nur, daß er eine letzte Mission für die Maryland-Versicherungsgesellschaft nicht ablehnen konnte.“

„Bleibt noch seine ehemalige Sekretärin.“

„Ich ließ sie nach Langley in die Nahostabteilung versetzen. Sie wird während der Arbeitszeit unserer Agenten im Nahen Osten in ihrem Büro sein müssen, und das ist wegen der Zeitverschiebung hier von achtzehn Uhr bis drei Uhr. Und ich werde sie so sehr einspannen, daß sie zu müde sein wird, an irgend etwas anderes zu denken als an ihre Hoffnung, bald in den Ruhestand zu gehen.“

„Gut. Wo ist Fitzgerald in diesem Moment?“

Gutenburg konsultierte seine Uhr. „Auf halbem Weg über dem Atlantik. In etwa vier Stunden wird er als Martin Perry auf dem Flughafen Heathrow in London landen.“

„Sie haben offenbar an alles gedacht, außer daran, was passieren wird, wenn er nach Washington zurückkehrt“, sagte die Direktorin.

„Er wird nicht nach Washington zurückkehren“, erwiderte Gutenburg.

„UND WIE geht es Stuart?“ fragte Maggie.

„Er beißt die Zähne zusammen und harrt aus“, antwortete Tara. „In fünfzehn Tagen kommt er nach Los Angeles. Ich kann es kaum erwarten.“

„Werdet ihr dann gleich hierherfliegen?“

„Nein, Mom“, erwiderte Tara und bemühte sich, nicht gereizt zu klingen. „Wie ich dir bereits mehrmals sagte, werden wir einen Wagen mieten und die Westküste entlangfahren.“

„Dann fahrt vorsichtig, ja?“

„Mutter, ich fahre seit neun Jahren Auto, ohne auch nur einen einzigen Strafzettel. Also wirst du jetzt bitte aufhören, dir Sorgen zu machen? Erzähl mir lieber, was du heute abend vorhast.“

„Ich werde mir Placido Domingo in ‚La Bohème‘ anhören. Ich beschloß, damit zu warten, bis dein Vater außer Landes ist, denn wenn ich mit ihm ginge, würde er bereits schlafen, bevor der erste Akt zu Ende ist."

„Warum fragst du nicht Joan, ob sie Lust hat mitzukommen?"

„Ich habe versucht, sie im Büro anzurufen, aber mit der Nummer stimmt offenbar etwas nicht. Ich werde es später bei ihr zu Hause probieren."

„Jedenfalls viel Spaß. Und auf Wiederhören morgen", verabschiedete sich Tara. Sie wußte, daß ihre Mutter sie jeden Tag anrufen würde, solange Connor unterwegs war.

Immer wenn Connor auf Reisen war, nutzte Maggie die Zeit, sich mit der einen oder anderen ihrer ehrenamtlichen Universitätsaktivitäten zu beschäftigen. Angefangen mit dem Literaturkreis, der sich Gedichten widmete, und der irischen Volkstanzgruppe, in der sie Unterricht gab. Der Anblick der jungen Studenten, die mit geradem Rücken tanzten, erinnerte sie an Declan O'Casey, der jetzt ein distinguierter ordentlicher Professor an der Universität Chicago war. Er hatte nie geheiratet und sandte ihr immer noch jedes Jahr Weihnachtsgrüße und am Valentinstag eine Karte ohne Unterschrift. Die alte Schreibmaschine mit dem schiefen „e" verriet ihn.

Sie griff wieder nach dem Telefon und wählte Joans Privatnummer, aber niemand meldete sich. Dann bereitete sich Maggie einen leichten gemischten Salat zu. Schließlich machte sie sich auf den Weg zum Kennedy Center. Eine einzelne Eintrittskarte war an der Abendkasse immer leicht zu bekommen, egal, wie berühmt der Gasttenor war.

Maggie war hingerissen vom ersten Akt von ‚La Bohème'. Nachdem der Vorhang gefallen war, schloß sie sich der Menge an, die zum Foyer strömte, und glaubte, Ben und Elizabeth Thompson an der Bar zu bemerken.

Als Ben Thompson sich umdrehte und Maggie sah, lächelte sie und ging zu den beiden hinüber. „Wie schön, Sie hier zu treffen, Ben."

„Oh, Mrs. Fitzgerald. So ein Zufall", entgegnete er, doch nicht mit der Wärme wie bei dem Abendessen vor vierzehn Tagen. Und warum hatte er sie nicht Maggie genannt?

Sie ließ sich nicht einschüchtern. „Domingo ist großartig, finden Sie nicht auch?" fuhr sie im Plauderton fort.

„Ja. Und wir hatten außerordentliches Glück, daß sich Leonard Slatkin von Sankt Louis hierherlocken ließ", fügte Ben Thompson hinzu. Maggie wunderte sich, daß er sich nicht erbot, sie auf einen

Drink einzuladen, und als sie sich selbst einen Orangensaft bestellte, überraschte es sie noch mehr, daß er keine Anstalten machte, ihn für sie zu bezahlen.

„Connor freut sich sehr darauf, für Sie bei der Washington Provident zu arbeiten." Sie nahm einen Schluck Saft. Elizabeth Thompson wirkte erstaunt, schwieg jedoch.

Die Klingel kündigte das Ende der Pause an. „Wir sollten wohl auf unsere Plätze zurückkehren", drängte Ben. „Es war nett, Sie wiederzusehen, Mrs. Fitzgerald." Er faßte seine Frau fest unter den Arm und führte sie in den Zuschauerraum zurück. „Ich hoffe, Sie genießen auch den zweiten Akt."

Maggie genoß den zweiten Akt nicht. Das Gespräch mit Ben Thompson ging ihr nicht aus dem Kopf. Sie vermochte sein Verhalten nicht mit seiner Herzlichkeit beim Abendessen vor zwei Wochen in Einklang zu bringen. Schade, daß sie nicht wußte, wie sie Connor erreichen konnte, sonst hätte sie ihre fast lebenslange Regel gebrochen und ihn angerufen. So blieb ihr nur das Nächstbeste zu tun übrig. Kaum zu Hause angekommen, versuchte sie wieder, sich mit Joan Bennett in Verbindung zu setzen.

Doch das Telefon läutete und läutete, ohne daß jemand abhob.

AM NÄCHSTEN Morgen ging Connor um 7.40 Uhr an Bord der Swissair 839 nach Genf. Der Flug dauerte knapp zwei Stunden, und er stellte seine Uhr auf 10.30 Uhr um, als die Räder des Flugzeugs auf der Landebahn aufsetzten.

Während des kurzen Aufenthalts nutzte er das Angebot der Swissair, sich zu duschen. Er betrat die Duschräume, die den Passagieren dieser Fluglinie zur Verfügung standen, als Theodore Lilystrand, ein Investmentbanker aus Stockholm, und kam vierzig Minuten später als Piet de Villiers, ein freier Berichterstatter des *Johannesburg Mercury,* wieder heraus.

Da Connor noch eine gute Stunde totschlagen mußte, bestellte er sich ein Croissant und eine Tasse Kaffee in einem der teuersten Restaurants der Welt.

Schließlich schlenderte er hinüber zu Flugsteig 23. Es gab keine lange Schlange für den Aeroflotflug nach Sankt Petersburg. Nach dem Aufruf für die Passagiere wenige Minuten später stieg er ein und setzte sich ganz hinten ins Flugzeug. Er überlegte, was er am folgenden Morgen tun mußte, sobald sein Zug in Moskaus Leningradski-Bahnhof eingefahren war. Noch einmal ging er die Anweisungen des stellvertretenden Direktors durch. Er fragte sich, weshalb Gutenburg mehrmals wiederholt hatte: „Lassen Sie sich nicht erwischen. Falls das doch passieren sollte, dürfen Sie auf keinen Fall zugeben, daß Sie auch nur das geringste mit der CIA zu tun haben. Keine Angst, die Gesellschaft wird sich Ihrer immer annehmen."

Nur grüne Rekruten wurden je an das elfte Gebot erinnert.

„GUTEN Morgen. Hier ist Helen Dexter."

„Guten Morgen, Frau Direktorin", erwiderte der Stabschef des Weißen Hauses steif.

„Ich dachte, der Präsident würde sofort erfahren wollen, daß der Mann, den wir für ihn in Südafrika aufspüren sollten, wieder unterwegs ist."

„Ich fürchte, ich verstehe nicht ganz", sagte Lloyd.

„Guzmans Killer nahm vor zwei Tagen einen South-African-Airways-Flug nach London. Sein Reisepaß lautete auf den Namen Martin Perry. In London blieb er nur über Nacht. Am folgenden Morgen flog er mit der Swissair nach Genf, wobei er nunmehr einen auf den Namen Theodore Lilystrand lautenden Reisepaß verwendete. In Genf ging er an Bord eines Aeroflot-Fluges nach Sankt Petersburg. Diesmal hatte er einen südafrikanischen Reisepaß auf den Namen Piet de Villiers bei sich. Von Sankt Petersburg fuhr er mit dem Nachtzug nach Moskau."

„Moskau? Warum Moskau?" fragte Lloyd.

„Wenn ich mich recht erinnere, steht Rußland vor einer Wahl", antwortete Dexter.

ALS DAS Flugzeug in Sankt Petersburg zur Landung ansetzte, behauptete Connors Uhr, es sei 17.50 Uhr. Connor wartete, bis die Räder auf der Landebahn aufsetzten, ehe er die Zeiger auf die Ortszeit umstellte. Er blickte aus dem Fenster auf den Flughafen, der im Halbdunkel lag, weil ein Großteil der Beleuchtung nicht funktionierte. Die hundert müden Fluggäste mußten zwanzig Minuten warten, bis ein Bus auftauchte und sie zum Terminal brachte. Einiges änderte sich offenbar nie, ob nun der KGB verantwortlich war oder das organisierte Verbrechen, die Mafya, wie die Amerikaner sich angewöhnt hatten, sie zu nennen, um sie nicht mit der italienischen Version zu verwechseln.

Connor verließ das Flugzeug als letzter und stieg auch als letzter in den Bus. Ein Mann, der mit derselben Maschine, aber erster Klasse gereist war, eilte zum Kopf der Warteschlange, um sicherzugehen, daß er als einer der ersten durch die Einreise- und Zollkontrolle kommen würde. Dreißig Minuten später trat Connor aus dem Flughafen, winkte das erstbeste Taxi herbei und ließ sich zum Moskauer Bahnhof fahren.

Der Fluggast aus der ersten Klasse folgte Connor in die Schalterhalle, die eher dem mit Zierat überladenen Zuschauerraum eines Opernhauses glich als dem Inneren eines Bahnhofs. Er beobachtete Connor angespannt, um festzustellen, welchen Zug er nehmen würde. Doch da stand noch ein Mann im Halbdunkel, der sogar die Nummer von Connors Schlafwagenabteil zu wissen schien.

Der amerikanische Kulturattaché in Sankt Petersburg hatte an diesem Abend sogar eine Einladung in das Kirowballett ausschlagen müssen, um Gutenburg informieren zu können, wann Fitzgerald in den Nachtzug nach Moskau gestiegen war. Glücklicherweise war es nicht nötig, daß er ihn auf der Fahrt beschattete, da am folgenden Morgen Ashley Mitchell, sein Kollege in der Hauptstadt, auf Bahnsteig vier warten würde, um zu bestätigen, daß Fitzgerald sein Ziel erreicht hatte.

„Eine Fahrkarte im Erster-Klasse-Schlafwagen nach Moskau", bat Connor den Schalterbeamten auf englisch.

Der Mann schob ihm eine Karte über den hölzernen Schalter hin. Connor überprüfte seine Fahrkarte, bevor er sich zum Moskau-Expreß aufmachte. Er schritt den überfüllten Bahnsteig hinunter und kam an mehreren alten grünen Wagen vorbei, die aussahen, als stammten sie noch aus der Zeit vor der Oktoberrevolution von 1917. Vor Wagen K hielt er an und stieg ein.

Er spazierte den Korridor entlang, bis er Abteil acht gefunden hatte. Dort schaltete er das Licht ein und sperrte die Tür hinter sich zu. Er mußte seine Identität abermals ändern.

Er hatte den jungen Mann mit dem ausdruckslosen Gesicht unter der Anzeigetafel für die ankommenden Flüge auf dem Genfer Flughafen durchaus bemerkt und machte sich gar nicht erst die Mühe, sich in Sankt Petersburg nach dem CIA-Agenten umzusehen. Er wußte auch so, daß jemand dasein würde, um sich zu vergewissern, ob er angekommen war, und ein anderer würde auf dem Bahnsteig in Moskau warten. Gutenburg hatte ihm Mitchell beschrieben, ihn dabei als noch unerfahren bezeichnet und erwähnt, daß Mitchell Fitzgeralds Status als NOC kannte.

Der Zug fuhr pünktlich eine Minute vor Mitternacht ab. Das weiche, rhythmische Rattern der Räder auf den Schienen machte Connor schläfrig. Er schlief, bis der Zug um 8.33 Uhr in den Leningrader Bahnhof im Nordosten Moskaus einfuhr.

„Wo SIND Sie?" erkundigte sich Andy Lloyd.

„In einer Telefonzelle in Moskau", antwortete Jackson. „Nach einem Umweg über London, Genf und Sankt Petersburg. Kaum war er aus dem Zug gestiegen, führte er uns in die Irre. Unseren Mann in Moskau hatte er in nicht einmal zehn Minuten abgehängt. Wenn nicht ich es gewesen wäre, der ihm diese Tricks überhaupt erst beibrachte, hätte auch ich meine liebe Not gehabt."

„Und wo ist er schließlich abgeblieben?" fragte Lloyd.

„In einem kleinen Hotel am Nordrand der Stadt. Er verließ es etwa eine Stunde später und begab sich auf vielen Umwegen zu Viktor Zerimskis Parteizentrale."

„Warum Zerimski?"

„Das weiß ich noch nicht, aber er verließ das Haus mit jeder Menge Presseunterlagen."

„O mein Gott!" entfuhr es Lloyd. „Dann wird es diesmal Zerimski sein."

Am anderen Ende der Leitung setzte eine längere Stille ein, bevor Jackson widersprach. „Nein, Mr. Lloyd, das ist nicht möglich. Er würde sich nie einverstanden erklären, eine so heikle Mission zu übernehmen, wenn der Befehl nicht direkt vom Weißen Haus käme."

„Vergessen Sie bitte nicht, daß Ihr Freund genau die gleiche Mission in Kolumbien übernommen hat. Zweifellos ist es Dexter gelungen, ihn zu überzeugen, daß auch diese Mission vom Präsidenten gutgeheißen wird."

„Es könnte auch ein alternatives Szenario geben", gab Jackson leise zu bedenken.

„Nämlich?"

„Daß sie nicht Zerimski töten wollen, sondern Connor."

Lloyd notierte sich den Namen auf seinen Notizblock.

4

„Amerikaner?“

„Ja“, murmelte Jackson, ohne den Blick zu senken, um nachzusehen, welches Kind ihn da angeredet hatte.

„Brauchen du was?“

„Nein, danke.“ Noch immer wandte er den Blick nicht von der Eingangstür des Hotels ab.

„Amerikaner immer was brauchen. Kaviar? Pelzmütze? Frau?“

Jetzt sah Jackson zum erstenmal zu dem Jungen hinunter. Er steckte vom Hals bis zu den Zehen in einer Schaffelljacke, die um gut drei Nummern zu groß für ihn war. Das Lächeln des Jungen entblößte zwei Zahnlücken. „Wieviel verlangst du für deine Dienste?“

„Was für Dienste?“ Der Junge blickte ihn argwöhnisch an.

„Als Laufbursche. Helfer. Assistent.“

„Ah, du meinen Partner wie in amerikanisch Film.“

„Okay, du bist ein schlaues Kerlchen. Wieviel verlangst du pro Stunde?“

„Zehn Dollar!“

„Das ist purer Wucher! Ich gebe dir zwei.“

„Sechs.“

„Vier.“

„Fünf.“

„Einverstanden“, sagte Jackson.

Der Junge hob die offene Rechte in die Höhe. Jackson schlug mit seiner Hand darauf. Das Geschäft galt.

„Wie heißt du eigentlich?“ erkundigte sich Jackson.

„Sergei“, antwortete der Junge. „Und du?“

„Jackson. Wie alt bist du, Sergei?“

„Vierzehn.“

„Du bist keinen Tag älter als neun.“

„Elf.“

„Okay. Belassen wir's bei elf.“

„Und wie alt du?“ wollte der Junge wissen.

„Vierundfünfzig.“

„Okay, belassen wir's bei vierundfünfzig", sagte Sergei.

Jackson lachte zum erstenmal seit Tagen. „Woher kannst du so gut Englisch?"

„Mein Mutter leben lang Zeit mit Amerikaner. Er kehren vorig Jahr in Staaten zurück, aber uns nehmen nicht mit."

Diesmal glaubte ihm Jackson ohne Vorbehalt.

„Also, was sein Job, Partner?" fragte Sergei.

„Wir beschatten jemanden, der in dem Hotel dort wohnt."

„Freund oder Feind?"

„Er ist ein Freund, Sergei", sagte Jackson in dem Augenblick, als Connor aus der Tür trat. „Rühre dich nicht!" Er legte eine Hand auf die Schulter des Jungen.

„Er das sein?" fragte Sergei.

„Ja, das ist er."

„Er gütig Gesicht. Vielleicht ich lieber für ihn arbeiten."

VIKTOR ZERIMSKI machte einen Wahlkampfbesuch im Puschkin-Museum und wurde vom Museumsdirektor durch die Ausstellungsräume geführt. Das Museum war so gut besucht wie das Cooke-Stadion, wenn die Washington Redskins dort Football spielten, und wo immer Zerimski erschien, bildete die Menge rasch eine Gasse. Connor mußte sehr darauf achten, daß er sich nicht von den vielen Meisterwerken ablenken ließ, sondern den kommunistischen Führer im Auge behielt.

Bei Connors erstem Besuch in Rußland in den achtziger Jahren war kein höherer Politiker der Öffentlichkeit besonders nahe gekommen. Bei der Parade am 1. Mai von der Tribüne am Lenin-Mausoleum aus auf das jubelnde Volk herabzuschauen war das Äußerste gewesen. Doch nun, da die Massen wählen konnten, erwies es sich plötzlich als notwendig, daß sich die Kandidaten für das höchste Amt unter das Volk begaben, ja sich sogar seine Ansichten anhörten.

Sobald Zerimski durch ein halbes Dutzend Ausstellungsräume gewandelt war, wandte er seine Aufmerksamkeit den ihm folgenden Journalisten zu. Auf dem Treppenabsatz zum ersten Stock hielt er eine improvisierte Pressekonferenz ab. „Fangen Sie schon an!" forderte er das Pressekorps auf. „Fragen Sie, was Sie möchten." Er bedachte die Meute mit funkelnden Blicken.

„Wie interpretieren Sie die letzte Meinungsumfrage, Mr. Zerimski?" begann der Moskauer Korrespondent der *Times*.

„Daß ich die richtige Richtung eingeschlagen habe."

„In der Wählergunst rangieren Sie gleich hinter Mr. Tschernopow und sind daher sein einziger ernstzunehmender Rivale!" rief ein anderer Journalist.

„Er wird am Wahltag mein einziger ernstzunehmender Rivale sein!" rief Zerimski zurück. Seine Begleiter lachten pflichtschuldig.

„Glauben Sie, Rußland sollte wieder ein kommunistischer Staat werden, Mr. Zerimski?" erklang die unvermeidliche, mit unverkennbar US-amerikanischem Akzent gestellte Frage.

Der gerissene Politiker war viel zu wachsam, um in diese Falle zu gehen. „Wenn Sie damit eine Rückkehr zu höherer Beschäftigungsquote, geringerer Inflation und besserem Lebensstandard meinen, muß die Antwort ja sein. Das russische Volk wird mit Pauken und Trompeten für die Rückkehr jener Tage stimmen, in denen wir die angesehenste Nation der Welt waren."

„Und die gefürchtetste?" warf ein anderer Journalist ein.

„Das wäre besser als eine Fortführung der gegenwärtigen Situation, in der wir vom Rest der Welt einfach ignoriert werden", sagte Zerimski. Jetzt schrieben die Journalisten jedes seiner Worte mit.

„Warum dein Freund sich so interessieren für Viktor Zerimski?" flüsterte Sergei am anderen Ende der Treppe.

„Du stellst zu viele Fragen", fand Jackson.

„Zerimski böser Mensch."

„Warum?" Jackson ließ keinen Blick von Connor.

„Wenn viele ihn wählen, er stecken Leute wie mich in Gefängnis, und wir alle kehren zurück zu ‚gute alte Zeit', und er essen in Kreml Kaviar und trinken Wodka."

Plötzlich wandte sich Zerimski entschlossen dem Ausgang des Museums zu. Sein Gefolge und der Museumsdirektor hatten Mühe, mit ihm Schritt zu halten.

„Dein Mann wieder gehen", sagte Sergei in diesem Moment. Jackson blickte auf und sah gerade noch, wie Connor durch einen Seiteneingang des Museums verschwand, gefolgt von Ashley Mitchell.

CONNOR saß allein in einem griechischen Restaurant an der Pretschinstenka und ließ sich durch den Kopf gehen, was er an diesem Vormittag gesehen hatte. Obwohl Zerimski stets von einer Meute Leibwächter umgeben war, die sich aufmerksam in alle Richtungen umsahen, war er nicht so gut beschützt wie die meisten westlichen Führer. Einige seiner Bewacher mochten ja tapfer und fähig sein, doch nur drei von ihnen schienen Erfahrung im Schutz von hohen Staatsmännern zu haben. Und sie konnten nicht den ganzen Tag im Dienst sein.

Connor versuchte ein Moussaka zu verdauen, das alles andere als schmackhaft gewesen war, während er Zerimskis Zeitplan bis zum Tag der Wahl durchging. Der Kandidat mußte sich danach in den nächsten acht Tagen bei 27 verschiedenen Anlässen in der Öffentlichkeit sehen lassen. Als ein Kellner schwarzen Kaffee vor ihn stellte, hatte Connor die einzigen beiden Schwachstellen ausgemacht, denen nachzugehen ratsam war, sollte Zerimskis Name von der Wahlliste verschwinden müssen.

Morgen früh würde der Kandidat mit dem Zug zu einer Fabrikeinweihung nach Jaroslawl reisen und danach in die Hauptstadt zu einer Ballettvorstellung des Bolschoitheaters zurückkehren; schließlich beabsichtigte er, den Mitternachtszug nach Sankt Petersburg zu nehmen. Connor beschloß, Zerimski in Jaroslawl zu beschatten. Außerdem hatte er eine Eintrittskarte für das Ballett und eine Bahnfahrkarte nach Sankt Petersburg reserviert.

Sollte Connor seinen Auftrag tatsächlich ausführen, müßte er sich auf ein Präzisionsgewehr verlassen und Zerimski an einem öffentlichen Ort erledigen. Das war ihm klar. Nick Gutenburg hatte ihm versichert, daß eine spezialangefertigte Remington 700 in der US-Botschaft bereitläge, lange ehe er in Moskau ankäme – ein weiterer Mißbrauch der Diplomatenpost. Sobald Lawrence den Befehl erteilte, würden sie ihm die Wahl von Zcit und Ort überlassen.

Während Connor an seinem Kaffee nippte, versuchte er, bei dem Gedanken an Ashley Mitchell im Puschkin-Museum nicht zu lachen. Jedesmal wenn er in seine Richtung geblickt hatte, war der unerfahrene junge Mann hinter eine Säule getaucht. Er hatte beschlossen, Mitchell die Chance zu geben, ihn tagsüber zu beschatten – vielleicht erwies er sich ja zu irgendeinem Zeitpunkt als nützlich –, aber er hatte nicht vor, ihn herausfinden zu lassen, wo er übernachtete. Er schaute aus dem Fenster und sah den Kulturattaché mit der aktuellen Ausgabe der *Prawda* auf einer Bank sitzen. Er schmunzelte. Ein Profi sollte eigentlich immer imstande sein, seine Zielperson zu observieren, ohne selbst gesehen zu werden.

MAGGIE fuhr um 13.01 Uhr vom Parkplatz der Universität. Sie machte grundsätzlich nur eine Stunde Mittagspause, und wenn sie jetzt keinen Parkplatz in nächster Nähe des Restaurants fand, würde das die Stunde beschneiden, die sie miteinander hatten. Und heute brauchte sie wahrhaftig jede Minute davon.

Wenigstens diesmal war ihr das Glück hold. Eine Frau fuhr aus einem Parkplatz, nur wenige Meter von dem Restaurant entfernt, in dem sie sich verabredet hatten. Maggie steckte vier Vierteldollarmünzen in die Parkuhr, damit sie ihren Wagen hier eine Stunde stehenlassen konnte.

Als Maggie das Café Milano betrat, nannte sie dem Oberkellner ihren Namen.

„Bitte folgen Sie mir, Mrs. Fitzgerald", bat er sie und führte sie zu einem Fenstertisch, wo eine Frau auf sie wartete, die für ihre Pünktlichkeit bekannt war.

Maggie küßte die Frau, die 19 Jahre lang Connors Sekretärin gewesen war, zur Begrüßung flüchtig auf beide Wangen und setzte sich ihr gegenüber an den Tisch.

„Wie geht es Tara?" fragte Joan.

„Sie beißt die Zähne zusammen, wie sie selbst es nennt. Ich kann nur hoffen, daß sie ihre Dissertation zu Ende bringt. Connor wäre sehr enttäuscht, wenn nicht."

„Er hält große Stücke auf Stuart", sagte Joan gerade, als ein Kellner auf sie zukam, um die Bestellung aufzunehmen.

„Ja", antwortete Maggie ein bißchen traurig. „Ich fürchte, ich werde mich damit abfinden müssen, daß unser einziges Kind fast einundzwanzigtausend Kilometer von uns entfernt leben wird." Sie blickte zu dem Kellner auf. „Cannelloni und gemischten Salat für mich, bitte."

„Und ich hätte gern die Spaghettini", bat Joan.

„Ja, Connor und Stuart verstanden sich vom ersten Moment an großartig", sagte Maggie, nachdem der Kellner sie verlassen hatte. „Stuart wird Weihnachten bei uns verbringen. Sie werden also die Gelegenheit haben, ihn kennenzulernen."

„Darauf freue ich mich", sagte Joan.

„Ich habe in den vergangenen Tagen mehrmals versucht, Sie anzurufen. Ich hatte gehofft, Sie würden vielleicht zum Abendessen zu mir kommen, aber offenbar verfehle ich Sie jedesmal."

„Jetzt, da Connor die Gesellschaft verlassen hat, haben sie das Büro in der M Street geschlossen und mich zurück ins Hauptquartier versetzt“, erklärte Joan.

„Er macht keinen Hehl daraus, daß er hofft, Sie werden ebenfalls zur Washington Provident kommen.“

„Wie gerne ich das täte. Aber es hat keinen Sinn, Pläne zu schmieden. Wer weiß, was noch alles dazwischenkommt.“

„Was meinen Sie mit ‚dazwischenkommt‘?“ wunderte sich Maggie. „Connor tritt seine Stellung bei der Washington Provident Anfang Januar an.“

Ein langes Schweigen setzte ein, das Maggie hellhörig machte: „Er hat den Posten bei der Washington Provident also doch nicht bekommen?“

Der Kellner brachte ihr Essen. „Ein wenig Parmesan, Madam?“ fragte er, als er es auf den Tisch stellte.

„Danke“, murmelte Joan und starrte angespannt auf ihren Teller.

„Deshalb also hat Ben Thompson mir vergangenen Donnerstag in der Oper die kalte Schulter gezeigt! Er hat sich nicht einmal erboten, mir einen Drink zu bezahlen.“

„Das tut mir leid“, murmelte Joan. „Ich hatte angenommen, Sie wüßten es.“

„Machen Sie sich deshalb keine Gedanken. Connor hätte es mir gesagt, sobald er ein anderes Einstellungsgespräch hinter sich gebracht hat, und dann behauptet, daß es eine viel bessere Position sei als die bei der Washington Provident.“

„Wie gut Sie ihn kennen“, sagte Joan.

„Manchmal frage ich mich, ob ich ihn überhaupt kenne“, entgegnete Maggie. „Zur Zeit habe ich nicht die leiseste Ahnung, wo er ist oder was er tut.“

„Ich weiß leider auch nicht viel mehr als Sie. Zum erstenmal seit neunzehn Jahren hat er kein einziges Wort darüber verloren, was er vorhat.“

„Es ist diesmal anders, Joan, nicht wahr?“ Maggie blickte sie fest an.

„Wie kommen Sie darauf?“

„Er sagte mir, er müsse ins Ausland reisen, aber er hat seinen Reisepaß nicht mitgenommen. Ich vermute, daß er noch in den Vereinigten Staaten ist. Aber warum …“

„Daß er den Reisepaß nicht mitgenommen hat, beweist nicht, daß er nicht doch im Ausland ist“, gab Joan zu bedenken.

„Wahrscheinlich nicht", mußte Maggie zugeben. „Aber diesmal hat er ihn zum erstenmal so versteckt, daß ich ihn ganz sicher finden mußte."

Wenige Minuten später erschien der Kellner wieder und räumte ihre Teller ab.

„Darf ich Ihnen noch ein Dessert bringen?" erkundigte er sich.

„Mir nicht, danke", antwortete Joan, „nur Kaffee."

„Für mich bitte auch", bat Maggie. „Schwarz." Sie blickte auf ihre Uhr. Ihr blieben nur noch 16 Minuten. Sie biß sich auf die Lippe. „Joan, ich habe Sie noch nie zuvor gebeten, mir etwas Vertrauliches mitzuteilen. Aber diesmal gibt es etwas, das ich unbedingt wissen muß."

Joan blickte aus dem Fenster zu dem gutaussehenden jungen Mann, der seit vierzig Minuten auf der anderen Straßenseite an der Wand lehnte. Sie glaubte ihn schon einmal gesehen zu haben.

Als Maggie um 13.53 Uhr das Restaurant verließ, fiel ihr nicht auf, daß dieser junge Mann ein Handy aus seiner Tasche zog und eine Nummer wählte.

„Ja?" meldete sich Nick Gutenburg.

„Mrs. Fitzgerald hat soeben ihr Mittagessen mit Joan Bennett im Café Milano in der Prospect Street beendet. Sie waren siebenundvierzig Minuten beisammen. Ich konnte jedes Wort ihres Gesprächs aufnehmen."

„Gut. Bringen Sie mir sofort die Kassette."

Als Maggie die Treppe zu ihrem Büro hinaufrannte, war es auf der großen Uhr im Universitätshof 13.58 Uhr.

IN MOSKAU war es 21.59 Uhr. Connor genoß das Finale von „Giselle". Das Ballett des Bolschoitheaters war wie immer großartig. Im Gegensatz zu den meisten Zuschauern hielt er sein Opernglas jedoch nicht auf die Tanzschritte der Primaballerina gerichtet, sondern unmerklich etwas nach rechts, um sich zu vergewissern, daß Zerimski sich noch in seiner Loge befand.

Es war ein weiterer langer Tag für den Kandidaten gewesen. Deshalb wunderte sich Connor nicht, daß es Zerimski gelegentlich schwerfiel, sein Gähnen zu unterdrücken. Er war früh am Morgen mit dem Zug nach Jaroslawl gefahren und erst unmittelbar vor Beginn der Ballettaufführung nach Moskau zurückgekehrt.

Als der Vorhang am Ende der Vorstellung fiel, verließ Zerimski das

Theater. Eine Reihe von Wagen erwartete ihn und seine Begleiter, um sie zu einem weiteren Zug in einem anderen Bahnhof zu fahren. Connor bemerkte, daß sich die Zahl der Polizeibegleiter auf Motorrädern von zwei auf vier erhöht hatte.

Offenbar hielt man es nun für durchaus möglich, daß Zerimski der nächste russische Präsident werden würde.

Connor traf wenige Minuten nach Zerimski am Bahnhof ein. Er zeigte einem Wachmann vom Sicherheitsdienst seinen Presseausweis, bevor er eine Fahrkarte für den Zug um 23.59 nach Sankt Petersburg erstand.

Sobald er sich in seinem Schlafwagenabteil befand, verschloß er die Tür, schaltete die Beleuchtung über seiner Liege ein und studierte den Zeitplan von Zerimskis Besuch in Sankt Petersburg.

In einem Abteil am anderen Zugende ging auch der Kandidat den Zeitplan mit seinem Stabschef durch.

„Noch so ein Tag ohne Verschnaufpause von früh bis spät", brummte er bereits, ehe Titow den Besuch der Eremitage hinzugefügt hatte.

„Warum sollte ich mir die Mühe mit der Eremitage machen?"

„Weil Sie im Puschkin-Museum waren. Wenn Sie nun Rußlands berühmtestes Museum ignorierten, würden die Bürger von Sankt Petersburg das als Kränkung erachten."

Zerimski war nur allzusehr bewußt, daß die wichtigste Besprechung des Tages die mit General Borodin und dem Oberkommando des Militärs sein würde. Wenn er den General überreden könnte, seine Präsidentschaftskandidatur zurückzuziehen und ihn zu unterstützen, würde sich das Militär – fast zweieinhalb Millionen Mann – zweifellos hinter ihn stellen, und sein Sieg wäre gewiß. Aber um sicherzugehen, würde er Borodin etwas anbieten, dem er unmöglich widerstehen konnte.

Auch Connor erkannte durchaus, daß die morgige Begegnung mit dem General Zerimskis Schicksal entscheiden konnte. Ein paar Minuten nach zwei Uhr schaltete er das Licht über seiner Liege aus und schlief sofort ein.

Ashley Mitchell hatte das Licht in seinem Abteil in dem Moment ausgeschaltet, als der Zug aus dem Bahnhof fuhr, aber er schlief nicht.

Sergei hatte seine Erregung nicht verbergen können, im Expreß nach Sankt Petersburg reisen zu dürfen. Er war Jackson wie ein zufriedenes Hündchen in den Zug gefolgt. Als Jackson die Tür zu ihrem Abteil öffnete, verkündete der Junge: „Das größer als meine Wohnung!“ Er schwang sich auf eine der Liegen, streifte die Schuhe ab und zog die Decken hoch, ohne sich weiter auszuziehen.

Während Jackson sich bettbereit machte, rieb Sergei mit einem Ellbogen ein Guckloch in das beschlagene Fenster. Er sagte keinen Ton, bis der Zug langsam aus dem Bahnhof fuhr.

Jackson stieg in sein Bett und schaltete die Beleuchtung darüber aus.

„Wie lange wir fahren nach Sankt Petersburg, Jackson?“

„Achteinhalb Stunden. Wir haben einen weiteren langen Tag vor uns, also versuch zu schlafen.“

Sergei schaltete sein Licht ebenfalls aus, aber Jackson blieb wach. Er war jetzt sicher, daß er wußte, weshalb sein Freund nach Rußland geschickt worden war. Ganz offenbar, weil Helen Dexter ihn aus dem Weg haben wollte, aber er wußte immer noch nicht, wie weit sie gehen würde, um ihre Haut zu retten.

Am Nachmittag hatte er versucht, Andy Lloyd mit seinem Handy anzurufen. Er war jedoch nicht durchgekommen, und das Risiko, vom Hotel aus mit dem Weißen Haus zu telefonieren, erschien ihm zu groß. So beschloß er, es noch einmal zu versuchen, nachdem Zerimski am nächsten Tag seine Rede auf dem Platz der Freiheit gehalten hatte. Jackson war sicher, daß Lloyd, sobald er wußte, was vorging, ihm den Auftrag erteilen würde, die Operation zu beenden, ehe es zu spät war. Er schloß die Augen.

„Du sein verheiraten, Jackson?“

„Nein, geschieden“, erwiderte er.

„Was sein mit Kinder? Du haben Kinder?“

„Nein“, antwortete Jackson.

„Warum du nicht mich adoptieren? Dann ich mit dir nach Amerika gehen.“

„Schlaf jetzt, Sergei.“

„Sag, warum dieser Mann so wichtig für dich?“

Jackson zögerte, bevor er antwortete: „Vor neunundzwanzig Jahren hat er mir in Vietnam das Leben gerettet. Ich würde sagen, dafür schulde ich ihm etwas. Verstehst du das?“

Sergei hätte sicher geantwortet, aber er war bereits eingeschlafen.

5

Wladimir Bolschenkow, der Polizeipräsident von Sankt Petersburg, hatte eine ganze Abteilung eingerichtet, die nur für die Bekämpfung von Terrorismus während der Wahlkampagne zuständig war. Falls ein Anschlag auf einen der Kandidaten verübt würde, dann gewiß nicht in seinem Machtbereich.

Allein in dieser Woche hatte die Abteilung 27 Drohungen erhalten, daß Zerimski ein jähes Ende bereitet würde. Bolschenkow hatte sie für die üblichen Wichtigtuereien von Bürgern gehalten, die nicht ganz richtig im Kopf waren – bis heute morgen ein junger Polizeileutnant mit kalkweißem Gesicht in sein Büro gestürzt war, dessen Stimme sich beim Reden überschlug.

Der Polizeipräsident nahm Platz und hörte sich die Aufzeichnung des Telefongesprächs an, das um 9.24 Uhr eingegangen war.

„Heute nachmittag wird ein Anschlag auf Zerimskis Leben verübt", sagte eine Männerstimme mit einem Akzent, dessen Herkunft Bolschenkow nicht so recht einzuordnen wußte. „Während Zerimski seine Rede auf dem Platz der Freiheit hält, wird ein von der Mafya angeheuerter Killer auf ihn schießen. Ich rufe in ein paar Minuten mit näheren Einzelheiten wieder an, werde aber nur mit Bolschenkow reden." Die Leitung wurde unterbrochen. Da die Verbindung nur kurze Zeit bestanden hatte, gab es keine Möglichkeit, das Gespräch zurückzuverfolgen.

Elf Minuten später erfolgte der zweite Anruf. Als es dem Leutnant auch diesmal nicht gelang, den Anrufer hinzuhalten, war er ins Büro des Chefs gestürmt. Bolschenkow drückte seine Zigarette aus und eilte zu seinen Leuten von der Terroristenbekämpfung. Neun Minuten später rief der Unbekannte wieder an, und der Polizeipräsident griff sofort zum Hörer.

„Bolschenkow?"

„Am Apparat."

„Der Killer, den Sie finden müssen, wird sich als Reporter einer südafrikanischen Zeitung ausgeben, die nicht existiert. Er traf heute morgen mit dem Expreß aus Moskau in Sankt Petersburg ein. Er ist einssechsundachtzig groß, hat blaue Augen und dichtes sandfarbenes Haar. Aber er wird sein Aussehen möglicherweise verändern." Wieder hängte der Anrufer rasch ein.

Während der nächsten halben Stunde hörte sich die ganze Abteilung die Mitschnitte immer wieder an.

Plötzlich sagte der Polizeipräsident: „Spielen Sie noch einmal die letzte Aufnahme ab."

Der junge Leutnant drückte auf eine Taste und fragte sich, was sein Chef wohl vernommen hatte. Alle lauschten aufmerksam.

„Halt!" befahl der Polizeipräsident bereits nach wenigen Sekunden. „Dachte ich es mir doch! Lassen Sie das Band zurücklaufen, und zählen Sie mit!"

Was mitzählen? wollte der Leutnant fragen, während er auf die Rückspultaste drückte. Aber diesmal hörte auch er das Schlagen einer Uhr im Hintergrund.

Noch einmal spulte er die Kassette zum Anfang zurück. „Zwei Schläge", stellte er fest. „Wenn es zwei Uhr nachmittags war, hat unser Informant aus dem Fernen Osten angerufen."

Bolschenkow lächelte. „Das glaube ich nicht", widersprach er. „Ich halte es für wahrscheinlicher, daß der Anruf um zwei Uhr nachts von der Ostküste der Vereinigten Staaten aus gemacht wurde."

MAGGIE griff nach dem Telefon auf ihrem Nachttisch und rief Tara an.

„Ich bin's, Mom", sagte sie, als sich ihre Tochter meldete. „Und ich habe ein Problem, Liebes. Ich habe keine Ahnung, wo dein Vater ist."

„Das ist doch nichts Neues, Mom."

„Ja, ich weiß. Aber bei dieser Reise habe ich ein so ungutes Gefühl. Ich habe ein an mich adressiertes Kuvert gefunden, das er in einer seiner Schubladen versteckt hatte. Darauf steht klar und deutlich geschrieben: *Nicht vor dem 17. Dezember öffnen.*"

„Wenn du dir deshalb solche Gedanken machst, Mom, würde Dad bestimmt wollen, daß du den Umschlag öffnest."

„Nicht vor dem 17. Dezember", wiederholte Maggie leise. „Wenn Connor vorher nach Hause kommt und sieht, daß ich den Umschlag geöffnet habe, würde er..."

„Wann hast du ihn denn gefunden?"

„Heute morgen. Er war unter seinen Sportsachen in einer Schublade, die ich selten herausziehe."

„Ich hätte ihn sofort geöffnet", versicherte Tara.

„Ja, ich weiß. Aber ich halte es trotzdem für besser, ihn noch ein paar Tage verschlossen zu lassen, bevor ich etwas unternehme."

„Mom, ruf doch Joan an, und bitte sie um Rat."

„Das habe ich schon."

„Und was hat sie gesagt?"

„Daß ich ihn öffnen soll."

BOLSCHENKOW saß am Schreibtisch im Bereitschaftsraum und ließ den Blick über die zwanzig ausgewählten Männer wandern. „Mit wie vielen Menschen werden wir heute nachmittag auf dem Platz rechnen müssen?" fragte er.

„Es ist ja nur eine grobe Schätzung, Chef", antwortete der dienstälteste der uniformierten Polizisten, „aber es könnten bis zu hunderttausend werden."

„Wie viele Leute können Sie abstellen?"

„Jeder zur Verfügung stehende Mann wird auf dem Platz sein, Chef, und ich habe jeglichen Urlaub gestrichen. Außerdem dürfte inzwischen jeder die Beschreibung des Mannes kennen, und wir hoffen, ihn abfangen zu können, ehe er den Platz der Freiheit überhaupt erreicht. Aber nur wenige meiner Männer haben Erfahrung in einer Operation dieser Größenordnung."

„Falls tatsächlich hunderttausend auf dem Platz erscheinen, wird das auch für mich eine neue Erfahrung werden", gestand Bolschenkow. „Weiß irgend jemand inzwischen mehr?"

„Ja, Chef", antwortete ein junger Mann, der an der hinteren Wand lehnte. „Es gibt drei registrierte südafrikanische Journalisten, die über die Wahl schreiben. Nach der Beschreibung unseres Informanten bin ich ziemlich sicher, daß der Gesuchte der ist, der sich Piet de Villiers nennt."

„Hat der Computer etwas über ihn gespeichert?"

„Nein", antwortete der junge Polizeioffizier. „Aber die Polizei in Johannesburg war sehr kooperativ. Man erwähnte dort etwas von einer kolumbianischen Verbindung."

„Worum geht es dabei?"

„Vor ein paar Wochen erhielt die Polizei in Johannesburg von der CIA ein vertrauliches Memorandum mit Einzelheiten über den Mord an einem Präsidentschaftskandidaten in Bogotá. Sie hatten den Attentäter bis Südafrika verfolgen können, ihn dann aber dort verloren. Ich rief meinen Kontaktmann bei der CIA an, aber er konnte mir nur sagen, daß der Mann wieder unterwegs sei und zuletzt gesehen wurde, als er ein Flugzeug nach Genf bestieg."

„Das ist alles, was ich brauche", sagte Bolschenkow. „Noch irgendwelche Fragen?"

Niemand rührte sich.

„Wenn einer von Ihnen auf irgend etwas stößt, will ich es sofort erfahren. Der Himmel sei dem gnädig, der später damit ankommt: ‚Ich hab es nicht erwähnt, Chef, weil ich es zu dem Zeitpunkt nicht für wichtig hielt.'"

CONNOR ließ den Fernseher eingeschaltet, während er sich rasierte. Hillary Bowker vom amerikanischen Nachrichtensender CNN informierte die Zuschauer gerade über die neuesten Ereignisse in den Vereinigten Staaten. Die Gesetzesvorlage zur Abrüstung war vom Repräsentantenhaus angenommen worden, wenn auch nur mit einer hauchdünnen Mehrheit von drei Stimmen. Die Sachverständigen kündigten allerdings an, daß es im Senat einen weit größeren Widerstand gegen diese Vorlage geben werde.

„Sehen Sie nun einen Bericht unseres Korrespondenten Clifford Symonds in Sankt Petersburg über die anstehenden Wahlen in Rußland", vernahm Connor die Stimme der Nachrichtensprecherin. Überrascht hörte er mit dem Rasieren auf und starrte auf den Bildschirm.

> „Nach den letzten Meinungsumfragen wird es ein Kopf-an-Kopf-Rennen zwischen den beiden führenden Präsidentschaftskandidaten, Premierminister Grigori Tschernopow, und dem Führer der Kommunistischen Partei Viktor Zerimski geben. Der kommunistische Kandidat wird heute nachmittag auf dem Platz der Freiheit eine Rede halten. Zu der Kundgebung werden sich nach Schätzung der hiesigen Polizei etwa hunderttausend Bürger einfinden. Heute vormittag trifft sich Zerimski zu einer privaten Unterredung mit General Borodin, der, wie man erwartet, aufgrund seines schlechten Abschneidens bei den letzten Meinungsumfragen seinen Rückzug aus dem Rennen bekanntgeben wird. Es herrscht noch Ungewißheit darüber, welchen der beiden Spitzenkandidaten er unterstützen wird. Von seiner Entscheidung könnte der Ausgang der Wahl abhängen."

Connor schaltete den Fernseher aus. Er hatte beschlossen, die Eremitage an diesem Vormittag nicht zu besuchen, sondern sich auf Zerimskis öffentlichen Auftritt am Nachmittag zu konzentrieren. Er hatte bereits ein geeignetes Restaurant im zweiten Stock eines Gebäudes gefunden, von wo aus der Platz der Freiheit zu überschauen war. Und, noch wichtiger, es hatte eine Hintertür, so daß er den Platz nicht eher als nötig zu betreten brauchte.

Sobald er sein Hotel – mit einer Reisetasche in der Hand – verlassen hatte, rief er vom erstbesten öffentlichen Fernsprecher im Restaurant an und reservierte für zwölf Uhr einen Ecktisch am Fenster. Danach spazierte er zum nächsten Hotel, wo er dem Empfangschef einen Zwanzigdollarschein zusteckte und ihm erklärte, daß er für eine Stunde ein Zimmer benötige, um sich zu duschen und seine Kleidung zu wechseln.

Als er ein paar Minuten vor zwölf mit dem Fahrstuhl herunterkam, erkannte ihn der Empfangschef nicht wieder. Connor gab seine Reisetasche bei ihm ab und erklärte ihm, daß er sie gegen 16 Uhr abholen würde. Der Empfangschef stellte die Tasche unter den Tresen, dabei bemerkte er die Aktentasche zum erstenmal. Da beide einen Anhänger mit demselben Namen hatten, stellte er sie nebeneinander.

Connor schlenderte bedächtig die Seitenstraße neben dem Platz der Freiheit entlang. Er kam an zwei Polizisten vorbei, die einen hochgewachsenen Ausländer mit sandfarbenem Haar aufgehalten hatten. Sie schenkten Connor keinen zweiten Blick, als er das Haus vor ihnen betrat und mit dem Lift zum Restaurant im zweiten Stock hinauffuhr. Oben angekommen, nannte er dem Oberkellner seinen Namen und wurde von ihm sofort zu einem Ecktisch geführt, von dem aus man einen guten Blick auf den Platz hatte.

Während Connor die Speisekarte überflog, dachte er an Tom Lawrence. Wie lange würde der Präsident warten, ehe er sich wegen des Attentats entschied?

Ein Kellner trat an Connors Tisch. „Dürfte ich Sie um Ihre Bestellung bitten, Sir? Die Polizei hat uns angewiesen, das Restaurant vor vierzehn Uhr zu schließen."

„Dann nehme ich am besten das Einminutensteak", sagte Connor.

„WO DU glauben, er jetzt sein?" fragte Sergei.

„Irgendwo da draußen, aber es wird so gut wie unmöglich sein, ihn in dieser Menge zu entdecken", antwortete Jackson. „Wenn du ihn entdeckst, bekommst du zehn Dollar extra. Denk daran, daß er sein Aussehen wahrscheinlich verändert hat."

Sergei bewies plötzlich ein viel größeres Interesse an der bewegten Menge auf dem Platz. „Du sehen Mann auf oberster Stufe in Nordecke?" fragte er. „Reden mit Polizist."

„Ja", antwortete Jackson.

„Das Wladimir Bolschenkow, Polizeipräsident. Fair Mann, obwohl zweitmächtiger Mann in Sankt Petersburg."

„Und wer ist der mächtigste?" erkundigte sich Jackson.

„Sein Bruder Josef. Er sein Mafyaboß von Sankt Petersburg."

Jackson lachte. „Woher weißt du denn das alles?"

„Von Mutter. Sie geschlafen mit beiden."

CONNOR bestellte sich eine Tasse Kaffee und beobachtete, was auf dem Platz vor sich ging. Obwohl bis zum geplanten Erscheinen des Kandidaten immer noch dreißig Minuten verstreichen würden, war der Platz schon jetzt gerammelt voll. Connor wandte seine Aufmerksamkeit der gegenüberliegenden Seite des Platzes zu. Die kleine, für die Presse errichtete Tribüne war auf dem riesigen Areal das einzige noch unbesetzte Fleckchen. Er fragte sich, weshalb sich hier so viele Polizisten in Zivil tummelten – viel mehr als nötig, um Passanten von dem abgesperrten Bereich fernzuhalten. Man konnte doch kaum solche Ausschreitungen erwarten, um eine derart große Anzahl von getarnten Sicherheitskräften zu rechtfertigen. Connor konnte sich keinen Reim darauf machen. Er blickte auf die Uhr. Zerimski müßte seine Besprechung mit General Borodin inzwischen beendet haben. Connor fragte sich, ob er aus Zerimskis Benehmen würde schließen können, wie das Gespräch für ihn ausgegangen war.

Er verlangte nach der Rechnung, und während er darauf wartete, konzentrierte er sich ein letztes Mal von hier aus auf die Szene auf dem Platz. Kein Profi würde den Platz der Freiheit für ein Attentat auch nur in Erwägung ziehen. Trotzdem fand Connor, daß gerade die ungeheure Menschenmenge ihm die beste Gelegenheit geben würde, Zerimski aus nächster Nähe zu betrachten, darum hatte er beschlossen, sich diesmal nicht zur Presse zu setzen.

Er bezahlte seine Rechnung in bar, ging langsam hinüber zu dem Mädchen an der Garderobe und reichte ihr die Garderobenmarke. Sie brachte ihm seinen Mantel und Hut, und er gab ihr fünf Rubel.

Irgendwo hatte er gelesen, daß alte Leute gewöhnlich knauserig mit Trinkgeld waren.

Er schloß sich einer großen Schar Arbeiter an, die aus Räumen im Parterre strömten. Sie hatten offenbar freibekommen, um an der Kundgebung teilzunehmen. Connor wurde von der Menge mitgerissen, als sie sich auf den Bürgersteig ergoß.

Auf dem Platz der Freiheit versuchte sich Connor durch das Gewimmel in Richtung Podium zu drängen. Er warf einen Blick auf die mit Seilen abgetrennte Pressetribüne, die inzwischen gut besetzt war. Als er Ashley Mitchell an seinem üblichen Platz entdeckte, lächelte er. Der Agent saß keine drei Meter von dem Stuhl entfernt, auf dem Connor normalerweise gesessen hätte. Heute nicht, mein Freund!

„Wo ist er?“ fragte Bolschenkow einen Polizeisergeanten mit Walkietalkie.

„Er verließ die Unterredung mit Borodin vor achtzehn Minuten. Er dürfte in sieben Minuten hier sein.“

„Dann beginnt unser Problem also in sieben Minuten“, sagte der Polizeipräsident. „Unser Mann ist irgendwo da draußen in der Menge. Das spüre ich in den Knochen. Als er das letztemal so etwas inszenierte, war sein Opfer eine stehende Zielscheibe im Freien. In so einem Fall ist es fast unmöglich, den Falschen zu treffen; und bei einer großen Menschenmenge ist die Chance zu entkommen besser.“

Connor arbeitete sich immer noch langsam weiter zum Podest vor und blickte dabei zu den Dächern. Von dort beobachteten etwa ein Dutzend Scharfschützen mit Feldstechern die Menge. Um den Platz herum standen außerdem mindestens zweihundert uniformierte Polizisten in Bereitschaft.

Wieder warf Connor einen Blick auf die mit Seilen abgetrennte Pressetribüne. Die Polizei überprüfte die Ausweise der Journalisten peinlichst genau – das war nicht ungewöhnlich, wohl aber, daß sie einige bat, ihre Kopfbedeckung abzunehmen. Alle, bei denen sie das verlangten, hatten etwas gemein: sie waren männlichen Geschlechts und groß. Da bemerkte er aus den Augenwinkeln Mitchell nur ein paar Schritte von sich entfernt in der Menge. Connor runzelte die Stirn. Wie hatte der junge Agent ihn erkannt?

Plötzlich erschallte ein lautes Tosen hinter ihm, als wäre ein Rockstar auf der Bühne erschienen. Er drehte sich um und sah zu, wie

Zerimskis Wagenkorso an der Nordwestecke des Platzes zum Stillstand kam.

Als der Kandidat schließlich die Stufen zum Podium hinaufstieg, begann die Menge noch lauter zu applaudieren, und der Jubel erreichte seinen Höhepunkt, während Zerimski auf dem Podium nach vorn schritt. Connor achtete nicht auf den Trubel um sich, sondern behielt die Polizisten im Auge. Ohne Zweifel suchten sie etwas oder jemand Bestimmtes. Ein Gedanke schoß ihm durch den Kopf, den er jedoch sofort von sich wies. Nein, es war nicht möglich. Er litt wohl allmählich an Einbildungen. Ein ehemaliger Agent hatte ihm einmal gesagt, daß es beim letzten Auftrag immer am schlimmsten sei.

Aber im Zweifelsfall galt stets dieselbe Regel: Begib dich aus der Gefahrenzone. Connor schaute sich um und beschloß, auf das Nordende des Platzes zuzugehen, sobald längerer Applaus einsetzte. Auf diese Weise war es weniger wahrscheinlich, daß man bemerkte, wie er durch die Menge schlüpfte.

„Ich sehen deinen Mann!“ rief Sergei aufgeregt.

„Wo?“ fragte Jackson.

„Dort, gegenüber von Zerimski, etwa zwanzig Schritt von Podest. Er jetzt andersfarbiges Haar und gehen wie alte Mann. Du mir schulden zehn Dollar!“

„Wie hast du ihn aus dieser Entfernung entdecken können?“ staunte Jackson.

„Nur er wollen verlassen Platz.“

Jackson gab Sergei den Zehndollarschein, gerade als Zerimski vor dem Mikrofon stehenblieb.

„Towarischtschi“, begann er mit schallender Stimme, „es ist mir eine große Ehre, als euer Kandidat vor euch zu stehen. Mit jedem Tag wird mir deutlicher bewußt…“

Als Connor den Blick über die Menge schweifen ließ, fiel ihm wieder Mitchell auf. Er war ihm noch einen Schritt näher gekommen.

„Die Mehrheit unserer Mitbürger sehnt sich nach einer gerechteren Verteilung der Werte, die durch ihre Fähigkeiten und harte Arbeit geschaffen wurden.“ Als die Menge zu applaudieren begann, machte Connor rasch einige Schritte nach rechts. Kaum verstummte der Applaus, erstarrte er und bewegte keinen Muskel.

„Warum verfolgen Mann deinen Freund?“ wollte Sergei wissen.

„Weil er ein Amateur ist“, sagte Jackson.

„Bisher er nur noch nicht ihn küssen."

„Seht euch auf den Straßen Moskaus um, Towarischtschi. Ja, ihr werdet Mercedes, BMW und Jaguar sehen, aber wer fährt sie? Nur einige Privilegierte..."

Als die Zuhörer wieder in frenetischen Applaus ausbrachen, machte Connor noch ein paar Schritte auf das Nordende des Platzes zu.

„Ich glaube, ich habe ihn entdeckt", sagte ein Polizist in Zivil.

„Wo denn?" fragte Bolschenkow ungeduldig.

„Zwölf Uhr, etwa fünfzig Meter geradeaus, er steht absolut still. Er sieht zwar nicht aus wie auf der Fotografie, aber bei jedem Applaus eilt er weiter, viel zu schnell für einen Mann, der so alt aussieht wie dieser Kerl."

„Hab ihn!" Bolschenkow nickte heftig und starrte noch ein paar Augenblicke zu dem Verdächtigen hinüber. „Ja, das kann er schon sein. Weisen Sie die zwei Männer an, die bei ein Uhr postiert sind, ihn zu verhaften. Sehen wir zu, daß wir es so schnell wie möglich hinter uns bringen."

Ashley Mitchell befand sich jetzt nur noch einen Schritt von Connor entfernt, der scheinbar überhaupt nicht auf ihn achtete. In nur wenigen Sekunden würde es zu einem längeren Begeisterungssturm kommen, nachdem Zerimski verkündet hätte, was er zu tun beabsichtigte, wenn er Präsident würde. Keine fetten Bankkonten mehr, die sich ehrlose Geschäftsleute von Bestechungsgeldern einrichteten – das führte immer zum lautesten Beifall. Dann würde er fort von hier sein. Und er würde dafür sorgen, daß Mitchell irgendwo in die Dritte Welt hinter einen Schreibtisch versetzt würde.

„Laßt uns nie vergessen", fuhr Zerimski fort, „daß Rußland wieder die bedeutendste Nation der Welt sein kann."

Die Menge war außer sich. Connor drehte sich rasch um und ging nach rechts. Er hatte jedoch noch keine drei Schritte getan, als der erste Polizist ihn am linken Arm faßte. Eine Sekunde später packte ein anderer Connors rechten Arm. Er wurde zu Boden geworfen, aber er machte keine Anstalten, sich zu wehren. Regel Nummer eins: Wenn du nichts zu verbergen hast, widersetze dich bei einer Verhaftung nicht. Seine Hände wurden hinter seinen Rücken gedreht und um seine Gelenke Handschellen geklickt. Die Menge begann, einen kleinen Kreis um die drei Männer auf dem Boden zu formen. Mitchell blieb ein wenig abseits und wartete auf das unvermeidliche: Wer ist der Mann?

„Mafyakiller“, flüsterte er so, daß die direkt um ihn herum es hören konnten. Er ging zurück Richtung Pressetribüne und flüsterte immer wieder „Mafyakiller“ vor sich hin.

„Wenn ich zum Präsidenten gewählt werde, Towarischtschi, könnt ihr euch darauf verlassen ...“

„Sie sind verhaftet“, sagte ein dritter Polizist, den Connor nicht sehen konnte, weil seine Nase auf den Boden gedrückt wurde.

„Schafft ihn weg!“ sagte dieselbe befehlsgewohnte Stimme, und Connor wurde zum Nordende des Platzes gezerrt.

Jackson nahm den Blick keine Sekunde von Connor, als die Menge eine Gasse bildete, um die Polizisten und ihren Gefangenen hindurchzulassen.

Zerimski war nicht entgangen, daß in der Menge irgend etwas vor sich ging, aber er ignorierte es wie ein alter Profi. „Tut es nicht für mich ...“, fuhr er fort. „Tut es nicht einmal für die Kommunistische Partei. Tut es für die nächste Generation von Russen ...“

Der Streifenwagen entfernte sich, eskortiert von vier Polizisten auf Motorrädern, vom Platz der Freiheit.

Jackson blickte zur Pressetribüne. Die Journalisten interessierten sich offenkundig mehr für den verschwindenden Streifenwagen als für Zerimskis Worte.

„Mafyakiller“, informierte eine türkische Journalistin einen Kollegen – eine „Tatsache“, die sie von jemandem aus der Menge aufgeschnappt hatte.

Mitchell musterte die Reihe von Fernsehkameramännern, die den mit Blaulicht verschwindenden Streifenwagen aufnahmen. Sein Blick blieb auf dem einen Mann haften, mit dem er sich nun unterhalten mußte. Geduldig wartete er, bis Clifford Symonds vom US-amerikanischen Nachrichtensender CNN in seine Richtung sah. Dann winkte er mit beiden Armen, um ihm mitzuteilen, daß er dringend mit ihm sprechen müsse. Der CNN-Berichterstatter bahnte sich rasch einen Weg durch die jubelnde Menge zu dem amerikanischen Kulturattaché.

Zerimski blieb auf dem Podium stehen und genoß den Beifallssturm. Er hatte nicht die Absicht, sich zurückzuziehen, solange die Menge ihm so huldigte.

Symonds hörte sich aufmerksam an, was Mitchell ihm sagte. Seine Live-Übertragung war in zwölf Minuten fällig. Von Sekunde zu Sekunde wurde sein Lächeln breiter. „Ich sehe besser zu, daß ich mich mit meinem Produktionsleiter in Verbindung setze, wenn ich das als Hauptthema für die Vormittagsnachrichten verwenden will." Damit drehte er sich um und eilte zur Pressetribüne zurück.

Mitchell hastete in die entgegengesetzte Richtung. Einem weiteren empfänglichen Ohr mußte er die Story noch eintrichtern, und zwar bevor Zerimski die Bühne verließ.

Eine Reihe von Leibwächtern verhinderte, daß allzu enthusiastische Anhänger zu nahe an den Kandidaten herankamen. Mitchell erklärte einem von ihnen in perfektem Russisch, mit wem er sprechen wolle. Der Bursche brüllte dem Pressesprecher etwas zu, der sofort die Anweisung erteilte, den Amerikaner durchzulassen. Rasch betrat Mitchell den abgesperrten Bereich und begab sich zu dem Pressesprecher. Er setzte ihn sofort ins Bild, indem er ihm erklärte, daß Piet de Villiers als alter Mann verkleidet gewesen war und aus welchem Hotel er ihn hatte kommen sehen, bevor er das Restaurant am Platz der Freiheit betrat.

DER PRÄSIDENT der Vereinigten Staaten und sein Stabschef saßen allein im Oval Office und sahen sich die Frühnachrichten an. Beide schwiegen, während Clifford Symonds das Neueste aus Rußland berichtete.

> „Ein internationaler Terrorist wurde heute nachmittag auf dem Platz der Freiheit während einer Rede des Kommunistenführers Viktor Zerimski festgenommen. Der Mann ist vorläufig im berüchtigten Kruzifixgefängnis in Sankt Petersburg inhaftiert. Die zuständige Kriminalpolizei schließt die Möglichkeit nicht aus, daß es sich bei ihm um denselben Mann handelt, der vor kurzem mit dem Anschlag auf Ricardo Guzman, einen Präsidentschaftskandidaten in Kolumbien, in Verbindung gebracht wurde. Es wird angenommen, daß der Verhaftete Zerimski mehrere Tage folgte, während dieser bei seiner Wahlkampagne durch das Land reiste. Angeblich wurden ihm von der Russenmafya eine Million Dollar geboten, wenn er Zerimski aus dem Präsidentschaftsrennen entfernte."

Tom Lawrence drückte auf einen Knopf der Fernbedienung, und das Bild auf dem Schirm erlosch. „Und Sie behaupten, daß der Mann, der dort verhaftet wurde, keine Verbindung zur Russenmafya hat, sondern ein CIA-Agent ist?"

„Ja", antwortete Andy Lloyd. „Ich warte darauf, daß Jackson anruft und bestätigt, daß es sich um denselben Mann handelt, der Guzman erschossen hat."

„Was soll ich der Presse sagen, wenn sie mir diesbezügliche Fragen stellt?“

„Sie werden bluffen müssen. Niemand darf erfahren, daß der Mann, der festgenommen wurde, einer der Unsrigen ist.“

„Aber das würde Dexter ein für allemal ausschalten.“

„Nicht, wenn Sie behaupten, Sie hätten nichts davon gewußt. Denn dann würde mindestens die Hälfte der Amerikaner glauben, daß Sie sich von der CIA hätten übertölpeln lassen. Gäben Sie dagegen zu, daß Sie davon wußten, würde die andere Hälfte über Sie herfallen. Ich schlage deshalb vor, daß Sie sich darauf beschränken zu sagen, Sie warteten das Ergebnis der russischen Wahlen mit Interesse ab.“

„Und ob ich das tue“, versicherte Lawrence. „Das letzte, was ich brauchen könnte, wäre dieser Giftzwerg von Faschist als Präsident von Rußland. Dann wären wir über Nacht zurück bei Phantasien zum Wettrüsten.“

„Das ist meines Erachtens auch der Grund, weshalb der Senat sich mit Ihren Abrüstungsplänen Zeit läßt. Er wird abwarten, bis das Wahlergebnis bekannt ist.“

Lawrence nickte. „Wenn es wirklich einer der Unsrigen ist, den sie in diesem gottverdammten Gefängnis festhalten, müssen wir ihn unbedingt da rausholen, und zwar schnell. Denn wenn Zerimski Präsident wird, dann helfe Gott dem Gefangenen. Ich wäre dazu bestimmt nicht in der Lage.“

DAS ERSTE, was Connor bei der Einfahrt durch das Tor des Kruzifixgefängnisses sah, war das Empfangskomitee. Drei gewaltige Männer in Gefängniskleidung stapften sofort auf den Polizeiwagen zu, rissen fast die hintere Tür aus den Angeln und zerrten Connor aus dem Wagen. Sie schubsten den neuen Häftling über den Hof in einen langen, düsteren Korridor, wo sie anfingen, ihn zu schlagen und zu treten. Am hinteren Ende öffnete einer eine schwere Stahltür, und die beiden anderen warfen Connor in eine Zelle. Er versuchte gar nicht erst, sich zu wehren, als sie ihm zuerst die Schuhe wegnahmen, dann seine Uhr, den Ehering und seine Brieftasche, die ihnen keine Hinweise geben würde. Als sie ihn verließen, schmetterten sie die Zellentür hinter sich zu.

Connor schaute sich in der Zelle um, die kaum größer war als das Schlafwagenabteil, in dem er von Moskau aus angereist war. In Vietnam hatte er achtzehn Monate in einem noch engeren Verschlag zubringen müssen. Damals waren seine Befehle klar gewesen: Bei einem Verhör durch den Feind nur Namen, Rang und Identifikationsnummer nennen. Diese Regel galt jedoch nicht für Menschen, die nach dem elften Gebot lebten.

> Laß dich nicht erwischen. Passiert es doch, darfst du auf gar keinen Fall zugeben, daß du auch nur das geringste mit der CIA zu tun hast. Hab keine Sorge, die Firma wird sich immer deiner annehmen.

Connor war klar, daß sich in seinem Fall keiner seiner annehmen würde, obwohl Gutenburg ihm das versichert hatte. Mit einemmal fiel es ihm wie Schuppen von den Augen.

Er hatte für Geld, Pässe und Flugtickets nichts unterschreiben müssen. Und nun erinnerte er sich an einen Satz, der offenbar tief in seinem Gedächtnis vergraben gewesen war: „Wenn Sie sich Gedanken wegen Ihrer neuen Stellung machen, bin ich gern bereit, mit dem Vorsitzenden der Gesellschaft zu reden, bei der Sie in Kürze anfangen werden, und ihm zu erklären, daß es sich nur um eine befristete Mission handelt."

Woher hatte Gutenburg gewußt, daß er sich für einen neuen Posten vorgestellt hatte und direkt mit dem Vorsitzenden der Gesellschaft in Verbindung stand? Doch nur, weil er bereits mit Ben Thompson gesprochen hatte. Das war der Grund für dessen Absage.

Und was Ashley Mitchell betraf, da hätte er die engelhafte Chorknabenfassade längst durchschauen müssen. Aber der Anruf des Präsidenten gab ihm noch Rätsel auf. Wieso hatte Lawrence ihn kein einziges Mal mit Namen angeredet? Und waren die Sätze nicht ein wenig zusammenhanglos gewesen? Er starrte zur Zellendecke hinauf. Wenn der Anruf gar nicht vom Präsidenten gekommen war, bestand keine Aussicht, daß man ihn aus diesem Kerker holte, das wurde ihm plötzlich sonnenklar. Dexter war es gelungen, die einzige für sie gefährliche Person erfolgreich aus dem Verkehr zu ziehen.

Die Zellentür schwang abrupt auf, und ein Mann in hellblauer Uniform mit Goldtressen trat ein.

JACKSON blieb auf dem Platz, bis der Streifenwagen außer Sicht war. Er war wütend auf sich. Schließlich drehte er sich um und marschierte, die jubelnde Menge zurücklassend, so schnell davon, daß Sergei Mühe hatte mitzukommen. Der Junge atmete erleichtert auf, als Jackson ein Taxi herbeiwinkte.

Widerwillig bewunderte Jackson, wie gut Mitchell – zweifellos von Dexter und Gutenburg geführt – die ganze Operation durchgeführt hatte. Das Ganze war ein typischer CIA-Zug, nur mit einem Unterschied: Diesmal war es einer der Ihren, den sie in einem ausländischen Gefängnis verrotten lassen wollten.

Er versuchte nicht daran zu denken, was sie Connor antun würden. Statt dessen konzentrierte er sich auf den Bericht, den er Andy Lloyd umgehend erstatten mußte. Wenn es ihm vergangene Nacht nur gelungen wäre, Lloyd zu erreichen, hätte er vielleicht sein Einverständnis bekommen, Connor von seinem Auftrag abzuziehen. Aber sein Handy funktionierte immer noch nicht, also würde er wohl oder übel das Risiko eingehen müssen, den Apparat in seinem Hotelzimmer zu benutzen. Nach 29 Jahren hatte er endlich eine Chance bekommen, sich bei Connor zu revanchieren. Und er hatte es verpatzt!

Das Taxi hielt vor Jacksons Hotel. Er beglich den Fahrpreis, rannte hinein und raste die Treppe hinauf. Sergei holte ihn erst ein, als er die Tür bereits aufgeschlossen hatte.

Der junge Russe setzte sich in einer Zimmerecke auf den Boden und lauschte dem Gespräch, das er nur zur Hälfte verstand, mit jemandem, den Jackson Lloyd nannte. Als Jackson schließlich den Hörer auflegte, zitterte er vor Wut.

Zum erstenmal, seit sie den Platz der Freiheit verlassen hatten, äußerte sich Sergei: „Du müssen mit Nikolai Romanow reden. Er sein ein anderer Kunde von meiner Mutter." Schon hatte er die Nummer seiner Mutter gewählt, und als endlich jemand den Hörer abnahm, benahm er sich auf eine Weise, die Jackson an ihm noch nicht kannte. Er war respektvoll, sprach nur wenige Sätze, hörte dann aufmerksam zu und unterbrach die Sprecherin am anderen Ende der Leitung nicht ein einziges Mal. Nach zwanzig Minuten legte er den Hörer wieder auf.

„Sie machen Anruf", sagte er und erzählte, er habe darum gebeten, daß der Zar, der Führer der „rechtmäßigen Diebe", sich mit Jackson treffe. Die Organisation war gegründet worden, als noch ein echter Zar über Rußland herrschte. Sie hatte überlebt und war zur gefürchtetsten und am meisten respektierten kriminellen Organisation auf der ganzen Welt geworden.

„Meine Mutter sein eine von wenigen Frauen, mit der Zar reden. Sie ihn bitten, dir Audienz gewähren", erklärte Sergei.

Als das Telefon wenige Minuten später läutete, griff Sergei sofort nach dem Hörer. Während er aufmerksam zuhörte, was seine Mutter sagte, wurde er weiß wie eine Wand und fing an zu zittern. Er zögerte eine Zeitlang, doch schließlich erklärte er sich einverstanden mit dem, was sie vorgeschlagen hatte. Seine Hand zitterte noch, als er den Hörer zurück auf die Gabel legte.

„Hat er eingewilligt, mich zu sehen?" fragte Jackson.

„Ja", antwortete Sergei verstört. „Zwei Männer kommen, holen dich morgen früh: Alexei Romanow, Sohn von Zar, und Stefan Iwanitski, Cousin von Alexei, der sein dritter in Rangfolge."

„Wo liegt dann das Problem?"

„Sie dich nicht kennen, so sie stellen Bedingung. Wenn Zar denken, du stehlen sein Zeit, die zwei Männer kommen zurück und brechen mir ein Bein, damit ich nicht vergessen, sie nicht wieder belästigen."

Jackson fragte sich, ob er das Treffen absagen sollte. Er wollte nicht dafür verantwortlich sein, wenn Sergei sich auf Krücken dahinschleppen müßte. Aber der Junge sagte ihm, dazu sei es zu spät. Er habe sich bereits mit ihrer Bedingung einverstanden erklärt.

„GUT GEMACHT", lobte Dexter, als Gutenburg ihr Büro betrat. „Ich habe mir gerade die Kurznachrichten von ABC und CBS angesehen. Sie unterscheiden sich nicht von Symonds' Version des Vorfalls auf dem Platz der Freiheit. Haben Sie eine Ahnung, ob die Presse die Story morgen größer herausbringen wird?"

„Sie verliert bereits das Interesse. Morgen um diese Zeit wird diese Geschichte höchstens noch für die Titelseiten russischer Zeitungen interessant sein. Und falls Zerimski die Wahl gewinnt, wird Fitzgerald nie mehr einen Fuß aus dem Kruzifixgefängnis setzen."

„Haben Sie schon einen Bericht für den Präsidenten vorbereitet?"

Gutenburg setzte sich und legte einen Ordner auf den Schreibtisch der Direktorin.

Sie schlug ihn auf und begann zu lesen. Kein Hauch von Gefühl zeigte sich auf ihren Zügen, während sie weiterblätterte. Auf der letzten Seite angekommen, gestattete sie sich den Ansatz eines Lächelns. „Unterschreiben Sie ihn, und lassen Sie ihn dann sofort ins Weiße Haus bringen. Es ist bedauerlich, daß wir Fitzgerald opfern mußten. Aber wenn es dazu beiträgt, daß Zerimski die Wahl gewinnt, wird es einen doppelten Zweck erfüllt haben. Der Kongreß wird Lawrence'

Abrüstungspläne in der Luft zerreißen, und die CIA wird mit viel weniger Einmischungen vom Weißen Haus zu tun haben."

Gutenburg nickte zustimmend.

CONNOR schwang seine Beine von der Pritsche, setzte die nackten Fußsohlen auf den Steinboden und blickte seinen Besucher an. Bedächtig zündete sich der Polizeipräsident eine Zigarette an und nahm einen langen Zug. „Furchtbare Angewohnheit", sagte er in makellosem Englisch.

Connor zeigte keine Regung.

„Ich bin Wladimir Bolschenkow, der Polizeipräsident dieser Stadt, und ich dachte, wir sollten uns erst mal unter vier Augen unterhalten, ehe irgend etwas zu den Akten kommt."

„Ich heiße Piet de Villiers, bin Staatsbürger der Republik Südafrika und arbeite für den *Johannesburg Mercury.* Ich möchte meinen Botschafter sprechen."

„Tja, das ist mein erstes Problem", gestand Bolschenkow. „Wissen Sie, ich glaube nicht, daß Sie Piet de Villiers heißen, ich bin überzeugt, daß Sie nicht Südafrikaner sind, und es steht fest, daß Sie nicht für den *Johannesburg Mercury* arbeiten, weil es eine solche Zeitung überhaupt nicht gibt. Und um nicht zuviel von meiner und Ihrer Zeit zu vergeuden, muß ich Ihnen sagen, ich weiß von bestunterrichteter Stelle, daß Sie nicht von der Mafya angeheuert wurden. Nun, ich gebe zu, ich weiß noch nicht, wer Sie sind, ja nicht einmal, aus welchem Land Sie stammen. Aber wer immer Sie schickte, steckt in großen Schwierigkeiten."

Connor zuckte mit keiner Wimper.

„Wenn Sie sich also nicht in der Lage sehen, mich bei meinen Ermittlungen zu unterstützen, kann ich nichts weiter tun, als Sie hier schmoren zu lassen, während ich mich weiterhin in dem Ruhm sonne, der gegenwärtig unverdienterweise auf mich gehäuft wird."

Connor reagierte auch jetzt nicht.

„Ich merke schon, daß ich keinen Draht zu Ihnen finde", fuhr der Polizeipräsident fort. Er drehte sich um und begann zur Zellentür zu gehen. „Ich überlasse es Ihnen, darüber nachzudenken. Aber wenn ich in Ihrer Lage wäre, würde ich damit nicht zu lange warten."

Er pochte an die Tür. „Wer immer Sie auch sind", sagte er noch, während die Tür aufgeschlossen wurde, „ich versichere Ihnen, solange ich Polizeipräsident von Sankt Petersburg bin, wird es keine Formen von Folter geben. Aber ich kann Ihnen nicht versprechen, daß es so bleiben wird, falls Viktor Zerimski zu unserem neuen Präsidenten gewählt wird.“ Bolschenkow schlug die Tür hinter sich zu, und Connor hörte, wie der Schlüssel im Schloß gedreht wurde.

Drei weiße BMW hielten vor dem Hoteleingang. Jackson, der im Foyer gewartet hatte, trat auf die Straße hinaus. Er wurde sofort zum Fond des mittleren Autos gewiesen und saß kurz darauf zwischen einem hochgewachsenen, schlanken Mann in einem schwarzen Kaschmirmantel, der sich als Alexei Romanow vorstellte, und einem anderen, stämmigeren Mann, vermutlich Stefan Iwanitski, dem Neffen des Zaren.

Die drei Wagen fuhren auf die mittlere Spur. Sobald die BMW die Stadtgrenze hinter sich hatten, beschleunigten sie auf hundert Kilometer in der Stunde. Auf den kurvenreichen, bergauf führenden Straßen begegneten sie nur wenigen anderen Fahrzeugen.

Ohne Vorwarnung bog der vorderste Wagen plötzlich nach links ein und hielt vor einem schweren schmiedeeisernen Tor mit einem gewaltigen Wappen an, das einen Falken mit ausgebreiteten Schwingen zeigte. Zwei Männer mit Kalaschnikows traten auf den vordersten BMW zu, worauf der Chauffeur ein getöntes Fenster herunterließ, um ihnen die Möglichkeit zu geben, in den Wagen zu blicken. Nachdem alle drei Wagen inspiziert worden waren, nickte einer der Posten, und die Flügel des Falkentors glitten auseinander. Die drei BMW setzten ihre Fahrt in gemessenerem Tempo auf einer Kieseinfahrt fort, die sich durch einen dichten Wald schlängelte. Erst nach weiteren fünf Minuten hatte Jackson den ersten Blick auf das Haus – obwohl Haus eigentlich nicht das richtige Wort dafür war. Vor einem Jahrhundert war es der Palast des Zarewitschs gewesen, des erstgeborenen Sohnes des Zaren. Nun wurde es von einem entfernten Nachfahren bewohnt, der an sein Erbrecht glaubte.

Knirschend hielten die Wagen vor dem Haupteingang an. Ein Butler in schwarzem Frack stand wartend oben an der Treppe. Er verbeugte sich vor Jackson. „Willkommen im Winterpalast, Mr. Jackson“, sagte er. „Mr. Romanow erwartet Sie in der Blauen Galerie.“

Alexei Romanow und Stefan Iwanitski begleiteten Jackson durch die offene Tür. Der Butler hielt erst an, als sie zu einer weißen Flügeltür am Korridorende kamen, die fast bis zur Decke reichte. Nachdem er angeklopft hatte, öffnete er einen Flügel und trat zur Seite, um Jackson einzulassen.

„Mr. Jackson!" verkündete er.

Aus einem mit rotem Samt überzogenen Ohrensessel aus der Zeit Ludwigs XIV. erhob sich ein älterer Herr in blauem Nadelstreifenanzug. Sein Haar war silberfarben, und die Blässe seiner Haut deutete auf eine langwierige Krankheit hin. Sein dünner Körper war leicht vornübergebeugt, als er einen Schritt vorwärts tat, um seinem Gast die Hand zu geben.

„Wie freundlich von Ihnen, Mr. Jackson, den weiten Weg auf sich zu nehmen, um mich zu besuchen", begrüßte er ihn. „Sie müssen entschuldigen, aber mein Englisch ist etwas eingerostet. Ich sah mich gezwungen, Oxford 1939 zu verlassen, gleich nach Ausbruch des Krieges." Er lächelte.

Jackson wußte nicht so recht, wie er darauf reagieren sollte.

„Aber nehmen Sie doch bitte Platz, Mr. Jackson." Der alte Herr deutete auf das Pendant des Ohrensessels, in dem er gesessen hatte.

„Vielen Dank." Das waren Jacksons erste Worte, seit er das Hotel verlassen hatte.

„Und jetzt, Mr. Jackson", Romanow setzte sich behutsam wieder in seinen Sessel, „muß ich Sie bitten, mir einige Fragen präzise zu beantworten. Denn sollten Sie mich belügen, werden Sie feststellen – wie soll ich sagen? –, daß es nicht nur zu einer Beendigung unseres heutigen Gesprächs führen wird."

Jackson war klar, daß dieser alte Mann wahrscheinlich der einzige Mensch auf Erden war, der Connor als Lebenden aus dem Kruzifixgefängnis holen konnte. Er nickte also nur, um zu zeigen, daß er verstanden hatte.

„Gut", sagte Romanow. „Wie ich auf den ersten Blick sehe, arbeiten Sie für eine staatliche Organisation, und da Sie in mein Land gekommen sind, schließe ich daraus, daß es sich dabei um die CIA handelt. Habe ich recht?"

„Ich habe achtundzwanzig Jahre für die CIA gearbeitet, bis vor kurzem, als ich – ersetzt wurde." Jackson wählte seine Worte mit Bedacht.

„Es widerspricht den Gesetzen der Natur, eine Frau als Chef zu haben", bemerkte Romanow ohne auch nur die Spur eines Lächelns. „Die Organisation, deren Oberhaupt ich bin, würde so etwas nie zulassen."

Romanow beugte sich zu einem Tischchen links von sich hinüber und griff nach einem Gläschen mit farbloser Flüssigkeit. Er nahm einen Schluck und stellte das Glas auf den Tisch zurück, ehe er seine nächste Frage stellte. „Warum wollten Sie mich sehen, Mr. Jackson?"

„Ich bin wegen eines guten Freundes zu Ihnen gekommen, der es meiner Dummheit verdankt, daß er jetzt im Kruzifixgefängnis inhaftiert ist."

„Arbeitet Ihr Freund für die CIA?"

Jackson schwieg.

„Ah, ich verstehe. Genau wie ich annahm. Nun, er wird sich damit abfinden müssen, daß Helen Dexter diesmal nicht zu seiner Rettung eilt."

Jackson schwieg immer noch.

„Gut", sagte der Greis. „Nun weiß ich genau, was Sie von mir erwarten." Er machte eine Pause. „Aber ich kann mir beim besten Willen nicht vorstellen, was Sie mir als Gegenleistung bieten könnten."

„Ich habe keine Ahnung, was der gegenwärtige Satz ist", erwiderte Jackson.

Der Greis fing an zu lachen. „Sie können doch unmöglich einen Augenblick lang gedacht haben, Mr. Jackson, daß ich Sie hierher habe bringen lassen, um mit Ihnen über Geld zu reden. Allein im vergangenen Jahr machte meine Organisation einen Umsatz von hundertsiebenundachtzig Milliarden Dollar. Wir haben jetzt Niederlassungen in hundertzweiundvierzig Ländern. Nein, Mr. Jackson, so viele Tage in diesem Leben habe ich nicht mehr, daß ich sie damit vergeuden möchte, mit einem mittellosen Mann über Geld zu diskutieren."

„Warum haben Sie sich dann überhaupt herabgelassen, mit mir zu sprechen?" entgegnete Jackson.

Der Greis nahm einen weiteren Schluck der farblosen Flüssigkeit, ehe er damit herausrückte, was er als Gegenleistung erwartete, wenn er Connor zur Flucht verhelfen sollte.

„Sie werden vielleicht ein wenig Zeit brauchen, sich meinen Vorschlag zu überlegen, Mr. Jackson", meinte der Greis zum Schluß. „Doch sollte Ihr Freund auf meine Bedingungen eingehen und dann versäumen, sie zu erfüllen, müssen ihm die Konsequenzen seiner Handlungsweise genauestens klargemacht werden." Er machte eine Pause, um Luft zu holen. „Ich habe meinem Sohn Alexei die Verantwortung auferlegt, sich darum zu kümmern, daß dieser Vertrag bis aufs I-Tüpfelchen befolgt wird. Ebenso habe ich den Befehl erteilt, Sie beide zurück in die Staaten zu begleiten, und er wird nicht zurückkehren, ehe der Vertrag erfüllt ist. Ich hoffe, Sie haben mich verstanden, Mr. Jackson."

Es hätte kaum einen größeren Kontrast geben können als den zwischen Zerimskis Büro und dem Winterpalast des Zaren. Die Geschäftsräume des Kommunistenführers lagen im dritten Stock eines baufälligen Gebäudes in einem nördlichen Vorort von Moskau. Allerdings erkannte jeder, den Zerimski in seine Datscha an der Wolga einlud, rasch, daß dieser durchaus kein Verächter von Luxus war.

Die letzte Stimme war um 22 Uhr des vergangenen Tages abgegeben worden. Nun brauchte Zerimski nichts mehr weiter zu tun, als abzuwarten, bis die Beamten alle Stimmen ausgezählt hatten. Einerseits war er überzeugt, daß seine Aussicht, die Wahl zu gewinnen, wirklich gut war, seit er sich mit Borodin über die Bedingungen geeinigt und der General sich aus dem Wahlkampf zurückgezogen hatte. Andererseits war er auch realistisch genug einzusehen, daß gut fünfzig Prozent der abgegebenen Stimmen auf ihn entfallen mußten, wenn er die geringste Chance haben wollte, zum Sieger erklärt zu werden, solange die Mafya Tschernopow unterstützte. Aus diesem Grund hatte er beschlossen, sich einen Verbündeten im Lager des Zaren zu suchen.

„Das ist eine gute Neuigkeit, Stefan, zumindest wenn Sie das Problem mit Ihrem Cousin lösen können", sagte Zerimski in der Abgeschiedenheit seines Büros, in das er sich häufig zurückzog, um private Telefongespräche zu führen. Er lauschte gerade auf Iwanitskis Antwort, als an die Tür geklopft wurde, und legte in dem Moment auf, da sein Stabschef eintrat. Titow brauchte nicht zu wissen, mit wem er gesprochen hatte.

„Die Presseleute fragen an, ob Sie schon eine Erklärung abgeben möchten", berichtete Titow.

Zerimski nickte zögernd und folgte Titow die Treppe hinunter und hinaus auf die Straße. Er hatte seinen Stab angewiesen, dafür zu sorgen, daß nie einer der Presseleute ins Haus gelangte. Er wollte die Gefahr vermeiden, daß sie entdeckten, wie ineffizient und personell unterbesetzt seine Organisation war. Das war noch etwas, das sich ändern würde, sobald er die Staatskasse in die Hände bekam. Nicht einmal seinen Stabschef hatte er eingeweiht, daß dies die letzte Wahl sein würde, solange er lebte, in der die russischen Bürger frei abstimmen konnten.

Die Zellentür schwang auf. Bolschenkow trat mit einer großen Segeltuchtasche und einem ramponierten ledernen Aktenkoffer ein.

„Wie Sie sehen, bin ich zurückgekehrt", sagte der Sankt Petersburger Polizeipräsident, setzte sich Connor gegenüber und zündete sich eine Zigarette an. „Ich möchte Ihnen nicht verschweigen, daß sich seit unserer letzten Begegnung zwei interessante Entwicklungen ergeben haben."

Er stellte Connors Reisetasche und den Aktenkoffer auf den Boden. „Der Geschäftsführer des Hotels National unterrichtete uns, daß diese beiden Gepäckstücke in seinem Haus liegengeblieben seien und niemand nach ihnen gefragt habe."

Connor zog eine Braue hoch.

„Genau, wie ich dachte", sagte der Polizeipräsident. „Und um fair zu sein, als wir ihm Ihr Bild zeigten, bestätigte er, daß ein Mann, auf den Ihre Beschreibung zutrifft, den Beutel hinterlegt hat. An den Aktenkoffer konnte er sich jedoch nicht erinnern."

Bolschenkow ließ die Verschlüsse des Aktenkoffers aufschnappen und öffnete den Deckel. Eine Remington 700 kam zum Vorschein. Connor starrte geradeaus und täuschte Gleichgültigkeit vor.

„Obwohl ich davon überzeugt bin, daß Sie mit dieser Art von Waffe schon umgegangen sind, glaube ich nicht, daß Sie dieses besondere Gewehr je auch nur gesehen haben, auch wenn die Initialen P. d. V. so offensichtlich auf dem Koffer prangen. Selbst ein Neuling käme auf den Gedanken, daß man Sie hereinlegen will."

Bolschenkow tat einen tiefen Zug aus seiner Zigarette.

„Die CIA scheint sich einzubilden, daß wir die dümmste Polizei der Welt hätten. Haben sie wirklich auch nur einen Augenblick angenommen, wir wüßten nicht, was Mitchells eigentlicher Auftrag ist? ‚Kulturattaché'", er schnaubte abfällig. „Er hält die Eremitage wahrscheinlich für ein Kaufhaus. Ehe Sie etwas sagen, habe ich da noch eine Neuigkeit, die Sie interessieren dürfte. Viktor Zerimski hat die Wahl gewonnen."

Connor lächelte schwach.

„Und da ich mir nicht vorstellen kann, daß er Ihnen für die Amtseinsetzung einen Platz in der vordersten Reihe anbieten wird, wäre vielleicht jetzt die Zeit gekommen, mir Ihre Version der Geschichte zu erzählen, Mr. Fitzgerald."

6

Präsident Zerimski stolzierte in den Raum. Sofort erhoben sich seine Parteifreunde von ihren Stühlen um den langen Eichentisch und applaudierten, bis er seinen Platz unter einem Stalinbild einnahm. Er hatte es aus dem Keller des Puschkin-Museums holen lassen, wo es seit 1956 gestanden hatte.

„Auch wenn ich mein Amt offiziell erst am nächsten Montag antrete", begann er, „gibt es ein paar Dinge, die ich sofort bekanntgeben möchte." Er wandte sich einem kleinen, gedrungenen Mann zu, der vor sich hinstarrte. Josef Pleskow hatte die drei Übeltäter, die versucht hatten, seinen Chef bei einem Besuch in Odessa zu ermorden, auf der Stelle erschossen. Zerimski hatte ihn dafür zum Dank vom simplen Leibwächter zum Vollmitglied des Politbüros befördert.

„Josef, mein alter Freund", sagte Zerimski, „Sie sollen mein Innenminister werden."

Pleskow strahlte seinen Führer an wie ein Kind, das unerwartet einen Bonbon erhalten hatte.

„Ihre erste Aufgabe wird sein, mit dem organisierten Verbrechen aufzuräumen, Josef. Ich glaube, das erreichen Sie am besten, wenn Sie damit anfangen, Nikolai Romanow, den sogenannten Zaren, zu verhaften."

Pleskow wirkte bereits etwas verunsichert. Es wäre viel leichter, wenn der Chef ihm einfach befehlen würde, den Mann zu töten.

Zerimskis Blick schweifte um den Tisch. „Lew", sagte er, „Sie werden der neue Justizminister."

Lew Schulow lächelte.

„Ernennen Sie mindestens ein Dutzend neue Richter. Erklären Sie ihnen von Anfang an, daß ich nur zwei Strategien kenne, wenn es um Gesetz und Ordnung geht: einen kurzen Prozeß und eine exemplarische Strafe. Und ich möchte gleich in den ersten Tagen meiner Präsidentschaft ein Exempel ..."

Ein leises Klopfen ertönte. Dmitri Titow trat lautlos ein. Er neigte den Kopf, um Zerimski etwas ins Ohr zu flüstern.

Zerimski fing sofort an, schallend zu lachen. „Der Präsident der Vereinigten Staaten ist am Apparat. Er will mir offenbar gratulieren."

Zerimski griff nach dem Telefon. „Mr. President“, meldete er sich.

„Sind Sie das, Viktor?“

„Hier ist Präsident Zerimski. Mit wem spreche ich?“

„Tom Lawrence.“ Der Präsident blickte mit einer hochgezogenen Braue den Außenminister und den Stabschef des Weißen Hauses an, die an den Nebenapparaten mithörten.

„Guten Morgen. Was kann ich für Sie tun?“ fragte Zerimski.

„Ich rufe nur an, um meine Glückwünsche allen anderen hinzuzufügen, mit denen Sie nach Ihrem beeindruckenden Sieg zweifellos überhäuft werden. Ich würde Sie gern ein bißchen besser kennenlernen, Viktor.“

„Dann werden Sie damit anfangen müssen zu verstehen, daß nur meine Mutter mich beim Vornamen nennt.“

„Tut mir leid“, entschuldigte sich Lawrence. „Wie möchten Sie, daß ich Sie anrede?“

„Genau wie Sie möchten, daß jemand Sie anredet, den Sie nicht kennen.“

„Versuchen Sie es anders, Mr. President“, riet der Außenminister mit dem Handteller über der Sprechmuschel.

„Ich hoffe, wir werden bald eine Gelegenheit zu einer persönlichen Begegnung finden“, wechselte Lawrence das Thema.

„Ich werde es ernsthaft in Erwägung ziehen“, entgegnete Zerimski. „Sagen Sie Ihrem Stabschef doch, er möge sich mit Towarischtsch Titow in Verbindung setzen, der meine Treffen mit ausländischen Würdenträgern arrangiert.“

„Aber gern“, erwiderte Lawrence, der große Erleichterung empfand.

„Auf Wiederhören, Mr. President“, verabschiedete sich Zerimski.

„Auf Wiederhören, Herr Präsident“, beendete auch Lawrence das Gespräch.

Als Zerimski den Hörer auflegte, wandte er sich rasch an seinen Stabschef: „Wenn Andy Lloyd anruft, wird er mich nach Washington einladen. Nehmen Sie die Einladung an.“

Titow nickte.

„Ich möchte, daß Lawrence so rasch wie möglich erkennt, mit wem er es zu tun hat. Ich werde als erstes dafür sorgen, daß sein Abrüstungsgesetz vom Senat abgelehnt wird.“

Diesmal gestattete er den Anwesenden, kurz zu klatschen, ehe er abwinkte, damit wieder Ruhe einkehrte.

„Aber wir müssen uns jetzt unseren inneren Problemen zuwenden, die weitaus dringender sind. Ich halte es für notwendig, daß sich auch unsere eigenen Bürger sehr schnell darüber klarwerden, aus welchem Schrot und Korn ihr neuer Führer ist."

Er richtete den Blick auf seinen neu ernannten Justizminister. „Wo ist dieser Mafyakiller, der einen Anschlag auf mich verüben wollte?"

„Er ist im Kruzifixgefängnis inhaftiert", antwortete Schulow.

„Wir werden an ihm unser erstes öffentliches Exempel statuieren", verkündete Zerimski.

„Ich fürchte, die Polizei hat noch keine Beweise, daß er..."

„Dann fabrizieren Sie welche!" wies ihn Zerimski an.

„Ich verstehe, Herr Präsident", versicherte ihm der neue Justizminister. Er zögerte. „Und das Urteil, Herr Präsident?"

„Selbstverständlich die Todesstrafe. Und sobald das Urteil gefällt ist, werden Sie die Presse informieren, daß ich an der Hinrichtung teilzunehmen gedenke."

„Und wann soll sie stattfinden?" erkundigte sich der Justizminister.

Der Präsident blätterte die Seiten seines Terminkalenders durch und suchte nach einer Lücke von 15 Minuten. „Um acht Uhr am nächsten Freitag. Doch jetzt etwas viel Wichtigeres: meine Pläne für die Zukunft unserer Streitkräfte." Er lächelte General Borodin an, der rechts von ihm saß. „Und Sie erfahren heute die höchste Ehre, Herr Vizepräsident..."

NUR AUGENBLICKE nachdem Bolschenkow zum zweitenmal die Zelle verlassen hatte, ohne etwas von Connor erfahren zu haben, stürmten drei kräftige Männer herein. Zwei zerrten den Gefangenen von der Pritsche und warfen ihn auf den Stuhl, auf dem noch vor Minuten der Polizeipräsident gesessen hatte. Dann drehten sie Connor die Arme auf den Rücken und legten ihm Handschellen an.

In diesem Moment sah Connor das scharfe Rasiermesser zum erstenmal. Während zwei der Kerle ihn festhielten, schabte ihm der dritte mit nur vierzehn Strichen jedes Haar und eine beachtliche Menge Haut vom Kopf. Noch lange nachdem sie Connor zusammengesackt auf dem Stuhl hatten sitzen lassen, rann Blut über sein Gesicht hinunter auf sein Hemd.

Schließlich gelang es ihm zu schlafen, aber für wie lange, hätte er nicht zu sagen vermocht. Er erinnerte sich als nächstes daran, daß er vom Boden hochgerissen, wieder auf den Stuhl geworfen und zum zweitenmal darauf festgehalten wurde.

Der dritte Mann hatte jetzt statt des Rasiermessers eine lange, dicke Nadel bei sich und zeigte die gleiche Feinfühligkeit wie als Barbier, als er Connor die Nummer 12995 auf das linke Handgelenk tätowierte. Offenbar hielt man nichts von Namen, wenn jemand im Kruzifixgefängnis einzog.

Als sie ein drittes Mal wiederkamen, stießen sie Connor aus der Zelle auf einen langen, dunklen Korridor. Er bemühte sich, möglichst nicht daran zu denken, was sie mit ihm vorhatten. Als er seine Tapferkeitsmedaille verliehen bekommen hatte, war lobend erwähnt worden, wie furchtlos Oberleutnant Fitzgerald seine Männer geführt, einen Offizierskameraden gerettet und eine erstaunliche Flucht aus einem nordvietnamesischen Kriegsgefangenenlager bewerkstelligt hatte. Aber Connor wußte, daß er noch nie einem Menschen begegnet war, der wirklich furchtlos war. In Nan Dinh hatte er es ein Jahr, fünf Monate und zwei Tage ausgehalten, aber damals war er erst 22 Jahre alt gewesen, und mit 22 bildet man sich ein, man sei unsterblich.

Nachdem sie ihn aus dem Korridor in die Morgensonne hinausgestoßen hatten, sah er als erstes eine Gruppe Häftlinge eine Hinrichtungsstätte aufbauen. Während Connor auf dem Gefängnishof stand und zu dem halb errichteten Gerüst hinaufstarrte, hielt ein Streifenwagen neben ihm, und ein Polizist schob Connor in den Fond. Er wunderte sich, daß ihn der Polizeipräsident persönlich hier erwartete.

Bolschenkow beugte sich nach vorne und sagte zum Fahrer: „Zum Justizministerium."

ALS JOAN BENNETT an diesem Montagabend in Langley zur Arbeit kam, begab sie sich direkt zur Bibliothek. In den kommenden neun Stunden würde sie die neuesten, per E-Mail übermittelten Auszüge von Zeitungen aus dem Nahen Osten durchlesen. Ihre Hauptaufgabe war es, nach Hinweisen auf die Vereinigten Staaten zu suchen und, falls sie auf Bedenkliches stieß, dies an das Büro ihres Chefs in der dritten Etage weiterzuleiten. Es war eine langweilige, geisttötende Arbeit, aber sie hatte sich entschieden, Gutenburg nicht die Genugtuung einer Eigenkündigung zu gönnen.

Kurz vor ihrer mitternächtlichen Essenspause stieß Joan auf eine Schlagzeile der *Istanbul News*: KURZER PROZESS FÜR MAFYAKILLER.

In dem Artikel ging es um einen südafrikanischen Terroristen, der einen Anschlag auf den neuen russischen Präsidenten geplant hatte. Sie hätte sich nicht weiter dafür interessiert, wenn ihr nicht das skizzierte Porträt des Verhafteten ins Auge gesprungen wäre.

Joans Herz begann heftig zu pochen, als sie die Wortfolge „Anschlag auf Zerimski" in das Suchfeld eingab. Alles, was es an Presseberichten gab, sagte fast einstimmig aus, daß der auf dem Platz der Freiheit verhaftete Mann Piet de Villiers sei, ein südafrikanischer Killer, den die russische Mafya gedungen habe, Zerimski zu töten. Ein Gewehr, das in seinem Gepäck gefunden worden war, konnte als das identifiziert werden, mit dem Ricardo Guzman, ein kolumbianischer Präsidentschaftskandidat, zwei Monate zuvor in Bogotá erschossen worden war.

Joan scannte die Skizze von Piet de Villiers aus der türkischen Zeitung in ihren Computer und vergrößerte sie, bis sie den gesamten Bildschirm ausfüllte. Nun war sie sich der wahren Identität des Mannes absolut sicher, dem in Sankt Petersburg der Prozeß gemacht werden würde.

Sie griff nach dem Telefon neben sich und wählte eine Nummer, die sie auswendig kannte. Es läutete fünfmal, ehe eine schläfrige Stimme fragte: „Wer ist da?"

Joan antwortete nur: „Ich muß unbedingt mit Ihnen reden. In einer guten Stunde werde ich bei Ihnen sein."

Wenige Augenblicke später wurde noch jemand durch das Klingeln eines Telefons aus dem Schlaf gerissen. Er lauschte aufmerksam, dann sagte er: „Es wird uns nichts anderes übrigbleiben, als unseren ursprünglichen Plan um ein paar Tage vorzuverlegen."

CONNOR stand vor der Anklagebank und blickte sich im Gerichtssaal um. Seine Augen richteten sich als erstes auf die Geschworenen. Zwölf ehrliche und unparteiische Männer? Unwahrscheinlich. Nicht einer schaute auch nur in seine Richtung.

Jeder im Gerichtssaal erhob sich, als ein Mann in langem schwarzem Talar durch eine Seitentür eintrat. Er nahm in dem großen Ledersessel in der Mitte des Podiums unter einem überlebensgroßen Porträt von Präsident Zerimski Platz. Der Gerichtsschreiber begann, die Anklage auf russisch vorzulesen. Connor vermochte dem Verfahren kaum zu folgen, und er wurde natürlich auch nicht gefragt, ob er sich schuldig oder unschuldig bekenne. Der Gerichtsschreiber setzte sich, und ein hochgewachsener, düster dreinschauender Mann mittleren Alters erhob sich von der Bank unmittelbar unterhalb des Richters und hielt eine Ansprache vor den Geschworenen.

Der Staatsanwalt umklammerte die Revers seines Jacketts, während er den Rest des Vormittags die Ereignisse beschrieb, die zur Verhaftung des Angeklagten geführt hatten. Er berichtete den Geschworenen, daß das Gewehr, mit dem Connor ihren geliebten Präsidenten hatte ermorden wollen, bei seinem persönlichen Gepäck in einer Hotelhalle gefunden worden sei. „Die Eitelkeit war sein Verderben", fuhr der Ankläger fort. „Auf dem Koffer mit der Waffe waren seine Initialen eingeprägt."

Der Staatsanwalt beendete seinen Monolog mit der Bemerkung: „Meine Schlußfolgerung ist, daß es angesichts dieser Beweislage nur einen Urteilsspruch und eine Strafe geben kann." Er lächelte den Richter dünn an und setzte sich wieder.

Connor ließ den Blick durch den Gerichtssaal schweifen, um zu sehen, wer ihm als Verteidiger zugewiesen worden war. Der Richter blickte zum anderen Ende der Bank unter sich, worauf sich ein junger Mann, der aussah, als hätte er sein Jurastudium eben erst beendet, erhob, um zum Gericht zu sprechen.

„Mein Klient kann sich dazu nicht äußern", sagte er lediglich und setzte sich wieder. Connor hatte den jungen Mann noch nie gesehen.

Der Richter nickte, dann wandte er sich dem Sprecher der Geschworenen zu, einem Mann mit ernster Miene, der sofort aufstand.

„Herr Obmann, wie lautet Ihr Urteil?"

„Schuldig", sagte der Mann. Er trug seinen Einworttext vor, ohne zu stocken und ohne sich zuvor mit irgendeinem anderen Geschworenen besprochen zu haben.

Der Richter blickte Connor zum erstenmal direkt an. „Nach dem Gesetz gibt es nur eine Strafe für Ihr Verbrechen." Er machte eine kurze Pause, sah Connor gleichmütig an und verkündete: „Ich verurteile Sie zum Tod durch den Strang. Die Hinrichtung wird am Freitag um acht Uhr vollzogen."

Connor wunderte sich bloß, daß sie bis Freitag damit warten wollten.

UM DREI Uhr fühlte sich Joan erschöpft. Sie schaltete ihren Computer aus und steuerte ihren nagelneuen VW-Passat vom Parkplatz von Langley. Sie hatte Angst davor, Maggie vom Ergebnis ihrer Detektivarbeit zu erzählen. Und falls es wirklich Connor war, der in Sankt

Petersburg vor Gericht stand, durfte keine Sekunde vergeudet werden, denn die türkischen Zeitschriften waren bereits zwei Tage alt.

Sie bog ostwärts auf den George Washington Parkway ein. Der Asphalt war noch mit harschigem Schnee bedeckt, und die Männer vom Streudienst bemühten sich, die Straße vor dem morgendlichen Berufsverkehr zu räumen.

Joan war dabei, ihre Gedanken einigermaßen logisch zu ordnen, als ein großer grüner Laster mit Streusand sie auf der Außenspur zu überholen begann und sich daranmachte, auf ihre Spur zu fahren. Sie blickte in ihren Rückspiegel und fuhr auf die mittlere Fahrspur. Sofort scherte auch der Streuwagen darauf ein und zwang Joan, scharf auf die linke Fahrbahn auszuweichen.

Wieder warf Joan einen Blick in den Rückspiegel und sah bestürzt, daß ein großer schwarzer Mercedes von hinten angerast kam. Kurz vor Spout Run, in einer abschüssigen Linkskurve, trat sie hastig aufs Gas. Der Passat reagierte sofort, aber auch das Streufahrzeug beschleunigte, so daß Joan es nicht überholen konnte.

Joan blieb keine Wahl, als noch weiter nach links zu fahren, fast auf den Mittelstreifen. Der Mercedes war schon sehr dicht hinter ihr. Sie spürte, wie ihr Herz hämmerte. Arbeiteten der Lenker des Lasters und der Chauffeur des Mercedes zusammen? Sie versuchte langsamer zu fahren, doch der Mercedes kam immer näher an ihre Stoßstange heran. So gab sie noch einmal Gas, aber selbst als sie das Pedal ganz durchgetreten hatte, konnte sie den Laster nicht passieren. Sie starrte zum Führerhaus hinauf und bemühte sich, die Aufmerksamkeit des Fahrers auf sich zu lenken, doch er ignorierte ihre verzweifelten Handbewegungen und lenkte den Laster unerbittlich Zentimeter um Zentimeter weiter nach links. Dadurch zwang er Joan, langsamer zu fahren und hinter ihm zu bleiben. Aufs neue hielt sie im Rückspiegel Ausschau: Der Mercedes berührte nun fast ihre Stoßstange.

Als sie wieder nach vorn blickte, begann der Laster damit, den Sand auf die Straße zu kippen. Instinktiv trat Joan die Bremse durch. Der Passat geriet außer Kontrolle, rutschte über den vereisten Mittelstreifen, schoß quer über die Gegenfahrbahn und sauste die grasige Böschung hinunter zum Fluß. Wie ein flacher Stein schlug er auf dem Wasser auf und trieb kurz auf der Oberfläche, ehe er in der Tiefe verschwand. Der Laster kehrte auf die mittlere Spur zurück und setzte seine Fahrt in Richtung Washington fort. Einen Moment später überholte ihn der Mercedes und brauste davon.

Zwei Wagen auf dem Weg zum Dulles-Flughafen hielten am Straßenrand an. Einer der Fahrer sprang aus seinem Wagen und schlitterte die Böschung hinunter, um zu sehen, ob er helfen könne. Aber als er das Flußufer erreichte, waren nicht einmal mehr Luftblasen zu sehen.

ALS CONNOR auf den Rücksitz des Wagens geschoben wurde, wartete der Polizeipräsident dort wieder auf ihn. Während der Fahrt zurück zum Kruzifixgefängnis konnte er nicht widerstehen, Bolschenkow zu fragen: „Haben Sie eine Ahnung, weshalb man bis Freitag warten will, ehe man mich hängt?“

„Ein glücklicher Zufall“, antwortete der Polizeipräsident. „Unser geliebter Präsident besteht darauf, an Ihrer Hinrichtung teilzunehmen. Und vor Freitag morgen hat er in seinem Terminkalender keine freien fünfzehn Minuten.“

Connor lächelte schief.

„Ich bin froh, daß Sie endlich Ihre Sprache wiedergefunden haben, Mr. Fitzgerald“, fuhr Bolschenkow fort. „Denn ich glaube, jetzt ist die richtige Zeit, Sie wissen zu lassen, daß es eine Alternative gibt.“

VON VIER Uhr an blickte Maggie alle paar Minuten auf ihre Uhr. Ab 4.30 Uhr fragte sie sich, ob sie etwa so verschlafen gewesen war, daß sie Joan mißverstanden hatte, als sie anrief. Joan kam nie zu spät.

Um fünf Uhr beschloß Maggie, Joan zu Hause anzurufen. Keine Antwort. Nur das übliche Läuten.

Maggie begann den Küchentisch zu umkreisen. Sie war sicher, daß Joan etwas über Connor erfahren hatte. Und es mußte wichtig sein, denn sonst hätte sie sie nicht um zwei Uhr nachts aus dem Schlaf gerissen. Hatte er sich mit ihr in Verbindung gesetzt? Wußte sie, wo er war? Würde sie ihr sagen können, wann er nach Hause kam? Um sechs Uhr kam Maggie zu der Überzeugung, daß etwas passiert sein mußte. Sie schaltete den Fernseher ein, um zu erfahren, wie spät es genau war.

Sie fragte sich, ob sie diesmal die fast lebenslange Regel brechen und versuchen sollte, Joan im Büro anzurufen, als ein Fließtext als Vorschau über den Schirm wanderte: SCHWERER UNFALL AUF DEM GEORGE WASHINGTON PARKWAY. STREUWAGEN DRÄNGTE VOLKSWAGEN PASSAT VON

DER STRASSE. FAHRER DES PKW VERMUTLICH IM POTOMAC ERTRUNKEN. EINZELHEITEN BEIM AUGENZEUGENBERICHT UM SECHS UHR DREISSIG.

Maggie begann zu zittern. Joan hatte gerade einen neuen Passat gekauft. „O mein Gott, nein!" rief sie laut. Sie schaltete auf Kanal 5 um.

Dort sagte eine Nachrichtensprecherin gerade: „Wir wissen jetzt mehr über diesen Unfall auf dem George Washington Parkway. Wir schalten live zu unserer Reporterin an der Unfallstelle, Liz Fullerton."

> „Danke, Julie. Ich stehe hier auf dem Mittelstreifen des George Washington Parkways, wo sich der tragische Unfall heute morgen gegen drei Uhr fünfzehn ereignete. Hinter mir können Sie die Taucher der Polizei sehen, die das Unfallauto, offenbar einen VW Passat, bereits gefunden haben. Anscheinend weiß niemand genau, was passiert ist, und die Identität der Fahrerin ist auch jetzt noch nicht bekannt."

„Nein, nein, nein", wiederholte Maggie. „Bitte, lieber Gott, nicht Joan!"

Sie rannte in den Flur, nahm hastig ihren Mantel vom Haken und lief hinaus zu ihrem Wagen. Sie stieg in den alten Toyota, lenkte ihn vorsichtig hinaus auf den Avon Place und trat erst fester auf das Gaspedal, als sie in Richtung des Parkways fuhr.

Wenn sie in ihren Rückspiegel geblickt hätte, würde sie einen kleinen blauen Ford gesehen haben, der scharf wendete, bevor er ihr nachraste.

„MR. JACKSON, es ist so freundlich von Ihnen, mich wieder zu besuchen."

Jackson amüsierte sich über Nikolai Romanows ausgesuchte Höflichkeit, vor allem da sie vortäuschte, er hätte in dieser Angelegenheit auch nur die Spur von Entscheidungsfreiheit gehabt.

„Es wird Sie freuen zu hören, Mr. Jackson, daß, von einem einzigen Problem abgesehen, das noch gelöst werden muß, alles Notwendige für die Flucht Ihres Kollegen in die Wege geleitet ist. Jetzt warten wir nur noch darauf, daß Mr. Fitzgerald unseren Bedingungen zustimmt. Sollte er sich nicht dazu in der Lage sehen, kann ich nichts tun, um zu verhindern, daß er morgen um acht Uhr hingerichtet wird." Nicht die geringste Gefühlsregung war seiner Stimme zu entnehmen. „Gestatten Sie mir, Ihnen zu erklären, was wir bisher geplant haben."

Der alte Herr drückte auf einen Knopf in der Armlehne seines Sessels, und sofort trat Alexei Romanow ein.

„Ich glaube, Sie kennen meinen Sohn", sagte der Zar.

Jackson nickte nur.

Der junge Mann schob einen exquisiten Gobelin zur Seite, hinter dem ein riesiger Fernseher zum Vorschein kam. Das erste Bild auf dem Schirm war eine Aufnahme des Kruzifixgefängnisses von außen.

Alexei Romanow deutete auf den Haupteingang. „Zerimski wird um sieben Uhr fünfzig im Gefängnis erwartet. Er wird in der dritten von sieben Limousinen sitzen..."

Der junge Romanow beschrieb Jackson den Plan minuziös, und als er zu Connors Flucht kam, ging er noch mehr ins Detail. Jackson überhörte dabei nicht, daß ihn das eine noch verbleibende Problem offensichtlich nicht bekümmerte. Offenbar war er überzeugt, daß seinem Vater vor morgen früh schon eine Lösung einfallen würde. Als Alexei geendet hatte, schaltete er das Fernsehgerät aus, zog den Gobelin wieder davor und verbeugte sich flüchtig vor seinem Vater. Dann verließ er den Salon ohne ein weiteres Wort.

Nachdem er die Tür hinter sich geschlossen hatte, fragte der Greis: „Haben Sie irgendwelche Bemerkungen?"

„Eine oder zwei", erwiderte Jackson. „Gestatten Sie mir, zuerst zu betonen, wie sehr mich der Plan beeindruckt. Ich glaube, er hat die besten Aussichten zu gelingen. Aber ein Problem haben Sie immer noch."

„Hätten Sie eine Lösung?" fragte Nikolai Romanow.

„Ja", antwortete Jackson.

BOLSCHENKOW brauchte nahezu eine Stunde, um Romanows Plan in fast allen Einzelheiten darzulegen. Dann überließ er es Connor, sich zu entscheiden. Er mußte nicht daran erinnert werden, daß er dafür nur eine begrenzte Zeit hatte: Zerimski wurde in 45 Minuten auf dem Hof des Kruzifixgefängnisses erwartet.

Connor lag auf seiner Pritsche. Die Bedingungen hätten nicht expliziter festgelegt werden können. Aber selbst wenn er darauf einging, war er gar nicht so sicher, daß er seine Rolle bei diesem Deal auch wirklich würde spielen können. Und falls nicht, würden sie ihn umbringen. Nur daß Bolschenkow keinen Zweifel daran gelassen hatte, daß es dann kein schneller und simpler Tod sein würde wie durch das Seil des Henkers. Er hatte ihn auch unmißverständlich darauf aufmerksam gemacht, daß für alle Verträge mit der russischen Mafya, die nicht eingehalten wurden, automatisch die nächsten Verwandten des Vertragsbrüchigen zur Verantwortung gezogen würden.

Connor sah noch deutlich den zynischen Gesichtsausdruck des Polizeipräsidenten vor sich, während er die Fotografien aus seiner Brusttasche zog und sie ihm zeigte. „Zwei schöne Frauen“, hatte er gesagt. „Es wäre eine Tragödie, sie für etwas büßen zu lassen, woran sie völlig unschuldig sind.“ Dann war er aufgestanden und hatte die Zelle verlassen.

Eine Viertelstunde später schwang die Zellentür wieder auf, und Bolschenkow kehrte zurück. Diesmal setzte er sich nicht. Connor starrte weiter an die Decke, als wäre sein Besucher gar nicht vorhanden.

„Ich sehe schon, unser Vorschlag stellt immer noch ein Dilemma für Sie dar“, sagte der Polizeipräsident. „Aber vielleicht werden Sie Ihre Meinung ändern, wenn ich Ihnen erzähle, daß Ihre ehemalige Sekretärin, Joan Bennett, einen bedauerlichen Unfall hatte, als sie von Langley unterwegs war, um Ihre Frau zu besuchen.“

Connor setzte sich auf und blickte Bolschenkow durchdringend an. „Wie können Sie wissen, daß sie auf dem Weg zu meiner Frau war?“

„Die Leute von der CIA sind nicht die einzigen, die das Telefon Ihrer Frau angezapft haben“, entgegnete der Polizeipräsident und zündete sich eine Zigarette an. „Wir vermuten, daß Ihre Sekretärin irgendwie dahintergekommen ist, wer da auf dem Platz der Freiheit verhaftet wurde. Und wir vermuten auch, daß es nicht lange dauern wird, bis Ihre Frau zu derselben Schlußfolgerung kommt. Ist das der Fall, wird sie das gleiche Schicksal erleiden wie Ihre Sekretärin.“

„Wenn ich mich mit Romanows Bedingungen einverstanden erklären soll, möchte ich eine eigene Klausel in den Vertrag einfügen“, verkündete Connor.

Bolschenkow hörte ihm interessiert zu.

„Mr. Gutenburg?“

„Am Apparat.“

„Hier ist Maggie Fitzgerald. Ich bin Connor Fitzgeralds Frau. Mein Mann ist, wie ich vermute, in Ihrem Auftrag unterwegs.“

„Der Name sagt mir nichts“, behauptete Gutenburg.

„Sie nahmen vor erst zwei Wochen an der Abschiedsfeier für meinen Mann in unserem Haus in Georgetown teil.“

„Ich fürchte, Sie verwechseln mich mit jemand anders."

„Dann verraten Sie mir doch, Mr. Gutenburg, ob Joan Bennett je für die CIA gearbeitet hat. Oder haben Sie auch sie schon aus Ihrem Gedächtnis gelöscht?"

„Was wollen Sie damit andeuten, Mrs. Fitzgerald?"

„Ah, habe ich endlich Ihre Aufmerksamkeit? Gestatten Sie mir, Ihren zeitweiligen Gedächtnisverlust zu beheben. Joan war die Sekretärin meines Mannes. Sie war auf dem Weg von Langley zu mir, als dieser, nennen wir es Unfall, passierte."

„Als ich von Miß Bennetts tragischem Unfall las, bedauerte ich ihren Tod ehrlich. Aber ich erinnere mich wahrhaftig nicht, Miß Bennett oder Ihren Mann je kennengelernt zu haben."

„Ich sehe schon, Mr. Gutenburg, daß ich Ihrem nachlassenden Gedächtnis noch etwas massiver auf die Sprünge helfen muß. Bei der Abschiedsfeier, an der Sie nicht teilnahmen, hat meine Tochter mit ihrer Videokamera gefilmt, weil sie ihren Vater Weihnachten mit den Aufzeichnungen überraschen wollte. Ich kann Ihnen versichern, daß Ihr Tête-à-tête mit Joan Bennett klar zu erkennen ist. Auch unser gegenwärtiges Gespräch wird mitgeschnitten, und ich habe das Gefühl, daß die Fernsehsender Ihren Beitrag durchaus für wert erachten werden, ihn heute nachmittag in den Nachrichten auszustrahlen."

Diesmal schwieg Gutenburg eine geraume Weile. „Vielleicht sollten wir uns treffen, Mrs. Fitzgerald."

„Das halte ich für unnötig, Mr. Gutenburg. Ich will wissen, wo mein Mann in diesem Augenblick ist und wann er nach Hause zurückkommt. Für diese beiden einfachen Antworten bekommen Sie das Band von mir."

„Ich brauche ein wenig Bedenkzeit..."

„Ja, natürlich. Sagen wir achtundvierzig Stunden? Und, Mr. Gutenburg, vergeuden Sie keine Zeit damit, bei Ihrer Suche nach dem Band mein Haus auf den Kopf zu stellen. Sie werden es nicht finden. Es befindet sich an einem Ort, an dem nicht einmal ein so verschlagener Verstand wie Ihrer es vermuten würde."

„Aber...", warf Gutenburg ein.

„Ich sollte vielleicht noch etwas hinzufügen für den Fall, daß Sie schon überlegen, ob Sie sich meiner auf die gleiche Weise entledigen wie Joan Bennett. Sollte ich unter verdächtigen Umständen sterben, werden meine Anwälte sofort Kopien des Bandes an alle großen

Sender verteilen. Verschwinde ich dagegen einfach, wird das Band sieben Tage nach dem ersten Tag meines Verschwindens freigegeben. Auf Wiederhören, Mr. Gutenburg." Maggie legte den Hörer auf und sackte schweißgebadet auf das Bett.

Gutenburg stürmte, ohne anzuklopfen, durch die Verbindungstür zwischen seinem Büro und dem der Direktorin. „Wir haben ein Problem", sprudelte er heraus.

Der dem Tod Geweihte aß kein Frühstück. Er lag auf seiner Pritsche und starrte zur Decke. Er bereute seine Entscheidung nicht eine Sekunde lang. Sobald er seine Gründe erläutert hatte, akzeptierte Bolschenkow sie kommentarlos, ja beim Verlassen der Zelle nickte er sogar knapp. Dies war das äußerste Zeichen von Hochachtung für die Charakterstärke eines anderen Mannes, das sich der Polizeipräsident erlaubte.

Der Gefangene hatte dem sicheren Tod schon einmal ins Auge geblickt. Beim zweitenmal verspürte er nicht mehr die gleiche Furcht. Warum hatte er diese Entscheidung getroffen, die dem üblicherweise völlig gleichgültigen Polizeipräsidenten ein Gefühl der Bewunderung abgerungen hatte? Es war nicht genügend Zeit gewesen, Bolschenkow von den Geschehnissen in Vietnam zu erzählen, aber dort waren die Würfel unwiderruflich gefallen.

Vielleicht hätte er sich damals, vor so langer Zeit in einem anderen fernen Land, dem Exekutionskommando stellen sollen. Aber er hatte überlebt. Diesmal gab es jedoch niemanden, der ihn im letzten Moment retten könnte. Und jetzt war es zu spät, es sich anders zu überlegen.

Der Polizeipräsident wartete am Gefängnistor auf Zerimski und sein Gefolge. Der Präsident hatte sich auf den Morgen im Kruzifixgefängnis gefreut, wie andere einem Abend in der Oper entgegensahen.

Bolschenkow führte Zerimski auf den Hof, wo die Hinrichtung stattfinden würde. Als sie den Hof überquerten, fingen die Menschen an zu applaudieren. Belustigt erinnerte sich der Präsident daran, daß er Bolschenkow am selben Tag den Lenin-Orden verliehen hatte, an dem er die Verhaftung seines Bruders Josef befahl, des Mafyabosses der Stadt.

Bolschenkow blieb neben einem prunkvollen Sessel aus dem 18. Jahrhundert stehen, den er am Vortag aus der Eremitage hatte ausleihen lassen. Zerimski sank in den prächtigen vergoldeten Sessel mit üppiger roter Polsterung, der direkt vor dem erst kürzlich errichteten Galgen stand. Schon nach wenigen Sekunden wurde Zerimski ungeduldig, weil der Gefangene noch immer nicht erschien. Er ließ den Blick über die Anwesenden schweifen und kurz bei einem Jungen verweilen, der weinte. Das gefiel ihm gar nicht.

In diesem Moment trat der Verurteilte aus dem dunklen Korridor in das blendende Morgenlicht. Der kahlrasierte und mit verkrustetem Blut bedeckte Schädel sowie die graue Gefängnismontur machten ihn seltsam anonym. Für jemanden, der nur noch ein paar Augenblicke zu leben hatte, schien er erstaunlich ruhig zu sein.

Ein Offizier der Wache marschierte vor, faßte das Handgelenk des Gefangenen und überprüfte die Nummer: 12995. Danach drehte der Offizier sich zum Präsidenten um, rollte ein Papier auseinander und verlas das Gerichtsurteil.

Währenddessen schaute sich der Gefangene auf dem Hof um. Sein Blick wanderte zu dem immer noch weinenden Jungen. Wenn er ein Testament hätte machen können, würde er alles diesem Kind vererbt haben.

Nachdem der Offizier seinen Auftrag erledigt hatte, rollte er das Blatt zusammen und marschierte davon. Das war das Zeichen für zwei Helfer, den Gefangenen an den Armen zu fassen und das Gerüst hinaufzuführen.

Der Todgeweihte schritt scheinbar ruhig an dem Präsidenten vorbei zum Galgen. Auf der ersten hölzernen Stufe blickte er rasch zur Turmuhr. Drei Minuten vor acht. Er hatte 28 Jahre gewartet, um seine Schuld zu begleichen. Jetzt, in diesen allerletzten Minuten, kehrte die Erinnerung klar und deutlich zurück.

Es war ein heißer, feuchter Maimorgen in Nan Dinh gewesen. An jemandem mußte ein Exempel statuiert werden, und da er der ranghöchste Offizier war, hatte man ihn dazu auserkoren. Ein anderer Offizier, ein junger Oberleutnant, war daraufhin vorgetreten und hatte sich freiwillig gemeldet, statt seiner an die Wand gestellt zu werden. Der Vietcong-Offizier hatte gelacht und entschieden, daß beide Männer am folgenden Morgen vom Exekutionskommando in den Tod geschickt werden sollten.

In der Nacht war der mutige junge Oberleutnant zu ihm an die Pritsche gekommen und hatte gesagt, sie müßten versuchen zu fliehen. Die Sicherheitsvorkehrungen im Lager wurden immer nachlässig gehandhabt, denn im Norden davon erstreckten sich gut hundertfünfzig Kilometer Dschungel mit Stützpunkten des Vietcong und im Süden etwa vierzig Kilometer unpassierbarer Sumpf. Der Oberleutnant sagte, er würde lieber das Risiko eingehen, im Sumpf zu sterben, als sich dem sicheren Exekutionskommando zu stellen. Als er sich in die Nacht hinausstahl, schloß sich ihm der Ranghöhere widerstrebend an.

Am Ende des zweiten Tages wünschte er, er hätte sich dem Exekutionskommando des Vietcong stellen dürfen, statt in diesem gottverlassenen Sumpf sterben zu müssen. Elf Tage und zwölf Nächte hatten sie nichts zu essen und überlebten nur, weil sie das Regenwasser tranken, das schier endlos sintflutartig vom Himmel herabtoste. Am zwölften Morgen erreichten sie trockenes Gelände, und er war vor Krankheit und Erschöpfung im Fieberwahn zusammengebrochen. Später erfuhr er, daß der Oberleutnant ihn noch vier Tage lang durch den Dschungel geschleppt und in Sicherheit gebracht hatte.

Sechs Monate später hatte er auf dem Rasen des Weißen Hauses zugehört, wie die lobenden Worte, die er im Krankenhaus verfaßt hatte, vorgelesen wurden. Oberleutnant Connor Fitzgerald war vorgetreten, und der Präsident hatte ihm die Tapferkeitsmedaille verliehen.

Während er die restlichen Stufen zum Galgen hinaufstieg, dachte er an den einen Mann, der um ihn trauern würde, wenn er hinter die Wahrheit kam. Er hatte sie eindringlich gebeten, sie ihm nicht gleich zu sagen, denn wenn er sie erführe, würde er den Vertrag brechen, sich stellen und ins Gefängnis zurückkehren. „Sie müssen verstehen“, hatte er ihnen erklärt, „daß Sie es mit einem absolut ehrenhaften Mann zu tun haben. Also sorgen Sie unbedingt dafür, daß die Uhr acht geschlagen hat, ehe er herausfindet, daß er getäuscht wurde.“

Der erste Glockenschlag ließ ihn erschaudern.

Beim zweiten Glockenschlag rannte der kleine Junge, der geweint hatte, zum Fuß des Galgens und fiel auf die Knie.

Beim dritten legte der Polizeipräsident die Hand auf die Schulter eines jungen Korporals, der einen Schritt vorwärts getan hatte, um das Kind wegzuzerren.

Beim vierten lächelte der dem Tod Geweihte zu Sergei hinunter, als wäre dieser sein eigener Sohn.

Beim fünften schoben ihn die beiden Schergen vorwärts, bis er direkt unter der herabhängenden Schlinge stand.

Beim sechsten legte der Henker sie ihm um den Hals.

Beim siebten senkte er den Blick und starrte direkt auf den Präsidenten der Russischen Republik.

Beim achten drückte der Henker auf den Hebel, und die Falltür öffnete sich.

Als die Leiche von Christopher Andrew Jackson über Zerimski baumelte, fing er an zu klatschen. Einige Zuschauer fielen halbherzig mit ein.

Eine Minute später nahmen die beiden Helfershelfer den leblosen Körper vom Galgen. Sergei rannte herbei, um ihnen dabei zu helfen, seinen Freund in den primitiven Holzsarg zu legen, der neben dem Galgen bereitstand.

Der Polizeipräsident geleitete den Präsidenten zurück zu seiner Limousine, und die Wagenkolonne brauste durch das Gefängnistor, noch ehe der Sargdeckel zugenagelt war. Vier Häftlinge hoben den schweren Sarg auf die Schultern und setzten sich damit zum Friedhof in Bewegung. Sergei ging an ihrer Seite aus dem Hof zu einem verwahrlosten Areal an der Rückseite des Gefängnisses.

Die Sargträger ließen den Sarg unsanft in das klaffende Loch fallen, das andere Häftlinge eben erst ausgehoben hatten; dann schaufelten sie, ohne zuvor ein Gebet zu sprechen, ja ohne auch nur einen Augenblick innezuhalten, die eben erst ausgegrabenen Erdbrocken darauf.

Der Junge blieb reglos stehen, bis sie ihre Arbeit beendet hatten. Wenige Minuten später trieben Wachen die Gefangenen zurück in ihre Zellen. Sergei fiel auf die Knie und fragte sich, wie lange sie zulassen würden, daß er am Grab blieb.

Einen Augenblick später legte sich eine Hand auf die Schulter des Jungen. Er blickte auf und sah den Polizeipräsidenten über sich stehen. Ein fairer Mann, hatte er ihn Jackson gegenüber einmal genannt.

„Hast du ihn gut gekannt?“ fragte er.

„Ja“, antwortete Sergei. „Er war mein Partner.“

Der Polizeipräsident nickte. „Ich kenne den Mann, für den er sein Leben gegeben hat“, sagte er. „Ich wünschte, ich hätte so einen Freund.“

„MRS. FITZGERALD ist nicht ganz so klug, wie sie sich einbildet“, sagte Gutenburg.

„Das sind Amateure selten“, entgegnete Helen Dexter. „Bedeutet das, daß Sie die Videokassette haben?“

„Nein, aber ich kann mir in etwa denken, wo sie ist. Nur nicht ganz genau.“

„Kommen Sie zur Sache“, rügte ihn Dexter.

„Mrs. Fitzgerald hat keine Ahnung, daß wir bereits vor etwa einem Monat in ihrem Haus sowie in ihrem Büro Wanzen angebracht haben und daß wir sie observieren lassen, seit ihr Mann vor drei Wochen aus Washington abflog.“

„Also, was haben Sie herausgefunden?“

„Nicht viel, wenn die Informationsstückchen separat betrachtet werden. Aber wenn man sie zusammenfügt, beginnen sie ein Bild zu ergeben. Nach dem Treffen mit Joan Bennett im Café Milano tätigte Mrs. Fitzgerald mehrere Anrufe, einschließlich einen an Chris Jacksons Mobiltelefon.“

„Aber wieso, wenn sie doch weiß, daß er nicht mehr bei der CIA ist?“

„Fitzgerald und er sind alte Freunde, schon seit Vietnam, wo sie beide im Einsatz waren. Es war übrigens Jackson, der ihn für die Tapferkeitsmedaille vorschlug und ihn für die CIA rekrutierte.“

„Hat Jackson ihr von Ihnen erzählt?“ fragte Dexter ungläubig.

„Nein, dazu gaben wir ihm keine Gelegenheit. Sobald wir herausfanden, daß er sich in Rußland aufhält, erteilte ich den Befehl, sein Mobiltelefon zu blockieren.“ Gutenburg lächelte. „Wir können jedoch immer noch feststellen, wer ihn anzurufen versucht und wessen Nummer er wählt.“

„Heißt das, daß Sie herausfinden konnten, wem er Bericht erstattet?“

„Seit Jackson in Rußland angekommen ist, hat er nur ein einziges Mal eine Nummer gewählt, eine Geheimnummer im Weißen Haus.“

Dexter zuckte mit keiner Wimper. „Die unseres Freundes, Mr. Lloyd, zweifellos. Ist Mrs. Fitzgerald bewußt, daß Jackson dem Weißen Haus direkt Bericht erstattet?“

„Das glaube ich nicht“, meinte Gutenburg.

Dexter nickte. „Dann müssen wir dafür sorgen, daß sie es auch nie erfährt. Wie sieht es mit dem Familienvideo aus?“

„Wir wären kein Stückchen weitergekommen, wenn wir nicht das Glück gehabt hätten, bei einem abgehörten Anruf auf eine Spur zu stoßen. Sobald Mrs. Fitzgerald Gewißheit hatte, daß die Tote im Wagen Joan Bennett war, rief sie sofort ihre Tochter in Stanford an. Vielleicht würden Sie das gern direkt hören.“ Gutenburg schaltete den Rekorder ein.

„Morgen, Tara. Ich bin's. Tut mir leid, daß ich dich aus dem Schlaf gerissen habe, Liebling, aber ich muß dir etwas Trauriges mitteilen. Joan Bennett – sie hatte einen tödlichen Autounfall."

„Joan ist tot? Sag mir, daß es nicht wahr ist."

„Ist es aber leider. Und ich habe das schreckliche Gefühl, daß es irgendwie mit dem Grund zusammenhängt, weshalb dein Vater nicht nach Hause gekommen ist."

„Aber Mom, ist das nicht ein bißchen übertrieben? Schließlich ist Dad erst seit drei Wochen weg."

„Du magst ja recht haben, aber ich habe mich jedenfalls entschlossen, das Video, das du bei seiner Abschiedsfeier aufgenommen hast, an einen sichereren Ort zu bringen, weil es der einzige Beweis ist, daß dein Vater je mit einem Mann namens Nick Gutenburg in Verbindung stand."

Gutenburg drückte die STOP-Taste. „Als Mrs. Fitzgerald ein paar Minuten später mit einer Videokassette das Haus verließ, folgte ihr der Agent, der ihre Gespräche mitgeschnitten hatte, zur Universität. Sie ging in die Bibliothek, wo sie sich zur Computerabteilung im ersten Stock begab. Etwa zwanzig Minuten lang suchte sie etwas auf einem der Computer, dann druckte sie zehn oder zwölf Seiten aus, die sie mitnahm. Anschließend fuhr sie mit dem Aufzug zur audiovisuellen Abteilung im Erdgeschoß. Nach ein paar Minuten kam sie wieder aus der Bibliothek, ohne die Videokassette."

„Sie dürfte sie in der audiovisuellen Abteilung versteckt haben."

„Genau das nehme ich an", bestätigte Gutenburg.

„Wie viele Videokassetten besitzt die Universität in ihrer Bibliothek?"

„Über fünfundzwanzigtausend", antwortete Gutenburg.

„Wir haben nicht genug Zeit, sie alle durchzusehen", stöhnte Dexter.

„Das wäre richtig – wenn Mrs. Fitzgerald nicht ihren ersten Fehler gemacht hätte."

Dexter zog eine Braue hoch.

„Als sie die Bibliothek verließ, hatte sie den Ausdruck bei sich. Unser Mann folgte ihr. Sie warf den Ausdruck draußen in einen Papiercontainer."

„Gut. Und was haben Sie darauf gefunden?"

„Eine komplette Liste der bis zu Beginn des nächsten Semesters ausgeliehenen Videos."

„Also folgerte sie offenbar, daß es unbedenklich wäre, ihr Video in einer leeren Schachtel aufzubewahren, die während der nächsten Wochen aller Wahrscheinlichkeit nach nicht geöffnet würde.“

„Richtig“, bestätigte Gutenburg.

„Und wie viele Videos sind bis Semesteranfang ausgeliehen?“

„Vierhundertzweiundsiebzig“, antwortete Gutenburg. „Ich habe zwölf Agenten ausgewählt, die alle erst vor kurzem graduiert wurden. Sie werden die Schachteln jedes einzelnen Titels auf der Liste überprüfen, bis sie auf eine volle mit einem privaten Video stoßen.“

„Geben Sie mir Bescheid, sobald Sie das Video haben. Dann wird uns nichts mehr davon abhalten, die eine Person zu eliminieren, die noch …“ Das rote Telefon auf Dexters Schreibtisch läutete, und sie griff nach dem Hörer, ohne den Satz zu beenden.

„Direktorin“, meldete sie sich und drückte auf einen Knopf ihrer Stoppuhr. „Wann war das? … Und Jackson? Wo ist er?“ Als sie die Antwort gehört hatte, legte sie sofort auf.

„Ich kann nur hoffen, daß Sie das Video auch wirklich innerhalb der nächsten achtundvierzig Stunden finden.“ Die Direktorin blickte ihren Stellvertreter über den Schreibtisch hinweg finster an.

„Wieso?“ fragte Gutenburg mit besorgter Miene.

„Weil Mitchell gerade gemeldet hat, daß Fitzgerald heute um acht Uhr Sankt Petersburger Zeit hingerichtet wurde und daß Jackson soeben in Frankfurt einen United-Airways-Flug nach Washington genommen hat.“

7

Um sieben Uhr betraten die drei Schergen Connors Zelle und führten ihn zum Büro des Polizeipräsidenten. Sobald sie es verlassen hatten, schloß Bolschenkow die Tür ab und trat wortlos an einen Schrank in der Ecke. Darin befand sich eine Polizeiuniform, die er Connor anzuziehen bedeutete. Weil Connor in der vergangenen Woche stark abgenommen hatte, war ihm die Uniform viel zu weit, und er war dankbar für die Hosenträger. Aber mit einem breitkrempigen Hut und langem blauem Mantel sah er nicht anders aus als die zahlreichen Polizisten, die an diesem Morgen in Sankt Petersburg zur Streife eingeteilt waren. Seine Gefängniskluft ließ er auf dem Boden des Schranks liegen und fragte sich, wie Bolschenkow sich ihrer wohl entledigen würde.

Immer noch ohne ein Wort zu sagen, führte der Polizeichef ihn aus seinem Büro und über den Hof. Connors Beine waren kraftlos, aber er folgte Bolschenkow, so schnell er konnte, an der Hinrichtungsstätte vorbei. Sie gingen zu einem Wagen hinten im Hof. Connor wollte bereits die Fondtür öffnen, als Bolschenkow den Kopf schüttelte und auf den Fahrersitz deutete. Also setzte sich Connor hinter das Lenkrad.

„Fahren Sie zum Tor, und halten Sie dort!" befahl der Polizeipräsident, während er auf dem Beifahrersitz Platz nahm.

Connor fuhr im ersten Gang langsam durch den Hof und hielt vor den zwei Wachen an, die vor dem geschlossenen Tor postiert waren. Einer salutierte, dann blickte er sofort unter das Fahrzeug, während der andere durch das Fondfenster schaute und im Kofferraum nachsah. Als die Wachen mit ihrer Suche fertig waren, salutierten sie noch einmal vor dem Polizeipräsidenten. Keiner interessierte sich auch nur im mindesten für den Fahrer. Sie hoben den schweren Verschlußbalken und öffneten die zwei Flügel des großen Gefängnistors.

„Fahren Sie nach rechts", zischte Bolschenkow. Connor begann entlang der Newa zur Stadtmitte zu fahren.

„Überqueren Sie die nächste Brücke", wies ihn Bolschenkow an, „dann nehmen Sie die erste Straße links!"

Connor fuhr weitere zweihundert Meter, bis der Polizeipräsident ihn anwies: „Halten Sie hier an!" Connor brachte den Wagen hinter einem weißen BMW zum Stehen. Eine der Fondtüren der Limousine stand offen.

„Hier trennen sich unsere Wege, Mr. Fitzgerald", sagte Bolschenkow. Als Connor ausstieg, fügte er hinzu: „Sie können dem Schicksal für einen so außergewöhnlichen Freund danken."

Es sollte noch einige Zeit vergehen, bis Connor die Bedeutung dieser Worte verstand.

„Erster Aufruf für Finn-Air-Flug 821 nach Frankfurt", ertönte eine Stimme aus dem Lautsprecher des Flughafens von Helsinki.

Connor rührte sich nicht. Seit er das Kruzifixgefängnis vor 24 Stunden verlassen hatte, war es ihm nicht gelungen, sich auch nur für eine Sekunde zu entspannen. Wenn sie ihm rechtzeitig die Wahrheit gesagt hätten, würde er nie zugelassen haben, daß Chris Jackson seinen Platz einnahm. Nun versuchte er sich zusammenzureimen, was geschehen war, seit er Bolschenkow verlassen hatte.

Er war aus dem Streifenwagen gestiegen und zu dem wartenden weißen BMW geeilt. Der Polizeipräsident hatte sich bereits auf den Rückweg zum Gefängnis gemacht, als sich Connor hinten in die Limousine neben einen bleichen, dünnen jungen Mann in langem schwarzem Kaschmirmantel setzte. Weder der junge Mann noch die zwei identisch livrierten Männer vorne im Wagen sagten auch nur ein Wort, ja Connor schien für sie überhaupt nicht zu existieren.

Seine Leibwächter hatten ihn zu einer sicheren Unterkunft jenseits der finnischen Grenze gebracht. Eine komplette Garderobe, einschließlich einer Mütze aus schwarzem Kaninchenfell, lag für ihn bereit. Außerdem fand er ein Flugticket erster Klasse zum Dulles-Flughafen, tausend Dollar und einen amerikanischen Reisepaß auf den Namen Christopher Andrew Jackson, aber mit einem Bild, das Connor zeigte.

„Was bedeutet das?“ fragte er den blassen jungen Russen.

„Es bedeutet, daß Sie noch am Leben sind“, erwiderte Alexei Romanow.

„Zweiter Aufruf für Finn-Air-Flug 821 nach Frankfurt. Die Fluggäste werden gebeten, sich an Bord zu begeben“, erklang es aus den Lautsprechern.

Connor ging hinüber zum Flugsteig, händigte einem Flugbegleiter seine Bordkarte aus und schritt weiter zum wartenden Flugzeug. Er mußte nicht lange nach dem Fensterplatz in der fünften Reihe suchen, weil auf dem Nachbarsitz schon Alexei Romanow saß. Es war also offenbar seine Aufgabe, das Paket nicht nur abzuholen, sondern auch abzuliefern und sich zu vergewissern, daß der Vertrag eingehalten wurde. Gerade als Connor über die Beine seines Begleiters stieg, fragte eine Stewardeß höflich: „Darf ich Ihren Hut nehmen, Mr. Jackson?“

„Nein, danke.“ Es würde geraume Zeit vergehen, ehe die Wunden auf seinem Schädel verheilt waren.

Er lehnte sich in dem bequemen Sitz zurück, entspannte sich jedoch nicht, ehe das Flugzeug in der Luft war. Da erst wurde ihm bewußt, daß er wirklich entkommen war. Aber wofür, fragte er sich. Er blickte flüchtig nach links: Von jetzt an würde ihn Tag und Nacht jemand begleiten und darauf achten, daß er seinen Teil des Abkommens einhielt. Aber ebenso wußte er, daß sie bei einem Fluchtversuch die

Drohung wahrmachen würden, die ihm Bolschenkow so schrecklich bildhaft vor Augen geführt hatte. Er schauderte bei der Vorstellung, daß diese Halunken ihre Finger an Maggie oder Tara legten.

Connor und Romanow stiegen in Frankfurt um und nahmen einen United-Airways-Flug nach Washington.

In der letzten Stunde vor der Landung auf dem Dulles-Flughafen kehrten seine Gedanken zu Chris Jackson zurück und dem ungeheuren Opfer, das sein Freund für ihn gebracht hatte. Connor wußte, daß er es nie wiedergutmachen konnte, aber er war entschlossen, dafür zu sorgen, daß Chris es nicht vergebens gebracht hatte.

Dann wanderten seine Gedanken zu Dexter und Gutenburg, die jetzt annehmen mußten, daß er tot sei. Zuerst hatten sie ihn nach Rußland gesandt, um ihre Haut zu retten. Als nächstes hatten sie Joan umgebracht, weil sie kurz davor war, Maggie bestimmte Informationen zukommen zu lassen. Wie lange würde es dauern, bis sie zu dem Schluß kamen, daß Maggie selbst ein zu großes Risiko darstellte und sie sich auch ihrer entledigen mußten?

MAGGIE kam eine Stunde zu früh am Dulles-Flughafen an. Laut Ankunftstafel würde die Linienmaschine aus San Francisco pünktlich landen.

Am Kiosk erstand sie eine *Washington Post* und wanderte damit in das Café, wo sie sich auf einen Hocker am Tresen setzte und einen schwarzen Kaffee bestellte. Sie bemerkte die beiden Männer an einem Tisch in der gegenüberliegenden Ecke des Raumes überhaupt nicht, von denen einer ebenfalls eine *Washington Post* zu lesen schien. Doch auch wenn sie sich gründlicher umgesehen hätte, wäre ihr der dritte Mann nicht aufgefallen, der sich mehr für sie interessierte als für die Ankunftstafel, zu der er hinaufblickte. Er hatte die beiden anderen Männer am Ecktisch sofort bemerkt.

Einige Minuten bevor das Flugzeug ankommen sollte, rutschte Maggie vom Hocker und schlenderte langsam hinüber zur Ankunftshalle. Die drei Männer beobachteten sie weiterhin, während sie ungeduldig auf die Ansage wartete, daß United-Airlines-Flug 50 von San Francisco gelandet war. Als es endlich soweit war, lächelte sie. Einer der drei Beobachter tippte elf Nummern in sein Handy und erstattete seinen Vorgesetzten in Langley Bericht.

Als Tara und Stuart die Ankunftshalle betraten, stürzte Maggie auf sie zu und umarmte sie nacheinander. „Es ist wundervoll, euch beide wiederzusehen!“ Sie brachte sie zur Untergrundbahn, mit der sie zum Hauptterminal fuhren.

Einer ihrer Beobachter war bereits zum Kurzzeitparkplatz vorausgeeilt, wo er auf dem Beifahrersitz eines Toyota-Transporters Platz nahm, der elf neue Wagen geladen hatte. Die beiden anderen Männer rannten über den Platz.

Maggie, Tara und Stuart traten in die kalte Morgenluft und gingen hinüber zu Maggies dreizehn Jahre altem Wagen. „Solltest du diese alte Rostlaube nicht endlich durch etwas Moderneres ersetzen, Mom?“ fragte Tara mit vorgetäuschter Mißbilligung.

„Dein Vater ist der Meinung, daß wir ihn behalten sollten, bis er seine neue Stellung antritt, denn dann bekommt er einen Firmenwagen.“

Sie stiegen in den alten Toyota ein. Maggie ließ den Motor an, dann fuhr sie aus dem Parkplatz auf die Schnellstraße. Sie warf einen Blick in den Rückspiegel, achtete jedoch nicht auf den unauffälligen blauen Ford etwa hundert Meter hinter ihr. Der Mann auf dem Beifahrersitz meldete seinem Vorgesetzten in Langley, daß die Person um 7.43 Uhr den Parkplatz verlassen habe und jetzt mit den beiden Paketen Richtung Washington fuhr.

„Hat Ihnen San Francisco gefallen, Stuart?“ fragte Maggie.

„O ja, großartig“, antwortete er.

Bei ihrem nächsten Blick in den Rückspiegel sah Maggie, daß ein Streifenwagen der Bundespolizei von Virginia mit blinkenden Lichtern hinter ihnen herfuhr.

„Denkt ihr, daß er mir folgt? Ich bin doch ganz sicher nicht zu schnell gefahren.“ Maggie blickte auf den Tachometer.

„Mom, es könnte alles sein, von den Bremslichtern bis zu abgefahrenen Reifen. Besser, du fährst an den Straßenrand.“

Maggie fuhr an die Seite, und dem blauen Ford blieb nichts anderes übrig, als sie auf der mittleren Spur zu überholen. Maggie kurbelte ihr Fenster herunter, denn beide Polizisten aus dem Streifenwagen kamen auf sie zu. Der vordere Mann lächelte. „Dürfte ich Ihren Führerschein sehen, Ma'am?“ bat er höflich.

„Selbstverständlich“, erwiderte Maggie. Sie kramte in ihrer Handtasche herum, als der zweite Polizist Stuart bedeutete, ebenfalls das Fenster herunterzukurbeln. Stuart fand das merkwürdig, aber da er sich nicht in seinem Heimatland befand, hielt er es für besser, erst mal zu tun, was der Polizist verlangte. Maggie fand ihren Führerschein. In dem Moment, da sie ihn dem Polizisten reichen wollte, zog sein Begleiter seine Waffe und feuerte drei Schüsse in den Wagen.

Die beiden Männer in Polizeiuniform kehrten rasch zu ihrem Streifenwagen zurück. Während der eine ihn in den Morgenverkehr lenkte, rief der andere den Mann auf dem Beifahrersitz des Autotransporters an. „Ein Toyota ist liegengeblieben und benötigt Ihre sofortige Hilfe."

Gleich danach fuhr der Streifenwagen mit erhöhter Geschwindigkeit davon, und der Transporter mit den elf fabrikneuen Toyotas hielt vor Maggies Wagen. Der Beifahrer mit Toyotamütze und blauem Overall sprang aus dem Führerhaus und rannte zu dem stehenden Wagen. Er öffnete die Fahrertür, hob Maggie vorsichtig auf den Beifahrersitz und zog den Hebel, der die Sicherung der Motorhaube löste.

Der Fahrer des Transporters war seinem Kollegen gefolgt und öffnete nun die Motorhaube des Toyota. Dann entfernte er den gut versteckten Minisender und schlug die Haube wieder zu. Sein Kollege saß inzwischen schon hinter dem Lenkrad des alten Toyota. Er ließ den Motor an, fuhr langsam die Rampe des Transporters hinauf und stellte ihn auf dem letzten freien Platz ab. Dann sicherte er die Räder und begab sich wieder zu seinem Kollegen ins Fahrerhaus. Die ganze Aktion hatte weniger als drei Minuten gedauert.

Der Transporter setzte seine Fahrt Richtung Washington fort, nahm jedoch nach etwa eineinhalb Kilometern die Zufahrt für den Luftfrachtverkehr und kehrte so zum Flughafen zurück.

Die CIA-Agenten im blauen Ford hatten die Schnellstraße bei der nächsten Ausfahrt verlassen und kehrtgemacht. Vergebens hielten sie nach Maggies Toyota Ausschau, doch als sie ihn nirgends entdecken konnten, schlossen sie sich wieder dem Morgenverkehr nach Washington an. „Sie muß irgendwie gegen die Straßenverkehrsordnung verstoßen haben", informierte einer der Agenten am Handy seinen Vorgesetzten in Langley. „Bei einem so alten Wagen überrascht es mich nicht."

Sein Kollege wunderte sich, daß sie den Kontakt zu dem Sender, den sie im Toyota versteckt hatten, verloren hatten. „Sie sind wahrscheinlich wieder auf dem Weg nach Georgetown", mutmaßte der Mann am Handy. „Wir melden uns, sobald die Verbindung wiederhergestellt ist."

Während die beiden Agenten auf Washington zubrausten, bog der

Autotransporter mit den jetzt zwölf Toyotas bei einem Schild mit der Aufschrift NUR FÜR FRACHTVERKEHR von der Flughafenzufahrt links ab. Nach ein paar hundert Metern folgte der Fahrer einer aufgelassenen Rollbahn weiter zu einem abgelegenen Hangar. Er stoppte den Transporter neben einem weißen Lieferwagen ohne Aufschrift. Mehrere Männer in weißen Overalls eilten herbei. Einer löste die Ketten, mit denen Maggies Wagen auf dem Transporter gesichert gewesen war, und ließ den Toyota langsam die Rampe hinunter auf den Boden rollen. Sobald er anhielt, wurden die Türen geöffnet und die drei reglosen Insassen vorsichtig herausgehoben.

Der Mann mit der Toyotamütze sprang aus dem Führerhaus des Transporters und übernahm den alten Wagen. Er legte den ersten Gang ein und fuhr aus dem Hangar. Währenddessen wurden die Reglosen behutsam hinten in den weißen Lieferwagen gebracht, wo drei Särge auf sie warteten.

„Die Deckel erst schließen, sobald ihr euch dem Flugzeug nähert!" befahl einer der Männer in den weißen Overalls.

„Okay, Doktor", ertönte die Antwort.

„Und sobald die Ladeluke geschlossen ist, holt ihr die drei heraus und schnallt sie an ihren Sitzen fest."

Ein anderer Mann nickte.

Der Autotransporter rangierte rückwärts aus dem Hangar und nahm den Weg, den er gekommen war, zurück über die aufgelassene Rollbahn. Als der Fahrer die Schnellstraße erreichte, bog er nach links ab und fuhr nach Leesburg, wo er dem dortigen Toyotahändler elf neue Toyotas zu liefern hatte. Die Bezahlung, die er für sechs Stunden unplanmäßige Arbeit erhalten hatte, würde es ihm gestatten, einen davon zu kaufen.

Der weiße Lieferwagen kam aus dem Hangar und fuhr auf den Frachtgutbereich zu. Der Fahrer lenkte ihn an Reihen von Frachtflugzeugen vorbei, bevor er hinter einer Boeing 747 mit der Aufschrift AIR TRANSPORT INTERNATIONAL anhielt. Der Laderaum stand offen, und zwei Zollbeamte warteten am Fuß der Rampe. Sie prüften gerade die Papiere, als die beiden CIA-Agenten im blauen Ford an 1648 Avon Place vorbeifuhren, wo die Fitzgeralds wohnten. Nach einer vorsichtigen Umkreisung des Blocks meldeten die Agenten nach Langley, daß weder der Wagen noch die drei Pakete zu sehen seien.

Der alte Toyota fuhr auf die Schnellstraße, die nach Washington hineinführte. Über seine Kopfhörer vernahm der Fahrer, daß die beiden Agenten im Ford die Anweisung erhielten nachzusehen, ob sich Mrs. Fitzgeralds Wagen etwa auf ihrem üblichen Parkplatz hinter dem Verwaltungsgebäude der Universität befand.

Zur gleichen Zeit vergewisserten sich die Zollbeamten am Flughafen, daß die vom Leichenbeschauer unterschriebenen Papiere in Ordnung waren. Sobald sie dies bestätigt hatten, trugen die Männer in den weißen Overalls die Särge einen nach dem anderen die Rampe hinauf und legten sie nebeneinander in den Frachtraum.

Die Rampe der Boeing 747 wurde in dem Moment eingezogen, als der alte Toyota mit kreischenden Bremsen in der Einfahrt zu 1648 Avon Place anhielt.

Der Fahrer eilte um das Haus herum und betrat es etwa zu der Zeit durch den Hintereingang, als der Arzt an Bord des Flugzeugs den Puls seiner drei Patienten maß. Dann rannte er zum Schlafzimmer im ersten Stock hinauf und öffnete die Kommode neben dem Bett. Er durchstöberte die Sporthemden und brachte einen braunen Umschlag mit der Aufschrift *Nicht vor dem 17. Dezember öffnen* zum Vorschein. Er steckte ihn in seine Brusttasche. Dann zog er zwei Koffer vom Kleiderschrank herunter und packte schnell einige Kleidungsstücke hinein. Als nächstes holte er ein kleines Zellophanpäckchen aus seinem Overall, versteckte es in einem Kosmetikbeutel und warf auch ihn in einen der Koffer. Er knipste das Badezimmerlicht an sowie das Licht am Fuß der Treppe. Zuletzt schaltete er mit der Fernbedienung noch den Fernseher in der Küche an und stellte den Ton auf höchste Lautstärke.

Die zwei Koffer ließ er einstweilen an der Hintertür stehen und ging zum Toyota, wo er den Sender wieder unter der Motorhaube anbrachte und aktivierte.

Die CIA-Agenten umrundeten gerade zum zweitenmal langsam den Universitätsparkplatz, als sich plötzlich wieder ein Echoimpuls auf ihrem Monitor zeigte. Sofort machten sie sich auf den Weg zum Haus der Fitzgeralds.

Der Mann mit der Toyotamütze kehrte zur Rückseite des Hauses zurück, nahm die Koffer und verließ das Grundstück durch das hintere Tor. Das Taxi wartete bereits am Tudor Place. Er stieg rasch ein. Fast im selben Moment kehrten die beiden Agenten zum Avon Place zurück. Ein sehr erleichterter junger Mann rief in Langley an und meldete, daß der Toyota an seinem üblichen Platz abgestellt sei und daß er aus der Küche einen Fernseher höre. Nein, er könne sich nicht erklären, wieso der Sender fast eine Stunde lang ausgefallen sei.

Der Taxifahrer drehte sich nicht einmal um, als sich der Mann mit den zwei Koffern auf den Rücksitz setzte. Aber er wußte ja, wohin Mr. Fitzgerald gefahren werden wollte.

„WOLLEN Sie damit sagen, daß alle drei wie vom Erdboden verschluckt sind?“ fragte die Direktorin der CIA.

„Es hat ganz den Anschein“, gestand Gutenburg. „Es war eine so professionelle Operation, daß ich sagen würde, Connor Fitzgerald steckt dahinter, wenn ich nicht wüßte, daß er tot ist.“

„Da wir wissen, daß er nicht in Frage kommt, wer war es dann? Was meinen Sie?“

„Ich tippe auf Jackson“, erwiderte der stellvertretende Direktor.

„Wenn er wieder im Land ist, wird Mrs. Fitzgerald wissen, daß ihr Mann tot ist. Also müssen wir damit rechnen, daß wir ihre Videoaufnahme in den 17-Uhr-Nachrichten präsentiert bekommen.“

Gutenburg grinste selbstzufrieden. „Bestimmt nicht.“ Er schob seiner Chefin ein mit Klebestreifen gut gesichertes Päckchen über den Schreibtisch zu. „Einer meiner Agenten fand die Kassette, ein paar Minuten bevor die Universitätsbibliothek gestern abend schloß.“

„Damit wäre ein Problem gelöst.“ Die Direktorin riß das Päckchen auf. „Aber solange Jackson und die Fitzgerald-Frauen nicht ausgeschaltet sind, haben wir immer noch ein Problem. Wenn der Präsident erfährt, was in Sankt Petersburg wirklich passiert ist, wird er mehr als genug Rechtfertigung haben, jemandes Rücktritt zu fordern. Und da die entscheidenden Dokumente alle Ihre Unterschrift tragen, würde ich bedauerlicherweise keine andere Wahl haben, als Sie gehen zu lassen.“

Schweißperlen begannen sich auf Gutenburgs Stirn zu sammeln.

STUART glaubte aus einem Alptraum zu erwachen. Er versuchte sich zu erinnern, was geschehen war. Taras Mutter hatte sie vom Flughafen abgeholt und war mit ihnen unterwegs nach Washington, als der Wagen von einer Polizeistreife angehalten worden war. Und dann …?

Er sah sich um. Er saß wieder in einem Flugzeug, aber wohin flog er? Taras Kopf ruhte auf seiner Schulter; an Taras anderer Seite saß ihre Mutter, die ebenfalls tief und fest schlief. Alle anderen Plätze waren unbesetzt.

Als Stuart anfing, die Fakten noch einmal durchzugehen, begann Tara sich zu rühren. Nachdem schließlich auch Maggie aufgewacht war, beugte er sich rasch zu ihr hinüber und flüsterte ihr ins Ohr: „Ich habe nicht die geringste Ahnung, weshalb wir hier sind, noch wohin wir fliegen, aber ich denke, es hat irgendwie mit Connor zu tun."

Maggie nickte und erzählte ihnen leise alles, was sie seit Joans Tod herausgefunden hatte.

„Aber ich glaube nicht, daß die Leute, die uns hierhergebracht haben, von der CIA sind, denn ich drohte Gutenburg, daß das Video an die Medien ginge, falls ich länger als sieben Tage vermißt würde."

„Falls sie es nicht bereits gefunden haben", gab Stuart zu bedenken.

„Das ist nicht möglich", entgegnete Maggie überzeugt.

„Wer zum Teufel sind diese Leute dann?" fragte Tara, während das Flugzeug seine Reise durch die Nacht fortsetzte.

SOBALD Connor die beiden Koffer in den Frachtraum gestellt und sich vergewissert hatte, daß alle drei Fluggäste am Leben und unverletzt waren, verließ er das Flugzeug und stieg in den Fond eines weißen BMW, dessen Motor bereits lief.

„Wir halten unseren Teil der Abmachung ein", sagte Alexei Romanow, der neben ihm saß. Connor nickte, während der BMW zu seiner Fahrt zum Washingtoner Flughafen für Inlandflüge ansetzte.

Der BMW hielt vor dem Eingang zur Abflughalle des Flughafens. Connor stieg aus, gefolgt von Romanow, der einen Schritt hinter ihm blieb. Zwei Männer schlossen sich ihnen an und folgten Connor, als er ruhig das Gebäude betrat und direkt auf eine Reihe von Telefonzellen zustrebte. Er wählte eine, die sich zwischen zwei besetzten Zellen befand. Romanow und seine beiden Leibwächter entfernten sich mit finsterer Miene ein paar Schritte. Connor lächelte ihnen scheinbar arglos zu, dann wählte er eine Kapstadter Nummer.

Das Telefon läutete mehrere Male, bevor der Hörer endlich abgehoben wurde.

„Ja?"

„Ich bin's, Connor."

Nach ausgedehntem Schweigen sagte Carl: „Ich dachte, nur Jesus konnte von den Toten auferstehen."

„Ich verbrachte eine Zeitlang im Fegefeuer, bevor ich es schaffte", erwiderte Connor.

„Bin ich froh, daß du lebst, mein Freund! Was kann ich für dich tun?"

Connor hatte Carls Frage gerade beantwortet, als er den letzten Aufruf für Flug 383 nach Dallas hörte. Er hängte ein, lächelte Romanow wieder zu und schritt rasch zum Flugsteig 32.

FLUG 383 landete tatsächlich pünktlich in Dallas, und als Connor und Romanow den Flughafen verließen, erwartete sie wieder ein weißer BMW. Connor fragte sich, ob die Mafya einen Großauftrag erteilt hatte. Auch das neue Leibwächterpaar, das mit dem Auto gekommen war, glich dem bisherigen fast aufs Haar – einschließlich der Schulterhalfter, die sich unter den Sakkos der Männer abzeichneten.

Er konnte nur hoffen, daß die Kapstadter Abteilung eine personell aufgefrischte Filiale besaß. Er zweifelte nicht daran, daß Carl Koeter mit seiner über zwanzigjährigen Erfahrung als oberster CIA-Vertreter in Südafrika auch mit den neuesten Grünschnäbeln im Dienst umzugehen verstand.

Die Fahrt in die Innenstadt dauerte nur wenig länger als zwanzig Minuten. Connor saß stumm im Fond des Wagens. Ihm war klar, daß er möglicherweise auf jemanden stoßen würde, der ebenfalls schon fast dreißig Jahre für die CIA gearbeitet hatte. Auch wenn sie sich vielleicht nie persönlich begegnet waren, war dies das größte Risiko, das er seit seiner Rückkehr in die Vereinigten Staaten einging. Aber da die Russen erwarteten, daß er die Hauptbedingung ihres Vertrags einhielt, mußte er das einzige Gewehr haben, das für diesen Auftrag wirklich geeignet war.

Endlich hielten sie vor HARDINGS BEDARF FÜR GROSSWILDEXPEDITIONEN an. Romanow und seine beiden neuen Schatten folgten Connor auf dem Fuße, als er rasch das Geschäft betrat, und während er zum Verkaufstisch ging, taten die drei, als interessierten sie sich für einen Ständer mit automatischen Pistolen an der hinteren Seite des Verkaufsraums.

Connor schaute sich um. Seine Suche mußte rasch, unauffällig, aber gründlich vor sich gehen. Nach wenigen Sekunden war er überzeugt, daß sich keine versteckten Überwachungskameras in diesem Raum befanden.

„Guten Tag, Sir“, begrüßte ihn ein junger Verkäufer. „Darf ich Ihnen behilflich sein?“

„Ich beabsichtige, einen Jagdausflug zu unternehmen, und brauche noch ein Gewehr.“

„Möchten Sie ein bestimmtes Modell, Sir?“

„Ja, eine Remington 700.“

„Kein Problem, Sir.“

„Aber ich möchte ein paar kleine technische Änderungen daran vornehmen lassen.“

Der Verkäufer zögerte. „Entschuldigen Sie mich bitte einen Moment, Sir.“ Er verschwand durch einen Vorhang in ein Hinterzimmer. Augenblicke später trat ein älterer Mann mit einem langen braunen Kittel vor den Vorhang. Connor ärgerte sich. Er hatte gehofft, das Gewehr erstehen zu können, ohne dem legendären Jim Harding zu begegnen.

„Guten Tag“, grüßte der Mann und betrachtete seinen Kunden eingehend. „An welche Änderungen haben Sie gedacht, Sir?“

In allen Einzelheiten beschrieb Connor das Gewehr, das er in Bogotá zurückgelassen hatte, dabei achtete er auf selbst die kleinste Reaktion Hardings.

Hardings Gesicht blieb jedoch unbewegt. „Ich habe möglicherweise etwas, das Sie interessieren könnte, Sir.“ Er wandte sich um und verschwand hinter dem Vorhang. Im Handumdrehen kam Harding mit einem vertrauten Lederkoffer an, den er auf den Ladentisch stellte.

„Dieses Modell gelangte nach dem kürzlichen Ableben des Eigentümers in unseren Besitz“, erklärte er. Er öffnete die Verschlüsse, hob den Deckel und drehte den Koffer so um, daß Connor das Gewehr begutachten konnte.

„Wieviel?“ fragte Connor.

„Einundzwanzigtausend Dollar“, antwortete Harding. „Wir haben aber auch das Standardmodell, falls …“

„Nein“, wehrte Connor ab. „Das hier ist schon richtig.“

„Und wie möchten Sie bezahlen, Sir?“

„Bar.“

„In diesem Fall benötige ich allerdings Ihren Paß oder sonst einen Ausweis“, erklärte Harding.

Connor brachte einen Führerschein aus Virginia zum Vorschein, den er am Tag zuvor von einem Taschendieb in Washington erstanden hatte.

Harding studierte den Führerschein und nickte. „Dann müssen Sie noch diese drei Formulare ausfüllen, Mr. Radford."

Connor gab Name, Adresse und Sozialversicherungsnummer des stellvertretenden Verkaufsleiters eines Schuhgeschäfts in Richmond an.

Während Harding die Daten in einen Computer eingab, betete Connor insgeheim, daß Mr. Radford den Verlust seines Führerscheins nicht während der vergangenen 24 Stunden gemeldet hatte.

Gleich darauf blickte Harding vom Monitor auf. „Es scheint alles in Ordnung zu sein, Mr. Radford."

Connor drehte sich um und nickte Romanow zu, der mit einem Bündel Geldscheine, die er aus einer Innentasche gezogen hatte, herbeikam. Es war ihm offenbar ein Bedürfnis, eine Schau daraus zu machen, wie er mitzählte, während er 210 Hundertdollarscheine hinblätterte, ehe er sie Harding über den Ladentisch zuschob. Connor hatte gehofft, den Kauf unauffällig abwickeln zu können, aber der Russe machte eine Pantomime daraus. Die Leibwächter hätten genausogut gleich auf der Straße Eintrittskarten für diese Vorstellung anbieten können.

Harding stellte eine Quittung aus und übergab sie Connor, der ohne ein weiteres Wort ging. Einer der zwei Leibwächter nahm den Gewehrkoffer und raste damit auf die Straße, als hätte er eine Bank ausgeraubt. Connor setzte sich wieder in den Fond des BMW und fragte sich, ob es möglich wäre, noch mehr Aufmerksamkeit auf sich zu lenken. Mit kreischenden Reifen fuhr der Wagen vom Randstein an und reihte sich direkt in den schnell fließenden Verkehr ein. Er schwieg, als der Fahrer auf dem ganzen Weg zurück zum Flughafen die Geschwindigkeitsgrenze überschritt. Sogar Romanow begann ein wenig besorgt dreinzusehen. Connor stellte rasch fest, daß die Russenmafya in den Vereinigten Staaten, verglichen mit ihren Vettern aus Italien, noch recht amateurhaft war.

Eine Viertelstunde später hielt der BMW am Eingang des Flughafens. Connor stieg aus und schritt auf die Drehtür zu, während Romanow den beiden Männern im Wagen noch Anweisungen erteilte und schließlich wieder mehrere Hundertdollarscheine von seinem Bündel abzählte und sie ihnen gab. Als er sich Connor am Check-in-Schalter wieder anschloß, flüsterte er ihm zu: „Der Koffer wird spätestens in achtundvierzig Stunden in Washington sein."

„Darauf würde ich nicht wetten", murmelte Connor.

Nur Augenblicke nachdem Gutenburg die Nachricht mit der Dringlichkeitsstufe eins erhalten hatte, wählte er die Nummer in Dallas. Als Jim Harding an den Apparat kam, sagte der stellvertretende Direktor lediglich: „Beschreiben Sie ihn."

„Etwa einsachtzig. Blaue Augen. Er trug einen Hut, deshalb konnte ich seine Haarfarbe nicht sehen."

„Alter?"

„Ungefähr fünfzig."

„Ich schicke einen Agenten. Er dürfte noch in dieser Stunde bei Ihnen sein", sagte Gutenburg. „Er soll sofort eine Computerskizze von dem Hauptverdächtigen anfertigen."

„Das wird nicht nötig sein", entgegnete Harding.

„Wieso nicht?"

„Weil das Ganze von einer Videokamera aufgenommen wurde." Gutenburg konnte Hardings selbstzufriedenes Lächeln nicht sehen, als er hinzufügte: „Nicht einmal Sie hätten sie bemerkt."

Es war eine lange Fahrt von Dallas nach Washington. Kurz nach 21 Uhr an diesem Abend hatten die beiden Ganoven, die Connor und Romanow am Flughafen abgesetzt hatten, etwa siebenhundert Kilometer zurückgelegt. Nun hielten sie vor einem Hotel am Stadtrand von Memphis an.

Die beiden hochrangigen CIA-Agenten, die beobachteten, wie die Ganoven ihren BMW abstellten, meldeten sich 45 Minuten später bei Gutenburg. „Sie sind im ‚Marriott' in Memphis abgestiegen, Zimmer 107 und 108. Sie haben um 21.33 Uhr den Zimmerservice bestellt und sehen momentan in Zimmer 107 fern. Der Gewehrkoffer ist mit einer Handschelle am linken Handgelenk des Mannes befestigt, der Zimmer 108 belegt."

„Dann werden Sie einen Hauptschlüssel brauchen", meinte Gutenburg.

Kurz nach 22 Uhr erschien ein Kellner in Zimmer 107 und deckte den Tisch für das Abendessen. Er öffnete eine Flasche Rotwein, schenkte zwei Gläser ein und servierte die Speisen. Dann erklärte er den Gästen, daß er in etwa vierzig Minuten wiederkäme, um den Tisch abzuräumen.

Kurz nach Mitternacht ging der Kellner auf den Parkplatz des Hotels und meldete den CIA-Agenten, daß beide Männer zu Bett gegangen seien, jeder in seinem eigenen Zimmer. Dann händigte er ihnen einen Hauptschlüssel aus und erhielt dafür einen Fünfzigdollarschein. Was der Kellner nicht wissen konnte, war, daß der Mann in Zimmer 107 den Handschellenschlüssel genommen hatte, um sicherzugehen, daß niemand seinem Partner im Schlaf den Koffer entwenden konnte.

Als der Gast von Zimmer 107 am folgenden Morgen erwachte, fühlte er sich ungewöhnlich benommen. Er blickte auf die Uhr und wunderte sich, wie spät es bereits war. Hastig schlüpfte er in seine Jeans und rannte durch die Verbindungstür ins benachbarte Zimmer, um seinen Partner zu wecken. Kaum hatte er Zimmer 108 betreten, blieb er abrupt stehen und übergab sich. In einer Blutlache auf dem Teppich lag eine abgetrennte linke Hand.

ALS STUART, Tara und Maggie in Kapstadt aus dem Flugzeug stiegen, bemerkte Stuart sofort, daß sie von zwei Männern genau beobachtet wurden. Nachdem ein Beamter einen Einreisestempel in ihre Pässe gedrückt hatte, gingen sie zur Gepäckausgabe. Schon Minuten später erschien ihr Gepäck auf dem Förderband. Maggie sah erstaunt zwei ihrer alten Koffer von der Rampe auf das Band gleiten.

Sobald ihr Gepäck vollständig war, lud Stuart alles auf einen Kofferkuli, und sie begaben sich zum grünen Zollausgang. Die beiden Beobachter reihten sich dicht hinter ihnen ein.

Als Stuart den Kofferkuli durch den Zoll schieben wollte, stellte sich ihm ein Zollbeamter in den Weg, deutete auf den roten Koffer und forderte, der Besitzer solle ihn auf den Tisch heben. Stuart half Maggie dabei. Die beiden Männer hinter ihnen gingen widerstrebend weiter und postierten sich, nachdem sie durch die Schiebetür gegangen waren, nahe dem Ausgang. Jedesmal wenn sich die Tür öffnete, spähten sie zum Zoll zurück.

„Würden Sie den Koffer bitte öffnen, Ma'am", ersuchte der Zollbeamte Maggie.

Maggie ließ die Verschlüsse aufschnappen und lächelte über das Durcheinander, das sie begrüßte. Nur eine ganz bestimmte Person konnte diesen Koffer gepackt haben – Connor. Der Zollbeamte durchsuchte kurz die wahllos hineingestopfte Kleidung, dann brachte er einen Kosmetikbeutel zum Vorschein. Er öffnete den Reißverschluß und zog ein kleines Zellophanpäckchen mit weißem Pulver heraus.

„Ich fürchte, wir werden eine Leibesvisitation vornehmen müssen, Ma'am", sagte der Zollbeamte. „Würden Sie mir bitte alle drei folgen", forderte er sie auf. „Nehmen Sie den Koffer mit sowie Ihr übriges Gepäck." Er klappte ein Stück der Tischplatte hoch und öffnete so einen Durchgang. Dann brachte er sie durch eine Tür in ein kleines düsteres Zimmer mit einem Tisch und zwei Stühlen. „Einer meiner Kollegen wird gleich zu Ihnen kommen", erklärte er und verließ das Zimmer. Maggie, Tara und Stuart hörten, wie sich ein Schlüssel im Schloß drehte.

„Was geht hier eigentlich vor?" entrüstete sich Maggie. „Der Kosmetikbeutel war nicht..."

„Ich nehme an, wir werden es gleich erfahren", beruhigte Stuart sie.

Gleich darauf schwang eine Tür an der hinteren Zimmerseite auf, und ein großer, sportlicher Mann trat federnden Schrittes ein. Er ging direkt zu Maggie, nahm ihre rechte Hand und küßte sie.

„Ich bin Carl Koeter", stellte er sich mit breitem südafrikanischem Akzent vor. „Es ist mir eine große Ehre, Mrs. Fitzgerald. Schon seit vielen Jahren wollte ich gern die Frau kennenlernen, die den Mut aufbrachte, Connor Fitzgerald zu heiraten. Er rief mich gestern nachmittag an und bat mich, Ihnen zu versichern, daß er tatsächlich lebt." Er lächelte Stuart und Tara an und verneigte sich knapp. „Würden Sie bitte alle die Güte haben, mir zu folgen?"

Er drehte sich um, schob den Kofferkuli durch die Tür, durch die er eingetreten war, und führte die drei eine steile Rampe hinunter und durch einen dunklen, leeren Gang. Maggie eilte hastig an seine Seite und erkundigte sich nach seinem Telefongespräch mit Connor. Am Ende des Tunnels stiegen sie wieder eine Rampe hinauf und kamen an der entgegengesetzten Seite des Flughafens ins Freie. Koeter führte sie rasch durch die Sicherheitskontrolle, wo man sie nur oberflächlich überprüfte. Nach einem neuerlichen langen Marsch gelangten sie in eine leere Abflugwartehalle, wo Koeter dem Beamten am Flugsteig drei Tickets aushändigte und von ihm drei Bordpässe für einen Qantas-Flug nach Sydney erhielt, der mysteriöserweise 15 Minuten lang aufgehalten worden war.

„Wie können wir Ihnen nur danken?" fragte Maggie.

Koeter nahm ihre Hand und hauchte wieder einen Kuß darauf. „Ma'am", erwiderte er, „Sie werden überall auf der Welt Menschen finden, die tief in Connor Fitzgeralds Schuld stehen."

Die beiden saßen vor dem Fernseher. Keiner sprach ein Wort, bis die zwölf Minuten lange Aufzeichnung zu Ende war.

„Könnte es möglich sein…?“ flüsterte die Direktorin fragend.

„Nur wenn jemand im Kruzifixgefängnis den Platz mit ihm getauscht hat“, erwiderte Gutenburg.

Dexter schwieg geraume Zeit, bevor sie sagte: „Jackson hätte das nur getan, wenn er bereit gewesen wäre, sein Leben zu opfern.“

Gutenburg nickte.

„Und wer ist der Mann, der für das Gewehr bezahlt hat?“

„Alexei Romanow, die Nummer zwei in der russischen Mafya. Wir vermuten, daß er und Fitzgerald jetzt zusammenarbeiten.“

„Dann muß es die Mafya gewesen sein, die ihn aus dem Gefängnis geholt hat“, meinte Dexter. „Aber wenn er eine Remington 700 braucht, ist die Frage, wen er im Visier hat.“

„Den Präsidenten“, antwortete Gutenburg.

„Sie mögen recht haben.“ Dexter wiegte den Kopf. „Aber welchen?“

8

Der Präsident der Vereinigten Staaten und der Außenminister gehörten zu den 72 Würdenträgern, die auf der Landebahn des Andrews-Luftwaffenstützpunkts auf die zur Landung ansetzende Iljuschin 62 der russischen Luftwaffe warteten. Der rote Teppich war bereits ausgerollt, ein Podium mit zwölf Mikrofonen aufgestellt, und eine breite Treppe wurde zu der Stelle gezogen, wo das Flugzeug zum Stillstand kam.

Die Tür des Flugzeugs wurde geöffnet, und ein kleiner, gedrungener Mann erschien an der Tür. Als Zerimski langsam die Treppe hinunterstolzierte, begannen die Kameras der überaus zahlreichen Fotografen wie wild zu klicken.

Der Protokollchef der Vereinigten Staaten trat vor, um die beiden Präsidenten einander vorzustellen, und Lawrence schüttelte seinem Gast herzlich die Hand. „Willkommen in den USA, Herr Präsident.“

Zerimski brachte ihn sofort in Verlegenheit, indem er „Danke, Tom“ erwiderte.

Der neue russische Präsident wirkte entwaffnend leutselig, während er mit den Kabinettsmitgliedern bekannt gemacht wurde. Als sie am Ende der Reihe angelangt waren, berührte Lawrence seinen Besucher am Ellbogen, um ihn zum Podium zu dirigieren. „Ich werde ein paar Willkommensworte sagen, vielleicht hätten Sie dann Lust, etwas darauf zu erwidern, Herr Präsident."

Lawrence stieg aufs Podium. „Herr Präsident", begann er, dann wandte er sich Zerimski zu, lächelte und verbesserte sich: „Viktor. Heute werden die Weichen für eine neue Ära der besonderen Beziehungen zwischen unseren beiden großen Nationen gestellt..."

Connor saß vor drei Bildschirmen und verfolgte die von den wichtigsten Fernsehsendern ausgestrahlte Berichterstattung über die Zeremonie. Der Aufwand an Sicherheitsleuten war noch größer, als er erwartet hatte. Offenbar war eine komplette Schutzeinheit für jeden der beiden Präsidenten eingesetzt. Aber von Gutenburg oder überhaupt einem CIA-Agenten war nichts zu sehen. Connor vermutete, daß der Geheimdienst nicht die leiseste Ahnung von einem möglichen Anschlag hatte.

Connor wunderte sich nicht, daß das Gewehr, das er in Dallas gekauft hatte, nicht an seinem Bestimmungsort angekommen war. Die beiden Mafyahalunken hatten alles getan, der CIA einen Wink zu geben, außer sie auf ihrer gebührenfreien Nummer anzurufen.

Nach dem Zwischenfall in Memphis war klargeworden, daß Alexei Romanow nicht bereit war, die Schuld auf sich zu nehmen, falls noch etwas schiefging, und so lagen die Vorbereitungen für den Anschlag nun ganz allein in Connors Hand. Seine Bewacher hielten respektvolle Distanz.

Der Präsident kam zum Ende seiner Willkommensrede. Er trat zur Seite, um Zerimski antworten zu lassen, aber als sich der russische Präsident hinter das Rednerpult stellte, war er hinter den Mikrofonen nicht zu sehen. Zerimski würde annehmen, diese Aufstellung sei mit Absicht so vorgenommen worden, um ihn vor der Öffentlichkeit lächerlich zu machen. Connor fragte sich, welcher Mitarbeiter des Weißen Hauses deshalb seinen Job verlieren würde.

Jemanden mit einer Körpergröße von 1,85 Metern zu erschießen wäre viel einfacher als einen von 1,60 Metern, dachte Connor. Er musterte die Geheimagenten, die zu Zerimskis Schutz eingeteilt waren. Vier von ihnen erkannte er. Sie waren so gut wie alle ihres Metiers.

Während der russische Präsident seine Rede ablas, warf Connor einen Blick auf den viertägigen Zeit- und Routenplan, den das Weiße Haus in der *Washington Post* praktischerweise detailliert veröffentlicht hatte. Die beiden Präsidenten würden per Hubschrauber vom Luftwaffenstützpunkt zum Weißen Haus fliegen, um sich dort sofort zu einem privaten Gespräch zusammenzusetzen. Nach dem Mittagessen würde Zerimski zur russischen Botschaft gebracht, damit er sich ausruhen konnte, bevor er am Abend zu einem Bankett zu seinen Ehren ins Weiße Haus zurückkehrte.

Am nächsten Morgen würden sie nach New York reisen, um eine Ansprache vor der UNO zu halten und am Nachmittag das Metropolitan Museum zu besuchen. Am gleichen Abend würden sie wieder nach Washington fliegen, um Tschaikowskys „Schwanensee" im Kennedy Center zu sehen.

Für Freitag war vorgesehen, daß Zerimski, als Höhepunkt seines viertägigen Besuchs, eine Rede vor dem versammelten Kongreß hielt. Lawrence hoffte, dadurch beide Kammern davon zu überzeugen, daß der russische Führer ein Mann des Friedens war. Er hoffte, daß sie dann endlich bereit waren, seinen Gesetzentwurf zur Abrüstung zu unterstützen. Zum Abendessen erwarteten amerikanische und russische Wirtschaftsvertreter Zerimski als Ehrengast.

Am Samstag sollten sich Zerimski und Lawrence im Cooke-Stadion in Maryland das Footballspiel zwischen den Washington Redskins und den Green Bay Packers ansehen. Abends würde Zerimski in der russischen Botschaft ein Bankett geben.

Am folgenden Morgen würde er nach Moskau zurückfliegen – aber nur, wenn es Connor nicht gelungen war, seinen Teil des Vertrags zu erfüllen.

Neun mögliche Tatorte gab es, unter denen Connor wählen mußte. Aber sieben davon waren bereits ausgeschieden, noch ehe Zerimskis Flugzeug gelandet war. Von den beiden übrigen erschien ihm das Bankett in der russischen Botschaft am Samstag abend als der geeignetere Schauplatz, vor allem, da er von Romanow wußte, daß die Mafya Konzessionen für jeden Lebensmittellieferanten hatte, der die Botschaft mit Getränken und Speisen belieferte.

Der nicht gerade überwältigende Applaus lenkte Connors Aufmerksamkeit auf die Willkommenszeremonie zurück. Die beiden Staatschefs winkten gerade der Menge zu. Wenige Augenblicke später schwang sich der Hubschrauber Marine One in die Luft und hielt sich eine Weile nur ein paar Meter über dem Boden, ehe er davondonnerte.

Connor schaltete die drei Fernseher aus und überlegte noch einmal, welcher der beiden Orte vorzuziehen sei. Die Mafya hatte bereits für den Nachmittag eine Besichtigung der russischen Botschaft arrangiert, damit er die notwendigen Vorbereitungen treffen konnte.

Connor blickte auf die Uhr, zog eine Jacke an und stieg die Treppe hinunter. Der weiße BMW wartete bereits auf ihn. Er stieg in den Fond.

„Cooke-Stadion", sagte er nur. Niemand im Wagen sprach, als der Chauffeur den BMW auf die mittlere Spur lenkte.

Als ein mit neuen Wagen beladener Autotransporter auf der anderen Straßenseite vorüberfuhr, dachte Connor an Maggie und lächelte. Er hatte am Morgen mit Carl Koeter telefoniert, und Carl hatte ihm versichert, daß alle drei Känguruhs sicher in ihren Beuteln seien.

„Ach übrigens, die Mafya glaubt, daß sie direkt nach Amerika zurückgeschickt wurden", hatte Koeter gesagt.

„Wie ist es dir gelungen, das zu inszenieren?" hatte Connor gefragt.

„Einer ihrer Wächter versuchte einen Zollbeamten zu bestechen. Der Mann nahm das Geld und behauptete, daß man Drogen bei ihnen gefunden hätte und sie daher dorthin zurückverfrachtet worden seien, woher sie gekommen seien."

„Glaubst du wirklich, daß sie darauf hereingefallen sind?"

„O ja", hatte Koeter überzeugt erwidert. „Für diese Information mußten sie eine Menge Geld hinblättern."

Connor hatte gelacht. „Ich werde für immer in deiner Schuld stehen, Carl. Sag mir nur, wie ich mich revanchieren kann."

„Das wird nicht nötig sein, alter Freund", hatte Koeter geantwortet. „Aber ich freue mich darauf, deine Frau unter angenehmeren Umständen wiederzusehen."

Connors Wachhunde hatten ihm Maggies Verschwinden verschwiegen. So wußte er nicht, ob sie sich nur schämten zuzugeben, daß ihnen Maggie, Stuart und Tara abhanden gekommen waren, oder ob sie hofften, sie wiederzufinden, bevor er die Wahrheit erfuhr. Vielleicht hatten sie ja Angst, er würde seinen Auftrag nicht ausführen, wenn er wüßte, daß seine Frau und seine Tochter sich nicht mehr in ihren Händen befanden. Aber wenn er es nicht tat, daran zweifelte Connor keine Sekunde, würde Alexei Romanow Maggie schließlich finden und sie umbringen, und wenn nicht Maggie, dann Tara. Bolschenkow hatte ihn darauf aufmerksam gemacht, daß Romanow erst in seine Heimat zurückkehren dürfe, wenn der Auftrag ausgeführt sei, so oder so.

Als der Fahrer auf die Umgehungsstraße einbog, dachte Connor an Joan, deren einziges Vergehen es gewesen war, daß sie als seine Sekretärin für ihn gearbeitet hatte. Er ballte die Fäuste und wünschte sich, sein Vertrag mit der Mafya hätte gelautet, Dexter und ihren hinterhältigen Stellvertreter auszuschalten. Einen solchen Auftrag hätte er mit Genuß ausgeführt.

Der weiße BMW ließ die Stadtgrenze hinter sich. Connor lehnte sich zurück und dachte daran, wie viele Vorbereitungen noch getroffen werden mußten. Er würde beide Örtlichkeiten in Augenschein nehmen müssen, bevor er sich festlegen konnte. Aber selbst dann hatte er nicht vor, Romanow seine Entscheidung wissen zu lassen.

TOM LAWRENCE fand, daß die vorbereitenden Gespräche recht gut verlaufen waren. Nach dem Essen begleitete er seinen Gast zu dessen Limousine, dann eilte er ins Oval Office.

Andy Lloyd stand mit grimmigem Gesicht neben seinem Schreibtisch. „Wir haben ein großes Problem", sagte er und schlug einen Ordner mit dem CIA-Emblem auf.

Der Präsident begann sofort zu lesen. Als er zum letzten Absatz kam, war er kreidebleich. Er blickte zu seinem Stabschef auf. „Ich dachte, Jackson sei auf unserer Seite."

„Das ist er auch."

„Wieso behauptet Dexter dann, sie könne beweisen, daß er die alleinige Verantwortung für den Anschlag in Kolumbien trägt und dann mit der Absicht, Zerimski zu töten, nach Sankt Petersburg fuhr?"

„Weil sie dadurch jeden Verdacht von sich lenken will und wir uns nun eine Erklärung dafür suchen müssen, warum wir Jackson überhaupt beauftragt haben."

„Was ist mit Dexters Behauptung, Jackson sei zurück in Amerika und arbeite mit der russischen Mafya zusammen?"

„Falls während Zerimskis Besuch irgend etwas schiefgeht, hat sie bereits jemanden parat, dem sie die Schuld in die Schuhe schieben kann", erläuterte Lloyd.

„Dexter führt an, daß Jackson vor ein paar Tagen in Dallas von einer versteckten Überwachungskamera aufgenommen worden sei, als er ein Hochleistungsgewehr von genau der gleichen Art kaufte wie das, mit dem Guzman erschossen wurde. Wie erklären Sie sich das?"

„Das ist einfach", antwortete Lloyd, „sobald einem klar ist, daß es gar nicht Jackson war, ist das Rätsel gelöst."

„Aber wenn es nicht Jackson war, wer zum Teufel war es dann?"

„Es war Connor Fitzgerald", enthüllte ihm Lloyd leise. „Jackson hat seinen Platz eingenommen."

„Warum in aller Welt sollte er das tun?"

„Fitzgerald hat Jackson in Vietnam das Leben gerettet, wofür er die Tapferkeitsmedaille erhielt. Als Fitzgerald aus dem Krieg zurückkam, war es Jackson, der ihn als NOC rekrutierte. Daraufhin arbeitete er achtundzwanzig Jahre für die CIA und hatte den Ruf, ihr bester und ehrenhaftester Agent zu sein. Plötzlich verschwindet er von einer Minute zur anderen, und in den Unterlagen der Gesellschaft ist nicht das geringste mehr zu finden, das auf ihn hinweisen könnte. Seine Sekretärin, Joan Bennett, die achtzehn Jahre für ihn gearbeitet hat, stirbt bei einem mysteriösen Autounfall. Kurz danach verschwinden auch seine Frau und seine Tochter spurlos. Inzwischen wird der Mann, dem wir den Auftrag gaben herauszufinden, was da vorgeht, beschuldigt, ein Attentäter zu sein und seinen besten Freund verraten zu haben. Doch wie sorgfältig man sich auch Helen Dexters zahlreiche Berichte vornimmt, man findet nirgendwo den leisesten Hinweis auf Connor Fitzgerald."

„Woher wissen Sie das alles, Andy?" staunte Lawrence.

„Von Jackson, der mich kurz nach Fitzgeralds Verhaftung aus Sankt Petersburg anrief."

„Haben Sie den Anruf mitgeschnitten?"

„Ja."

„Verdammt!" fluchte Lawrence. „Verglichen mit Dexter war J. Edgar Hoover ein naiver Pfadfinder."

„Wenn wir davon ausgehen, daß es tatsächlich Jackson war, der in Rußland hingerichtet wurde, müssen wir annehmen, daß Fitzgerald mit der Absicht nach Dallas flog, dieses Gewehr zu kaufen, damit er seinen gegenwärtigen Auftrag ausführen kann."

„Soll ich diesmal die Zielscheibe sein?" fragte Lawrence leise.

„Das glaube ich nicht. In dieser einen Beziehung dürfte Dexter einmal bei der Wahrheit geblieben sein – ich glaube immer noch, daß er hinter Zerimski her ist."

„O mein Gott!“ Lawrence lehnte sich in seinem Sessel zurück. „Aber wieso würde sich ein ehrbarer Mann mit einem Hintergrund und Ruf wie Fitzgerald auf so einen Auftrag einlassen? Es ergibt einfach keinen Sinn.“

„O doch, wenn dieser ehrbare Mann glaubt, daß der ursprüngliche Auftrag, Zerimski zu töten, von Ihnen kam.“

„PUG“ WASHER – offenbar kannte niemand seinen richtigen Namen – war einer dieser Burschen, die sich nur für eines interessierten und auf diesem einen Gebiet unschlagbare Experten waren. In seinem Fall waren es die Washington Redskins.

Pug hatte als Halbwüchsiger angefangen für die Redskins zu arbeiten. Er war später zum Mannschaftsmasseur aufgerückt und zum Vertrauten von Generationen von Redskins-Spielern geworden. 1997 ging er zwar in den Ruhestand, hatte jedoch mit dem Unternehmer zusammengearbeitet, der das neue Jack-Kent-Cooke-Stadion baute. Genauer gesagt, er sorgte dafür, daß die Fans und Spieler der Redskins auch wirklich alle die Annehmlichkeiten bekamen, die man bei der glorreichsten Mannschaft des Landes erwartete.

Bei der Eröffnungsfeier hatte der Klubpräsident erklärt, daß Pug einen Platz in der Ruhmeshalle der Mannschaft bekommen werde – eine Auszeichnung, die eigentlich nur den besten Spielern vorbehalten ist.

Zwei Anrufe genügten, und Connor erfuhr Pugs Adresse in Arlington, Virginia. Nachdem er dem alten Mann erklärt hatte, daß er für *Sports Illustrated* einen Artikel über die Bedeutung des neuen Stadions für die Fans der Redskins zu schreiben gedachte, war es, als drehe er einen Wasserhahn auf.

Er verabredete sich für den kommenden Vormittag gegen elf Uhr mit Pug, damit dieser ihn durch das Stadion führen konnte. Connor traf eine Minute vor elf ein. Die nächsten drei Stunden beehrte Pug seinen Gast mit der vollständigen Geschichte der Redskins. Das meiste, was Pug erzählte, würde für Connor nicht von praktischem Nutzen sein, aber trotzdem kam alle paar Minuten etwas dabei heraus. Unter anderem erfuhr Connor, daß die Sony-JumboTrons hinter den Endzonen des Spielfelds das größte Videoschirmsystem der Welt darstellten und daß am folgenden Tag vor Spielbeginn eine hiesige Band die Nationalhymnen von Rußland und den Vereinigten Staaten spielen würde.

Während sie durch das Stadion schlenderten, entgingen Connor die verschärften Sicherheitsmaßnahmen nicht, die das Weiße Haus für das morgige Spiel durchführen ließ. Die Sicherheitsschleusen mit Metalldetektoren, zwischen denen jeder Stadionbesucher hindurchgehen mußte und die alles anzeigen würden, was als Waffe benutzt werden könnte, waren bereits aufgestellt. Je näher Pug und Connor der Ehrenloge kamen, von der aus sich die beiden Präsidenten das Spiel ansehen würden, desto strikter wurden die Kontrollen.

Als sich die beiden Männer trennten, gab Connor seinem Führer hundert Dollar. Er hatte von dem alten Mann in drei Stunden mehr Informationen erhalten, als eine Geheimdiensteinheit in einem ganzen Leben herausrücken würde.

Connor blickte auf seine Uhr und stellte fest, daß er für sein Treffen mit Alexei Romanow in der russischen Botschaft ein paar Minuten zu spät kommen würde. Unterwegs schaltete er das Autoradio ein.

Ein Kommentator beschrieb die Atmosphäre im Kongreß, während die Abgeordneten auf das Erscheinen des russischen Präsidenten warteten. Niemand hatte eine Ahnung, worüber Zerimski sprechen würde, da die Presse keine Vorabdrucke der Rede erhalten hatte.

Fünf Minuten bevor Zerimski seine Ansprache beginnen sollte, erschien er mit seinen Begleitern.

„Alle Anwesenden", erklärte der Kommentator, „haben sich erhoben und applaudieren dem Gast aus Rußland."

Als Zerimski das Podium erreichte, legte er seine Unterlagen behutsam auf das Rednerpult. Die Mitglieder des Kongresses, des Obersten Gerichtshofs und des diplomatischen Korps nahmen ihre Plätze wieder ein, ohne zu ahnen, welche Bombe gleich platzen würde.

„Herr Vorsitzender, Herr Vizepräsident und verehrter Oberster Bundesrichter." Zerimski blickte die drei Angesprochenen durchdringend an. „Lassen Sie mich damit beginnen, Ihnen und Ihren Landsleuten für Ihr herzliches Willkommen und Ihre großzügige Gastfreundschaft zu danken."

Tom Lawrence, der sich mit Andy Lloyd die Rede im Oval Office anhörte, entspannte sich und lächelte, als Zerimski „die gegenwärtige ausgezeichnete Beziehung zwischen unseren beiden Ländern" hervorhob.

Dieses Lächeln gefror jedoch auf seinen Lippen, als der russische Präsident mit seiner Rede fortfuhr.

„Ich bin der letzte, der möchte, daß unsere beiden großen Nationen in einen weiteren sinnlosen Krieg verwickelt werden." Zerimski legte eine kurze Pause ein. „Um sicherzugehen, daß uns eine solche Katastrophe nicht noch einmal widerfährt, ist es erforderlich, daß Rußland auf dem Schlachtfeld so mächtig bleibt wie die USA, wenn das politische Gleichgewicht am Verhandlungstisch gewährleistet sein soll."

In diesem Moment erkannte Lawrence, daß es Zerimski gerade in nur vierzig Sekunden gelungen war, jede Chance darauf zunichte zu machen, daß die Abrüstungspläne je Gesetz werden würden.

CONNOR schaltete das Radio aus, als der weiße BMW die Wisconsin Avenue entlangfuhr. Am Tor der russischen Botschaft brachte sie einer von Romanows Leibwächtern durch die Sicherheitskontrollen.

Connor sah sofort, wie recht Romanow mit seiner Behauptung hatte, die Sicherheitsmaßnahmen im Botschaftsgebäude seien lasch. „Wer würde denn schon Rußlands geliebten Präsidenten in seiner eigenen Botschaft ermorden wollen?" hatte er mit einem selbstgefälligen Lächeln bemerkt.

„Sie dürfen sich hier offenbar ungehindert bewegen", bemerkte Connor, während sie durch den langen Korridor schritten.

„Das dürften Sie auch, wenn Sie so viel Geld auf das Schweizer Bankkonto des Botschafters überwiesen, daß er nie wieder in sein Vaterland zurückzukehren braucht", erwiderte Romanow.

Der Russe schloß die Tür zum Arbeitszimmer des Botschafters auf. Gemeinsam betraten sie den prunkvollen Raum, und Connor bemerkte überrascht, daß auf dem Schreibtisch eine offenbar speziell angefertigte Remington 700 lag. Er hob sie hoch und nahm sie in Augenschein. Gerne hätte er Romanow gefragt, wie er zu der Waffe gekommen war, wußte jedoch, daß er nicht mit einer ehrlichen Antwort rechnen konnte.

Connor öffnete ihren Verschluß. In der Kammer befand sich eine einzige Patrone. Erstaunt zog er eine Braue hoch und blickte Romanow an.

„Ich nehme an, daß Sie aus dieser Entfernung mit einem Schuß Ihr Ziel treffen", sagte der Russe. Er führte Connor in die hintere Ecke des Raums zum Privatlift des Botschafters. Sie stiegen ein und fuhren damit in den zweiten Stock zu der Galerie über dem Ballsaal hinauf.

Connor untersuchte jeden Zentimeter der Galerie mehrmals, dann zwängte er sich hinter die große Lenin-Statue und blickte durch ihren angewinkelten Arm, um die Stelle anzuvisieren, wo Zerimski seine Abschiedsrede halten würde. Dabei dachte er, wie einfach das Ganze schien.

„Sie werden mehrere Stunden vor dem Bankett kommen und mit dem Partyservice arbeiten müssen", informierte ihn Romanow.

Connor nickte, und sie begaben sich zum Hintereingang der Botschaft. „Ich gebe Ihnen Bescheid, sobald ich mich für den geeigneten Tatort entschieden habe", eröffnete er dem Russen, als er in den BMW einstieg.

Diesmal wirkte Romanow überrascht, schwieg jedoch.

CONNOR rief Romanow ein paar Minuten nach Mitternacht an.

Der Russe schien sich zu freuen, daß sie beide zur gleichen Entscheidung gekommen waren, was den Tatort betraf. „Ich werde Sie um fünfzehn Uhr dreißig abholen lassen, damit Sie gegen sechzehn Uhr in der Botschaft sein können."

Connor legte den Hörer auf. Wenn alles planmäßig verlief, würde der Präsident gegen 16 Uhr bereits tot sein.

DER BOTSCHAFTER klopfte leise an die Tür von Zerimskis Suite, doch es rührte sich nichts. Daraufhin klopfte er lauter und öffnete vorsichtig die Tür.

Im Licht des Treppenabsatzes konnte der Botschafter sehen, daß sich Zerimski im Bett rührte. Es war vier Uhr morgens.

„Ich kann nur hoffen, daß Sie einen triftigen Grund haben, mich zu stören", sagte der russische Präsident.

„Wir haben einen Anruf für Sie aus Sankt Petersburg", erklärte ihm der Botschafter. „Ein gewisser Stefan Iwanitski. Er sagt, es sei sehr dringend."

„Raus aus meinem Zimmer!" brüllte Zerimski und griff nach dem Telefon neben seinem Bett.

„Stefan, weshalb rufen Sie zu dieser nachtschlafenden Zeit an?" fragte Zerimski.

„Der Zar ist tot", entgegnete Iwanitski ungerührt. Nicolai Romanow war sein Onkel.

„Wann? Wo? Wie?"

„Vor etwa einer Stunde im Winterpalast. Die farblose Flüssigkeit hat ihn schließlich geschafft." Iwanitski legte eine kurze Pause ein. „Der Butler steht seit etwa einem Jahr auf meiner Lohnliste."

Der Präsident schwieg kurz, dann sagte er: „Gut. Besser hätte es sich für uns gar nicht fügen können."

„Ich wäre sofort bereit, Ihnen zuzustimmen, Herr Präsident, hielte sich nicht sein Sohn in Washington auf. Ich kann hier sehr wenig tun, ehe er zurückkehrt."

„Dieses Problem löst sich heute abend möglicherweise von selbst", meinte Zerimski.

„Sind sie in unsere kleine Falle getappt?"

„Ja. Heute abend werde ich mich beider entledigen."

„Beider?"

„Ja", antwortete der Präsident. „Ich habe hier ein passendes neues Sprichwort gelernt – ‚zwei Fliegen mit einer Klappe schlagen'. Wie oft hat man schließlich schon die Gelegenheit, einen Mann zweimal sterben zu sehen?"

„Ich wollte, ich könnte zusehen!"

„Seinen Freund am Seil baumeln zu sehen war mir ein Genuß, aber sein Tod wird mir eine noch größere Befriedigung sein. Alles in allem, Stefan, wird sich diese Reise als außerordentlich erfolgreich erweisen, vor allem wenn …"

„Es ist alles erledigt, Herr Präsident", versicherte ihm Iwanitski. „Gestern habe ich veranlaßt, daß die Vergütungen aus den Jelzin-Öl- und Uran-Verträgen auf Ihr Züricher Konto weitergeleitet werden. Das heißt, falls Alexei nach seiner Rückkehr meine Anweisungen nicht rückgängig macht."

„Wenn er nicht zurückkehrt, läßt sich das vermeiden, nicht wahr?" Zerimski legte auf, schaltete das Licht aus und schlief sofort wieder ein.

UM SECHS Uhr rief der Weckdienst an. Connor stand auf und zog eine Vorhangecke zurück, um nachzusehen, ob sie noch da waren. O ja, zwei weiße BMW parkten auf der gegenüberliegenden Straßenseite, schon seit Mitternacht. Inzwischen würden die Bewacher im Innern schlaftrunken sein. Er wußte, daß um acht Uhr Schichtwechsel war, deshalb beschloß er, zehn Minuten vorher aufzubrechen.

Er stellte sich unter die Dusche und ließ das Wasser geraume Zeit eiskalt über sich rinnen, ehe er sich mit einem Frottierhandtuch trockenrubbelte. Dann kleidete er sich in ein blaues Hemd, Jeans, einen dicken Pullover, schwarze Socken und ein Paar schwarze Nike-Turnschuhe.

Er ging in die Miniküche, goß sich ein Glas Grapefruitsaft ein und füllte eine Schale mit Cornflakes und Milch. Am Tag, an dem er einen Auftrag ausführen wollte, aß er immer das gleiche Frühstück. Es half ihm zu glauben, daß auch alles andere glatt wie immer verlaufen werde.

Nachdem er gegessen hatte, blickte er auf die Uhr und kehrte ins Schlafzimmer zurück. Dort schob er drei Hundertdollarscheine, eine Vierteldollarmünze und eine Kassette mit einer Spielzeit von dreißig Minuten in die Gesäßtasche. Dann verließ er zum letztenmal das Gästeapartment.

Um zehn Minuten vor acht überquerte er die Straße zum vorderen der zwei BMW. „Ich muß in der Stadt noch ein paar Sachen besorgen", erklärte er. Der Mann im Fond nickte, also legte der Chauffeur den ersten Gang ein und reihte sich in den Verkehr auf der Wisconsin Avenue ein. Der zweite BMW folgte dichtauf, als sie nach links auf die P Street einbogen.

Connor hatte in den vergangenen Tagen bemerkt, daß seine Bewacher sich von Tag zu Tag weniger um ihn kümmerten. Um ungefähr die gleiche Zeit jeden Morgen war er an der Ecke 21. Straße und DuPont Circle aus dem BMW gesprungen, hatte sich von einem Zeitungshändler eine *Washington Post* geholt und war in den Wagen zurückgekehrt. Gestern hatte sich sein Bewacher im Fond nicht einmal mehr die Mühe gemacht, ihn zu begleiten.

Sie überquerten die 23. Straße, und Connor konnte bereits den DuPont Circle in der Ferne sehen. Die Wagen fuhren in dem dichten Verkehr nun Stoßstange an Stoßstange und waren fast schon zum Stillstand gekommen. In der Gegenrichtung lief der nach Westen fließende Verkehr viel zügiger. Er würde gut abschätzen müssen, wann genau er seinen Zug machen sollte.

Connor wußte, daß die Ampel an der P Street vor dem Circle alle dreißig Sekunden die Phasen wechselte und es im Durchschnitt zwölf Wagen schafften hinüberzukommen. Mehr als 16 Wagen war es in dieser Woche nie gelungen.

Als die Ampel auf Rot schaltete, zählte Connor 17 Wagen vor ihnen. Er zuckte mit keinem Muskel. Die Ampel schaltete auf Grün, und der

Chauffeur legte den ersten Gang ein, aber der Verkehr war so dicht, daß es eine Zeitlang dauerte, bis er auch nur einen Meter vorwärts rollte. Nur acht Wagen schafften es in dieser Grünphase über die Ampel.

Er hatte dreißig Sekunden.

Lächelnd drehte er sich zu seinem Bewacher im Fond um und deutete auf den Zeitungshändler. Der Mann nickte. Connor stieg aus, trat auf den Bürgersteig und ging langsam auf den alten Zeitungsverkäufer zu. Er konzentrierte sich auf den Gegenverkehr und versuchte abzuschätzen, wie lang die Wagenschlange sein würde, wenn die Ampel wieder auf Rot schaltete. Als er den Zeitungshändler erreichte, hielt er bereits die Vierteldollarmünze in der Hand. Er gab sie dem Alten, der ihm dafür eine *Washington Post* reichte. Kaum drehte er sich um, um scheinbar zum ersten BMW zurückzuspazieren, wurde die Ampel rot, und der Verkehr hielt an.

Connor entdeckte das Fahrzeug, das er brauchte. Plötzlich wechselte er die Richtung und begann zu sprinten, schoß auf die andere Straßenseite und zwischen den stehenden, nach Westen gerichteten Autos hindurch, bis er das leere Taxi, sechs Wagen von der Ampel entfernt, erreichte. Die beiden Männer im zweiten BMW sprangen aus dem Fahrzeug und nahmen in dem Augenblick die Verfolgung auf, als die Ampel am DuPont Circle auf Grün schaltete.

Connor warf sich in den Fond des Taxis. „Geradeaus!“ rief er. „Hundert Dollar, wenn Sie noch vor Rot hinüberkommen!“

Der Fahrer drückte die Hand auf die Hupe und ließ sie dort, während er über die Kreuzung raste. Mit quietschenden Reifen wendeten die beiden weißen BMW, aber die Ampelphase hatte schon gewechselt, und andere Fahrzeuge versperrten ihnen den Weg.

Bis jetzt war alles nach Connors Plan verlaufen.

Das Taxi bog nach links in die 23. Straße ein, und Connor wies den Fahrer an, am Randstein anzuhalten. Dann gab er ihm einen Hundertdollarschein und sagte: „Ich möchte, daß Sie geradewegs zum Dulles-Flughafen fahren. Wenn Sie einen weißen BMW hinter sich herkommen sehen, lassen Sie sich nicht von ihm überholen. Am Flughafen halten Sie dreißig Sekunden vor der Abflughalle an, dann fahren Sie langsam in die Stadt zurück.“

„Okay, Mann, ganz wie Sie wollen.“ Der Fahrer steckte die Hundertdollarnote ein. Connor rutschte aus dem Taxi, rannte über die

23. Straße und hielt ein anderes Taxi an, das in die entgegengesetzte Richtung fuhr. Er schmetterte die Tür zu und sah, wie die zwei BMW an ihnen vorbeirasten, um das erste Taxi zu verfolgen.

„Und wohin möchten Sie gern an diesem schönen Morgen?"

„Zum Cooke-Stadion."

DIE DREI Männer standen auf, als Zerimski das Zimmer betrat. Er bedeutete ihnen, sich zu setzen, und nahm selbst hinter dem Schreibtisch des Botschafters Platz. Er wunderte sich, ein Gewehr zu sehen, wo normalerweise nur die Schreibunterlage war, aber er ignorierte es.

„Ich habe eine traurige Neuigkeit für Sie, Alexei", begann Zerimski, „Ihr Vater erlitt vergangene Nacht offenbar einen Herzanfall und starb auf dem Weg ins Krankenhaus."

Romanow beugte den Kopf. Zerimski erhob sich, schritt langsam zu ihm und legte ihm tröstend eine Hand auf die Schulter. Woraufhin der Botschafter und der Erste Botschaftssekretär kummervoll dreinschauten.

„Ich werde um ihn trauern", versprach Zerimski. „Er war ein großer Mann."

Romanow bedankte sich mit einem kurzen Nicken für die gütigen Worte des Präsidenten und starrte zu Boden.

„Nun ist seine Macht an Sie übergegangen, einen außerordentlich würdigen Nachfolger. Lassen Sie in keinem Russen Zweifel aufkommen, wer der neue Zar ist."

Romanow hob den Kopf und lächelte. Seine kurze Trauerzeit war vorüber.

„Natürlich vorausgesetzt", fügte Zerimski hinzu, „daß heute abend nichts schiefgeht."

„Es kann nichts schiefgehen", versicherte ihm Romanow überzeugt. „Fitzgerald erklärte sich mit meinem Plan einverstanden und wird um sechzehn Uhr in die Botschaft kommen, während Sie sich mit Lawrence das Footballspiel ansehen."

„Warum schon so früh?" erkundigte sich Zerimski.

„Alle sollen glauben, daß er zum Partyservice gehört, so daß niemand auch nur einen Gedanken daran verliert, wenn Fitzgerald, wenige Minuten bevor Sie sich zu Ihrer Abschiedsrede erheben, die Küche verläßt."

„Ausgezeichnet", lobte Zerimski. „Und was geschieht dann?"

„Ich werde ihn hierherbegleiten, in dieses Zimmer. Er wird das Gewehr an sich nehmen und dann mit dem Privatlift zu der Galerie um den Ballsaal hinauffahren. Dort wird er sich sogleich hinter die Lenin-Statue stellen und dort bleiben, bis Sie zum Ende Ihrer Rede kommen. Sobald er geschossen hat, wird er auf den Sims vor der Zeder im hinteren Garten klettern. Gestern nachmittag ließ er uns das Ganze mehrmals wiederholen, aber heute abend wird er feststellen, daß sich etwas geändert hat."

„Und das wäre?"

„Unter der Zeder werden sechs Mann meiner persönlichen Leibwache auf ihn warten. Sie werden ihn niedergeschossen haben, lange ehe er den Boden erreicht."

„Aber hat Ihr Plan nicht ein möglicherweise verhängnisvolles Manko?"

Romanow schaute den Präsidenten fragend an.

„Wie soll ich den Schuß eines Schützen von Fitzgeralds Kaliber aus so geringer Entfernung überleben?"

Romanow erhob sich von seinem Stuhl und griff nach dem Gewehr. Er nahm ein kleines Metallstück heraus und reichte es dem Präsidenten.

„Was ist das?" fragte Zerimski.

„Der Schlagbolzen", antwortete Romanow.

NACHDEM sich Connor am Stadion hatte absetzen lassen, ging er den breiten Kiesweg zu den zwei langen Warteschlangen entlang, die es vor jedem Heimspiel gab. Bei den Anstehenden handelte es sich um Personen, die sich Arbeit für einen Tag erhofften. In der ersten Schlange standen jene, die außerhalb des Stadions arbeiten wollten: als Parkwächter und Einweiser der 23 000 Autos und Busse, als Programm- und Souvenirverkäufer und als Verleiher von Sitzkissen für die 78 000 Fans. Die zweite Schlange bildeten die Leute, die hofften, im Stadion Arbeit zu finden. Connor schloß sich dieser Schlange an.

An diesem besonderen Tag interessierte sich eine Handvoll Geheimagenten für die hoffnungsvollen Bewerber. Während sich die Schlange langsam vorwärts bewegte, las Connor unentwegt seine *Washington Post.* Beim Lesen des Lokalteils zog ein schiefes Lächeln über seine Züge. Ein distinguierter Akademiker aus seiner Heimatstadt war viel zu früh dahingeschieden.

„*Hi!*“ grüßte eine Stimme.

Connor blickte über die Schulter auf einen modisch gekleideten jungen Mann, der sich hinter ihm in die Schlange eingereiht hatte. „*Hi*“, erwiderte er knapp den Gruß und wandte sich wieder seiner Zeitung zu. Er wollte nicht in ein unnötiges Gespräch mit jemandem gezogen werden, der später möglicherweise als Zeuge genannt werden konnte.

„Ich heiße Brad“, stellte sich der junge Mann vor und streckte Connor die Rechte entgegen. „Ich hoffe, Arbeit auf einem der Beleuchtungsmasten zu bekommen. Und Sie?“

„Weshalb auf den Beleuchtungsmasten?“ wich Connor aus.

„Weil der verantwortliche Sonderagent des Geheimdienstes da oben postiert sein wird. Und ich möchte wissen, wie sein Job wirklich aussieht. Ich möchte nämlich zum Geheimdienst, wenn ich mit der Universität fertig bin.“

„Der nächste“, hörte Connor eine Stimme.

Connor drehte sich zu dem Mann um, der hinter einem Schragentisch saß. „Was haben Sie noch übrig?“ fragte er.

„Nicht viel.“ Der Mann blickte auf seine Liste.

„Noch was beim Getränkeverkauf oder so?“ Wie Brad wußte auch er genau, wo er sein wollte.

„Geschirr waschen und dem im Stadion verteilten Personal Essen bringen, ist eigentlich alles von der Art.“

„Das ist genau richtig.“

„Name?“

„Dave Krinkle“, behauptete Connor, indem er ihm einen Führerschein reichte. Der Mann füllte einen Ausweis aus, und ein Fotograf schoß rasch ein Polaroidbild von Connor, das Sekunden später in den Ausweis eingeschweißt wurde.

„Okay, Dave.“ Der Mann reichte Connor den ansteckbaren Ausweis. „Damit können Sie sich im ganzen Stadion frei bewegen, außer in der Hochsicherheitszone.“ Connor nickte und steckte sich den Ausweis an den Pullover. „Melden Sie sich in Zimmer 47, direkt unterhalb von Block H.“

Connor wußte genau, wo Zimmer 47 war. Nachdem er die drei Sicherheitskontrollen passiert hatte und sich im Stadion befand, schlenderte er langsam den inneren Fußweg entlang, bis er die Treppe erreichte, wo ein Pfeil zu ZIMMER 47, PRIVATES CATERING deutete. In einem kleinen Zimmer am Fuß der Treppe standen etwa ein Dutzend

Männer herum. Connor setzte sich in eine Ecke und faltete seine *Post* wieder auseinander.

„Okay", meldete sich eine Stimme zu Wort. „Hören Sie alle gut zu." Connor blickte auf und sah einen dicken Mann, etwa fünfzig Jahre alt, in weißem Kittel und Kochmütze vor ihnen stehen. „Ich bin der Catering-Manager", sagte er. „Sie haben die Wahl: Sie waschen entweder Geschirr oder bringen dem Stadionpersonal und den im Stadion postierten Sicherheitsbeamten das Essen. Wer meldet sich freiwillig fürs Abspülen?"

Die meisten hoben die Hände. Pug hatte ihm erklärt, daß Geschirr waschen beliebt war, nicht nur, weil dafür volle zehn Dollar die Stunde bezahlt wurden, sondern weil für einige der Leute die Überbleibsel aus den VIP-Logen das beste Essen war, das sie die ganze Woche gehabt hatten.

„Gut." Der Manager wählte fünf Männer aus und schrieb ihre Namen auf. Dann sagte er: „Jetzt das Essen austragen. Ihr könnt entweder das Managementpersonal oder die Sicherheitsbeamten bedienen. Managementpersonal?" Er blickte vom Klemmbrett auf. Fast alle restlichen Hände schossen hoch. Wieder schrieb der Catering-Manager fünf Namen auf. Als er fertig war, tippte er auf sein Klemmbrett. „Okay, alle auf der Liste können sich jetzt zur Arbeit melden." Die alten Routiniers erhoben sich und schlurften an ihm vorbei durch eine Tür, die zur Küche führte. Nur Connor und Brad waren noch im Zimmer.

„Ich habe jetzt noch zwei Jobs im Sicherheitsbereich", erklärte der Catering-Manager. „Einer ist geradezu angenehm, der andere richtig unangenehm. Wer von Ihnen hat Glück?" Er blickte Connor hoffnungsvoll an, der nickte und die rechte Hand in die hintere Jeanstasche schob.

Der Catering-Manager ging zu ihm, ohne Brad auch nur eines Blickes zu würdigen, und sagte: „Ich hab so das Gefühl, daß Sie die Bequemlichkeit des JumboTrons vorziehen."

„Gleich ins Schwarze getroffen", bestätigte Connor lächelnd und ließ einen Hunderter in der Hand des Catering-Managers verschwinden.

„Dachte ich es mir doch." Der Dicke erwiderte Connors Lächeln und steckte das Geld ein, genau wie Pug es vorhergesagt hatte.

Ja, Pug war wirklich jeden Cent der hundert Dollar wert gewesen.

„WISSEN Sie, daß ich das Gewehr gesehen habe, mit dem Fitzgerald mich erschießen will?" fragte Zerimski, als sein aus neun Limousinen bestehender Konvoi die Botschaft verließ, um zum Stadion zu fahren.

Titow blickte ihn überrascht an.

Zerimski schob eine Hand in seine Sakkotasche. „Was glauben Sie, was das ist?" Er brachte etwas zum Vorschein, das wie ein verbogener Nagel aussah.

Titow schüttelte den Kopf. „Ich habe keine Ahnung."

„Der Schlagbolzen einer Remington 700." Er steckte den Bolzen wieder in seine Tasche zurück. „Wurden Kopien der Rede, die ich heute abend halten soll, schon an die Presse verteilt?"

„Ja, Herr Präsident", bestätigte ihm Titow. „Sie ist voll der üblichen Platitüden."

„Und was ist mit meiner spontanen Reaktion, nachdem Fitzgerald getötet wurde?"

„Ich habe diese Rede hier, Herr Präsident."

„Gut. Geben Sie mir eine kleine Probe."

Titow las von einem handgeschriebenen Entwurf ab: „Am Tag meiner Wahl rief Präsident Lawrence persönlich im Kreml an und lud mich ein, ihn in seinem Land zu besuchen. Meiner freundschaftlich ausgestreckten Hand wurde kein Ölzweig gereicht, nein, man richtete eine mörderische Waffe, ein Gewehr, auf mich. Und wo? In meiner eigenen Botschaft. Und wer drückte auf den Abzug? Ein Agent der CIA! Und wäre mir nicht das Glück hold gewesen…"

„Ein ehemaliger Agent", unterbrach ihn Zerimski.

„Ich hielt es für angebracht, daß es so aussieht, als würden Sie den einen oder anderen kleinen Fehler machen. Dann wird nicht so leicht jemand auf die Idee kommen, Ihnen vorzuwerfen, daß Sie von vornherein wußten, was passieren würde. In Amerika vermutet man hinter allem und jedem eine Verschwörung."

„Es wird mir ein Vergnügen sein, ihre Paranoia anzuspornen." Zerimski grinste boshaft. „Noch lange nachdem Lawrence seines Amtes enthoben sein wird, sollen die Amerikaner in dicken Büchern Vermutungen darüber anstellen, ob ich für den Abbruch der Beziehungen zwischen unseren beiden Ländern verantwortlich war oder nicht. Und Lawrence' Regierung wird in der Geschichte des gloriosen

Wiederaufstiegs des Russischen Reiches unter meiner Präsidentschaft nur in einer Fußnote erwähnt werden." Er strahlte Titow an. „Ich werde bis zu meinem Todestag an der Macht bleiben!"

CONNOR blickte auf seine Uhr. Es war 9.56 Uhr. Bis das Stadion für Zuschauer und Presse geöffnet wurde, blieben noch 34 Minuten. Wie es ihm vom Catering-Manager aufgetragen worden war, stand er am Lastenaufzug in der siebten Ebene. Er drückte auf den Knopf und hörte sofort das Surren eines Motors, als der Aufzug seine langsame Fahrt von der Küche zur siebten Ebene antrat.

47 Sekunden später nahm Connor ein Tablett aus dem Aufzug und drückte auf den Knopf, um dem Personal im Keller Bescheid zu geben, daß alles gut angekommen war. Er schritt rasch den Flur auf der siebten Ebene entlang zu einer Tür mit der Aufschrift PRIVAT. Das Tablett balancierte er auf einer Hand, während er mit der anderen den Schlüssel im Schloß drehte und eintrat. Er schaltete das Licht ein, sperrte hinter sich ab und schritt den überdachten, siebzig Meter langen Gang auf der Rückseite des JumboTrons entlang. Wieder konsultierte er seine Uhr: 83 Sekunden. Zu lange, aber da er beim letztenmal kein Tablett zu tragen brauchte, müßte es möglich sein, den ganzen Weg vom Dach bis in den Keller in weniger als zwei Minuten zu schaffen. Wenn alles nach Plan verlief, würde er aus dem Stadion und auf dem Weg zum Flughafen sein, ehe Straßensperren aufgestellt werden konnten.

Connor klopfte an die Tür zum Wachraum. Ein großer, kräftiger Mann öffnete sie. „Ich bringe Ihnen einen kleinen Imbiß", sagte Connor freundlich.

„Großartig", freute sich der Scharfschütze. „Kommen Sie doch mit, und setzen Sie sich zu mir." Er nahm ein Fleischsandwich vom Tablett, und Connor folgte ihm eine schmale Stahlplattform entlang hinter einen riesigen Schirm aus 786 TV-Monitoren. Der Geheimagent setzte sich und biß in das Sandwich. Connor war bemüht, sich nicht anmerken zu lassen, wie eingehend er das Gewehr des Mannes musterte.

Das JumboTron erstreckte sich übcr drci Ebenen. Eine lag über der Stahlplattform, über die sie gekommen waren, eine in ihrer Höhe und eine darunter. Connor stellte das Tablett neben dem Agenten ab, der mitten auf der Treppe zur unteren Ebene saß. Er war viel interessierter an seiner Dose Diät-Cola als an Connors umherschweifenden Blicken.

„Übrigens", sagte er zwischen zwei Schlucken, „ich bin Arnie Cooper."

„Dave Krinkle", stellte Connor sich vor.

„Verraten Sie mir, wieviel Sie für das Privileg bezahlen mußten, den Nachmittag bei mir verbringen zu dürfen?" fragte Arnie grinsend.

ALS DIE Limousine, in der Lawrence und Lloyd saßen, vor dem Haupteingang des Stadions anhielt, stand John Kent Cooke, der Vereinsvorstand der Washington Redskins, zur Begrüßung der Ehrengäste bereit.

„Es ist mir eine große Ehre, Sir", versicherte er und schüttelte Lawrence die Hand.

„Ich freue mich, Sie kennenzulernen, John", erwiderte der Präsident.

Cooke führte seine Gäste zu seiner Privatloge, einem großen, komfortablen Raum oberhalb der 50-Yard-Linie mit ausgezeichneter Sicht auf das gesamte Feld. „Mr. President, ich möchte Ihnen gern zwei der Menschen vorstellen, die die Redskins zur großartigsten Footballmannschaft in Amerika gemacht haben. Gestatten Sie mir, mit meiner Frau Rita anzufangen."

„Es ist mir eine Freude, Sie kennenzulernen, Rita", sagte Lawrence. „Und meinen Glückwunsch zu Ihrem Erfolg beim National Symphony Ball. Ich habe gehört, daß unter Ihrem Vorsitz eine Rekordsumme zusammenkam."

Mrs. Cooke errötete vor Stolz.

„Und das ist Pug Washer." John Kent Cooke legte eine Hand auf die Schulter des alten Mannes. „Er ..."

„... ist der einzige, der in der Redskins-Ruhmeshalle aufgenommen wurde, ohne je für die Mannschaft gespielt zu haben", setzte der Präsident den Satz fort.

Pug strahlte über das ganze Gesicht.

„Wissen Sie, Mr. President", fuhr Cooke fort, „mir ist noch nie eine Frage über die Redskins eingefallen, die Pug nicht beantworten konnte."

„Hat das schon jemals jemand fertiggebracht, Pug?" fragte der Präsident.

„Sie versuchen es die ganze Zeit, Mr. President", antwortete Pug. „Also erst gestern hat ein Mann ..."

Ehe Pug seinen Satz beenden konnte, berührte Andy Lloyd Lawrence' Ellbogen. „Bedauere, unterbrechen zu müssen, Sir, aber wir wurden soeben unterrichtet, daß Präsident Zerimski nur noch fünf Minuten vom Stadion entfernt ist. Sie und Mr. Cooke sollten sich jetzt zum Nordwesteingang begeben, um ihn rechtzeitig willkommen heißen zu können."

„Ja, natürlich", erwiderte Lawrence und drehte sich wieder zu Pug um: „Setzen wir unser Gespräch doch fort, sobald ich zurück bin."

Pug nickte, als der Präsident und sein Begleiter den Raum verließen.

„Es ist etwas eng hier!" rief Connor, um über das Schwirren des großen Deckenventilators gehört zu werden.

„Kann man wohl sagen." Arnie trank seine Diät-Cola aus.

„Erwarten Sie heute Schwierigkeiten?"

„Nein, eigentlich nicht. Natürlich sind wir alle in voller Alarmbereitschaft, sobald die beiden Präsidenten auf das Feld hinausmarschieren, aber dieser Ausflug dauert nur etwa acht Minuten. Hätte sich allerdings Spezialagent Braithwaite durchgesetzt, dürfte keiner von ihnen die Loge verlassen, bis es wieder Zeit zur Abfahrt ist."

Connor nickte und stellte noch einige harmlose Fragen. Er achtete genau auf Arnies Brooklyner Dialekt und konzentrierte sich auf typische Ausdrücke, die er mehrmals benutzte.

Während Arnie ein Stück Schokoladentorte verspeiste, blickte Connor durch einen Spalt zwischen der Werbetafel und dem Videoschirm nach draußen. Die meisten Leute vom Geheimdienst machten ebenfalls eine Imbißpause. Er konzentrierte sich auf den Beleuchtungsmast hinter der westlichen Endzone. Brad war da oben und hörte dem Agenten aufmerksam zu, der zu Cookes Loge deutete. Das ist genau die Art junger Mann, die sich der Geheimdienst warmhalten sollte, dachte Connor. Er wandte sich erneut Arnie zu. „Ich komme zu Beginn des Spiels wieder. Eine Platte Sandwiches, ein Stück Torte und Diät-Cola?"

„Klingt verlockend. Aber lieber keine Torte mehr."

Eine Sirene heulte und verkündete dem Personal, daß es halb elf war und die Tore geöffnet wurden. Die Fans begannen hereinzuströmen.

Connor sammelte die leeren Plastikteller und die leere Coladose ein und legte alles auf das Tablett. „Zum Anstoß bringe ich Ihnen das Mittagessen", versprach er.

„Gut“, murmelte Arnie, ohne das Fernglas abzusetzen, durch das er momentan die Menge unten beobachtete. „Aber kommen Sie erst, wenn die beiden Präsidenten in Cookes Loge zurück sind. Es darf keiner das JumboTron betreten, solange sie sich auf dem Spielfeld aufhalten.“

„Okay.“ Connor warf einen letzten verstohlenen Blick auf Arnies Gewehr. Nun trat er leise auf den überdachten Gang hinaus, schloß die Tür hinter sich und stellte die leere Coladose auf die Türschwelle.

Er blickte auf seine Uhr, dann schritt er rasch den überdachten Gang hinunter, schloß die Tür auf und schaltete das Licht aus. Als er den Aufzugschacht erreichte, drückte er auf den Knopf. 47 Sekunden später erschien wieder der Speisenaufzug. Connor stellte das Tablett hinein und drückte abermals auf den Knopf. Sofort begann der Aufzug seine langsame Rückfahrt in den Keller.

Niemand bedachte Connor in seinem langen weißen Personalkittel und der Redskins-Kappe mit einem zweiten Blick, als er zu der Tür mit der Aufschrift PRIVAT zurückeilte und sie hinter sich abschloß. Im Dunkeln eilte er lautlos den schmalen Gang zurück, bis er sich nur noch ein paar Meter vor dem Eingang zum JumboTron befand. Er blieb stehen und spähte hinunter auf das riesige Stahlgerüst, an dem die gewaltige Bildschirmwand befestigt war.

Connor hielt sich kurz am Handlauf fest, dann sank er auf die Knie. Er beugte sich nach vorn, faßte einen Stahlträger des Gerüsts mit beiden Händen und zog sich an ihm entlang. Er starrte konzentriert auf den Schirm, der sich laut den Bauplänen 13 Meter vor ihm befinden müßte. Ihm erschien es eher wie ein Kilometer.

Er konnte jetzt einen kleinen Griff sehen, aber er wußte noch immer nicht, ob es den Notausgang – die Klapptür, die so unübersehbar auf den Bauplänen eingezeichnet war – auch wirklich gab. Zentimeter um Zentimeter kroch er auf dem Stahlträger entlang, ohne auch nur ein einziges Mal in die Tiefe zu sehen. Der Boden befand sich fünfzig Meter unter ihm.

Als er schließlich das Ende des Trägers erreichte, ließ er die Beine zu beiden Seiten über den Rand hängen und hielt sich ganz fest, als säße er auf dem Rücken eines galoppierenden Pferdes. Er holte tief Atem, faßte nach dem Griff und zog. Die Klapptür glitt zurück und gab den Blick auf das versprochene Versteck frei, dessen Grundfläche knapp eineinhalb Quadratmeter maß. Connor zwängte sich hinein und zog die Tür über sich zu.

Er hielt sich über 45 Minuten in fünfzig Meter Höhe über dem Boden in dem hohlen Stahlträger auf, in dem er das Handgelenk gerade so weit drehen konnte, daß er seine Armbanduhr ablesen konnte. Trotzdem, mit jeder Minute wuchs seine Überzeugung, sollte er wirklich auf seinen Notplan zurückgreifen müssen, würde nie jemand dahinterkommen, wo er sich versteckte.

ZERIMSKI gab jedem, der ihm vorgestellt wurde, freundlich die Hand, ja er lachte sogar über John Kent Cookes Witze. Er erinnerte sich an die Namen aller Gäste und beantwortete jede ihm gestellte Frage mit einem Lächeln. „Die Amerikaner nennen das eine Charmeoffensive", hatte ihm Titow erklärt. Zerimskis Verhalten würde das Entsetzen der Gastgeber über das für den Abend geplante Ereignis nur noch erhöhen.

Nachdem alle Anwesenden vorgestellt waren, klopfte John Kent Cooke mit einem Löffel auf den Tisch. „Es tut mir leid, daß ich einen so erfreulichen Anlaß kurz unterbrechen muß, aber die Minuten verstreichen, und dies ist wahrscheinlich meine einzige Gelegenheit im Leben, zwei Präsidenten auf einmal zu instruieren." Seine Worte wurden mit leichtem Lachen quittiert. „Also, gehen wir es an." Er begann laut von einem Blatt Papier zu lesen.

„Um elf Uhr sechsunddreißig werde ich beide Herren Präsidenten auf das Feld führen. Dort werde ich den Präsidenten die zwei Mannschaftskapitäne, die Trainer und die Funktionäre vorstellen. Um elf Uhr einundvierzig wird sich jeder im Stadion der Westtribüne zuwenden, wo die Redskins-Band die russische Nationalhymne spielen wird und nach einer kurzen Unterbrechung die amerikanische. Danach werde ich beide Präsidenten vom Spielfeld führen und sie hierher zurückbegleiten, von wo aus hoffentlich jeder mit Vergnügen zusehen wird, wie die Washington Redskins die Green Bay Packers schlagen."

CONNOR blickte erneut auf seine Uhr: 11.17 Uhr. Er öffnete die Klapptür und stemmte sich aus dem winzigen engen Gelaß. Er sammelte erst einen Augenblick Kraft, bevor er die Beine auf den Stahlträger schwang und sich mit den Oberschenkeln daran festklammerte. Auch jetzt blickte er nicht in die Tiefe, während er vorsichtig die endlos scheinenden 13 Meter zum überdachten Gang zurückkroch.

Als er dort ankam, zog er sich am Geländer hinauf und machte einige Streckübungen. 11.27 Uhr. Er atmete tief ein, dann kehrte er rasch zum Wachraum des JumboTrons zurück und hielt nur flüchtig an, um sich nach der Coladose zu bücken, die er auf die Stufe gestellt hatte.

Er klopfte laut an die Tür. Ohne auf eine Aufforderung zu warten, öffnete er sie, marschierte hinein und brüllte über den Krach des Ventilators: „Ich bin's nur."

Arnie blickte von der oberen Ebene herunter, und seine Rechte rückte unwillkürlich zum Abzug seines Gewehrs. „Verschwinden Sie! Ich hab Ihnen doch gesagt, Sie sollen sich nicht blicken lassen, bis die Präsidenten das Feld verlassen haben."

„Tut mir leid", entschuldigte sich Connor. „Ich habe mich nur erinnert, wie heiß es hier wird, darum habe ich Ihnen eine Cola gebracht."

Er streckte die leere Dose hoch, und Arnie beugte sich hinunter, um mit der linken Hand danach zu greifen. Als seine Finger den Rand der Dose berührten, ließ Connor sie los, packte Arnie mit aller Kraft am Handgelenk und zog ihn zu sich herunter.

Arnie stieß einen grauenvollen Schrei aus, als er umkippte und kopfüber auf dem Stahlboden aufschlug, während sein Gewehr über den Boden schlitterte.

Connor fuhr herum und stürzte sich auf seinen Gegner, ehe dieser eine Chance hatte aufzustehen. Als Arnie den Kopf hob, landete Connor einen Kinnhaken, der seine Linke für einen Moment fast lähmte. Rasch griff er nach den Handschellen, die am Gürtel des Geheimdienstmannes hingen. Als Arnie aufzustehen versuchte, landete Connor einen weiteren Treffer, diesmal voll auf die Nase. Arnies Beine gaben nach, und er sackte auf den Boden.

Connor schlüpfte in Windeseile aus seiner Kleidung, die er in der Ecke auf einen Haufen warf. Dann zog er Arnie die Uniform aus. Als er sie anziehen wollte, mußte er leider feststellen, daß ihm die Schuhe zu klein waren und die Hose zu kurz. Also blieb ihm nichts anderes übrig, als die Socken hochzuziehen und wieder in seine Joggingschuhe zu schlüpfen, die glücklicherweise wenigstens schwarz waren. Bei dem entstehenden Durcheinander würde wohl kaum jemandem auffallen, daß ein Geheimagent mit nicht der Dienstordnung entsprechenden Schuhen herumlief.

Connor zog seine Krawatte aus dem Kleiderhaufen in der Ecke und band damit Arnies Fußgelenke zusammen. Dann richtete er den Bewußtlosen auf, schlang dessen Arme um einen Stahlträger und legte ihm die Handschellen um die Handgelenke. Schließlich ballte er ein Taschentuch zusammen und stopfte es Arnie in den Mund.

„Nimm's nicht persönlich", sagte Connor. Er griff nach Arnies Gewehr, einer M16. Damit würde er es schon schaffen. Rasch stieg er die Stufen zu dem Platz hinauf, an dem Arnie gesessen hatte, griff nach dem Fernglas und blickte hinunter auf die Menge.

Plötzlich vernahm er eine Stimme hinter sich: „Herkules drei."

Er riß das kleine Walkie-talkie vom Gürtel der Uniform. „Herkules drei. Ich höre."

„Ich dachte schon einen Moment, wir hätten Sie verloren, Arnie", sagte der Spezialagent Braithwaite. „Ist alles okay?"

„Jep", behauptete Connor. „Mußte bloß mal die Blase leeren und hab's nicht für angebracht gehalten, es über der Menge zu tun."

„Richtig." Braithwaite lachte. „Überwachen Sie Ihren Sektor weiter. Dauert nicht mehr lang, bis Rotstern und Wasserfall aufs Feld stolzieren."

„Mach ich", bestätigte Connor in Brooklyner Dialekt, dann wurde die Verbindung beendet.

11.34 Uhr. Jubel brach auf den Tribünen aus, als die Mannschaften aus den Tunnels am Südende des Stadions herauskamen und langsam zur Feldmitte liefen.

Connor hob Arnies Fernglas an die Augen und richtete es auf die Beleuchtungsmasten hoch über dem Stadion. Fast alle Agenten beobachteten nun die Menschenmenge und hielten Ausschau nach allem, was auch nur im geringsten auf Schwierigkeiten hindeuten könnte. Connors Blick blieb an dem jungen Brad hängen, der aussah, als wäre er dem siebten Himmel so nahe wie noch nie.

Connor wandte das Fernglas der 50-Yard-Linie zu. Die beiden Mannschaftskapitäne standen einander nun gegenüber.

11.36 Uhr. Erneute Begeisterung brandete auf, als John Kent Cooke die beiden Präsidenten stolz auf das Spielfeld hinausführte. Zwölf Agenten, die fast genauso breitschultrig waren wie die Spieler, begleiteten sie. Ein Blick genügte Connor, um zu erkennen, daß sowohl Zerimski als auch Lawrence kugelsichere Westen trugen.

Als die Mannschaften den Präsidenten vorgestellt wurden, vergewisserte sich Connor, daß die Waffe schußbereit war, voll geladen, entsichert und mit gespanntem Hahn. Das beim Durchladen entstandene Geräusch hatte eine Wirkung wie der Knall einer Startpistole auf ihn, und er spürte plötzlich, daß sich sein Herzschlag fast auf das Doppelte beschleunigte.

11.41 Uhr. John Kent Cooke flüsterte Lawrence etwas ins Ohr. Der amerikanische Präsident nickte und führte Zerimski zu einem Grasstreifen zwischen den beiden Mannschaften.

„Meine Damen und Herren", erschallte eine Stimme über die Lautsprecher. „Bitte erheben Sie sich für die Nationalhymne der Russischen Republik."

Das Klappern der Sitze hallte laut durch das Stadion, als sich die Zuschauer von ihren Plätzen erhoben. Unruhig hörte sich die Menge eine Melodie an, die die wenigsten je zuvor vernommen hatten.

Connor hatte die russische Nationalhymne schon viele Male stehend über sich ergehen lassen und dabei festgestellt, daß nur wenige Musikkapellen außerhalb Rußlands wußten, in welchem Tempo und mit wie vielen Strophen sie gespielt werden sollte. Deshalb hatte er sich entschlossen, auf das „Star-Spangled Banner" zu warten, die amerikanische Nationalhymne, bevor er seine einzige Chance nutzte.

Als die russische Hymne zu Ende war, begannen sich die Spieler zur Nervenberuhigung zu strecken und auf dem Fleck zu joggen. Connor wartete, daß der Dirigent seinen Taktstock wieder schwang, denn das wäre sein Zeichen, Zerimski ins Visier zu nehmen. Das Banner der Redskins hing schlaff herab, also ging momentan so gut wie kein Wind.

Da hob der Dirigent seinen Taktstock zum zweitenmal. Connor schob den Lauf ein Stück durch den Spalt zwischen der dreieckigen Werbetafel und dem Videoschirm und nutzte einen Holzrahmen als Stütze. Er schweifte mit dem Zielfernrohr über das Feld, bis das Fadenkreuz exakt auf Zerimskis Hinterkopf positioniert war.

Die ersten Takte der amerikanischen Hymne erklangen. Connor atmete aus. Drei… zwei… eins. Er drückte auf den Abzug, gerade als Tom Lawrence den rechten Arm vor die Brust schlug und seine Hand über dem Herzen zu ruhen kam. Durch diese plötzliche Bewegung abgelenkt, blickte Zerimski nach links – und die Kugel flog an seinem rechten Ohr vorbei. 78000 unbeirrte Stimmen verrieten, daß niemand etwas bemerkt oder den weichen Aufschlag der Kugel im Gras hinter der 50-Yard-Linie gehört hatte.

Brad, der flach auf dem Bauch auf der Beleuchtungsplattform hoch über der VIP-Loge lag, starrte durch ein Fernglas angespannt hinunter auf die Menge. Seine Augen kamen auf dem JumboTron zu ruhen. Den riesigen Schirm dominierte ein überlebensgroßer Präsident Lawrence, der die Hand aufs Herz drückte und aus voller Kehle die Nationalhymne sang.

Brads Blick wanderte weiter. Plötzlich fuhr er zusammen. In der Lücke zwischen der dreieckigen Werbetafel und dem Videoschirm meinte er etwas bemerkt zu haben. Er konzentrierte sich darauf und sah jetzt, daß es der Lauf eines Gewehrs war, das direkt auf die Mitte des Feldes gerichtet war, und zwar genau von der Stelle aus, wo zuvor Arnie durch sein Fernglas gespäht hatte. Er betätigte die Scharfeinstellung und starrte nun auf ein Gesicht, das er Stunden zuvor erstmals gesehen hatte. Er zögerte nicht.

„Deckung und evakuieren! Gewehr!“ brüllte er.

Brad rief es mit solcher Dringlichkeit und Autorität, daß Braithwaite und zwei seiner Scharfschützenkameraden sofort ihre Ferngläser zum JumboTron herumschwangen. Sekundenschnell hatten sie Connor im Visier.

„Entspann dich“, murmelte Connor vor sich hin. „Du hast reichlich Zeit.“ Zerimskis Kopf füllte wieder sein Zielfernrohr. Connor richtete das Fadenkreuz darauf aus und atmete tief. Drei … zwei …

Braithwaites Kugel schlug in Connors linke Schulter und schmetterte ihn rückwärts, gerade in dem Augenblick als die Nationalhymne endete.

28 Jahre Training hatten Connor auf diesen Moment vorbereitet. Alles in ihm schrie danach, die Flucht zu ergreifen. Mit aller Kraft bemühte er sich, den ungeheuren Schmerz in seiner Schulter zu ignorieren. Er wankte zur Tür, schaltete das Licht aus und mühte sich den überdachten Gang entlang. Er versuchte zur Tür am anderen Ende zu rennen, mußte aber erkennen, daß er bereits seine ganze Kraft brauchte, um sich überhaupt nur weiterzuschleppen. Vierzig Sekunden später erreichte er endlich die Tür. Er hörte brandenden Jubel, als sich die Redskins auf den Anstoß vorbereiteten.

Connor schloß die Tür auf, taumelte zum Speisenaufzug und drückte mehrmals auf den Knopf. Der Schmerz in seiner Schulter wurde immer schlimmer, aber er wußte, daß er nichts dagegen tun konnte. Der Aufzug würde noch etwa 15 Sekunden brauchen, bis er bei Connor ankam. Doch in diesem Augenblick hielt der Aufzug abrupt an. Irgend jemand schien etwas auf der fünften Ebene ein- oder auszuladen.

Connors instinktive Reaktion war, zu seinem Notplan überzugehen. Das hatte er noch nie zuvor tun müssen. Er wußte, daß er hier nicht warten konnte. Denn wenn er noch länger als ein paar Sekunden an diesem Ort blieb, würde ihn unweigerlich jemand entdecken.

Er plagte sich, so schnell er es schaffte, zur Tür zurück, die zum Gang und zum JumboTron führte, schlüpfte hindurch und ließ sie unverschlossen. Er brauchte seine ganze Willenskraft, den siebzig Meter langen Weg über den Gang zurückzulegen, aber er zweifelte nicht daran, daß die Geheimagenten der mobilen Sicherheitseinheiten in wenigen Augenblicken durch die Tür hinter ihm stürmen würden.

Genau 24 Sekunden später erreichte er den massiven Stahlträger, der die Bildschirmwand trug. Er faßte das Geländer mit der Rechten und zog sich im selben Moment über den Rand des Ganges auf den Träger, als die Korridortür aufschwang. Connor rutschte nach hinten unter den Gang und hörte, wie zwei Fußpaare über ihn hinweg zur Tür des JumboTrons liefen. Durch eine Ritze im Boden des Gangs sah er, wie ein Agent mit einer Pistole die Tür aufschob. Ehe er hindurchtrat, tastete er nach dem Lichtschalter.

Connor wartete, bis das Licht anging und die zwei Agenten im JumboTron verschwanden, bevor er den 13 Meter langen Träger zum drittenmal an diesem Tag entlangzukriechen begann. Doch jetzt konnte er sich nur mit der Rechten festhalten, wodurch er noch langsamer vorwärts kam. Außerdem mußte er darauf achten, daß das aus seiner linken Schulter sickernde Blut die fünfzig Meter zum Erdboden hinuntertropfte und nicht auf den Träger, wo jeder es sehen konnte.

Als der vordere Geheimagent das JumboTron betrat, sah er als erstes den mit Handschellen an den Stahlträger gefesselten Arnie. Er nahm seinem Kollegen die Handschellen ab und legte ihn behutsam auf den Boden, als plötzlich eine Nachricht über sein Funkgerät kam.

„Herkules sieben."

„Hier Herkules sieben. Sprechen Sie."

„Irgendeine Spur von ihm?" erkundigte sich Braithwaite.

„Es ist niemand hier, außer Arnie, der in seiner Unterwäsche an einen Träger gefesselt war. Beide Türen waren unverschlossen, wir entdeckten auch Blutstropfen auf dem Boden. Sie haben ihn also zweifellos erwischt. Er muß irgendwo da draußen sein. Er trägt Arnies Uniform, dürfte also leicht zu erkennen sein."

„Darauf würde ich nicht wetten", entgegnete Braithwaite. „Wenn er der ist, für den ich ihn halte, könnte er sich unerkannt direkt vor Ihrer Nase befinden."

9

Drei Männer saßen im Oval Office und hörten sich die Bandaufnahme an. Zwei waren im Abendanzug, der dritte trug Uniform.

„Wie haben Sie sie gefunden?" erkundigte sich Lawrence.

„Sie war in der hinteren Tasche der Jeans, die Fitzgerald im JumboTron zurückließ", antwortete Spezialagent Bill Braithwaite.

„Wie viele wissen von dem Ereignis im Stadion?" fragte Lloyd und bemühte sich, nicht zu besorgt zu klingen.

„Außer mir nur noch fünf weitere Personen, aber auf ihre Verschwiegenheit können Sie sich absolut verlassen. Vier von ihnen sind seit mindestens zehn Jahren meine unmittelbaren Untergebenen, und der fünfte ist ein junger Student, dessen Gesuch, beim Geheimdienst aufgenommen zu werden, bereits auf meinem Schreibtisch liegt", beschwichtigte ihn Braithwaite. „Ich glaube, er würde gern in meine Abteilung versetzt werden, sobald seine Ausbildung beendet ist."

Der Präsident lächelte. Er erhob sich, drehte sich um und starrte aus dem Erkerfenster. Draußen dämmerte es bereits.

„Es ist wichtig, daß Ihnen etwas bewußt ist, Bill", sagte er schließlich. „Die Stimme auf dem Band hört sich wirklich wie meine an, aber ich habe nie zu irgend jemandem und zu keinem Zeitpunkt auch nur angedeutet, daß Zerimski oder sonst irgendwer einem Attentat zum Opfer fallen sollte."

„Daran habe ich keine Sekunde gezweifelt, Mr. President, sonst wäre ich jetzt nicht hier. Aber ich muß genauso offen zu Ihnen sein. Wenn jemand im Geheimdienst geahnt hätte, daß der Mann im JumboTron Fitzgerald war, hätten sie ihm wahrscheinlich zur Flucht verholfen."

„Was ist das für ein Mann, der sich auf die bedingungslose Loyalität so vieler Menschen verlassen kann?" fragte Lawrence interessiert.

„In Ihrer Welt, vermute ich, wäre es Abraham Lincoln", antwortete Braithwaite. „In unserer ist es Connor Fitzgerald."

„Ich hätte ihn gern kennengelernt."

„Das dürfte sich als schwierig erweisen, Sir. Selbst wenn er noch lebt, scheint er doch wie vom Erdboden verschwunden zu sein."

„Mr. President", schaltete sich Lloyd ein. „Sie sind bereits sieben Minuten zu spät für das Bankett in der russischen Botschaft."

Lawrence reichte Braithwaite die Hand und lächelte trocken. „Ich nehme an, Sie werden heute abend wieder im Dienst sein."

„Jawohl, Sir, ich bin für den gesamten Zeitraum von Präsident Zerimskis Besuch eingeteilt."

„Dann sehe ich Sie vielleicht später noch, Bill. Falls Sie irgend etwas Neues über Fitzgerald erfahren, würde ich es gern umgehend hören."

„Selbstverständlich, Sir", versicherte ihm Braithwaite und wandte sich zum Gehen.

Wenige Minuten später begaben sich Lawrence und Lloyd zum Südportikus, wo neun Limousinen bereitstanden. Kaum war der Präsident in die sechste eingestiegen, fragte er seinen Stabschef: „Was meinen Sie, wo er ist, Andy?"

„Ich habe keine Ahnung, aber wenn ich es wüßte, würde ich mich vielleicht Braithwaites Team anschließen und ihm helfen zu entkommen."

Lawrence schaute aus dem Rückfenster. Etwas machte ihm zu schaffen, seit er das Stadion verlassen hatte, aber als die Motorradeskorte durch das Tor der russischen Botschaft ratterte, wußte er noch immer nicht, was es war.

„Warum blickt er so verärgert drein?" wunderte sich Lawrence, als er Zerimski vor dem Botschaftsgebäude auf und ab gehen sah.

Lloyd warf einen Blick auf die Uhr. „Wir sind siebzehn Minuten zu spät dran."

„Das ist wohl kaum der Rede wert. Der Kerl hat verdammtes Glück, daß er noch lebt", fand Lawrence.

Der Konvoi kam zum Stillstand, und Lawrence stieg aus, um seinen Gastgeber zu begrüßen: „Hallo, Viktor. Verzeihen Sie, wir haben leider ein paar Minuten Verspätung."

Zerimski bemühte sich nicht im geringsten, seine Ungehaltenheit zu verbergen. Nachdem er seinem Ehrengast kühl die Hand geschüttelt hatte, führte er ihn schweigend in die Botschaft. Immer noch wortlos betraten sie den Ballsaal, wo er dem Präsidenten der Vereinigten Staaten den ägyptischen Botschafter vorstellte, der ihn für die Ausstellung ägyptischer Artefakte zu begeistern versuchte, die vor kurzem im Smithsonian Museum eröffnet worden war.

Kurz darauf erschallte ein Gong, und ein Butler verkündete, daß das Abendessen nun aufgetragen werde. Lawrence hatte seinen Platz zwischen Frau Pietrowski, der Frau des russischen Botschafters, und Juri Olgivic, dem neuernannten Leiter der russischen Handelsdelegation, der offenbar nicht ein Wort Englisch sprach.

„Konnten Sie dem Footballspiel folgen?" erkundigte sich Lawrence.

„Nicht ganz", gestand die Botschaftergattin. „Aber ich hatte das Glück, neben einem Herrn namens Pug Washer zu sitzen, dem es sichtlich nichts ausmachte, auch meine elementarsten Fragen zu beantworten."

Der Präsident legte den Löffel zur Seite, bevor er die Suppe hatte kosten können. Er blickte über die Tafel auf Andy Lloyd und stützte kurz eine Faust unter das Kinn – ihr verabredetes Zeichen, wenn er dringend mit ihm sprechen wollte.

Lloyd ging sofort hinüber zur Seite des Präsidenten.

„Ich muß sofort mit Braithwaite sprechen", flüsterte Lawrence. „Sagen Sie ihm, falls Fitzgerald noch im Stadion ist, gibt es einen Mann, der weiß, wo er sich aufhalten könnte. Finden Sie Pug Washer, ich glaube, dann werden Sie auch Fitzgerald finden."

ALS ZERIMSKI sich schließlich für die Ansprache an seine Gäste erhob, hätten sich selbst seine glühendsten Bewunderer schwergetan, seine Bemühungen als mehr als oberflächlich zu bezeichnen.

Lawrence erwartete, daß Zerimski seine Botschaft des vergangenen Tages an den Kongreß noch verschärfen würde, aber er sagte nichts Entsprechendes und hielt sich an den abgemilderten Entwurf, von dem er nachmittags eine Kopie ans Weiße Haus gesandt hatte.

„Lassen Sie mich damit enden, dem Volk der Vereinigten Staaten für seine großzügige Gastfreundschaft und die herzliche Begrüßung zu danken, die mir in Ihrem großartigen Land zuteil wurde, vor allem von Ihrem Präsidenten Tom Lawrence."

Der darauf folgende Applaus war laut und anhaltend. Zerimski stand fast reglos und starrte hinauf zur Lenin-Statue. Er wartete auf das Ende des Beifalls, ehe er sich wieder setzte. Er sah absolut nicht erfreut aus, was Lawrence erstaunte, denn der Applaus war viel größer gewesen, als Zerimski es verdient hatte.

Jetzt erhob sich der amerikanische Präsident. Seine Rede, die genausowenig tiefschürfend war, wurde mit respektvollem Beifall gewürdigt, der sich jedoch nicht mit dem für Zerimski messen konnte.

Nach dem Kaffee erhob sich Zerimski von seinem Platz und ging zu der Flügeltür an der hinteren Seite des Saales. Gleich darauf begann er mit lauter Stimme „Gute Nacht!" zu sagen, und es war unmißverständlich, daß er seine Gäste so schnell wie möglich aus dem Haus haben wollte.

Kaum hatte Lawrence die Flügeltür erreicht, nickte Zerimski ihm knapp zu und begleitete ihn die Treppe zum Erdgeschoß hinunter. Am Fuß der Treppe drehte sich Lawrence um, um seinem Gastgeber zuzuwinken, aber Zerimski war bereits in der Botschaft verschwunden. Hätte er sich die Mühe gemacht, Lawrence vor die Eingangstür zu begleiten, würde er Braithwaite gesehen haben, der gerade in den Fond von Lawrence' Limousine stieg.

Braithwaite redete erst, nachdem die Tür geschlossen war. „Sie hatten recht, Sir", sagte er, während sie durch das Tor der Botschaft fuhren.

DIE ERSTE Person, die Zerimski bei seiner Rückkehr ins Haus sah, war der Botschafter. Seine Exzellenz lächelte hoffnungsvoll.

Zerimski konnte seine Wut keine Sekunde mehr zügeln. „Ist Romanow noch im Gebäude?"

„Ja, Herr Präsident", antwortete der Botschafter. „Er war …"

„Bringen Sie ihn sofort zu mir. Ich warte in Ihrem Arbeitszimmer."

Pietrowski eilte sofort in die entgegengesetzte Richtung.

Zerimski marschierte durch den langen Korridor und verlangsamte kaum seinen Schritt, als er die Tür zum Arbeitszimmer heftig aufstieß. Als erstes sah er das Gewehr, das noch auf dem Schreibtisch lag. Er ließ sich in den Ledersessel des Botschafters fallen. Ungeduldig wartete er auf die beiden Männer, dabei griff er nach dem Gewehr. Er vergewisserte sich, daß die einsame Kugel noch in der Kammer lag. Als er es an die Schulter hob, spürte er die perfekte Balance der Waffe, und er verstand zum erstenmal, weshalb Fitzgerald bereit gewesen war, für ein fast identisches Gewehr durch halb Amerika zu fliegen.

Jetzt bemerkte er, daß der Bolzen wieder eingesetzt worden war.

Zerimski hörte die beiden Männer durch den Marmorkorridor herbeieilen. Kurz bevor sie das Arbeitszimmer erreichten, senkte er das Gewehr auf seinen Schoß.

Sie stürmten fast in das Zimmer. Zerimski deutete barsch auf die beiden Stühle ihm gegenüber am Schreibtisch.

„Wo war Fitzgerald?“ fragte er Romanow zornig, noch ehe dieser sich gesetzt hatte. „Sie haben mir versichert, daß nichts schiefgehen würde.“

„Als meine Männer ihn am Morgen in die Stadt begleiteten, sah sich der Fahrer gezwungen, bei einer Ampel anzuhalten. Fitzgerald sprang aus dem Wagen und in ein vorüberkommendes Taxi. Sie verfolgten es den ganzen Weg zum Dulles-Flughafen, stellten aber, als sie es am Eingang eingeholt hatten, fest, daß Fitzgerald gar nicht darin saß.“

„Tatsache ist, daß Sie ihm zu entkommen erlaubten“, faßte Zerimski zusammen.

Romanow senkte den Kopf und schwieg.

„Ich hörte, daß Sie in der Mafya einen Ehrenkodex haben“ – die Stimme des Präsidenten war zum Flüstern geworden – „für alle, die sich nicht an ihre Verträge halten.“

Romanow blickte entsetzt auf, als Zerimski das Gewehr hob, lächelte und langsam abdrückte. Die Kugel bohrte sich etwa zwei Zentimeter über Romanows Herz in die Brust. Die Wucht des Aufpralls schmetterte den geschmeidigen Körper an die Wand, wo er etwa eine Sekunde haftenzubleiben schien, ehe er auf den Teppich sank.

Zerimski schwang sich langsam herum, bis er seinem Vertreter in Washington gegenübersaß. „Nein! Nein!“ flehte Pietrowski und fiel auf die Knie. „Ich verzichte auf mein Amt.“

Zerimski betätigte ein zweites Mal den Abzug, doch als er das Klicken vernahm, erinnerte er sich, daß nur eine einzige Kugel in der Kammer gewesen war. Mit sichtlicher Enttäuschung erhob er sich und legte das Gewehr auf den Schreibtisch zurück. „Ich nehme Ihren Rücktritt an. Doch ehe Sie Ihr Arbeitszimmer räumen, sorgen Sie dafür, daß Romanows Leiche zusammengepackt und zurück nach Sankt Petersburg gesandt wird.“ Er ging eilig zur Tür. „Aber beeilen Sie sich – ich möchte dort sein, wenn er zusammen mit seinem Vater beerdigt wird.“

Pietrowski hatte zu große Angst, den Mund auch nur zu öffnen.

ALS ZERIMSKI die Stufen zu der wartenden Iljuschin 62 hinaufstieg, fiel der Schnee in dichten Flocken. Er verschwand durch die Tür, ohne sich noch einmal umzudrehen und den Kameras zuzuwinken, wie es üblich war.

Lawrence war der erste, der der abfliegenden Maschine den Rücken zuwandte, während sie die Rollbahn entlangfuhr. Er schritt rasch hinüber zu dem wartenden Hubschrauber, in dem Andy Lloyd bereits telefonierte. Sobald sich die Rotoren drehten, beendete er das Gespräch und beugte sich hinüber zum Präsidenten, um ihm vom Ausgang der Notoperation zu berichten, die früh am Morgen im Walter-Reed-Hospital vorgenommen worden war. Lawrence nickte, als sein Stabschef ihm berichtete, welche weiteren Schritte Agent Bill Braithwaite vorschlug. „Ich werde Mrs. Fitzgerald persönlich anrufen", hatte er sich erboten.

Die beiden Männer bereiteten während des restlichen kurzen Flugs das Treffen vor, das gleich im Oval Office stattfinden sollte. Der Hubschrauber des Präsidenten landete auf dem Südrasen, und keiner sprach mehr ein Wort, bis sie im Weißen Haus waren.

„Guten Morgen, Ruth", grüßte der Präsident seine Sekretärin. Beide waren sie fast die ganze Nacht aufgewesen.

„Die beiden für zehn Uhr bestellten Herrschaften warten seit vierzig Minuten im Foyer", teilte Ruth ihm mit.

„Ach wirklich? Dann sollten Sie sie vielleicht hereinbitten."

Der Präsident schritt ins Oval Office, öffnete eine Schreibtischschublade und holte zwei Blatt Papier heraus sowie eine Kassette, die er in den Rekorder vor sich schob. Andy Lloyd kam soeben mit zwei Ordnern unter dem Arm in sein Büro. Wie üblich nahm er neben dem Präsidenten Platz.

Auf das Klopfen an der Tür hin öffnete Ruth und meldete: „Die Direktorin und der stellvertretende Direktor der CIA."

„Guten Morgen, Mr. President", grüßte Helen Dexter frisch und munter, als sie mit ihrem Stellvertreter ins Oval Office trat. „Sie werden erleichtert sein zu erfahren", fuhr sie ohne Unterbrechung fort und setzte sich unaufgefordert auf einen der Stühle, „daß ich das Problem beseitigen konnte, von dem wir befürchteten, es könnte sich während des Besuchs des russischen Präsidenten ergeben. Tatsächlich haben wir allen Grund zu der Annahme, daß die in Frage kommende Person keine Gefahr mehr für dieses Land darstellt."

„Könnte es sich dabei etwa um dieselbe Person handeln, mit der ich vor wenigen Wochen ein Telefongespräch führte?“ erkundigte sich Lawrence. Er lehnte sich in seinem Sessel zurück.

„Ich bin nicht sicher, daß ich Sie verstehe, Mr. President“, sagte Dexter.

„Dann gestatten Sie mir, Ihnen einen Gesprächsmitschnitt vorzuspielen.“ Er beugte sich vor und schaltete den Kassettenrekorder ein.

> „Ich hielt es für angebracht, Sie anzurufen, um Sie wissen zu lassen, für wie wichtig ich diesen Auftrag halte. Weil Sie zweifellos der Richtige dafür sind.“
> „Ich weiß Ihr Vertrauen in mich zu schätzen, Mr. President.“

Lawrence drückte auf die STOP-Taste. „Zweifellos haben Sie eine simple Erklärung dafür, warum und wie es zu diesem Gespräch gekommen ist“, mutmaßte er. „Denn es stammt nicht von mir.“

„Wollen Sie die CIA beschuldigen …“

„Ich beschuldige keineswegs die CIA, sondern Sie persönlich.“

„Mr. President, wenn das Ihre Vorstellung von einem Scherz sein sollte …“

„Sehe ich aus, als lachte ich?“ fragte der Präsident, ehe er den Rekorder weiterlaufen ließ.

> „Ich fand, das war das mindeste, was ich unter diesen Umständen tun konnte.“
> „Danke, Mr. President. Obwohl Mr. Gutenburg mir versicherte, daß es in Ihrem Namen ist, sah ich mich außerstande, den Auftrag zu übernehmen, bevor ich sicher sein konnte, daß der Befehl direkt von Ihnen kommt.“

Der Präsident beugte sich wieder vor und schaltete erneut aus. „Da ist noch mehr, wenn Sie es hören möchten.“

„Ich kann Ihnen versichern“, verteidigte sich Dexter, „daß der Auftrag, auf den Fitzgerald hinwies, reine Routine war.“

„Sie wollen mir doch nicht weismachen, daß die CIA einen Anschlag auf den russischen Präsidenten als Routineauftrag bezeichnet?“ fragte Lawrence kopfschüttelnd.

„Wir hatten nie Zerimskis Tod im Auge“, konterte Dexter scharf.

„Nur daß ein Unschuldiger dafür hängen sollte!“ sagte ihr der Präsident auf den Kopf zu. Eine längere Pause entstand, bevor er hinzufügte: „Und damit jeder Zweifel beseitigt würde, daß ebenfalls Sie es waren, die den Anschlag auf Guzman befahl."

„Mr. President, ich kann Ihnen versichern, daß die CIA nichts mit ..."

„Das ist nicht das, was uns Connor Fitzgerald heute morgen berichtet hat", unterbrach Lawrence sie.

Dexter schwieg.

„Vielleicht möchten Sie die eidesstattliche Erklärung lesen, die er in Anwesenheit des Justizministers ablegte."

Andy Lloyd schlug den ersten seiner beiden Ordner auf und reichte Dexter und Gutenburg je eine Kopie der Aussage, die Connor Fitzgerald unter Eid geleistet hatte und die vom Justizminister der Vereinigten Staaten als Zeuge unterschrieben worden war.

„Auf Anraten des Justizministers habe ich den bevollmächtigten Spezialagenten beauftragt, Sie beide wegen Hochverrats zu verhaften. Wenn Sie für schuldig befunden werden, kann es, wie man mir beteuert hat, nur eine Strafe für Sie geben."

Dexter hatte die Lippen zusammengepreßt. Ihr Stellvertreter zitterte jetzt sichtlich.

Lawrence wandte sich an ihn. „Möglicherweise wußten Sie ja gar nicht, Nick, daß die Direktorin überhaupt keine Sondergenehmigung hatte, einen solchen Auftrag zu erteilen."

„Das wußte ich wirklich nicht, Sir", platzte Gutenburg heraus.

„Dachte ich mir doch, daß Sie das sagen würden, Nick." Der Präsident lächelte. „Und wenn Sie glauben, dieses Dokument unterschreiben zu können", er schob ein Blatt Papier über den Schreibtisch, „so ließ der Justizminister durchblicken, wäre es möglich, die Todesstrafe in lebenslängliche Haft umzuwandeln."

„Was immer es ist, unterschreiben Sie es nicht!" befahl Dexter.

Gutenburg zögerte einen Moment, dann holte er einen Füllfederhalter aus seiner Brusttasche und unterschrieb sein Rücktrittsgesuch als stellvertretender Direktor der CIA.

Dexter funkelte ihn mit unverhohlener Verachtung an, ehe sie sich zum Präsidenten umdrehte. „Ich werde gar nichts unterschreiben, Mr. President. Sie hätten inzwischen selbst erkennen müssen, daß ich nicht leicht einzuschüchtern bin."

„Ich bedauere, Helen, daß Sie sich nicht imstande sehen, ebenso ehrenhaft zu handeln wie Nick", sagte Lawrence. „Sobald Sie dieses

Zimmer verlassen, werden Sie feststellen, daß zwei Agenten des Geheimdienstes vor der Tür warten, um Sie zu verhaften."

„Mich bluffen Sie nicht, Lawrence." Dexter stand auf.

„Mr. Gutenburg", sagte Lloyd, während Helen Dexter zur Tür ging und das nicht unterschriebene Dokument auf dem Schreibtisch liegenließ, „ich halte lebenslänglich, ohne Hoffnung auf Begnadigung, unter diesen Umständen für einen hohen Preis. Vor allem, da man Sie offenbar hereingelegt hat und Sie nicht wußten, was vorging. Ich halte eine Strafe von sechs, vielleicht höchstens sieben Jahren in Ihrem Fall für angemessener. Aber dazu müßten Sie sich natürlich einverstanden erklären…"

„Ich tue alles. Alles!" sprudelte Gutenburg heraus.

„… sich als Zeuge der Anklage zur Verfügung zu stellen."

Wieder nickte Gutenburg, und Lloyd holte eine weitere eidesstattliche Erklärung aus dem anderen Ordner auf seinem Schoß. Der ehemalige stellvertretende Direktor der CIA überflog das Dokument lediglich, ehe er seine Unterschrift auf die zweite Seite setzte.

Die Direktorin legte eine Hand auf den Türknauf, zögerte jedoch eine Zeitlang. Dann schritt sie langsam zum Schreibtisch zurück. Noch einmal bedachte sie ihren ehemaligen Stellvertreter mit einem Blick tiefster Verachtung, ehe sie nach dem Federhalter griff und ihr eigenes Rücktrittsgesuch unterzeichnete.

„Sie sind ein Dummkopf, Gutenburg", höhnte sie abfällig. „Sie hätten es nie gewagt, Fitzgerald in den Zeugenstand zu rufen. Jeder nur halbwegs intelligente Anwalt hätte seine Aussage zerpflückt." Wieder machte sie kehrt, um das Zimmer zu verlassen.

„Helen hat völlig recht." Lawrence griff nach den Dokumenten und reichte sie Lloyd. „Wäre der Fall je vor Gericht gekommen, hätten wir Fitzgerald tatsächlich nicht als Zeugen benennen können."

Dexter hielt ein zweites Mal inne.

„Bedauerlicherweise", fuhr der Präsident fort, „muß ich bekanntgeben, daß Connor Fitzgerald heute morgen um sieben Uhr dreiundvierzig verschied."

DER TRAUERZUG setzte seinen Weg über die Hügelkuppe fort. Auf dem Arlington-Nationalfriedhof drängten sich die Menschen dicht an dicht, und das für einen Mann, der nie öffentliche Anerkennung gesucht hatte. Der Präsident der Vereinigten Staaten stand mit dem Stabschef des Weißen Hauses und dem Justizminister an einer Seite des Grabes. Ihnen gegenüber stand Maggie Fitzgerald, rechts von ihr ihre Tochter und links ihr zukünftiger Schwiegersohn.

Die drei waren zwei Tage nach einem persönlichen Anruf des US-Präsidenten von Sydney hierhergeflogen. Die große Menschenmenge ließ Maggie Fitzgerald keine Zweifel, wie viele Freunde und Bewunderer Connor zurückgelassen hatte.

Der Trauerzug hielt ein paar Meter vom Grab entfernt. Die acht Männer der Ehrenwache hoben den Sarg von der Lafette auf die Schultern und marschierten gemessen zum Grab. Der Sarg war mit der amerikanischen Fahne bedeckt, und darauf lagen Connors Auszeichnungen, die Tapferkeitsmedaille in der Mitte.

Als die Träger das Grab erreichten, ließen sie den Sarg hinab.

Pater Graham, seit über dreißig Jahren der Pfarrer der Familie Fitzgerald, schlug das Kreuzzeichen, bückte sich und hob eine Handvoll Erde auf, die er auf den Sarg streute. „Asche zu Asche, Staub zu Staub", sagte er, während ein Marinehornist den Zapfenstreich blies. Die Ehrenwache faltete nun die Fahne, bis sie ein ordentliches Dreieck in den Händen des jüngsten Kadetten abgab. Normalerweise würde er sie der Witwe mit den Worten gebracht haben: „Ma'am, im Namen des Präsidenten." Aber nicht heute. Heute marschierte er in eine andere Richtung. Sieben Marinesoldaten zielten mit ihren Gewehren in die Luft und feuerten einen 21-Schuß-Salut, als der junge Kadett vor dem Präsidenten der Vereinigten Staaten strammstand und die Fahne übergab.

Tom Lawrence nahm sie entgegen, ging gemessenen Schrittes auf die andere Seite des Grabes und blieb vor Maggie stehen. „Im Namen einer dankbaren Nation übergebe ich Ihnen die Fahne der Republik. Sie sind umgeben von Freunden, die Ihren Gatten gut kannten. Ich wünschte, mir wäre dieses Privileg zuteil geworden." Der Präsident verbeugte sich und ging zur anderen Grabseite zurück. Als die Marinekapelle die Nationalhymne spielte, legte er die Rechte auf sein Herz.

Zwei Männer, die während der gesamten Trauerfeier auf der Hügelkuppe gestanden hatten, waren am Vortag aus Rußland eingeflogen. Sie waren nicht gekommen, um zu trauern. Sie würden mit dem Nachtflug zurückkehren und berichten, daß ihre Dienste nicht mehr erforderlich waren.

Air Force One war von Panzern umgeben, als der Präsident der Vereinigten Staaten auf dem Moskauer Flugplatz landete.

Präsident Zerimski ließ keinen Zweifel daran, daß er wenig Interesse hatte, Tom Lawrence eine Chance zu geben, seinen Landsleuten zu Hause Bilder von sich in dieser Umgebung zu zeigen. Als Lawrence mit grimmigem Gesicht die Stufen des Flugzeugs hinunterstieg, sah er zur Begrüßung Marschall Borodin im Gefechtsturm eines Panzers.

Bei dem am Vormittag stattfindenden Treffen der beiden Präsidenten im Kreml verlangte Präsident Zerimski, daß die Patrouilleneinheiten der NATO-Streitkräfte sofort von der Westgrenze Rußlands abziehen sollten.

Nach der schweren Niederlage seiner Gesetzesvorlage zur Abrüstung ist es Präsident Lawrence aber natürlich klar, daß er es sich nicht leisten kann, die Rolle der NATO in Europa auch nur im geringsten zu schwächen, schon gar nicht, da die neu gewählte Senatorin Helen Dexter bei jeder Gelegenheit von ihm als „dem roten Handlanger" spricht.

Seit Helen Dexter im vergangenen Jahr als Direktorin der CIA zurücktrat, um sich vehementer gegen „die fehlgeleitete Außenpolitik des Präsidenten stellen zu können", spricht man im Kapitol bereits von ihr als der möglichen zukünftigen ersten Präsidentin der Vereinigten Staaten.

Stuart blickte von der Titelseite des *Sydney Morning Herald* auf, als Maggie in Jeans und Pullover in die Küche trat.

„Guten Morgen, Stuart", grüßte sie. „Irgendwas Interessantes in der heutigen Zeitung?"

„Zerimski versucht immer noch, bei jeder möglichen und unmöglichen Gelegenheit den Stärkeren hervorzukehren", antwortete Stuart. „Und euer Präsident muß gute Miene zum bösen Spiel machen."

„Zerimski würde eine Atombombe auf das Weiße Haus werfen, wenn er glaubte, er käme damit durch", sagte Maggie im Brustton der Überzeugung. „Erfreulichere Neuigkeiten hast du für einen Samstagmorgen nicht?"

„Der Premierminister hat den Wahltermin für unseren ersten Präsidenten bekanntgegeben", sagte Stuart lachend, als seine Frau im Morgenmantel ebenfalls in die Küche kam.

„Guten Morgen", murmelte Tara verschlafen.

Maggie rutschte von ihrem Hocker und gab ihrer Tochter einen

Kuß auf die Wange. „Setz du dich gleich hierher, und iß diese Cornflakes, während ich dir ein Omelett backe. Du darfst wirklich nicht…“

„Mutter, ich bin schwanger und sieche nicht an Schwindsucht dahin!“ wehrte Tara ab. „Mir genügt eine Schale Cornflakes vollkommen.“

„Ich weiß, es ist ja nur…“

„… daß du nie aufhören kannst, dich um mich zu sorgen.“ Tara legte die Arme um die Schultern ihrer Mutter. „Was ist die Titelgeschichte heute morgen?“ Sie blickte Stuart an.

„Mein Fall im Strafgericht hat Schlagzeilen gemacht – auf Seite sechzehn.“

Ein dumpfer Schlag war im Flur zu hören. Stuart stand vom Tisch auf. „Ich hole die Post“, erbot er sich.

Er ging zum Briefkasten und begann, die Briefe zu sortieren. Die meisten von ihnen waren an ihn adressiert. Er schob Tara ein paar über den Tisch zu und reichte Maggie zwei. Seine Post legte er einstweilen zur Seite, um sich erst noch dem Sportteil des *Herald* zu widmen.

Maggie schenkte sich eine zweite Tasse Kaffee ein, ehe sie sich ihrer Post zuwandte. Beide Briefe trugen US-Briefmarken. Sie öffnete zunächst den amtlich aussehenden Umschlag.

Weder Tara noch Stuart machten eine Bemerkung darüber, als Maggie einen Scheck über 277 000 Dollar, vom Finanzminister unterschrieben, herauszog. VERSICHERUNG FÜR DEN TOD IHRES EHEMANNES WÄHREND EINES EINSATZES FÜR DIE CIA. Wie könnten sie je verstehen, daß nichts ihr den Verlust ihres Mannes leichter machte?

Rasch öffnete sie den zweiten Umschlag. Sie hatte ihn für zuletzt aufgehoben, da sie die alten Schreibmaschinentypen erkannte und genau wußte, von wem der Brief war.

Tara stupste Stuart. „Der alljährliche Liebesbrief von Dr. O'Casey, wenn ich mich nicht täusche“, flüsterte sie. „Ich muß zugeben, ich bin beeindruckt, daß es ihm gelungen ist, dich aufzuspüren.“

„Ich auch“, gestand Maggie lächelnd und öffnete den Umschlag.

„Großer Gott!“ entfuhr es Maggie, als sie den Brief zu Ende gelesen hatte. „Er hat eine Position als Leiter der mathematischen Fakultät der Universität von New South Wales angeboten bekommen und fliegt her, um mit dem Rektor zu sprechen, ehe er eine endgültige Entscheidung trifft.“ Sie ließ den Brief sinken.

„Könnte gar nicht besser laufen“, fand Tara. „Schließlich ist er Ire, sieht gut aus und hat dich immer angebetet. Und wie du uns regelmäßig erinnerst, ist es Dad nur gerade so gelungen, ihn überhaupt auszustechen."

Maggie schwieg eine ganze Weile. „Ich fürchte, daß es so nicht ganz stimmt, denn er hat zwar gut ausgesehen und war ein großartiger Tänzer, nur war er auch ein bißchen langweilig."

„Aber du hast mir doch immer gesagt..."

„Ich weiß, was ich dir gesagt habe", unterbrach Maggie sie. „Und du brauchst mich gar nicht so anzusehen."

„Mutter! Ganz abgesehen davon ist er längst..."

„Verrat uns doch, wann Dr. O'Casey in Australien ankommen wird", warf Stuart ein, um das Thema zu wechseln.

Maggie nahm den Brief wieder auf und las vor: „Ich komme am 15. an."

„Aber das ist ja heute!" rief Stuart. Er blickte auf seine Uhr. „Wann landet sein Flieger?"

„Zwanzig nach elf", antwortete Maggie.

„Wenn wir in zehn Minuten fahren, können wir vielleicht noch vor seiner Maschine am Flughafen sein. Du könntest ihn einladen, mit uns zu Mittag zu essen."

Tara blickte ihre Mutter an, die von dieser Idee offensichtlich gar nicht begeistert war. „Selbst wenn wir es schafften, würde er wahrscheinlich ablehnen", vermutete Maggie. „Er will sich bestimmt auf das morgige Treffen vorbereiten."

„Aber zumindest hast du es versucht", meinte Tara.

Maggie faltete den Brief zusammen und stand auf. „Du hast recht, Tara. Nach diesen vielen Jahren ist es das mindeste, was ich tun kann." Sie lächelte ihre Tochter an und verschwand nach oben.

Als Maggie zehn Minuten später nach unten kam, warteten Stuart und Tara bereits im Auto auf sie.

Als ihre Mutter einstieg, sagte Tara: „Ich kann es kaum erwarten, Declan kennenzulernen. Ich finde, sogar sein Name hat etwas Romantisches."

„Genauso ging es mir damals auch", gestand Maggie. „Aber es machte ihn trotzdem nicht interessanter."

„Wäre es nicht möglich", überlegte Tara, „daß sich Dr. O'Casey in all den Jahren zu einem amüsanten, handfesten und weltoffenen Burschen entwickelt hat?"

„Das bezweifle ich“, entgegnete Maggie. „Wahrscheinlich ist er eher zu einem schrulligen, runzligen Tatterich geworden.“

Als sie am Flughafen ankamen, beschlich Maggie ein ungutes Gefühl, weil sie nun ihren alten Tanzpartner nach so vielen Jahren wiedersehen sollte.

„Möchtest du, daß ich mitkomme, Mom?“ fragte Tara.

„Nein, danke“, lehnte Maggie ab und schritt rasch zur automatischen Tür, bevor sie es sich etwa doch noch im letzten Moment anders überlegte.

Sie blickte auf die Ankunftstafel. United-Airlines-Flug 815 aus Chicago war pünktlich um 11.20 Uhr gelandet. Es war jetzt 11.40 Uhr.

Sie musterte die eintreffenden Passagiere, die die Ankunftshalle betraten. Sie fragte sich, ob sie Declan überhaupt wiedererkennen würde. Immerhin hatten sie sich seit über dreißig Jahren nicht mehr gesehen.

Sie dachte an einen Teller voll Gnocchi und ein Glas Chardonnay zum Mittagessen im Strandcafé bei Cronulla, und danach wollte sie ein wenig in der Sonne dösen, während Stuart und Tara surften. Da fiel ihr Blick auf einen Einarmigen, der soeben in die Halle schritt.

Maggies Knie wurden weich. Sie starrte den Mann an, den sie niemals aufgehört hatte zu lieben, und befürchtete, die Besinnung zu verlieren. Tränen stiegen ihr in die Augen. Sie verlangte keine Erklärung. Dafür war später Zeit, viel später. Blindlings rannte sie auf ihn zu.

In dem Augenblick, da er sie entdeckte, zog das verräterische Lächeln über seine Züge; es sagte wie immer aus, daß er sich ertappt fühlte.

„O mein Gott, Connor!“ rief Maggie und streckte die Arme nach ihm aus. „Sag mir, daß es wahr ist! Lieber Gott, laß es wahr sein!“

Connor drückte sie mit dem rechten Arm fest an sich. Der linke Ärmel baumelte an seiner Seite. „Es ist wahr, meine geliebte Maggie“, versicherte er ihr mit breitem irischem Akzent. „Obwohl Präsidenten fast alles in Ordnung bringen können, hat man leider, wenn sie einen erst einmal totgesagt haben, keine andere Wahl, als eine Zeitlang zu verschwinden und eine andere Identität anzunehmen.“ Er ließ sie los und blickte hinab auf die Frau, die im Arm zu halten er sich während der vergangenen sechs Monate unentwegt gewünscht hatte. „Ich entschied mich für Dr. Declan O'Casey, einen Akademiker, der in Erwägung zog, einen neuen Posten in Australien anzunehmen. Denn ich erinnerte mich, daß du mir einmal erzählt hast, du hättest dir nichts im Leben so sehr gewünscht, als Mrs. Declan O'Casey zu sein."

Maggie blickte zu ihm auf. Die Tränen strömten ihr über die Wangen. „Aber der Brief, mein Liebster", sagte sie. „Das schiefe ‚e'. Wie hast du…"

„Ja, ich dachte, das würde dir gefallen", antwortete Connor. „Das war, nachdem ich dein Bild in der *Washington Post* gesehen hatte, wo du am Grab gegenüber dem Präsidenten stehst; und da dachte ich mir, Declan, mein Junge, das könnte deine letzte Chance sein, die junge Margaret Burke von der East Side zu ehelichen." Er lächelte. „Also, wie wär's, Maggie? Willst du mich heiraten?"

„Connor Fitzgerald, du hast eine ganze Menge zu erklären", sagte Maggie.

„So ist es wohl, Mrs. O'Casey. Und wir haben den Rest unseres Lebens dafür Zeit."

Foto: Terry O'Neill

Führender Politiker und Bestsellerautor in einer Person

„Ich bin ein ziemlich tatkräftiger Mensch“, sagt Jeffrey Archer von sich. „Das war ich schon immer, und darin liegt wohl das Geheimnis meines Erfolgs.“ Leicht unterzukriegen ist der 1940 im englischen Somerset geborene Archer jedenfalls nicht. In seiner geschäftlichen wie in seiner politischen Karriere hat der frühere stellvertretende Vorsitzende der Konservativen Partei sowohl Höhenflüge als auch Talfahrten erlebt. 1969 zog er als jüngstes Mitglied in das britische Parlament ein. Um seine politische Karriere zu finanzieren, investierte er in eine auf Fundraising-Aktivitäten spezialisierte Firma und wurde dadurch tatsächlich zu einem reichen Mann. Doch als ihn riskante Investitionen an den Rand des Ruins brachten, legte er sein Mandat im Parlament nieder und versuchte sich als Schriftsteller. Bereits mit dem ersten Roman gelang ihm der Durchbruch. Seither hat er ein weltweites Publikum erobert – mit Kurzgeschichten, Sagas und zehn Bestsellern, die für ihre Detailgenauigkeit bekannt sind.

Recherchen vor Ort sind dabei unerläßlich. Als Archer an *Das elfte Gebot* arbeitete, reiste er deshalb nach Moskau, Sankt Petersburg und Washington. Um die Szene im Cooke-Stadion der Redskins so realistisch wie möglich zu schreiben, sprach er mit Leuten, die dort arbeiteten, und maß die Wege aus, die Connor im Buch zum JumboTron zurücklegen muß.

1992 wurde Jeffrey Archer für seine Verdienste um das Land zum „Lord Archer of Weston-Super-Mare“ ernannt. Für Land und Mitbürger setzt er sich auch weiterhin ein. Als das vorliegende Buch in Druck ging, kandidierte er gerade für das Amt des Oberbürgermeisters von London.

TOD EIN

ER ZOFE
JUDITH COOK

Da an diesem Morgen keine Patienten auf ihn warteten, beschloß Simon, seine Bestände an Arzneien zu kontrollieren. Während er die Deckel der Gefäße hob und hineinschaute, kreisten seine Gedanken unaufhörlich um die hundert Guineen Elizas – ein gewaltiges Vermögen für ein junges Dienstmädchen. Die nächstliegende Erklärung war sicherlich, daß sie bezahlt worden war, damit sie den Mund hielt. Ohne Zweifel hatte der Haushalt der Barnes wie fast jeder andere seine Geheimnisse; aber wenn das der Fall war, dann deutete allein die Höhe des Betrages darauf hin, daß es um etwas außergewöhnlich Heikles ging.

Eliza – „Wie die Königin“

Die Leiche trieb stetig stromabwärts, etwas schneller jetzt, denn der Fluß war durch ungewöhnlich heftigen Regen stark angeschwollen. Sie wurde jedoch aufgehalten, als sie gegen einen Pfeiler der London Bridge schlug, ein Hindernis, das ihr Vorankommen so hemmte, daß sie auf das Surrey-Ufer zugetrieben wurde, wo der Wasserstand durch die Ebbe rasch sank. Dort lag sie unmittelbar unter der Wasseroberfläche und wurde immer wieder durch die Röcke nach oben getragen. Und genau dort fand sie der Fährmann.

Wie an jedem seiner Arbeitstage war er noch vor Morgengrauen aufgestanden, und nachdem er einen Krug mit schalem Ale geleert und ein Stück trockenes Brot verzehrt hatte, war er durch den Regen zu der Anlegestelle oberhalb von Westminster gegangen, wo sein Boot lag. In jedem normalen Jahr wäre das Wetter Ende Juni gut gewesen, und zahlreiche Fahrgäste hätten auf ihn gewartet, aber 1591 war kein normales Jahr. Einem harten Winter war der regenreichste Frühling seit Menschengedenken gefolgt, und unheilvolle Zeichen deuteten darauf hin, daß womöglich die Pest bald wieder umgehen würde.

Der Fährmann ging dort seiner Arbeit nach, wo er den besten Verdienst erhoffte. Im Frühsommer begann er den Tag flußaufwärts und brachte die Lavendelpflücker ans andere Ufer zu den Wandsworth-Feldern; aber jetzt faulte der Lavendel, bevor er hatte blühen können. Aus Gewohnheit nahm er jedoch seinen üblichen Platz ein, und schließlich tauchte eine einsame Gestalt aus der Dunkelheit auf, ein junger Bursche, gehüllt in einen alten Umhang. Zitternd stieg er ins Boot und murmelte, der Fährmann solle ihn zur flußabwärts gelegenen Seite der London Bridge bringen, denn er käme sonst zu spät zur Arbeit.

So beugte sich der Fährmann zu seinen Rudern hinab und nutzte die Ebbe. Vereinzelt glommen an beiden Ufern der Themse Lichter auf. Die kräftige Strömung brachte sie schnell flußabwärts zur Brücke, und der Fährmann schickte sich an, sein Boot gekonnt unter den Bögen hindurchschnellen zu lassen, als ein Ruder gegen irgend etwas unmittelbar unter der Wasseroberfläche stieß.

„Was ist los?“ wollte der Fahrgast wissen.

Der Fährmann brummte: „Keine Ahnung. Irgend etwas im Wasser. Hier, nehmt dieses Ruder und versucht, das Boot ruhig zu halten, während ich nachsehe.“ Er kniete sich hin und beugte sich hinaus. Was auch immer sein Ruder festgehalten hatte, plötzlich gab es nach, und der Fährmann erkannte, daß er es mit einer Leiche zu tun hatte. An sich war das nicht so ungewöhnlich; leichtsinnige Betrunkene, Opfer von Straßenräubern und verführte junge Frauen fanden nur zu oft im Fluß den Tod. Er erschrak. Die Vorschriften der Stadt und seines Gewerbes verlangten, daß ein Fährmann, der eine Leiche im Fluß fand, diese an Land zu bringen und unverzüglich die zuständigen Behörden zu informieren hatte. Am Horizont kündete ein fahler Streifen einen tristen Morgen an, aber wenn es hell wurde, konnte der Fährmann wenigstens auf Kundschaft hoffen. Wenn er sich jedoch vorschriftsmäßig verhielt, die Leiche ans Ufer brachte, einen Konstabler aufsuchte und eine offizielle Aussage machte, konnte das den halben Tag dauern. Er stieß einen Fluch aus.

„Was ist denn?“ fragte sein Fahrgast, der immer ärgerlicher wurde, während er sich mit dem schweren Ruder abmühte.

„Eine verfluchte Wasserleiche. Der Vormittag ist hin, es sei denn …“ Der Fährmann hielt inne und fügte dann hinzu: „Sitzt nicht herum und starrt mich an, helft mir, sie ins Boot zu schaffen!“ Das war kein leichtes Unterfangen, denn obwohl sie abseits der Hauptströmung lagen, zog der Fluß sie doch in Richtung Meer. Sie setzten mehrmals an, bevor es ihnen gelang, die triefnasse Last über die Bordwand ins Boot zu hieven. Sie betrachteten ihren Fang. Es war ein junges Mädchen. Leere Augen starrten sie aus einem wächsernen Gesicht an.

Während das Boot wieder zur Flußmitte zurücktrieb, schaute der Fährmann flußaufwärts zu einem Haus nah am Ufer, in dem Licht leuchtete. Er faßte einen Entschluß. Er begann wieder zu rudern und steuerte auf das Licht zu.

„He, wohin wollt Ihr?“ fragte der Fahrgast erstaunt. „Ich habe doch gesagt, ich komme zu spät zur Arbeit, und jetzt bringt Ihr mich dahin zurück, woher wir gekommen sind."

„Ich konnte ja nicht wissen, daß wir eine Leiche finden würden. Aber da ich nicht den ganzen Tag Zeit habe, mich damit aufzuhalten, will ich sie zu Dr. Forman bringen. Er wird wissen, was zu tun ist."

Dem Jungen blieb der Mund offenstehen. „Zu dem, der Schwarze Kunst betreibt?"

„Dr. Forman betreibt keine Schwarze Kunst. Vergangenes Jahr hat er einen Abszeß an meinem Hals geöffnet und wunderbar geheilt. Die Leute behaupten alles mögliche."

Der Fährmann steuerte das Boot zurück in die Hauptströmung und dann auf das Licht zu.

UNGEFÄHR zu der Zeit, als die Leiche auftauchte, verließ ein Mann ein kleines Haus in einer Gasse in der Bankside; er hatte sich zum Schutz gegen das Wetter gut eingemummt und trug eine große Ledertasche. Er seufzte, als sich die Tür hinter ihm schloß, denn er hatte nichts tun können. Während er sich auf den Heimweg machte, verweilten seine Gedanken bei der Frau, die er soeben verlassen hatte. Eigentlich stand Simon Forman jeden Morgen sehr zeitig auf, um die Notizen über die Behandlungen des Vortages in sein Patientenbuch einzutragen, aber an diesem Morgen hatte ihn um drei Uhr der Mann der alten Frau geweckt, der der Obst- und Gemüsestand beim „Green Dragon" gehörte. Er hatte ihm selbst die Tür geöffnet.

„Es ist wegen Sara", hatte der alte Mann, den Tränen nahe, gesagt. „Sie ist sterbenskrank. Werdet Ihr kommen? Hier ist ein Florin, das ist alles, was wir haben." Simon wehrte ab. „Geht zurück und sagt ihr, daß ich mich anziehe und sofort komme. Ist es wieder ihr Husten?"

Der alte Mann nickte. „Er zerreißt sie. Und jetzt hat sie auch Fieber und atmet schwer. Sie bat mich, einen Priester zu holen."

Nachdem er sich angezogen hatte, ging Simon in sein Arbeitszimmer, goß Mohnsirup und einen Aufguß aus weißem Andorn in zwei kleine Fläschchen, packte sie zusammen mit zwei weiteren Dingen in seine Tasche und machte sich auf den Weg zu seiner Patientin. Ihr Mann führte ihn nach oben, wo sie sich auf der Strohmatratze des Ehebettes unruhig hin und her wälzte. Lediglich eine in Öl getauchte Binse spendete in dem ärmlich ausgestatteten Raum Licht. Simon nahm zwei Kerzen aus seiner Tasche und zündete sie an; wenn er arme

Leute besuchte, trug er immer einige bei sich. Gute Kerzen waren teuer, und in vielen Häusern wurde bei der Beleuchtung gespart.

Behutsam beugte er sich über die Frau. Er sah sofort, daß ihr Tod nahe war, litt sie doch an jener Erkrankung der Lunge, die viele alte Menschen dahinraffte, wenn das Wetter kalt oder feucht war. Er wandte sich dem alten Mann zu. „Dies liegt nun in Gottes Hand, aber zumindest kann ich ihr Linderung verschaffen. Ihr braucht die Hilfe einer Frau. Geht in die Rose Alley, fragt, ob Mutter Baker da ist, und bestellt ihr, Dr. Forman bitte sie darum herzukommen." Der alte Mann zögerte. „Ich werde sie bezahlen. Ihre Frau hat mich immer mit köstlichem Obst und Gemüse versorgt."

Simon beugte sich zu der Frau hinab, hob ihren Kopf und gab ihr mit einem Löffel etwas von dem Andorn. Schon bald wurde sie ruhig, öffnete die Augen und suchte ängstlich nach ihrem Mann. Dann richtete sich ihr Blick auf Simon. „Gut, daß Ihr gekommen seid, Doktor", flüsterte sie, „aber wir wissen beide, daß es nichts nützt. Ich sterbe, nicht wahr?" Er nickte, denn er wollte sie nicht belügen. „Dann geht nach Hause, Ihr braucht Schlaf. Das Geld im Strumpf unter der Matratze ist für meine Beerdigung besser angelegt als für Euer Honorar."

Er ergriff ihre Hand. „Euer Geld ist dort gut aufgehoben. Jetzt bezahle ich all die Äpfel und Apfelsinen, die ich in den letzten beiden Jahren von Euch bekommen habe."

Sie lächelte, dann huschte ein kummervoller Ausdruck über ihr Gesicht, und sie versuchte verzweifelt, sich aufzusetzen. „Ich habe Angst ... Nicht vor dem Tod, sondern vor dem, was danach kommt. Ich bin zur Zeit der alten Religion geboren worden, als man Sünden dem Priester beichtete und dieser Gott um Vergebung bat, wenn man sie bereute. Aber heute gibt es solche Priester nicht mehr." Sie fing an zu weinen. „Und so sterbe ich mit einer Todsünde auf dem Gewissen. Wollt *Ihr* meine Beichte hören?"

„Um Himmels willen, Sara, ich bin kein Mann Gottes! Ich kann nicht glauben, daß Ihr eine so entsetzliche Sünde begangen habt, daß Ihr das Jüngste Gericht fürchten müßt", erwiderte Simon, aber sie ließ sich nicht trösten, und so hörte er an, was sie zu sagen hatte. Ihr Mann war zur See gefahren, als sie geheiratet hatten, und sie hatten eine gute Ehe geführt, aber sie war kinderlos geblieben, ein trauriger Umstand, den sie als Gottes Willen hatte annehmen müssen. Kurz vor ihrem vierzigsten Geburtstag, als ihr Mann gerade auf See war, hatte ein

Hausierer an die Tür geklopft, ein Mann mit fröhlichem, gebräuntem Gesicht, der Ohrringe trug und ihr schöne Augen machte.

„Gott vergebe mir, ich hatte nie zuvor einen Fehltritt begangen, nicht einmal in Gedanken, und er muß zehn Jahre jünger gewesen sein als ich, aber er hatte eine ganz eigene Art, und es war Frühling – Mai." Zwei Wochen lang hatte ihre Liebe gedauert, dann war er gegangen, und sie hatte ihn nie wiedergesehen. Bald wußte sie, daß sie schwanger war. „Es war wie ein Wunder. Aber ich konnte meinem Mann, wenn er nach Hause kam, nicht mit dem Kind eines anderen gegenübertreten."

„Und das Baby?" wollte Simon wissen.

„Es wurde im Februar geboren, ein Winterkind. Ich brachte es heimlich im Haus meiner Schwester auf dem Land zur Welt, und sie zog das Kind wie eins ihrer eigenen auf. Ich habe meine Tochter seit vielen Jahren nicht mehr gesehen, sie weiß nicht, daß ich ihre Mutter bin." Sie rang nach Luft. „Jetzt wird sie es nie erfahren."

„Wenn das Eure entsetzliche Sünde ist, Sara, dann hat sie fast die ganze Menschheit begangen – und ich vor allen anderen", fügte Simon zerknirscht hinzu, denn es war ihm bewußt, wie leicht gerade er dieser Versuchung erlag. „Ich bin kein Priester, aber ich glaube bestimmt, daß Ihr nichts zu fürchten habt. Gott wird wohl mit den wirklich Ehrlosen und Schlechten genug Rechnungen zu begleichen haben und wird sich nicht um eine Frau kümmern, die aus Liebe ein Kind geboren hat. So, ich werde Euch etwas Mohnsirup geben, damit Ihr schlafen könnt." Er half ihr, sich wieder hinzulegen, als ihr Mann in Begleitung einer freundlich wirkenden Frau zurückkam. Simon nahm sie zur Seite und steckte ihr eine Münze zu. „Sollte sie wach werden, gebt ihr etwas mehr von dem Sirup. Es wird nicht lange dauern."

Simon war so tief in Gedanken versunken, daß er, ohne es zu bemerken, die Ufertreppe bei seinem Haus erreicht hatte. Er schaute hinab und sah, daß eine Fähre anlegte. Der Fährmann sprang heraus, und während er sie vertäute, rief er herauf: „Könnt Ihr uns helfen? Wir haben eine Wasserleiche gefunden."

Simon seufzte, die Aussicht auf ein herzhaftes Frühstück verflüchtigte sich. Nachdem er seine Tasche abgestellt und den Mantel ausgezogen hatte, stieg er vorsichtig die rutschigen Stufen hinab. „Na", begrüßte ihn der Fährmann, „wenn das kein Glück ist. Ich bin auf dem Weg zu Euch, Dr. Forman." Sein Fahrgast musterte den angeblichen

Geisterbeschwörer mit einiger Besorgnis, aber alles, was er sah, war ein Mann mittlerer Größe in den Dreißigern. Wenn man es genau nahm, war er nicht schön zu nennen, doch sah er nicht schlecht aus mit seinen lebhaften braunen Augen und der sonnengebräunten Haut, die verriet, daß er im Süden gewesen war. Er wirkte nicht wie einer, der Umgang mit dem Teufel pflegt.

Mit vereinten Kräften hievten die drei Männer die Leiche aus dem Boot auf die Treppe. „Wartet hier", sagte Simon, „ich hole meinen Diener; er wird uns helfen, sie nach oben zu schaffen."

Unmittelbar darauf kehrte er mit einem großen grauhaarigen Mann zurück, dessen Gesicht durch die Narbe von einem alten Schwerthieb entstellt wurde; er fluchte laut. John Bradedge, der am frühen Morgen nie in Höchstform war, vermochte nicht einzusehen, warum der verfluchte Fährmann die Sache nicht allein hatte regeln können. Das gab er auch dem Fährmann deutlich zu verstehen, worauf dieser antwortete, er bitte Dr. Forman um Rat, weil der Arzt einen Abszeß an seinem Hals behandelt hatte, also scheine er der richtige Mann für diese Angelegenheit zu sein.

Sie trugen die Leiche die Treppe hinauf und legten sie auf den Kai. Langes blondes Haar breitete sich wie ein nasser Schleier aus, das trübe Morgenlicht verlieh ihm einen grünlichen Schimmer. Es erinnerte Simon an die zarten Gräser, die in Wiltshire, wo er geboren war, im Mai an Teichen wuchsen. Die kleinen weißen Blüten dieser Gräser hatten einen unangenehmen Geruch verströmt. Dies tat die Leiche nicht, was darauf hindeutete, daß das Mädchen noch nicht lange tot war. Er bückte sich und schaute ihr ins Gesicht, betrachtete sie genau. „Um Himmels willen!" rief er aus. „Ich kenne sie!"

NACHDEM sie die Tote in ein Nebengebäude hinter dem Haus gebracht hatten, schickte Simon den Fährmann und seinen Fahrgast fort; er selbst ging mit seinem Diener ins Haus. Dort traf er Johns Frau Anna, die ein Kind von ungefähr eineinhalb Jahren auf der Hüfte trug. Sie kündigte an, sie werde sich um sein Frühstück kümmern, während er seine nassen Sachen auszog.

Eine halbe Stunde später kehrte Simon, der inzwischen gefrühstückt hatte, in das Nebengebäude zurück. Auch nach Tagesanbruch blieb es düster und trübe, und so löschte er die flackernde Kerze nicht. In der Stille hörte man nur das Geräusch der Wassertropfen, die stetig aus den Kleidern und Haaren der Toten auf den Boden fielen. Er nahm die Kerze und musterte die Leiche aufmerksam; dabei dachte er daran, wie das Mädchen vor etwa vier Monaten zu ihm gekommen war. Sie war ohne Anmeldung erschienen und hatte ihn gebeten, ihr ein Horoskop zu erstellen. Das erste, was ihm an ihr auffiel, war ihre ungewöhnliche Blässe; ihr Haar war so hell, daß es fast weiß wirkte, ihre Augenbrauen ebenso, und ihre Augen waren blaßblau. Sie war schlank und hatte doch eine volle Brust; einen solchen Körper fand er oft verführerisch, den ihren jedoch nicht. Mit der ihm eigenen Empfindsamkeit spürte er bei ihr eine frostige Ausstrahlung, die auf ihn nahezu abstoßend wirkte. Sie erinnerte ihn an eine kleine Katze. Ihr hellgraues Kleid war sauber und aus gutem Stoff, aber ganz schlicht; er stufte sie als Dienerin ein.

Er hatte ihr erklärt, daß er ihr Horoskop nicht anfertigen könne, während sie wartete. „Ich muß Fragen stellen, die Antworten notieren, außerdem das Datum und die Stunde, in der Ihr geboren wurdet. Ein gutes Horoskop zu erstellen braucht Zeit. Kommt in zwei Tagen wieder, dann ist es fertig. Ich vermute, Ihr könnt lesen?“ fügte er hinzu.

Sie nickte. Aber als es dann um persönliche Auskünfte ging, gab sie nur wenig von sich preis. Sie hieß Eliza – „wie die Königin“ –, und ihr Vater war erster Pferdeknecht auf einem Landsitz, ihre Mutter war für das Milchvieh zuständig, aber sie verschwieg, wo. Sie war siebzehn, und ihr Geburtstag war der 10. Juli 1573: „Meine Mutter erzählte, ich wurde genau in dem Moment geboren, in dem die Sonne aufging.“ Aber das Mädchen schien nicht bei der Sache zu sein. Ihr Blick schweifte durch den Raum, den Simon als Arbeits- und Behandlungszimmer nutzte. In den Regalen standen zahlreiche Gläser und Flaschen jeglicher Form und Größe, Schachteln mit kleinen Fläschchen, Mörsern und Stößeln, furchteinflößende Instrumente aus Metall und etliche in Leder gebundene Bücher. Auf Nachfragen hin hatte Eliza ihm widerstrebend einige Auskünfte über ihre Gesundheit, ihre Konstitution und ihre Eßgewohnheiten gegeben.

Während er alles Wichtige notierte, strich sie leise im Raum umher, betrachtete die Himmelskarten, die an einer Wand hingen, und blieb vor dem großen, fünfzackigen Stern stehen, der auf den Boden gemalt war. Er schien sie zu faszinieren. Sie blieb stehen und blickte ihn an. „Stimmt es, daß Ihr den Teufel beschwören könnt, Dr. Forman?“

Simon seufzte. „Um Himmels willen, Mädchen, ich bin doch nicht

Dr. Faustus. Ihr wart zu oft im Theater." Dann war er aufgestanden, um sie hinauszubegleiten. „Es wäre gut, wenn Ihr mir gegenüber offener wärt. Ihr seid sehr jung. Was erhofft Ihr Euch, was soll Euer Horoskop zeigen?"

Sie blickte ihn mit ihren seltsamen hellen Augen fest an. „Reichtum." Das überraschte ihn. Normalerweise erwarteten junge Männer diese Vorhersage. Hoffte sie, daß jemand ihr Geld hinterließ? Auf eine Mitgift vielleicht?

„Habt Ihr Aussichten darauf?"

„So kann man es sagen", erwiderte sie ernst.

„Ist das alles? Wollt Ihr nicht wissen, ob Ihr bald einen Verehrer oder einen Ehemann finden werdet und wer es sein wird? Das ist es, was die meisten jungen Frauen wissen wollen."

„Ich bin nicht wie die meisten jungen Frauen", sagte sie. Er öffnete ihr schon die Tür, als sie plötzlich innehielt. „Beantwortet mir eine Frage, Dr. Forman. Stimmt es, daß ein Mädchen beim ersten Zusammensein mit einem Mann nicht schwanger werden kann?"

Er mußte lachen. „Geht es etwa darum? Wenn Euer junger Mann das behauptet hat, kann ich nur hoffen, daß er bereit ist, das Aufgebot zu bestellen und den Ring zu kaufen! Es ist durchaus möglich, dabei schwanger zu werden. Seid Ihr also doch einem Mann versprochen?"

Sie fuhr zurück und erstarrte. „Es gibt keinen jungen Mann und keine Heiratspläne."

„Dann nehmt dies als Warnung. Wer Euch diese Geschichte erzählt hat, hat sie auch anderen unerfahrenen Mädchen erzählt."

Darauf erwiderte sie nichts, sondern vereinbarte lediglich, wann sie ihr Horoskop abholen konnte. Während Simon ihr nachblickte, dachte er über ihre letzte Frage nach. Wenn es kein Freier war, wer dann? Der Sohn des Hauses? Ein junger Verehrer, der einen ansehnlichen Preis für eine Jungfrau forderte? Er fand es erstaunlich, daß trotz jahrhundertelanger Erfahrung junge Frauen noch immer derselben alten Geschichte Glauben schenkten. Die lange Reihe weinender Mädchen, die ihn um Rat ersucht hatten, bezeugte das.

Wie vereinbart, kam Eliza zwei Tage später wieder. Er hatte Schwierigkeiten mit ihrem Horoskop gehabt, einmal weil sie so zurückhaltend gewesen war, aber auch weil ein unerklärlicher Schatten über ihrer Zukunft zu liegen schien. Sie hörte ernst zu, als er das Horoskop mit ihr durchging: ja, ein Vermögen, aber dann ... Er konnte es einfach nicht deutlich erkennen. Daher sagte er ihr, er wolle kein Honorar verlangen, sie solle in ein paar Wochen wiederkommen, dann wolle er es noch einmal versuchen. Sie nahm das Horoskop, dankte ihm und sagte dann: „Da Ihr Arzt seid, bittet meine Herrin Euch um einen starken Schlaftrunk. Sie hat viele Nächte wach gelegen und braucht Ruhe."

„Dann ist es am besten, sie kommt selbst, oder ich besuche sie", antwortete Simon.

Wieder einmal hatte sie ihn ganz merkwürdig angeschaut. „Ich werde es ausrichten, aber kann ich nicht bis dahin einen solchen Trunk bekommen? Sie leidet sehr."

Widerstrebend goß er etwas Flüssigkeit in ein winziges Fläschchen. „Hier, nehmt dies. Es ist schwacher Mohnsirup. Bevor sie zur Ruhe geht, muß sie ihn nehmen, so, wie er ist, oder mit Wein vermischt."

Sie sah überhaupt nicht erfreut aus. „Ist das alles, was Ihr mir gebt?"

„Das ist alles, was ich Euch oder irgend jemandem gebe, den ich nicht selbst untersucht habe. Mit Mohnsirup muß man vorsichtig sein. Das hier reicht für eine Nacht ruhigen Schlaf, aber wenn das Problem schwerwiegend ist, muß ich die Ursache kennen und ein milderes Mittel verordnen. Gepreßter Lattich, mit Rosenblättern gekocht, wirkt zuverlässig und ist weniger gefährlich. Sagt das Eurer Herrin."

Sie sah aus, als wolle sie widersprechen, aber dann zuckte sie die Achseln, bezahlte und ging. Er hatte sie nicht wiedergesehen und konnte sich auch an keine Patientin erinnern, die ihre Herrin hätte sein können. Und jetzt war sie tot. Er hatte zu Recht einen Schatten über ihrem Leben gesehen. Ganz gleich, welche Vorbehalte er ihr gegenüber gehabt hatte, jetzt, da sie tot war, konnte er nur Mitleid für dieses Mädchen empfinden, das man nach der Königin Eliza genannt hatte. Simon seufzte und begab sich auf die Suche nach seinem Diener.

John Bradedge war in der Küche dabei, voll Eifer die Reitstiefel seines Herrn zu putzen; dabei schimpfte er seiner Frau etwas vor, die den großen Holztisch schrubbte, während ihr Kind auf einer Decke auf dem Fußboden saß und an einem Stück Brot herumkaute. In der Küche war es trotz des trüben Morgens hell, denn ein Feuer brannte, und alles glänzte. Anna war sehr gründlich.

Aber wie sehr John auch schimpfen mochte, und er schimpfte beständig, so wußte er doch, daß er großes Glück gehabt hatte,

Dr. Forman zu begegnen. Seine Mutter wurde nie müde, jedermann zu erzählen, wie er seine Jugend vergeudet hatte. Er war in Cheapside geboren und bei einem Silberschmied in die Lehre gegangen, er war ein fauler Bursche gewesen, der sich nur für Trinkgelage, Mädchen und Kartenspiel interessiert hatte. Als sein Meister ihn wütend hinauswarf, hatte er London eilig verlassen und war in den Niederlanden zur Armee gegangen. Dort hatte er Anna kennengelernt und geheiratet, aber bei Kriegsende wurde er nach Hause zurückgeschickt. Er hatte kein Geld und keine Bleibe, und seine Frau war hochschwanger. Simon hatte die beiden vor dem St.-Saviour-Friedhof sitzen sehen – ohne etwas zu essen, zu verschüchtert, um zu betteln. Als er von ihrer Not erfuhr, nahm er sie mit in sein Haus, bot ihnen ein Zimmer unterm Dach an und half der Frau binnen einer Woche bei der Geburt.

Einige Tage später erklärte Simon den beiden in aller Ausführlichkeit, daß er selbst erst vor kurzem aus dem Ausland nach London zurückgekehrt sei und einen tüchtigen Diener und eine Wirtschafterin suche. Er sei bereit, sie für einen Monat auf Probe zu beschäftigen. Wenn er mit ihnen zufrieden sei, könnten sie bleiben, er werde ihnen eine gute Unterkunft und ordentlichen Lohn bieten; dafür verlange er harte Arbeit, absolute Zuverlässigkeit und ihr feierliches Versprechen, daß sie nirgendwo etwas von dem erzählten, was sie bei ihm sähen oder hörten. Ein Arzt müsse vieles geheimhalten.

Das war über ein Jahr her, und alles lief bisher zur allseitigen Zufriedenheit, wenn es auch nicht leicht gewesen war, sich an die Eigenheiten Simons zu gewöhnen. Daß sein Haus immer sauber und ordentlich sein mußte, bedeutete für Anna, die in Leyden aufgewachsen war, keine zu harte Forderung; wenngleich der von ihm verlangte Standard in den meisten englischen Häusern als übertrieben gegolten hätte. Er selbst nahm jede Woche ein Bad, manchmal auch zwei; daß Ihre Majestät die Königin regelmäßig alle drei Wochen badete, wurde schon allgemein als höchst exzentrisch erachtet. Und der Doktor stand bei jedem Wetter morgens um sechs Uhr auf, holte einen Eimer Wasser aus dem Brunnen, tauchte seinen Kopf hinein, frühstückte und zog sich dann zurück, um seine endlosen Aufzeichnungen zu vervollständigen. Von dieser Routine wich er nur ab, wenn er zu einem Patienten gerufen wurde.

Johns Geschimpfe endete abrupt, als Simon mit raschem Schritt erschien. „Stell die Stiefel weg, hol eine Schüssel Wasser und ein Tuch und komm mit!“ befahl er. John tat, wie ihm befohlen, und folgte seinem Herrn. Simon hielt eine Kerze über das Gesicht des Mädchens und fragte: „Erkennst du sie nicht auch?“

John betrachtete sie nochmals, kratzte sich am Kopf und erinnerte sich dann. „Sie sieht anders aus, weil ihre Haare vom Wasser dunkel sind, aber kam sie nicht wegen eines Horoskops, laßt mich überlegen, Anfang Februar?“

„Genau. Und jetzt wollen wir sehen, was wir herausbekommen können, bevor wir die Behörden informieren.“

John machte ein zweifelndes Gesicht. „Ist das klug, Sir? Es wird doch eine gerichtliche Untersuchung geben.“

„Bestimmt. Aber es schadet nicht, wenn wir sie uns vorher ansehen. Hilf mir, sie aufzuschnüren. So, du arbeitest lange genug mit mir. Sag mir, seit wann sie tot ist, und denk daran, daß sie im Wasser gefunden wurde.“ Sie drehten die Leiche um, schnürten ihr Mieder auf und zogen es vorsichtig über die nun steif werdenden Arme. Dann schnürten sie den Rock auf und streiften ihn herunter. John befühlte Arme, Beine und dann den Rumpf. „Die Leichenstarre setzt ein, und da die Tote im Wasser war, kann das bedeuten –“

„– daß sie rascher als normal abkühlte. Genau. Ich glaube in der Tat, daß sie sehr spät gestern nacht oder sogar erst heute in den frühen Morgenstunden gestorben ist.“

Unter dem Kleid trug das Mädchen einen dünnen Unterrock und ein Hemd aus Baumwolle, beide mit schmaler Spitze abgesetzt. Simon untersuchte sie sorgfältig. Außer den Spuren auf ihrem Gesicht, die er schon bemerkt hatte, schien sie keine weiteren Verletzungen zu haben.

John betrachtete sie teilnahmslos. „Aber wir wissen doch, wie sie gestorben ist, oder? Sie ist ertrunken.“

„Schon möglich.“ Simon hob vorsichtig ein Augenlid, nachdem er ihr zuvor die Augen aus Pietät zugedrückt hatte. Ihm fiel auf, wie seltsam ihre Pupillen aussahen. Fast schwarz. Und doch erinnerte er sich daran, daß ihre Augen auffällig hell gewesen waren. „Sie sprach von Reichtum, von irgendwelchen Erwartungen. Warum also sollte sie ihr Ende in der Themse finden?“

„Vielleicht war sie schwanger, und ihr Geliebter hat sie sitzenlassen, also ertränkte sie sich. Das passiert oft genug.“

„Laß uns nachsehen.“ Simon schob das Unterhemd hoch. Der

Bauch war leicht gerundet. „Du könntest recht haben.“ Vorsichtig tastete er die Rundung ab. „Ja, ich würde sagen, sie war ungefähr im dritten Monat, vielleicht sogar etwas darüber.“

„Na, dann ist doch alles klar, oder? Sie hatte Angst vor ihrer Herrin und ihrer Familie. Wenn Ihr das dem Richter sagt, ist der Fall erledigt.“ John konnte nicht verstehen, warum soviel Aufhebens um eine Tote mehr gemacht wurde.

„Vielleicht“, erwiderte Simon und dachte noch einmal an Sara und ihr uneheliches Kind. Er betrachtete die Leiche. „Ich muß die Behörden bitten, sie abzuholen, damit das Gericht einberufen werden kann; ich werde erklären, daß ich bereit bin, an der Untersuchung teilzunehmen. Ob es Selbstmord war...? Ich weiß es nicht, aber ich werde es anzweifeln, damit sie nicht an einer Wegkreuzung begraben wird, sondern auf dem Friedhof. Denk nach, bist du sicher, daß sie nicht bei einem ihrer Besuche etwas zu dir gesagt hat, was wichtig sein könnte?“

Plötzlich durchzuckte John ein furchtbarer Gedanke; er wollte ihn gerade aussprechen, doch da sah er das Gesicht seines Herrn und beschloß, lieber den Mund zu halten; also räusperte er sich und schüttelte den Kopf. Simon warf seinem Diener einen durchdringenden Blick zu, er spürte sein Unbehagen. Wußte er etwas, was er nicht mitteilen wollte? Er entschied, es erst einmal auf sich beruhen zu lassen.

Wegen der rasch einsetzenden Leichenstarre hatten die beiden Schwierigkeiten, die Tote wieder anzuziehen. Als John ihren Rock hochzog, fühlte er einen kleinen, runden Gegenstand, wie eine Münze, unterhalb der Taille des Unterrocks. Er schaute nach, und es war eine kleine Tasche, in der er keine Münze, sondern einen Kettenanhänger fand, einen wertvollen aus Gold mit einem Kreis kleiner Rubine um ein Wappen herum. Er hing an einer Goldkette. John reichte ihn Simon. „Ein wertvolles Schmuckstück für eine Dienerin, meint Ihr nicht auch, Sir?“

Simon hielt ihn ins Licht. „Aber ja. Der wird wohl eine ordentliche Summe wert sein.“

„Das war es also, Doktor. Sie hat ihn gestohlen und ist weggelaufen“, meinte John triumphierend. „Sie hatte Angst, erwischt und gehängt zu werden.“

Simon befühlte den Anhänger. „Warum sollte sie das tun? Wenn sie London verlassen und ihn irgendwo, viele Meilen entfernt, verkauft hätte, hätte das Geld einige Jahre lang für sie und das Kind gereicht. Dies ist nicht das Wappen eines der großen Adelshäuser, aber heutzutage kann sich ja jeder wohlhabende Kaufmann, der etwas Geld übrig hat, einen Titel kaufen."

Sein Diener schaute ihm über die Schulter. „Ich möchte es nicht beschwören, aber ich glaube, ich habe dieses Wappen am Tor eines großen Hauses in der Nähe von Bishopsgate gesehen."

„Dann prüf das nach. Wenn es stimmt, frag die ansässigen Händler oder die Wirtin im nächstgelegenen Gasthaus, wem das Haus gehört und wie man dort lebt. Du weißt ja jetzt, was ich meine. Der halbe Vormittag ist um. Wenn ich den Konstabler und den Richter benachrichtigt habe, muß ich mich um meine Arbeit kümmern."

Sie rückten das Mieder des Mädchens zurecht, und als sie seinen Arm in den langen Ärmel schoben, sah Simon etwas, das ihm zuvor entgangen war. „Da, John, siehst du das? Eine schwache Strieme um das Handgelenk." Sofort hob er den anderen Arm. „Hier genauso. Ihre Handgelenke waren irgendwann gebunden, nicht fest genug, daß die Fesseln ins Fleisch einschnitten, aber so, daß ein Abdruck blieb. Das ist kein Selbstmord. Sie war gefesselt, bevor sie ins Wasser fiel."

OLIVIA

Zwar hatte es aufgehört zu regnen, aber es war immer noch trüb und bedeckt, als John Bradedge sich auf den Weg nach Bishopsgate machte und die London Bridge überquerte. In den Häusern auf beiden Seiten der Straße schienen Lichter, aber es war erstaunlich wenig Betrieb für einen Junimorgen. Die Brücke – eine eigene Einkaufs- und Wohnstraße – war eine der großen Sehenswürdigkeiten der Stadt. Aber jetzt schreckten das andauernd schlechte Wetter und die Furcht vor der Pest die Menschen ab.

John war vertieft in sorgenvolle Gedanken. Natürlich hätte er seinem Herrn sofort ein umfassendes Geständnis ablegen sollen; aber da sich alles so gut entwickelte und der Doktor ihm immer mehr Aufgaben anvertraute – warum sollte er diese hervorragende Anstellung aufs Spiel setzen? Und er hatte ja in gutem Glauben gehandelt, oder?

Er hatte Eliza tatsächlich erst wiedererkannt, als er sie ein zweites

Mal betrachtete; aber als der Doktor nicht nur fragte, ob er sich an sie erinnerte, sondern auch, ob sie irgend etwas Wichtiges zu ihm gesagt hatte, wäre das der richtige Moment für ein Geständnis gewesen. Und wenn herauskam, daß er wichtige Informationen zurückhielt?

Denn die Wahrheit war, daß Eliza, eine Woche nachdem sie sich mit ihrem unvollständigen Horoskop und dem Schlaftrunk verabschiedet hatte, zurückgekommen war. John hatte ihr gesagt, daß Dr. Forman nicht da sei; sie hatte geantwortet, daß sie das wisse, da sie ihm soeben vor der St.-Pauls-Kathedrale begegnet sei, wo sie ihm gesagt habe, daß sie mehr Mohnsirup für ihre Herrin brauche. Der Doktor habe geantwortet, er müsse etliche Patienten besuchen, sie solle John Bradedge bitten, ihr eine große Flasche Mohnsirup abzufüllen. Simon hatte von Anfang an betont, daß John selbst niemals irgendeine Arznei verabreichen dürfe, egal, wie harmlos sie auch sei. „Wenn ich nicht hier bin, wird das zwar als ganz naheliegend erscheinen, aber die Patienten müssen warten. Es mag vielleicht offensichtlich für dich scheinen, was ihnen fehlt, aber du hast keine Erfahrung im Erkennen von Symptomen und könntest ihnen eine Arznei oder eine Salbe geben, die gefährlich ist, weil du eine falsche Diagnose gestellt hast. Versprichst du mir, daß du dich daran halten wirst?“ Natürlich hatte John das versprochen.

Und doch schien alles in Ordnung gewesen zu sein. Das Mädchen beharrte darauf, daß Forman persönlich ihr versichert habe, sie könne die Arznei abholen. Also war er mit ihr ins Arbeitszimmer gegangen, hatte ganz hinten aus einer Reihe eine Flasche Mohnsirup genommen und sie ihr gegeben. Als sie nach dem Preis fragte, geriet er in Verlegenheit. Er hatte keine Ahnung, was er verlangen sollte. Schließlich hatte sie ihm einen halben Sovereign gegeben, und er hatte ihn in die Schachtel gesteckt, die Simon dafür vorgesehen hatte. Simon hielt es für richtig, denen, die es sich leisten konnten, einen ordentlichen Preis abzuverlangen; dies erlaubte es ihm, wenig oder gar nichts von jenen zu fordern, die nicht so gut gestellt waren. John war klar, daß er gegen eine Regel verstoßen hatte, aber erst als Eliza gegangen war, wurde ihm deshalb wirklich unbehaglich zumute, und er nahm sich fest vor, dem Doktor bei seiner Rückkehr alles zu erzählen. Eigentlich hoffte er, Simon würde ihn fragen, ob er dem Mädchen den Mohnsirup gegeben habe. Aber Simon hatte überhaupt nichts davon erwähnt, und als der Abend vergangen war, hatte John sein Geständnis immer weiter hinausgeschoben. Da er offenbar kein Unheil angerichtet hatte und

Simon das Fehlen der Arznei nicht bemerkte, hatte John die ganze Sache schließlich fast vergessen. Aber sie konnte doch unmöglich etwas mit dem Tod des Mädchens zu tun haben?

Ganz in Gedanken versunken, war John nicht nur über die Brücke, sondern bis nach Bishopsgate gelangt, dem Stadtviertel der Lagerhäuser, Kirchen und Wohnhäuser von Kaufleuten, von denen die meisten durch hohe Tore geschützt und von der Straße kaum einsehbar waren. Schon bald fand er, was er suchte: ein ziemlich neues Eisentor mit zwei bemalten Holzschildern in der Mitte jedes Flügels, die ein Wappen zeigten. Verstohlen zog er den Kettenanhänger aus seiner Tasche. Es war eindeutig dasselbe Wappen. Jetzt mußte er nur noch herausbekommen, wer hier wohnte.

Er überlegte noch, ob er seine Nachforschungen in dem Wirtshaus an der Straßenecke beginnen sollte, als sich das Tor öffnete und zwei Männer, allem Anschein nach Händler, herauskamen; sie hatten sich soeben ein erbittertes Wortgefecht mit dem grimmig blickenden Pförtner geliefert, der nun das Tor sorgfältig hinter ihnen verschloß. Aus den Augenwinkeln beobachtete John, wie die beiden Männer die Straße überquerten und in die „Blue Boar Tavern“ gingen. Er folgte ihnen sofort.

Die beiden Händler setzten sich an einen Tisch im Schankraum; bei einem Jungen bestellten sie Ale. John klopfte dem Jungen auf die Schulter. „Für mich auch einen Krug.“ Dann setzte er sich den beiden Männern gegenüber auf die Bank. Er wartete auf seinen Bierkrug, trank einen ordentlichen Schluck und fragte dann beiläufig, ob die beiden vielleicht wüßten, wem das stattliche Haus an der Ecke gehörte.

„Sir Wolford Barnes, dem Großkaufmann“, gab einer der beiden zur Antwort. „Warum fragst du?“

„Weil ich eine gute Anstellung als Diener suche. Es ist gar nicht so einfach, Arbeit zu finden, wenn man wie ich aus dem Krieg in den Niederlanden kommt.“ John befühlte seine Narbe.

Der eine spuckte nachdenklich auf den Fußboden. „Keine Ahnung, ob sich ein Versuch da drüben lohnt. Was meinst du, Harry? Dein Mädchen arbeitet doch da.“

„Weiß nicht genau“, war die Antwort. „Ich selbst arbeite nicht da. Will und ich liefern nur das Gemüse, Käse und Eier für die Küche. Jede Woche seit – ja, seit fast sieben Jahren. Eins spricht für Sir Wolford: Er zahlt sofort, nicht so wie manch anderer.“

„Sicher nicht so wie dieser Nichtsnutz von Schwiegersohn“, unterbrach ihn Will. „Man sagt, er macht überall Schulden, und Sir Wolford muß sie schließlich für ihn bezahlen. Harrys Mädchen ist dort Hilfsköchin, und sie weiß so manches, was dort vorgeht, glaub mir. Heute gab es große Aufregung, stimmt's, Harry?“

Harry nickte. „Die Dienerin der Herrin wird vermißt, und die kocht vor Wut. Sagt, sie kann ohne das Mädchen nicht zu Rande kommen. Mein Mädchen konnte sie nicht ausstehen, sie sagt, sie war so hochnäsig, als sei sie die Herrin des Hauses.“

John seufzte erleichtert. Das würde glattlaufen. Vielleicht konnte er so viel herausbekommen, daß der Doktor ihm die Sache mit dem Mohnsirup verzieh. „Noch ein Ale für die beiden Herren?“ fragte er. „Es geht auf meine Rechnung.“

John kehrte kurz nach zwei nach Lambeth zurück, wo Simon unterdessen sehr beschäftigt gewesen war. Ein halbes Dutzend Leute waren mit kleinen Malaisen zu ihm gekommen, mit Husten und Erkältungen, die durch das schlechte Wetter verursacht wurden. Ihnen hatte er eine Arznei aus weißem Andorn oder Angelikawurzel verordnet. Ein Zimmermann hatte anstelle des Nagels seinen Daumen getroffen. Als nächstes bat ein Ratsherr um ein Horoskop, um zu erfahren, ob seine Frau ihm treu war oder nicht, und die Frau eines jungen Stoffhändlers hatte wissen wollen, ob sie wieder ein Kind erwartete.

Nach dem Mittagessen hatte er in seinem Patientenbuch den Eintrag über die Tote gesucht. Ja, da war er. „Eliza –?“ hatte er notiert. Ein kurzer Abschnitt faßte die Ergebnisse des Horoskops zusammen und erwähnte das kleine Fläschchen Mohnsirup für die unbekannte Herrin. Er war noch in seine Aufzeichnungen versunken, als John zur Tür hereinschaute und fragte, ob er hereinkommen dürfe.

„Aber natürlich. Was hast du herausgefunden?“

John, dessen Magen noch wegen der gewaltigen Menge Ale grummelte, begann damit, wie er in Bishopsgate das Wappen entdeckt und herausgefunden hatte, daß es Sir Wolford Barnes gehörte, einem Großkaufmann, der in der Stadt und bei Hof einen guten Ruf genoß. „Er soll ein strenger, aber gerechter Herr sein und hat einen großen Haushalt. Die Ritterwürde bekam er vor ein paar Jahren für Verdienste um die Krone: das übliche, ein großes Geschenk für die Königin, Zahlungen an einflußreiche Würdenträger …“

Als der Alkohol ihnen die Zunge gelöst hatte, waren Harry und Will immer gesprächiger geworden. Vor einigen Monaten hatte Sir Wolford seine Tochter mit Sir Marcus Tuckett verheiratet, einem jungen Verschwender, der einen Titel und große Ländereien in Hampshire erben würde. „Sein Vater ist ein Lord, und das Ganze scheint nichts anderes als ein Handel zu sein. Sir Wolford wollte seine Tochter als Lady sehen, Tucketts Vater brauchte das Geld. Nach allem, was man hört, ist der junge Tuckett ein Verschwender, und es war gar nicht so einfach, eine Braut für ihn zu finden", berichtete John.

„Und die Lady?"

„Dazu komme ich jetzt. Anscheinend ist sie ein süßes Früchtchen mit keckem Blick. Es hat zahllose Gerüchte gegeben. Zuerst machte sie in aller Öffentlichkeit einem Schauspieler schöne Augen, so daß ihr Vater ihr verbieten mußte, auch nur in die Nähe eines Theaters zu gehen. Dann soll sie eine Liaison mit dem Sekretär ihres Vaters gehabt haben. Alles in allem war es das beste, sie zu verheiraten, bevor es einen echten Skandal gab. Tucketts Vater kränkelt; das einzige, was ihm wichtig ist, bevor er stirbt, ist ein Enkel, der die Erbfolge sichert."

„Du scheinst außerordentlich gut informiert zu sein. Und ist die Lady in dieser Hinsicht entgegenkommend?"

„Noch nicht. Einer der Männer hat ein Mädchen, das als Hilfsköchin im Haus arbeitet und mitbekommt, was vorgeht. Sie hat erzählt, daß Tuckett sich beschwert, seine Frau würde ihn kaum in ihre Nähe lassen und ihm eine Chance geben, das könne ruhig jeder erfahren. Ihre Streitereien sind allgemein bekannt. Tuckett sagt, er habe genug, schließlich habe er vor seiner Heirat alle flachgelegt, die Röcke trugen und ihn wollten, und auch einige, die ihn nicht wollten!"

Simon lächelte nachdenklich. „Das hast du gut gemacht, John, sehr gut sogar. Nicht ohne Spesen, vermute ich?"

„Ich mußte die beiden reichlich mit Ale versorgen, Sir."

Simon nahm seine Geldbörse und gab John eine Krone. „Das müßte genug für alles sein und sogar etwas mehr wegen der Mühe, die du dir gemacht hast." John bedankte sich und teilte ihm dann die echte Neuigkeit mit. „Da ist noch etwas. Offenbar gab es heute bei Sir Wolford große Aufregung. Die Dienerin der Herrin ist seit gestern morgen verschwunden."

Simon stand auf und rieb sich die Hände. „Heute nachmittag muß ich zu einem Goldschmied in Cheapside. Danach werde ich wohl

Sir Wolford einen Besuch abstatten und sehen, ob irgend jemand diesen Anhänger wiedererkennt.“

Es war später Nachmittag, als er schließlich vor Sir Wolfords Tor stand und kräftig an der Glockenschnur zog. Der mürrisch dreinschauende Pförtner erschien und fragte nach seinem Anliegen.

„Ich bin Dr. Simon Forman und möchte Euren Herrn sprechen.“

„Er hat nich’ nach ’em Doktor geschickt“ war die Antwort, „sonst wüßt ich das.“

„Ich bin nicht wegen einer ärztlichen Behandlung gerufen worden, guter Mann. Ich habe eine dringende, vertrauliche Angelegenheit mit ihm zu besprechen.“ Der Pförtner schlurfte davon und ließ ihn gut fünf Minuten lang draußen vor dem Tor warten, ehe er zurückkam und Simon einließ. Mit einer Kopfbewegung wies er in Richtung Haus, das mit seinem schönen Fachwerk hinter der hohen Mauer versteckt lag. Simon wurde zum Hauptportal geführt und angewiesen, in der Halle zu warten.

Er schaute sich um. Die Halle war mit Eichenbrettern vertäfelt, an den Wänden hingen Bilder. Ihm gegenüber war ein großes Porträt eines stattlichen Herrn, der ein lilafarbenes Wams trug, das reichlich mit kupferroter Spitze besetzt war. Seine Hand ruhte auf einem Globus, und im Hintergrund war eine Schiffsflotte zu sehen. Das mußte der Herr des Hauses sein. Daneben befand sich ein kleineres Bild, das eine hagere Dame mittleren Alters zeigte; das war wohl seine Frau. Auf der anderen Seite war ein größeres Pörträt einer geziert lächelnden blonden Frau; ihr Haar war elegant frisiert, und sie trug ein noch eleganteres Kleid aus hellblauer Seide, das mit Blumen bestickt war. Eine große Krause aus feinster Spitze schmückte ihren Hals, dazu trug sie mehrere Ketten, eine davon aus Perlen. Sir Wolford wollte ganz offensichtlich zeigen, was er besaß. Die junge Frau war ungefähr so, wie Simon sie sich vorgestellt hatte, hübsch wie eine Puppe und nicht besonders gescheit. Sie paßte wahrscheinlich sehr gut zu ihrem Mann.

Hinter ihm hüstelte jemand. Es war ein dunkelhaariger junger Mann, elegant in Dunkelgrau gekleidet. „Dr. Forman? Ich bin Francis Down, Sir Wolfords Sekretär. Sir Wolford und Lady Tuckett werden Euch jetzt empfangen.“ Aus seinem gewichtigen Auftreten schloß Simon, daß Down seine Rolle in Sir Wolfords Haus für sehr bedeutend hielt.

Er geleitete Simon durch einen langen Korridor an geöffneten Türen vorbei, durch die man einen Blick in mehrere große, luxuriös eingerichtete Zimmer werfen konnte. Aber der Raum, in den er schließlich geführt wurde, war offenbar ein Wohnzimmer. Es roch streng nach Hund, und auf dem Fußboden schliefen mehrere große Jagdhunde auf Strohbündeln, die alles andere als frisch waren. Offensichtlich maß man Dr. Forman nicht genügend Bedeutung bei, um ihn in einem der besseren Räume zu empfangen.

Sir Wolford – es war unverkennbar der Mann auf dem Pörträt, wenngleich er weniger auffällig gekleidet war – saß an einem Tisch und unterschrieb Papiere. Die junge Frau mit den sorgfältig frisierten Locken, die aus dem Fenster schaute, mußte seine Tochter Lady Tuckett sein. Im Gegensatz zu ihrem Vater war sie prächtig gekleidet; über einem großen Reifrock trug sie ein dunkelrotes, mit Gold besetztes Kleid.

Simon verbeugte sich und stellte sich vor. Sir Wolford blickte ungeduldig auf. „Also gut, Dr. – hm – Forman, sagt uns, worum es geht, und möglichst schnell, denn meine Zeit ist knapp bemessen. Ich muß noch heute nachmittag zu einer Verabredung in die Stadt."

„Dann will ich gleich zur Sache kommen", erwiderte Simon rasch. „Heute morgen wurde die Leiche einer jungen Frau in mein Haus gebracht. Ein Fährmann hatte sie in der Themse gefunden."

„Und warum kommt Ihr damit zu mir?" wollte Sir Wolford wissen.

„Deshalb." Simon reichte ihm den Kettenanhänger. Sir Wolford starrte wie gebannt darauf, rief dann seine Tochter, die noch immer aus dem Fenster starrte und kein Interesse an den Vorgängen zeigte. „Um Himmels willen, Olivia! Schau dir das an! Das ist doch der Anhänger, den ich dir zur Hochzeit geschenkt habe."

Jetzt drehte sich die Frau um, und Simon spürte einen heftigen Schlag. Das affektierte Pörträt der faden jungen Frau war ihr keineswegs gerecht geworden. Olivia Tuckett war schön im eigentlichen Sinne, ihr Gesicht war zart, die Züge waren ebenmäßig, aber es waren ihre Augen, die ihn aus der Fassung brachten, nicht nur wegen der Farbe – braune Augen waren äußerst selten bei so hellem Haar –, sondern wegen der Klugheit, die aus ihnen sprach. Sie schien beides in sich zu vereinen: Schönheit und einen wachen Verstand. Kein Wunder, daß sie ihrer Familie und ihrem Mann Schwierigkeiten machte. Sie ging zu ihrem Vater, nahm den Anhänger und fragte Simon: „Wo habt Ihr ihn gefunden?"

„Bei der Toten. Er war in ihrer Tasche. Ich versuchte die Leiche zu identifizieren, und dies war der einzige Gegenstand, den sie bei sich trug. Ich erkannte das Wappen“, die Lüge ging ihm glatt über die Lippen, „denn ich hatte es an Eurem Tor gesehen. Mein Diener, der heute morgen in der Nähe etwas zu erledigen hatte, erzählte mir dann, daß eine Dienerin aus Eurem Haushalt vermißt wird.“

„Ich verstehe.“ Sie warf noch einen Blick auf den Anhänger. „Meine Zofe ist seit gestern morgen verschwunden. Meint Ihr, sie ist die Tote?“ Sie schien in keiner Weise überrascht.

Simon musterte sie nachdenklich. „Mit großer Wahrscheinlichkeit. Vielleicht könnte jemand aus Eurem Haus die Leiche identifizieren. Bis zur Untersuchung morgen liegt sie im Stall hinter dem „Anker“. Der Richter läßt schon Steckbriefe verteilen, um festzustellen, ob jemand sie kennt.“

Die Lady sagte nichts, doch sie erwiderte Simons Blick. Sir Wolford spürte voller Unbehagen, daß hier etwas vorging, was er nicht verstand, und erhob sich entschlossen. „Nun, vielen Dank für Eure Mühe, Doktor“, sagte er in der Absicht, das Gespräch zu beenden. „Ich werde Francis Down, meinen Sekretär, zum Anker schicken, um zu sehen, ob er Eure Tote erkennt. Jetzt muß ich gehen. Wenn es noch etwas zu besprechen gibt, wendet Ihr Euch am besten an meine Tochter. Es ist ihre Angelegenheit.“

Olivia Tuckett wartete, bis sich die Tür hinter ihrem Vater geschlossen hatte, und wandte sich dann wieder zu Simon. Sie warf ihm einen Blick zu, in dem Anerkennung, ja Ermutigung lag. Simon kam zu dem Schluß, daß sie ihren Ruf wohl verdient hatte. „Nun“, sagte sie, „ich nehme an, es gibt noch mehr?“

Simon berichtete in aller Kürze, wie Eliza ihn im vergangenen Februar gebeten hatte, ihr Horoskop zu erstellen, und daß sie bei ihrer Rückkehr einen Schlaftrunk für ihre Herrin verlangt hatte. „Ich gab ihr Mohnsirup, genug für eine Nacht, und sagte ihr, daß ich ihre Herrin selbst sehen müsse, wenn sie mehr brauche. Habt Ihr irgendeine Erinnerung daran?“

„Vielleicht“, erwiderte sie und schaute ihm unverwandt in die Augen. Sie trat näher auf ihn zu, wobei sie eine Duftwolke teuren Parfums verströmte, und fragte dann unvermittelt: „Diese Tote, wie sieht sie aus?“

„So groß wie Ihr und von ähnlicher Statur. Strohblondes Haar, fast weiß. Hellblaue Augen, bevor sie starb.“

Olivia Tuckett dachte nach. „Ja, das könnte Eliza sein."

„Sie muß es sein", antwortete Simon, „denn das ist der Name, den sie nannte, als sie zu mir kam – Eliza, nach der Königin. Aber sie war nicht bereit, ihren Familiennamen zu nennen, obwohl ich ihn für das Horoskop brauchte. Sie sagte nur, ihre Eltern arbeiteten auf einem Landsitz."

„Das ist unser Gut in Dedham Vale. Ihre Eltern arbeiten beide für uns; ihre Mutter wird von meiner sehr geschätzt." Erklärend fügte sie hinzu: „Meine Mutter verbringt die meiste Zeit auf dem Land, sie ist nicht bei guter Gesundheit. Nun, wenn Francis zurückkommt, werden wir Genaueres wissen." Sie betrachtete noch einmal den Anhänger. „Ich habe ihn vor einigen Wochen vermißt, aber ich wollte meinen Vater nicht beunruhigen. Ich dachte, vielleicht ..." Sie machte eine Pause. „Der Gedanke, daß Eliza ihn gestohlen haben könnte, kam mir nie. Seit ihrem vierzehnten Lebensjahr ist sie meine Dienerin und eine sehr gute dazu, sehr diskret und immer ehrlich. Wie traurig! Die Versuchung muß einfach zu groß für sie gewesen sein, und als ihr klar wurde, was sie getan hatte, ging sie lieber ins Wasser, als mir ein Geständnis abzulegen." Es waren angemessene Worte, in denen sogar Anteilnahme mitschwang, aber auf Simon wirkten sie unaufrichtig.

„Das könnte eine Erklärung sein, aber ich bin fast sicher, daß sie sich nicht das Leben genommen hat. Ich denke, daß sie vielleicht schon tot war, bevor sie in den Fluß fiel."

Olivia dachte nach und schien gerade etwas erwidern zu wollen, als die Tür aufgerissen wurde und ein junger Mann hereinkam. Er war nach der neuesten Mode gekleidet, trug ein geschlitztes, gebauschtes Wams, auf dessen Ärmeln Schleifen aufgenäht waren. Aber seine Kleidung war beschmutzt, sein Gesicht gerötet und aufgedunsen, und er roch nach einem Gemisch aus abgestandenem Wein und Schweiß. Er war kein gutaussehender Mann, seine Augen waren zu klein, und er hatte kein Kinn. Das, dachte Simon, muß der Tuckett-Erbe sein. Was für ein Mann für eine solche Frau!

Es kostete Tuckett einige Mühe, seinen Blick auf die beiden zu richten, er schwankte leicht, hickste dann und fragte: „Wer ist denn das, Olivia? Dein Liebhaber?"

Olivia versuchte gar nicht erst, ihren Abscheu zu verbergen. „Dies, Marcus, ist Dr. Forman. Er wollte uns mitteilen, daß ein armes

Mädchen im Fluß gefunden wurde, bei dem es sich vielleicht um Eliza handelt."

„Dr. Forman?" Tucketts Blick huschte unruhig über Simon hinweg. „Doch nicht *der* Dr. Forman – ja, ja, ja. Hast du nicht von ihm gehört, Olivia? Ein Mann mit vielen Fähigkeiten, sagt man. Bekämpft Pocken, erstellt Horoskope und treibt etwas Alchimie. Das stimmt doch, oder, Doktor?"

Simon nickte. „Ich empfehle mich, Lady Tuckett. Solltet Ihr irgendwann meine Hilfe brauchen, findet Ihr mein Haus unten am Fluß, nicht weit von der Kirche St. Saviour."

Er wandte sich zur Tür, aber Tuckett stellte sich ihm in den Weg. „Das verschlagene kleine Weibsstück hat also ihr Ende im Fluß gefunden? Ich mochte sie nie." Er warf Simon einen anzüglichen Seitenblick zu. „Ihr habt Olivia gesagt, wo Ihr zu finden seid, und ich werde sie zu Euch schicken. Ich bin sicher, der gute Doktor weiß alles über Liebestränke, Olivia. Gebt ihr eine ordentliche Portion, Doktor! Sie ist so kalt wie Eis."

In diesem Moment ließ Simon die Bombe platzen, um zu sehen, wie die Wirkung sein würde. „Oh", sagte er, „da ist noch etwas, Lady Tuckett. Euer Dienstmädchen war ungefähr im dritten Monat schwanger. Wußtet Ihr das?"

„Nein." Lady Tuckett hatte ihr Gesicht nach der Mode geschminkt, aber trotzdem sah man, daß sie erblaßte. Winzige Schweißperlen sammelten sich auf ihrer Stirn.

Tuckett brach in schallendes Gelächter aus. „Wenn das kein seltsamer Zufall ist! Diese mickrige Dirne schwanger! Das ist mehr, als du zustande bringst, stimmt's, Olivia?" Simon ging, während die beiden einander wortlos anstarrten.

Die Untersuchung

In der Regel schlief Simon sofort ein, aber die Ereignisse dieses Tages waren zu aufwühlend; sie drehten und drehten sich in seinem Kopf in einer endlosen Bildfolge: die triefnasse Leiche, die aus dem Wasser gezogen wurde, die Entdeckung, wer die Tote war, seine Mutmaßungen über ihr Ende, der Haushalt von Sir Wolford Barnes mit all seinen Spannungen und seine

Begegnung mit der schönen Olivia. Die Gesichter der beiden jungen Frauen, das eine weiß und leblos, das andere sprühend vor Vitalität, verschwammen vor seinen Augen.

Erst in den frühen Morgenstunden kam Simons überreizter Kopf zur Ruhe, und er fiel in einen unruhigen Schlaf, aus dem er erwachte, ohne sich erholt zu fühlen. Nun hatte er auch noch verschlafen. Als er aufstand und gähnend die Treppe zur Wasserpumpe hinunterlief, war es schon nach neun, und die Untersuchung war für Punkt halb zehn anberaumt. In sein Zimmer zurückgekehrt, kleidete er sich sorgfältig in nüchternes Schwarz und zog dann seine lange Robe an, um seine berufliche Stellung zu zeigen. Er wehrte Annas Angebot zu frühstücken ab, stürzte einen Krug Ale hinunter und biß in einen Apfel, während er in seinen Behandlungsraum ging, wo er zwei Fläschchen Arznei und einen Topf Salbe herausstellte und nach John rief.

Dieser erschien mit den blankpolierten Stiefeln und dem Schwert seines Herrn. Simon setzte sich und zog die Stiefel an. „Ich lasse eine Notiz da, für wen dies bestimmt ist“. Er deutete auf die Arzneien: „Du kannst sie jetzt wegbringen.“

„Was ist hiermit?“ John zog das Schwert hervor, als Simon zur Tür ging. Er zögerte einen Augenblick, dann schüttelte er den Kopf. In der langen Robe ein Schwert zu tragen war schwierig, und überhaupt ging er als Arzt häufig ohne Waffe aus, obwohl viele ehrbare Bürger sich nie ohne das beruhigende Gefühl, ihr Schwert bei sich zu tragen, aus dem Haus wagten.

Als Simon ins Freie trat, schien die Sonne vom dunstigen Himmel. Das Wetter war besser als am Vortag, aber es war noch immer ungewöhnlich kalt, und ein schneidender Ostwind kräuselte die Themse.

Er schloß die Tür hinter sich und sah Saras Mann von der anderen Straßenseite auf sich zukommen. Auch wenn er wußte, daß er kaum pünktlich im Anker sein würde, brachte er es doch nicht übers Herz, an dem alten Mann vorbeizugehen, denn er sah an seinem Gesicht, was geschehen war. „Ist sie von uns gegangen?“ fragte er.

Die Augen des alten Mannes füllten sich mit Tränen. „Bei Gezeitenwechsel, so um vier Uhr. Es ging so leicht wie bei einem Kind. Euer Trank beruhigte sie, und im Schlaf hielt sie meine Hand. Sie war eine gute Frau und mir eine gute Ehefrau. Vierzig Jahre waren wir zusammen, und in all den Jahren bereitete sie mir nie Kummer, nie hat sie mich hintergangen. Es war grausam von Gott, daß sie unfruchtbar war und daß keine Söhne und Töchter da sind, um sie zum Grab zu begleiten." Er wischte die Tränen fort. „Sie wird morgen beerdigt. Könnt Ihr es einrichten zu kommen?"

„Wenn es möglich ist, komme ich." Simon drückte den Arm des Alten. „Es war das Beste so. Die Krankheit zerfraß ihre Lunge, und sie kämpfte um jeden Atemzug. Aber jetzt muß ich gehen, sonst komme ich zu spät zu einer gerichtlichen Untersuchung."

Er überlegte kurz, ob er die Straße am Fluß entlanggehen sollte oder ob er es riskieren sollte, den kürzeren Weg durch das Gewirr von Straßen und Gassen zu wählen, die die Diözese des Bischofs von Winchester in Bankside waren. Dafür entschied er sich schließlich und ging mit raschen Schritten voran. Ein Bursche, der an der Wand des Hauses gegenüber gelehnt hatte, richtete sich auf und folgte ihm im Abstand von ein paar Schritten.

Als er dann in Bankside war, fluchte er, weil er offensichtlich die falsche Entscheidung getroffen hatte. Das freundlichere Wetter hatte Menschenmengen herausgelockt, die, so schien es ihm, alle in die entgegengesetzte Richtung unterwegs waren. Er war gezwungen, sich entweder einen Weg mitten durch sie hindurch zu bahnen, oder er riskierte, sich mit Schlamm und mit Schlimmerem zu beschmutzen, das aus den Rinnsteinen in der Mitte der breiteren Straße strömte. Seinen Verfolger, der sein Gesicht halb mit einem Schal verhüllt hatte, bemerkte er nicht.

Als die Turmuhr von St. Saviour die halbe Stunde läutete, war Simon klar, daß er kaum pünktlich sein würde. In der Straße vor ihm drängten sich nicht nur die Leute, zwei Karren standen einander gegenüber und blockierten den Weg. Zu seiner Rechten war ein enger, finsterer Durchgang zwischen zwei Lagerhäusern in der Nähe der Bärenhatzarena. Simon meinte sich zu erinnern, daß er zum Flußufer zurückführte und einen Steinwurf vom Anker entfernt endete. Er sah alles andere als einladend aus. Er war nicht beleuchtet, und Simon hörte, wie Wasser vom Dach tropfte und die Wände herunterrann. Simon hatte ein ungutes Gefühl, er zögerte einen Augenblick und schaute sich um. Er schien allein zu sein, und es gab keinen vernünftigen Grund, warum er bei der gebotenen Eile nicht diese Abkürzung nehmen sollte. Ohne weitere Umstände tauchte er in die Dunkelheit ein, seine Schritte hallten gedämpft wider.

Er war ungefähr in der Mitte der Passage, als er spürte, daß etwas nicht stimmte. Es war eher ein Gefühl, als daß er etwas gehört hätte. Er drehte sich blitzschnell um und sah einen Mann mit halb verhülltem Gesicht auf sich zukommen; in der erhobenen Hand hielt er einen Dolch, der offensichtlich für seinen Rücken bestimmt war. Simon reagierte blitzschnell. Er versuchte den Angreifer am Handgelenk zu packen, aber seine Robe behinderte ihn, ebenso wie die Enge des Durchgangs und der nasse, rutschige Boden. Einige Minuten lang rangen die beiden Männer stumm miteinander, nur ihr angestrengtes Atmen war zu hören, bis es Simon schließlich gelang, das Handgelenk des Mannes so fest zu umklammern, daß er die Waffe fallen lassen mußte; allerdings fühlte Simon, wie die Dolchspitze die Außenseite seiner Hand streifte. Nach dem mißlungenen Angriff wandte der Mann sich um und floh in die Richtung, aus der er gekommen war.

Simon sah ihm nach, während er an der Wunde sog. Selbst wenn er Zeit gehabt hätte, den Mann zu verfolgen, hätte er dabei wohl kaum Erfolg gehabt. Bis er den Eingang der Passage wieder erreicht hätte, wäre sein Angreifer längst im Gewirr der Gassen von Bankside verschwunden gewesen. Er zuckte die Achseln und eilte zum Ausgang der Passage, um im Tageslicht nachzusehen, wie schlimm die Verletzung war. Der Schnitt war nicht gefährlich, aber doch so tief, daß Blut herausquoll. Fluchend wickelte Simon sein Taschentuch um die Wunde, nahm die Zähne zu Hilfe, um es zu verknoten, und hoffte, daß der Verband halten würde, bis er nach seiner Aussage nach Hause kam. Jetzt lag der Anker in Sichtweite vor ihm, und er kam viel zu spät. Die Untersuchung hatte ohne ihn begonnen. Trotzdem ging Simon nicht weiter, sondern blieb einige Minuten lang stehen und starrte gedankenverloren auf den Fluß. Wenn der Angreifer ein gewöhnlicher Taschendieb gewesen wäre, hätte er ihn doch niedergeschlagen und seine Börse gestohlen und nicht versucht, ihn zu töten.

DIE ZUSCHAUERBÄNKE in dem großen Raum der ersten Etage des Ankers waren nicht einmal zur Hälfte besetzt. Die üblichen Schaulustigen waren da, die es spannend fanden, die Leiche zu beglotzen und von den blutrünstigen Umständen ihres Todes zu hören.

Punkt neun Uhr dreißig öffnete sich die Tür, und ein Konstabler schritt feierlich vor einem kleinen älteren Mann her, der die Robe eines Juristen trug und sich eine Parfümkugel vors Gesicht hielt. Ihm folgte der Gerichtsdiener mit Pergamentrollen, einem Tintenfaß und mehreren Federkielen. Diese stellte er auf einen Tisch vor den Platz, den der Richter einzunehmen pflegte.

„Erhebt euch!“ rief der Gerichtsdiener und verlas eine Schriftrolle. „Das Gericht tagt heute, um die Ursache des Todes einer gewissen Elizabeth Pargeter festzustellen; die Verhandlung wird geleitet vom Richter Ihrer Majestät Sir Thomas Monkton. Das Gericht ist einberufen in Southwark in der Grafschaft Kent, am 20. Juni 1591 im vierunddreißigsten Jahr der Herrschaft Elizabeths, von Gottes Gnaden Königin von England, Frankreich und Irland, in Gegenwart des genannten Sir Thomas Monkton die Leiche von Elizabeth Pargeter zu beschauen. Die Geschworenen werden jetzt den Eid ablegen.“

Man hörte laute Schritte, als die sechzehn Geschworenen den Raum betraten, nachdem sie Elizas Leiche im Stall des Gasthauses besichtigt hatten. Der Reihe nach legten sie den Eid auf die Bibel ab, die der Gerichtsdiener vor sie hinlegte, während er ihren Namen und ihren Beruf ansagte. Es handelte sich offensichtlich um ehrbare Händler oder Handwerksmeister, die zumeist mittleren Alters waren.

„Habt Ihr die Leiche gesehen?“ fragte Monkton.

„Jawohl, Euer Ehren“, antworteten sie im Chor.

„Habt Ihr einen von Euch als Obmann gewählt?“

„Wir haben beschlossen, daß es Christopher Mountjoy, Perücken- und Hutmacher, sein soll“, sagte einer.

„Danke, Ihr könnt Platz nehmen.“ Monkton blickte zu der Bank hinüber, wo üblicherweise die Zeugen saßen. Dort sah er nur einen dunkelhaarigen, graugekleideten jungen Mann. Er runzelte die Stirn. „Ich dachte, Dr. Forman sollte an der Untersuchung teilnehmen und aussagen.“

„So ist es, Sir“, erwiderte der Gerichtsdiener. „Offenbar hat er sich verspätet.“

„Nun, die Verhandlung kann wohl kaum aufgeschoben werden, bis es ihm beliebt zu erscheinen“, meinte Monkton säuerlich, worauf der junge Mann in der Zeugenbank lächelte. „Laßt uns also fortfahren.“

Der Gerichtsdiener stand auf und räusperte sich. „Wir haben uns heute hier versammelt, um die Ursache des Todes von Elizabeth Pargeter zu ermitteln, nachdem die Leiche dieser Frau am Morgen des

19. Juni im Jahre des Heils 1591 in der Themse gefunden wurde, und zwar von einem Fährmann namens Thomas Deakin."

„Ist der Fährmann anwesend?" fragte Monkton.

„Nein, Sir. Dr. Forman sollte für ihn aussagen, damit er seinem Gewerbe nachgehen kann."

„Ein Grund mehr für ihn, hier zu sein, und zwar pünktlich", murmelte Monkton. „Gibt es einen Zeugen, der die Leiche mit Sicherheit identifizieren kann?" Der Diener deutete auf den jungen Mann in der Zeugenbank, der sich sofort erhob. Monkton wandte sich ihm zu. „Euer Name und Beruf, Sir?"

„Francis Down, Sir Thomas. Persönlicher Sekretär von Sir Wolford Barnes, Großkaufmann der Stadt London."

„Bitte legt den Eid ab, Master Down", sagte der Gerichtsdiener. Gerade als Down das tun wollte, öffnete sich die hintere Tür, und Simon betrat den Raum. Der Richter gab ein Zeichen innezuhalten, während Down den Neuankömmling musterte, als wolle er die Situation einschätzen. „Ihr kommt zu spät, Dr. Forman!" bellte Monkton. „Vielleicht geruht Ihr, uns mitzuteilen, warum Ihr diesem Gericht so wenig Achtung erweist?"

Simon hob die rechte Hand, die mit dem nunmehr blutgetränkten Taschentuch umwickelt war. „Ich bitte ergebenst um Entschuldigung, aber ich wurde aufgehalten. Unglücklicherweise wurde ich auf meinem Weg hierher von einem Taschendieb überfallen, der mir diese Verletzung zufügte." Sogleich war ein Summen von den Zuschauerbänken zu hören, da alle einander erzählten, daß die Zustände so schlimm seien, daß man auf der Hauptstraße selbst am hellichten Tag nicht mehr sicher war.

Der Gerichtsdiener verlangte Ruhe.

„Wir werden jetzt fortfahren", sagte Monkton. „Ihr könnt Euch setzen, Dr. Forman. Es ist sicherlich ein Zeichen der Zeit, in der wir leben, daß man Euch in solcher Weise zugesetzt hat. Fahrt bitte fort, Master Down."

Ohne Simon eines weiteren Blickes zu würdigen, wandte sich Down zum Richter. „Ich kann beschwören, daß die tote junge Frau im Sarg da draußen Elizabeth Pargeter ist, Zofe der Lady Olivia Tuckett."

„Habt Ihr irgendeine Vermutung, warum sie in diesem Zustand aufgefunden wurde?"

„Nein, Sir. Lady Olivia vermißte sie vor zwei Tagen und fragte die anderen Bediensteten nach ihrem Verbleib, aber niemand wußte etwas. Ihr Verschwinden überraschte die Lady, da sie eine gute und zuverlässige Dienerin war."

Der Richter dachte nach. „Natürlich ist es möglich, daß sie aus Versehen in den Fluß gefallen ist, aber in Fällen dieser Art stellt sich immer eine Frage: Ist Euch irgendein Grund bekannt, warum sie sich das Leben hätte nehmen wollen?"

„Nein, Sir. Aber", fügte Down hinzu, „sie war immer sehr verschlossen, und vielleicht wissen andere mehr."

„Ist es möglich, daß sie von ihrer Herrin wegen eines Vergehens entlassen wurde?"

„Die Frage kann ich mit Sicherheit beantworten. Das ist nicht möglich. Wie ich schon sagte, Sir, sie galt als gute Dienerin und genoß daher das Vertrauen ihrer Herrin."

„Hat sie Familie?"

„Ihre Eltern arbeiten auf Sir Wolfords Landsitz. Unmittelbar nachdem ich die Tote gestern abend gesehen und bestätigt hatte, daß es Eliza war, ließ Lady Tuckett sie benachrichtigen."

„Vielen Dank, Ihr könnt Euch setzen. Nun, Dr. Forman?"

Simon legte den Eid ab und stellte sich dem Richter gegenüber.

Monkton beugte sich vor. „Seid so gut, uns zu erklären, wie Ihr in diesen Fall verwickelt wurdet."

„Auf meinem Heimweg nach einem Patientenbesuch war ich gerade oben auf der Ufertreppe in der Nähe meines Hauses, als ich sah, wie ein Fährmann und sein Fahrgast versuchten, eine Last, die der Körper einer Frau zu sein schien, aus dem Boot die Treppe hinaufzuschleppen. Sie riefen mir zu, ich solle helfen, und das tat ich auch. Ich stellte fest, daß das Mädchen tot war, und als ich es betrachtete, erkannte ich es, denn es hatte vor ungefähr vier Monaten meinen Rat gesucht. Um dem Fährmann einen Verdienstausfall zu ersparen, schlug ich vor, sie in mein Haus zu bringen, bis die Behörden benachrichtigt werden konnten."

„Ich verstehe." Monkton runzelte die Stirn. „Und um welchen Rat ersuchte sie Euch?"

„Wie viele junge Mädchen bat sie um ihr Horoskop, um zu erfahren, ob ihr Glück beschieden sein würde", erwiderte Simon fast wahrheitsgemäß. „Und auch um einen Schlaftrunk für ihre Herrin."

„Sagte sie, wer ihre Herrin war?"

„Nein, Sir, das tat sie nicht. Ich gab ihr ein Fläschchen mit schwachem Mohnsirup, der oft verordnet wird, stellte aber klar, daß ihre Herrin, wenn sie mehr brauchen sollte, persönlich kommen müsse, da diese Arznei nicht leichtfertig eingenommen werden darf. Übrigens hatte ich Schwierigkeiten, ihr Horoskop zu erstellen – wahrscheinlich weil das arme Mädchen keine Zukunft hatte."

Monkton blickte auf eine Notiz, die vor ihm lag. „Offenbar habt Ihr die Leiche untersucht. Warum?"

„Weil ich als Arzt dachte, damit könnte ich diesem Gericht behilflich sein."

Monkton schien davon nicht ganz überzeugt. „Aber es gibt doch gewiß keinen Zweifel. Das Mädchen ist ertrunken. Alles, was wir zu entscheiden haben, ist, ob dies durch einen Unglücksfall oder mit Absicht geschah."

„Es steht fest, daß sie ertrunken ist. Aber ich muß hier und jetzt feststellen, daß ich nicht glaube, daß dies durch einen Unfall geschah oder daß sie ihrem Leben ein Ende setzen wollte." Seine Äußerung rief lautes Stimmengewirr hervor.

Simon fuhr fort: „Als ich die Leiche genau anschaute, sah ich, daß ihre Handgelenke vor kurzem mit einer dünnen Schnur gefesselt worden waren – die Abdrücke sind immer noch deutlich zu sehen, falls Ihr Euch vergewissern wollt. Und wegen der veränderten Größe und Farbe ihrer Pupillen würde ich sagen, daß man ihr eine Droge, möglicherweise ein Beruhigungsmittel wie Mohnsirup, verabreicht hat, vielleicht um ihre Gegenwehr zu verhindern."

„Behauptet Ihr, daß sie vorsätzlich in den Fluß geworfen wurde?" fragte Monkton mit nicht geringem Erstaunen.

„Ich kann mir keine andere Erklärung vorstellen. Es könnte für Euch außerdem wichtig sein, daß sie ungefähr im dritten Monat schwanger war."

Monkton schlug erbittert auf den Tisch. „Aber damit liefert Ihr uns den denkbar besten Grund, warum sie sich umbringen wollte! Ihre Angst, ihrer Familie und dem Haushalt von Sir Wolford Barnes Schande zu machen."

„Das könnte durchaus sein, Sir, aber sie würde sich doch zuvor kaum betäubt und jemanden gebeten haben, sie zu fesseln."

Der Richter wirkte alles andere als erfreut. „Ich wollte eigentlich beiden Herren die Frage stellen, ob sie es für möglich halten, daß das

Mädchen durch ein Versehen in den Fluß gefallen ist, aber wie es scheint, ist zumindest Dr. Forman schon zu einem Urteil gelangt. Was meint Ihr, Master Down?“

Francis erhob sich wieder. „Ich bin mir nicht sicher, Sir. Da wir nicht wissen, wo sie ins Wasser fiel, ist es schwer zu entscheiden, ob sie versehentlich hineinfiel oder nicht; natürlich gibt es etliche gefährliche Stellen am Fluß. Aber das erklärt noch nicht, warum sie unseren Haushalt verließ. Wenn es allerdings stimmt, wie Dr. Forman sagt, daß Eliza schwanger war, dann wäre das, wie Ihr ja selbst gesagt habt, eine mögliche Erklärung dafür, warum sie sich das Leben nehmen wollte.“

„Und Dr. Formans Hinweis, daß vor ihrem Tod in irgendeiner Weise Zwang angewendet wurde, was darauf hinausläuft, daß sie von einem oder mehreren Unbekannten in den Fluß geworfen wurde?“

„Ich bin kein Arzt“, erwiderte Francis Down bescheiden, „aber es klingt doch ziemlich unwahrscheinlich. Wenn Ihr meine Meinung hören wollt, ich glaube, daß sich Eliza bedauerlicherweise selbst das Leben nahm.“

Der Richter nahm dies zur Kenntnis und sagte dann: „Vielen Dank, meine Herren. Ihr könnt Euch setzen. Ihr, Dr. Forman, wollt bestimmt möglichst bald nach Hause, um Eure Wunde zu versorgen.“ Das Blut sickerte inzwischen durch den behelfsmäßigen Verband. Zu den Geschworenen gewandt, fuhr Monkton fort: „Meine Herren, Ihr habt von Master Down gehört, daß ihm persönlich kein Grund bekannt ist, warum sich dieses Mädchen das Leben hätte nehmen sollen, wenn er auch diese Möglichkeit nicht ausschließt, und von Dr. Forman, daß sie schwanger war und daß er glaubt, ihr sei in irgendeiner Weise Zwang angetan worden, bevor sie starb. Das ist natürlich nur seine Meinung. Die dritte Möglichkeit ist, daß das Mädchen ausrutschte oder durch einen unglücklichen Zufall in den Fluß fiel, aber es ist schwierig zu entscheiden, ob ein solcher Unfall geschehen ist, wenn wir nicht wissen, wo er geschehen sein könnte. Es liegt daher bei Euch zu entscheiden, ob ihr Tod ein Unglücksfall war, ob sie sich das Leben durch Ertrinken nahm – vergeßt nicht, daß sie ein uneheliches Kind erwartete – oder ob sie, wie Dr. Forman sagte, genötigt wurde, was bedeutet, daß sie mit Gewalt ins Wasser gestoßen wurde, was vorsätzlichen Mord bedeuten würde.“

Die Geschworenen verließen nacheinander den Raum, Monkton

und der Gerichtsdiener unterhielten sich flüsternd, während Simon und Francis Down Seite an Seite auf der Bank saßen.

Francis Down brach das peinliche Schweigen. „Ihr habt ein Drama aus dieser Sache gemacht, Dr. Forman. Kann es nicht sein, daß Ihr Euch irrt? Wenn Abdrücke zu sehen sind, könnte es nicht doch eine andere Erklärung dafür geben? Sie könnte sich die Arme im Unterholz oder an Ästen zerkratzt haben. Ich war geneigt, die Sache für einen Unfall zu halten, bis Ihr das Kind erwähnt habt. Jetzt ist Selbstmord wohl die wahrscheinlichste Erklärung."

Simon, der Down bei ihrer Begegnung am Vortag nicht sonderlich sympathisch gefunden hatte, spürte, daß sich seine spontane Reaktion zu entschiedener Abneigung verhärtete. „Ich habe mich nicht geirrt. Die Spuren des Stricks sind an beiden Handgelenken deutlich zu sehen. Geht hin und überzeugt Euch selbst. Wahrscheinlich lebte sie, war aber völlig wehrlos, als sie in den Fluß geworfen wurde."

Bevor Down antworten konnte, kamen die Geschworenen zurück, und der Gerichtsdiener bat die Anwesenden aufzustehen. „Seid Ihr zu einem Urteil gelangt?" fragte Monkton Mountjoy.

„Mit Schwierigkeiten, Sir. Gewiß hatte das Mädchen einen Grund, sich das Leben zu nehmen, aber wenn Dr. Forman, der ja in solchen Dingen Erfahrung hat, meint, sie wurde vor ihrem Tod gefesselt, dann würde das darauf hindeuten, daß dies mit böser Absicht und vorsätzlich geschah. Keines der möglichen Urteile erscheint uns völlig zufriedenstellend, aber unter diesen Umständen haben wir beschlossen, uns letzterer Ansicht anzuschließen: daß Elizabeth Pargeter durch eine oder mehrere unbekannte Personen den Tod fand."

„Ich verstehe." Monkton war offensichtlich verärgert, denn das Urteil bedeutete, daß weitere Nachforschungen unumgänglich waren. „Und seid Ihr alle dieser Meinung?"

„Jawohl, Sir."

Monkton räusperte sich. „Nun gut. Da Ihr zu dem Schluß gekommen seid, daß sie sich nicht das Leben nahm, kann sie ein christliches Begräbnis erhalten. Wer Anspruch auf ihre Leiche hat, muß ihn jetzt erheben. Sonst wird sie im Armengrab beigesetzt."

Francis Down erhob sich. „Meine Herrin hat mir Geld gegeben, damit ihre Leiche einen würdigen Sarg erhält und zum Begräbnis zu ihren Eltern nach Essex überführt wird."

„Dann kümmert Euch darum!" bellte Monkton und rauschte hinaus.

Ratschlag eines Sekretärs

Anna war in der Küche gerade dabei, für ihren Mann Eintopf in eine Schale zu schöpfen, als Simon von der Untersuchung zurückkam. Beide schrien erschrocken auf, als sie seine verbundene, blutige Hand sahen. „Sei so gut und stell mir warmes Wasser bereit, Anna. Und auch ein paar Leinenstreifen. Ich suche derweil eine Salbe!“ rief er, als er an ihnen vorbei in sein Arbeitszimmer ging. Einige Minuten später kam er mit einer kleinen Flasche zurück. Behutsam wickelte er sein beflecktes Taschentuch ab und untersuchte den Schnitt. Er reichte vom Mittelfinger bis zur Seite über dem Handgelenk, aber er blutete nicht mehr stark, und nachdem Simon ihn gewaschen und mit Salbe bestrichen hatte, bat er Anna, einen festen Verband anzulegen. Dann setzte er sich zu ihnen an den Tisch.

„Was ist denn passiert?“ wollte John wissen, als sich Simon hungrig über einen Teller mit Rindfleisch und Rüben hermachte.

„Irgendein Kerl hat mich in der Passage unterhalb von Henslowes Lagerhaus in der Nähe der Bärenhatzarena überfallen.“

Sein Diener schnaubte. „Ihr wißt, daß ich Euch gewarnt habe! Auf jeden ehrlichen Mann in der Bankside kommen zwei Schurken.“

Simon stimmte zu, dann aber entschied er, seine Befürchtungen nicht für sich zu behalten. „Vielleicht. Aber ich glaube nicht, daß dies der übliche kleine Gauner war. Er schlich sich an mich heran und versuchte nicht, meine Börse zu stehlen, sondern mich in den Rücken zu stechen.“ Als John ihn unterbrechen wollte, fügte Simon hinzu: „Ich hätte gar keine Möglichkeit gehabt, mein Schwert zu ziehen, selbst wenn ich es bei mir gehabt hätte. Die Passage ist viel zu eng, und das muß der Kerl bedacht haben. Ich glaube, ich wurde aus einem bestimmten Grund überfallen, aus welchem, kann ich allerdings nicht sagen.“

John verkniff sich eine Antwort. Das Interesse seines Herrn für die undurchsichtigen Belange seiner Mitmenschen erschien ihm kaum nachvollziehbar, da er doch schon als Arzt alle Hände voll zu tun hatte.

Simons Gedanken wanderten zum Ergebnis der Untersuchung zurück. Der Richter war offensichtlich in hohem Maße verärgert über seine Aussage und seinen Einfluß auf das Urteil gewesen. Bestimmt wußte Sir Thomas Monkton über Sir Wolford Barnes und dessen Reichtum Bescheid, vielleicht kannte er ihn sogar persönlich, und überhaupt konnte er wahrscheinlich nicht verstehen, warum so viel Aufhebens um den Tod eines einfachen Dienstmädchens gemacht werden sollte. Hätte Simon sich nicht eingemischt, wäre jeglicher Zweifel an der Todesursache unter den Teppich gekehrt worden, und das Gesetz, die Stadt und der Adel, verkörpert durch den unreifen Sir Marcus Tuckett, hätten die Reihen geschlossen, um einen öffentlichen Skandal zu verhindern.

Ihm selbst war es unmöglich gewesen, über Elizas Tod hinwegzugehen. Es ging ihm ganz einfach um Gerechtigkeit. Und dann war da noch die Sache mit dem Überfall am Morgen. Vielleicht war es ja nur ein Zufall und hatte nichts mit seinem Besuch im Haus von Sir Wolford Barnes zu tun, und doch ... Er dachte an die Reaktionen der entzückenden Olivia Tuckett und ihres Gatten. Wäre einer von beiden imstande dazu, jemanden anzuheuern, der verhindern sollte, daß er zu der Untersuchung kam? Und was war mit Elizas Angehörigen? Wie mochten sie über all das denken? Was auch immer in ihnen vorging, da ihr Vater und ihre Mutter im Dienst von Sir Wolford auf dem Landsitz in Essex standen, waren sie kaum in der Lage, darauf zu drängen, daß die Wahrheit aufgedeckt wurde – schließlich verdankten sie Sir Wolford Barnes das Dach über dem Kopf und ihren Lebensunterhalt.

Heute war Mittwoch. Auch wenn Elizas Leiche unmittelbar nach der Verhandlung aus dem Anker abgeholt würde, konnte sie doch erst recht spät am folgenden Tag an ihren Bestimmungsort überführt werden; und auch wenn ihre Eltern inzwischen über die Tragödie Bescheid wußten, wie Down es dem Richter zugesichert hatte, so mußte man noch Vorkehrungen für ihr Begräbnis treffen und das Grab ausheben lassen. Demnach würde die Beerdigung wohl erst am Freitag stattfinden können. Simon ging in sein Arbeitszimmer und schaute in seinem Kalender nach, ob es in den nächsten Tagen wichtige Termine gab. Es stand nur wenig an. Er faßte einen Entschluß. Vielleicht würde er nicht in London, sondern in Essex die Wahrheit über den Tod des Mädchens erfahren können?

Beim Gedanken an Elizas Begräbnis erinnerte er sich daran, daß die alte Sara am kommenden Morgen bestattet werden sollte. Wie versprochen würde er zu ihrer Beerdigung gehen und anschließend zusammen mit John Bradedge nach Stratford St. Anne im Dedham Vale reiten. Zu diesem Zweck wies er seinen Diener an, dafür zu sorgen, daß sein Pferd am kommenden Vormittag bereitstand, und auch eins für sich selbst zu mieten.

SIMON war nicht der einzige, der eine Menge zu regeln hatte. Auch für Francis Down gab es vieles, was ihn beschäftigte, als der Raum sich nach der Verhandlung leerte. Zuerst ging er in den Stall hinunter, um noch einmal Elizas Leiche anzusehen. Er biß sich auf die Lippe, als er die Arme des Mädchens betrachtete, die jetzt, wie es sich schickte, gekreuzt auf der Brust lagen; dabei sah er selbst die Abdrücke, von denen Dr. Forman behauptet hatte, sie stammten von Stricken. Er betrachtete die Tote eine Weile nachdenklich, bevor er sich umwandte.

Nachdem er bei einem Zimmermann in der Nähe einen passenden Sarg erstanden hatte, machte er sich auf die Suche nach einem zuverlässigen Fuhrmann. Er erklärte ihm, welcher Art die Fracht war, die er nach Essex bringen sollte, und bezahlte ihn. Sobald das Mädchen in den Sarg gelegt und der Deckel fest verschlossen worden war, sollte er sich damit zum Landsitz seines Herrn am Rande von Stratford St. Anne aufmachen. Danach ging er in die nächste Wirtschaft und bestellte das Tagesgericht.

Er verzehrte eine Pastete, umgeben von lärmenden Gästen, die er aber kaum beachtete, da er an die Ereignisse des Morgens und an die Mutmaßungen über Elizas Tod dachte. In mancher Hinsicht waren er und Eliza zwei vom selben Schlag gewesen. Von ähnlicher Herkunft, gleich ehrgeizig und fest entschlossen vorwärtszukommen. Auch Francis war das Kind von Bediensteten auf einem großen Besitz, aber in seinem Fall hatte der alte Herr, ein Witwer, Gefallen am einzigen Sohn der Dienerin seiner Frau gefunden und ihn ermutigt, lesen und schreiben zu lernen. Als Francis' Vater plötzlich an einem Fieber gestorben war, hatte der alte Mann eingegriffen, den Jungen auf die nahe gelegene Schule geschickt und dafür bezahlt, um seine Ausbildung zu fördern. Nach dem Tod seines Gönners war Francis nach London aufgebrochen und hatte dort versucht, auf der Leiter nach oben Fuß zu fassen. Er hatte für mehrere Herren gearbeitet und allmählich wegen seiner Fähigkeiten als Sekretär, seiner Verschwiegenheit und seines Scharfsinns einen guten Ruf erworben. Er duldete kein Hindernis auf seinem Weg: Nicht einmal Krankheit und Tod seiner Mutter konnten ihn bewegen, die Stadt zu verlassen. Vor ungefähr fünf Jahren dann war er in Sir Wolfords Dienste getreten.

Nachdem Francis das Wirtshaus verlassen hatte, ging er durch die Bankside zur London Bridge zurück, überquerte die Brücke und traf am frühen Nachmittag wieder in Sir Wolfords Haus ein. Dort war es sehr ruhig, da sein Herr geschäftlich in der Stadt unterwegs war.

Olivia Tuckett war auf dem Weg in ihr Privatgemach, als er sich ihr in dem engen Flur in den Weg stellte. „Warum solche Eile, Lady?“ fragte er. „Ihr wollt doch bestimmt wissen, was passiert ist?“

Es gelang ihr nicht, ihn wegzuschieben. „Ich möchte so wenig wie nur möglich hören. Eliza ist tot und wird bald begraben. Niemand kann sie zurückholen. Es ist vorbei.“

Er packte sie an der Schulter. „Wenn Ihr das tatsächlich glaubt, dann gibt es Dinge, die Ihr unbedingt wissen solltet. Zuerst, daß Dr. Simon Forman lebt und wohlauf ist und somit auch in der Lage war, vor Gericht auszusagen. Ich nehme an, Ihr hattet irgend so einem ungeschickten Tölpel den Befehl gegeben, ihn daran zu hindern?“ Er sah ihrem Gesicht an, daß seine Vermutung richtig war. „Ich habe Euch mehr Verstand zugetraut. Nun gut, Formans Eingreifen in dieser Angelegenheit war zwar nicht vorherzusehen, aber das war ein äußerst törichter Schritt. Es gibt bessere Wege, mit ihm fertig zu werden, falls das nötig sein sollte. Alles, was Ihr erreicht habt, ist, ihn in seinem Glauben zu bestätigen, daß das Mädchen durch ein übles Verbrechen zu Tode gekommen ist. O nein, diese Sache ist ganz bestimmt *nicht* vorbei, Olivia, sie ist mit Sicherheit nicht vorbei. Letztlich lautete das Urteil auf vorsätzlichen Mord.“

„Mord!“ Sie wurde blaß. „Was sagt Ihr da? Das kann nicht sein!“

„Versteht Ihr jetzt, warum wir miteinander reden müssen? Und dies ist kaum der geeignete Ort dafür.“

Sie blickte sich unruhig um und führte ihn dann widerstrebend in ihr Zimmer. „Also gut. Aber beeilt Euch, und sagt, was Ihr zu sagen habt. Wir laufen Gefahr, daß entweder Vater oder Marcus uns hier zusammen antreffen.“

„Ihr seid nicht immer so vorsichtig gewesen“, sagte Down, als er die Tür hinter sich schloß und sich dagegen lehnte. Sie wandte sich ungeduldig von ihm ab, als er fortfuhr: „Das einzige, was Euer Kerl zustande brachte, war, die Hand des guten Doktors aufzuschlitzen, während die beiden miteinander rangen; danach ergriff er die Flucht. Der Überfall hatte lediglich zur Folge, daß Forman einige Minuten zu spät zur Untersuchung kam – dafür aber mit einer klaren Meinung. Und so hat Forman dem Gericht nicht nur von dem Kind erzählt, sondern er hat außerdem von Abdrücken von Fesseln und einem seltsamen Augenausdruck gesprochen und seiner Überzeugung Ausdruck verliehen, daß üble Machenschaften im Spiel seien." Er ging auf sie zu. „Wenn ich Euch einen Rat geben darf: Laßt Forman – vorläufig – in Ruhe. Wichtig ist, daß die Sache in Vergessenheit gerät. Der Tod einer Dienerin – welche Ursache er auch haben mag – ist ohne Bedeutung, und der Richter war offensichtlich verärgert über das Urteil. Deshalb schlage ich vor, daß Ihr ihm schreibt und erklärt, Ihr wärt bisher zu verstört gewesen, doch jetzt, da Ihr den Urteilsspruch gehört hättet, hieltet Ihr es für notwendig, ihm von dem gewalttätigen Liebhaber des Mädchens zu berichten, vor dem Ihr sie viele Male gewarnt habt, und auch von dem Schmuckstück, das zusammen mit ihr verschwand und Eurem Vater von Dr. Forman zurückgebracht wurde."

Olivia schüttelte den Kopf. „Ich habe es doch schon gesagt: Ich will nichts mehr damit zu tun haben."

Down ging auf sie zu und faßte ihre Arme mit kräftigem Griff. „O nein, Lady, dazu ist es zu spät. Als Ihr mir meine Rolle zugewiesen habt, habt Ihr Euer Schicksal mit dem meinen verbunden."

Sie versuchte sich zu befreien. „Was soll das? Wollt auch Ihr jetzt Geld?"

Er lachte. „Ihr wißt sehr genau, was ich will."

Sie blickte ihn verzweifelt an. „Also gut, es war dumm von mir, einen unfähigen Diener zu überreden, Dr. Forman nachzustellen. Aber jetzt muß er doch zum Schweigen gebracht werden, bevor er noch größeren Schaden anrichtet! Könnt Ihr Euch nicht für mich darum kümmern?"

Francis Down umklammerte noch immer ihre Arme, sagte aber nichts.

„Hier", rief sie und streifte einen Ring vom Finger, „der gehörte meiner Großmutter, es ist ein Rubin."

„Ihr bietet mir einen Ring für das Leben eines Mannes?" Down schüttelte den Kopf. „Ich sage es Euch noch einmal, laßt Forman vorläufig in Ruhe." Er zog sie an sich und küßte sie rauh. „Ich will Euren Ring nicht, Olivia. Das mindeste, was ich will, ist, daß es zwischen uns wieder so wird, wie es einmal war. Eine Stunde in Eurem Bett, wenn Euer Mann nicht da ist, ist bei weitem nicht genug. Wir beide sind zwei Hälften einer Münze. Ihr hättet mich heiraten sollen."

Sie sträubte sich. „Seid Ihr verrückt? Denkt an den Standesunterschied, der uns nach Gottes Willen trennt." Sie versuchte wieder, sich loszureißen, befreite einen Arm und schlug ihm ins Gesicht. Er zuckte zusammen, dann schleifte er sie vor den großen Spiegel an der Wand und preßte ihr Gesicht an sein eigenes. „Wenn Ihr Euer Gewissen erforscht, Lady, wird mein Gesicht Euch entgegenblicken. Und was Ihr sehen werdet, ist wahr, denn Ihr habt Euch ebensoviel vorzuwerfen wie ich." Er ließ sie los und schaute sich um. „Ihr habt Feder und Papier. Schreibt jetzt an den Richter."

Als er ging, starrte sie noch immer in den Spiegel, und Tränen der Wut rannen über ihr Gesicht.

Ländliche Angelegenheiten

Am nächsten Morgen war das Wetter deutlich besser. Als Simon sich auf den Weg zu Saras Beerdigung machte, atmete er die wohltuende frische Luft und dachte dankbar daran, daß er während seines langen Rittes an diesem Tag wohl nicht völlig durchnäßt würde.

Einige Trauergäste hatten sich schon auf dem Kirchhof eingefunden, um von der Toten Abschied zu nehmen. Neben Saras Mann stand eine rundliche Frau mittleren Alters in einem gepflegten braunen Mantel und passender Jacke, die von einer jüngeren, in dunklen Samt gekleideten Frau begleitet wurde. Saras Mann drückte Simon herzlich die Hand und stellte ihn den beiden Frauen vor. „Das ist Saras Schwester Mary und das meine Nichte."

Simon begrüßte die beiden Frauen und fragte Saras Schwester, ob sie von weit her gekommen sei.

„Aus Kent. Ich habe mich sofort auf den Weg gemacht, als ich die Nachricht von Saras schwerer Krankheit erhielt", sagte sie traurig, „aber sie war von uns gegangen, noch bevor ich das Haus meiner Tochter in der Stadt erreichte. Meine Tochter hatte mit ihrem Mann London verlassen und erfuhr erst von der Krankheit ihrer Tante, als es zu spät war." Sie strich ihrer Tochter über den Arm. „Avisa ist mein jüngstes Kind."

Interessiert betrachtete Simon das Mädchen. Sie mußte das Kind der Liebe sein, das Sara in die Welt gesetzt hatte. Sie war eine attraktive junge Frau mit zarter Haut und großen, sehr dunklen Augen; sie hatte sie vermutlich von ihrem Vater, dem Zigeuner, geerbt. Sie hatte ein ebenmäßiges Gesicht, und ihr Haar war ebenfalls dunkel, soweit er dies unter der adretten, spitzenbesetzten Haube, die sie als verheiratete Frau auswies, erkennen konnte. „Ihr wohnt also in der Stadt?" fragte er.

„Seit meiner Heirat", erwiderte sie mit sanfter Stimme.

„Meine Tochter ist mit dem Seidenhändler William Allen verheiratet", ließ Mary stolz wissen, dann wandte sie sich ihrem Schwager zu.

Simon warf Avisa noch einen anerkennenden Blick zu. Aber bevor er etwas zu ihr sagen konnte, traf ein ärmlich gekleideter Hilfspfarrer ein, der den kurzen Trauergottesdienst abhielt. Anschließend wurde der Sarg dann in das Grab hinabgelassen, jeder der Trauergäste warf eine Handvoll Erde hinab, dann zerstreuten sie sich; einige, unter ihnen Mary und Avisa, machten sich mit Saras Mann auf den Weg zu ihrem kleinen Haus. Simon sprach ihnen noch einmal sein Beileid aus. Avisa Allen war wirklich eine schöne junge Frau, dachte Simon, als er nach Hause eilte. Vermutlich hatte sie nicht die geringste Ahnung, daß sie soeben am Begräbnis ihrer leiblichen Mutter teilgenommen hatte.

Am späten Vormittag überquerten Simon und John auf ihren Pferden die London Bridge. Auf ihrem Weg nach Osten kamen sie an den Lagerhäusern und Wohnsitzen der Handelsherren vorbei, die sicher hinter hohen Toren lagen, dann gelangten sie nach Aldgate, wo sich die Szene völlig wandelte. Hier sahen sie sich von unzähligen ärmlichen Behausungen umgeben. Wilde, barfüßige Kinder spielten zwischen den Abfallhaufen vor den Hütten.

Außerhalb der Vororte ließen sie ihre Pferde zügig traben; ihr Weg führte sie über die kahle Wanstead-Ebene, berüchtigt wegen etlicher Straßenräuber. John umfaßte seinen Knüppel mit festem Griff, aber alles war ruhig, und sie erreichten das Gallows Cross ohne Zwischenfall. Von dort ging es weiter nach Nordosten.

Simon hatte es so eilig voranzukommen, daß sie am Rande von Chelmsford nur rasteten, um die Pferde zu wechseln und den Proviant zu verzehren, den Anna ihnen mitgegeben hatte.

In der Abenddämmerung ritten sie durch das geschäftige Zentrum Colchesters. Es war nach acht Uhr, als Simon vor einem ansehnlichen Gasthaus aus Fachwerk im Dorf Stratford St. Anne hielt.

„Wir werden hier einkehren, John. Ein freundliches Schwätzchen mit unserem Wirt und ein Abend, an dem wir unsere Ohren in der Schankstube offenhalten ..., das wird uns weiterhelfen."

Der Wirt war ein freundlicher Kerl, er rief nach einem Stallknecht, der sich um die Pferde kümmern sollte, und führte die Reisenden dann in die geräumige Schankstube, wo an einem großen Tisch mehrere Männer saßen und zu Abend aßen. Es war warm, denn ein Holzfeuer brannte in dem mächtigen Kamin, offensichtlich der bevorzugte Platz der Einheimischen, die auf Stühlen im Halbkreis davor saßen. Die beiden Männer nahmen am Tisch Platz und widmeten sich mit großem Genuß den Speisen, die man ihnen brachte. Als sie gegessen hatten, versetzte Simon John einen leichten Rippenstoß und deutete mit dem Kopf auf die Männer am Kamin; sein Diener verstand den Hinweis und ging zu ihnen hinüber. Simon setzte sich in eine dunkle Ecke, um Johns Vorgehen zu beobachten.

Das Glück schien ihnen hold zu sein, denn wenige Minuten später öffnete sich die Tür, und ein älterer Mann trat ein in einem sackleinenen Gewand und mit Erde an den Händen. Ohne Aufforderung füllte der Wirt Ale in einen Krug und reichte ihn ihm. „Durstig nach der Arbeit, Küster?"

„Ja, sehr." Der Küster, der zugleich Totengräber war, dankte ihm und gab ihm eine Münze. „Zum Schluß war es auch noch dunkel."

„Welche arme Seele ist es diesmal?" fragte einer der Männer am Kamin.

„Harry Pargeters Tochter", erwiderte der Küster. „Die, die als Dienerin zu Miß Olivia nach London ging." Diese Nachricht ließ augenblicklich alle verstummen.

„Der Herr erbarme sich!" rief der Mann aus, der zuerst gesprochen hatte. „Wie ist das passiert – sie war doch ein ganz junges Mädchen!"

Sein Nachbar wurde bleich und stammelte: „Gott bewahre uns, es ist doch nicht etwa die Pest, Küster?"

Der Küster zögerte einen Augenblick, um die größtmögliche Wirkung zu erzielen. „Nicht die Pest, Nachbar Oats“, gab er mit gewichtiger Miene zur Antwort, „aber es ist eine seltsame Angelegenheit, ohne Frage. Sie trieb ertrunken in der Themse.“ Nach dieser aufsehenerregenden Mitteilung scharten sich etliche Männer um ihn. Der Küster trank in aller Ruhe mehrere Züge, bevor er weitersprach. „Der Pfarrer sagt, es gab eine gerichtliche Untersuchung, weil man glaubte, sie hätte sich vielleicht das Leben genommen und könne deshalb nicht als christliche Seele begraben werden. Aber dann kamen sie zu dem Schluß, daß das arme Mädchen irgendwic ins Wasser gefallen und ertrunken ist.“ Alle bestürmten ihn mit weiteren Fragen, aber der Küster wehrte ab. „Mehr weiß ich nicht“, sagte er bestimmt und leerte seinen Krug. „Und jetzt gehe ich nach Hause und ins Bett.“

Das also, dachte Simon, sollte hier die Version der Geschichte sein: ein unglücklicher Unfall. Keine Gerüchte über üble Machenschaften; schon bald würde niemand mehr über die Sache reden. Mit dem Küster verließen zahlreiche Gäste den Schankraum, so daß nun nur noch eine Handvoll Männer am Feuer saßen. Unter ihnen war der Mann, der als Nachbar Oats angesprochen worden war; er wandte sich John zu und fragte, woher er käme. John antwortete freundlich, er sei mit seinem Herrn (er deutete in die Ecke, wo Simon saß) wegen einiger Geschäfte aus London hergereist. Dann bestellte er für Oats etwas zu trinken und meinte dabei, der Unfalltod eines so jungen Mädchens sei doch eine schreckliche Sache.

„Wenn es ein Unfall war“, erwiderte Oats finster, während er den Bierkrug entgegennahm. „Und das Mädchen sich nicht das Leben genommen hat. Untersuchung hin oder her, Hochmögende wie Sir Wolford können sich um solche Dinge kümmern, arme Leute nicht.“

John nickte verständnisinnig. Gewiß, wer Geld hatte, bekam stets recht. „Und wer ist dieser Sir Wolford?“ fragte er dann.

„Ihm gehört der alte Field-Landsitz im Vale und auch ein Grundstück in London.“

„Eine vornehme alte Familie, nehme ich an?“ fragte John.

Oats schnaubte verächtlich. „Ganz und gar nicht! Seine Frau beerbte ihren Vater, den alten Sir John Field. Er gehörte wirklich zum Adel“, erklärte er weiter. „Sir John blieb nur dieses eine Kind, nachdem seine beiden Söhne früh gestorben waren. Dieser Sir Wolford wollte ein schönes Gut auf dem Land, und so nahm er Fields Tochter zur Frau, obwohl sie über Dreißig und eine graue Maus war. Und es brachte ihm kein Glück."

John wollte wissen, warum.

„Weil auch er keinen Sohn als Erben hat, nur eine Tochter, die er mit irgendeinem Lord aus Kent verheiratet hat. Aber Sir Wolford ist ein sehr mächtiger Mann, und er macht, was ihm gefällt." Oats kam jetzt richtig in Fahrt. „Was seine Tochter anbetrifft, diese Miß Olivia ist ein halsstarriges Ding! Bekam immer ihren Willen, genauso wie ihr Vater, wurde nie gezügelt. Wenn sie sagt, Pargeters Tochter bekommt ein christliches Begräbnis, dann wird ihr Vater dafür sorgen, ganz gleich, wie das Mädchen ertrank."

„Hatte das Mädchen eigentlich hier in der Gegend einen Liebhaber?" fragte John. „Einen, der sie verführte und nicht heiraten wollte?"

Nachbar Oats dachte einen Augenblick nach. „Auf ihre Art war sie ein hübsches Mädchen, und es fehlte nicht an Verehrern, aber ich glaube nicht. Wenn ihr so etwas passiert ist, dann muß es wohl irgendein Draufgänger gewesen sein, den sie in der Stadt kennengelernt hat."

Simon beobachtete seinen Diener mit einigem Vergnügen während der angeregten Unterhaltung. In so einer Situation war John sein Gewicht in Gold wert. Da alles einen guten Lauf nahm, stand er auf und gähnte. Er war müde nach dem langen Ritt. Auf dem Weg zu seinem Zimmer sagte er seinem Diener gute Nacht. Er entkleidete sich, stieg ins Bett und blies die Kerze aus. Als er an Saras Begräbnis dachte, fiel ihm wieder die dunkelhaarige, attraktive Avisa Allen ein, ihre nichtsahnende Tochter. Er fragte sich, ob ihr Mann, der Seidenhändler, zu der aufstrebenden neuen Gruppe der Handelsherren gehörte oder ob er einer der älteren Stadtväter war, der sich glücklich schätzte, in zweiter Ehe eine hübsche junge Frau für sich gewonnen zu haben. Diese interessante Frage bewegte ihn noch, als er einschlief.

So, wie John Bradedge am nächsten Morgen aussah, hatte er reichlich und lange mit seinem Gesprächspartner gezecht; als er die Treppe hinunterstolperte, hatte sein Herr schon gefrühstückt. Allerdings erinnerte er sich an das meiste von dem, was er in Erfahrung gebracht hatte, und gab es weiter; außerdem wies er darauf hin, daß die Beerdigung wohl am frühen Vormittag sein würde. Da die beiden Männer durch die Fenster des Schankraumes einen guten Blick auf den

Kirchhof hatten und so die Ankunft der Trauergäste nicht verpassen konnten, setzten sie sich und warteten.

Nach ungefähr einer halben Stunde waren von draußen Lärm und das Rattern eines Karrens zu hören. Simon spähte hinaus, als der Karren vor dem Friedhofstor hielt, einige dunkel gekleidete Trauergäste folgten ihm. Vier Männer traten vor und hoben einen schlichten Holzsarg herunter, auf dessen Deckel ein Strauß weißer Blumen mit einer weißen Schleife lag. Die Glocke begann zu läuten, und die Männer trugen den Sarg zum Grab.

Simon und John eilten ins Freie. Der Weg zur Kirche war dicht von alten Eiben gesäumt, und es war leicht, einen Ort zu finden, von dem aus sie die Trauergäste beobachten konnten, ohne selbst gesehen zu werden. Die Frau in Schwarz mußte Elizas Mutter sein, sie wurde von einem Jungen gestützt, der, seinem hellen Teint nach zu urteilen, auch mit Eliza verwandt sein mußte. Neben ihnen stand ein ungefähr zehnjähriges Mädchen, das ebenfalls die blasse Haut und das flachsblonde Haar der Familie hatte. Zwei junge Frauen, die, ihren Kleidern nach zu urteilen, Dienerinnen auf dem Landsitz waren, trugen kleine Sträuße aus Kräutern; und der ältere Mann mit achtunggebietender Miene war wohl Sir Wolfords Verwalter. Simon beobachtete, wie eine Kutsche eintraf und neben dem Friedhofstor hielt. Der Verwalter ging sofort hin, öffnete den Schlag und half einer in grauen Samt gekleideten Dame beim Aussteigen. Das mußte Lady Barnes sein.

Als die Versammelten sich dem Grab näherten, wurden sie von dem Geistlichen begrüßt, einem großen, hageren Mann, der sich ohne weitere Einleitung umwandte und die ersten Worte des Trauergottesdienstes sprach. Wegen des kräftigen Windes konnten Simon und John seine Worte nicht verstehen, und da sie nicht gesehen werden wollten, wagten sie sich nicht näher heran. Als der Sarg nach der kurzen Zeremonie ins Grab hinabgelassen wurde und die Anwesenden eine Handvoll Erde und einige Blumen darauf warfen, löste sich der Junge, der vermutlich Elizas Bruder war, von der Seite seiner Mutter und begann auf den Geistlichen einzureden; nach der Reaktion des Mannes zu schließen, waren es ziemlich heftige Worte. Sie führten sogar zu einem regelrechten Streit, der erst endete, als einer der Sargträger, offenbar sein Vater, dazutrat und ernste Worte mit dem Pfarrer wechselte, bevor er seine Tochter und seinen Sohn zur Seite führte. Unterdessen warf seine Frau einen letzten Blick auf das offene Grab, machte dann einen Knicks vor ihrer Herrin und verließ mit ihrer Familie den Friedhof. Dann schritt Lady Barnes, von ihrem Verwalter begleitet, zu ihrer Kutsche, ohne mit irgend jemandem Höflichkeiten auszutauschen.

Nachdem die Trauergäste gegangen waren, verweilte der Geistliche einige Minuten lang am Grab und schaute ihnen gedankenvoll nach. Simon ging zu ihm hinüber und begrüßte ihn mit einer Verbeugung.

„Dr. Simon Forman, zu Euren Diensten. Ich bitte um Entschuldigung, Sir, daß ich während eines Begräbnisses hier war. Ich habe von Eurer schönen alten Kirche gehört, und da ich im Dorf übernachtet habe, würde ich sie gerne besichtigen, bevor ich nach London zurückkehre."

Der Geistliche antwortete mit gleicher Höflichkeit. Es war unverkennbar, daß er kein armer Kirchenmann war, der für einen wohlhabenden Pfarrer einspringen mußte, denn er trug ein Chorhemd aus feinem Leinen, das mit erlesener Spitze abgesetzt war, über einer langen Soutane aus edlem schwarzem Tuch. Er stellte sich als Dr. James Field vor, bestätigte, daß die Kirche sehr schön sei, und bot sich an, sie Dr. Forman zu zeigen.

Simon nahm dankend an und fügte hinzu, zuvor wolle er aber noch seinem Diener Anweisung geben, sich vor der Rückkehr nach London am Nachmittag um die Pferde zu kümmern.

„Ich vermute, Ihr, Dr. Forman, seid ein Doktor der Medizin und nicht der Theologie so wie ich?" erkundigte sich Field.

„Von den Universitäten Cambridge und Mailand, Sir."

Der Geistliche überlegte einen Augenblick. „Dann möchte ich Euch bitten, später ein Glas Wein mit mir zu trinken, denn ich brauche dringend Rat."

Hundert Guineen

Nachdem Simon in Begleitung des Pfarrers die Kirche gebührend bewundert hatte, kam er auf die Beerdigung zu sprechen. „Wie ich hörte, war es ein ganz junges Mädchen, das Ihr heute morgen zu Grabe getragen habt."

Field bestätigte das und fügte hinzu: „Es war tatsächlich eine junge Frau, und genau darüber möchte ich mit Euch sprechen." Sie verließen die Kirche und kamen an Elizas Grab vorbei, das der Küster mit Hilfe eines jungen Burschen gerade zuschaufelte.

Mit seinen Stuckverzierungen und Sprossenfenstern war das Pfarrhaus sehr ansehnlich. Der Raum, in den Dr. Field Simon führte, war gut eingerichtet, an einer Wand hing ein großer, schöner Wandteppich, auf dem das Urteil des Salomo dargestellt war. Dr. James Field mußte also über ein beträchtliches Privatvermögen verfügen. Ein adrett gekleidetes Dienstmädchen erschien mit einer Flasche Rotwein und zwei dünnen Gläsern auf einem Silbertablett.

Durch einen Wink forderte Field Simon auf, Platz zu nehmen, dann öffnete er die Flasche und schenkte Rotwein in ein Glas. „Er wird Euch schmecken, glaube ich. Ich bekomme ihn aus Bordeaux. Leider kann ich Euch kein Mittagessen anbieten, meine Frau und meine Töchter sind zu Besuch bei meiner Schwiegermutter einige Meilen von hier." Er reichte Simon das Glas. „Bitte verzeiht, daß ich mich Euch in dieser Weise aufdränge, Dr. Forman, aber man hat nur selten die Gelegenheit, sich einem Gentleman anzuvertrauen, wie Ihr es seid." Field füllte sein eigenes Glas und kam dann geradewegs zu seinem Anliegen. „Sagt mir, ist es möglich, nach einem Tod durch Ertrinken festzustellen, wie jemand ertrunken ist?" Als er Simons erstaunten Blick sah, fügte er schnell hinzu: „Das heißt – wäre es möglich zu entscheiden, ob jemand etwas unternommen hat, um seinem Leben ein Ende zu bereiten?"

Könnte es sein, dachte Simon, daß auch andere Zweifel hegten? „Das wäre schwierig", antwortete er vorsichtig, „es sei denn, die Person stürzte von einem Ort ins Wasser, der sehr schwer zu erreichen ist. Daraus könnte man schließen, daß es Absicht war. Aber wenn Ihr wissen wollt, ob es möglich ist, medizinisch festzustellen, wie ein Opfer ertrunken ist, dann lautet die Antwort nein. Es sei denn, es gibt Zeichen von Gewalt, wie einen Schlag auf den Kopf."

Field nickte. „Das Mädchen, von dem wir sprachen, wurde vor einigen Tagen aus der Themse gefischt. Sie war die Dienerin von Lady Olivia Tuckett. Alles, was ich weiß, habe ich dem Brief entnommen, den diese mir geschickt hat. Sie schreibt, es habe eine gerichtliche Untersuchung gegeben und das Mädchen habe sich nicht selbst das Leben genommen. Sie sagt auch, es sei ihr nicht möglich, London zu verlassen, um am Begräbnis teilzunehmen, aber ihre Mutter werde das tun und dafür sorgen, daß ich für die Bestattung, das Grab und das Glockengeläut bezahlt werde."

Simon überlegte einen Augenblick lang, ob er ihm seine Sicht der Dinge anvertrauen sollte, entschied sich aber dagegen, zumindest vorläufig. Er fragte jedoch, warum der Pfarrer nicht mit dem zufrieden sei, was ihm mitgeteilt wurde.

„Weil es mir seltsam scheint, daß ein Mädchen umherstreifen und einfach ausrutschen oder durch ein Versehen ins Wasser fallen sollte. Ihr müßt wissen, daß dies keine müßigen Überlegungen sind. Wenn ein Vorsatz feststellbar gewesen wäre, hätte ich keine Bestattung auf meinem Kirchhof zugelassen. So, wie die Dinge liegen, blieb mir keine andere Wahl, als Lady Tucketts Wort zu vertrauen, aber ich bin alles andere als zufrieden und habe deshalb an den Richter geschrieben und um ein Protokoll der Untersuchung gebeten. Deswegen habe ich nur die kürzeste Zeremonie abgehalten. Das hat den Bruder des Mädchens sehr erzürnt.“ Er seufzte. „Aber ich traue Sir Wolford und seiner Familie nicht im geringsten. Wenn sich herausstellt, daß ich getäuscht worden bin, dann ist das eine sehr ernste Angelegenheit.“

Simon äußerte sich nicht dazu, aber angesichts der Meinung Fields über die Familie Barnes interessierte es ihn, ob die Pfründe vom Besitzer des Landgutes verliehen wurde.

„Jawohl“, erwiderte der Pfarrer bitter, „von Rechts wegen gehört der ganze Landsitz mir. Der Streit darüber nimmt kein Ende. Sir John Field hat den Besitz in seinem Testament Sir Wolford hinterlassen – als Teil der Vereinbarungen anläßlich der Hochzeit seiner Tochter; aber gerechterweise hätte er an meinen Zweig der Familie fallen müssen. Mein Großvater war Sir Johns Bruder, und da kein Sohn da war, hätte der Besitz zuerst an meinen Vater, dann an mich vererbt werden müssen. Mein Großonkel fühlte sich offenbar in dieser Sache irgendwie schuldig, und da er für die Verleihung der Pfründe zuständig war, verfügte er, sie solle mir gehören, wenn die Zeit da sei und ich meinen Abschluß und meinen Doktortitel erhalten hätte.“ Er lächelte gequält. „Aber noch ist nicht alles verloren. Wenn Lady Olivia keinen Sohn zur Welt bringt, bevor Sir Wolford stirbt, dann wird der Besitz an mich zurückfallen. Das sehen die Verfügungen im Testament vor. Noch gibt es keinen Erben, aber sie ist ja erst seit kurzem verheiratet.“

Danach schilderte er Simon in groben Zügen dieUmstände, die zur Abfassung des umstrittenen Testaments geführt hatten. Anschließend lenkte er das Gespräch auf allgemeinere Themen, und die beiden unterhielten sich angeregt, bis sie den Wein getrunken hatten. Beim Abschied versicherte Field Simon, er sei willkommen, wenn er wieder in die Gegend käme, und stellte in Aussicht, daß er Simon bei seinem nächsten Besuch in London aufsuchen werde.

Simon war in nachdenklicher Stimmung, als er das Pfarrhaus verließ, und machte sich auf den Weg zum Haus der Pargeters. Das Häuschen von Elizas Eltern gehörte zu einer Gruppe kleiner Behausungen, die links vom Haupthaus des Gutes lagen. Niemand versuchte Simon aufzuhalten, als er am Pförtnerhäuschen vorbeiging und wenige Minuten später die Wohnhäuser erreichte. Das Haus der Pargeters war leicht zu erkennen, da an der Tür ein Kranz grüner Kräuter mit einem schwarzen Band befestigt war. Gerade als er klopfen wollte, wurde die Tür von Elizas Bruder geöffnet, der einige Gäste hinausbegleitete, die offensichtlich der Familie ihr Beileid ausgesprochen hatten. Innen war es ganz still.

Elizas Bruder wollte die Tür gerade wieder schließen, als Simon ihn ansprach. „Ich bin Dr. Simon Forman aus London und habe auf der Durchreise nach Ipswich hier vom Tod deiner Schwester erfahren. Ich möchte deinen Eltern meine Aufwartung machen, denn ich kannte Eliza, da sie mich vor etwa vier Monaten besucht hat."

Der Junge schien unschlüssig, was er tun sollte; schließlich kam seine Mutter, um nachzusehen, warum er die Tür nicht wieder schloß. Als Simon seine Worte wiederholte, schickte sie ihren Sohn sofort weg und machte einen Knicks vor ihm.

„Wie nett von Euch, Sir. Wollt Ihr nicht eintreten?" Das Zimmer, in das sie ihn führte, war ordentlich, sauber und sparsam eingerichtet – offenbar handelte es sich um die gute Stube. Durch eine offene Tür sah er die Küche, aus der Elizas Vater trat, der jetzt wieder Arbeitskleidung trug. Harry Pargeter hielt inne, als er Simon sah. „Das ist Dr. Forman aus London, Harry", sagte seine Frau. „Er sagte mir, Eliza habe ihn vor einiger Zeit aufgesucht, und als er im Dorf von unserem traurigen Schicksal hörte, wollte er uns sein Beileid aussprechen."

Pargeter begrüßte Simon mißtrauisch. „Ihr seid also Arzt, Sir? Heißt das, daß meine Tochter zu Euch kam, weil sie krank war?"

„Nein, sie war nicht krank", antwortete Simon behutsam, „sie kam zu mir, weil sie, wie so viele junge Mädchen, ein Horoskop wollte."

Diese Neuigkeit wurde ungnädig aufgenommen. „Dann muß ich Euch sagen, Sir, daß ich von solchem Kram nichts halte. Es schickt sich nicht für Christen, zu heidnischen Methoden zu greifen, um zu erfahren, was Gottes Wille ist.“

„Viele Ärzte nutzen astrologische Mittel als Hilfe bei der Diagnose von Krankheiten und deren Folgen“, erwiderte Simon. „Das ist durchaus seriös und wurde uns ja auch von den Alten überliefert.“

„Ich bleibe dabei, das ist Sache Gottes, nicht der Menschen. Sonst wollte meine Tochter nichts von Euch?“

„Nur einen Schlaftrunk für ihre Herrin.“

„Geh jetzt ruhig zurück zu deiner kranken Stute, Harry.“ Mistreß Pargeter schaute ihren Mann mitfühlend an. „Du wirst dich dort in den Ställen besser fühlen, als wenn du hier traurig herumsitzt, ohne etwas zu tun. Und du kannst auch zurück an deine Arbeit gehen, Joshua“, sagte sie, zu ihrem Sohn gewandt, „und hilf, deinen Vater zu trösten …“ Tränen rannen über ihre Wangen.

Ihr Mann legte den Arm um sie. „Bist du sicher, daß ich gehen soll?“ Sie nickte und trocknete ihre Augen. Pargeter wirkte nicht ganz überzeugt, doch er gab ihr einen Kuß auf die Wange, rief dann nach seinem Sohn und verließ das Haus.

Als sie gegangen waren, bot Mistreß Pargeter Simon ein Stück vom Beerdigungskuchen an. „Wie habt Ihr das Horoskop von unserer Eliza gedeutet?“ fragte sie. „Wußtet Ihr, daß etwas Schreckliches passieren würde?“

Simon lächelte ihr beruhigend zu. „Ehrlich gesagt, ich habe nichts Schlimmes gesehen. Ich konnte nur so wenig herausbekommen, daß ich ihr sagte, sie sei wahrscheinlich zu jung, als daß ich ein zuverlässiges Horoskop erstellen könnte.“

„Ihr sagt uns doch die Wahrheit, Dr. Forman? Wenn irgend etwas mit Eliza nicht in Ordnung war, würde ich das lieber wissen. Es kann jetzt nicht mehr weh tun.“

Das ist eine Frau mit guter Auffassungsgabe, dachte Simon. „Ihr sprecht fast, als würdet Ihr erwarten, daß etwas nicht stimmte“, sagte er.

Mistreß Pargeter sah ihn einen Augenblick lang unverwandt an. „Als Arzt müßt Ihr daran gewöhnt sein, Dinge vertraulich zu behandeln. Es gibt etwas, was ich Euch gerne zeigen würde. Vielleicht könnt Ihr uns helfen, Licht in diese Sache zu bringen.“ Sie ging zu einem Schrank neben dem Kamin und nahm ein Holzkästchen heraus, das sie auf den Tisch stellte. Darin waren vier kleine Lederbeutel. Sie hob einen von ihnen und schüttelte ihn sanft. Es klimperte leise. „Gold. Hundert Guineen in Gold."

Simon starrte sie verblüfft an. Das war eine gewaltige Summe.

„Harry wird vermutlich denken, wir sollten es behalten, aber ich muß mit jemandem sprechen, vor allem jetzt, da sie … von uns gegangen ist. Vor etwa einem Monat, vielleicht etwas früher, kam unsere Eliza her, weil Lady Olivia ihre Mutter oben im Haus besuchte. Sie zeigte uns das Kästchen und sagte uns, was darin war und wozu es verwendet werden sollte. Zwanzig Guineen waren für Joshua, damit er eine gute Lehre machen und sich danach etwas aufbauen sollte. Weitere zwanzig sollten als Mitgift für Grace beiseite gelegt werden. Dreißig Guineen würden Harry und mir ein geruhsames Alter sichern, und der Rest war für ihre eigene Mitgift bestimmt. Als ich fragte, warum ihr Anteil soviel größer als der ihrer Schwester sein sollte, antwortete sie nur, daß es gute Gründe gebe."

„Habt Ihr nicht gefragt, wie sie zu solchem Reichtum gelangt war?" fragte Simon.

„Aber natürlich. Harry versuchte immer wieder, sie dazu zu bewegen, uns zu sagen, woher sie das Geld hatte, aber sie sagte nur, daß es nicht gestohlen und daß kein Verbrechen begangen worden war. Harry ließ sie das sogar auf die Bibel schwören. Sie beteuerte, daß sie es ehrlich erworben hatte und daß es ein Geschenk war. Aber diese Sache hat mir keine Ruhe gelassen."

„Und Ihr habt noch immer keine Ahnung, woher sie es hatte?"

Sie zögerte. „Ich habe mich immer wieder gefragt, ob sie vielleicht von irgendeinem wohlhabenden Mann verführt wurde und ob es der Preis ihrer Jungfräulichkeit war. Denn ich schwöre, sie war eine Jungfrau, als sie in den Dienst der Lady trat, obwohl manch guter Bursche ihr hier den Hof gemacht hatte – zum Beispiel John, der Sohn unseres Nachbarn –, aber unsere Eliza war von Natur aus kalt in diesen Dingen. Bevor sie wegging, sagte sie allerdings, sie werde vielleicht bald heiraten und einen Hausstand gründen und vielleicht sei John so gut wie irgendein anderer. Es kam mir in den Sinn, daß sie vielleicht schwanger war und daß derjenige, der sie verführt hatte, ihr so ermöglichen wollte, einen Mann zu finden, obwohl", fügte sie bitter hinzu, „wenige eine so große Summe zahlen würden. Das ist also der Grund, warum ich fragte, ob sie nur wegen des Horoskops zu Euch kam, für den Fall, daß Ihr uns schonen wolltet."

Simon schüttelte den Kopf. „Nein, ich habe die Wahrheit gesagt. Sie kam, weil sie ein Horoskop für sich und Mohnsirup für ihre Herrin wollte, und ich kann Euch mit Bestimmtheit sagen, daß sie zu dem Zeitpunkt nicht schwanger war."

Sie verstand die Nuance sofort. „Was sagt Ihr da?"

„Daß sie allerdings schwanger war, als sie starb, ungefähr im dritten Monat."

Mistreß Pargeter wurde bleich. „Sie könnte sich also doch das Leben genommen haben?"

„Das glaube ich nicht. Man hat Euch die Wahrheit vorenthalten. Ich sage Euch jetzt, daß ich ihre Leiche gesehen habe und überzeugt davon bin, daß ihr Gewalt angetan wurde, bevor sie in den Fluß fiel und ertrank. Das Urteil bei der Verhandlung lautete auf vorsätzlichen Mord."

„Guter Gott im Himmel! Man hat uns nichts gesagt, nur daß sie sich nicht das Leben genommen hat. Sie war also schwanger? Wenn das stimmt, glaubt Ihr, daß das der Grund für alles war? Aber warum sollte jemand etwas so Schreckliches tun?"

„Ich weiß es nicht, Mistreß Pargeter", sagte Simon. „Aber ich habe vor, alles mir mögliche zu tun, um es herauszufinden. In der Zwischenzeit halte ich es für das beste, wenn Ihr für Euch behaltet, was ich Euch gesagt habe. Das heißt, wenn Ihr Euch stark genug dazu fühlt."

Sie hob den Kopf. „Das werde ich müssen. Ich kann mir nicht vorstellen, wozu Harry und Joshua imstande wären, wenn sie eine Ahnung davon hätten." Beim Abschied drückte sie Simons Hand in stiller Dankbarkeit. „Ihr seid sehr gütig, Sir. Es ist selten, daß ein Mann Eures Standes solches Interesse zeigt."

„Glaubt mir", versicherte er ihr, „ich werde nicht ruhen, bis ich dieser Sache auf den Grund gegangen bin. Wenn ich mehr erfahre, werde ich Euch benachrichtigen."

Eine halbe Stunde später war Mistreß Pargeter sehr überrascht, als Sir Wolfords Verwalter vor ihrer Tür stand. Matthew Laurence war ein wichtigtuerischer, diensteifriger Mann, der bei den anderen Bediensteten sehr unbeliebt war. Mistreß Pargeter hatte kaum eine andere Wahl, als ihn hereinzubitten, und wollte gerade versichern, daß sie am kommenden Morgen wieder in der Milchküche sein werde, als er sie unterbrach.

„Das müßt Ihr entscheiden, wie meine Herrin Euch gesagt hat. Aber deshalb bin ich nicht hier. Ich habe gehört, daß Ihr Besuch hattet. Einen Mann aus London. Darf ich fragen, wer er war und warum er Euch ausgerechnet heute seine Aufwartung machte?“

Sie fragte sich, wie er so schnell davon erfahren hatte. Irgend jemand hatte aufgepaßt. „Es war ein Arzt, Master Laurence. Ein Dr. Simon Forman. Er scheint zufällig im Dorf gewesen zu sein, und als er von Elizas Tod hörte, wollte er uns sein Beileid aussprechen, da sie ihn einmal in London aufgesucht hatte.“

„Aha. Und hat er Euch gesagt, warum sie ihn aufsuchte?“

„Er sagte, sie sei wegen einer Arznei für Lady Olivia gekommen und auch,weil sie wie so viele dumme Mädchen ihr Horoskop erfahren wollte.“

Der Verwalter dachte nach. „Und das war alles?“

„Was könnte sonst gewesen sein?“

Der Verwalter sah sie schweigend an. „Und Ihr sagt, der Name dieses Arztes war Forman?“

Mistreß Pargeter nickte und begleitete ihn hinaus.

Ins Haus zurückgekehrt, griff Laurence sofort zu Feder und Papier und verfaßte eine kurze Nachricht an seinen Herrn. Dann rief er einen Diener zu sich und wies ihn an, sie unverzüglich Sir Wolford in London zu überbringen.

Die Dame in Grau

Müde traf der Bote am nächsten Morgen bei Sir Wolford ein. Nach einem Wortwechsel mit dem Pförtner am Tor wurde er ins Haus geführt. Wenn der Tag begann, war Sir Wolford immer reizbar, und als er hörte, daß eine dringende Nachricht vom Lande eingetroffen war, reagierte er alles andere als erfreut. Als er den Brief gelesen hatte, schickte er sofort nach seinem Sekretär.

Sobald Francis Down den Raum betrat, schleuderte er ihm den Brief entgegen und verlangte eine Erklärung, während er ungehalten auf und ab schritt. „Was hat das zu bedeuten?“ knurrte er, als Down den Brief des Verwalters überflog. „Dieser Dr. Forman. War nicht er es, der hierherkam, um uns vom Tod des Mädchens zu benachrichtigen?“

Down bejahte.

„Was in Teufels Namen hat er dann auf meinem Landsitz zu suchen?"

„Master Laurence schreibt, er habe Mistreß Pargeter gesagt, daß er zufällig in Stratford St. Anne war", erwiderte Down ruhig. „Aber wenn Ihr meine Meinung hören wollt, ich denke, seine Anwesenheit dort war geplant, weil er irgendeine Absicht verfolgt."

„Und was könnte das sein?"

„Ihr habt vielleicht nicht gehört, Sir, was bei der Untersuchung herauskam?" Down sprach mit samtweicher Stimme. „Wir haben es Dr. Forman zu verdanken, daß das Urteil auf vorsätzlichen Mord lautete."

Sir Wolford war so verblüfft, daß er unvermittelt stehenblieb. „Habt Ihr den Verstand verloren?"

„Dr. Forman erwähnte Abdrücke an den Handgelenken des Mädchens", fuhr Down fort, „Abdrücke von Stricken, mit denen es gefesselt worden sei. Er nannte auch andere Hinweise, die ihn zu dem Schluß führten, daß sie umgebracht wurde, und die Geschworenen schlossen sich widerstrebend seiner Ansicht an. Ich kann mir daher nur vorstellen, daß Forman sich auf den Weg ins Vale machte, weil er etwas suchte, was seine Theorie stützen könnte."

„Die Impertinenz dieses Mannes ist eine Gefahr!" dröhnte Sir Wolford. „Wir müssen etwas unternehmen, bevor er nicht nur die ganze Stadt, sondern auch die Leute auf dem Land mit seinen Geschichten an der Nase herumführt!"

„Ich glaube, es gibt zwei Wege zu verhindern, daß er noch mehr Unruhe stiftet", erklärte Down. „Zuerst einmal sagte mir Eure Tochter, als ich ihr von dem Urteil erzählte, Eliza habe ihr anvertraut, daß sie einen gewalttätigen Liebhaber habe, der sie manchmal schlage. Aus Sorge um das Mädchen bat Eure Tochter sie inständig, ihm den Laufpaß zu geben. Wenn Dr. Forman also recht hat, ist anzunehmen, daß Eliza nicht auf Lady Olivias Rat hörte. Falls es wahr ist, daß jemand sie tätlich angegriffen und dann in den Fluß geworfen hat, so dürfte es mit hoher Wahrscheinlichkeit dieser Mann gewesen sein. Vielleicht wollte sie ihm sogar den gestohlenen Anhänger geben, und die beiden hatten einen verhängnisvollen Streit, bevor sie dazu kam."

Sir Wolford dachte darüber nach. „Kennt Olivia den Namen dieses Burschen?"

„Ich glaube nicht. Sie sagte nur, er sei irgendein Seemann. Inzwischen ist er bestimmt unterwegs zum anderen Ende der Welt."

„Nun, das klingt plausibel“, erwiderte Sir Wolford. „Aber was hat das mit Dr. Forman zu tun?“

„Ich habe Eurer Tochter nahegelegt, dem Richter zu schreiben, ihm die Situation zu schildern und zu erklären, daß sie zu aufgewühlt war, um ihn vor der Untersuchung darüber zu unterrichten. Sie könnte ihn außerdem bitten, Dr. Forman davon in Kenntnis zu setzen, da er sich als lästig erweist. Das müßte die Sache ins Lot bringen, soweit es den Richter betrifft.“

„Hat Olivia ihm denn geschrieben?“

„Ich habe nicht nachgefragt.“

„Dann wird es Zeit“, meinte Sir Wolford. „Sagt ihr, daß ich sie auf der Stelle sprechen möchte!“

Er wartete mit wachsender Ungeduld auf Downs Rückkehr und mußte sich dann sagen lassen, daß Lady Olivia ausgegangen war.

„Also gut, *ich* werde dem Richter schreiben! Oder besser, Ihr schreibt, und ich unterzeichne.“ Sir Wolford hielt inne. „Habt Ihr nicht von zwei Wegen gesprochen, mit Dr. Forman fertig zu werden?“

Down lächelte. „Ich habe mir die Mühe gemacht, Nachforschungen über ihn anzustellen. Und ich habe erfahren, daß man ihm im Königlichen Ärztekolleg nicht wohlgesinnt ist. Er ist ein Niemand, der von nirgendwo kommt, und er hatte große Mühe, das Königliche Kolleg davon zu überzeugen, daß er ordnungsgemäß qualifiziert ist.“

„Ist er denn kein richtiger Arzt?“ fragte Sir Wolford.

„Er behauptet, seine Ausbildung in Italien gemacht zu haben, und es scheint ihm schließlich gelungen zu sein, die Universität von Cambridge zu überreden, seinen Abschluß anzuerkennen; so sah sich das Kolleg gezwungen, ebenfalls seine Zustimmung zu geben. Aber dort gibt es viele, die nur zu froh wären, wenn ihm die Zulassung entzogen würde. Eine wohlüberlegte Beschwerde beim Kolleg könnte durchaus zur Folge haben, daß er seinen Beruf nicht mehr ausüben kann.“

Sir Wolford rieb sich die Hände. „Gut gemacht, Down, sehr gut gemacht. Schreibt auch einen Brief an das Kolleg. Ich werde nicht dulden, daß irgend jemand sich in meine Angelegenheiten einmischt!“

SIMON und John ritten am nächsten Morgen nach London zurück. Wie immer, wenn Simon fort gewesen war, schien alle Welt plötzlich erkrankt zu sein und beschlossen zu haben, ihn aufzusuchen; der

Apotheker, mit dem er meist zusammenarbeitete, hatte zweimal nach den Zutaten für eine Arznei gegen Gürtelrose gefragt und wartete gerade jetzt in der Küche auf seine Rückkehr. Außerdem, berichtete ihm Anna, sei eine Dame in Grau am vergangenen Nachmittag dagewesen und, da sie ihn nicht angetroffen hatte, am Morgen wiedergekommen. Sie hatte ihren Namen nicht genannt.

Seine erste Aufgabe war es, dem Apotheker die Zutatenliste für den Trank zu geben, der bei Gürtelrose Erleichterung verschaffte: Man mußte Wegerichblätter in Gerstenschleim kochen, durchseihen, zerkleinerte Veilchenwurzel, armenischen Baumstamm und ein wenig zermahlenen Blutstein hinzugeben. Der Apotheker notierte alles sorgfältig, dankte ihm und ging.

Seine Reise nach Essex hatte Simon reichlich Stoff zum Nachdenken geliefert. Elizas ungewöhnlicher Schatz, die hundert Guineen, spielten gewiß eine Rolle bei dieser Geschichte. Ob Dr. James Field und sein verlorenes Erbe von Wichtigkeit waren, konnte er nicht entscheiden. Es war alles sehr kompliziert.

In diesem Augenblick kündigte Anna an, die Dame in Grau sei wieder da und wünsche ihn auf der Stelle zu sprechen. Sie warte in seinem Arbeitszimmer.

Als Simon die Tür zu seinem Zimmer öffnete, erblickte er das Mädchen in Grau an der gleichen Stelle und in fast derselben Haltung wie bei ihrem ersten Besuch, und einen Augenblick lang gefror ihm das Blut in den Adern. Aber es war kein ruheloser Geist, der von den Toten zurückkehrte. Größe und Statur, sogar die Haltung waren fast gleich, aber es war nicht Eliza Pargeter. Olivia Tucketts Haar war von dunklerem Blond, ihr hellgraues Kleid aus feinem Samt. Er begrüßte sie förmlich, bot ihr einen Stuhl an und bat sie, Platz zu nehmen.

Olivia kam ohne weitere Umschweife zur Sache. „Ihr scheint eine Menge unnötiger Schwierigkeiten verursacht zu haben, Dr. Forman, indem Ihr vor Gericht aussagtet, daß Eliza Eurer Meinung nach ermordet wurde."

Er mußte ihre Offenheit bewundern. „Das ist in der Tat meine Meinung. Zu diesem Ergebnis bin ich durch die Untersuchung ihrer Verletzungen gelangt. Und wie Ihr wißt, haben sich die Geschworenen meiner Ansicht angeschlossen."

Olivia erhob sich, offenbar zu unruhig, um still sitzen zu können. „Es ist sehr bedauerlich, daß Ihr nicht zuerst zu mir gekommen seid und mir von Euren Überlegungen erzählt habt. Ich hätte Euch über manche Dinge aufklären können."

Er fragte sich, was jetzt folgen würde. „Dann seid so gut, und tut das jetzt, Lady Tuckett."

Sie senkte den Kopf. „Nun gut. Hättet Ihr mich gefragt, hätte ich Euch sagen können, daß Eliza seit etlichen Monaten einen gewalttätigen Liebhaber hatte, der sie manchmal schlug, und am Abend ihres Todes war sie mit diesem Mann verabredet. Ich habe ihr Verschwinden erst am Morgen des Tages bemerkt, an dem sie im Fluß gefunden wurde, weil ich den Abend bei meiner Freundin Celia Wynter in Blackfriars verbrachte, und ich war sehr viel später als erwartet nach Hause zurückgekehrt, da ich einen plötzlichen Schwächeanfall erlitten hatte. Als ich im Haus meines Vaters eintraf, war es schon nach Mitternacht, und da Eliza nicht in meinem Zimmer war, nahm ich natürlich an, daß sie zu Bett gegangen war. Im übrigen hatte ich sie oftmals vor diesem Liebhaber gewarnt, aber sie hörte nicht auf mich. Wenn Eure Behauptung stimmt, dann ist es offenbar dieser Mann, den es zu suchen gilt."

Simon lehnte sich in seinem Stuhl zurück. „Ich verstehe. Aber ich bin bereit zu schwören, daß Eliza Pargeter, als sie bei mir war, noch nie einen Liebhaber gehabt hatte, egal, ob gewalttätig oder nicht. Aus ihren Fragen wurde deutlich, daß sie keinen Verkehr mit Männern gehabt hatte – damals. Später muß es natürlich einen Mann gegeben haben, da sie schwanger war. Aber meiner Meinung nach nicht von einem gewalttätigen Liebhaber. Nun, wenn das alles ist, was Ihr zu sagen habt, dann bitte ich Euch, mich jetzt zu entschuldigen, da viele Menschen meine Dienste benötigen."

Mit einem Ruck drehte sich Olivia um. „Aber das ist nicht alles. Ich bin auch hergekommen, weil ich Euren medizinischen Rat brauche."

„Wie kann ich Euch helfen?"

„Es scheint, daß ich unfruchtbar bin. Ich bin jetzt seit mehreren Monaten verheiratet und habe noch immer kein Kind empfangen."

Simon lächelte. „Das ist eine sehr kurze Zeit, Lady. Es gibt Frauen, die lange auf ihr erstes Kind warten müssen: viele Monate, sogar Jahre lang. Ist Euer Zyklus regelmäßig?"

Sie nickte.

„Und die Beziehung zu Eurem Mann ist befriedigend?"

Sie stampfte mit dem Fuß auf. „Befriedigend? Was soll ich darauf antworten? Wenn Ihr wissen wollt, ob ich die Zähne zusammengebissen und sein grobes Herumtappen und seine sabbernden Küsse zugelassen habe und auch die zwei Minuten der Paarung, wenn er nicht zu betrunken ist, um sich der Lage gewachsen zu zeigen, dann ja, dann habe ich meine Pflicht getan. Aber befriedigend?"

Simon unterdrückte ein Lächeln. „Ich wollte nur wissen, ob Ihr normalen Verkehr mit Eurem Mann habt. Ich habe das bewußt nicht als Akt der Liebe beschrieben. Aber was ich gesagt habe, stimmt. Es ist noch zu früh. Wenn Ihr aber wollt, kann ich Euch einen Trank zubereiten, der vielleicht hilft."

„Gerne." Sie sah zu, wie er zu seinen Regalen ging, um die nötigen Kräuter zu suchen. Dann ging sie zu ihm und blieb so dicht vor ihm stehen, daß er ihr Parfum riechen konnte. Sie besaß wirklich eine gefährliche Anziehungskraft, dachte er, als er in ihre seltsamen dunklen Augen schaute. Seine Gedanken spiegelten sich wohl in seinem Gesicht, denn zum erstenmal lächelte sie ihn an. Dann wurde sie ernst. „Kann eine Frau dadurch, daß sie sich einmal von einem Kind befreit hat, unfruchtbar werden?"

„Wollt Ihr damit sagen, daß Ihr früher einmal ein Kind empfangen und es beseitigt habt?"

Sie biß sich auf die Lippen. „Ja. Vor etwa zwei Jahren befand ich mich in einer solchen Notlage."

„Und was habt Ihr getan?"

„Ich bin zu einer Frau in der Nähe der St.-Pauls-Kathedrale gegangen. Sie gab mir einen bitteren Trank." Olivia verzog das Gesicht beim Gedanken daran. „Dann legte sie ein Pflaster auf meinen Bauch, und am nächsten Tag begannen die Wehen, wie sie versprochen hatte. Ich fuhr sofort danach aufs Land, wo Eliza mich gepflegt hat. Es war schrecklich. Ich glaubte, ich müsse sterben."

„Das hätte durchaus passieren können", sagte Simon. „Was Ihr getan habt, ist nicht nur verwerflich, sondern auch äußerst gefährlich. Ihr hättet verbluten können. Sehr töricht noch dazu, was ich bei Euch nicht erwartet hätte. Was eine spätere Empfängnis betrifft – ja, es ist möglich, daß ein Schaden entstanden ist, der verhindert, was Ihr so sehr wünscht."

„Ich verstehe." Sie sah nachdenklich aus und schüttelte dann den Kopf, als versuche sie, diesen Gedanken zu verscheuchen. „Sagt mir, Dr. Forman, wenn Ihr mich nicht für töricht haltet, wofür haltet Ihr mich dann?" Sie sah ihm lange in die Augen.

„Für gescheit und gefährlich“, antwortete er. „Hier ist Euer Trank. Zwei Wochen lang müßt Ihr jeden Abend vor dem Schlafengehen einen kleinen Löffel davon einnehmen; wir werden sehen, ob er hilft.“

Sie nahm das grüne Glasfläschchen und steckte es sorgfältig in die Tasche, die an ihrem Kleid hing, dann entnahm sie ihr einige Münzen.

„Dafür berechne ich Euch zwei Florins, denn Ihr könnt Euch meine Dienste leisten, während viele, die mich mehr brauchen, nicht dazu in der Lage sind.“

Sie zahlte, ohne zu zögern. „Es wird viel über Euch erzählt, Dr. Forman. Daß Ihr Schwarze Kunst betreibt, mit dem Teufel im Bunde steht und Geister beschwören könnt. Aber das glaube ich nicht. Man sagt auch, daß Ihr allein ein geheimes Mittel gegen die Pest kennt.“

„Das ist kein geheimes Mittel. Ich besitze eine robuste Konstitution, habe mich ins Bett gelegt und mich mit meinen eigenen Arzneien behandelt. Als die Beulen erschienen, habe ich sie mit einem sauberen Messer geöffnet.“

Sie gingen zur Tür. „Seid Ihr verheiratet?“ fragte sie unvermittelt.

„Nein“, erwiderte er mit einem Nachdruck, der ihn selbst überraschte.

„Es war nur eine Frage. Habt Ihr denn an keiner Frau genug Gefallen gefunden?“

„Das habe ich nicht gesagt.“

Sie lächelte boshaft. „Hegt Ihr vielleicht andere Neigungen? Schaut mich nicht so bestürzt an. In den Tagen der alten Griechen genoß die Männerliebe große Achtung, und es gibt ja viele dieser Art.“

Wider seinen Willen mußte er lächeln. „Ihr habt mein Wort, daß ich nicht dazugehöre.“

Sie lachte. „Ich gestehe, daß ich mir einen Scherz mit Euch erlaubt habe. Denn ich muß Euch sagen, mir ist zu Ohren gekommen, daß einige Eurer Patientinnen Euch so anziehend finden, daß sie Euch mit Liebesdiensten bezahlen. Vielleicht können wir ein solches Abkommen treffen, wenn die Arznei ihre Wirkung verfehlt? Wer weiß, vielleicht könnt *Ihr* mir den Erben beschaffen.“

Welches Spiel spielte sie jetzt, fragte sich Simon. „Ihr könntet wieder eine Enttäuschung erleben – in jeder Hinsicht“, erwiderte er. „Nehmt erst einmal den Trank, den ich Euch gegeben habe. Wir wollen hoffen, daß Ihr damit Erfolg habt.“

„Ich muß, egal, wie, in dieser Sache erfolgreich sein“, sagte sie, als er ihr den Mantel um die Schultern legte. „Es hängt zu vieles davon ab. Nun muß ich gehen, denn ich habe Euch lange genug aufgehalten. Und vergeßt Eliza, Dr. Forman. Glaubt mir, es hat keinen Sinn, die Angelegenheit weiter zu verfolgen."

Er öffnete ihr die Haustür, und ohne sich umzuschauen, eilte Olivia hinaus, während er ihr gedankenvoll nachschaute.

MOHNSIRUP

Weil sie Dr. Forman nicht gleich angetroffen hatte, war Olivia länger als beabsichtigt von zu Hause fort gewesen, aber sie war in keiner Weise vorbereitet auf den Empfang, der sie erwartete. Zuerst erfuhr sie von einer aufgeregten Dienerin, daß ihr Vater sie den ganzen Morgen gesucht habe. Kaum hatte sie sich auf die Suche nach Sir Wolford gemacht, erschien Marcus, gestiefelt und gespornt und ganz offensichtlich im Begriff abzureisen. Er hatte die Nachricht erhalten, daß sein Vater am Vortag einen Schlaganfall erlitten hatte, und wollte sich sofort auf den Weg machen, um zu sehen, wie es um ihn stand. Er sagte ihr, er glaube, daß er nicht lange fort sein werde, aber wenn er längere Zeit in Kent bleiben müsse, erwarte er, daß sie ihm folge.

Olivia gab irgendeine unverbindliche Antwort. Sie verabscheute den vernachlässigten Haushalt der Tucketts in Kent, auch weil sie die Behaglichkeit ihres Stadthauses gewohnt war. Sie verabschiedete sich von Marcus, bestellte höfliche Grüße und Genesungswünsche an seinen Vater und machte sich endlich auf den Weg zu ihrem eigenen.

Sir Wolford war mit Francis Down in die Geschäftsbücher vertieft. Er schaute auf, als sie den Raum betrat, brummte einen Gruß und fragte ärgerlich, wo sie gewesen sei.

„Ich war unterwegs, um Seide für ein neues Kleid auszusuchen", erklärte sie.

„Das hat lange genug gedauert", grollte er. „Aber jetzt, da Ihr da seid, könnt Ihr mir vielleicht sagen, warum ich nichts von dem Ergebnis der Untersuchung über Euer Mädchen, diese Eliza, erfahren habe?"

„Ihr wart beschäftigt, Vater. Und erinnert Euch, als Dr. Forman uns von ihrem Tod benachrichtigte, sagtet Ihr sehr bestimmt, ich solle mich darum kümmern, denn es sei meine Angelegenheit, nicht Eure."

Bei der Erwähnung des Namens Forman stieß Sir Wolford einen Schwall von Verwünschungen aus. Verdammt, der Mann war eine Bedrohung, ein aufdringlicher Scharlatan, der die Geschworenen behext hatte, so daß sie ein unsinniges Urteil fällten; und das alles, um die Familie Barnes in Verruf zu bringen. In krassem Widerspruch zu diesen Behauptungen fragte Sir Wolford Olivia dann, ob sie, wie Francis Down ihr geraten hatte, an den Richter geschrieben habe, um ihm von der Beziehung des Mädchens zu einem rohen Liebhaber zu berichten. Sie antwortete, sie habe noch nicht die Zeit dazu gefunden.

„Um so besser“, schnauzte er, „daß jemand das für Euch erledigt hat. Als Down mir davon erzählte, habe ich heute morgen sofort einen Brief an Monkton geschickt und ihn davon in Kenntnis gesetzt.“

„Wenn es das ist, was Euch so verärgert hat, dann tut es mir leid. Ich gebe zu, daß es nachlässig von mir war, ihm nicht zu schreiben. Aber wichtig ist ja nur, daß jetzt ein Brief an ihn gesandt wurde.“

„Wichtig ist nicht nur das, mein Kind. Wißt Ihr, daß Forman in Stratford St. Anne war? Laurence hat entdeckt, daß er die Unverschämtheit besessen hat, dort herumzuschnüffeln, obwohl ich mir nicht vorstellen kann, was er herauszufinden hoffte. Wie auch immer, all das nimmt jetzt ein Ende, dank Downs Einsatz.“ Er versetzte seinem Sekretär einen Rippenstoß. „Erzählt Olivia, was wir unternommen haben.“

Francis Down sah ihr direkt in die Augen. „Ich habe Eurem Vater gesagt, Lady, daß ich erfahren habe, daß Dr. Forman aus etlichen Gründen beim Königlichen Ärztekolleg unbeliebt ist. Seine Zulassung wurde ihm nur gewährt, weil die Universität von Cambridge erheblichen Druck ausübte. Ich habe daher im Auftrag Eures Vaters an das Kolleg geschrieben und mitgeteilt, daß Dr. Formans Verhalten seine ganze Zunft in Mißkredit bringe, da er sich in Angelegenheiten einmische, die ihn nichts angingen, und Sir Wolford sehr gekränkt habe. Sir Wolford hofft, daß man unverzüglich etwas unternehmen wird.“

„Und ob!“ unterbrach ihn Sir Wolford. „Ich werde nicht ruhen, bevor dieser Schurke nicht seinen Lebensunterhalt verloren hat. Was sagt Ihr dazu, Olivia?“

„Ihr scheint alles im Griff zu haben, Vater. Falls Ihr mich nicht mehr braucht, dann warten häusliche Angelegenheiten, um die ich mich kümmern muß. Wie Ihr wahrscheinlich wißt, ist Marcus nach Kent aufgebrochen, da Lord Tuckett erkrankt ist.“

„Dann geht ruhig. Ich vermute“, fügte Sir Wolford hinzu, „wenn der alte Tuckett stirbt, werdet Ihr einen Großteil Eurer Zeit in Kent verbringen müssen. Dort wird es genug häusliche Angelegenheiten geben, um Euch vollauf zu beschäftigen.“ Er wandte sich wieder seinen Büchern zu, und Olivia ging, wobei sie Downs Blick auswich.

DIE NACHT verlief ruhig, und da auch am nächsten Morgen keine Patienten auf ihn warteten, beschloß Simon, seine Bestände an Arzneien, Salben und Kräutern zu kontrollieren, um festzustellen, was er entweder beim Apotheker oder bei den Händlern kaufen mußte.

Während er die Deckel und Pfropfen der Gefäße hob und hineinschaute, dabei automatisch den Inhalt prüfte und jede erforderliche Zutat notierte, kreisten seine Gedanken unaufhörlich um die hundert Guineen Elizas – ein gewaltiges Vermögen für ein junges Dienstmädchen. Die naheliegendste Erklärung war sicherlich, daß sie bezahlt wurde, damit sie ihren Mund hielt. Ohne Zweifel hatte der Haushalt der Barnes wie fast jeder andere seine Geheimnisse; aber wenn das der Fall war, dann deutete allein die Höhe des Betrages darauf hin, daß es um etwas außergewöhnlich Heikles ging, und Simon fragte sich, was um Himmels willen das sein mochte.

Wenn sie also diesen Weg eingeschlagen hatte, an wen hatte sie sich gewandt? Die naheliegendste Antwort war Olivia, aber warum sollte Eliza eine Stellung aufs Spiel setzen, um die viele Mädchen ihrer Herkunft sie sehr beneidet hätten?

War sie von Ehrgeiz getrieben worden und hatte ihr Glück bei Sir Wolford selbst oder sogar bei Marcus Tuckett versucht? Eliza hatte eine Stellung innegehabt, in der sie so manches Geheimnis erfuhr – aber seiner Einschätzung nach war sie zu klug gewesen, peinliche Dinge marktschreierisch auszuposaunen. Sie mußte sich darüber im klaren gewesen sein, daß sie, wenn ihre Forderung nach Geld zurückgewiesen wurde, Gefahr lief, ohne jegliche Empfehlung und Aussicht auf eine neue Stellung aus dem Haus geworfen zu werden, und schlimmstenfalls sogar damit rechnen mußte, daß man sie irgendeines Vergehens bezichtigte oder für verrückt erklärte. Wer war der Vater? Jemand aus dem Haushalt? Wenn ja, dann konnte sie bestenfalls erwarten, mit einer bescheidenen Summe abgefunden zu werden, sofern der Vater der Familie angehörte, oder verheiratet zu werden, falls es einer der Diener war. Er dachte wieder daran, wie ungewöhnlich ähnlich Eliza und Olivia auf den ersten Blick einander gewesen waren. Es war eine abenteuerliche Idee, aber konnte es sein, daß die beiden durch Zufall oder infolge eines Plans miteinander verwechselt worden waren? War Eliza vielleicht von jemandem getötet worden, der sie für Olivia hielt? Aber wenn das der Fall war, hätte der Mörder doch sicherlich seinen Irrtum bemerkt, bevor es zu spät war.

Simon war völlig verwirrt. In diesem Moment war er beim zweiten Regalbord bei der hinteren Reihe der Gefäße angelangt und bemerkte, daß ein halber Krug Mohnsirup fehlte. Simon hielt ihn ins Licht und betrachtete ihn eingehend. Er hätte sich auf jeden Fall daran erinnert, wenn er so viel davon verordnet hätte. John würde doch auf keinen Fall …? Laut rufend, machte sich Simon auf die Suche nach seinem Diener und fand ihn im Hof, wo er einen Sattel flickte.

„Weißt du, warum ein halber Krug Mohnsirup fehlt?" fragte er.

Johns schuldbewußter Gesichtsausdruck war Antwort genug. Wutschnaubend packte Simon ihn beim Kragen, schleppte ihn ins Arbeitszimmer und wies auf den Krug.

John erkannte, daß ihm keine Wahl blieb, und gestand, daß er davon genommen hatte – „aber nur auf Euren Befehl, Sir".

„Auf meinen Befehl? Ich habe dir doch befohlen, daß du niemals eigenmächtig jemandem ein Heilmittel verordnen darfst!"

„Ich weiß", erwiderte sein Diener unglücklich, „aber sie sprach mit solcher Bestimmtheit. Wie sie auf ihrem Weg hierher gewesen war, Euch aber vor der St.-Pauls-Kathedrale getroffen hatte, wie Ihr in großer Eile gewesen wart und ihr gesagt hättet, sie solle herkommen und mich bitten, ihr den Mohnsirup zu geben."

„Von wem redest du?"

John schluckte. „*Sie* war es, Dr. Forman. Das Mädchen Eliza. Das jetzt tot ist."

Simon blickte John entgeistert an. „Du hirnloser Narr, vielleicht hast du jetzt die Güte, mir zu sagen, was genau passiert ist?" polterte er los.

Mit Mühe erzählte John seine Geschichte. Er betonte, daß er fest vorgehabt habe, seinem Herrn alles zu erzählen – o ja, ganz bestimmt –, aber irgendwie habe er die Sache fast vergessen, bis Eliza aus dem Fluß gezogen worden war.

„Und wann genau ist das passiert?" fragte Simon.

John dachte einen Augenblick lang nach und antwortete dann, es sei ungefähr eine Woche nach ihrem zweiten Besuch gewesen. „Ja, genau. Jetzt, da ich darüber nachdenke, erinnere ich mich sogar, wie sie das sagte. Sie behauptete, Ihr hättet gesagt, sie solle mehr holen, wenn es nötig wäre, und die erste Flasche habe die Schlaflosigkeit ihrer Herrin nicht beseitigt. Ich vermute, sie hat irgendwo draußen gewartet, bis Ihr das Haus verlassen habt. Ich weiß, daß ich es eigentlich nicht hätte tun sollen, Doktor, aber sie schien genau zu wissen, was sie wollte. Und ich habe doch keinen Schaden angerichtet, oder?"

Simon schlug mit der Faust auf eine Truhe. „Oh, natürlich wußte sie genau, was sie wollte. Das glaube ich nur zu gern. Was den Schaden anbetrifft, bei Gott, du hast ihr genug Mohnsirup gegeben, um eine ganze Pferdeherde außer Gefecht zu setzen! Begreifst du nicht", fuhr er hitzig fort, „daß dieser Mohnsirup mit ziemlicher Sicherheit zu ihrem Tod geführt hat? Zumindest hast du ihren Mördern das Mittel gegeben, sie bewußtlos zu machen, während sie sie fesselten und in den Fluß warfen!"

Darauf wußte John nichts zu erwidern, und so murmelte er noch einmal, wie leid ihm alles tue.

„Nun gut, nun gut", meinte Simon und seufzte schicksalergeben. „Begraben wir die Sache. Aber laß dir das eine Lehre für die Zukunft sein. Beim nächsten Mal gibt es keine neue Chance."

RATSSITZUNG DER ÄRZTE

Nachdem er das Verschwinden des Mohnsirups entdeckt hatte, zerbrach sich Simon den Rest des Tages den Kopf darüber, ob er irgend etwas dagegen unternehmen könne. Sollte er Olivia Tuckett direkt darauf ansprechen, ihr sagen, daß eine so große Menge gefährlich war und daß sie ihm wiedergeben sollte, was jetzt noch übrig war? Aber sie konnte entweder antworten, daß sie Eliza nie einen solchen Auftrag erteilt habe und nichts darüber wisse oder daß sie dafür bezahlt habe und er daher ihr gehöre.

Am nächsten Morgen hatte er viel zu tun; von acht Uhr an klopften in ununterbrochener Folge Patienten an seine Tür. Unter anderem kam eine Frau mit ihren beiden Kindern, die Ringelflechte hatten; er gab ihr ein Pulver, das aus einem Küchenkraut hergestellt war, und erklärte ihr, daß es höchstwahrscheinlich in ihrem Garten wachse und in Zukunft von ihr getrocknet werden könne. Und schließlich erschien Thomas Pope, ein Schauspieler aus der Truppe des Lord Admiral, die im nahe gelegenen Rose Theatre spielte. Leute aus dem Theater kamen oft, um Simon um Rat zu bitten.

„Leicht zu sehen, was Euch fehlt, mein Freund!“ sagte er, als Pope mit tränenden Augen und roter Nase eintrat. „Ihr wißt ja genausogut wie ich“, fügte er hinzu, „daß man herzlich wenig gegen eine Erkältung tun kann, aber ich werde mein möglichstes versuchen, um Euch Erleichterung zu verschaffen.“ Er suchte unter seinen Vorräten, wählte zwei Gefäße und stellte zwei Fläschchen unterschiedlicher Größe bereit. Dann füllte er beide. „Das eine ist ein Lakritzensaft, der während des Tages eingenommen werden kann. Er hilft gegen das Triefen. Das andere, das mit Wein vermischt werden sollte, ist gegen den entzündeten Hals; es wird sarazenische Wundenwurz genannt, ein Kraut mit starker Wirkung, das unter dem Einfluß Saturns wächst. Es wurde von den Kreuzfahrern hergebracht, genauso wie der Saft des weißen Mohns ...“ Simon hielt inne, plötzlich mußte er wieder an den fehlenden Schlaftrunk denken. Er hatte eine Idee.

„Ich würde Euch gern um Rat fragen, Thomas“, erklärte er. „Sagt mir, gibt es viele Stücke, in denen eine Herrin mit ihrer Dienerin die Rollen tauscht?“

Pope dachte einen Moment lang nach. „Es gibt einige alte Komödien, aber keine, die wir aufführen. Solche Geschichten gehen in die Zeit der römischen Schauspieldichter zurück, aber wenn ich mich richtig erinnere, findet man sie auch in den Erzählungen Boccaccios.“

„Und die Gründe, warum so ein Tausch stattfindet?“

„Oh, das Übliche. Damit die Herrin das Haus ihres Vaters oder Ehemannes verlassen kann, um sich mit einem Liebhaber zu treffen. Außerdem gibt es das, was wir die ‚Bettentausch-Intrige‘ nennen; dabei nimmt ein Mädchen in der Hochzeitsnacht den Platz einer anderen ein, entweder weil der Bräutigam ihr nach der Verlobung den Laufpaß gegeben hat und sie eigentlich seine Frau sein sollte oder weil sie ihn liebt, die echte Braut dagegen nicht.“

Simon sah nachdenklich aus. „Aber könnte es nicht sein, wenn viel auf dem Spiel stünde, daß nach einem Rollentausch zwischen Herrin und Dienerin die Dienerin zu einer Gefahr für die Herrin würde? Daß sie von da an eine Bedrohung darstellen würde?“

„Jetzt sprecht Ihr von Intrigen und Tragödien, nicht von Komödien", antwortete Pope. „Das klingt eher wie die Handlung eines italienischen oder spanischen Stücks, und so etwas haben wir am Rose nicht in unserem Repertoire."

Simon bedankte sich für die Auskunft, und Pope verabschiedete sich. Das Gespräch mit dem Schauspieler hatte Simon ziemlich aufgewühlt. Wenn seine Vermutungen stimmten und Eliza und Olivia aus irgendeinem Grund die Rollen getauscht hatten, ergaben sich viele Fragen; die wichtigste war: Warum war der Tausch notwendig gewesen, und warum hatte Eliza ihm zugestimmt? Die naheliegende Antwort auf die letzte Frage lautete: wegen des Geldes; aber vielleicht hatte sie auch aus Loyalität eingewilligt oder war sogar dazu gezwungen worden. Was den Grund betraf ... Hatte Olivia ungefähr zum Zeitpunkt ihrer Heirat einen Geliebten gehabt und sich als Eliza verkleidet? Simon mußte an Olivias ungewolltes Kind denken. Wer wohl der Vater gewesen sein mochte?

Gewiß jemand, bei dem sie wußte, daß ihre Familie einer Heirat nie zustimmen würde. Denn sonst hätte die Angelegenheit leicht in Ordnung gebracht werden können – mit dem zusätzlichen Bonus, daß Sir Wolford dringend einen männlichen Erben brauchte. Die Heirat einer schwangeren Braut war nichts Ungewöhnliches, und die Mode mit den breiten Reifröcken machte es leicht, ihren Zustand zu verbergen.

Vielleicht war der Gedanke, der ihm gekommen war, als er Olivia einen Moment lang für Elizas Geist gehalten hatte, aber auch nichts als ein Hirngespinst gewesen. Dann erinnerte er sich wieder an die Höhe des Betrages, der Eliza gezahlt worden war. Hatte sie gedroht, Sir Wolford oder den Tucketts zu erzählen, daß Olivia Liebhaber hatte? Gab es eine zusätzliche Verwicklung durch ein weiteres uneheliches Kind, etwa durch jenes, das Eliza unter dem Herzen trug? War Tuckett der Vater, und hatte sie gedroht, das Olivia zu erzählen? Aber das hätte doch keinesfalls ihren Tod herbeigeführt. Nach Simons bisheriger Erfahrung kam es häufig genug vor, daß junge Burschen wie Tuckett mit Dienstmädchen uneheliche Kinder zeugten. Er hätte Eliza fünf oder sogar zehn Guineen angeboten, damit sie verschwand und den Mund hielt – aber niemals hundert. Er würde vielleicht sogar bei seinen Freunden damit prahlen, vor allem, da noch kein rechtmäßiger Erbe unterwegs war. Simon konnte sich nicht vorstellen, was ihn zu so einer radikalen Maßnahme wie Mord bewogen haben sollte.

Am nächsten Morgen kam Anna aufgeregt zu Simon geeilt. Nicht einer, nein zwei Boten hatten dringende Briefe für ihn abgegeben. Simon unterbrach sein Frühstück und öffnete sie. Der erste, der eher einer Forderung als einer Einladung glich, kam von Sir Thomas Monkton, der ihn bat, ihn sobald wie möglich in den Rechtsschulen aufzusuchen. Dann wandte er sich dem zweiten zu, und sein Mut sank, als er das Siegel des Königlichen Ärztekollegs erkannte. Diese Aufforderung ließ ihm keine Wahl. Er wurde in aller Form gebeten, sich vor einer Sondersitzung des Rates einzufinden, und zwar an diesem Nachmittag um drei Uhr, um dort wegen einer schweren Beschuldigung Rede und Antwort zu stehen.

Jemand hatte alle Hebel in Bewegung gesetzt. Er konnte kaum glauben, daß zwischen den beiden Vorladungen kein Zusammenhang bestand, aber wie oder warum war das Königliche Ärztekolleg in die Sache hineingezogen worden? Allerdings bestand kein Zweifel daran, daß man dort, wenn es irgendwie möglich war, einen Vorwand finden würde, ihn zu verurteilen; das wußte er bereits aus der Vergangenheit. Ein schrecklicher Gedanke stieg in ihm auf: Hatte es irgend etwas mit dem fehlenden Mohnsirup zu tun?

Zutiefst bedrückt machte er sich auf den Weg zu Sir Thomas Monkton in den Rechtsschulen.

Monkton kam ohne Umschweife zur Sache. „Ah, Dr. Forman. Ich habe hier einen Brief von Sir Wolford Barnes, den Ihr aufmerksam zur Kenntnis nehmen solltet. Wie er schreibt, hat seine Tochter ihm inzwischen mitgeteilt, daß das Mädchen Eliza Pargeter einen gewalttätigen Liebhaber hatte, der sie bei mehreren Gelegenheiten mißhandelt hat; trotz der Warnungen ihrer Herrin, sie solle sich zu ihrer eigenen Sicherheit von ihm trennen, war sie dazu nicht bereit gewesen. Was sagt Ihr dazu?"

Das war es also. „Daß ich mich frage, warum Lady Olivia Tuckett diese Information nicht selbst während der Untersuchung mitteilte oder durch Master Down mitteilen ließ, der ja auch Zeuge war."

Monkton blickte wieder in den Brief. „Sir Wolford schreibt, Lady Tuckett sei nach dem Tod des Mädchens sehr erregt gewesen und habe es nicht für wichtig gehalten, bis sie das Urteil hörte; sie hatte wohl angenommen, daß ihre Zofe sich ertränkt hatte. Offenbar fährt der Mann zur See und dürfte inzwischen das Weite gesucht haben, wenn er weiß, was gut für ihn ist. Damit ist diese Angelegenheit aller Wahrscheinlichkeit nach erledigt, meint Ihr nicht auch?"

„Möglicherweise. Allerdings glaube ich kaum, daß das Mädchen einen gewalttätigen Liebhaber hatte – oder überhaupt irgendeinen Liebhaber bis kurz vor ihrem Tod."

Monkton seufzte erbittert. „Was Ihr glaubt, Dr. Forman, ist von geringer Bedeutung. Die Erklärung ist glaubhaft, und ich schlage vor, daß Ihr die Angelegenheit nicht weiter verfolgt. Ihr habt Sir Wolford gekränkt und verärgert, durchaus zu Recht möchte er nichts mehr darüber hören. Er ist ein mächtiger Mann in der Stadt und muß an seinen Ruf denken. Was mich betrifft, ist die Sache jetzt abgeschlossen."

„Dann möchte ich mich verabschieden", sagte Simon. „Ich muß vor dem Königlichen Ärztekolleg erscheinen und möchte mich nicht verspäten."

Sir Wolford hatte nun also persönlich eingegriffen. Während Simon in Richtung Blackfriars stapfte, wo in der Knightrider Street das Versammlungsgebäude der Ärzte lag, war er voll böser Vorahnungen. Er dankte jeden Tag seinem Schicksal, daß er es schließlich unter großen Schwierigkeiten geschafft hatte, sein ehrgeiziges Ziel zu erreichen und ein voll anerkannter Arzt zu werden, etwas geradezu Beispielloses für einen armen Dorfjungen wie ihn.

Simon war auch stolz auf seine Kenntnisse über neue Methoden, die er in Italien erworben hatte. Seine englischen Kollegen schienen ihm allesamt ziemlich konservativ auf fast allen Gebieten von Medizin und Astrologie. Das war zweifellos der Grund dafür, daß man ihn bezichtigt hatte, Schwarze Kunst zu betreiben; und bestimmt kam es einigen Mitgliedern des Königlichen Kollegs sehr zupaß, das Gerücht zu unterstützen. Hatte Sir Wolford sich nicht nur beim Richter, sondern auch beim Königlichen Kolleg beschwert?

Ungefähr eine Viertelstunde später erreichte er das Versammlungsgebäude der Ärzte und wurde sofort von einem Diener empfangen, der ihn ins große Ratszimmer führte. Simon sah sich dem ganzen Rat gegenüber, alle trugen ihre langen Talare und saßen an beiden Seiten eines langen, glänzend polierten Tisches, an dessen Kopfende der Präsident Platz genommen hatte. Simon wurde ein Stuhl am anderen Ende angewiesen.

„Ihr seid wieder einmal hierhergerufen worden, Dr. Forman", sagte der Präsident, „um auf die Beschuldigung schweren Fehlverhaltens zu antworten. Ihr könnt Platz nehmen."

Simon setzte sich. Der Präsident blätterte in einigen Pergamenten, dann begann er. „Doktoren und Zensoren des Königlichen Ärztekollegs, ich werde Euch ins Gedächtnis rufen, daß Dr. Forman sich nicht zum erstenmal eines Vergehens schuldig macht. Schon vor Jahren wurde er vorgeladen, weil er eine Abhandlung über die Schriften des Häretikers Paracelsus verfaßt hatte, während unser Kolleg in seiner Gesamtheit der orthodoxen Lehre Galens verpflichtet ist, wenn es um Anatomie geht. Ist das richtig, Dr. Forman?“

Ein Raunen erhob sich, als Simon aufstand. „Ich weiß nicht, meine verehrten Herren, warum Ihr mich noch einmal hergebeten habt. Aber zumindest möchte ich einige Dinge richtigstellen. Ihr habt mich damals für schuldig befunden, weil viele Eurer Methoden und Überzeugungen veraltet sind.“ An dieser Stelle war ein Aufschrei der Entrüstung zu hören. „Hört mich bitte an, meine verehrten Herren, obwohl mir klar ist, daß Ihr ungeduldig darauf wartet, mich wegen eines weiteren, mir unbekannten Fehlverhaltens zu verurteilen. Der Grund Eures Mißfallens war nicht der Streit Galen kontra Paracelsus oder welche astrologische Methode ich benutze, sondern die Tatsache, daß wir in grundlegenden medizinischen Fragen unterschiedlicher Meinung sind. Ich halte zum Beispiel nichts von fortwährendem Aderlaß, er schwächt nur den Patienten.“

Der Präsident unterdrückte den Tumult, der nun folgte. „Dr. Forman“, sagte er wütend, „Ihr habt Euch keinen Dienst erwiesen, was die neueste Beschuldigung betrifft.“ Er nahm ein Papier und hielt es hoch. „Dies besagt, daß Ihr Euch in fremde Angelegenheiten eingemischt habt, und zwar in einer Weise, die sich für einen Arzt überhaupt nicht schickt. Ich habe hier eine Beschwerde von Sir Wolford Barnes, in der er ausführt, daß Ihr zunächst die Behauptung aufgestellt habt, die Zofe seiner Tochter sei ruchlos ermordet worden, Euch dann berufen fühltet, aufs Land zu reisen und widerrechtlich seinen Grund und Boden zu betreten und dann die Sache auf die Spitze zu treiben und eine seiner Bediensteten bezüglich des toten Mädchens ins Verhör zu nehmen. Wir warten auf Eure Erklärung.“

Das war es also. Sir Wolford hatte in der Tat ganze Arbeit geleistet. „Ich bin zweifellos verurteilt, bevor ich meinen Mund öffne“, sagte Simon. „Also will ich mich so kurz wie möglich fassen. Es war reiner Zufall, daß das tote Mädchen zu meinem Haus gebracht wurde, nachdem es im Fluß gefunden worden war; daraufhin erkannte ich in ihm eine Patientin wieder, die mich ungefähr vier Monate zuvor aufgesucht hatte. Eine Untersuchung ließ keinen Zweifel daran, daß sie schwanger war, und ergab auch, zu meiner eigenen Genugtuung, daß sie gefesselt worden war, bevor sie ertrank. Dies sagte ich bei der Verhandlung, und daß die Geschworenen auf vorsätzlichen Mord erkannten, entsprach, wie ich annehme, nicht den Wünschen des Richters. Warum das Grund zu einer ernsthaften Beschuldigung geben sollte, vermag ich nicht zu verstehen."

Der Präsident konnte sich kaum beherrschen. „Seht Ihr nicht ein, Dr. Forman, daß all das Euch nicht das geringste anging? Ihr mußtet das Mädchen nicht untersuchen. Es war unwahrscheinlich, daß man Euch als Zeugen bei der Untersuchung vorgeladen hätte, wenn Ihr Euch nicht erboten hättet, dort auszusagen. Und dann seid Ihr noch nach Stratford St. Anne gereist, um Euch in Sir Wolfords Angelegenheiten einzumischen." Ein Raunen der Zustimmung ging durch den Raum.

„Werft den Kerl raus!" rief ein alter Graubart und erntete allgemeinen Beifall. „Offenbar hat er sein Können auf einem Misthaufen erworben!"

Ein anderer murrte, er wolle nichts mit sogenannten Ärzten und anderen Quacksalbern zu schaffen haben, die ihre Zeit damit verbracht hätten, heidnische Praktiken in fremden Ländern zu erlernen.

„Wir sind uns also darin einig, verehrte Herren, daß wir diesmal Dr. Forman die Zulassung als Arzt aberkennen sollten?" fragte der Präsident. „Wollt Ihr dies in der gewohnten Weise zeigen? –

Vielen Dank, meine Herren. – Ihr seid zu weit gegangen, Dr. Forman, und im Namen des Rates und der Zensoren des Königlichen Ärztekollegs erkläre ich, daß Euch Eure Zulassung als Arzt hiermit aberkannt wird. Ihr wißt, was das bedeutet?"

„Ganz bestimmt. Aber ich möchte Euch daran erinnern, daß Euer Urteil nur innerhalb der Stadtgrenzen Gültigkeit hat. Ich habe meinen Wohnsitz in Bankside gewählt, wo meine Cambridge-Zulassung genügt, obwohl ich kein Hehl daraus machen will, daß diese ungerechtfertigte Strafe sich sehr nachteilig für mich auswirken wird. Aber ich kann Euch allen versichern, daß ich nicht ruhen werde, bis Ihr gezwungen seid, mir meine Zulassung zurückzugeben."

„Müßige Drohungen, Dr. Forman, müßige Drohungen", erwiderte der Präsident. „Verlaßt uns! Wir haben Euch nichts mehr zu sagen."

Todunglücklich ging Simon die Treppe hinab und trat in das

milchige Sonnenlicht hinaus. Er fragte sich, was um Himmels willen das Schicksal als nächstes für ihn bereithielt. Zum ersten Mal wünschte er sehnlichst, Eliza wäre irgendwo anders aus der Themse gefischt worden als ausgerechnet in Bankside.

Ebbe und Flut auf der Themse

Einige Tage später kehrte Marcus Tuckett in düsterer Stimmung aus Kent zurück. Nach dem Schlaganfall konnte Lord Tuckett nur noch undeutlich sprechen, und die linke Körperseite war gelähmt. Nach Auskunft seines Arztes bedeutete das, daß er vielleicht noch einige Monate zu leben hatte, aber auch jederzeit einen zweiten tödlichen Schlag erleiden konnte. Daher sollte Marcus alles vorbereiten, um gegebenenfalls eine längere Zeitspanne bei ihm in Kent zu verbringen.

„Vater ist dabei, mit seinem Anwalt die endgültige Fassung seines Testaments zu erstellen", erklärte er Olivia. „Und noch immer ohne Aussicht auf einen Enkelsohn – es sei denn, Ihr habt in diesem Monat empfangen."

„Wenn nicht, ist es kaum meine Schuld", entgegnete sie scharf.

„Nun, meine ist es ganz bestimmt nicht", erwiderte Markus in seiner gewohnten schmollenden Art. „Ich fange an, mich zu fragen, ob ich nicht in eine unfruchtbare Familie eingeheiratet habe. Ich gestehe Euch jetzt", prahlte er, „daß zwei Mädchen in Kent mir schon Bastarde geboren haben. Das Versagen, Olivia, scheint also bei Euch zu liegen."

„Wir sind erst seit vier Monaten verheiratet", sagte sie erregt, „es ist noch zu früh. Aber da Ihr so besorgt seid, sollt Ihr wissen, daß ich einen Arzt um Rat gefragt habe, der in diesen Dingen große Erfahrung haben soll." Ursprünglich hatte sie ihm sagen wollen, daß es Simon Forman war, aber in Anbetracht der Maßnahmen ihres Vaters konnte sie das nun unmöglich tun. Er und Francis Down hatten triumphiert, als von Sir Thomas Monkton und dem Präsidenten des Königlichen Ärztekollegs die Antworten auf Sir Wolfords Briefe eintrafen. Sir Thomas schrieb, daß er Dr. Forman vorgeladen und ihm klargemacht habe, daß er den Fall im Lichte neuer Zeugenaussagen für abgeschlossen halte, während der Präsident des Königlichen Kollegs den Großkaufmann in aller Form davon unterrichtete, daß Dr. Simon Forman die Zulassung als Arzt in der Stadt London aberkannt worden war.

„Und was hat dieser Doktor Euch gesagt?“ wollte Marcus wissen.

„Er sagte, ich sei töricht, mir jetzt schon Sorgen zu machen.“

„Eins meiner Mädchen in Kent bekam ein Kind nach nur einer wilden Nacht“, erwiderte er mürrisch. „Und ich habe mit Sicherheit mein Bestes gegeben in unserer Hochzeitsnacht und auch danach.“ Er musterte sie von Kopf bis Fuß. „Ich will Euch jetzt sagen, daß mir vor unserer Verlobung viele Gerüchte über Eure Tugend zu Ohren gekommen sind – oder über Euren Mangel an Tugend. Aber die Größe Eurer Mitgift und der Ehevertrag genügten meinem Vater, um mir zu befehlen, alle möglichen Zweifel zu unterdrücken. Nun zeigt sich, daß sie offenbar begründet waren. Aber das ändert nichts an der gegenwärtigen Situation. Mein Vater erwartet vor seinem Tod die Nachricht von einem Erben.“

„Dann wollen wir hoffen, daß wir sie ihm bringen können“, erwiderte Olivia und ging. Sie hatte das Gefühl, in einen Strudel von Ereignissen hineingerissen zu werden, die sie nicht mehr kontrollieren konnte.

NACH seiner Auseinandersetzung mit dem Königlichen Kolleg lag Simon die ganze Nacht schlaflos da und starrte an die Decke. Die Zukunft sah düster aus. Alles, wofür er so lange gekämpft hatte, schien zunichte gemacht. Er war nicht einmal ganz sicher, was die Aberkennung seiner Zulassung bedeutete. Sollte er versuchen, in Bankside weiter als Arzt tätig zu sein, obwohl viele seiner Patienten auf dem Südufer des Flusses so arm waren, daß sie es sich kaum oder gar nicht leisten konnten, ihn zu bezahlen? Seine Haupteinkommensquelle lag nördlich des Flusses in Middlesex und der Innenstadt. Doch wenn Simon es wagte, die städtischen Kaufleute und wohlhabenden Hausbesitzer dort trotz allem zu behandeln, würden die Ärzte ihn mit Sicherheit ins Gefängnis werfen lassen. Wenn er keinen Weg fand, das Kolleg zu einer Rücknahme der Entscheidung zu bewegen, war er ruiniert.

Selbst wenn er in einem Akt der Selbsterniedrigung zu Sir Wolford kroch und hoch und heilig versprach, daß er sich nie wieder in dessen Angelegenheiten einmischen würde, war es sehr zweifelhaft, ob das etwas nützen würde; der Kaufmann war offensichtlich entschlossen, an ihm ein Exempel zu statuieren. Ihm blieb nur ein Weg: herauszufinden – und zwar schnell –, wie und warum Eliza umgekommen war. Womöglich konnte er dann sein Wissen benutzen und Sir Wolford vor die Wahl stellen, das Königliche Kolleg dazu zu veranlassen, ihm seine Zulassung zurückzugeben, oder einen riesigen Skandal zu riskieren. Natürlich nur, wenn er es schaffte, am Leben zu bleiben! Denn Simon war jetzt sicher, daß der Mord an Eliza entweder auf das Konto des Kaufmanns oder eines Mitglieds seines Haushalts ging.

Was er dringend benötigte, waren weitere Informationen. Natürlich war es undenkbar, daß er sich selbst irgendwo in der Nähe von Bishopsgate blicken ließ. Also ließ er John Bradedge kommen und erklärte ihm die verzweifelte Situation in aller Kürze.

„Das ist deine Chance, etwas zur Wiedergutmachung deiner Unbedachtheit zu tun“, schloß Simon. „Wenn ich mich recht erinnere, dann befindet sich gegenüber Sir Wolfords Haus eine Reihe kleinerer Häuser. Ich möchte, daß du dorthin gehst, dich als ehrlicher Handwerker ausgibst und fragst, ob jemand etwas für dich zu tun hat, damit du ein paar Pennies verdienen kannst. Du kannst wahrheitsgemäß sagen, daß du im Krieg in den Niederlanden warst.“

„Wie stellt Ihr Euch das vor?“ fragte John zweifelnd. „Schließlich bin ich nicht geschickt genug, um alle Arbeiten zu erledigen, die man mir vielleicht aufträgt.“

„Nun, wenn man dich um etwas bittet, was du nicht kannst, wirst du das sagen müssen. Aber du bist ein geschickter Bursche und dürftest keine allzu großen Schwierigkeiten haben. Zieh deine älteste Hose an, ein Lederwams über dein Hemd, binde eine Leinenschürze um, und nimm eine Tasche mit Werkzeug mit. Dabei solltest du nach einer jener Frauen Ausschau halten, deren Hauptbeschäftigung darin besteht, ihre Nachbarn zu beobachten. Was ich herausbekommen will, ist, ob an dem Abend, bevor Elizas Leiche gefunden wurde, irgend etwas Ungewöhnliches in Sir Wolfords Haus oder in dessen Umgebung vorging, ob sich dort Fremde herumtrieben, jemand sehr spät kam oder ging – alles irgendwie Auffällige.“ Simon gähnte und reckte die Arme. „In der Zwischenzeit werde ich mich auf die Suche nach dem Fährmann Hudson begeben, der Eliza aus dem Fluß gezogen hat.“

Sobald John gegangen war, machte sich Simon daran, Hudson aufzuspüren, doch zunächst blieben seine Bemühungen ohne Erfolg. Er ging von einer Ufertreppe zur nächsten und fragte die Fährleute, ob einer wüßte, wo Hudson zu finden sei, aber vergeblich. Es blieb ihm nichts anderes übrig, als an jedem Anlegesteg die Nachricht zu hinterlassen, daß Dr. Forman dringend Will Hudson sprechen müsse und daß es sein Schade nicht sein werde.

Er war fast wieder zu Hause, als ihn vielstimmiges Rufen vom Fluß innehalten ließ. Als er zum Wasser hinunterschaute, sah er, wie sich Hudson aus einer Gruppe von Männern löste.

„Ich höre, Ihr wollt mich sprechen, Dr. Forman!“ rief er. „Ich habe hier einen Passagier nach Blackfriars. In einer halben Stunde werde ich bei Euch sein.“

Er hielt sein Versprechen. Simon führte ihn in die Küche und bat Anna um etwas Ale. Hudson setzte sich, offensichtlich besorgt, was jetzt kommen würde. „Oh, ich muß mich auch dafür bedanken, daß Ihr mir diese Leiche abgenommen habt und zu der Untersuchung gegangen seid. Ich hätte sonst einen halben Vormittag verloren.“

„Und genau über das Mädchen möchte ich mit dir sprechen.“

Der Fährmann schüttelte den Kopf. „Man sagt, jemand habe sie ins Wasser gestoßen.“

„Ich glaube, genau so war es.“ Simon schob Hudson eine große Karte zu, die den Verlauf der Themse von Kew nach Deptford zeigte. „Deshalb möchte ich von dir wissen, wo es passiert sein könnte. Vielleicht hilft dir der Hinweis, daß sie wahrscheinlich erst seit wenigen Stunden tot war, als du sie herausgezogen hast.“

„Wo hat sie gewohnt?“ fragte Hudson.

„In der Stadt. In der Nähe von Bishopsgate.“

Hudson runzelte nachdenklich die Stirn. „Nun, es war sicher nirgendwo dort, denn wir haben sie nicht weit flußabwärts von Westminster gefunden – und wenn ich so etwas machen würde, dann außerhalb der Stadt. Hier ist auf beiden Seiten des Flusses viel zuviel los. Es ist also anzunehmen, daß der Täter sie aufs Land rausgeschleppt hat. Ich tippe auf Chelsea. Da oben ist es ruhig. Ich denke, sie muß mit dem Boot zur Flußmitte gebracht und dort hineingeworfen worden sein. Sonst wäre sie einfach zurück ans Ufer getrieben. Das ist nur eine Vermutung, aber wenn ich daran denke, wo wir sie gefunden haben, würde ich sagen, sie ist vermutlich irgendwo am Chelsea Creek ins Wasser geworfen worden. Natürlich kann ich mich irren.“

„Nur weiter, das klingt ziemlich plausibel“, ermunterte ihn Simon.

„Nun, wir Bootsführer gehen im allgemeinen davon aus, daß

zwischen diesen beiden Punkten sieben Stunden Ebbe ist, dann fünf Stunden Flut. Wenn sie also ungefähr um elf Uhr nachts in der Mitte des Flusses ins Wasser geworfen wurde, drängte die Flut schnell herein. Sie muß zuerst ein Stück flußaufwärts getragen worden sein, bis das Wasser stand. Dann, beim Gezeitenwechsel, hat der starke Sog sie flußabwärts gezogen. Aber", fügte Hudson hinzu, „ich sage nur, was geschehen sein könnte. Vielleicht war es ja auch ganz anders."

„Vielleicht, aber es macht Sinn", meinte Simon. „Du hast mir sehr geholfen. Hier ist eine Krone für deine Mühe, Will. Noch etwas. Es wäre mir lieb, wenn du niemandem von unserem Gespräch erzählen würdest; aber halte Augen und Ohren offen. Ihr Bootsführer wißt fast alles, was auf der Themse vorgeht. Wenn du irgend etwas Interessantes erfährst, komm zu mir. Dann bekommst du noch eine Krone."

Hudson steckte die Münze ein. „Glaubt Ihr, daß das arme Mädchen schon tot war, als sie ins Wasser fiel, Doktor?" fragte er.

Simon seufzte und zuckte die Achseln. „Keine Ahnung. Ich hoffe um ihretwillen, daß sie tot war, aber höchstwahrscheinlich war sie stark betäubt. In diesem Fall ist es nicht möglich zu sagen, ob sie zu sich kam, als sie im kalten Wasser versank. Wenn ja, dann war es ein grauenhafter Tod."

„Nun, Doktor", sagte Hudson, trank aus und knallte den Krug auf den Tisch, „wenn das stimmt, werde ich mir beizeiten einen Platz in Tyburn reservieren lassen, um den Mistkerl am Galgen hängen zu sehen, der das getan hat."

KURZ nach Mittag ritt Simon auf dem Weg nach Chelsea über die Brücke. Wie die Innenstadt, so dehnte sich auch Westminster immer mehr aus, aber bald sah er sich von Gärten und Obstbäumen umgeben und ritt aufs offene Feld zu. Sein Weg führte ihn so nah an den Fluß, daß er immer wieder das Wasser im ungewohnten Sonnenlicht glitzern sah. Ihm bot sich ein Bild tiefer Ruhe. Auf den Feldern und in den Gärten arbeiteten Männer, Frauen nutzten das schöne Wetter, um Wäsche zum Trocknen über die Büsche zu hängen.

Schließlich kam Simon zu einer Kreuzung, an der ein ausgetretener Weg zum Wasser hinunterführte. Er band sein Pferd an einen Baum und machte sich daran, die Umgebung zu erkunden. Nachdem er nur ein paar Minuten gegangen war, stieß er auf die Quelle eines Flüßchens. Es herrschte noch Ebbe, und riesige Schlickflächen waren an beiden Ufern zu sehen. Es war sehr ruhig, und niemand war in der Nähe. Das nächstgelegene Anwesen, ein Gutshaus mit zwei großen Scheunen, war ungefähr eine Viertelmeile entfernt. Es war ein günstiger Ort für Dinge, bei denen man nicht gesehen werden wollte.

Außerdem lagen mehrere kleine Boote im Schlick, die an Pfählen vertäut waren, die Ruder ordentlich innen verstaut. Es war offensichtlich ein leichtes, eines von ihnen loszumachen und damit loszufahren. Zwei oder drei leere Pfähle, an denen Ringe befestigt waren, ließen darauf schließen, daß die Boote zur Zeit unterwegs waren.

Es war warm, und Simon setzte sich auf einen Baumstumpf; er versuchte sich vorzustellen, wie man Eliza hierhergebracht hatte (falls dies wirklich der gesuchte Ort war). War sie betäubt und gefesselt in einer Kutsche hergeschafft worden? Das schien zu riskant, auch wenn der Ort abgelegen war. Oder war sie irgendwie hergelockt worden?

Vom Fluß war das Geräusch von Rudern zu hören, und bald erschien ein Boot, das ein kräftig aussehender Mann ruderte. Er steuerte es an die Seite des Flüßchens und sprang heraus; dann zog er das Boot hinter sich her und machte es an einem der freien Plätze fest. In diesem Moment hörte Simon hinter sich jemanden pfeifen, und als er sich umdrehte, sah er einen Jungen von ungefähr zwölf Jahren, der mit einer Angelrute über der Schulter den Weg hinuntereilte.

Sein Anblick versetzte den Mann im Boot offensichtlich in Wut. „Du Satansbraten!“ brüllte er. „Du Teufelsbrut!“

Der Junge blieb wie angewurzelt stehen. „Warum schreit Ihr mich so an, Master George?“

„Du hast wieder mein Boot benutzt, du schmieriger Rotzlümmel! Bestimmt kommst du auch jetzt heruntergeschlichen, um es dir wieder zu nehmen, und denkst, ich merke nichts davon.“

Der Junge wirkte sehr gekränkt. „Aber nein, Master George. Ehrlich. Ich habe Euer Boot nicht mehr benutzt, seit Ihr mir vor zwei Monaten deswegen die Ohrfeigen verpaßt habt.“ Da seine Beteuerungen offensichtlich wenig Eindruck machten, fügte der Junge hinzu: „Und jetzt bin ich überhaupt nicht wegen des Bootes gekommen. Ich gehe flußaufwärts, um zu sehen, ob ich vielleicht etwas fangen kann, wenn die Flut hereinkommt.“

„Nun, irgend jemand hat sich letzte Woche mein Boot genommen“, sagte der Mann argwöhnisch. „Und wenn du es nicht warst, wer soll es dann gewesen sein?“

„Woher soll ich das wissen? Seid Ihr sicher? Ihr könnt Euch doch irren.“

„Ich weiß, daß jemand es benutzt hat, weil es nicht an meinem Pfahl festgemacht war, wo ich es vertäut hatte – ganz einfach. Es lag an Jess Walkers Pfahl, und er beschwert sich noch immer darüber.“

„Wenn ich es gewesen wäre“, sagte der Junge, „hätte ich mich nicht so dumm angestellt.“

Master George sah wenig überzeugt aus. Als er sich umschaute, entdeckte er Simon auf dem Baumstumpf und bezog ihn in das Gespräch ein. „Es gab eine Zeit“, sagte er, „als man sein Boot unbesorgt hier liegen lassen konnte.“

„Ich dachte, daß es hier in der Gegend sehr ehrlich zugeht“, erwiderte Simon. „Da, wo ich wohne, würde niemand es wagen, die Ruder in den Booten liegenzulassen.“

„Woher kommt Ihr denn?“ fragte der Mann.

„Ich wohne in Southwark“, erwiderte Simon. „Ich bin wegen der frischen Luft hergekommen.“

„Kann ich jetzt gehen?“ fragte der Junge.

Master George seufzte. „Na gut. Aber wenn ich dich noch einmal mit meinem Boot erwische, bekommst du meinen Stock zu spüren.“

Der Junge lief einen Weg am Fluß entlang und verschwand. Der Bootsbesitzer spie aus. „Junger Flegel!“ Dann antwortete er auf Simons Frage, was mit dem Boot passiert war: „Dienstag vor einer Woche kommt mein Nachbar Jess schimpfend zu mir, donnert um sechs Uhr morgens an die Tür, weil mein Boot an seinem Pfahl liegt. Die Leute hier nehmen es mit solchen Dingen sehr genau. Es ist erst ein paar Wochen her, daß ich diesen kleinen Schurken erwischt habe, als er damit gerade ganz dreist zurückruderte. Wahrscheinlich war er es wieder.“

Simon seufzte mitfühlend. Dann fragte er nach einem Wirtshaus, wo er eine Erfrischung zu sich nehmen könne.

Der Bootsbesitzer erklärte, das „Six Bells“ sei ganz in der Nähe, und da er selbst in die Richtung ginge, könne Simon ihn begleiten. Schweigend schritten sie den Weg entlang, der zur Kreuzung führte. Als sie die kleine Anhöhe erreichten, blickte Simon zu dem Gut mit den Scheunen hinüber. „Das ist ein gepflegtes Gut“, sagte er. „Das Land hier muß einen Bauern reich machen, nach diesen beiden Scheunen zu schließen.“

„Ihr meint John Kenton?“ fragte der Bootsbesitzer. „Ich glaube, es geht ihm ganz gut, aber das ist nicht sein Land. Er ist der Pächter.

Ein einfacher Landarbeiter wie er könnte sich so ein Anwesen nie leisten."

Plötzlich hatte Simon eine Vorahnung, was nun folgen würde.

„Nein, nein", fuhr sein Informant fort. „Hof und Land gehörten früher einer Familie namens Field in Essex. Sie erhielten es durch einen Vertrag, als einer von ihnen vor Jahren eine Erbin aus dieser Gegend heiratete. Jetzt gehört es irgend einem vermögenden Kaufmann in der Stadt."

Beobachtungen vom Fenster aus

Simon war nicht der einzige, der wach gelegen hatte, während seine Gedanken sich endlos im Kreis drehten. Olivia war es nicht anders ergangen. Immer wieder dachte sie an die verheerenden Folgen ihres Plans. Zuerst hatte sie sich geweigert, Eliza zu glauben: „Du mußt dich täuschen. Schließlich bist du in diesen Dingen unerfahren."

Eliza ließ sich nicht beirren. „Nein, Herrin. Meine Regel ist in den letzten beiden Monaten ausgeblieben, außerdem fühle ich mich morgens unwohl."

Olivia war nicht überzeugt. „Aber wie sollte es dazu gekommen sein, nach einem einzigen Mal?"

„Dr. Forman hat mir gesagt, daß einmal genug sein kann!"

„Hast du ihn deswegen aufgesucht?" fragte Olivia mit zunehmender Besorgnis.

„Nein, nein, Herrin", beteuerte Eliza. „Ich war nicht mehr dort, seit ich wegen meines Horoskops und Eures Schlaftrunks zu ihm ging. Damals fragte ich ihn, ob ein Mädchen beim ersten Zusammensein mit einem Mann schwanger werden könne. Er sagte, ja, das könne passieren. Aber ich wollte es nicht glauben und habe Euch deshalb nichts davon gesagt. Und was soll ich jetzt tun?"

„Geh zurück zu deinen Eltern, und zwar bald", erwiderte Olivia sofort. „Sie müssen einen Mann für dich finden. Das Geld, das du von mir bekommen hast, ist eine großzügige Mitgift."

„Das Geld, das ich von Euch bekommen habe, Herrin, war Teil einer Abmachung. An diese habe ich mich gehalten. Ein Kind wurde dabei nicht erwähnt. Jetzt sitze ich in der Falle, und Ihr sagt mir, ich soll weggehen, ohne Aufsehen zu erregen, und irgendeinen Tölpel finden, der mich heiratet. Warum sollte ich so mein Leben ruinieren?"

„Dann mußt du zu der Frau gehen, die mich behandelt hat, und sie bitten, es wegzumachen."

Eliza schüttelte den Kopf. „Und mein Leben aufs Spiel setzen, so wie Ihr es getan habt, Herrin? Lieber nicht. Wenn ich dieses Kind austragen soll, ist es nur recht und billig, daß Ihr mir eine weitere Summe zahlt."

Olivia war entgeistert. „Das kann doch nicht dein Ernst sein! Um Gottes willen, Mädchen, hundert Guineen sind die Mitgift der Tochter eines Gutsherrn."

„Ich habe die Summe schon zwischen den Mitgliedern meiner Familie aufgeteilt. Das Kind, das ich unter dem Herzen trage, muß vernünftig aufgezogen werden. Wenn ich, wie Ihr sagt, einen Mann finden muß, der die Rolle des Vaters übernimmt, dann sind doch – sagen wir – weitere fünfzig Guineen bestimmt angemessen? Im Augenblick."

Die Tragweite der letzten Worte entging Olivia nicht. „Im Augenblick? Was heißt ‚im Augenblick'?"

„Es werden Kosten entstehen für mein Wochenbett, die Ausstattung des Kindes ... Fünfzig Guineen werden kaum ausreichen, um es aufzuziehen."

Olivia starrte sie voller Entsetzen an. „Dir die erste Summe zu zahlen war schwer genug. Wie um Himmels willen soll ich so bald weitere fünfzig Guineen auftreiben? Das ist unmöglich."

„Dann", erwiderte Eliza ruhig, „sehe ich keine andere Möglichkeit, als meine Pflicht zu tun und Sir Marcus reinen Wein einzuschenken."

Olivia ballte die Hände zu Fäusten, bis die Knöchel weiß hervortraten. „Er wird dir nie glauben."

Das Mädchen lächelte verschlagen. „Sollen wir es darauf ankommen lassen, Herrin?"

Olivia hatte sich an Francis Down gewandt. Und auch der hatte seinen Preis verlangt.

AUF SEINEM Heimweg von Chelsea war Simon tief in Gedanken versunken. Natürlich ließ sich nicht beweisen, daß das Boot von Master George zu irgendeinem anderen Zweck verwendet worden war als zu unerlaubter nächtlicher Angelei. Aber wenn man bedachte, daß Sir Wolford in der Nähe Land besaß, schien es durchaus möglich, daß jemand es für ein weniger harmloses Vorhaben benutzt hatte. Er beschloß, Olivias Alibi so bald wie möglich zu überprüfen. Simon ließ sich unterwegs Zeit und traf erst am frühen Abend zu Hause ein.

John Bradedge war vor ihm zurückgekehrt und hatte viel zu berichten. Simon bat ihn, alles schön der Reihe nach zu erzählen.

Man konnte nicht gerade behaupten, daß John einen erfreulichen Tag gehabt hatte. Die meisten Hausbesitzer hatten ihn abgewiesen. Jene, die sich dazu herabließen, ihm eine Beschäftigung zu geben, wiesen ihm nur die unangenehmsten Aufgaben zu. Unter anderem hatte er Ställe ausmisten müssen – und das alles, ohne irgend etwas im Hinblick auf das eigentliche Ziel seines Auftrags zu erreichen. Am späten Nachmittag war er zu der Überzeugung gelangt, daß seine Bemühungen vergeblich waren. Bis er bei Enid Fitzwarren an die Tür klopfte.

Sie war eine wenig anziehende Frau unbestimmbaren Alters mit eingefallenen Wangen. Ihr gestärktes dunkles Kleid mit dem fleckenlosen, breiten Kragen verriet, daß sie es mit den Puritanern hielt; ihr Haus war so außergewöhnlich sauber, als würde keine Menschenseele darin wohnen. Enid sagte John, daß ihr gerade eben eine halbe Karrenladung Holz geliefert worden sei. Wenn er sich nützlich machen wolle, könne er die Klötze ordentlich im Hof hinter dem Haus aufstapeln.

Während er arbeitete, blieb sie die ganze Zeit in seiner Nähe und zog über ihre Nachbarn her. Die ganze Welt schien sich gegen sie verschworen zu haben. Die Nachbarn machten Lärm und waren boshaft, die Kinder aufsässig. Die Männer waren träge Nichtsnutze, die nichts anderes im Sinn hatten, als den Weibern nachzustellen und sich in den Wirtshäusern zu betrinken. Sie allein war ehrbar und sittsam.

Als John endlich einmal selbst zu Wort kam, fragte er, wer in dem stattlichen Haus auf der anderen Seite der Straße lebte. Ein unterwürfiges Lächeln erschien auf ihrem Gesicht. Das Haus gehörte Sir Wolford Barnes, dem großen Handelsherrn. Ein sehr reicher und mächtiger Mann, der sich aber im Gegensatz zu manchen anderen nicht zu gut dazu war, Enid und ihren Mann zu grüßen, wenn er sie auf der Straße traf. Ihr Ton wurde jedoch schärfer, als sie auf die anderen Mitglieder des Haushalts zu sprechen kam. Die Tochter hatte sich eher wie eine Hure aufgeführt als wie die Tochter eines vornehmen Mannes. Inzwischen war die junge Frau verheiratet, aber ihr Mann war kaum besser als ein verschwenderischer Taugenichts, obwohl er der

Sohn eines Adligen war; zu jeder erdenklichen Nachtzeit kam er nach Hause, sturzbetrunken schlug er gegen das Tor, um den Pförtner zu wecken, und raubte so ehrbaren Menschen den Schlaf.

In der Tat schienen zur Zeit ständig Leute drüben aus und ein zu gehen, zu jeder Tages- und Nachtzeit. Die vorige Woche war ein Paradebeispiel. Eines Morgens hatte es in aller Frühe großen Wirbel gegeben, als Sir Wolford in seiner Kutsche wegfuhr, und zufällig hatte sie gehört, wie er zu einem Diener sagte, er werde die Nacht bei einem anderen Kaufmann in der Nähe von Barnes verbringen. Kurze Zeit später war sein Schwiegersohn in großer Eile fortgeritten, begleitet von seinem Diener.

Als wäre das nicht genug Trubel für einen Tag, war auch die Herrin einige Stunden später auf ihrem Pferd davongetrabt, begleitet von diesem verschlagen aussehenden Sekretär der Familie.

Enid war an jenem Abend früh zu Bett gegangen, aber es hatte noch eine weitere Ruhestörung gegeben. Sie hatte kaum die Augen geschlossen, als sie schon wieder geweckt wurde. „Und weißt du, was ich sah?“ fragte sie John triumphierend, während er sich mit dem wachsenden Holzstapel abmühte.

John antwortete, er habe nicht die geringste Ahnung.

„Es war wieder dieser Sekretär. Ich habe offenbar nicht mitbekommen, wie er und die Herrin zurückkehrten. Wie auch immer, da war er mit diesem hellblonden Mädchen, der Dienerin der Herrin ...“ Sie hielt inne. „Wie ich hörte, hat man sie tot aus dem Fluß gefischt. Ich sage, das soll allen leichtfertigen Mädchen, die keinerlei Scham kennen, eine Lehre sein. Jedenfalls“, fuhr Enid mit ihrer Schilderung fort, „muß es zehn Uhr gewesen sein, als ich draußen ein Pferd hörte. Natürlich bin ich da aufgestanden und habe durch den Vorhang hinausgeschaut.“

„Natürlich“, erwiderte John.

„Nun, da waren die beiden, und obwohl es dunkel war, sah ich, daß er seinen Arm um ihre Schultern gelegt hatte und mit ihr sprach. Dann stieg er aufs Pferd, und schon sitzt sie hinter ihm im Sattel, und sie reiten die Straße hinunter. Sie hatte eine Art Reisetasche mitgenommen. Das spricht für sich. Ein anständiges Mädchen würde nicht zu nächtlicher Stunde mit einem jungen Kerl davonreiten, da gibt es nur einen einzigen Grund. Sicher gab sie seinem Drängen nach, ermutigte ihn wahrscheinlich noch, und dann, als er sein Vergnügen gehabt hatte, ging er und ließ sie entehrt zurück. Zumindest besaß sie genug Anstand, um sich zu ertränken“, meinte Enid abschließend und rundum zufrieden mit dem Ende ihrer Geschichte.

Darauf hatte sie John seine Arbeit allein beenden lassen und ihn schweren Herzens mit dem fürstlichen Betrag von vier Pence entlohnt.

„Wir hatten offenbar beide Glück“, meinte Simon und erzählte John, was er selbst am Chelsea Creek herausbekommen hatte.

„Es steht fest, daß jemand mit einem Boot hinausgefahren ist, entweder spät in der Montagnacht oder in den frühen Morgenstunden des Dienstags, und Sir Wolford besitzt da draußen Land. Das kann kein bloßer Zufall sein. Und jetzt erzählst du von dieser neugierigen alten Vettel, die beobachtet hat, wie Eliza mit Down spät an jenem Abend aufgebrochen ist.“ Simon hielt inne. „Sie sagte auch, daß sie Lady Tucketts Rückkehr nicht bemerkt habe?“ hakte er nach.

„Genau. Sie war ja deshalb so überrascht, Down wiederzusehen, weil sie keinen der beiden hatte heimkommen sehen, und doch mußten sie natürlich zurückgekehrt sein. Selbst so eine neugierige Wichtigtuerin konnte nicht die ganze Zeit am Fenster lauern.“

„Ich weiß nicht recht. Vielleicht kam sie gar nicht zurück, sondern nur er. Aber warum? Und wo war sie?“

John war all diese Mutmaßungen allmählich leid. „Versteht Ihr nicht, Doktor, jetzt ist alles klar. Alles hängt mit Elizas Schwangerschaft zusammen. Sie und dieser Down müssen sich im Bett vergnügt haben, sie merkte, daß sie ein Kind erwartete, und sagte ihm, er solle besser etwas unternehmen, und zwar schnell. Er wollte sie nicht heiraten und auch seine Stellung nicht aufs Spiel setzen, und damit sie ihm keine Schwierigkeiten bereitete, nahm er sie unter einem Vorwand mit und ertränkte sie. Vermutlich dachte er, sie würde – wenn überhaupt – flußaufwärts gefunden und niemand würde je erfahren, was ihr zugestoßen war.“

Simon schüttelte den Kopf. „Ich kann nicht glauben, daß das die ganze Wahrheit ist. Warum sollte er zu einer so drastischen Maßnahme greifen? Falls es sein Kind war und sie sich, wie du sagst, an ihn wandte, so war sie doch ein Mädchen mit einer Mitgift von hundert Guineen. Ich bezweifle sehr, daß Down so ein Angebot ausgeschlagen hätte, vor allem dann nicht, wenn Sir Wolford und Lady Tuckett ihn dazu gedrängt hätten. Und wenn sie einmal verheiratet gewesen wären, hätte es keinen Grund gegeben, warum nicht alle beide ihre Stellung behalten sollten. Solche Eheschließungen zwischen Dienern sind nichts Ungewöhnliches. Nein, ich sehe einfach kein ausreichendes Motiv für einen Mord.“

Am nächsten Morgen kamen etliche Patienten zu Simon, und er gelangte zu dem Schluß, daß ihm nichts anderes übrigblieb, als sie zu behandeln, egal, ob Bankside zum Zuständigkeitsbereich des Königlichen Kollegs gehörte oder nicht. Er hatte alle Hände voll zu tun, am Ende aber von diesen fast mittellosen Menschen nur wenig eingenommen.

Ihm blieb nur eine Möglichkeit. Er mußte die Aufklärung vorantreiben. Aus den Informationen, die John Bradedge aus der schrecklichen Enid herausbekommen hatte, wurde klar, daß Eliza am Abend vor ihrem Tod mit Francis Down davongeritten war, und danach war sie nicht mehr lebend gesehen worden. Sofern die Auskunft des Fährmanns über die Gezeiten stimmte, stand auch fest, daß sie in der Gegend von Chelsea in den Fluß geworfen worden war. Und wenn er nicht eine völlig falsche Fährte verfolgte, hatte er den entsprechenden Ort entdeckt; außerdem war klar, daß in ebenjener Nacht ein Boot von einer unbekannten Person entwendet worden war und, noch wichtiger, daß Sir Wolford Land am Chelsea Creek besaß.

Also setzte sich Simon hin und verfaßte mit großer Sorgfalt einen Brief, der an Lady Olivia Tuckett adressiert war; er teilte ihr mit, daß er sie dringend allein sprechen müsse, um gewisse Informationen zu erörtern, die ihm über den Tod ihrer Zofe zugegangen seien. Er versiegelte das Schreiben und sandte einen Boten los, mit der strikten Anweisung, den Brief keinem anderen als Lady Tuckett persönlich auszuhändigen.

Das Wirtshaus „Die drei Tauben“

Mehrere Tage vergingen, ohne daß Simon eine Antwort auf seinen Brief erhielt. Er bemühte sich sehr, den gewohnten Alltagsrhythmus, so gut es ging, wiederaufzunehmen, was nicht einfach war in Anbetracht der Tatsache, daß er auf der nördlichen Seite des Flusses keine Patienten mehr besuchen durfte. An den Vormittagen vervollständigte er die Aufzeichnungen in seinem vernachlässigten Patientenbuch, danach kümmerte er sich um die Nöte der Bewohner von Bankside (Geschwüre und tiefsitzender Husten, Schwindsucht und Fisteln, Pocken und Geschlechtskrankheiten) und um jene, die ein Horoskop wünschten und ihn als einzige anständig bezahlten.

Fast drei Wochen waren vergangen, seit Elizas Leiche aus dem Fluß gezogen worden war, als Anna zu ihm kam und ihm sagte, daß ein „Kirchenmann" in der Halle auf ihn warte. Er erhob sich sofort, um ihn zu begrüßen, und sah, daß es kein Patient war, sondern Dr. James Field. Simon hieß ihn herzlich willkommen, bat ihn in sein Arbeitszimmer und fragte, was ihn nach London geführt habe.

„Ich hatte geschäftlich in der Stadt zu tun", erwiderte Field, „und da meine Frau und meine Töchter unbedingt etwas vom Stadtleben sehen wollten, sind wir alle hier und wohnen bei einem alten Kollegen von mir in der Nähe der St.-Pauls-Kathedrale. Ich wollte auch Euch wiedersehen, Doktor, denn Mistreß Pargeter hat mich kürzlich aufgesucht und mir von ihrem Kummer erzählt."

„Ich verstehe", antwortete Simon.

„Sie erklärte, daß Ihr sie gebeten hättet, niemandem zu erzählen, was zwischen Euch besprochen worden war, aber sie konnte die Last nicht länger allein tragen. Ich versicherte ihr, wie jetzt auch Euch, daß ich über alles Stillschweigen bewahren werde." Er hielt plötzlich inne und meinte dann: „Seit unserem Treffen habe ich das Untersuchungsprotokoll gelesen. Sagt mir, Dr. Forman, warum habt Ihr mir verschwiegen, daß Ihr den Verdacht hegt, daß Eliza durch ein Verbrechen zu Tode kam und daß die Geschworenen dieses Urteil fällten?"

„Um ehrlich zu sein, Dr. Field, ich hatte mich kaum von Euch verabschiedet, da hatte ich auch das Gefühl, daß ich das hätte tun sollen. Aber ich war meiner Sache selbst noch nicht ganz sicher."

Field nickte. „Ich verstehe, daß Ihre Lage schwierig war. Wenn es jedoch stimmt, was Ihr Mistreß Pargeter erzählt habt, dann scheinen Sir Wolford Barnes und seine Familie in ein abscheuliches Verbrechen verwickelt zu sein."

„Genau das glaube ich", sagte Simon.

„Und Eure Beweise?"

„Ich bin noch dabei, die einzelnen Teile des Mosaiks zusammenzufügen. Hat Mistreß Pargeter Euch von dem Geld erzählt, das Eliza erhalten hatte? So eine gewaltige Summe für so ein junges Mädchen!

Ich kann mir keinen anderen Grund dafür vorstellen, als daß sie für ihr Schweigen bezahlt wurde, dafür, daß sie etwas nicht preisgab, was für die Familie ihrer Herrin Schwierigkeiten bedeutet hätte."

„Was dazu führte, daß sie aus dem Weg geschafft wurde", ergänzte Field.

„Genau."

Der Pfarrer dachte darüber nach. „Aber was ist mit dem Kind, das sie erwartete? Meint Ihr, Sir Wolford selbst könnte der Vater sein oder Sir Marcus?"

Simon gab zu, daß er darauf keine Antwort wußte.

„Wenn es das nicht ist", fuhr Field fort, „was haltet Ihr von folgender Möglichkeit? Diese Lady Olivia muß, wie Ihr wißt, einen Erben heranschaffen. Könnte es nicht einen Plan gegeben haben, der vorsah, daß ihre Dienerin ein Kind zur Welt bringen sollte, das als das ihrer Herrin ausgegeben werden würde, falls diese nicht selbst eins gebären könnte? Eine solche Täuschung könnte möglich sein, wenn sie, bald nachdem sie angeblich schwanger geworden war, alle ehelichen Beziehungen mit ihrem Mann verweigerte, aus dem Grund, daß das Kind dadurch Schaden nehmen könnte."

Dieser Gedanke war Simon zuvor nicht gekommen. „Das ist eine Möglichkeit, nehme ich an", sagte er, als er einen Moment darüber nachgedacht hatte, „aber wenn Olivia Tuckett auch schwanger würde, wäre das nicht nur unnötig, sondern würde alles sehr komplizieren."

„Außer wenn das Kind sterben oder tot geboren würde. So etwas Trauriges passiert jeden Tag. Und Sir Wolford ist ziemlich skrupellos. Ich glaube wirklich, daß es kein Mittel gibt, das ihm nicht recht wäre, um sich das Gut zu sichern."

„Davon bin ich ohnehin überzeugt", meinte Simon und erzählte Field von dem Überfall, durch den sein Erscheinen bei der gerichtlichen Untersuchung verhindert werden sollte.

Field seufzte. „Das tut mir leid für Euch, Dr. Forman, aber ich kann kaum behaupten, daß ich überrascht bin." Er erhob sich. „Ich darf Euch nicht länger von Eurer Arbeit abhalten. Ich wollte Euch nur wissen lassen, daß ich hier bin und noch mindestens eine Woche in der Stadt sein werde. Währenddessen werde ich auch eigene Nachforschungen anstellen. Vielleicht können wir uns noch einmal treffen, bevor ich nach Stratford St. Anne zurückkehre?"

DR. FIELD war nicht der einzige Besucher an diesem Tag. Später klopfte ein junger Bursche an die Tür und überbrachte einen Brief „für den Doktor". Er war von Olivia Tuckett. Sie schrieb:

> Sehr geehrter Dr. Forman,
> ein Treffen mit Euch zu vereinbaren war nicht einfach, denn wann immer ich das Haus verlasse, erwarten mein Vater und mein Mann, daß ich ihnen mitteile, wohin ich gehe. Aber nun möchte mein Mann, daß ich ihn nach Kent begleite, da sein Vater schwer krank ist. Er bricht morgen auf, und ich habe ihm gesagt, daß ich ihm etwas später folgen werde, da es etliche Haushaltsangelegenheiten gibt, um die ich mich zuvor kümmern muß. Da wir uns nirgendwo treffen können, wo einer von uns Gefahr läuft, erkannt zu werden, schlage ich vor, daß wir uns übermorgen im Wirtshaus „Die drei Tauben" in Brentford sehen. Ich möchte Euch bitten, am frühen Abend dorthin zu kommen. Ich werde nur von einem Stallknecht begleitet werden, der bei unserer Unterredung nicht anwesend sein wird, das versichere ich Euch.
>
> Olivia Tuckett

Der Name des Wirtshauses entlockte Simon ein Lächeln, denn es war nicht nur wegen seiner großen Stallungen bekannt, die es Reisenden leicht machten, dort die Pferde zu wechseln, sondern hatte auch als Ort für so manches Stelldichein eine gewisse Berühmtheit erlangt. Daher war es klug von Olivia, dort ein Treffen vorzuschlagen, denn vermutlich waren der Wirt und die Bediensteten daran gewöhnt, den Mund zu halten, wenn Damen und Herren kamen – und gingen –, und zwar jeder für sich.

John Bradedge platzte fast vor Wut, als Simon ihm mitteilte, er wolle sich allein auf den Weg nach Brentford machen. „Ihr seid von Sinnen", sagte er zu seinem Herrn. „Durchschaut Ihr das Spiel dieser Dirne denn nicht? Diesmal wird es kein Halsabschneider in einer Gasse sein, sondern ein halbes Dutzend kräftiger Kerle mit Messern und Knüppeln."

Simon versuchte ihn zu beruhigen. „Ich habe meinen Verstand noch nicht ganz verloren. Ich werde die ganze Zeit über darauf achten, was hinter mir vorgeht, und ich werde mein Schwert mitnehmen, ganz bestimmt. Außerdem werde ich der Dame bei unserem Treffen sagen, daß ich an einem sicheren Ort zusammen mit ihrem eigenen Brief eine

Notiz hinterlegt habe, die erläutert, wohin ich gegangen bin und welchen Verdacht ich hege. Sie wird kaum riskieren wollen, daß solche Beweisstücke der Öffentlichkeit bekanntwerden."

„Aber wer würde ihnen Glauben schenken, wenn Ihr ermordet worden seid?" entgegnete John. „Und welcher Ort ist sicher vor einem Mann wie Sir Wolford Barnes? Er wird unter irgendeinem Vorwand alles durchsuchen lassen, egal, wo Ihr sie versteckt."

„Ich werde dir ein Päckchen geben, das du zu Dr. James Field bringen wirst. Er ist zu Gast bei einem Domherrn von St. Paul's, und auch Sir Wolford könnte die Behörden wohl nicht überreden, dessen Besitz zu durchsuchen. Wenn es dich beruhigt, dann sage Field, daß er das Päckchen öffnen und die Maßnahmen ergreifen soll, die er für richtig hält, falls ich ihn am nächsten Morgen nicht von meiner Heimkehr unterrichtet habe."

John beobachtete, wie sein Herr sich zwei Tage später auf den Weg nach Brentford machte. Sobald Simon außer Sichtweite war, rief er Anna zu, er wolle fort, um sich ein anständiges Pferd zu leihen, bei seiner Rückkehr müßten seine Stiefel, sein Mantel und seine Waffen bereitliegen. „Ich werde dem Pfarrer den Brief übergeben, dann eile ich Forman nach. Ich fürchte, er reitet geradewegs in sein Unglück!"

Eine halbe Stunde später, nachdem er sich von Anna verabschiedet und ihr versichert hatte, sie müsse sich seinetwegen keine Sorgen machen, trabte John, so schnell er konnte, über die London Bridge, mit einem Schwert, einem handlichen Dolch und einer Pistole in der Satteltasche.

Olivia traf am Nachmittag in einer gemieteten Kutsche beim Wirtshaus Die drei Tauben ein, ihr Knecht saß vorn beim Kutscher. Der Wirt war tatsächlich ein Muster an Diskretion. Selbstverständlich hatte er ein Nebenzimmer für die Lady, genau wie sie es suchte, ganz ruhig und abgeschieden und mit Blick auf den Garten hinter dem Haus. Sie erwarte einen Herrn? Ah, ihr Bruder werde später eintreffen. Er verstehe. Werde ihr – Bruder – auch eine Kammer wünschen? Es gelang ihm, ein Lächeln zu unterdrücken, als die Lady ihn wissen ließ, daß nur eine Kammer benötigt werde, da er wahrscheinlich nicht übernachten werde. Sie wünsche jedoch, daß bei seiner Ankunft ein gutes Abendessen serviert werde, dazu eine Probe der besten Weine des Hauses. Außerdem bräuchten ihr Knecht und der Kutscher eine

Unterkunft. Auch das war kein Problem. Über den Stallungen befand sich ein großer Raum zu ebendiesem Zweck, wo beide neben ihresgleichen ein Bett bekommen konnten.

Wie erbeten, traf Simon erst wesentlich später in Brentford ein. Nach Verlassen von Bankside hatte er Blackfriars durchquert und dabei nach dem Haus von Olivias Freundin Celia Wynter gesucht.

Es dauerte nicht lange, bis er es fand. Etwas beklommen klopfte er an die Tür und wartete. Er hatte Glück, denn die Tür wurde von einem jungen Dienstmädchen geöffnet, das ihm zusicherte, sie werde nachsehen, ob die junge Herrin ihn empfangen könne. Sie kam unmittelbar darauf zurück und bat ihn in die Halle, wo eine vornehm gekleidete junge Frau auf ihn wartete. Sie schaute ihn ernst an und wollte dann wissen, wer er sei und was er wolle.

Simon fand, daß unter diesen Umständen Täuschung gerechtfertigt war. „Ich heiße John Bradedge“, sagte er. „Ein Sekretär von Sir Thomas Monkton, dem Richter bei der Untersuchung des Todes von Eliza Pargeter, der Zofe von Lady Olivia Tuckett. Da das Urteil auf vorsätzlichen Mord lautet, sind Nachforschungen notwendig.“

„Ich sehe nicht, wie ich Euch dabei helfen könnte“, erwiderte die junge Frau. „Sie war, wie Ihr sagt, nicht meine Zofe, sondern die meiner Freundin.“

Simon machte einen weiteren Versuch. „Wir versuchen den genauen Zeitpunkt dieses beklagenswerten Ereignisses zu ermitteln und haben von Lady Tuckett erfahren, daß sie das Verschwinden des Mädchens erst an dem Morgen bemerkte, als ihre Leiche aus dem Fluß gezogen wurde, da sie am Abend zuvor lange bei Euch zu Gast war.“

Celia Wynter wirkte irritiert. „Ich verstehe noch immer nicht, was das mit mir zu tun hat. Aber da Ihr fragt – es gibt einen Grund, warum ich mich daran erinnere, daß Olivia tatsächlich den fraglichen Abend hier verbrachte, sie wurde nämlich kurz nach dem Essen ohnmächtig.“ Sie schwieg einen Augenblick lang, als sie an den Vorfall zurückdachte. „Das habe ich nie zuvor bei ihr erlebt. Als sie sich ein wenig erholt hatte, boten wir ihr natürlich an, die Nacht hier zu verbringen. Aber sie bestand darauf, nach Hause zurückzukehren, und das tat sie auch. Zwei unserer Diener begleiteten sie, damit sie sicher heimkam.“

Simon dankte ihr, erklärte feierlich, Sir Thomas werde sicher dankbar für ihre Unterstützung sein, und empfahl sich, bevor sie ihm ihrerseits Fragen stellen konnte. Er wußte nicht genau, wie sinnvoll das Manöver gewesen war, aber zumindest war klar, daß Olivias Freundin ihre Geschichte bestätigte, ob sie nun stimmte oder nicht.

Als er beim Wirtshaus Die drei Tauben eintraf, schwirrte ihm der Kopf, da er die meiste Zeit unterwegs überlegt hatte, was er Olivia erzählen sollte. Und auch jetzt war er sich keineswegs völlig im klaren darüber, so daß er nur hoffen konnte, seine Geschichte werde einigermaßen plausibel klingen. Denn er wollte Olivia nicht nur davon überzeugen, daß er etwas in der Hand hatte, sondern ihr auch irgendein Geständnis entlocken. Seine Gedanken schweiften auch zu anderen aufreizenden Möglichkeiten. Trotz allem fand er Olivia unglaublich anziehend, und er fragte sich, was genau in ihr vorgegangen war, als sie dieses Treffen vorschlug, dessen Deutung offenkundig war.

Als er jedoch auf den belebten Hof vor den Stallungen zuritt, bewegten ihn Fragen eher praktischer Natur. Nach wem sollte er sich erkundigen? Olivia würde kaum unter ihrem eigenen Namen nach einem Nebenzimmer gefragt haben. Aber als er sein Pferd einem Knecht übergab, erschien der Wirt selbst und fragte leise, ob er der Doktor sei, dessen Schwester vor kurzem eingetroffen war und ihn schon erwartete. Simon bejahte, in der Hoffnung, daß keiner von ihnen einen Fehler gemacht hatte und daß er nicht in eine falsche Kammer geführt würde, wo er sich dann bei einer drallen Kaufmannsfrau entschuldigen mußte, die ihren feurigen jungen Liebhaber erwartete.

Olivia stand am Fenster und schaute in den Garten hinaus, wo die Dämmerung rasch hereinbrach. Sie trug ein weich fallendes Kleid in ihrem Lieblingsgrün und sah wunderschön aus. Es klopfte an der Tür, und zwei Diener brachten etliche Schüsseln und Platten, etwas Obst und eine Karaffe Wein, mehrere Flaschen und zwei Gläser. Als alles zu Olivias Zufriedenheit angerichtet war, zogen sich die Diener zurück und ließen sie und Simon allein.

„Ich hoffe doch, Ihr werdet mit mir zu Abend essen, Dr. Forman", sagte sie. „Ihr habt einen recht weiten Weg hinter Euch." Simon verbeugte sich und erklärte, er nehme die Einladung gern an, wobei sein Blick durch das Zimmer schweifte.

„Ihr könnt Euch ruhig umsehen", sagte Olivia. „Es gibt keine verborgenen Schränke oder geheimen Priesterwinkel, keine hinter Vorhängen versteckten Nischen." Sie ging zur Tür, drehte den Schlüssel um und reichte ihn ihm. „Und damit Ihr ganz beruhigt seid, könnt

Ihr den an Euch nehmen. So kann uns niemand plötzlich überraschen."

Er schnallte sein Schwert ab, stellte es in eine Ecke, wo es griffbereit war, zog seinen Mantel aus, und die beiden setzten sich einander gegenüber an den schmalen Tisch. Während des Essens achteten sie darauf, nur über allgemeine Dinge zu reden, aber Simon war sich ihrer Nähe deutlich bewußt. Konnte es sein, daß sie ihn hergebeten hatte, um ihn zu verführen und so einen letzten Versuch zu unternehmen, seiner Einmischung ein Ende zu bereiten? Er schaute verstohlen zum Bett hinüber und gestand sich ein, daß ihm der Gedanke gefiel. Oder hatte sie womöglich im Einvernehmen mit ihrem Mann und ihrem Vater Vorkehrungen getroffen, damit er auf dem Heimweg im Dunkeln aus dem Hinterhalt überfallen wurde? Er nahm das Weinglas, das sie ihm reichte, und trank auf ihr Wohl.

Zum Abschluß der Mahlzeit bediente sie sich aus der Obstschale. „Und nun, Dr. Forman", sagte Olivia, „seid doch bitte so gut, mir zu sagen, welche Information Euch zugegangen ist."

Simon lehnte sich zurück. „Mich beschäftigt immer wieder die Frage, wo Eliza ins Wasser gelangt war, denn sie wurde unterhalb von Westminster, aber oberhalb von Blackfriars und der London Bridge herausgefischt, und daher muß sie weiter flußaufwärts in den Fluß geworfen worden sein. Nach Aussage des Fährmanns, der ihre Leiche gefunden hat, ist der wahrscheinlichste Ort das Flußufer bei Chelsea. Vor einigen Tagen war ich dort und habe, als ich am Chelsea Creek entlangging, zwei interessante Dinge herausgefunden: In der Nacht, in der Eliza ertrank, wurde das Boot eines der dort ansässigen Bootsbesitzer ohne dessen Wissen benutzt, und, ein merkwürdiger Zufall, Euer Vater besitzt Land in genau der Gegend."

Sie wollte ihn unterbrechen, aber er gab ihr durch einen Wink zu verstehen, daß er erst ausreden wollte. „Aus einer zuverlässigen Quelle weiß ich außerdem, daß beobachtet wurde, wie Eliza in der Nacht, in der sie starb, auf einem Pferd zusammen mit dem Sekretär Eures Vaters von Eurem Haus davonritt. Das war das letzte Mal, daß sie lebend gesehen wurde."

Olivia lachte. „Mir scheint, wir haben beide ganz umsonst eine Menge Unannehmlichkeiten auf uns genommen. Wer auch immer Euer Informant ist, er hat Euch mit der Aussage in die Irre geführt, Eliza sei in jener Nacht mit Down fortgeritten. Sie war den ganzen

Tag über unauffindbar. Was das entwendete Boot und den Besitz meines Vaters in Chelsea betrifft, so klingt das nach einem Stoff für ein Theaterstück. Ist das wirklich alles?“ Sie schenkte ihm noch ein Glas Wein ein.

„Nicht ganz.“ Simon nahm das Glas und trank. „Lady Tuckett, sagt mir, hat Eliza von Euch oder von einem anderen Mitglied Eures Haushaltes ungefähr vier Monate vor ihrem Tod hundert Guineen erhalten?“ Er sah ihr an, daß er ins Schwarze getroffen hatte. „Ein so großzügiges Geschenk, daß man nach dem Grund für solche Großzügigkeit fragt.“

„Und habt Ihr einen Grund gefunden?“ entgegnete sie verstört.

„Ich glaube, Ihr habt es ihr als Entgelt für ihr Schweigen in einer sehr wichtigen Angelegenheit gegeben. Aber es erwies sich als nicht ausreichend, und sie verlangte mehr, was in solchen Fällen nicht ungewöhnlich ist. So mußten andere Wege gefunden werden, ihr den Mund zu verschließen.“

„Das klingt immer mehr nach einem populären Schauspiel. Ihr solltet Bühnenstücke schreiben.“

Simon ließ nicht locker. „Worüber sollte Eliza Stillschweigen bewahren? Über einen Familienskandal?“ Olivia stand schweigend auf und ging zum Fenster hinüber. Simon blieb, wo er war.

„Als Ihr zu mir kamt und ich die Tür zu meinem Arbeitszimmer öffnete und Euch dort in Eurem grauen Kleid stehen sah, hielt ich Euch einen Moment lang für den Geist von Eliza Pargeter. Dann kam mir der Gedanke, ob diese Angelegenheit nicht ihren Ursprung darin haben könnte, daß Ihr zumindest einmal aus irgendeinem Grund die Rollen getauscht habt und sie sich tatsächlich für Euch ausgab.“

Olivia wandte sich um, aber diesmal lächelte sie nicht. „Eure Phantasie scheint mit Euch durchzugehen, Dr. Forman. Wenn Ihr solche Dinge in Umlauf bringt, wird man Euch entweder auslachen oder erklären, daß Ihr ins Irrenhaus gehört.“

„Aber es war die Ähnlichkeit, nicht wahr?“ beharrte Simon, in der festen Überzeugung, daß er der Wahrheit ganz nahe war. „Ihr habt die Rolle mit Eliza getauscht – aber wozu?“ Er hielt inne. Plötzlich rief Olivias spöttischer Verweis auf Bühnenstücke die Erinnerung an das Gespräch in ihm wach, das er mit dem Schauspieler Thomas Pope geführt hatte, und er hatte eine plötzliche Eingebung. „Es ist die Bettentausch-Intrige! Ihr habt ganz recht. Es ist ein Stoff fürs Theater!“

Er verspürte furchtbaren Durst und schaute auf sein leeres Glas und die Weinflasche. Olivia forderte ihn durch eine Geste auf, sich einzuschenken. Er nahm die Flasche und bot ihr etwas an, aber sie lehnte ab. Also füllte er sein Glas, stand dann auf und ging zu ihr hinüber.

Diesmal war es ganz offensichtlich, daß er ins Schwarze getroffen hatte. „Ihr müßt die Geschichte kennen“, meinte er herausfordernd. „Ein Mädchen tauscht in der Hochzeitsnacht die Rolle mit einer anderen, aus Angst vor ..., aus Angst wovor, Lady Tuckett?“

Olivia schenkte ihm ihr strahlendstes Lächeln. „Ihr nennt mich besser Olivia, Simon Forman, da wir nun über so vertrauliche Angelegenheiten sprechen. Ihr wollt wissen, wovor ich Angst hatte? Dann werde ich es Euch sagen: daß mein Mann merken würde, daß ich keine Jungfrau mehr war. Seid Ihr jetzt zufrieden?“

„Daher nahm Eliza Euren Platz ein? Das war die Abmachung, nicht wahr? Hundert Guineen für die Nacht im Bett Eures Ehemannes.“ Er hielt nochmals inne. „Aber natürlich! Das war nicht alles, oder? Er schwängerte sie. Verlangte sie deshalb mehr Geld? Drohte sie, alles zu enthüllen? Das Bruchstück, das nicht ins Ganze passen wollte, war ihre Schwangerschaft. Ich habe etliche Möglichkeiten erwogen, sogar eine Liebschaft mit Eurem Mann, aber keine schien bedrohlich genug, um zu rechtfertigen, daß sie für immer zum Schweigen gebracht wurde.“

„Das ist sehr scharfsinnig – Simon –, aber ich glaube nicht, daß Ihr irgendwelche Beweise dafür habt.“

„Mag sein, und wenn ich diese Theorie verbreiten würde, würden mich ganz sicherlich einige für verrückt erklären, aber bei vielen anderen würde die Geschichte Zweifel wecken. Das alte Sprichwort ‚kein Rauch ohne Feuer‘ gilt noch immer.“ Simon spürte, daß der Wein zu wirken begann, und fühlte sich auf einer Woge der Beschwingtheit davongetragen. Er fragte sich, warum er noch immer so durstig war, und schaute sich suchend nach Wasser um, konnte aber keins entdecken. „Eliza hatte Euch in der Falle, Olivia. Sie konnte Euch nicht nur schröpfen, sie besaß die Macht, Euch jederzeit zu entlarven, indem sie drohte, Eurem Mann zu erzählen, wie er hintergangen worden war. Und daher wurde sie ermordet“, schloß er triumphierend.

Olivias Gesicht färbte sich grau, und sie fühlte sich einer Ohnmacht nahe, als ihre Gedanken zu jenem genialen Einfall zurückkehrten, der sie in ihre jetzige Lage gebracht hatte ...

NATÜRLICH hatte sie schon einige Zeit vorher gewußt, daß sie heiraten mußte, nicht zuletzt, um den Besitz ihres Vaters zu sichern. Die Auswahl an Dummköpfen, die er ihr als Kandidaten bot, hatte sie als ziemlich niederschmetternd empfunden. Aber Olivia war klar, daß sie ihrer Familie einen männlichen Erben gebären mußte, bevor Sir Wolford starb. Sie hatte auch eigene Gründe für eine Verehelichung. Die Beziehung mit Francis Down, die anfangs von so brennender Leidenschaft gewesen war, war abgekühlt, nachdem sie von ihm schwanger geworden war. Aber er weigerte sich, einen Schlußstrich zu ziehen, drängte sie immer wieder ins Bett, drohte einmal sogar, alles zu enthüllen. Eine Ehe schien eine gute Möglichkeit zu sein, ihre Affäre mit ihm endgültig zu beenden.

So willigte sie schließlich ein, Sir Marcus Tuckett zu heiraten. Er war nicht besser und nicht schlechter als manch anderer Bewerber, und er hatte den unbestreitbaren Vorteil, Erbe eines angesehenen Titels zu sein. So gingen die Anwälte daran, den Ehevertrag aufzusetzen; die Höhe ihrer Mitgift wurde vereinbart wie auch die großzügige Vermögenszuteilung für das junge Paar.

Bei dem Essen, das Sir Wolford gab, um die Verlobung des Paares zu feiern, hatte der alte Lord Tuckett dann auf das Wohl der zukünftigen Braut getrunken, wobei er ausrief, er beneide seinen Sohn um eine so reizende Jungfrau, und hatte scherzhaft hinzugefügt, jedenfalls hoffe er, daß sie noch Jungfrau sei. Daraufhin hatte Marcus, der inzwischen vom Wein erhitzt war, sie ziemlich unangenehm angelächelt und gesagt, daß er sicherlich erfahren genug sei, um zu erkennen, wenn sie es nicht wäre. Mit abschätzendem Blick hatte er sie gemustert. Zum Glück ging dieser unangenehme Augenblick vorüber, denn die übrigen Gäste begannen einander nun zotige Witze zu erzählen, aber nach diesem Zwischenfall überlief Olivia ein eiskalter Schauer.

Natürlich wußte sie, daß Jungfräulichkeit von ihr erwartet wurde, aber sie war kaum die erste Braut, die ohne sie vor den Altar trat. Sie war darauf vorbereitet worden, Probleme so gut wie möglich zu lösen, wenn die Zeit dazu da war. Aber die Tucketts hatten sich sehr bestimmt geäußert. Was würde Marcus als Beweis erwarten? Als sie in der Nacht nicht schlafen konnte, hatte sie eine Kerze angezündet und ein Buch mit italienischen Erzählungen zur Hand genommen, das ihr seit mehreren Wochen Zerstreuung bot. Und da fand sie einen möglichen Weg aus ihrer Notlage.

Am Morgen nachdem sie den genialen Einfall gehabt hatte, brachte sie das Thema zur Sprache, während Eliza ihr Haar frisierte. Wegen der Folgen ihrer vorigen Beziehung wußte ihre Dienerin natürlich, daß sie zumindest einen Liebhaber gehabt hatte, vielleicht wußte sie auch, daß es Francis Down gewesen war, obwohl sie nichts gesagt hatte, auch in tiefster Verzweiflung nicht, als der Trank, den ihr die alte Frau gegeben hatte, seine Wirkung entfaltete. Daher konnte sie ohne Umschweife zur Sache kommen und die Frage aufwerfen, wie sie es anstellen sollte, sich in ihrer Hochzeitsnacht als Jungfrau auszugeben.

Wie erwartet, dachte Eliza äußerst praktisch darüber. „Bestimmt könnt Ihr einen Dummkopf wie ihn täuschen. Sorgt dafür, daß er genug Wein trinkt, und er wird sich am Morgen an nichts dergleichen erinnern. Zu Hause hatte ich eine Freundin, die genau das getan hat. Ihr Mann fiel besinnungslos ins Bett, und sie mußte sich nur in den Finger schneiden, ihn am Laken abwischen und ihm dann am nächsten Morgen erzählen, daß sie sich die halbe Nacht geliebt hätten."

„Aber wenn er stur bleibt und sich nicht betrinken will?" fragte Olivia. „Das könnte sein. Sein Vater machte viel Aufhebens um meine Jungfräulichkeit, worauf Marcus allen Anwesenden verkündete, er würde es bestimmt merken, wenn es anders wäre!"

Eliza war mit Olivias Haar fertig und holte die Halskrause, die zu ihrem Kleid paßte. Als sie wiederkam, machte Olivia ihr den Vorschlag. Eliza hatte ungefähr ihre Größe und Statur. Angenommen, nur angenommen, sie könnten in der Hochzeitsnacht die Rollen tauschen?

Eliza hatte Bedenken. „Aber wie sollte das gehen? Ihr werdet beide von den Hochzeitsgästen zum Bett geleitet, alle sehen zu, und wenn sie gegangen sind, will er vielleicht sofort sein Vergnügen haben und alle Kerzen dabei brennen lassen."

Darüber hatte Olivia schon nachgedacht. „Ich werde dafür sorgen, daß wir die Hochzeitsnacht im großen Gästezimmer verbringen. Du weißt, daß dort ein Schrank nahe beim Bett steht. Wenn die Gäste gegangen sind, werde ich ihm versichern, daß ich nach all dem reichhaltigen Essen zum Toilettenstuhl muß, und dann hineinschlüpfen. Ich werde auch wie eine echte Jungfrau tun und sagen, daß ich im Dunkeln ins Bett kommen will. Ich werde sicherstellen, daß all meine Kleider im Schrank hängen, so daß du dich dahinter verstecken kannst. Dann gehst du an meiner Stelle ins Bett und bleibst bei ihm, bis er einschläft. Danach tauschen wir wieder die Rollen.“ Da durchzuckte sie ein Gedanke. „Du *bist* doch Jungfrau, Eliza, nicht wahr?“

Eliza antwortete mit ihrem kühlen Lächeln. „O ja, Herrin. Ich habe keine Neigung verspürt, das zu ändern. Aber was ist, wenn er danach nicht einschläft?“

„Wir müssen ihm etwas geben, damit er ganz bestimmt einschläft, etwas, das man in Wein mischen kann. Du mußt in einiger Entfernung von hier einen Arzt aufsuchen und ihm sagen, daß ich sehr schlecht schlafe und einen Trank brauche. Dann müssen wir ihn einfach mit etwas Wein mischen und darauf achten, daß er ihn trinkt. Ich weiß, daß ich sehr viel von dir verlange“, fuhr sie verzweifelt fort, da Eliza schwieg, „aber es wird sich für dich lohnen. Mit einer guten Mitgift wirst du leicht einen Mann finden. Wenn du das für mich tust, wirst du von mir mehr Geld bekommen, als du dir je erträumt hast. Sag mir, was hältst du für einen angemessenen Betrag?“

Eliza schautc sic ruhig und kühl überlegend aus ihren hellen Augen an. „Hundert Guineen.“

Hundert Guineen waren ein sehr hoher Preis, aber Olivia war verzweifelt, und so willigte sie ein. Drei Tage später hatte Eliza ein Fläschchen Mohnsirup von einem Arzt in Bankside mitgebracht. Olivia betrachtete es zweifelnd und fragte sich laut, ob die Menge ausreichen würde.

„Ich habe nach mehr gefragt, Herrin, aber er sagte, er könne mir nicht mehr geben und müsse Euch selbst sehen, da die Mixtur stark sei und man nur sehr wenig davon einnehmen dürfe.“

„Du hast ihm doch nicht meinen Namen gesagt?“ fragte sie besorgt.

Eliza beruhigte sie. „Natürlich nicht. Ich habe so getan, als sei der Mohnsirup nicht der eigentliche Grund für mein Kommen. Wißt Ihr, der Doktor erstellt auch Horoskope, und daher habe ich ihn um meins gebeten. Erst danach habe ich den Schlaftrunk verlangt.“

„Und hat er dein Horoskop erstellt?“ fragte Olivia.

„Ja, aber er bat mich, in ein paar Tagen wiederzukommen, da es Zeit braucht. Wenn Ihr glaubt, daß dies hier nicht genug ist, und er mir nicht mehr geben will, werde ich sehen, was ich tun kann, um dennoch an den Mohnsirup zu kommen.“

Olivia war sehr interessiert. „Und wer ist dieser Arzt, der Horoskope erstellt?“

„Er heißt Dr. Simon Forman.“

Der Name sagte ihr nichts, und Olivia vergaß ihn bald, da die Vorbereitungen für die Hochzeit immer schneller vorangetrieben wurden. Einige Tage vorher erzählte Eliza ihr, sie habe wahrscheinlich einen Weg gefunden, mehr Mohnsirup zu beschaffen, brauche aber Geld dafür. Später am Tag brachte sie ihn, erwähnte aber nicht, wie sie ihn besorgt hatte. Auch über ihr Horoskop verlor sie kein Wort.

Am Morgen ihres Hochzeitstages kamen ihr Vater und ihre Mutter in ihr Zimmer, um ihr alles Gute zu wünschen, und ihr Vater überreichte ihr einen schönen Anhänger mit kleinen Edelsteinen, die sein Wappen formten. Kurz vor Mittag wurde Olivia in einer Kutsche zur Kirche gefahren, die mit weißen Girlanden geschmückt war. Im Haar, das zum Zeichen der Jungfräulichkeit offen ihren Rücken herunterfiel, trug sie einen Kranz aus weißen Blumen. Sie konnte sich später kaum an die Zeremonie erinnern, durch die sie zu Lady Tuckett wurde, ihre Gedanken kreisten fast nur um das, was auf sie zukam.

Wie üblich dauerten die Feierlichkeiten viele Stunden, die üppige Gastlichkeit zog sich in den Abend hinein, als auf Festmahl und Gelage Tanz und derbe Späße folgten. Es gab keine festgelegte Zeit, zu der ein glückliches Paar zu Bett geleitet wurde, im allgemeinen hing es vom Brautpaar selbst ab. Olivia machte jedoch keinerlei Anstalten, die Festgesellschaft zu verlassen, obwohl ihr Bräutigam immer ungeduldiger wurde. Obwohl Sir Marcus dem Wein reichlich zugesprochen hatte, gab es keinen Zweifel, daß er nicht betrunken und sehr wohl in der Lage war, die Ehe zu vollziehen.

Als sie es schließlich nicht länger hinauszögern konnte, gab Olivia zu verstehen, daß die Zeit da war. Ihre Brautjungfern und andere Frauen begleiteten sie ins Hochzeitsgemach. Dort wurde ihr prachtvolles Hochzeitskleid aufgeschnürt, auch wurden der schwere Reifrock und die Unterröcke entfernt. Eliza hatte eins der schönsten Nachthemden auf das Bett gelegt, und das streifte Olivia nun über, während viel darüber gescherzt wurde, wie lange es dauern würde, bis ihr Frischvermählter es ihr wieder ausziehen würde. Als Olivia in das große Bett stieg, sah sie zufrieden, daß Eliza eine Karaffe Wein und ein Glas neben einen Kerzenleuchter ans Bett gestellt hatte.

Lärm von draußen kündigte die Ankunft des Bräutigams an, der, in einen Schlafrock gehüllt, von einer lärmenden Gruppe junger Männer hereingeführt wurde; sie standen daneben, während er ins Bett stieg, und gaben handfeste Ratschläge, wie er an die Aufgabe herangehen solle, die jetzt auf ihn wartete. Dann warf die Braut ihre Strumpfbänder zu den Mädchen hinüber, die sich um sie balgten, um so herauszufinden, wer als nächste heiraten würde. Und schließlich – für Olivia schien alles eine Ewigkeit zu dauern – gingen alle lärmend hinaus, und das Brautpaar war allein. Marcus kam sogleich zur Sache. Sobald die Tür ins Schloß fiel, streifte er seinen Mantel ab, kniete sich über sie und schob seine Hand unter ihr Hemd. Aber sie machte sich los.

„Was ist denn jetzt?“ fragte er. „Du läßt mich schon seit Stunden warten.“

Sie zwang sich zu einem Lächeln, das verführerisch wirken sollte. „Ich fürchte, ich habe zu gut gegessen und getrunken. Bevor wir…, bevor es weitergeht, verzeih mir, aber ich muß zum Toilettenstuhl.“

„Dann beeil dich“, meinte er mürrisch, als sie aufstand.

„Da steht Wein für dich“, sagte sie, „der beste Rotwein von den Kanarischen Inseln.“ Er schaute kurz hinüber und meinte, er werde ihn später trinken. Im Vorbeigehen löschte sie die Kerzen aus.

„Warum hast du das getan?“ fragte er ärgerlich.

„Damit ich mich nicht so schäme“, entgegnete sie und schlüpfte schnell in den Schrank, der von einer Kerze ein wenig erhellt wurde.

Eliza wartete auf sie; sie trug genau das gleiche Nachthemd und zitterte vor Kälte und Furcht, nun, da der entscheidende Moment gekommen war. Schweigend gab Olivia ihr zu verstehen, daß alles in Ordnung war. Dann fiel ihr ein, daß sie noch das Hochzeitsgeschenk ihres Vaters trug; sie nahm die Kette und streifte sie dem Mädchen über den Kopf. Ihr Herz pochte wild, als Eliza hinausschlich, dann schloß sie die Schranktür, denn was nun folgte, wollte sie nicht hören.

Es schien sehr lange zu dauern, bis das Mädchen wiederkam, mit starrem Gesicht und zerrissenem Hemd. Sie war ganz bleich. „Ihr könnt jetzt zu ihm gehen“, sagte sie, „er hat den Wein getrunken, schläft jetzt und schnarcht dabei wie ein Schwein.“

Flüsternd begann Olivia, sich bei ihr zu bedanken.

Eliza unterbrach sie. „Es war ein Handel zwischen uns, Herrin, und ich habe meinen Teil erfüllt. Grämt Euch nicht deswegen. Er hat nichts gemerkt. Sagt man nicht, daß in der Nacht alle Katzen grau sind?“

Als die Hochzeitsnacht ohne Zwischenfall überstanden war und nichts darauf hindeutete, daß Marcus etwas von der List bemerkt hatte, hatte Olivia Eliza den versprochenen Betrag gezahlt. Es war alles andere als einfach gewesen, die hundert Guineen zusammenzubekommen, denn Olivia verfügte nur über sehr wenig eigenes Geld. Die einzige Möglichkeit, die ihr blieb, um ihren Teil der Abmachung zu erfüllen, war daher, einige ihrer Schmuckstücke zu verkaufen. Sie betrachtete den Inhalt ihrer Schmuckschatulle und überlegte, welche Teile wohl kaum vermißt würden. Vielleicht ein hübscher, mit Perlen besetzter Haarschmuck, den ihre Eltern ihr zu ihrem fünfzehnten Geburtstag geschenkt hatten, und ein häßlicher, aber reich mit Edelsteinen verzierter Armreif, ein Erbstück von einer Großtante. Aber wie sollte sie es anstellen, sie zu verkaufen? Sie kannte die meisten Juweliere der Stadt und konnte sich keinen glaubhaften Grund vorstellen, aus dem sie ihnen zwei so wertvolle Stücke anbieten könnte. Noch schlimmer war, daß jeder von ihnen vielleicht zu der Ansicht kommen würde, daß ihr Vater von dem Vorhaben seiner Tochter wissen sollte. Andere Probleme würden entstehen, wenn sie einen Diener beauftragte, denn jeder achtbare Juwelier würde glauben, daß so kostbare Stücke Diebesgut waren.

So kam es, daß sie, nachdem sie sich Francis Down seit der Sache mit seinem Kind vom Leib gehalten hatte, schließlich das Gefühl hatte, ihr bliebe kein anderer Ausweg, als ihn um Hilfe zu bitten und zu gestehen, warum sie das Geld brauchte. Er hatte ihr zugehört, ohne sie zu unterbrechen, und sie dabei mit berechnendem Blick gemustert.

„Gab es keinen anderen Weg? Ihr seid ein gewaltiges Risiko eingegangen."

„Glaubt Ihr, daß ich das nicht weiß?" rief sie.

„Und wenn Tuckett irgendwann herausfindet, daß er getäuscht wurde? Für Eure Schande wird es keine Wiedergutmachung geben."

„Mein Mann weiß nichts, und er wird nichts herausbekommen."

„Aber nun hat Eliza Euch in der Hand."

„Eliza ist mir treu ergeben, ich kann ihr vertrauen."

„Bisher hatte sie keine Veranlassung, etwas anderes als treu ergeben und vertrauenswürdig zu sein. Oh, ich gebe zu, sie ist eine mustergültige Dienerin, aber ich hege seit langem den Verdacht, daß sich hinter ihrem kühlen Äußeren und bescheidenen Auftreten eine skrupellose junge Frau verbirgt. Glaubt mir, Lady, ich kann bei anderen erkennen, was ich bei mir selbst sehe. Ihr habt Eliza etwas gegeben, was sie zuvor nicht gekannt hat: Macht. Das ist eine starke Droge. Die geringste Wirkung besteht darin, in ihr die Neigung zu fördern, Geld zu verlangen."

Olivia schob seine Hand weg. „Ihr redet Unsinn. Sie hat hier eine ausgezeichnete Stellung, und wenn sie so schlau ist, wie Ihr behauptet, dann wird sie sie nicht aufs Spiel setzen wollen. Außerdem wird sie sich mit dem Geld den Mann ihrer Wahl kaufen können, wenn sie heiraten will."

Er nahm die beiden Schmuckstücke und steckte sie in die Tasche. „Sagt nicht, ich hätte Euch nicht gewarnt."

Olivia sah ihn mit wachsender Ungeduld an. „Verkauft den Schmuck, und bringt mir das Geld, damit ich es ihr geben kann; dann ist die Sache erledigt."

Etwas mehr als zwei Monate später war Eliza eines Morgens zu ihrer Herrin gekommen und hatte ihr erzählt, daß sie ganz sicher sei, schwanger zu sein.

Als die Erinnerung an die Ereignisse der Vergangenheit jetzt wieder auf sie einstürmte, wankte Olivia im Nebenzimmer des Wirtshauses Die drei Tauben auf Simon zu, und er eilte zu ihr, um sie aufzufangen. Sie begann zu zittern und brach dann in Tränen aus. „Ich habe ihren Tod nicht gewollt", schluchzte sie. „Ich war völlig verzweifelt, aber ich habe nie daran gedacht, sie umzubringen. Warum nur habe ich jemals Francis Down Vertrauen geschenkt?"

„Der verschlagene Sekretär. Ich verstehe."

„Ich hatte niemanden, dem ich mich anvertrauen konnte. Ich wußte nicht mehr aus noch ein, denn es war klar, Eliza würde immer mehr Geld verlangen, egal, wieviel ich ihr gab. In meiner Verzweiflung habe ich mich an Francis Down gewandt. Er hat mich immer… bewundert. Er tröstete mich und versprach, die Angelegenheit zu regeln, ich solle nicht mehr daran denken. Als Eliza verschwand, nahm ich an, er habe einen Weg gefunden, sie davon zu überzeugen, daß sie London für immer verlassen müsse. Ich hoffte, sie sei nach Hause zurückgekehrt. Ich war genauso entsetzt wie jeder andere, als Ihr kamt und uns mitgeteilt habt, daß sie in der Themse gefunden wurde."

Simon fühlte sich plötzlich ganz seltsam. Alles schien in eine gewisse Entfernung zu rücken. Es kostete ihn Mühe zu sprechen, geschweige denn nachzudenken, aber schließlich gelang es ihm zu fragen: „Habt Ihr Down dann gefragt, was geschehen ist?"

Sie nickte. „Natürlich leugnete er alles. Er behauptete, daß er sie einfach vor die Wahl gestellt habe: Sie solle schwören, die Sache nie wieder zu erwähnen, und auf der Stelle nach Hause zurückkehren, oder er werde dafür sorgen, daß sie mit Schimpf und Schande entlassen und als verlogene Hure in Bridewell eingesperrt würde."

Ganz offensichtlich bemühte sie sich verzweifelt, ihn zu überzeugen. Sie wandte sich zu ihm und legte plötzlich den Kopf auf seine Schulter. Eine Strähne ihres duftenden Haars strich über sein Gesicht. Mit einem Schluck leerte er das Weinglas und stellte es ab. Vielleicht sagte sie ja jetzt doch die Wahrheit. Es fiel ihm immer schwerer, seine Gedanken zu ordnen. Sie hob den Kopf zu ihm, und er küßte sie. Sie erwiderte seinen Kuß mit echter Leidenschaft und umarmte ihn. Hinter ihrer Schulter tanzten die Flammen der Kerzen vor seinen Augen.

„Ihr müßt nicht gehen", sagte sie ganz sanft, dann dringlicher, „geht nicht! Es ist schon spät, und niemand wird es je erfahren. Bitte verlaßt mich nicht!"

Sie gingen zum Bett hinüber, der Boden schien Simon immer schwankender. Er ließ sich fallen, zog seine Stiefel aus. Die Kammer schien sich zu drehen, als er sich mühsam auf das Bett hievte. Olivia kam auf ihn zu, streifte dabei ihr Kleid ab. Wenn nur sein Mund nicht so entsetzlich trocken wäre. Was er am allernötigsten brauchte, war etwas zu trinken. Etwas zu trinken ... Was war daran nicht in Ordnung?

„Mein Gott!" Er versuchte sich aufzurichten, aber es gelang ihm nicht. Es kostete ihn Anstrengung, die Worte herauszubringen: „Der Mohnsirup ..., so viel ... Mohnsirup." Das waren seine letzten Worte.

In Gefahr

John Bradedge vermutete, daß Simon mehrere Stunden vor ihm im Wirtshaus Die drei Tauben eingetroffen war, denn er hatte das schnellere Pferd. Als er sein eigenes Pferd in den Stall brachte, sah er Simons Stute, die in einer Box Futter fraß. Im Wirtshaus herrschte reges Treiben, und wieder einmal saß er in einem fremden Schankraum und harrte der Dinge, die da kommen sollten. Die Zeit verging, und er bestellte ein Abendessen. Er überlegte, wie lange Simons Tête-à-tête mit Lady Tuckett wohl dauern würde und wo die beiden in diesem weiträumigen Haus steckten.

Die Dämmerung brach herein, und ein junger Bursche ging umher und zündete Kerzen in Metalleuchtern an. Zweimal trat John hinaus, um sich zu vergewissern, daß Simon nicht unbemerkt aufgebrochen war, aber sein Pferd war noch da. Es wurde wirklich sehr spät. Vielleicht gab es einen naheliegenden Grund für die Verzögerung, denn bekanntlich hatte der Doktor eine Schwäche für Frauen. Die Frau mochte zwar eine Lady sein, aber sie war immer noch eine Frau. John seufzte. Es sah so aus, als sollte er in dieser Nacht wenig Schlaf bekommen.

SOBALD sie sicher war, daß Simon das Bewußtsein verloren hatte, zog sich Olivia praktischere Kleidung an, schlich aus dem Zimmer und dann die Hintertreppe hinunter zu den Stallungen, wo sie eincn Pferdeknecht rief und ihn anwies, sofort ihren Diener zu holen. Sie hätte ihre Pläne geändert, und sie würden sich sofort auf den Heimweg machen.

Wenig später kam Francis Down in der Kleidung eines Dieners zu ihr in die Kammer. „Alles in Ordnung?“

Sie nickte. „Er schläft wie ein Toter. Er wußte viel und ahnte noch mehr. Ich habe versucht, ihn davon zu überzeugen, daß er sich irrte, aber er hat mir nicht geglaubt.“

Down ging zu Simon und hob eins seiner Augenlider. „Nun, das spielt jetzt keine Rolle mehr. Ich werde dafür sorgen, daß die Kutsche bereit ist, dann werden wir ihn hineinschaffen und dem Wirt erzählen, daß er betrunken ist. Eigentlich dürfte er nicht wach werden, aber habt Ihr etwas, womit ich für alle Fälle seine Hände fesseln kann?“ Sie nahm ihren Gürtel ab, und er drehte Simon auf die Seite und fesselte geschickt seine Hände hinter seinem Rücken. „Ich bin gleich zurück. Ich will nur schnell die Rechnung bezahlen und dem Wirt sagen, daß wir alle zusammen aufbrechen. Ihr werdet mit ihm in der Kutsche fahren, und ich werde auf seinem Pferd reiten.“

Er kehrte nach kurzer Zeit zurück. Zusammen mit dem Kutscher zerrte er Simon vom Bett und zog ihm die Stiefel wieder an, dann ging Olivia vor, während die beiden Simon auf dem Weg die Treppe hinunter in die Mitte nahmen; vorsichtshalber hatte Down dessen Kleidung mit Wein durchtränkt, damit die Geschichte glaubwürdig wirkte. Die schläfrigen Knechte reagierten ziemlich amüsiert, einer von ihnen fragte, ob der Herr denn auf seine Kosten gekommen sei, bevor der Wein ihn bewußtlos machte. Als Down die Rechnung beglich, hatte er dem Wirt gesagt, er werde das Pferd seines Herrn reiten; es war gesattelt und wartete auf ihn, als sie die Kutsche erreichten. Simon wurde hineinverfrachtet, Olivia folgte. Der Kutscher knallte mit der Peitsche, und die Kutsche fuhr zügig aus dem Hof. Down folgte ihr.

Als sie außer Sichtweite des Wirtshauses waren, hielt der Kutscher an, und Olivia stieg aus. Down stieg von Simons Pferd ab und übergab ihr die Zügel. „Reitet, so schnell Ihr könnt. Ich habe den Pförtner bestochen, bevor wir aufgebrochen sind. Er wird auf Euch warten und Euch durch das Hoftor einlassen. Sorgt dafür, daß er das Pferd in den Stall bringt; alles Weitere liegt bei Euch. Wenn Ihr gesehen werdet, müßt Ihr eine Ausrede erfinden, warum Ihr so früh auf seid. Ich komme zurück, sobald ich kann."

Olivia schürzte ihre Röcke, damit sie im Herrensattel reiten konnte, und galoppierte, so schnell sie konnte, in Richtung London.

ALS JOHN BRADEDGE nach einem Nickerchen erwachte, war der Schankraum fast leer. Er eilte nach draußen und verwünschte dann seine Trägheit und Dummheit. Simons Pferd war nicht mehr da. Schnell ging er ins Wirtshaus zurück, wo der erschöpfte Wirt dabei war, die schmutzigen Bierkrüge wegzuräumen.

„Ich suche meinen Herrn", sagte John zu ihm. „Einen Mann mit kastanienbraunem Haar und kurzem Bart, gut gekleidet und mittelgroß." Der Wirt zuckte mit den Achseln. John senkte die Stimme. „Er war mit einer Dame in einem Nebenzimmer verabredet."

Der Wirt zwinkerte vielsagend. „*Der* Herr! Nun, ich weiß nicht, ob die Dame mit ihm zufrieden war, aber er war mit Sicherheit mit meinem Wein zufrieden. Seine Diener haben ihn gerade nach Hause gebracht; er konnte sich nicht mehr auf den Beinen halten. Nur gut, daß die Dame eine Kutsche hatte, denn er konnte nicht einmal mehr die Treppe hinuntergehen, zwei Männer mußten ihn stützen."

John lief es kalt über den Rücken. „Wie lange ist das her?"

„Nicht mehr als zwanzig Minuten, glaube ich."

„Und welchen Weg haben sie genommen?"

„Welchen Weg sollten sie schon nehmen, den zu seinem Haus natürlich! Die Straße, die am Fluß entlang nach Mortlake führt!"

DER WEG nach London war weit, und viele Gedanken stürmten auf Olivia ein. Dies war das zweite Mal, daß sie zur Mitwisserin an einem Mord wurde. Es tat ihr leid um Simon, denn ihre Zuneigung zu ihm war echt, und unter anderen Umständen wäre sie glücklich gewesen, sich mit ihm im Bett zu vergnügen. Aber er stellte eine zu große Bedrohung dar. Sie war sicher, daß er, sobald er wieder einen klaren Kopf hatte, entweder darauf bestehen würde, noch einmal mit ihr zu sprechen, oder aber, weit schlimmer, sich direkt an ihren Vater und ihren Mann wenden würde. Sie hatte noch immer nicht aus dem Labyrinth herausgefunden, und, schlimmer noch, sie stand mehr denn je in Francis Downs Schuld. Ihm verdankte sie, daß sie alles überstanden hatte.

Aber was sonst hätte sie tun sollen? Als sie ihm gesagt hatte, daß Eliza ein Kind von Sir Marcus erwarte und mehr Geld verlange, war er nicht überrascht gewesen. „Ich habe es Euch ja prophezeit." Er hatte ihren Nacken gestreichelt. „Die Verlockung des Goldes verändert alles. Glücklicherweise erscheint es mir nicht so verführerisch wie andere Güter. Wenn Ihr meine Hilfe wieder in Anspruch nehmt, so kennt Ihr den Preis, den ich verlange."

Sie hatten den Plan gemeinsam ausgeheckt. Olivia sollte so tun, als ginge sie auf Elizas Forderung ein, und ihr versichern, daß sie das Geld bekäme, daß es aber eine Weile dauern würde. Das müßte ihnen Zeit geben, eine günstige Gelegenheit für das Unvermeidliche zu finden. Diesmal, ermahnte Down Olivia, tat sie gut daran, auf ihn zu hören.

„Eliza darf nicht den geringsten Verdacht schöpfen, daß sie in Gefahr ist, sonst wird sie mit Sicherheit ihre Drohung wahr machen. Die Zuneigung, die Ihr in der Vergangenheit für sie empfunden habt, darf Euch jetzt nicht im Weg stehen."

Einen Mord hatte Olivia nie ernsthaft als einen Ausweg betrachtet, und die nüchterne Art, mit der Down an die Sache heranging, ließ sie erschauern. Doch sie wußte, daß es keinen anderen Ausweg gab. Denn wenn Eliza ihre Drohung je wahr machte und es ihr gelang, Marcus davon zu überzeugen, daß sie, nicht Olivia, in der Hochzeitsnacht seine „Braut" gewesen war und nun sein Kind erwartete, gab es kaum Zweifel, daß Marcus seine Frau verstoßen würde. Der Skandal würde unglaubliches Aufsehen erregen, er würde auch auf ihren Vater zurückfallen, und dessen Reaktion war etwas, das sie sich kaum vorzustellen wagte.

„Soll ich Euch sagen, was ich vorhabe, oder wollt Ihr es lieber nicht wissen?" hatte Down sie gefragt. Darauf hatte sie nichts erwidert. „Nun gut, zunächst einmal tut Ihr genau, was ich Euch sage. Die Tatsache, daß sie ein Kind erwartet, kommt uns sehr entgegen. Wir brauchen nur dafür zu sorgen, daß es so aussieht, als habe sie sich das Leben genommen.

Dann haben wir die alte Geschichte von dem unschuldigen Mädchen, das von einem treulosen Liebhaber sitzengelassen wurde."

„Und wenn niemand ihren Zustand bemerkt?" fragte Olivia.

Er überlegte einen Moment. „Wir werden eins Eurer Schmuckstücke in ihre Tasche stecken, damit man annimmt, sie habe es gestohlen. Und habt Ihr von Eurer Hochzeitsnacht noch etwas von dem Mohnsirup übrig?"

„Eliza hat mehr davon geholt. Ich habe reichlich."

„Bewahrt ihn gut auf." Er riß sie an sich. „Euer Mann ist im Spielhaus, Euer Vater in der Stadt, im Haus ist es ruhig." Mit geübter Hand schnürte er ihr Mieder auf. „Wir beide, Lady, gehen jetzt ins Bett."

Drei Wochen nachdem sie ihre Beziehung zu Down wieder begonnen hatte, war klar, daß Eliza immer aufsässiger wurde. Sie mußten eine günstige Gelegenheit finden, und zwar bald. Es war Marcus, der sie ihnen verschaffte. Eines Nachmittags kam er herein und erzählte Olivia, er habe für den kommenden Tag eine Einladung nach Hertford, dort solle ein Wettkampf stattfinden, mit Ringen, Hahnenkämpfen und Bärenhatz.

„Wunderbar", meinte Down, als sie ihm davon erzählte. „Das Glück ist auf unserer Seite. Wie Ihr wißt, plant Euer Vater wieder mit Sir Henry Clavell eine gemeinsame Expedition nach Indien. Clavell hat ihn für morgen in sein Haus in der Nähe von Barnes eingeladen, damit sie die Sache mit anderen Geldgebern besprechen. Sagt Eliza, daß Ihr ihr morgen abend das Geld geben werdet. Wenn Euer Vater und Euer Mann das Haus verlassen haben, werden wir so tun, als wollten wir einen gemeinsamen Ausritt unternehmen."

Sie blickte ihn verwirrt an. „Wozu denn das?"

„Damit ich später zurückkommen und Eliza sagen kann, daß es einen Unfall gegeben hat – etwa, daß Ihr vom Pferd gefallen seid, daß Ihr zwar nicht schwer verletzt seid, aber nicht reiten könnt und daher mich geschickt habt, um sie zu holen. Und daß sie niemandem davon erzählen darf, da es Sir Marcus erzürnen würde, daß wir beide allein ausgeritten sind."

„Und was ist mit mir?"

„Ihr habt doch bestimmt eine Freundin, die Ihr besuchen und bei der Ihr lange bleiben könnt? Täuscht ein Unwohlsein vor, wenn das die Sache erleichtert. Ich denke, ich werde Eliza ungefähr um zehn Uhr weggeschafft haben. Dann könnt Ihr ganz arglos nach Hause kommen."

Sie wirkte unschlüssig. „Wohin werdet Ihr sie bringen?"

„Zum Chelsea Creek. Ich werde behaupten, daß sich der Unfall in der Nähe des Gutes Eures Vaters ereignet habe und daß Ihr dort auf sie wartet. Ich werde sie im Damensitz auf meinem Pferd mitnehmen. Unterwegs werde ich eine Rast einlegen, damit wir eine Erfrischung zu uns nehmen können, und ihr dabei so viel von dem Trank geben, daß sie schläfrig wird. Dann werde ich sie vor mich setzen, um sicherzugehen, daß sie unterwegs nicht stürzt." Er blickte auf ihren Hals. „Gebt mir Eure Kette. Etwas Wertvolles muß bei ihr gefunden werden."

Widerstrebend reichte sie ihm die Kette, dazu ein Fläschchen mit Mohnsirup. Down steckte beides sorgfältig ein.

„Was werdet Ihr tun?" fragte Olivia.

„Mit ihr auf den Fluß hinausfahren und sie stromaufwärts hineinstoßen. Wenn sie gefunden wird, wird man vermuten, daß sie sich ertränkt hat."

Alles schien so einfach. Aber nun galoppierte sie die dunkle Straße entlang, mit einem zweiten Mord auf dem Gewissen.

SIMON versuchte wieder zu Bewußtsein zu kommen. Ihm war furchtbar übel, sein Kopf schmerzte, und als er wach genug war und seine Arme bewegen wollte, bemerkte er, daß sie hinter seinem Rücken gefesselt waren. Außerdem war er offenbar in eine dicke Decke eingewickelt. Er mußte sich wach halten. Offensichtlich lag er auf dem Boden einer Kutsche, er fühlte ein Holpern unter sich und hörte das Geräusch der Räder. Er stieß einen Fluch aus. Zum zweiten Mal hatte John Bradedge recht behalten. Er hätte den Rat seines Dieners beherzigen, ihn zumindest mitnehmen sollen, statt sich einzureden, daß Olivia allein ihm nur wenig anhaben konnte, solange er grundlegende Vorsichtsmaßnahmen beachtete.

Aber jetzt war es nur allzu klar, daß sie nicht allein gewesen war. Die Tatsache, daß sich niemand in der Kammer versteckt oder hinter der Tür gelauert hatte, bedeutete gar nichts. Das schlimmste war, daß er ein solcher Narr gewesen war, daß er Wein getrunken hatte, der mit seinem eigenen Mohnsirup vermischt gewesen war. Die zunehmende Hoffnung, daß Olivia ihn einladen würde, mit ihr ins Bett zu gehen, hatte dazu geführt, daß er jegliche Vorsicht in den Wind geschlagen hatte. O Gott, er würde alles alles, geben, wenn nur dieses Hämmern in seinem Kopf aufhören würde!

Nach einer Weile bemerkte er, daß die Kutsche anhielt, und hörte, wie ein Mann sagte, er wolle lieber nachsehen, ob der Kerl noch schlafe. Er fragte sich, ob er mit Olivia sprach. Würde sie so weit gehen, sich an seiner Ermordung zu beteiligen? Denn jetzt war er sicher, daß sie ihn umbringen wollten. Wieder verfluchte er seine grenzenlose Dummheit, durch die er sein Leben aufs Spiel gesetzt hatte. Er hörte Schritte, die sich um das Gefährt herumbewegten, dann öffnete sich die Tür, und jemand stieg ein. Simon verharrte vollkommen bewegungslos und atmete, so ruhig er konnte, als die Decke von seinem Gesicht gezogen wurde und der Mann ihn mit seinem Fuß anstieß.

„Kein Lebenszeichen!" rief der Mann seinem Begleiter zu. Simon war nahezu sicher, daß es Francis Down war. Hatte er tatsächlich geglaubt, Olivia sei das beinahe unschuldige Opfer des Sekretärs? Sicherlich hatten beide von Anfang an gemeinsam gehandelt, Olivia war wahrscheinlich Downs Geliebte gewesen, vielleicht war sie es immer noch. Down prüfte nach, ob die Fesseln um seine Arme sich nicht gelöst hatten, dann versetzte er ihm einen kräftigen Tritt in die Seite; Simon unterdrückte mit Mühe einen Aufschrei. Darauf verließ Down die Kutsche und setzte sich wieder nach vorn zum Kutscher. „Los, weiter! Bieg hier links in den Weg ein, und fahr so nah ans Ufer wie möglich, dann werden wir die Sache hinter uns bringen."

Simon zerrte mit aller Kraft an den Fesseln um seine Arme und Handgelenke, doch ohne Erfolg. Ihm schien das gleiche Schicksal bestimmt zu sein wie Eliza. Wenn die beiden ihn ertränken wollten, würden sie ihm vorher die Fesseln lösen, so, wie sie es bei ihr getan hatten? Er spürte, daß die Kutsche in einen holprigen Weg einbog, die Räder knirschten, und sie schlingerte von einer Seite zur anderen. Dann hielt sie wieder an. Außer dem Schrei einer Eule war nichts zu hören, es war so still, daß Simon, der angestrengt lauschte, für einen Moment glaubte, in einiger Entfernung den Hufschlag eines Pferdes zu hören. O Gott, sein Kopf, wenn er doch nur klar denken könnte!

Er hörte, wie Down und der Kutscher vom Bock stiegen. Vermutlich war Olivia nicht mehr bei ihnen. Nach einer kurzen Pause hörte er, wie der Sekretär fluchte.

„Ich hätte nicht gedacht, daß der Wasserstand so niedrig ist. Nun gut, wir müssen eben das Beste daraus machen, hineinwaten und ihn so weit hinausstoßen, wie wir können."

Er hatte also recht gehabt. Es sollte der Fluß sein.

„Ich habe nur gesagt, daß ich diese Kutsche lenke“, erwiderte der Kutscher. „Von einem Mord war nie die Rede.“

„Das macht nichts, du bist gut genug bezahlt worden“, entgegnete Down.

„Nicht gut genug für so etwas. Ich verschwinde“, meinte der Kutscher, und in seiner Stimme schwang jetzt nackte Angst mit. Simon hörte, wie jemand wegrannte, dann folgten Geräusche eines Kampfes und ein Aufschrei des Kutschers.

„Steh auf, du Narr!“ Down schien ein wenig außer Atem. „Das ist mein Dolch, der deine Rippen kitzelt. Mach keine Schwierigkeiten, sonst bringe ich dich auch um! Und nun hör auf zu wimmern, und hilf mir, ihn herauszuschaffen.“

Er öffnete die Tür, und die beiden zogen Simon an den Füßen aus der Kutsche heraus, wobei sein Kopf auf das Trittbrett schlug, dann legten sie ihn aufs Gras. Irgendwo in der Nähe wieherte ein Pferd.

„Was war das?“ fragte der Kutscher mit zitternder Stimme.

„Ein Pferd. Was sonst? Es wird auf einem der Felder in der Nähe sein.“

Down kniete sich hin, hob eines von Simons Augenlidern und schien zufrieden. „Das Zeug wirkt stärker, als ich dachte“, meinte er. „Du nimmst die Füße, ich nehme den Kopf, so bringen wir ihn hinunter.“ Mühsam schleppten sie ihn ans Ufer. Er hörte das Geräusch fließenden Wassers, vermutlich war es der Fluß. Es roch unangenehm faulig.

„Jetzt“, sagte Down, „müssen wir ihn über diesen Schlick hinüberbringen. Paß um Himmels willen auf, daß du ihn nicht fallen läßt.“

Sie hoben Simon wieder an, und er spürte, wie sie sich abmühten, als ihre Füße im zähen Schlick einsackten. Sie hatten offensichtlich große Schwierigkeiten, ihn zum Wasser zu schleppen. Der Kutscher rutschte aus und ließ seine Beine fallen, woraufhin Down den Kopf losließ. Simon fühlte, wie sein Gesicht im Schlick versank, er fürchtete schon, er würde ersticken, bevor die beiden ihn hochzogen, aber sie packten ihn wieder, und einige Minuten später spürte er, daß sie im Wasser waren. Bald umspülte es seinen Kopf.

„Gut“, meinte Down und rang nach Luft, „ich werde seine Fesseln lösen, und dann schieben wir ihn so weit hinaus, wie es geht.“

„Wollt Ihr ihm nicht eins über den Schädel ziehen?“ fragte der Kutscher.

„Nicht, wenn es sich vermeiden läßt. Mir wäre es lieber, wenn nichts auf ein Verbrechen hindeutete. In seinem Zustand müßte er ohne weiteres ertrinken." Down lachte. „Diesmal wird er nicht von Spuren von Fesseln und von Mord faseln können." Er drehte Simon herum, so daß er mit dem Gesicht im Fluß lag, als er seine Fesseln durchschnitt. Als Down ihn wieder umdrehen wollte, um ihn dann in den Fluß zu stoßen, kam plötzlich Leben in Simon; er versuchte sich zu wehren, war aber hoffnungslos im Nachteil. Es gelang ihm nicht, sich in dem weichen Schlick aufzurichten, und je mehr er das versuchte, um so tiefer versank er darin.

„Verdammt noch mal", brüllte Down, der jetzt selbst auf dem rutschigen Grund ausglitt, dem Kutscher zu, „steh nicht so herum, um Himmels willen, drück seinen Kopf unter Wasser, damit ich ihn erledigen kann!" Er schwang seinen Dolch, und Simon wartete mit geschlossenen Augen darauf, daß er zustach. Statt dessen platschte es laut im seichten Wasser, ein Schrei ertönte, und der Mann, der ihn hatte ermorden wollen, stürzte in den Schlick und versank im Wasser. Es folgte ein Pistolenschuß, dann ein Aufschrei des Kutschers. John Bradedge hatte sie eingeholt.

Nachdem er erfahren hatte, daß Simon fort war, hatte er sich auf sein Pferd geschwungen und war so schnell aus dem Hof galoppiert, daß die Stallknechte den Kopf schüttelten. Er wußte gar nicht genau, in welcher Richtung Mortlake lag, da er nie zuvor so weit stromaufwärts gewesen war, aber wenn der Doktor mit seiner Vermutung recht hatte und Eliza im Fluß ertränkt worden war, schien es wahrscheinlich, daß der Mörder es noch einmal auf die gleiche Art versuchte.

Als er die Stelle erreichte, wo sich der Weg gabelte, kam ihm zum Glück ein Reiter entgegen, den er fragen konnte, ob er unterwegs eine Kutsche gesehen habe. Der Mann bejahte; eine Kutsche sei in die entgegengesetzte Richtung nach Mortlake gefahren, und vorher sei er fast von der Straße gefegt worden, als ihn ein wahnsinniger Reiter in halsbrecherischem Tempo überholt habe. John dankte ihm und ritt in leichten Galopp weiter, dankbar für den grasbewachsenen Streifen am Wegrand, der das Geräusch der Hufe dämpfte. Kurze Zeit später hörte er die Räder einer Kutsche vor sich, und es gelang ihm gerade noch, sein Pferd zu zügeln, als die Kutsche hielt. Aus Angst, er könne sich verraten, blieb er, wo er war, bis sich die Kutsche wieder in Bewegung setzte, den Weg verließ und zum Fluß hinunterfuhr. Dann folgte er in sicherer Entfernung und kam in genau dem Moment hinzu, in dem sein Herr ermordet werden sollte.

Nun schleppte er Down zur Seite und zog Simon hoch, der völlig durchnäßt und mit Schlick bedeckt war. Simon klammerte sich an seinen Retter und rang nach Luft. „Gott sei Dank, daß du mir nicht gehorcht hast! Ohne dich wäre ich jetzt tot."

„Ja, mit Sicherheit, Doktor." John hatte allen Grund, mit sich zufrieden zu sein, und konnte es nicht lassen hinzuzufügen: „Ich habe Euch gesagt, was passieren würde, nicht wahr?"

„Das hast du, und ich kann dir nur von ganzem Herzen dafür danken, daß du ein so treuer Freund bist." Simon sah auf seinen Angreifer hinab, der im Schlick lag, nachdem der Wasserspiegel während des Kampfes weiter gesunken war. „Was hast du mit ihm gemacht?"

„Ihm mit dem Griff meines Schwertes eins über den Schädel gezogen, obwohl ich keine Bedenken gehabt hätte, ihn aufzuspießen."

„Und der Schuß?"

„Der Kutscher wollte davonlaufen, also rief ich ihm zu, er solle stehenbleiben, und habe einen Schuß über seinen Kopf abgefeuert, damit er begreift, daß ich es ernst meine. Du da", rief er einer schattenhaften Gestalt neben einem Busch zu, „komm her und hilf uns, wenn du nicht willst, daß meine nächste Kugel dich trifft!"

Der Kutscher, der nun vor Angst völlig von Sinnen war, eilte herüber und folgte der Anweisung. Mit Mühe gelang es ihnen, Francis Down wieder ans Ufer zu zerren.

„Habe ich ihn getötet?" fragte John.

„Ich glaube nicht." Simon kniete sich neben Down und untersuchte ihn. „Er hat eine häßliche, tiefe Wunde am Kopf und ist bewußtlos, aber er wird überleben – um am Galgen zu enden." Als er aufstand, schwankte er. „Nein", antwortete er auf Johns unausgesprochene Frage, „ich bin nicht ernsthaft verletzt, nur einige Beulen, und mein Körper ist ganz steif. Aber sie haben mich betäubt, und ich spüre die Wirkung noch." Er wandte sich an den Kutscher und zeigte auf Down. „Wenn du nicht neben ihm in Tyburn hängen willst, dann tust du jetzt genau das, was wir dir sagen. Wir werden ihn nach London zurückbringen, und zwar in mein Haus. Ich werde mich in die Kutsche setzen und aufpassen, daß er nicht entwischt. Das Pferd meines Dieners werden wir hinten anbinden, und John wird neben dir sitzen – mit einer Pistole."

ENDSPIEL

Als Olivia die Stadt erreichte, war sie völlig erschöpft und zitterte vor Kälte. Bei Anbruch der Morgendämmerung erreichte sie Bishopsgate; zumindest konnte sie sicher sein, daß weder ihr Vater noch ihr Mann zu Hause sein würden und sie wegen ihrer Abwesenheit zur Rede stellen konnten. Marcus war ja in Kent bei seinem Vater, Sir Wolford und Sir Henry Clavell waren beide in Bristol, um sich um ihre Expedition nach Indien zu kümmern; sie wurden erst in einigen Tagen zurückerwartet.

Sie ritt um das Haus herum, stieg von Simons Pferd und führte es zu den Ställen, wo – wie verabredet – der Pförtner wartete. Sie war auf einen mürrischen Kommentar gefaßt gewesen, aber er schwieg und blickte sie nur mit einem unangenehmen Funkeln in den Augen an, als empfinde er dabei eine tiefe Genugtuung. Dann führte er das Pferd, das ganz offensichtlich jemand anderem gehörte, in den Stall.

Leise öffnete sie die Hintertür. Sie glaubte, es würde ihr gewiß gelingen, unbemerkt in ihre Kammer zu schlüpfen. Aber im Haus herrschte nicht die erwartete Ruhe, es war laut, Lichter brannten, Schritte waren zu hören. Alles deutete darauf hin, daß gerade jemand angekommen war. Dann erschien Hannah, die Wirtschafterin, mit verstörtem Gesicht; offensichtlich hatte sie sich in aller Eile angezogen. Schlaftrunkene Dienstboten kamen die Hintertreppe herunter.

„Oh, da seid Ihr, Herrin, Gott sei Dank!“ begrüßte Hannah sie voller Erleichterung. „Wir konnten uns nicht erklären, warum Ihr nicht in Eurem Bett wart, und haben überall nach Euch gesucht. Ihr habt nicht gesagt, daß Ihr die Nacht außer Haus verbringen wollt. Und auch der Herr ist nicht daheim.“

„Ich bin nur in aller Frühe ausgeritten“, erwiderte Olivia. Dann fragte sie, von einer bösen Vorahnung erfüllt: „Warum habt ihr nach mir gesucht? Was ist passiert?“

Die Wirtschafterin sah sie bestürzt an. „Es ist nicht an mir, Euch das zu sagen, Herrin. Sir Marcus erwartet Euch in der Wohnhalle.“

Olivia begann zu zittern. Ihre Füße waren schwer wie Blei, als sie durch den Korridor zur großen Wohnhalle ging, die nun von Kerzenleuchtern erhellt war. Marcus saß am großen Tisch und blickte zur Tür.

Olivia sah sofort, daß er völlig nüchtern war. Sie versuchte zu lächeln. „Warum bist du so früh zurückgekommen, Marcus? Ich hatte fest vor, dir im Laufe des Tages nachzureisen."

„Wirklich?" Er musterte sie von Kopf bis Fuß, bemerkte ihre beschmutzte Kleidung und ihr zerzaustes Haar. „Ich könnte dir die gleiche Frage stellen. Wo bist du gewesen?"

„Ich konnte nicht schlafen. Daher bin ich in aller Frühe ausgeritten."

Sein unangenehmes Lächeln verriet, daß er ihr kein Wort glaubte. „Ich bin vor ungefähr einer halben Stundc nach Hause gekommen, Olivia. Du warst nicht in unserem Bett, es war kalt und offensichtlich nicht benutzt worden."

Sie öffnete den Mund, brachte aber kein Wort heraus.

„Weißt du, ich bin hier, weil Vater gestern gestorben ist", erklärte Marcus. „Also kam ich her, um meine liebende und treue Frau mit nach Kent zu nehmen, sobald ich einige Angelegenheiten mit deinem Vater geklärt habe."

Sie schluckte. „Es tut mir sehr leid, daß Lord Tuckett tot ist, und natürlich werde ich sofort mit dir nach Kent aufbrechen. Aber mein Vater ist mit Sir Henry Clavell in Bristol und wird erst zum Wochenende zurückerwartet."

Marcus erhob sich. „Als klar war, daß mein Vater sterben würde, habe ich einen Boten zu deinem Vater in Bristol geschickt. Er hat mir sofort eine Antwort gesandt. Jetzt ist er auf dem Weg hierher und wird wohl jeden Augenblick eintreffen." Er ging auf sie zu. „Und nun, Olivia, wirst du vielleicht so freundlich sein, mir genau zu sagen, wo du gewesen bist und weshalb."

Sie suchte verzweifelt nach einer Antwort und legte sich gerade eine wenig glaubwürdige Ausrede zurecht, als sie hörte, wie draußen eine Kutsche anhielt. Im selben Augenblick eilte Hannah herein, um zu melden, daß der Herr aus Bristol zurückgekehrt sei.

DER MORGEN war schon angebrochen, als Simon und John Bradedge zu Hause eintrafen. Nachdem der Kutscher geholfen hatte, Down in genau das Nebengebäude zu schaffen, in dem Elizas Leiche gelegen hatte, schickten sie ihn mit der Warnung fort, falls er sich jemals wieder in Bankside blicken ließe, würde man ihn einem Richter vorführen, damit er als Verbrecher gebrandmarkt würde.

Als sie Down auf die Steinfliesen legten, begann er zu stöhnen und fragte, wo er sei und was geschehen sei.

Simon sah zu ihm hinab. „Ich werde Euch sagen, was geschehen ist, Down. Ihr habt versucht, mich zu töten. Zum Glück ist es Euch nicht gelungen. Und was den Ort betrifft, an dem Ihr Euch befindet – Ihr seid in einem Nebengebäude meines Hauses, genau dort, wohin wir auch Euer Opfer brachten.“ Simon beugte sich hinab und betrachtete die Wunde an Downs Kopf genauer. „Ich werde Euren Kopf säubern und mit einer Salbe aus Amarant versorgen. Dann werdet Ihr gefesselt hier warten, bis wir Euch zu Sir Wolford Barnes zurückbringen, als Geschenk. Grämt Euch nicht. Ihr werdet überleben – um am Galgen zu enden.“

Er ging zum Haus, kaum fähig, die Augen offenzuhalten. Beim Hineingehen wandte er sich an John. „Du solltest ein wenig schlafen, wenn du kannst. Wenn ich Downs Wunde versorgt habe, will ich mich auch für ein paar Stunden ins Bett legen. Wir brauchen alle etwas Erholung, bevor wir zu einem Besuch in Bishopsgate aufbrechen.“

Sir Wolfords Ankunft war eine glückliche Fügung, denn sie enthob Olivia einer Antwort auf Marcus' Frage. Sie ging sofort hinaus, um ihren Vater zu begrüßen. Da er nie besonders aufmerksam auf seine Umgebung achtete, entging es Sir Wolford, wie mitgenommen sie aussah. Er verlangte zuerst nach etwas zu essen und zu trinken, dann, nachdem er mit seinem Schwiegersohn und seiner schweigsamen Tochter gefrühstückt hatte, ging er zu seinem Schreibtisch und schickte sogleich nach seinem Sekretär.

Der Diener, der Francis Down holen sollte, kam wenige Minuten später zurück und meldete, er habe ihn nicht finden können. Sogleich brüllte Sir Wolford nach Hannah und befahl ihr, hinauf ins Dachgeschoß zu laufen und den faulen Schuft aus den Federn zu holen. Aber auch Hannah kam mit der Nachricht zurück, sie habe ihn nicht finden können: „Außerdem, Sir, sein Bett scheint nicht benutzt worden zu sein.“ Diese Mitteilung schien Sir Marcus besonders zu interessieren.

Inzwischen drängten sich mehrere Diener vor der Tür, um Sir Wolford zu sagen, daß Master Down seit dem Vortag spurlos verschwunden sei. Während dieses Durcheinanders schwieg Sir Marcus und starrte nur unverwandt seine Frau an, als dämmere ihm etwas.

Sir Wolford wandte sich an Olivia. „Du warst die ganze Zeit über hier. Hast du eine Ahnung, wo er steckt?"

Sie schüttelte den Kopf. „Ich habe ihn seit gestern morgen nicht mehr gesehen." Sie war unbeschreiblich müde, wollte aber nicht in ihr Zimmer gehen, aus Angst, ihr Mann könnte ihr dorthin folgen und klare Antworten auf seine Fragen verlangen. Sir Wolford schrie so laut, daß jeder es hörte, Down solle, sobald er auftauche, unverzüglich zu ihm kommen; dann schlug er Marcus auf die Schulter und versicherte ihm sein Bedauern darüber, daß eine so nebensächliche Angelegenheit ihn aufhielt, wo es doch nach dem Tod seines Vaters, der gewiß ein schmerzlicher Verlust für ihn sei, so vieles zu besprechen gebe.

Marcus wirkte nicht sonderlich erschüttert. „Sein Tod kam nicht unerwartet, und Vater hatte seine Angelegenheiten geordnet – zumindest so weit, wie sie sich ordnen ließen. Natürlich bin ich jetzt unabhängiger, aber ich kann nur wenig tun, um die finanzielle Lage zu verbessern. Der Besitz ist schließlich Familiengut, und er muß, Hypotheken hin oder her, als Ganzes an meinen Erben weitergegeben werden. Das heißt, falls ich jemals einen Erben haben werde. Vater war, als er starb, zutiefst enttäuscht darüber, daß nicht einmal die Aussicht darauf bestand." Er warf Olivia einen finsteren Blick zu. „Ich hatte erwartet, daß Eure Tochter inzwischen schwanger wäre."

„Ich bin keine Zuchtstute, die man mit dem Hengst zusammenbringt", entgegnete Olivia mit einer Spur ihres gewohnten Feuers. „Dein Vater wird doch wohl kaum eine Garantie erwartet haben."

Sir Wolford blickte ein wenig überrascht vom einen zum anderen. „Nun, die augenblickliche Situation ist nicht zu ändern, und jetzt ist kaum der passende Zeitpunkt, sie zu erörtern." Er wandte sich wieder Marcus zu. „Wann soll Euer Vater bestattet werden?"

„Heute in vier Tagen. Ich hoffe, daß es auch Euch möglich sein wird, an der Beerdigung teilzunehmen, Sir?"

Sir Wolford versicherte es ihm, und Sir Marcus kam dann auf andere Dinge zu sprechen. „Jetzt möchte ich Euch bitten, wenn Ihr so gut sein wollt, einen Blick auf die Verfügungen im Testament meines Vaters und einige wichtige Papiere zu werfen. Ich habe die Absicht, nach dem Mittagessen zurück nach Kent zu reiten und Olivia mitzunehmen. Es gibt viel zu tun, und als zukünftige Herrin des Hauses hat sie die Pflicht, dafür zu sorgen, daß alles für die Beerdigung vorbereitet wird."

Er breitete die Papiere auf dem Tisch aus, damit Sir Wolford sie lesen konnte.

Dankbar für die günstige Gelegenheit, schlüpfte Olivia hinaus, eilte in ihr Zimmer und verschloß die Tür. Sie schälte sich mühsam aus ihren Kleidern, sank auf das Bett, und trotz all ihrer Ängste fiel sie in Schlaf, als sie versuchte, eine Ausrede zu erfinden, warum sie die Nacht außer Haus verbracht hatte – eine Ausrede, gegen die ihr Mann nichts einwenden konnte, auch wenn er ihr kein Wort glaubte.

Am späten Vormittag klopfte Anna an Simons Schlafzimmertür, um ihm zu sagen, daß Dr. Field, der Geistliche, unten auf ihn wartete. Simon richtete sich auf und blinzelte ins Licht. Vorsichtig untersuchte er seine Blessuren. Seine Handgelenke waren von den Fesseln aufgeschürft, und er hatte eine üble Prellung an der Stelle, wo Down ihn in die Rippen getreten hatte. Er rief Anna zu, er werde gleich kommen, dann zog er sich, so schnell er konnte, an, auch wenn er dabei immer wieder vor Schmerzen zusammenzuckte, und ging dann nach unten, wo James Field in der Küche mit John Bradedge saß, der ihm offenbar eine lebhafte Beschreibung der nächtlichen Ereignisse gegeben hatte.

Field schüttelte Simon herzlich die Hand. „Gott sei Dank, daß Ihr alles sicher überstanden habt“, meinte er. „Als ich heute morgen nichts von Euch hörte, bin ich Eurer Weisung gefolgt und habe Euren Brief gelesen. Nachdem ich noch eine Weile gewartet hatte, fühlte ich mich verpflichtet herzukommen, um herauszufinden, was Euch zugestoßen war. Ich muß Euch sagen, daß ich Angst um Euer Leben hatte.“

„Daß ich noch lebe und die Geschichte erzählen kann, verdanke ich allein John“, erwiderte Simon lächelnd.

„Es war Euch offensichtlich bestimmt, Master Bradedge, den Doktor bei dieser Unternehmung als Schutzengel zu begleiten“, sagte Field, „und es uns so zu ermöglichen, ein Schlangennest auszuheben.“ Dann fragte er, wo sich Francis Down befand.

„Im Nebengebäude meines Hauses, gefesselt und mit schmerzendem Kopf“, erwiderte Simon. „Ich will ihn seinem Herrn übergeben, sobald ich gefrühstückt habe, und hoffe, Ihr werdet mich begleiten.“

Field lächelte voller Genugtuung. „Es ist wahrscheinlich nicht besonders christlich, aber ich muß sagen, ich freue mich sehr darauf.“

Einige Zeit später rief lang andauerndes Läuten Sir Wolfords Pförtner ans Tor. Davor stand ein gutgekleideter Geistlicher in Begleitung eines untersetzten Mannes mit einer Narbe im Gesicht. Offensichtlich waren sie mit der Kutsche gekommen, die hinter ihnen stand. Als der Pförtner hörte, daß Dr. James Field, Pfarrer von Stratford St. Anne, Sir Wolford Barnes in einer dringenden Angelegenheit zu sprechen wünsche, öffnete er das Tor einen Spaltbreit und sagte ihnen in seinem üblichen mürrischen Ton, sie sollten warten, während er sich erkundige, ob Sir Wolford bereit sei, sie zu empfangen. Dann wollte er das Tor wieder schließen, aber John stemmte sofort seine Schulter dagegen, zwängte sich durch die Lücke und packte den Mann; mit einer Hand hielt er einen seiner Arme hinter seinem Rücken fest, mit der anderen setzte er ihm seinen Dolch auf den Rücken. „Du wirst jetzt still sein“, zischte er dem erschrockenen Pförtner zu, „und tun, was man dir sagt, oder ich jage dir dieses Ding in den Leib!“

Inzwischen war Field zur Kutsche zurückgegangen und hatte Simon geholfen, den widerspenstigen Francis Down herauszuzerren. Er war noch immer mit Schlamm bespritzt, hatte die Hände auf dem Rücken gefesselt und war mit einem Schal geknebelt. Nachdem alle durch das Tor gegangen waren, verlangte Simon den Schlüssel des Pförtners, nahm ihn an sich und verschloß das Tor von innen. Dann machte sich die seltsame Gruppe auf den Weg zur Haustür, die offenstand. Als sie dort ankamen, zog John den Pförtner um eine Ecke, fesselte seine Hände, knebelte ihn und schob ihn unter einen Busch. Dann schloß er sich wieder den anderen an.

Im Haus war es ruhig, und niemand stellte sich ihnen in den Weg, als sie eilig auf den Raum zugingen, in den Simon bei seinem ersten Besuch geführt worden war. Sie wußten, daß sie Sir Wolford dort antreffen würden, denn seine Stimme klang dröhnend durch die Tür.

Field stieß sie auf und trat als erster ein. Sir Wolford saß neben seinem Schwiegersohn an einem großen Tisch, auf dem zahlreiche Papiere ausgebreitet waren. Er blickte seinen ungebetenen Gast voller Erstaunen an.

„Field? Um Gottes willen, was tut Ihr hier? Niemand hat mich benachrichtigt, daß Ihr mich sprechen wollt.“ Er machte eine abwehrende Geste. „Was immer auch der Zweck Eures Besuches sein mag, jetzt kann ich nicht mit Euch sprechen. Es gibt dringende Angelegenheiten, um die ich mich kümmern muß.“

Field lächelte, nahm sich einen Stuhl und setzte sich, als habe man ihn dazu aufgefordert. „Ich entschuldige mich für mein Eindringen,

Sir Wolford, aber ich kann Euch versichern, daß Eure Angelegenheiten, wie dringlich sie auch sein mögen, nicht so wichtig sein können wie meine. Kommt herein, Dr. Forman!“ rief er, nach hinten gewandt, und Simon erschien, gefolgt von John Bradedge, der Francis Down vor sich herschob. Dann schloß John die Tür und lehnte sich dagegen, das gezogene Schwert in der rechten Hand.

Sir Wolford sprang auf, rasend vor Wut. „Was zum Teufel soll das heißen, Forman? Wie könnt Ihr es wagen, mein Haus zu betreten? Habt Ihr Eure Lektion noch immer nicht gelernt? Diesmal werdet Ihr nicht nur Eure Zulassung verlieren, sondern im Gefängnis landen, und wenn ich mit Euch fertig bin, wird man den Schlüssel zu Eurem Verlies wegwerfen!“ In diesem Moment bemerkte er den Gefangenen. „Down? Warum seid Ihr in einem solchen Zustand? Haben diese Räuber Euch so zugesetzt? Nehmt ihm sofort die Fesseln ab!“ befahl er.

Nichts geschah. Sir Wolford drehte sich zu Sir Marcus um. „Sitz nicht stocksteif da, sag dem Pförtner, er soll augenblicklich den Konstabler herholen und ein paar starke Männer mitbringen.“

Marcus blickte suchend nach seinem Schwert, das er mit der Schlaufe über die Stuhllehne gehängt hatte. „Nur ruhig“, sagte Simon. „An Eurer Stelle würde ich nicht versuchen, dieses Spielzeug zu benutzen. Ich bin ebenso gut bewaffnet wie mein Diener, und er versperrt die Tür. Was das Gefängnis betrifft, so gibt es mit Sicherheit einige unter uns, die in Kürze dort landen werden – um sich dort für den Weg nach Tyburn vorzubereiten. Nehmt doch Platz, Sir Wolford, Ihr wirkt allzu erhitzt.“ Der Kaufmann sank auf seinen Stuhl zurück. „Ich glaube“, fuhr Simon fort, „daß Eure Tochter an unserer Unterredung teilnehmen sollte, denn es wird ganz wesentlich um sie gehen.“

Marcus tastete verstohlen nach seinem Gürtel, worauf Simon innehielt. „Bevor Ihr nach Eurem Dolch greift oder gar um Hilfe ruft, muß ich Euch sagen, daß die Informationen, die wir Euch jetzt mitteilen werden, heute morgen auch einem Richter der Stadt vorgelegt wurden: Informationen, die für Euch, Sir Marcus, ganz besonders interessant sein dürften. Ich schlage vor, daß Ihr Euch anhört, worum es geht, bevor Ihr irgend etwas Unüberlegtes tut. Jetzt werde ich nach einer Dienerin suchen und sie bitten, Lady Tuckett zu holen.“

Das tat er, und als er zurückkam, hatte sich Sir Wolford so weit erholt, daß er noch einmal verlangte, Francis Down die Fesseln zu lösen. Simon entfernte immerhin den Schal, der den Mund des Sekretärs verschlossen hatte. „Dieser Mann hat sich seine Lage selbst zuzuschreiben“, sagte er. „Und ich schlage vor, Ihr seht von weiteren Fragen ab, bis Eure Tochter hier ist.“

Olivia wurde von einer Dienerin aus unruhigem Schlaf geweckt, die ihr atemlos vor Aufregung sagte, daß mehrere Herren bei ihrem Vater seien und sie sofort zu ihnen hinunterkommen solle. Olivia verlangte nach Wasser, um ihr Gesicht zu waschen, kämmte sich flüchtig und bat das Mädchen, ihr in das erstbeste saubere Kleid zu helfen. Für etwas anderes blieb keine Zeit. Sie fragte sich, wer die Männer sein mochten und warum solche Eile geboten war, aber sie war in der gegenwärtigen Lage froh über jede Ablenkung. Sicherlich mußte auch Francis Down inzwischen zurückgekehrt sein und würde ihr sagen können, wie er Simon Forman beseitigt hatte.

Sie öffnete die Tür und starrte entgeistert auf das Bild, das sich ihr bot. Ihr Vater saß an seinem gewohnten Platz, sein Gesicht von einer ungesunden Röte überzogen. Marcus saß neben ihm; seine Finger umklammerten die Tischplatte, und in seinem Gesicht lag ein Ausdruck, den sie nie zuvor bei ihm gesehen hatte. Ihnen gegenüber stand der Mann, von dem sie geglaubt hatte, er sei tot, während der, der ihn umbringen sollte, mit einem Verband um den Kopf an der Wand lehnte und in seinen durchnäßten Kleidern zitterte. Dr. James Field, der Pfarrer von Stratford St. Anne, saß mit grimmigem Gesicht da. Sie trat ins Zimmer, und die Tür schloß sich wie von selbst hinter ihr, als John Bradedge wieder seinen Posten bezog. Das Blut wich aus ihrem Gesicht. Simon bot ihr einen Stuhl an, auf den sie sich setzte.

„Nun“, meinte Sir Wolford, der offenbar Mühe hatte zu sprechen, „vielleicht seid Ihr jetzt endlich so gut, eine Erklärung abzugeben.“ Er schaute zu John Bradedge hinüber, der an der Tür lehnte. „Ihr könnt uns kaum länger gefangenhalten. Und wenn Ihr Euch dann vor Gericht für Eure Taten verantworten müßt, wird ganz London davon erfahren, dafür werde ich sorgen.“

Simon blickte ihn mit einem schiefen Lächeln an. „Ich weiß nicht. Nun, um es kurz zusammenzufassen, dieser Mann hier“, er zog Down hoch und packte seine Schulter, „hat Eliza, die Dienerin Eurer Tochter, ermordet, dafür haben wir Beweise. Er wollte auch mich ermorden, aber dazu kommen wir später.

Wie ja gerade Ihr nur zu gut wißt, war ich nicht einverstanden mit den Erklärungen für den Tod des Mädchens. Daher setzte ich meine

Nachforschungen fort, die mich gestern auf Ersuchen Eurer Tochter in das Wirtshaus Die drei Tauben in Brentford führten."

Sir Wolford schlug mit der Faust auf den Tisch. „Erwartet Ihr, daß ich diesen Unsinn glaube, Forman? Ihr gehört nicht ins Gefängnis, Ihr gehört ins Irrenhaus." Er wandte sich an Marcus. „Habt Ihr jemals eine so verrückte Geschichte gehört?" Aber Sir Marcus reagierte nicht wie erwartet, sondern schaute Olivia an, als sei ihm endlich einiges klargeworden.

„Genau das hat Eure Tochter gestern abend in einem separaten Zimmer in den Drei Tauben zu mir auch gesagt", fuhr Simon fort. „Zu dem Zeitpunkt hatte ich kaum hinreichende Beweise. Jetzt habe ich genug, um Euch alle zu vernichten."

„Was habt Ihr dazu zu sagen, Down?" unterbrach ihn Sir Wolford noch einmal.

Der Sekretär hob den Kopf. „Genau wie Ihr, Sir Wolford, halte auch ich diesen Mann für verrückt. Was er erzählt hat, ist ein Lügengespinst. Ich mußte mir das gleiche sagen lassen, als er mich ohne Warnung angegriffen hat."

In diesem Moment erhob sich Sir Marcus. „Bevor wir fortfahren, Sir Wolford, hätte auch ich gern Antworten auf einige Fragen. Vielleicht ist Eure Tochter so freundlich, mir zu erklären, was sie gestern abend mit diesem rührigen Doktor in Brentford gemacht hat. Als ich aus Kent zurückkam, war sie nicht zu Hause, kam erst in den frühen Morgenstunden zurück und behauptete, sie habe nicht schlafen können und sei am frühen Morgen ausgeritten. Hat sich dieser Kerl hier", er sah zu Down hinüber, „mit ihr auf dem Land herumgetrieben?"

Olivia schaute vom einen zum anderen. „Ihr werdet doch wohl nichts von alldem glauben? Dieser Mann", sie zeigte auf Forman, „hat mich seit seinem ersten Besuch in diesem Haus verfolgt – aus Gründen, die ich erst gestern abend verstanden habe. Gestern bin ich in der Tat aufs Land hinausgeritten, da ich frische Luft und Bewegung brauchte, und ich habe in der Tat Master Down zu meinem Schutz mitgenommen. Offenbar hat Dr. Forman mir aufgelauert und ist mir gefolgt, denn als wir Rast machten, um eine Erfrischung zu uns zu nehmen, stürzte er plötzlich in das Zimmer, in dem ich allein saß, und behauptete, er besitze Informationen über Elizas Tod, die er mir unbedingt mitteilen müsse."

„Und wo steckte der treue Master Down währenddessen?" wollte Sir Marcus wissen. „Saß er daneben und machte Notizen?"

„Master Down hat mit anderen Bediensteten gegessen, wie es sich gehört“, erwiderte Olivia. „Ich bat Dr. Forman, rasch zur Sache zu kommen, da es spät wurde und ich zurück nach Hause wollte. Daraufhin stürzte er sich auf mich, zerrte mich zu einem Sofa und versuchte, mir Gewalt anzutun, dabei beteuerte er, er begehre mich schon lange. Ich habe ihm Widerstand geleistet, so gut ich konnte, wäre aber nicht unbeschadet davongekommen, wenn Master Down nicht erschienen wäre, um zu fragen, wann wir uns auf den Heimweg nach London machen würden.“

„Da habt Ihr es!“ brüllte Sir Wolford. „Dafür werdet Ihr hängen, Forman.“

„Natürlich bin ich dankbar, daß Eure Tugend bewahrt wurde, Olivia“, fuhr Sir Marcus fort, „aber das erklärt doch kaum, warum Down hier mit gefesselten Händen und verletztem Kopf steht.“

Olivia zögerte einen Augenblick zu lange, dann erwiderte sie: „Wir glaubten, er habe Dr. Forman vertrieben, aber auf dem Heimweg nach London überfiel er uns an einer einsamen Stelle mit Hilfe dieses Dieners dort.“ Sie zeigte auf John Bradedge.

Field, der bisher schweigend den Wortwechsel verfolgt hatte, mischte sich jetzt ein. „Jetzt ist es aber genug! Sollte es nötig sein, werde ich später ausführlich erklären, wie ich in diese Angelegenheit verwickelt wurde. Einstweilen genügt es zu sagen, daß wir bei Dr. Formans Durchreise durch Stratford St. Anne über den Tod des Mädchens sprachen, da er bei ihrer Beerdigung anwesend war. Als er später der Familie sein Beileid aussprach, erzählte die Mutter des Mädchens ihm, daß ihre Tochter hundert Guineen in Gold heimgebracht habe, und obwohl ihr Mann und sie sie mit Fragen bestürmt hätten, habe sie sich geweigert zu verraten, woher sie sie hatte. Sie sagte nur, es sei nicht gestohlen. Später vertraute sich Mistreß Pargeter mir an und zeigte mir das Geld. Zusammen mit den Auskünften über den Tod durch Ertrinken, die ich von Dr. Forman erbeten hatte, gab mir dies Anlaß zu großer Besorgnis. Ein Mann in meiner Stellung kennt die menschlichen Schwächen nur zu gut, und ich dachte, daß das Mädchen diese große Summe womöglich erhalten habe, damit sie über eine Sache Stillschweigen bewahre, die zu einem öffentlichen Skandal für ihre Herrin führen konnte.“

„Ich war zu derselben Schlußfolgerung gelangt“, ergänzte Simon. „Als Lady Tuckett mich aufsuchte – oh, ich versichere Euch, daß sie das getan hat", fügte er hinzu, als Sir Wolford den Kopf schüttelte –, „da fiel mir eine vage Ähnlichkeit zwischen ihr und ihrer Dienerin auf. Den wahren Zusammenhang begriff ich allerdings erst, als ich mit ihr darüber sprach – und zwar in einem Nebenzimmer des Gasthofs Die drei Tauben, in das sie mich bestellt hatte. Ich habe nie versucht, sie zu vergewaltigen, und denke, die Knechte werden sich daran erinnern, daß ich bewußtlos von Down und seinem Kutscher in eine Kutsche geschleppt wurde."

„Aber warum sollte mein Sekretär getan haben, was Ihr behauptet?" fragte Sir Wolford.

„Weil Eure Tochter, wie sie mir gesagt hat, ihre Dienerin beseitigen mußte, denn nachdem sie Eliza einmal für ihr Schweigen bezahlt hatte, wurde diese gierig und verlangte mehr. Lady Tuckett bat Down, sich für sie darum zu kümmern. Sie hat mir mit Tränen in den Augen versichert, daß sie nie den Tod des Mädchens gewollt habe, aber daß er nicht auf sie gehört habe."

In diesem Moment verlor Francis Down die Beherrschung. „Das ist also Euer Spiel, Lady! Ich soll den Wölfen vorgeworfen werden, damit Ihr unbehelligt bleibt! Habt Ihr Forman auch gesagt, wie Ihr gefleht habt, ich solle erst das Mädchen aus dem Weg schaffen, dann ihn selbst? Wie Ihr einen Schurken angeheuert habt, der ihn daran hindern sollte, bei der Untersuchung auszusagen? Ihr seid genauso schuldig, als wärt Ihr stets an meiner Seite gewesen. Und wollt Ihr wissen, warum Eliza Pargeter zum Schweigen gebracht werden mußte?" fragte er Sir Marcus ganz direkt.

„Nein!" rief Olivia und sprang auf. „Nein!" Sie schaute mit wildem Blick in die Runde. „Was auch immer er sagt, glaubt ihm kein Wort!"

Down sah Sir Marcus voll Verachtung an. „Sie hat das Mädchen dafür bezahlt, daß es in der Hochzeitsnacht ihren Platz einnahm, weil sie wußte, daß ihr Mann merken würde, daß sie keine Jungfrau mehr war. Ihr wurdet getäuscht, Sir Marcus, betäubt mit Wein, der mit Mohnsirup vermischt war. Ihr hattet in jener Nacht die Dienerin, nicht die Herrin im Bett."

Sir Marcus ging auf Down zu, packte ihn am Wams und schüttelte ihn. „Ich habe lange einen Verdacht gegen Euch und Eure hinterhältige Art gehegt. Warum wart Ihr bereit, all das zu tun? Und welche anderen Dienste habt Ihr meiner Frau erwiesen?"

„Wie könnt Ihr dulden, daß er mich beleidigt?" rief Olivia. „Ein

Mann, der in Euren Diensten steht. Schaut ihn an! Ich weiß nicht, was er getan hat, wo er war, warum er mich dieser schrecklichen Dinge beschuldigt." Sie machte einen Schritt auf ihren Vater zu, aber Marcus hatte Down losgelassen und packte sie statt dessen.

„Was ist wirklich gestern abend in Brentford passiert, Olivia? Bist du die Geliebte Formans?"

Als Down das hörte, lachte er laut. „Er ist nicht ihr Liebhaber! Ich, der Bedienstete, bin mit Eurer Frau ins Bett gegangen, lange bevor sie sich mit Euch verlobt hat – und auch danach. Und da ist noch etwas, was Ihr wissen solltet." Er lachte wieder. „Habt Ihr gehört, daß die Dienerin schwanger war? Es war Euer Kind!"

Sir Marcus stürzte sich auf Down, packte ihn an der Kehle und hätte ihn erwürgt, hätten Simon und Field ihn nicht mit vereinten Kräften daran gehindert. „Laßt ihn!" befahl der Pfarrer, während Down nach Atem rang. „Er wird in dieser und in der kommenden Welt gerichtet werden. Überlaßt ihn dem Allmächtigen und dem Gesetz."

Sir Wolford gab einen erstickten Laut von sich, sank dann in sich zusammen und atmete schwer, aber Sir Marcus beachtete ihn nicht, sondern wandte sich wieder Olivia zu. „Ist das wahr? Sag mir, Hure, ist das wahr? Keine Angst", meinte er, als sie zurückwich, „ich werde mein gutes Schwert nicht mit deinem Blut besudeln."

Olivia sah zu ihm auf. „Mein Vater hat mich an dich verkauft, Marcus, ich hatte bei der Angelegenheit wenig zu sagen. Es war ein Handel: sein Reichtum für deinen Titel. Ja, ich hatte Liebhaber. Einen Schauspieler, den ich wirklich geliebt habe. Und Francis Down, weil ich mich langweilte, nach Vergnügen sehnte und er verfügbar war."

Sir Marcus starrte sie entsetzt an. „Du hast mein Kind getötet", sagte er. „Nicht nur das Mädchen, sondern auch mein Kind. Du bist schlimmer als eine Hure in Bankside."

„Bist du etwa besser?" entgegnete sie. „Du bist ein Trunkenbold, der seine Zeit in Spielhäusern und Bordellen verbringt. Jedesmal, wenn ich mit dir im Bett war, hatte ich entsetzliche Angst, mir die Syphilis zu holen."

Die beiden schienen vergessen zu haben, daß sie nicht allein waren. Marcus packte Olivias Hand und zerrte sie um den Tisch herum zu ihrem Vater. „Da, nehmt sie zurück. Ich will keine benutzte Ware."

Sir Wolford versuchte aufzustehen, sein Atem ging rasselnd, und sein Gesicht verfärbte sich dunkelrot. Er versuchte zu sprechen, brachte aber nur unverständliche Laute hervor. Dann sackte er nach vorn auf den Tisch. Simon eilte sofort zu ihm und schob ihn zurück auf seinen Stuhl. „Ruft Eure Diener!“ wies er Olivia und ihren Mann an. „Er muß zu Bett gebracht werden. Ich werde für ihn tun, was ich kann, aber er ist todkrank.“

„Das geht mich nichts mehr an“, erwiderte Sir Marcus. „Ich werde sofort nach Kent aufbrechen. Sobald mein Vater beerdigt ist, werde ich unsere Ehe annullieren lassen, Olivia. Ich will dich niemals wiedersehen oder irgend etwas von dir hören.“

„Aber was soll aus mir werden?“ fragte sie verzweifelt.

„Was kümmert mich das? Wenn du dir Mühe gibst, wirst du schon einen anderen finden. Das heißt, wenn du nicht mit deinem Liebhaber auf dem Schafott landest.“ Er ging zur Tür, die John Bradedge für ihn öffnete, und verließ das Haus.

Simon rief nach den Dienern, und als erste kam Hannah herein. Sie schrie bestürzt auf, als sie ihren Herrn reglos im Stuhl liegen sah. „Bittet zwei Diener, ein Weidengitter aus dem Hof zu holen“, wies Simon sie an, „damit wir ihn darauf legen und in sein Zimmer tragen können.“

Während Hannah seine Anweisung ausführte, bat er John, Down hinauszubringen und einen sicheren Ort ausfindig zu machen, wo er mit ihm warten konnte, bis der Konstabler kam. „Es wird wohl besser sein, dem Pförtner die Fesseln abzunehmen, obwohl ich dich um diese Aufgabe nicht beneide. Ich kann nur hoffen, daß mein Pferd irgendwo hier ist, denn ich kann mir kein anderes leisten“, fügte Simon seufzend hinzu. Das Gitter wurde gebracht, Sir Wolford darauf gelegt und die Treppe hinaufgetragen. Simon und Olivia bildeten die Nachhut der Prozession.

„Euch ist klar, daß die Behörden über all das informiert werden müssen?“ fragte er. „Ich habe die Wahrheit gesagt, als ich behauptet habe, daß wir bereits Anklage gegen Down erhoben haben. Er wird sich ganz sicher vor Gericht verantworten müssen. Ob er Euch mit hineinzieht oder nicht, ist eine andere Frage. Aber jetzt muß ich sehen, was ich für Euren Vater tun kann.“

„Wird er überleben?“ fragte sie.

„Das liegt in den Händen des Allmächtigen, aber ich bezweifle es.“ James Field stand bereits unten am Fuß der Treppe, und Simon rief ihm zu: „Ihr solltet auch zu ihm kommen, Sir. Er wird einen Mann der Kirche brauchen, wenn er seinen Frieden mit dieser Welt machen will.“

Olivia blickte den Pfarrer mit einem schiefen Lächeln an. „Das Glück scheint Euch hold zu sein, Pfarrer. Wenn mein Vater stirbt, wird kein Erbe dasein, der Euch Euer Gut streitig macht.“ Vor der Tür zum Schlafzimmer ihres Vaters blieb sie stehen und legte die Hand auf Simons Arm. „Offenbar habt Ihr die meisten Trümpfe in diesem Spiel, Dr. Forman“, sagte sie, „aber glaubt nicht, daß Ihr alle habt.“

Epilog

Tot?“ dröhnte Simon. „Hast du gesagt, er ist *tot*? Wie ist das möglich?“

John Bradedge zuckte die Achseln. „Das hat mir der Wärter im Gefängnis gesagt. Er meinte, Down habe nachts schreckliche Magenkrämpfe bekommen und sei noch vor Morgengrauen gestorben. Und das, wo morgen seine Verhandlung stattfinden sollte.“

Der Juni war vergangen, der Juli hatte begonnen, das Wetter war noch immer unbeständig, aber es gab schöne Sonnentage wie diesen. Nachdem Simon seine Aufzeichnungen vervollständigt hatte, war er in seinen Kräutergarten gegangen. Er empfand die Arbeit darin als entspannend und beruhigend. Sie erforderte auch Sachkenntnis und nicht nur in der Gartenarbeit, denn die Wirksamkeit vieler Kräuter hing davon ab, daß sie in der richtigen Mondphase gepflanzt wurden oder daß ihr Planet im Aszendenten stand.

Seine Zukunft war noch immer ungewiß. Dr. Field hatte versprochen, alles in seiner Macht Stehende zu tun, damit das Königliche Ärztekolleg Simon die Zulassung zurückgab, und auf sein Wort war Verlaß gewesen: Er war auch nach London zurückgekommen, um mit dem Präsidenten persönlich zu sprechen. Man hatte wohl keine Eile, zu einer Entscheidung zu gelangen, und in der Zwischenzeit hatte Simon ganz diskret einige seiner Patienten in der Innenstadt besucht, ohne deshalb behelligt worden zu sein.

Fields Aufgabe wurde dadurch erleichtert, daß Sir Wolford, wie Simon erwartet hatte, den Folgen seines Schlaganfalls erlag, nachdem er eine Woche lang bewußtlos gewesen war. Die Beerdigung hatte in aller

Stille stattgefunden. Von Olivia hatte er nichts gehört, weshalb er annahm, Francis Down habe seine Absicht geändert und ihre Mitschuld nicht erwähnt oder man habe ihm, als er sie erwähnt hatte, nicht geglaubt. Sir Wolford mochte tot sein, und die Tucketts mochten getrennt leben, aber weder ihnen noch Sir Wolfords Geschäftsfreunden war an einem offenen Skandal gelegen. Down war ein willkommener Sündenbock, und Simon hatte keinen Zweifel daran, daß man alle Hebel in Bewegung gesetzt hatte, damit es dabei blieb.

Aber wenn es stimmte, was John Bradedge behauptete, würde es keine Untersuchung geben, und Down war doch noch dem Galgen entkommen. Simon ging ins Haus zurück und wusch sich die Erde von den Händen. Somit würde die Wahrheit nicht ans Licht kommen, und Sir Thomas Monkton brauchte sein Urteil nicht zu revidieren. Simon griff nach seinem Wams und seinem Hut. „Ich werde vor der Mittagszeit zurück sein“, teilte er den Bradedges mit. „Ich gehe zu Sir Wolfords Haus und dann zum Newgate-Gefängnis.“

Simon wanderte durch das geschäftige Bankside-Viertel zur London Bridge. Als er die Brücke überquerte, dachte er an Olivia und daran, was sie nach dem Zusammenbruch ihres Vaters zu ihm gesagt hatte. Tapfere Worte – oder hatte sie wirklich noch einen Trumpf im Ärmel, den sie ausspielen konnte? Seine Gedanken kehrten zu dem Abend in den Drei Tauben zurück, und er stellte sich vor, was hätte geschehen können, wenn er nicht betäubt gewesen wäre. Eine Nacht mit Olivia wäre bestimmt unvergeßlich gewesen. Seine Hoffnungen richteten sich jetzt allerdings auf eine andere Frau, denn in den letzten Tagen war ihm zweimal die bezaubernde Avisa Allen begegnet, als sie ihren Onkel besuchen wollte. Beim letzten Mal war ihr eine entzückende Röte in die Wangen gestiegen, und sie hatte ihm gesagt, daß sie ihn demnächst aufsuchen wolle, um mit ihm über ein geringfügiges gesundheitliches Anliegen zu sprechen. Darauf freute er sich.

Obwohl seit Sir Wolfords Tod erst wenige Wochen vergangen waren, wirkte sein Haus ein wenig vernachlässigt. Vom Pförtner war nichts zu sehen, und als Simon läutete, öffnete Hannah ihm. Er fragte, ob Olivia zu sprechen sei.

Hannah erklärte ihm, daß Lady Tuckett nicht zu Hause sei, sie könne aber Lady Barnes fragen, ob sie ihn empfangen wolle. „Die arme Frau, sie ist von all diesen Schicksalsschlägen ganz mitgenommen“, seufzte sie. Sie führte ihn ins Haus und bat ihn, in der Halle zu warten, während sie die Herrin fragte, ob sie sich kräftig genug fühle, einen Besucher zu empfangen. Sie kam nach wenigen Minuten zurück und bat Simon in ein kleines Wohnzimmer. Lady Barnes, eine verblaßte Kopie ihres Porträts, ruhte auf einem kleinen Sofa, die Beine unter einer Decke. Sie wies auf einen Stuhl.

„Ich hoffe, es wird nicht lange dauern, Dr. Forman. Ihr seht, daß ich schwach und alles andere als gesund bin."

Simon versicherte ihr, daß er ihre Zeit nicht allzu sehr in Anspruch nehmen werde, und fügte hinzu, daß er eigentlich gekommen sei, um mit ihrer Tochter zu sprechen. Es war offenkundig, daß Lady Barnes nur wenig Ahnung davon hatte, was vorgefallen war und welche Rolle er dabei gespielt hatte. Ihr waren nur die schlimmen Folgen bewußt: daß sie das Gut in Essex verlassen mußte, wo sie glücklich gewesen war, und daß Marcus, der neue Lord Tuckett, nicht mehr gewillt war, Olivia als seine Ehefrau zu akzeptieren.

„Warum wir so vom Unglück heimgesucht werden, weiß ich nicht", klagte sie und kam dann auf Olivia zu sprechen: „Meine Tochter ist gestern abend nach Paris abgereist. Mein verstorbener Gatte hat dort einen Geschäftsfreund, dessen Familie sie besucht. Sie wird wohl einige Monate dort bleiben." Bis das Urteil über Down gefällt war, dachte Simon gequält. Aber sie hätte sich keine Sorgen machen müssen, denn der Mann war tot. Er überlegte, ob Olivia diese Flucht nach Frankreich erwogen hatte, als sie meinte, das Spiel sei noch nicht zu Ende. Ganz offenbar war es müßig, Lady Barnes weiter zu befragen; also verabschiedete er sich und machte sich auf den Weg nach Newgate.

Am Gefängnis angekommen, ging Simon zur Hintertür, spähte durch das Gitterfenster und fragte den diensthabenden Wärter, ob der Kerkermeister zu sprechen sei. Auf seine Frage erntete er nur einen gleichgültigen Blick, doch als Geld von einer Hand zur anderen wanderte, wurde die Tür geöffnet, und der Mann schlurfte einen naßkalten Flur entlang. Der Gestank, der aus den überfüllten Zellen nach oben drang, war so unerträglich, daß sich Simon ein Taschentuch vor die Nase hielt.

Der Kerkermeister befand sich in seinem Dienstzimmer. Er kannte Simon vom Sehen, denn er hatte gelegentlich nach ihm geschickt, damit er einen kranken Gefangenen behandelte, der genug Geld besaß, um einen Arzt bezahlen zu können. Die meisten Ärzte weigerten sich, ihren Fuß in ein Gefängnis zu setzen.

Der Kerkermeister deutete auf einen Stapel Papiere vor sich auf dem Tisch. „Futter für Tyburn“, sagte er. „Die, die morgen am Galgen hängen werden. Nun, Doktor, was wollt Ihr?“

„Es geht um einen der Häftlinge, dem ebendieses Los blühte. Er sollte morgen vor Gericht stehen, aber wie ich höre, hat er Euch ein Schnippchen geschlagen.“

Der Oberaufseher runzelte die Stirn. „Wer soll das sein?“

„Ein Mann namens Francis Down. Er war der Sekretär des verstorbenen Sir Wolford Barnes, eines Handelsherrn. Ich habe gehört, daß er tot ist.“

„Und warum interessiert Ihr Euch für ihn?“

Simon erklärte ihm, daß der Mann dank seiner Bemühungen vor Gericht gebracht worden war. „Auch kommt sein Tod so unerwartet, denn als ich ihn zuletzt sah, war er bei guter Gesundheit, abgesehen von einer Wunde am Kopf. Und ich habe nichts darüber gehört, daß Euer Gefängnis zur Zeit vom Kerkerfieber oder von der Ruhr heimgesucht wird.“

Der Mann pflichtete ihm bei und meinte, Down sei begünstigt gewesen, da er sich eine eigene Zelle habe leisten können. Er habe sich sogar eine Matratze leihen, Kerzen kaufen und Essen besorgen lassen können. „So kann niemand behaupten, daß er an dem gestorben ist, was er hier zu essen bekommen hat“, schloß er.

„Hatte er Besuch?“

„Warum fragt Ihr?“ erwiderte der Kerkermeister mit unstetem Blick.

„Ja oder nein?“ fragte Simon.

„Irgendeine Frau kam gestern“, gab er schließlich zu. „Sie gab mir eine Guinee, um mit dem Gefangenen zu sprechen. Sah nichts Schlechtes daran.“

„Wie sah sie aus?“

„Schwer zu sagen. Sie trug einen weiten Mantel mit einer Kapuze, die ihr Gesicht fast völlig verbarg. Drückte sich aber sehr gewählt aus. Wohl von adliger Herkunft. Ich hielt sie für seine Dirne. Viele von denen mögen es etwas derber, wenn es um Liebe geht.“

Simon blieb hartnäckig. „Hat sie irgend etwas mitgebracht?“

„Sie brachte zu essen und zu trinken. In einem Korb. Zeigte mir eine Pastete, ein paar Apfelsinen und zwei Flaschen Wein. Sonst hatte sie nichts. Ich habe nachgesehen.“

Simon hätte es wissen sollen. Das mußte es sein, natürlich. So hatte

Olivia schließlich ihren Trumpf doch noch ausgespielt. Er fragte sich, wie die letzte Begegnung zwischen den beiden verlaufen war, als sie Down das schmackhafte Essen gebracht hatte, wie es ihr gelungen war, das Gift zu beschaffen, das sie in den Wein gemischt haben mußte, und was sie verwendet hatte. Mönchskraut? Das wirkte nicht schnell genug. Tollkirsche? Die Symptome stimmten nicht. Vielleicht eines der mineralischen Gifte? Jetzt würde er es nie erfahren.

„War es das?" brummte der Kerkermeister.

Simon sagte, ja, das sei alles, er werde ihn nicht länger von seiner Arbeit abhalten. Der Mann zuckte die Achseln. „Wollt Ihr nicht wissen, wer sie war?"

Simon schaute ihn erstaunt an. Olivia war sicherlich nicht so dreist gewesen, ihren eigenen Namen anzugeben. Der Kerkermeister griff in ein Regal und zog ein großes, abgegriffenes Buch heraus. Er schlug es auf und blätterte bis zur Liste der vergangenen Tage, die er mit seinem schmutzigen Finger entlangfuhr. Dann schob er es Simon hinüber, damit er die Unterschrift sehen konnte.

In einer klaren, kühnen Handschrift stand da: *Eliza Pargeter*.

Foto: Headline Book Publishing

Shakespeares Theater als Inspiration

Judith Cook, 1933 in Manchester geboren, hat sich als Autorin auf historisch-literarische Themen spezialisiert. Sie liebt es, die Lebensumstände historischer Persönlichkeiten zu erforschen und sie dann als Romanfiguren zum Leben zu erwecken. Die Sympathien der Literaturdozentin an der Universität Exeter gelten dabei insbesondere Außenseitern, die sich auch durch Anfeindungen und widrige Lebensumstände nicht unterkriegen lassen. So hat Judith Cook in ihrem Roman *Das trotzige Leben der Mary Bryant* einer Räuberin aus dem 18. Jahrhundert ein Denkmal gesetzt, und in *Tod einer Zofe* erinnert sie an den klugen Londoner Arzt Simon Forman. „Wenngleich meine Darstellung von dichterischer Freiheit geprägt ist, steht doch fest, daß dieser Arzt tatsächlich ein vitaler, gescheiter Mann voller Energie war, immer bestrebt, den Dingen auf den Grund zu gehen", schreibt die Autorin. Der Umstand, daß Simon Forman ein genaues Patientenbuch führte, erwies sich als reiche Quelle für Judith Cooks Recherchen. Es belegt, daß Forman zu Ausgang des 16. Jahrhunderts über einen Patientenstamm verfügte, der in einzigartiger Weise das gesamte gesellschaftliche Spektrum abdeckte: von Gastwirten, Schauspielern, Schriftstellern und Huren bis zu Adligen und der Gesellschaft am Hof. „Besonders Schauspieler suchten Simon Forman gerne auf", erzählt die Autorin weiter. „Er liebte das Theater und hinterließ uns die ersten Berichte über Aufführungen von Shakespeare-Stücken."

Und Theaterstücke – von Shakespeare sowie von Middleton und Rowley – mit ihren Rollentauschmotiven waren es schließlich auch, die Judith Cook zu ihrem raffinierten Wechselspiel in *Tod einer Zofe* inspirierten.

IM
NICHOLAS EVANS
KREIS
DES
WOLFS

Hundert Jahre sind vergangen,
seit im Tal von Hope Wölfe gejagt und
schließlich ausgerottet wurden.
Mittlerweile haben sich die Zeiten geändert:
Das Rudel, das überraschenderweise
über die Berge gekommen ist, steht unter dem
Schutz eines staatlichen Programms.
Doch wenn es um die Sicherheit
ihrer Herden geht, folgen die Viehzüchter
von Hope eigenen Gesetzen.

SOMMER KAPITEL EINS

Manche glauben, daß der Geruch des Todes jahrelang an einem Ort haften kann. Er sickere in den Boden, sagen sie, und werde langsam durch die Wurzeln aufgesogen, bis irgendwann alles, was dort wachse, Zeugnis davon trage.

Vielleicht nahm der Wolf das wahr, als er an jenem späten Nachmittag lautlos die bewaldeten Hänge hinabtrottete. Und vielleicht hätte dieser Hauch einer Ahnung in seiner Nase, daß hier vor fast hundert Jahren so viele seiner Art getötet worden waren, ihn umkehren lassen sollen. Doch er lief weiter talwärts.

Am Abend zuvor war er aufgebrochen und hatte die anderen im Hochland zurückgelassen, wo selbst jetzt, im Juli, noch Schneeflecken in schattigen Rinnen lagen. Er war dem Verlauf eines jener gewundenen Felscanyons gefolgt, die das Schmelzwasser wie Trichter hinab in die Täler und Ebenen lenkten.

Als die Sonne aufgegangen war, hatte er angehalten, um zu trinken. Danach hatte er einen schattigen Winkel im Geröll gefunden und die Hitze des Tages verschlafen.

Der Wolf war ein vier Jahre alter Rüde, das Leittier seines Rudels, und sein Fell fast völlig schwarz. Auf seinem Weg hinab ins Tal blieb er hin und wieder stehen, senkte den Kopf, um an einem Busch oder Grasbüschel zu schnuppern, hob dann das Bein und setzte eine Markierung, um damit seinen Anspruch auf dieses lange verlorene Revier zum Ausdruck zu bringen. Manchmal hielt er die Nase in den Wind, und seine Augen wurden zu schmalen gelben Schlitzen, während er die Duftnoten las, die heraufwehten: die Gerüche von Vieh und Hunden, der beißende Gestank von Maschinen. Und obwohl er instinktiv um die Gefahr dieser Dinge wußte, lief er immer tiefer hinab.

Das Tal war einst von einem Gletscher geformt worden. Langsam breiter werdend, verlief es in östlicher Richtung über etwa 15 Kilometer

Länge bis zur Stadt Hope. Seine steilen Hänge waren dicht mit Kiefern bestanden und streckten sich der sonnengebleichten, sich vom Ostrand der Stadt bis zum Horizont ausdehnenden Prärie entgegen.

All dies konnte der Wolf überblicken, als er auf einem Kalkfelsen stand, der wie der Bug eines versteinerten Schiffes aus dem Wald herausragte. Unter ihm fiel das Gelände steil bis dorthin ab, wo Berg und Wald widerwillig dem Weideland wichen. Vereinzelt grasten dort unten schwarze Kühe und Kälber, und am Fuß der Weide standen ein schindelbedecktes, rotgestrichenes Ranchhaus und ein paar Scheunen.

An der Südseite des Hauses erstreckte sich eine Veranda, die nun, da die Sonne hinter den Bergen versank, in goldenes Abendlicht getaucht war. Die Fenster entlang der Veranda standen weit offen, und dünne Baumwollvorhänge bewegten sich sacht in der Abendluft.

Aus dem Innern drang das Plärren eines Radios, und vielleicht war das auch der Grund, warum der, der sich im Haus befand, das Weinen des Babys überhörte. Der Kinderwagen auf der Veranda schaukelte ein wenig. Rosige Arme streckten sich über den Rand und schienen um Aufmerksamkeit zu heischen. Doch dann ließ sich das Baby vom Spiel des Sonnenlichts auf seinen Händen ablenken und begann vor sich hin zu brabbeln.

Nur der Wolf hörte das Baby.

KATHY und Clyde Hicks wohnten jetzt seit fast zwei Jahren in dem roten Haus; sie waren hergezogen, gleich nachdem sie geheiratet hatten. Wenn Kathy ehrlich zu sich war, haßte sie es, hier draußen zu wohnen. Die Sommer waren ja in Ordnung, doch selbst dann hatte man das Gefühl, zu weit von der Zivilisation entfernt zu sein. An die Winter wagte sie erst gar nicht zu denken.

Sie hatte gehofft, daß sich ihre Einstellung durch das Baby ändern würde, und in gewisser Weise war das auch geschehen. Wenigstens war sie jetzt nicht mehr allein, wenn Clyde auf dem Feld arbeitete.

Kathy war 23, und manchmal wünschte sie sich, sie hätte mit dem Heiraten noch etwas gewartet, statt sich gleich nach dem College in die Ehe zu stürzen. Sie besaß einen Abschluß in Agrarwirtschaft von der Montana State University, doch bislang nützte ihr das nur dafür, drei Tage in der Woche den Papierkram ihres Vaters zu erledigen.

Das Haus ihrer Eltern war für Kathy immer noch ihr Zuhause. Es lag nur einige Kilometer die Straße hinunter, und sooft sie mit dem Auto hierher zurückfuhr, überkam sie so etwas wie ein dumpfes Bedauern. Doch sie verdrängte derlei rasch wieder, indem sie mit dem Baby hinten auf dem Rücksitz plapperte oder das Radio einschaltete und laut mitsang.

Auch jetzt hatte sie ihren Lieblingssender eingestellt, und als sie am Spülbecken stand, Mais schälte und zu den Hunden hinausschaute, die vor der Scheune in der Sonne dösten, fühlte sie sich schon wieder besser.

Denn eigentlich sollte sie dankbar für das sein, was sie hatte: einen prächtigen Mann, ein hübsches, gesundes Baby und dieses Haus, das ihnen gehörte. Außerdem war sie groß und hatte wunderschönes Haar. Zwar hatte sie nach der Geburt noch nicht ganz ihre alte Figur wiedergewonnen, aber sie wußte trotzdem, daß sie gut aussah. Und sie war – nicht zu vergessen – Buck Calders Tochter; etwas Besseres konnte einem in dieser Gegend nicht vergönnt sein. Die Ranch ihres Vaters war eine der größten auf dieser Seite von Helena.

Kathy schaute auf die Uhr; es ging auf sechs zu. Clyde war mit ihrem Dad auf einer der Weiden, um nach einem Bewässerungsgraben zu sehen, und gegen sieben wollten die beiden mit ihrer Mutter zum Essen kommen. Kathy setzte gerade die Maiskolben auf, als das Telefon klingelte.

Es war ihre Mutter. „Luke hat gesagt, daß er mitkommen möchte, falls ihr nichts dagegen habt."

„Natürlich haben wir nichts dagegen."

Kathys Bruder war gerade 18 geworden. Er kam wunderbar mit dem Baby zurecht, aber mit Clyde hatte er Probleme. Als Kinder hatten sich auch Kathy und Luke nie besonders nahegestanden. Aber eigentlich stand ihr Bruder niemandem besonders nahe, ihre Mutter natürlich ausgenommen. Sie war allerdings auch die einzige, die mit seinem Gestotter umzugehen wußte. Seit er vor einigen Monaten seinen Abschluß an der High-School gemacht hatte, war Kathy ihm kaum begegnet. Mit seinem Pferd trieb er sich ständig in der Wildnis herum.

Kurz nachdem Kathy aufgelegt hatte, begannen die Hunde zu bellen. Sie schaute aus dem Fenster. Maddie, die alte Colliehündin, hatte den Schwanz eingezogen und schlich an der Scheune entlang, während Prince, der gelbe Labrador, mit gesträubten Nackenhaaren hin und her lief. Sein Blick war auf die Wiese hinter dem Haus gerichtet, und sein Bellen wurde von seltsamen leisen Jammerlauten unterbrochen.

Kathy runzelte die Stirn und drehte die Flamme kleiner. Sie sah lieber nach, was die Tiere so aufregte. Als sie auf den Hof trat, war von Maddie nichts mehr zu sehen, aber Prince lief auf sie zu. Doch dann schien er seine Meinung zu ändern, denn plötzlich stürmte er mit lautem Bellen um das Haus herum.

In diesem Moment fiel es Kathy wie Schuppen von den Augen. Das Baby! Irgend etwas war auf der Veranda und holte sich das Baby! Sie begann zu rennen. Bestimmt war es ein Bär! Oder ein Berglöwe!

Als sie um die Hausecke bog, sah sie unmittelbar vor der Veranda etwas, was sie zuerst für einen großen schwarzen Hund hielt.

„Verschwinde von hier! Weg da!"

Das Tier sah sie an. Kathy fühlte den Blick seiner funkelnden gelben Augen auf sich ruhen und wußte im selben Moment, daß dies kein Hund war.

Prince kam vor dem Wolf zu stehen und duckte sich mit gespreizten Vorderpfoten, so daß sich sein Brustkorb nur wenige Zentimeter über dem Boden befand. Er fletschte die Zähne, knurrte und bellte tapfer und doch zugleich so furchtsam, daß es aussah, als wollte er sich jeden Augenblick auf den Rücken rollen und sich unterwerfen. Obwohl der Wolf reglos dastand, schien er sich gleichzeitig größer zu machen, bis er den Hund überragte. Seine Rute stand buschig und steil in die Höhe. Langsam zog er die Lefzen zurück, knurrte und zeigte seine langen weißen Fangzähne.

In einem einzigen Satz schoß er plötzlich vorwärts. Seine Kiefer packten den Labrador bei der Kehle, rissen ihn hoch und schleuderten ihn durch die Luft, als wäre er ein Kaninchen. Prince jaulte auf, und Kathy stellte sich plötzlich voller Angst vor, daß der Wolf ihr Baby bereits ebenso zugerichtet hatte. Sie stieß einen Schrei aus und sprang auf die Veranda.

O Gott, bitte, laß es nicht tot sein! Bitte, laß es nicht tot sein! Bei dem Gedanken an das, was sie im Kinderwagen vorfinden mochte, schluchzte sie.

Sie wagte kaum hineinzusehen. Als sie sich schließlich dazu zwang, sah sie, wie ihr kleiner Junge sie anblickte und sich sein Gesicht zu einem zahnlosen Lächeln verzog. Sie griff nach dem Baby und riß es so heftig an sich, daß es zu weinen begann. Dann drehte sie sich um, den Rücken an die Wand gepreßt.

Mit gesenktem Kopf stand der Wolf über dem Labrador. Kathy sah auf den ersten Blick, daß Prince tot war. Seine Kehle war aufgerissen, und der Bauch klaffte wie bei einem ausgenommenen Fisch weit auseinander. „Verschwinde von hier! Hau ab! Los!“ schrie sie abermals.

Suchend blickte sie sich nach etwas um, womit sie nach dem Wolf werfen konnte, aber er rannte bereits davon. Augenblicke später duckte er sich unter dem Zaun hindurch und rannte an den Kühen auf der Weide vorbei. Dann verschwand er im Schatten des Waldes.

DIE BÜROS der US-Naturschutzbehörde, die für die Wiederansiedlung von Wölfen verantwortlich war, lagen im zweiten Stock eines schlichten roten Ziegelgebäudes in einem ruhigen Viertel von Helena. Kein Hinweisschild machte auf sie aufmerksam. Manche Leute in der Gegend hatten etwas gegen staatliche Dienststellen, vor allem gegen jene, deren Aufgabe es war, das gräßlichste Raubtier zu schützen, das Gott je geschaffen hatte. Dan Prior und sein Team wußten aus Erfahrung, daß man sich besser im Hintergrund hielt, wenn es um Wölfe ging.

Im vorderen Büro stand ein Glasschrank, aus dem ihnen ein ausgestopfter Wolf mit mehr oder minder gütigem Blick bei ihrer Arbeit zuschaute. Alle nannten ihn Fred.

Dan hatte es sich angewöhnt, mit ihm zu reden, besonders in den langen Nächten, wenn die anderen bereits nach Hause gegangen waren und er allein versuchen mußte, wieder einmal eines der politischen Probleme zu lösen, in die er durch Freds lebendigere Geschwister hineingeraten war.

An diesem Abend jedoch würde es keine solchen Zwiegespräche geben. Zum erstenmal seit Urzeiten wollte Dan früh Schluß machen; er hatte eine Verabredung. Als er aus seinem Büro kam, riefen seine Kollegen im Chor: „Viel Spaß heute abend, Dan!“

„Ihr seid alle gefeuert.“ Er befahl Fred, sich das Grinsen zu verkneifen, und griff gerade nach der Türklinke, als das Telefon läutete.

„Bin schon weg!“ rief er seiner Assistentin Donna zu und verschwand. Er drückte den Fahrstuhlknopf und wartete.

„Dan!“ Donna kam ihm über den Flur nachgerannt. „Tut mir leid, aber ich glaube, das sollten Sie sich lieber anhören. Ein Farmer namens Clyde Hicks aus Hope war am Apparat. Ein Wolf hat gerade versucht, seinen kleinen Jungen zu töten.“

ZWANZIG Minuten später befand sich Dan auf dem Weg nach Hope, wo er sich mit Bill Rimmer treffen wollte, dem für die Raubtierüberwachung zuständigen Vertreter der Kontrollbehörde für Wildschäden, um eine Kadaveruntersuchung an dem getöteten Hund vorzunehmen.

Die Fahrt von Helena nach Hope dauerte etwa eine Stunde. Als er von der Fernstraße abbog und nach Westen in Richtung der Berge fuhr, die sich dunkel vor dem Abendhimmel abzeichneten, fragte sich Dan, warum alle, die sich mit Wölfen beschäftigten, irgendwann darunter zu leiden hatten. Im Lauf der Jahre hatte er viele Biologen kennengelernt, die sich auf andere Tiere spezialisiert hatten, und sie schienen im allgemeinen recht gut in der Lage zu sein, sich wie der Rest der Menschheit durchs Leben zu schlagen. Wolfexperten hingegen glichen wandelnden Katastrophen. Ob Scheidung, Nervenzusammenbruch oder Selbstmord – in jeder Kategorie waren sie Spitzenreiter.

Gemessen daran brauchte sich Dan allerdings gar nicht zu schämen. Seine Ehe hatte fast 16 Jahre gehalten. Und auch wenn Mary, seine Exfrau, kein Wort mehr mit ihm reden wollte, so bewunderte ihre gemeinsame vierzehnjährige Tochter Ginny ihren Dad doch, und diese Bewunderung basierte auf Gegenseitigkeit. Aber von Ginny einmal abgesehen – was hatte er mit 41, nach all den Jahren, die er dem Wohlergehen der Wölfe geopfert hatte, schon vorzuweisen?

Um seine eigenen Fragen nicht beantworten zu müssen, stellte er das Radio an. Die letzten Meldungen der Lokalnachrichten trugen jedoch nicht dazu bei, seine Laune zu verbessern.

Man berichtete über den „Angriff" eines Wolfs auf eine Ranch in der Nähe von Hope. Der Enkel eines der angesehensten Männer dieser Gegend, so hieß es, sei dem sicheren Tod nur entgangen, weil der Haushund, ein Labrador, sein Leben für ihn eingesetzt habe.

Dan stöhnte auf. Die Medien wußten schon Bescheid, das hatte ihm gerade noch gefehlt.

Bis vor einigen Jahren hatte es in dieser Gegend nur ein paar Wölfe gegeben, die von Kanada heruntergekommen waren. Doch dann hatte die Bundesregierung beschlossen, die Wiederansiedlung der Tiere zu genehmigen. Daraufhin waren 66 kanadische Wölfe in den Yellowstone Park sowie nach Idaho gebracht und freigelassen worden. Den Farmern, die in diesen „Versuchsgebieten" wohnten, war erlaubt worden, jeden Wolf abzuschießen, der ihr Vieh anfiel. Doch die freigelassenen Tiere hatten sich rasch vermehrt und auch dort ausgebreitet, wo der Abschuß eines Wolfs hunderttausend Dollar Strafe und sogar Gefängnis nach sich ziehen konnte. Hope gehörte zu diesen Gebieten, und was noch wichtiger war: Es war das Kernland der Wolfshasser.

In der Ferne konnte Dan bereits die Umrisse der Stadt erkennen. Es war eine jener Sorte, durch die man fuhr, ohne sie richtig wahrzunehmen: eine gerade, einige hundert Meter lange Hauptstraße und ein paar Seitenstraßen, die fischgrätenähnlich von ihr abzweigten. An ihrem einen Ende stand ein heruntergekommenes Motel, am anderen eine Schule, dazwischen fanden sich eine Tankstelle, ein Lebensmittelladen, ein Eisenwarengeschäft, ein Imbiß, ein Waschsalon und ein Tierpräparator. Darüber hinaus gab es zwei Kirchen und zwei Kneipen. Und außerdem existierten zwei Andenkenläden, welche die etwa achthundert im Tal verstreut lebenden Einwohner allerdings eher einem gewissen Optimismus als gesundem Geschäftssinn verdankten.

Im einem dieser Läden (dem bei weitem besseren) war letztes Jahr zusätzlich eine Cappuccinobar eröffnet worden. Sie hieß „Paragon“, und ihre Besitzerin war eine attraktive New Yorkerin namens Ruth Michaels. Von ihren zwei oder drei Begegnungen wußte Dan, daß sie in Manhattan eine Kunstgalerie geführt und nach ihrer Scheidung Urlaub in Montana gemacht hatte. Hope hatte ihr gefallen, und sie war geblieben.

Allerdings hatte sich der Cappuccino bei den Einheimischen nicht besonders durchgesetzt, weil sie ihren Kaffee lieber schwach und aufgebrüht tranken, wie er auf der anderen Straßenseite in „Nelly's Diner“ serviert wurde. Als Dan im Vorbeifahren entdeckte, daß Ruth das Schild ZU VERKAUFEN ins Fenster gehängt hatte, war er zwar traurig, aber nicht sonderlich überrascht.

Er sah Bill Rimmers Pick-up am verabredeten Treffpunkt stehen, einer trostlosen Bar, die den passenden Namen „The Last Resort“ – „Die letzte Zuflucht“ – trug. Rimmer kam heraus, um ihn zu begrüßen. Er war knapp zwei Meter groß, ein waschechter Montana-Mann, und sah mit seinem Stetson und dem herabhängenden blonden Schnurrbart auch genauso aus.

Dan stieg aus dem Auto, und Rimmer klopfte ihm auf die Schulter. „Na, wie geht's dir denn so?“

„Ehrlich gesagt hatte ich heute abend eigentlich was Besseres vor.“

„Mir kommen die Tränen, Dan Prior. Wollen wir los?“

Sie stiegen in den Pick-up und fuhren die Hauptstraße hinunter.

Dan machte seinen Job jetzt seit drei Jahren, genauso lange wie Rimmer. Ihre Vorgänger hatten beide eine entscheidende Rolle bei der Umsetzung des Wiederansiedlungsprogramms gespielt, aber bald darauf aufgehört. Sie waren „auf den Wolf gekommen" – hatten es satt gehabt, von Farmern angepöbelt zu werden, weil sie angeblich nicht genug gegen die Ausbreitung der Wölfe taten, und von Umweltschützern, weil sie den Tieren nicht mehr Unterstützung gewährten.

Rimmers Behörde war eine Unterabteilung des Landwirtschaftsministeriums, und gewöhnlich war er der erste, der angerufen wurde, wenn ein Farmer Probleme mit Raubtieren hatte, seien es nun Bären, Kojoten, Berglöwen oder Wölfe. Er war zugleich Richter, Geschworener und, falls nötig, auch Henker. Als ausgebildeter Biologe machte er aus seiner Liebe für diese Tiere jedoch lieber ein Geheimnis. Dies sowie sein geschickter Umgang mit Falle und Gewehr hatten ihm den Respekt selbst derjenigen eingebracht, die ein eingefleischtes Mißtrauen gegen Staatsbeamte hegten. Dagegen würde Dan Prior für die Rancher stets der Außenseiter von der Ostküste bleiben, einer der Leute, die das Problem verursacht hatten.

Das Tor zur Ranch der Calders bestand aus einer wuchtigen Konstruktion aus verwittertem Kiefernholz, an deren Querbalken der Schädel eines Longhornochsen hing. Dan und Rimmer folgten dem sich zwischen buschbewachsenen Hügeln durchschlängelnden Weg etwa eineinhalb Kilometer, bis schließlich das Ranchhaus vor ihnen auftauchte. Imposant thronte das Gebäude aus weißgestrichenem Massivholz auf einem Südhang, von dem aus sich ein eindrucksvoller Blick über die besten Weiden des Calderschen Reiches bot.

Vor dem Haus erstreckte sich ein breiter betonierter Hof, an dessen einer Seite sich eine beeindruckende Ansammlung von weißen Scheunen befand, während sich auf der anderen drei silberne Futtersilos wie Raketen über ein Netzwerk von Pferchen erhoben.

Rimmer lenkte den Wagen nach links, und nach gut drei weiteren Kilometern sahen sie in der zunehmenden Dämmerung das dunkelrote Haus der Hicks. Sechs oder sieben Fahrzeuge parkten davor, und auf der hinteren Veranda war eine kleine, teilweise von der Hausecke verdeckte Menschenmenge auszumachen. Offenbar war ein Scheinwerfer aufgestellt worden, und gelegentlich leuchtete der Blitz eines Fotoapparates auf.

„Scheint schon ein ziemlicher Zirkus im Gange zu sein", seufzte

Dan, als Rimmer den Wagen abstellte. Sie stiegen aus und gesellten sich zu den übrigen Leuten auf der Veranda.

Im Scheinwerferlicht stand eine junge Fernsehreporterin und interviewte Buck Calder, der sie weit überragte. Er war fast so groß wie Bill Rimmer, aber weit kräftiger gebaut, und trug einen hellen Stetson und ein weißes Hemd mit Druckknöpfen, das seine Bräune noch betonte. Im Licht des Scheinwerfers funkelten seine Augen in fahlem Graublau.

Kathy, die das Baby im Arm hielt, und Clyde Hicks standen an seiner Seite. Neben ihnen war ein Tisch zu sehen, auf dem ein großer gelber Tierkörper lag: der tote Hund.

„Der Wolf ist ein Killer", führte Calder gerade aus. „Er fällt alles an, was ihm in die Quere kommt. Und wäre der arme, tapfere Prince nicht gewesen, hätte er sich meinen kleinen Enkel geschnappt."

Abgesehen von dem Fernsehteam, waren etwa ein Dutzend Leute versammelt. Dan erkannte zwei Reporter von der Lokalpresse, hatte ansonsten aber keine Ahnung, wer die anderen waren. Vermutlich Nachbarn und Familienangehörige. Zu zwei Gesichtern kehrte sein Blick immer wieder zurück: zu dem einer eleganten Frau, die er auf Mitte Vierzig schätzte, und dem eines hochgewachsenen jungen Mannes an ihrer Seite, der Anfang Zwanzig war.

„Calders Frau und sein Sohn", flüsterte ihm Rimmer zu.

Mrs. Calder hatte ihr dichtes schwarzes, von grauen Strähnen durchzogenes Haar hochgesteckt, so daß ihr langer blasser Hals zu sehen war. Sie strahlte eine Art melancholischer Schönheit aus, deren Widerschein auch im Gesicht ihres Sohnes zu finden war.

In diesem Moment entdeckte Calder die beiden Neuankömmlinge und winkte sie herbei, während er sich wieder an die Fernsehreporterin wandte. „Ich sehe da zwei Jungs, denen Sie vielleicht noch ein paar Fragen stellen möchten. *Ich* jedenfalls hätte gern so einiges von ihnen gewußt."

AUS DER Dunkelheit der Scheune blickte Luke Calder über den Hof zu der Stelle hinüber, wo sie den Kadaver untersuchten. Er kniete im offenen Tor und streichelte Maddie, die alte Colliehündin.

Rimmer hatte eine Plastikplane über die Heckklappe seines Pick-ups gebreitet, den toten Labrador darauf gelegt und einige Lampen aufgestellt, damit er sehen konnte, was er mit seinem Messer tat. Der andere Mann, der mit ihm gekommen war, der Wolfexperte, filmte die Prozedur, während Lukes Vater und Clyde daneben standen und schweigend zusahen. Seine Mutter und Kathy waren im Haus und bereiteten das Abendbrot zu. Alle anderen waren zum Glück endlich weggefahren.

Rimmer häutete Prince wie einen Hirsch, während er unablässig in die Videokamera redete. „Schwere innere Blutungen und weitere Bißspuren am Halsansatz. Die Wunden sind ziemlich tief. Kannst du sie sehen, Dan? Hier, ich mess' mal. Die Löcher der Schneidezähne sind vier, fast fünf Zentimeter auseinander. Muß ein ziemlich großes Tier sein."

Offenbar war es der Rudelführer, der Alpharüde, dachte Luke, der große Schwarze. Schon seit einigen Monaten wußte er, daß es in den Bergen Wölfe gab. Zum erstenmal hatte er sie im Winter gehört, als er mit seinen Skiern dort oben gewesen war. Dann hatte er Spuren gefunden und gleich gewußt, daß sie für Kojoten viel zu groß waren. Als er ihnen gefolgt war, war er auf den Kadaver eines frisch gerissenen Hirsches gestoßen.

Und dann, an einem Tag im April, hatte er den Schwarzen gesehen. Er war einen Grat hinaufgeklettert, und als er danach auf einem Felsbrocken saß und ins benachbarte Tal hinabschaute, sah er den Wolf unter den Bäumen hervortrotten. Das Tier suchte sich seinen Weg über eine mit schmelzendem Schnee bedeckte Weide, die an ihrem oberen Ende in einen Geröllhang überging. Plötzlich verschwand der Wolf einfach darin.

Dort oben hatte sich das Weibchen seine Höhle gemacht. In den folgenden Wochen sah Luke auch die anderen Tiere des Rudels. Als der Schnee schmolz, ritt er öfter hinauf, achtete aber stets darauf, sich gegen den Wind zu nähern. Er band sein Pferd „Moon Eye" in gehöriger Entfernung an und kletterte stets zum selben Kamm hinauf.

Er erzählte niemandem davon.

An einem Nachmittag in der ersten Maiwoche sah er schließlich die Welpen. Ihr Fell war flaumig und dunkel, und sie hielten sich noch nicht besonders sicher auf den Beinen, als sie zu fünft aus der Höhle hervorkrochen und sich blinzelnd in den Sonnenschein hockten. Stolz stand die Mutter daneben, während der Vater und zwei Jungtiere die Kleinen begrüßten und sie mit der Schnauze anstupsten, als wollten sie die Neuankömmlinge in der Welt willkommen heißen.

Gegen Ende Juni verschwanden sie, und eine Zeitlang fürchtete Luke, sie wären getötet worden, doch dann fand er sie hoch oben im Canyon auf einer blumenbestandenen Wiese wieder. Er schaute den Welpen zu, wie sie Bienen oder Schmetterlinge jagten und lernten, Mäuse zu fangen. Manchmal, wenn Mutter oder Vater dösend in der Sonne lag, robbten die Kleinen durch hohes Gras an die Eltern heran. Sobald sie nahe genug bei den Alten waren, sprangen diese auf, dann jagte sich die ganze Meute gegenseitig über die Wiese, bis schließlich alle in einem großen, erschöpften Haufen Wolfsleiber zusammenbrachen.

Während Luke ihnen zusah, stieß er stumm ein Gebet aus, daß die Wölfe so clever sein würden, dort oben zu bleiben, wo sie sicher waren, und sich nicht hinunter ins Tal wagten.

Doch jetzt war es geschehen. Einer von ihnen war gekommen.

Die Untersuchung auf dem Hof war inzwischen beendet, Dan Prior half Rimmer beim Saubermachen. Luke stand auf und trat aus der Scheune. Er hoffte, daß man ihn nicht weiter beachten würde.

„Nun, das war ein Wolf, kein Zweifel“, stellte Rimmer fest.

Calder lachte. „Haben Sie vorher etwa Zweifel gehabt? Ich denke doch, daß meine Tochter einen Wolf von einem Specht unterscheiden kann.“ In diesem Moment entdeckte er Luke, der sich verfluchte, daß er die Scheune verlassen hatte.

„Meine Herren, das hier ist mein Sohn. Luke, dies sind Mr. Prior und Mr. Rimmer.“

Luke bezwang den instinktiven Wunsch wegzulaufen, ging auf die Männer zu und gab ihnen die Hand. Sie sagten beide hallo, doch er selbst nickte nur. Wie gewohnt riß sein Vater die Unterhaltung sofort wieder an sich. Luke wußte den Grund: Man sollte nicht erfahren, daß er einen Stotterer zum Sohn hatte.

„Warum habt ihr uns eigentlich nie erzählt, daß es hier Wölfe gibt?“

„Nun, Mr. Calder, bis heute hatten wir keinerlei Anzeichen für irgendwelche Aktivitäten von Wölfen in dieser Gegend“, antwortete Prior. „Vielleicht haben wir es mit einem Einzelgänger zu tun, der sich von seinem Rudel getrennt hat. Vielleicht stromert er auch mit anderen Tieren herum, die durch ein Halsband mit einem Peilsender markiert sind. Das wollen wir morgen herausfinden.“

„Was wollen Sie tun, wenn Sie die Tiere gefunden haben?“

„Ich glaube, wir müssen erst mehr über sie wissen, ehe wir dazu etwas sagen können. Ich kann jedenfalls verstehen, daß Sie ziemlich aufgebracht sind, doch falls es Ihnen ein Trost ist, lassen Sie mich Ihnen sagen, daß bislang in Nordamerika noch niemals ein Mensch von einem gesunden wilden Wolf getötet worden ist. Aller Wahrscheinlichkeit nach war dieser hier hinter dem Hund her. Vermutlich ging es um irgendwelche Revieransprüche."

„Ach ja? Sagen Sie, Mr. Prior, woher stammen Sie?"

„Aus Pittsburgh."

„Pittsburgh, aus der Stadt also. Also ist *das* wohl Ihr Revier, wie?"

„Nun, in gewisser Weise, ja."

„Dann lassen Sie mich Ihnen etwas sagen, Mr. Prior: Das hier ist *unser* Revier. Und wir erheben darauf auch ‚irgendwelche Revieransprüche'. Wir wollen hier keine Wölfe, Mr. Prior!"

BUCK CALDER war auf den Namen Henry Clay Calder III. getauft worden, doch hatte ihm die Vorstellung noch nie behagt, der dritte oder selbst der zweite von irgend etwas zu sein, und für alle, die ihn mochten – oder auch nicht –, war er stets Buck und nicht Henry gewesen.

Den Spitznamen Buck (Bock) hatte er mit vierzehn erhalten, als er in einem Rodeo der High-School sämtliche Preise abgeräumt hatte und erst nach seinem Triumph damit herausgerückt war, daß er sich zwei Finger gebrochen und das Schlüsselbein angeknackst hatte.

Doch schon damals war den reiferen Mädchen an der Schule die auf die Fleischeslust bezogene Nebenbedeutung dieses Namens nicht entgangen. Und hätte es eines dieser Mädchen gewagt, solcherlei Geheimnisse seiner Mutter anzuvertrauen, hätte es wohl herausgefunden, daß die vorhergehende Generation von Schulmädchen Bucks Vater, Henry II., als ähnlich aktiven Schürzenjäger gekannt hatte.

Von Bucks Großvater, Henry I., waren derart intime Details nicht überliefert. Die Geschichte legte nur Zeugnis von seiner großen Robustheit ab, denn 1912 hatte er in Akron, Ohio, einige Kühe, ein paar Hühner, eine junge Braut und ihr Klavier auf einen Zug verfrachtet und war gen Westen aufgebrochen.

Als sie ankamen, mußten sie feststellen, daß das beste Land bereits vergeben war, so daß Henry sich schließlich eine Parzelle weit draußen bei den Bergen absteckte, wo niemand so dumm gewesen war, es überhaupt zu versuchen. Doch während zahllose andere Farmer aufgaben, vertrieben von Dürre, Wind und eisigen Wintern, überlebten die Calders, auf welche Weise auch immer.

Henry kaufte das Land, das seine Nachbarn nicht mit Gewinn bewirtschaften konnten, und nach und nach breitete sich seine Ranch immer weiter das Tal hinab in Richtung Hope aus. Voller Ehrgeiz, eine Dynastie zu gründen, gab er seinem ersten Sohn den eigenen Namen und setzte im Hinblick auf die Rinderzucht alles daran, seine Initialen HC zu einem Brandzeichen zu machen, auf das man stolz sein konnte.

Henry II. ging nie aufs College, doch in jeder freien Minute, in der er nicht den Frauen nachstellte, las er alles über Viehzucht, was er in die Finger bekam. Zwar fand sein Vater einige Artikel, die der junge Henry ihm vorlas, zu neumodisch, doch je mehr Entscheidungen er seinem Sohn überließ, um so prächtiger gedieh die Herde.

Buck selbst wuchs mit all dem Selbstbewußtsein und jenem nicht geringen Maß an Arroganz heran, die eine solche gesellschaftliche Stellung einem Kind vermitteln kann. Keine Ranch war so groß wie die ihre, kein Rancher so klug wie sein Vater. Manch einer hatte insgeheim gehofft, daß sich die legendäre Energie der Calders in den Adern des dritten Henry verausgabt hätte, doch schien sie sich eher noch zu verstärken. Buck besaß zwei ältere Schwestern und zwei jüngere Brüder, doch von Anfang an stand fest, daß er der einzig wahre Erbe des Calder-Reichs war.

Er ging in Bozeman aufs College und beschäftigte sich mit Genforschung. Als er zurückkam, begann er damit, für den Leistungsstand jedes einzelnen Tieres, das sie aufzogen, ein detailliertes Protokoll zu führen und die schwächeren Exemplare rigoros auszusortieren.

Sobald Bucks Großvater das Zeitliche gesegnet hatte, überredete Buck seinen Vater, von reinrassigen Herefords auf Black Angus umzustellen. Schon nach wenigen Jahren stachen die Black-Angus-Rinder von Calder jede Konkurrenz aus. Ihre Bullen und deren hochwertiger Samen waren im ganzen Westen und darüber hinaus bekannt.

Mit seinem eigenen Samen ging Buck etwas sorgloser um. Er verteilte seine Gunst großzügig und in weitem Umkreis und prahlte, daß ein echter Mann drei unveräußerliche Rechte besitze: auf Leben, auf Freiheit und auf Frauen.

Mit dreißig fiel sein Blick schließlich auf eine Frau, die zehn Jahre jünger war als er. Eleanor Collins hatte gerade ihre Ausbildung als Physiotherapeutin beendet, und Buck war einer ihrer ersten Patienten.

Er hatte sich die Schulter verrenkt, als er einen umgestürzten Heuwagen aus einem Bach hatte wuchten wollen. Als er diese junge

Göttin durch die Tür des Behandlungszimmers treten sah, glaubte er zunächst, eine Assistentin vor sich zu haben. Sie trug einen weißen Kittel, der eng genug war, um Bucks erfahrenem Auge zu verraten, daß sie jene Art Figur besaß, die er bevorzugte: schlank und geschmeidig, doch mit vollen Brüsten. Ihre Haut war wie Elfenbein, und sie hatte das lange schwarze Haar mit Perlmuttkämmen hochgesteckt. Sie musterte ihn mit schönen grünen Augen und forderte ihn unterkühlt auf, sein Hemd auszuziehen. So kam es, daß Buck die Klinik mit brennender Schulter und brennendem Herzen verließ. Er hatte endlich die Frau getroffen, die er heiraten wollte.

Auch Eleanor hatte auf Anhieb Feuer gefangen. Sie weigerte sich jedoch hartnäckig, mit ihm zu schlafen, bevor sie verheiratet waren, was Bucks Leidenschaft nur noch mehr anstachelte. Sie erhörte ihn erst in der Hochzeitsnacht und wurde umgehend schwanger. Es war ein Junge; sein Name stand außer Frage. In Abständen von knapp zwei Jahren folgten zwei Töchter, Lane und Kathy.

„Die besten Kühe dürfen nur jedes zweite Jahr Kälber kriegen“, sagte Buck zu seinen Saufkumpanen im Last Resort. „Nur so bekommt man ausgezeichneten Nachwuchs.“

Diesen Ausspruch konnte er besten Gewissens für die ersten drei seiner schließlich vier Kinder gelten lassen. Henry IV. war durch und durch ein erstgeborener Calder, und manchmal, wenn sie gemeinsam auf die Jagd gingen oder das Vieh zusammentrieben, strahlte Buck vor Stolz über den Jungen.

Herr im Himmel, dachte er, wie mächtig doch die Erbanlagen sind. Und dann schaute er den kleinen Luke an und begann zu zweifeln. Eleanor hatte vier Jahre und zwei Fehlgeburten gebraucht, ehe er geboren wurde, und in dieser Zeit schien etwas mit den Genen der Calders passiert zu sein. Der Junge war das Ebenbild seiner Mutter. Er besaß ihre blasse irische Haut, das dunkle Haar, die gleichen wachsamen grünen Augen, weshalb Buck ihn Eleanor gegenüber selbst in Lukes Anwesenheit nur noch „deinen Sohn“ nannte. Insgeheim war er davon überzeugt, daß seine Gene versagt hatten. Das glaubte er auch schon, bevor Luke zu stottern begann.

„Rede vernünftig“, ermahnte er ihn dann am Tisch. Er sprach leise, doch bestimmt. „Sag: ‚Kann ich bitte die Milch haben.‘“

Und der gerade drei Jahre alte Luke saß da, versuchte es und scheiterte, versuchte es wieder und scheiterte erneut. So ging es, bis er weinte und Eleanor ihm die Milch gab, während Buck sie anbrüllte, wie zum Teufel der Junge vernünftig reden lernen solle, wenn sie sich jedesmal einmische.

Luke wuchs heran, und das Stottern wurde schlimmer. Die Kluft zwischen seinen Worten schien auf seltsame Weise mit der verbunden zu sein, die sich nach und nach in der Familie auftat: er und seine Mutter auf der einen, sein Vater auf der anderen Seite. So wurde er immer mehr zu Eleanors Sohn. Und bald darauf war er auch ihr einziger.

Luke war sieben, als sein Bruder und sein Großvater an einem verschneiten Novembertag bei einem Unfall ums Leben kamen. Der knapp fünfzehn Jahre alte Henry lernte gerade Auto fahren und saß am Steuer, als eine Hirschkuh vor ihnen über die spiegelglatte Straße sprang. Als er ausweichen wollte, kam er ins Schleudern, und der Wagen schoß in eine Schlucht. Das Rettungsteam fand die steif gefrorenen Leichen drei Stunden später in einem Baum hängend.

Da der alte Henry schon 76 Jahre auf dem Buckel gehabt hatte, ließ sich sein Tod ein wenig leichter verschmerzen. Doch der Verlust des Jungen schien mit zentrifugaler Kraft auf die Familie zu wirken – die Calders fanden keinen Trost in gemeinsamer Trauer. Wie schiffbrüchige Fremde strebte jeder allein an Land.

Lane und Kathy wurden am besten damit fertig und flüchteten sooft wie möglich zu ihren jeweiligen Freunden. Ihr Vater hingegen verdrängte seinen Schmerz und suchte sexuellen Trost, wo immer er sich bot. Mit neuem Elan nahm er seine Eskapaden wieder auf, die durch die Eheschließung unterbrochen worden waren.

Eleanor zog sich in ein fernes inneres Land zurück. Tagelang saß sie wie gebannt vor dem Fernseher. Als sie das leid war, begann sie eine Zeitlang zu trinken, aber dann wurde ihr dies zuwider, und sie hörte einfach damit auf.

Unter ihrer Verschlossenheit litt Luke am stärksten. Sie nahm ihn zwar noch immer vor der Wut seines Vaters in Schutz, doch lustlos und ohne Eifer, als wäre es eine Pflicht, deren Sinn sie vergessen hatte.

So blieb unbemerkt, welche Schuldgefühle der Junge entwickelte. Henry und sein Großvater waren unterwegs gewesen, um ihn von seiner Sprachtherapie in Helena abzuholen. Nach der Logik eines Siebenjährigen war der Unfall deshalb seine Schuld. Seinetwegen hatte sein Vater an einem einzigen Tag den eigenen Vater und seinen Lieblingssohn verloren.

DIE ROT-WEISSE Cessna setzte unter der kobaltblauen Kuppel des Morgenhimmels zu einer steilen Kurve an. Dan richtete die Nase der Cessna zum zwanzigstenmal nach Osten aus, während sie über die Gipfel der Berge hinwegschwebten. Den Empfänger auf dem Schoß, saß Bill Rimmer neben ihm im engen Cockpit und ging methodisch immer wieder die Liste mit den Frequenzen aller markierten Wölfe durch, die es zwischen Kanada und Yellowstone gab. Angestrengt lauschten beide Männer auf das unverkennbare Klick-Klick-Klick eines Signals. Den ganzen Morgen lang hatten sie die Hügel und Canyons überflogen und Bergkämme, Bäche und sanfte grüne Wiesen nach verräterischen Spuren abgesucht: einem Kadaver auf einer Lichtung, einem Schwarm Raben oder plötzlich flüchtenden Wapitis. Wild sahen sie genug und hier und da auch Vieh, das auf jenen Sommerweiden graste, die viele Rancher von der Forstverwaltung pachteten. Doch einen Wolf konnten sie nicht entdecken. Die Chancen, daß der Wolf ein Halsband trug, standen nicht allzu gut, ahnte Dan inzwischen.

In den letzten Jahren hatte man die Zahl der gekennzeichneten Tiere bewußt reduziert. Hinter dem Versuch, in der Region eine lebensfähige Wolfspopulation anzusiedeln, stand der Gedanke, die Tiere so wild und natürlich wie möglich leben zu lassen. Denn immer, wenn man einen Wolf fing, ihn behandelte, ihm eine Blutprobe entnahm, einen Clip ins Ohr klemmte und eine Spritze verpaßte, machte ihn das ein bißchen weniger wild, ein bißchen weniger zum Wolf. Doch wenn einer Kälber, Schafe oder Haustiere riß, dann wurde es allerhöchste Zeit, ihm ein Halsband umzulegen, bevor ihn jemand mit einem Gewehr abknallte.

Wäre da unten ein Wolf mit einem Sender unterwegs gewesen, hätten sie ihn längst aufgespürt. Ein unmarkiertes Tier in einer solchen Gegend ausfindig zu machen war weit schwieriger. Ein Problem war auch, daß es hier um mehr ging als darum, einen Wolf zu fangen und ihm ein Halsband zu verpassen. Angesichts der Tatsache, daß in Hope ein tiefverwurzelter Haß gegen Wölfe herrschte, würde Dan den zuständigen Mitarbeiter sehr sorgfältig auswählen müssen. Er brauchte hier einen geschickten Vermittler mit einem Gespür für die örtlichen Empfindlichkeiten, der aber auch stark genug war, sich gegen einen so mächtigen Mann wie Buck Calder durchzusetzen. Hope konnte ohne weiteres zum Testfall für das gesamte Wiederansiedlungsprogramm werden.

Dan schaute auf die Tankanzeige. „Zeit, nach Hause zu fliegen."
„Tja, sieht mir nach einem Job für einen Fallensteller aus."
Irgendwo dort unten, an einem Ort in dieser Wildnis, den ein junger Mann als Geheimnis hütete, hörten die Wölfe das Dröhnen der Flugzeugmotoren immer leiser werden und schließlich ganz verstummen.

HELEN ROSS haßte New York. Sie haßte es erst recht bei 34 Grad Hitze und einer Luft, die so feucht war, daß man sich wie eine Muschel fühlte, die in Abgasen gebacken wurde.

Während sie vor einem Restaurant in SoHo an einem kleinen Tisch saß, versuchte sie, das Gesicht ihres Vaters in der mittäglichen Menge auf dem Gehweg zu erspähen. Alle Welt sah hier unglaublich cool und attraktiv aus. Gebräunte junge Geschäftsleute in Leinenanzügen schwatzten mit Frauen, die allesamt perfekte Zähne und endlos lange Beine vorzuweisen hatten. Helen haßte sie alle.

Dabei war sie keineswegs von Natur aus so negativ eingestellt. Im Gegenteil, meist reagierte sie ausgesprochen tolerant auf ihre Umwelt. Heute jedoch kamen zu Stadt und Wetter noch einige andere Faktoren, die sie aus der Fassung brachten, nicht zuletzt die Tatsache, daß sie morgen 29 wurde, und wenn es das Schicksal nicht noch ganz schnell anders wollte, wäre sie an diesem Tag nach wie vor arbeitslos, unverheiratet und unglücklich.

Es war zu einem alljährlichen Ritual geworden, daß ihr Vater sie zu einem Geburtstagsessen einlud, wo immer sie beide auch gerade lebten. Stets war es Helen, die sich auf den Weg machte, da ihr Vater immer viel zu tun hatte. Sie mochte ihn sehr, und in letzter Zeit waren die Geburtstagsessen die einzigen Gelegenheiten, ihn zu sehen.

Ihre Eltern hatten sich scheiden lassen, als sie 19 gewesen war. Ihre zwei Jahre jüngere Schwester Celia hatte damals gerade mit dem College begonnen, und sie selbst hatte Biologie an der Universität von Minnesota studiert. Zum Erntedankfest waren sie beide nach Hause nach Chicago gekommen, wo ihnen ihre Eltern nach dem Essen in aller Ruhe verkündet hatten, daß sie die Aufgabe, ihre Kinder großzuziehen, nun erfüllt hätten und ab jetzt getrennte Wege gehen würden.

Celia hatte sich mustergültig benommen, so, wie sie es stets getan hatte und immer tun würde. Sie hatte geweint und ihre Eltern umarmt, woraufhin diese auch in Tränen ausgebrochen waren, während Helen aus dem Haus gestürmt war.

Seither hatte sie sich nicht mehr von der Vorstellung befreien können, daß sie schuld am Leid ihrer Eltern war. Wäre sie nicht gewesen – und natürlich Celia –, hätten die beiden schon vor Jahren „getrennte Wege" gehen können.

Die Scheidung hatte ihren langgehegten Verdacht bestätigt, daß Tiere weitaus verläßlicher als Menschen waren. Und im nachhinein schien es ihr kein Zufall zu sein, daß sie etwa zur selben Zeit ein leidenschaftliches Interesse für Wölfe entwickelt hatte. Mit ihrer gegenseitigen Hingabe, ihrer Treue und der Art, wie sie für ihre Jungen sorgten, wirkten sie den Menschen in fast jeder Hinsicht überlegen.

Die vergangenen zehn Jahre hatten Helens Gefühle hinsichtlich der Scheidung etwas abgeschwächt, und sie war froh, daß ihre Eltern endlich ihr Glück gefunden hatten.

Ihre Mutter hatte gleich wieder geheiratet und führte nun ein Leben, das sich um Golf, Bridgepartys und, wie es schien, aufregenden Sex mit einem kleinen, glatzköpfigen, aber überaus aufmerksamen Makler namens Ralphie drehte.

Wie sich herausgestellt hatte, war Ralphie bereits seit sechs Jahren der Geliebte ihrer Mutter gewesen. Die ebenfalls schon vorhandene Geliebte ihres Vaters hingegen blieb keine sechs Monate und wurde im Lauf der Zeit von einer Reihe anderer Frauen abgelöst, die mit den Jahren immer jünger wurden. Seine Arbeit als Finanzberater führte Howard Ross von Chicago nach Houston und hatte ihn im letzten Jahr nach New York gebracht, wo er im Sommer Courtney Dasilva kennengelernt hatte.

Dies war ein weiterer Grund dafür, warum Helen alles andere als gut gelaunt war. Ihr Vater hatte vor, Courtney Weihnachten zu heiraten, und heute war der Tag, an dem er sie ihr vorstellen wollte.

Ihre zukünftige Stiefmutter, so hatte er berichtet, als er ihr letzte Woche die Neuigkeiten am Telefon verkündet hatte, arbeite für eine der größten Banken Amerikas. Außerdem habe sie in Stanford einen Abschluß in Psychologie gemacht und sei das absolut umwerfendste weibliche Wesen, das ihm je unter die Augen gekommen sei.

„Ich freue mich für dich", hatte Helen erwidert und sich bemüht, es ehrlich zu meinen.

„Nicht wahr? Ich fühle mich so ... ach, so *lebendig*! Und ich freue mich schon auf den Augenblick, in dem ihr beide euch kennenlernt. Ist es in Ordnung, wenn ich sie zum Essen mitbringe?"

„Natürlich! Das wäre ... ganz schön."

„Da ist noch was, das ich dir sagen muß. Sie ist fünfundzwanzig."

Da kamen sie endlich, noch einen Häuserblock entfernt. Courtney hatte sich bei Howard Ross untergehakt; sie war unglaublich attraktiv. Einen Moment lang überlegte Helen, ob sie sich unter dem Tisch verstecken sollte.

Aber ihr Vater hatte sie schon entdeckt, winkte, machte Courtney auf sie aufmerksam, die daraufhin ebenfalls winkte. Helen stand auf und verzog ihr Gesicht zu einer Grimasse, die hoffentlich einem Lächeln glich. Ihr Vater breitete die Arme aus, und sie ließ sich von ihm umarmen.

„Na, wie geht's meiner Kleinen?" Er küßte sie. Dann trat er einen Schritt zurück, hielt sie an den Händen und schaute sie an. „Du siehst phantastisch aus", log er.

Helen zuckte die Achseln. Sie hatte noch nie gewußt, wie sie auf seine Komplimente reagieren sollte. Genausowenig übrigens wie auf die anderer Männer.

Ihr Vater drehte sich nun zu Courtney um, die etwas abseits stehengeblieben war.

„Meine Kleine, darf ich dir Courtney Dasilva vorstellen?"

Die attraktive Frau streckte ihre schmale, gebräunte Hand aus.

„Hallo", sagte Helen und schüttelte sie. „Super Fingernägel."

Nach zwei Gläsern Champagner fühlte Helen sich besser. Sie redeten über das Wetter, über New York bei dieser Hitze und über SoHo, wo Courtney sich ein Apartment mieten wollte.

Nachdem das Essen serviert worden war, beugte sich Howard Ross vor. „Jetzt rate mal, wo wir heiraten werden."

Beinahe hätte Helen „Las Vegas" oder „Reno" gesagt, oder wie immer diese Stadt auch hieß, in der man notfalls schon am nächsten Tag die Scheidungspapiere aus einem Automaten ziehen konnte.

Ihr Vater nahm die Hand der lächelnden Courtney. „Auf Barbados."

„*Wow*", erwiderte Helen. „Barbados!"

„Aber nur, wenn du versprichst, auch zu kommen", sagte Courtney.

„Aber sicher doch, ich jette oft da runter, warum also nicht zu eurer Hochzeit?" An seinem Blick erkannte Helen, daß sie ihren Vater mit diesen Worten gekränkt hatte, und sie nahm sich vor, netter zu sein. „Wenn ihr zahlt, komme ich." Sie strahlte die beiden an und fuhr dann fort: „Nein, ernsthaft, ich würde gern kommen. Und ich freue mich wirklich für euch beide."

Courtney schien gerührt. Vielleicht ist sie gar nicht so übel, dachte Helen. Aber Himmel, Dad ist mehr als doppelt so alt wie sie und nicht mal reich.

„Du bist Biologin?" fragte Courtney. Mein Gott, sie gab sich ehrlich Mühe.

„Ja. Aber derzeit bin ich gerade ‚zwischen zwei Jobs', wie man so sagt."

„Und du wohnst immer noch oben auf Cape Cod?"

„Sicher. Gestrandet am Kap. Ein Ort, so gut wie jeder andere, um an Land gespült zu werden."

„Warum stellst du dein Licht bloß immer so unter den Scheffel?" fragte ihr Vater und wandte sich dann an Courtney. „Sie ist eine erstklassige Spezialistin für Wölfe. Mit der Doktorarbeit, an der sie gerade sitzt, betritt sie absolutes Neuland. Helen hat in Minnesota einige Jahre unter Wölfen gelebt."

„Dad, das klingt, als wäre ich Mogli aus dem ‚Dschungelbuch'. Aber anders bekommt man diese verdammten Biester ja kaum zu Gesicht. Ich habe Forschungen angestellt, das ist alles."

Doch eigentlich hatte ihr Vater gar nicht so unrecht. Ob sie mit ihrer Forschungsarbeit wirklich Neuland betrat, mochte dahingestellt sein, aber jedenfalls war sie eine der gründlichsten Studien darüber, warum manche Wölfe Vieh rissen, andere jedoch nicht. Es ging um die jahrhundertealte Auseinandersetzung: angeboren oder anerzogen? Diese Frage hatte Helen schon immer fasziniert, und alles deutete darauf hin, daß den Wölfen das Reißen von Vieh eher angelernt als angeboren war.

„Aber genug davon", wechselte sie das Thema. „Warum erzählst du mir nicht was von dir, Courtney? Du arbeitest bei einer Bank, nicht?"

„Das stimmt."

„Und Psychologin bist du auch?"

„Nun, ich habe nie praktiziert."

„Praxis macht perfekt, und du machst mir einen ziemlich perfekten Eindruck."

„Helen ..." Ihr Vater legte eine Hand auf ihren Arm. Er wollte etwas sagen, doch dann verzog er das Gesicht nur zu einem kleinen traurigen Lächeln.

Sie müsse zur Toilette, entschuldigte sich Courtney. Kaum war sie außer Hörweite, fragte Helens Vater: „Was ist los mit dir, Kleines? Niemand verlangt von dir, daß du sie haßt."

„Sie hassen? Was meinst du damit?"

Seufzend wandte er den Blick ab.

Helen spürte, wie ihr plötzlich Tränen in die Augen stiegen. Sie legte ihrem Vater die Hand auf den Arm. „Es tut mir leid."

Er griff nach ihrer Hand, hielt sie fest umschlossen und musterte sie mit sorgenvollem Blick. „Geht es dir gut? Ich mache mir Sorgen um dich."

Sie schniefte und hielt weitere Tränen zurück. „Ja, prima."

„Hast du von Joel gehört?"

Sie nickte und holte tief Luft. „Ja, er hat mir geschrieben." Nein, sie würde nicht länger weinen. Joel war mehrere tausend Kilometer weit entfernt, und außerdem war es mit ihnen sowieso vorbei.

Gleich darauf erschien Courtney wieder, ein Lächeln auf den frisch nachgezogenen Lippen. Helen beschloß, ihr eine Schonfrist zu gewähren. Sie war schließlich gar nicht so übel. Wer weiß, dachte sie, vielleicht werden wir eines Tages Freundinnen.

NOCH am selben Abend flog Helen nach Boston zurück. Es war schon gegen zehn, als sie, von der Stadt kommend, auf die Route Six einbog, die sie das Kap hinauf bis nach Wellfleet bringen würde.

Seit zwei Jahren lebte sie rund einen Kilometer südlich vom eigentlichen Dorf in einem gemieteten Haus nahe der Bucht. In Gedanken war es für sie immer noch Joels Haus. Um hinzugelangen, mußte man vom Highway abbiegen und nach einem Labyrinth von engen Alleen einen steilen Sandweg hinabfahren, der direkt ans Wasser führte.

Der Wagen holperte über den Weg, bis sie die drei Häuser sehen konnte, an denen sie vorbeifahren mußte, bevor es zu ihrem eigenen hinunterging. An ihrem frei stehenden Briefkasten hielt sie kurz, aber er war leer. Seit über einem Monat hatte Joel nicht mehr geschrieben.

Bei den Turners brannte noch Licht. Wenn sie unterwegs war, kümmerten sie sich um Buzz, einen struppigen Mischling ungewisser Herkunft, den Helen sich aus einem Tierheim in Minneapolis geholt hatte. Er war dort der mit Abstand häßlichste Hund gewesen. Sie hatte ihn sofort ins Herz geschlossen.

Mrs. Turner hatte ihn inzwischen hinausgelassen.

„He, du Chaot. Wie geht's dir? Ruhig jetzt, Platz!"

Buzz sprang in den Wagen und wartete auf dem Beifahrersitz, während Helen sich bei Mrs. Turner bedankte. Dann fuhren sie die letzten hundert Meter durch zahllose Schlaglöcher zum Haus.

Es war ein großes, altes Gebäude mit verwitterten weißen Schindeln. Wie ein gestrandeter Liniendampfer erhob es sich am Rand des Wassers und ragte über einem sumpfigen Meeresarm auf. Innen glich es erst recht einem Schiff, da sämtliche Wände, Böden und Decken mit schmalem, dunkel lackiertem Paneelholz verkleidet waren. Im Obergeschoß schauten zwei Giebelfenster wie Bullaugen auf die Bucht.

Vor der Tür ließ Helen ihre Tasche fallen. Sie wollte noch rasch einen Spaziergang am Strand machen, um Buzz etwas Auslauf zu gönnen. Außerdem hatte sie keine Lust, gleich ins Haus zu gehen. Es kam ihr so riesig und still vor, seit sie mit dem Hund allein dort wohnte.

Sie und Buzz waren Anfang Juni vor zwei Jahren zum ersten Mal auf Cape Cod gewesen, um Urlaub zu machen. Ihre Schwester hatte eines jener sündhaft teuren Anwesen hoch über dem Wasser gemietet, die einen atemberaubenden Blick boten und eine eigene steile Holztreppe hinunter zum Strand besaßen, und Helen zu sich eingeladen.

Celia hatte ihre Jugendliebe vom College geheiratet, den genialen, aber langweiligen Bryan, dessen Softwarefirma gerade von einem kalifornischen Computergiganten für einen horrenden Preis gekauft worden war. Doch die beiden waren auch schon vorher glücklich gewesen und hatten zwei perfekte Kinder in die Welt gesetzt, einen Jungen und ein Mädchen, Kyle und Carey. Sie wohnten in Boston.

Den größten Teil der vorhergehenden fünf Jahre hatte Helen unter freiem Himmel in der Wildnis von Minnesota gelebt. Eigentlich wollte sie nur eine Woche bleiben, um sich dann in Minneapolis an ihre Doktorarbeit zu setzen, doch dann verbrachte sie den ganzen Sommer bei Celia.

Sie kamen gut miteinander aus, doch ihre Schwester war Helen nach wie vor ein Rätsel. Nichts schien Celia aus der Fassung bringen zu können. Sie nahm es gelassen hin, wenn eines der Kinder einen Wutanfall bekam und daß Buzz ihren besten Strohhut auffraß. Sie sah immer gepflegt aus, spielte elegant Tennis und kochte traumhaft gut. Sie hatte nie Kopfschmerzen und kannte keine schlaflosen Nächte.

Eines Abends, als Bryan geschäftlich unterwegs war und die Kinder schon schliefen, fragte Helen sie, ob die Scheidung ihrer Eltern für sie ebenso traumatisch wie für sie selbst gewesen sei.

Celia zuckte die Schultern. „Ach, eine Weile war ich stinksauer, aber man sollte sich so etwas nicht zu sehr zu Herzen nehmen. Schließlich ist es ja ihr Leben."

Nach einem Monat, in dem sie viel geschwommen und gelesen hatte, wurde Helen rastlos. Eine Freundin aus Minneapolis hatte ihr die Nummer eines Freundes namens Bob gegeben, der am Meeresbiologischen Labor in Woods Hole arbeitete, nur ein paar Kilometer die Küste entlang. Eines Abends rief Helen ihn an; er klang nett und lud sie für das Wochenende zu einer Party mit einigen seiner Freunde ein.

Joel Latimer fiel ihr sofort auf, als sie das Haus betrat. Er sah wie einer dieser kalifornischen Surfer aus den sechziger Jahren aus, groß, schlank, braun gebrannt und mit blondem, sonnengebleichtem Haarschopf. Er ertappte sie dabei, wie sie ihn anstarrte, und lächelte ihr so direkt zu, daß sie beinahe ihren Wein verschüttet hätte.

In der Küche bediente sich jeder selbst, und als Helen sich den Teller mit vegetarischer Lasagne füllte, stand er plötzlich neben ihr.

„Sie sind also die Frau, die mit den Wölfen tanzt."

„Von Tanzen kann keine Rede sein. Es ist eher ein plattfüßiges Stolpern."

Joel lachte. Er besaß die blauesten Augen und weißesten Zähne, die Helen je gesehen hatte. Sie spürte, wie sich ihr Magen verkrampfte, und ermahnte sich, sich nicht lächerlich zu machen. Schließlich war Joel überhaupt nicht ihr Typ.

Er legte ihr Salat auf. „Machen Sie hier Urlaub?"

„Ja, ich wohne bei meiner Schwester in Wellfleet."

„Dann sind wir Nachbarn."

An seinem Akzent hörte sie, daß er aus North Carolina stammte. Er erzählte, er sitze an einer Doktorarbeit über Teufelskrabben. Seine Forschungen sollten klären, wie ernsthaft sich der Umstand, daß die Aalfischer auf dem Kap diese bedrohte Spezies zum Ködern benutzten, auf die hiesige Population auswirkte.

Als sie sich spät in der Nacht verabschiedeten, fragte Joel, ob er ihr einmal Teufelskrabben zeigen solle, und sie willigte viel zu schnell ein.

Eine Woche später waren sie ein Liebespaar, und nach einer weiteren Woche bat Joel sie, bei ihm einzuziehen. Ihm komme es so vor, als würde er sie schon ewig kennen, sagte er, als seien sie seelenverwandt, und wenn sie zusammenwohnten, könnten sie den Winter über, Seite an Seite sitzend, an ihrer Doktorarbeit schreiben.

In ihrem ganzen Leben hatte Helen noch niemand einen solch romantischen Vorschlag gemacht.

Damals wäre es ihr fast gelungen, Celia aus der Fassung zu bringen.

„Du willst bei ihm einziehen?“ fragte ihre Schwester erstaunt, während sie zusah, wie Helen ihre Sachen packte. „Obwohl du ihn erst zwei Wochen kennst?“

„Wenn ein Mädchen schon nicht den Richtigen findet, muß es den nehmen, der gerade da ist.“

Seit der Scheidung ihrer Eltern war sie von einer unglücklichen Beziehung in die nächste gestolpert. Warum sie so viel Pech mit Männern hatte, wußte Helen selbst nicht. Vielleicht, weil sie tief in ihrem Innern davon überzeugt war, daß kein attraktiver Mann sie interessant finden konnte. Nur selten war sie es, die den Schlußstrich zog. Normalerweise versuchte sie, das Beste aus einer Beziehung zu machen, und sehnte sich verzweifelt nach Anerkennung, bis die Kerle sie schließlich betrogen oder einfach verschwanden.

Noch Wochen nachdem sie bei Joel eingezogen war, erwartete sie, daß ihr dieser sanfte blonde Mann am nächsten Morgen sagen würde, es sei alles ein Versehen gewesen und sie möge doch bitte ihre Sachen packen, den Hund nehmen und aus seinem Leben verschwinden.

Aber das passierte nicht. Nach einer Weile wurde sie ruhiger. Es kam ihr so vor, als wären sie keine getrennten Wesen mehr. Außerdem stellte sie fest, daß sie Joel mehr als je einem Menschen zuvor von ihrer Arbeit erzählte, und er machte ihr klar, daß ihr Professor recht hatte: sie war gut, sie war brillant.

Als der Herbst in den Winter überging, lernte sie zu akzeptieren, daß Joel sie liebte – also mußte sie liebenswert sein. Er sagte ihr, sie sei schön – und zum erstenmal in ihrem Leben fand sie sich schön.

Sie stellten den langen Tisch aus der Küche vor das große Erkerfenster im Wohnzimmer und funktionierten ihn zu einem Arbeitstisch um, stellten ihre Laptops darauf und stapelten Berge von Papieren empor.

In diesem Winter fiel zum erstenmal seit Jahren Schnee und blieb fast einen Monat liegen. Es war so kalt, daß die Bucht zufror. Sie starrten aus dem mit Eisblumen überzogenen Fenster auf das gefrorene

Wasser, das sich wie eine Tundra bis zum grauen Horizont erstreckte. Joel meinte, sie säßen wie Doktor Schiwago und Lara in einem Eispalast fest. Jetzt fehle nur noch, daß ihnen nachts Helens Wölfe aus Minnesota etwas vorheulten.

Das folgende Frühjahr und der Sommer waren die glücklichste Zeit in Helens Leben. Abends streiften sie manchmal durch die Wälder zu einem Süßwasserteich und badeten nackt. Sie lagen in den Dünen, hielten sich im Arm und lauschten dem Tosen des Ozeans.

Doch im zweiten Herbst begann sich ganz allmählich etwas zu verändern. Sie waren schon lange unterschiedlicher Meinung darüber gewesen, was jene Frage betraf, die Helens Arbeit zugrunde lag: anerzogen oder angeboren? Für Joel war das Verhalten von Lebewesen von den Genen bestimmt, während Helen glaubte, daß Erfahrung und Lebensumstände fast genauso wichtig waren. Sie hatten stundenlang und stets freundschaftlich über dieses Thema diskutiert, doch wenn sie jetzt darauf zu sprechen kamen, wurde Joel ungeduldig. Eines Abends schrie er sie sogar an und nannte sie eine Idiotin. Später entschuldigte er sich, und Helen versuchte, es nicht zu tragisch zu nehmen, doch sie fühlte sich noch tagelang verletzt.

Als das neue Jahr anbrach, fiel ihr an Joel eine wachsende Unruhe auf. Bald wurde alles, was sie tat, von ihm stumm kritisiert. Manchmal stand er abrupt auf, nahm seinen Mantel und ging spazieren, während Helen sich fragte, was sie falsch gemacht hatte.

Eines Abends im Bett erklärte Joel plötzlich, während er zur dunklen Decke hinaufstarrte, er wolle mit seinem Leben etwas Sinnvolleres anfangen. „Eigentlich ändert es nichts, ob ich nun ein paar Krabben rette oder nicht. Ich meine, die Meere sterben, der ganze Planet wird zerstört. Überall auf der Welt verhungern Menschen, oder sie bringen sich gegenseitig um. Was bedeuten da schon ein paar Krabben?“

Helen war plötzlich kalt.

Ende April teilte er ihr dann beim Abendessen mit, daß er sich bei einer Hilfsorganisation in Afrika beworben und man ihn zu einem Vorstellungsgespräch nach Washington gebeten habe. Helen versuchte verzweifelt, nicht verletzt auszusehen. „Oh“, erwiderte sie. „Ist doch prima.“

„Es wäre nur für ein Jahr, Helen. Das geht so schnell vorbei.“ Er vermied es, ihr in die Augen zu sehen.

In der darauffolgenden Woche flog er zu dem Vorstellungsgespräch, und am nächsten Tag rief man ihn an und teilte ihm mit, daß er im Juni anfangen solle.

Es dauerte lange, bis sie darüber oder selbst über etwas anderes reden konnten. Draußen wurde es warm, doch im Haus herrschte Winter. Sie gingen distanziert höflich miteinander um. Auf diese Weise versuchte Joel seine Schuldgefühle zu ersticken und Helen ihre Wut.

Und mit dem Zorn kroch das vertraute alte Gefühl in ihr hoch, sie habe wieder einmal versagt. Sie hatte Joel alles gegeben, und es hatte nicht gereicht.

KAPITEL ZWEI

Seit zwei Monaten war er jetzt fort. Helen rief den Hund und ging am Strand entlang zurück.

Am Hintereingang hob sie ihre Tasche auf und drängte den unwilligen Buzz durch die Tür in die Küche. Sie machte kein Licht. Wohin sie auch sah, alles erinnerte sie an Joel. In einem vergeblichen Versuch, sie davon zu überzeugen, daß er zurückkäme, hatte er viele Sachen dagelassen. Bücher, ein Paar Stiefel, alle seine CDs.

Das rote Licht am Anrufbeantworter zeigte an, daß sie drei Anrufe erhalten hatte. Sie hörte sie im Dunkeln ab und schaute dabei auf den hellen Streifen, den das Mondlicht über die Bucht warf. Der erste war von ihrem Vater, der hoffte, sie sei gut nach Hause gekommen. Der zweite kam von Celia, die einfach nur hallo sagen wollte, und der dritte stammte von ihrem alten Freund und Kollegen Dan Prior.

Als sie einen Sommer lang auf Spurensuche im Norden von Minnesota unterwegs gewesen waren, hatte Helen eine kurze Affäre mit ihm gehabt. Dan gehörte zu den seltenen Ausnahmen im Katalog der Spinner, mit denen sie sonst ausging, aber die Geschichte mit ihm war trotzdem ein Fehler gewesen. Sie waren dafür geschaffen, Freunde zu sein, nicht Liebende. Wie alle attraktiven Männer war Dan außerdem verheiratet.

Sie hatten fast drei Jahre nicht mehr miteinander gesprochen, und es tat gut, seine Stimme zu hören. Er habe einen Job für sie, teilte er ihr mit, oben in Montana. Ob sie ihn zurückrufen könne?

Helen schaute auf ihre Uhr. Es war Viertel vor eins. Ihr fiel ein, daß sie heute Geburtstag hatte.

DAN PRIOR schlürfte seine dritte Tasse Kaffee, ohne den riesigen Braunbären, der hinter seinem Rücken aufragte, auch nur eines Blicks zu würdigen. Gemeinsam schauten sie auf die Tür, in der nun die ersten verärgerten Passagiere aus Salt Lake City auftauchten. Der Flug hatte Verspätung, und Dan wartete bereits seit einer Stunde, nicht ganz so lange also wie der Bär, den man vor zwanzig Jahren erlegt, ausgestopft und auf die Hinterbeine gestellt hatte, damit er die Besucher von Great Falls erschreckte.

Dan hatte das Wochenende damit zugebracht, die Hütte sauberzumachen, in der Helen wohnen würde, und den Vergaser des alten Pick-ups zu reparieren, den er für sie aufgetrieben hatte. Die Hütte gehörte der Forstverwaltung und stand an einem kleinen See in der Wildnis oberhalb von Hope.

Er fragte sich, ob Helen noch so aussah wie früher. Gestern abend hatte er ein Foto rausgekramt, das vor fünf Jahren im nördlichen Minnesota aufgenommen worden war, als sie dort zusammen gearbeitet hatten. Sie hockte vorn in einem Kanu, sah über die Schulter zu ihm nach hinten und lachte ihn mit ihren großen braunen Augen an. Sie trug ein weißes T-Shirt, auf dessen Rücken in roten Buchstaben ACHTUNG: ALPHAWEIBCHEN stand. Ihr langes braunes Haar war von der Sonne fast blond geworden. Er hatte vergessen gehabt, wie hinreißend sie aussah, und war lange sitzen geblieben, um dieses Bild anzustarren.

Was zwischen ihnen vorgefallen war, konnte man kaum als richtige Affäre bezeichnen. Damals hatte er ein Forschungsprogramm an der Universität durchgeführt, und Helen war eine seiner freiwilligen Helferinnen gewesen. Er hatte sich zu ihr hingezogen gefühlt, ihre Schlagfertigkeit geliebt, diesen widerborstigen Sinn für Humor. Außerdem war sie die gescheiteste Wolfsbiologin, die er kannte. Als sie dann am Ende eines langen Sommers eines Abends unter einem sternenübersäten Himmel in der Wildnis campiert hatten, war er seiner Frau das einzige Mal untreu geworden. Er hatte eine Weile gebraucht, um über diese Geschichte hinwegzukommen, aber irgendwann hatte er es geschafft. Helen und er blieben Freunde und Kollegen.

Während er jetzt die Menschenmenge nach ihrem Gesicht absuchte, überlegte er, ob es möglich war, die alten Gefühle von neuem zu wecken, doch zugleich ermahnte er sich, nicht so blöd zu sein.

Dann sah er sie. Helen entdeckte ihn ebenfalls und winkte ihm zu. Sie hatte Jeans und ein weites beigefarbenes Armeehemd an. Das einzige, was sich an ihr verändert hatte, waren ihre Haare, die sie jetzt kurz wie ein Junge trug.

Er lächelte, und sie umarmten sich. „Willkommen in Montana."

„Danke sehr, mein Herr." Sie trat einen Schritt zurück und betrachtete ihn. „Siehst gut aus, Dan. Macht und Erfolg scheinen dich nicht verändert zu haben."

„Schön, dich wiederzusehen. Was ist mit deinen Haaren passiert?"

„Frag nicht. Ich hab sie mir letzte Woche schneiden lassen. War ein Fehler."

Sie holten Helens Gepäck vom Band, zwei große Rucksäcke und einen ramponierten Koffer, und wuchteten es auf einen Karren.

„Ist das alles?" fragte Dan.

Sie warf ihm einen schuldbewußten Blick zu. „Na ja, fast."

Ein Angestellter der Fluglinie näherte sich ihnen mit einem Käfig, aus dem ein lautes Bellen ertönte. Helen bückte sich, machte die Klappe auf, und eines der seltsamsten Geschöpfe, die Dan je zu Gesicht bekommen hatte, begann, ihr Gesicht abzulecken.

„Das ist Buzz. Ist er nicht süß?"

„Tja, hoffen wir, daß die Wölfe derselben Ansicht sind."

ALS SIE auf die Fernstraße einbogen und nach Süden in Richtung Helena fuhren, kurbelte Helen das Fenster herunter. „Wie geht's Mary?" fragte sie.

„Ihr geht's gut. Wir haben uns vor zwei Jahren getrennt."

„Oh, Dan, das tut mir leid."

„Na ja, mir tut's inzwischen nicht mehr leid und ihr ganz bestimmt nicht. Und Ginny ist zum Glück drüber weg. Sie wird bald fünfzehn. Mary wohnt noch in Helena, das macht es einfacher. So kann Ginny uns beide sehen."

Er schwieg einen Moment, und Helen wußte, was jetzt kam.

„Wie läuft's bei dir? Ich meine, hast du …"

„Keine falsche Scham, Dan. Du willst wissen, wie es um mein Liebesleben bestellt ist?"

„Nein. Ja, okay, doch."

„Also, laß mich überlegen. Wir sind jetzt seit, warte mal, seit über zwei Jahren zusammen. Er hat lange sandfarbene Haare, braune Augen und redet nicht allzuviel. Und er hat die Angewohnheit, einem immer mit dem Schwanz um die Beine zu wedeln."

Dan lächelte.

„Ach was, ich habe zwei Jahre auf Cape Cod mit einem Typen zusammengelebt, aber er ist ... na ja, er ist verreist. Ich schätze, ich hänge gerade in so einer Art Warteschleife."

Sie schluckte und schaute aus dem Fenster. Dan bemerkte, daß er sich auf unsicherem Terrain bewegte, und wechselte das Thema. Er begann, sie über alles zu informieren, was geschehen war, seit der Wolf vor gut einem Monat in Hope aufgetaucht war. Seither, so berichtete er, sei es ihm gelungen, den Vorfall herunterzuspielen, und die Lage habe sich ein wenig entspannt. Allerdings habe vor zwei Tagen ein Ranger der Forstverwaltung östlich von Hope neue Spuren entdeckt.

In der Dienststelle machte er Helen mit den anderen bekannt. „Und das hier ist Fred." Dan tätschelte die Vitrine. „Der einzige hier, der nicht arbeitet."

Dann ließ er Sandwiches holen und verzog sich mit Helen in sein Büro, wo sie die nächsten Stunden damit verbrachten, anhand von Karten, Diagrammen und Fotografien auszuarbeiten, wie sie vorgehen sollte, wenn sie in Hope eintraf.

Sie hätten die Berge insgesamt dreimal überflogen und kein einziges Funksignal empfangen, erzählte Dan. Was immer sich dort herumtreibe, trage jedenfalls keinen Sender. Ihre Aufgabe sei es also, die Tiere zu fangen, ihnen ein Halsband zu verpassen und sie dann zu beobachten, um mehr über sie herauszufinden. Bill Rimmer habe sich bereit erklärt, ihr beim Aufstellen der Fallen zu helfen. Darüber hinaus sei es natürlich äußerst wichtig, ein freundschaftliches Verhältnis zu den ortsansässigen Ranchern aufzubauen.

Zum Schluß erklärte er ihr noch die wenig berauschenden Bedingungen ihres nur gering dotierten Zeitvertrags.

„Bekomm ich wenigstens einen Wagen, oder muß ich mich mit dem Mountainbike abstrampeln?"

Er lachte. „Ich zeig ihn dir. Die Hütte können wir uns morgen ansehen, aber ich dachte, du möchtest vielleicht schon einen Blick auf Hope werfen. Danach könnten wir was essen gehen."

„Klingt gut."

Sie gingen zum Parkplatz, wo ein Toyota Pick-up stand. Im Sonnenlicht sah er gar nicht so übel aus. Dan gab der Motorhaube einen liebevollen Klaps, und der Seitenspiegel fiel herunter.

Helen lachte. „Ist der für mich?"

Dan bückte sich, hob den Spiegel auf und gab ihn ihr. „Bis auf die letzte Schraube. Ich kann dir allerdings nur Kilometergeld erstatten. Einunddreißig Cent pro Kilometer."

„Wahnsinn, Dan, du weißt, wie man eine Frau verwöhnt."

Helen setzte sich ans Steuer. Sie ließ sich von Dan aus der Stadt und in Richtung Berge lotsen. So weit das Auge reichte, erstreckten sich zu beiden Seiten der Straße blaßgoldene Stoppelfelder und Wiesen mit Heuballen darauf. Himmel und Erde schienen grenzenlos zu sein, und die Straße verlief schnurgerade. Helen war zugleich aufgeregt und unsicher; sie verspürte das vage Gefühl, hier fehl am Platz zu sein. Sie dachte an Joel, wie sie es immer noch dutzendmal am Tag tat, und fragte sich, ob er in seiner neuen Welt Fuß gefaßt hatte oder sich so fühlte wie sie jetzt gerade, ohne Halt, nur eine Beobachterin.

Als die Berge näher kamen, wurde das Land vor ihnen zu einer öden Fläche, durchsetzt mit Felsen und durchzogen von Bachläufen, an denen Büsche wuchsen. Während sie über eine Hügelkuppe fuhren, sah Helen im Süden eine Reihe Pyramidenpappeln, durch deren Laub sie das Glitzern von Wasser zu erkennen glaubte.

„Das ist der Hope River", erklärte Dan.

Plötzlich ertönte hinter ihnen eine Hupe, so daß sie beide erschrokken zusammenfuhren. Während sie auf den Fluß geschaut hatte, war Helen etwas in die Mitte der Straße geraten. Im Rückspiegel sah sie jetzt unmittelbar hinter sich einen schwarzen Laster, der zum Überholen ansetzte. Als er auf gleicher Höhe war, drehte sie sich zum Fenster und schenkte den beiden undurchdringlichen Cowboygesichtern, die sie musterten, zur Entschuldigung ihr süßestes Lächeln, während Dan ihnen freundlich zuwinkte. Der Typ auf dem Beifahrersitz tippte mit der Hand an seinen Hutrand und schien fast zu lächeln, während der Fahrer nur den Kopf schüttelte und weiterfuhr.

„Kennst du die?"

Dan nickte. „Das sind die Jungs von Abe Harding. Sie haben eine kleine Ranch in der Nähe der Calders. Ihr werdet Nachbarn sein."

Helen schaute ihn an. „Oje, das fängt ja gut an."

„Keine Angst, sie werden dich nicht wegen deiner Fahrkünste hassen. Siehst du den Aufkleber?“

Sie mußte sich vorbeugen und die Augen zusammenkneifen, aber der rot durchkreuzte Wolfskopf am Heck des Lasters war noch zu erkennen. Darunter stand: KEINE WÖLFE. NIEMALS. NIRGENDWO.

„Na prima.“

Die Straße folgte den Windungen des Flusses, bis Helen nach etwa sechs Kilometern eine weiße Kirche auf einem niedrigen Hügel entdeckte. Gleich darauf ragten auch schon andere Gebäude über den Bäumen auf. Eine enge Brücke führte über den Fluß. Daneben stand ein Schild mit der Aufschrift HOPE (819 EINWOHNER). Hinter diesen Wörtern hatte ein unbekannter Spaßvogel in perfekter Punktierung drei saubere Löcher durch das Schild geschossen. So blieben die Stadt und ihre Bevölkerung gleichsam in einem immerwährenden Zustand der Ungewißheit.

Hinter der Brücke zeigte Dan nach vorn. „Nimm dahinten die Abzweigung.“

Helen bog von der Straße ab und hielt auf einem kleinen, kiesbestreuten Parkplatz am Fluß.

„Komm“, sagte Dan, „ich will dir was zeigen.“

Sie ließen Buzz im Wagen und gingen in einen sich am Flußufer entlangziehenden Park. Es war ein hübscher Flecken mit Rasenflächen, deren Grün von Sprinkleranlagen frisch gehalten wurde. Es gab Schaukeln und ein Klettergerüst, doch die Kinder spielten offenbar lieber Fangen unter den Rasensprengern.

Dan bog auf einen Pfad ein, der sich vom Parkplatz zu der weißen Holzkirche auf dem Hügel am anderen Ende des Parks emporwand. Er hielt den Blick gesenkt. Dann blieb er stehen. Er bückte sich, hob etwas Kleines, Weißes auf und gab es Helen.

„Scheint ein Stück Muschel oder so was zu sein.“

Er schüttelte den Kopf und zeigte auf den Boden. „Siehst du? Da ist noch mehr.“

Überall am Wegrand lagen diese weißen Splitter wie Schneereste, abgeschliffen und von zahllosen Joggingschuhen und Fahrradreifen zu immer feineren Partikeln zerrieben.

„Manchmal findet man größere Stücke“, sagte Dan. „Der Boden muß voll davon sein. Wahrscheinlich wächst der Rasen daher so gut.“

„Und was ist das?“

„Es stammt von einem alten Weg, der früher hier entlangführte. Es sind Wolfsknochen. Der Weg war mit Wolfsschädeln gepflastert."

Sie starrte ihn an und dachte, er wolle sie auf den Arm nehmen.

„Es stimmt. Tausende und Abertausende von Schädeln."

Und während die Kinder unter den Rasensprengern spielten und ihr Lachen in der Abendluft zu ihnen herüberklang, als wäre die Welt schon immer so gewesen, setzte sich Dan auf eine der Bänke und erzählte Helen, wieso es in Hope einmal einen Weg der Schädel gegeben hatte.

Seit undenklichen Zeiten war das Tal ein bevorzugter Lebensraum der Wölfe gewesen. Von den Schwarzfuß-Indianern, die hier ebenfalls lange gelebt hatten, als große Jäger verehrt, kannten sie es als Winterzuflucht für das Rotwild sowie als Passage von den Bergen hinab zu den Prärien, wo sie in großen Rudeln die noch größeren Herden der Bisons jagten. Um 1850 begann der weiße Mann sein großes Massaker an diesen Herden, was den Wölfen das Leben anfangs erleichterte. Denn die Jäger wollten vor allem das Fell der Bisons, und sie selbst konnten sich am Rest gütlich tun.

Dann überkam die Menschen jenseits des östlichen Ozeans ein großes Verlangen nach Wolfsfellmänteln. Und wie tausend andere Jäger im Westen begaben sich auch die Trapper, die Hope einst gegründet hatten, um auf Biberfang zu gehen, nun auf die Wolfsjagd.

Eine Flasche Strychnin kostete 75 Cent, und man brauchte zwei, um einen Bisonkadaver zu vergiften. Wenn man diesen an die richtige Stelle legte, konnte man mit ihm fünfzig Wölfe in einer Nacht erlegen. Mit der Giftjagd eines einzigen Winters waren bis zu zweitausend Dollar zu verdienen.

Jeden Morgen machte man sich auf die Suche nach Köderfleisch. Als die Bisons seltener wurden, nahm man mit jedem Tier vorlieb, das man auftreiben konnte, sogar mit kleinen Singvögeln. Die Köderstrecke war oft mehrere Kilometer lang und wurde kreisförmig angelegt. Wenn die Jäger dann am nächsten Morgen den äußeren Rand abritten, war die Gegend mit all den toten Tieren übersät, die hier gefressen hatten, und das waren bei weitem nicht nur Wölfe, sondern auch Füchse, Kojoten, Bären und Luchse.

Wenn der Winter sein Regiment antrat und die tägliche Ernte fürs Häuten zu hart gefroren war, schichteten die Wolfsjäger ihre Beute wie Feuerholz im Schnee auf. Der Winter des Jahres 1877 brachte eine der längsten Frostperioden, die man je in Hope erlebt hatte. Im März stapelten sich mehr als zweitausend ungehäutete Wolfskadaver rund um die Blockhütten der Jäger.

Doch dann lag eines Morgens Tauwetter in der Luft. Voll panischer Angst, sie könnten die Beute einer ganzen Saison verlieren, machten sich die Wolfsjäger mit ihren Messern ans Werk. Bei Sonnenuntergang war auch der letzte Wolf gehäutet und kein Fell verloren. Trunken vor Glück tanzten die Jäger von Hope bis zu den Knien in einem Matsch aus Blut und geschmolzenem Schnee.

Jahrelang hatten sie die gehäuteten Kadaver ans flache Ufer des Flusses geworfen, wo sich Aasvögel über sie hermachten und dann prompt am Strychnin starben. Doch nun sammelten die Wolfsjäger zur Erinnerung an ihr tapferes Tagewerk alle Knochen ein und legten damit das Fundament für einen Weg. Dann nahmen sie die Schädel, kochten sie, bis sie ganz sauber und weiß waren, und pflasterten mit ihnen ihren Pfad, dem von diesem Tag an der Schädel eines jeden getöteten Wolfs hinzugefügt wurde.

Schließlich war er fast einen Kilometer lang und führte dorthin, wo jene wohnten, die nach den Wolfsjägern gekommen waren. Denn inzwischen war im Tal das Muhen von Kühen zu hören, und die Stadt wuchs mit jeder neu eintreffenden Herde und versorgte die Rancher mit allem Nötigen. Schmied, Friseur, Hotelbesitzer und Hure – jegliches Gewerbe gedieh auf seine Art.

Auch die Wolfsjagd machte sich bezahlt wie nie zuvor. Vom Staat war eine Belohnung von einem Dollar auf jeden getöteten Wolf ausgesetzt, und die Farmer, deren Haß auf dieses Tier grenzenlos war, legten noch einen drauf. Denn seit die Bisons verschwunden waren und das Rotwild selten geworden war, hatten die Wölfe Geschmack an Rindfleisch gefunden. Außerdem waren Kühe leichter zu erlegen.

Dabei waren die Kräfte der Natur stets besser und radikaler im Töten, als es der Wolf allein je vermocht hätte; der arktische Winter 1886 vernichtete fast sämtliche Herden. Nur, warum sollte man auf das Wetter schimpfen oder auf Gott, wenn man den Teufel persönlich vor der Haustür hatte? Schließlich konnte man ihn jeden Abend hören, wie er sich da draußen herumtrieb und die Sterne vom Himmel herabheulte. So wurde der Wolf zum Sündenbock von Hope.

Mittlerweile hatten die Viehbarone enormen politischen Einfluß gewonnen, und so übernahm die Bundesregierung, angespornt durch einen Rancher-Präsidenten, den Kreuzzug gegen die Wölfe. Ab 1915 verfolgte eine Behörde namens U.S. Biological Survey, die eigentlich dem Schutz der Natur dienen sollte, mit methodischem Eifer und beträchtlichem Budget eine Politik der „absoluten Ausrottung“. Wie die Bisons, die sie einst gejagt hatten, gerieten nun die Wölfe selbst an den Rand des Aussterbens. Die meisten der alten Wolfsjäger wechselten das Gewerbe oder verschwanden. Man konnte nicht mehr davon leben.

In der weiten Wildnis um Hope konnten jedoch einige Wölfe überleben. Sie versteckten sich tief in den Wäldern und waren zu klug und zu mißtrauisch, um auf einen vergifteten Kadaver hereinzufallen. Eine schlecht aufgestellte Falle konnten sie aus einem Kilometer Entfernung riechen. Um solche Tiere zu fangen, brauchte es mehr als Geschick; man mußte wie ein Wolf denken.

Es gab nur noch einen in Hope, der das konnte.

Joshua Lovelace kam 1911 von Oregon in dieses Tal, angelockt durch ein in Montana neu erlassenes Gesetz, das die Belohnung für jeden getöteten Wolf auf fünfzehn Dollar erhöhte. Da er weit geschickter als seine Rivalen war, erhielt er von der Vereinigung der ortsansässigen Viehzüchter bald eine feste Anstellung.

Er war ein schweigsamer Mann, der die Geheimnisse seines Berufs sorgsam hütete. Doch für zwei Dinge war er bekannt. Zum einen benutzte er niemals Gift, weil das, wie er sagte, nur etwas für Schwachsinnige sei, die wahllos alle möglichen Tiere töteten. Für ihn war die Wolfsjagd eine Kunst äußerster Präzision. Zum anderen hatte er, wie zur Illustration seiner Überzeugung, eine Vorrichtung erfunden, für die er ein Patent beantragt hatte, wenn auch erfolglos. Er nannte seine Erfindung die „Lovelace-Schlinge“.

Sie bestand aus einer etwa fünfzehn Meter langen Stahldrahtschlinge, an der mit dünnerem Draht ein Dutzend mit Sprungfedern versehene Dreispitzhaken befestigt waren, von denen jeder mit einem Brocken Köderfleisch bestückt wurde; Joshua bevorzugte hierfür Hühnerfleisch. Dann legte man die Schlinge sorgfältig um die Wolfshöhle aus und verankerte sie mit einem Eisenrohr.

Wollte man optimale Ergebnisse, mußte man die Schlinge im Frühjahr, etwa drei bis vier Wochen nach der Geburt der Jungen auslegen.

Mit etwa drei Wochen bekommt ein Wolfswelpe die Milchzähne. Um diese Zeit wagt er sich auch zum erstenmal in die Welt hinaus.

Joshua prahlte, daß er stets genau wisse, wann die Schlinge gelegt werden müsse. Er wollte, daß sein Hühnchen für die Welpen das erste Stück Fleisch ihres Lebens war – und das letzte.

Er legte die Schlinge, wenn die Sonne unterging, zog sich dann an eine höher gelegene Stelle zurück und beobachtete bis zur Dunkelheit den Höhleneingang durch sein altes Armeefernrohr. Normalerweise kamen die Welpen erst hervor, wenn es schon zu dunkel war, um noch etwas sehen zu können. Daß man etwas gefangen hatte, hörte man am Jaulen der Jungtiere, sobald die Haken mit den drei Spitzen in ihren Kehlen aufschnappten. In der Dämmerung fand man dann fünf oder sechs winselnde Welpen, die rund um die Höhle wie Fische am Haken hingen. Meist war das Muttertier bei ihnen, stupste sie mit der Schnauze an, leckte sie ab und hatte vor Kummer alle Vorsicht vergessen.

Und das war das Schönste an der Schlinge: Wenn man nämlich clever war und nicht gleich beim ersten Tageslicht hineinplatzte, konnte man das ganze Rudel erwischen, ein erwachsenes Tier nach dem anderen abschießen, sobald es von der nächtlichen Jagd zurückkam. Erst dann ging man hin und gab den Welpen mit einer Axt oder dem Gewehrkolben den Rest.

Lovelace heiratete schließlich, doch seine Frau starb im Jahr darauf bei der Geburt ihres einzigen Kindes. Der Junge erhielt den Namen Joseph Thomas, aber sein Vater rief ihn schon bald nur noch J. T.

Zu der Zeit, als der Junge geboren wurde, hatte Lovelace auch den letzten Wölfen von Hope den Garaus gemacht. Inzwischen hatte er sich aber einen so guten Ruf erworben, daß er Angebote aus all jenen Gegenden bekam, in denen es noch Wölfe gab, die sonst niemand zu fangen vermochte. Und kaum konnte J. T. laufen, nahm Joshua ihn auf seine Jagdausflüge mit und unterwies ihn in der Kunst des Tötens. Die nächsten siebzehn Jahre verbrachten die beiden jeweils zur Hälfte in Hope; während der übrigen Monate aber bereisten sie den Kontinent von Alaska bis Minnesota, von Alberta bis Mexiko. Als das Reisen für seinen Vater Mitte der fünfziger Jahre zu beschwerlich wurde, arbeitete J. T. allein, und seit die Wölfe unter dem Schutz des Gesetzes standen, ging er mit wachsender Umsicht zu Werke.

Die Gegend um das alte Lager der Wolfsjäger von Hope war so strychninverseucht, daß sie viele Jahre lang gesperrt blieb. Dann kamen Bulldozer und ebneten das Gelände für einen Park ein.

In indianischen Sagen heißt es: Die Geister aller hingeschlachteten Wölfe leben weiter. Sie haben sich auf einem fernen Berg versammelt, wo der weiße Mann sie nicht finden kann. Dort warten sie auf den Tag, an dem sie wieder unbehelligt durch das Land streifen können.

KAPITEL DREI

Luke Calder lehnte sich in seinem Sessel zurück und wartete, während die Sprachtherapeutin das Videoband zurückspulte. Sie hatte ihn gerade aufgenommen, während er eine ganze Buchseite vorgelesen hatte. Er war dabei nur einmal ins Stottern geraten, das allerdings ziemlich stark. Aber er war dennoch stolz auf sich.

„Okay, Kleiner, dann wollen wir uns das mal anschauen."

Joan Wilson therapierte ihn seit fast zwei Jahren. Sie war eine große, freundliche Frau, die ein paar Jahre älter als seine Mutter war. Luke freute sich stets auf ihre wöchentlichen Sitzungen. Joan arbeitete für eine Kooperative, die einige der entlegeneren Schulen dieser Gegend betreute, doch während der Ferien fuhr er jeden Mittwochmorgen zu ihr hierher nach Helena in die private Sprechstunde.

Sie hatten bereits einige Male mit Video gearbeitet, weil Luke bemerkt hatte, daß sich in letzter Zeit nicht nur sein Mund verspannte, sondern er auch noch zu blinzeln begann.

Video-Luke hielt sich gar nicht schlecht. Er glitt über die Wörter hinweg, über die er sonst stolperte, M-Wörter wie *Musik* und P-Wörter wie *Paris*. Aber dann, als er zum nächsten M kam, holte er tief Luft, sein Mund verkrampfte sich, und er begann zu blinzeln.

Joan drückte auf den Pausenknopf, ließ Video-Luke mit vorgestülptem Mund erstarren. „Du hast das Wort kommen sehen."

„Ja. Ist eigentlich k-k-kein Problem. Wenn ich doch b-b-bloß nicht so b-b-blinzeln würde."

Sie spulte das Band zurück, ließ es noch einmal ablaufen und zeigte ihm, ab wann er begann, sich zu verspannen. Sie ließ ihn den Satz mehrere Male wiederholen, wobei er aufmerksam darauf achten sollte, was genau seine Zunge und sein Kiefer taten. Dann mußte er den ganzen Abschnitt noch einmal lesen, und obwohl er einige Male stotterte und sich wiederholte, blinzelte er kein einziges Mal.

„Du hattest recht“, sagte Joan. „Eigentlich kein Problem.“

Er zuckte die Achseln und lächelte. Sie wußten beide, daß der Erfolg in der Therapie eine Sache und der im normalen Leben eine ganz andere war. Mit Joan zu reden zählte nicht. Genausowenig, wie wenn er mit Tieren sprach. Beides war nicht die wirkliche Welt, in der die Wörter eine schreckliche Bedeutung hatten, in der sein Vater ihm eine einfache Frage stellte und er völlig blockiert war und wo Wörter wie *Milch, Butter* oder *Brot* einen alles verwüstenden Hagel von Schimpfen und Fluchen auslösen konnten.

Außer Joan (und Kathys Baby, aber das verstand noch kein Wort) gab es nur einen Menschen auf der Welt, mit dem er problemlos reden konnte, und das war seine Mutter. Sie war die einzige, die nicht den Blick abwandte, wenn er in Schwierigkeiten geriet. Und wenn er ins Stottern kam, wartete sie geduldig. So war es schon immer gewesen.

Nach der Analyse des Videobands war die Stunde vorbei. Joan begleitete Luke über den Flur, der zur Eingangshalle führte.

„Willst du mit dem College immer noch bis nächstes Jahr warten?“

„Ja. Mein Dad hält's für eine gute Idee.“

„Und was denkst du?“

„Ach, ich weiß nicht. Ist wahrscheinlich richtig so.“

Sie starrte ihn an, als würde ihr etwas in seinem Gesicht verraten, daß dies eine Lüge war. Joan wußte über ihn und seinen Vater Bescheid. Sie war davon überzeugt, daß in erster Linie dieser für sein Stottern verantwortlich war. Als Luke zum erstenmal erwähnt hatte, daß er im Herbst nicht gleich aufs College gehen wolle, hatte sie sich ziemlich aufgeregt und gesagt, je eher er von zu Hause fortkomme, um so besser sei das für ihn und sein Stottern.

Wahrscheinlich hatte sie recht. Schließlich wußte er ganz genau, weshalb sein Vater wollte, daß er vor dem College noch ein Jahr auf der Ranch arbeitete. Luke hatte sich in den Kopf gesetzt, Biologie an der Universität von Montana in Missoula zu studieren, ein Ort, an dem es in den Augen seines Vaters von Liberalen und fanatischen Tierschützern nur so wimmelte. Er wünschte sich, daß sein Sohn Kathys Beispiel folgte und Agrarwissenschaft auf der den Ranchern freundlich gesinnten Montana State University in Bozeman studierte, und er hoffte, daß ein Jahr praktischer Arbeit auf der Ranch Luke schon noch zur Vernunft bringen würde.

Dieser hatte gegen das Jahr nichts einzuwenden, wenn auch aus einem ganz anderen Grund. So konnte er nämlich weiterhin die Wölfe beobachten und sie, falls notwendig, vielleicht auch beschützen.

ALS ER zur Ranch zurückkam, war niemand zu sehen, doch würden sich spätestens zum Mittagessen alle einfinden. Neuerdings konnte Luke nur noch mittwochs, nach seiner Stunde bei Joan, mit den anderen essen, da sein Vater ihn angewiesen hatte, die Herde hoch auf die Bergweiden zu treiben. So nahm er meist nur Sandwiches mit und aß sie allein. Das war ihm sogar ganz recht.

Er ging auf sein Zimmer, um sich seine Arbeitssachen anzuziehen, damit er gleich nach dem Essen losreiten konnte. Eigentlich waren es zwei Zimmer, aus denen man eines gemacht hatte. Die andere, von einem Türbogen abgeteilte Hälfte hatte seinem Bruder gehört. Obwohl Luke sich in den Jahren seit dem Unfall etwas ausgebreitet hatte, war Henry doch noch präsent. Im Schrank hingen noch ein paar seiner Kleidungsstücke, einige Regale waren voll mit seinen Schulfotos, Sportpokalen und Jagdzeitschriften.

Die Regale in Lukes Zimmerhälfte waren mit einem museumsreifen Durcheinander von Dingen gefüllt, die er in den Bergen gesammelt hatte: Steine von seltsamer Farbe und Form, knorrige alte Äste, versteinerte Reste eines Dinosaurierknochens, Bärenklauen, Vogelfedern und Tierschädel. Bücher über nahezu alle Arten von Tieren standen ebenfalls dort, dazwischen versteckt jene über Wölfe.

Luke blieb noch etwa eine Stunde, ehe es Zeit zum Essen war, also beschloß er, einige von Joans Stimmübungen zu machen. Er legte sich aufs Bett, schloß die Augen und stellte sich vor, daß seine Stimme ein Fluß war, der seinem Mund entströmte, und er Wörter darauf treiben lassen und hinaus in die Welt schicken konnte.

Nach einer Weile wurde er schläfrig, die Wörter kamen langsamer, bis er schließlich einschlief und Stille sich ausbreitete, die nur vom Muhen eines weit entfernten Kalbes durchbrochen wurde. Still und leer bis auf die Erinnerungen, so war das Haus in letzter Zeit fast immer, seit Lukes Schwestern ausgezogen waren. Erst Lane, die einen Makler aus Bozeman geheiratet hatte, dann Kathy.

Am stärksten spürte man dies im Wohnzimmer. Es war ein großer

Raum, dessen Boden aus breiten Zederndielen bestand, während die weißverputzten Wände von kräftigem Kiefernholz umrahmt waren. In einer davon war ein Kamin eingelassen, an den anderen hingen die Bilder aller Henry Calders sowie die alten Uhren, die Lukes Mutter einmal gesammelt hatte. Seit Henrys Tod jedoch hatte Eleanor sie nicht wieder aufgezogen.

Es gab einen weiteren Wandschmuck, der – für Luke wenigstens – noch größere Bedeutung besaß: die Schädel der von vier Generationen erlegten Tiere. Alle Calders waren ausgezeichnete Schützen gewesen; sein Bruder hatte den ersten Wapitihirsch mit zehn Jahren erlegt, was zwar verboten war, aber seinen Vater mit großem Stolz erfüllt hatte. Es war eines von Henrys Lieblingskunststücken gewesen, seinen Hut quer durchs Zimmer auf die Hörner des Geweihs zu werfen.

Als Kind hatte Luke diese Trophäen unheimlich gefunden. Dabei hatte er normalerweise keine Angst vor Tieren; seiner Erfahrung nach war es einfacher, sich mit ihnen als mit Menschen anzufreunden. Deshalb lehnte er auch alles ab, was den Tieren Leid zufügte.

Eine Ranch war nicht gerade das ideale Zuhause für ein so sensibles Kind, doch Luke hatte stets sein Bestes getan, seine Gefühle zu verbergen. Er half bei den Arbeiten, die ihm zuwider waren, drückte Kälber zu Boden, wenn sie ihr Brandzeichen bekamen und ihm vom Geruch des verbrannten Fleisches übel wurde. Er aß auch Fleisch, obwohl es ihn dabei oft würgte. Um Anerkennung bei seinem Vater zu finden, war er sogar mit ihm auf die Jagd gegangen, hatte aber nur das Gegenteil erreicht.

Er war dreizehn gewesen, und seit Henrys Tod waren sechs Jahre vergangen, als ihn sein Vater gefragt hatte, ob er nicht versuchen wolle, seinen ersten Hirsch zu schießen. Luke hatte dieser Aufforderung mit Angst entgegengesehen und war doch zugleich enttäuscht gewesen, weil sie so lange ausgeblieben war.

Zu zweit ritten sie vor Morgengrauen los. Sein Vater trug die Winchester, dieselbe Waffe, mit der Henry seinen ersten Hirsch erlegt hatte. Beim Probeschießen ein paar Tage zuvor hatte Luke die Zielscheibe immer getroffen. Sein Vater war begeistert gewesen. „Du schießt ja fast so verdammt gut wie dein Bruder!“ hatte er gejubelt.

Es dauerte über eine Stunde, bis sie den Rand des Canyons erreichten. Sie krochen in eine geschützte Mulde unter einer alten Kiefer und starrten durch die Lücke zwischen den untersten Zweigen. Sein Vater reichte ihm das Fernglas. Ein Stück weit am Canyon entlang standen etwa zwanzig Hirschkühe. Ein wenig abseits knabberte ein einsamer Wapitihirsch, ein Zehnender, an der Borke einer Zitterpappel. Er stand keine siebzig Meter entfernt.

Luke gab seinem Vater das Fernglas zurück und fragte sich, ob er den Mut aufbringen würde zu sagen, daß er nicht schießen wolle.

„Kein Zwölfender wie bei Henry, aber der tut's auch", flüsterte sein Vater.

„V-v-vielleicht sollten w-w-wir lieber w-w-warten, bis ein Z-z-zwölfender auftaucht."

„Bist du verrückt? Das ist doch ein prächtiges Tier. Hier." Sein Vater reichte ihm das Gewehr. „Laß dir Zeit, Junge. Immer langsam."

Er half ihm, den Lauf durch die Lücke zu schieben. Luke preßte den Kolben an seine Schulter und sein Auge ans Zielfernrohr, dessen Gummimanschette sich klamm anfühlte. Durch das Fernrohr schien das Tier schockierend nah. Luke sah die mahlenden Kiefer, die schwarz glänzenden Augen, die Tropfen geschmolzenen Schnees, die an der Nase des Hirsches hingen.

„Er sieht m-m-mir ein bißchen zu jung für eine eigene Herde aus. V-v-vielleicht ist noch ein g-g-größerer Hirsch in der Nähe."

„Verdammt, Luke, wenn du ihn nicht willst, nehm ich ihn!"

Eine Stimme in ihm drängte ihn, seinem Vater die Waffe zurückzugeben, doch eine andere wies ihn darauf hin, worum es in diesem Moment ging: Es war seine letzte Chance, in den Augen seines Vaters ein Mann zu sein. Er mußte diesem Tier das Leben nehmen, sollte sein eigenes noch einen Wert haben.

Er atmete schnell. Sein Herz klopfte heftig, und er fühlte das Blut pulsieren, wo sich sein Auge gegen die Gummimanschette preßte. Wie ein Jo-Jo sprang das Fadenkreuz zwischen Kopf und Körper des Hirsches hin und her.

„Langsamer, Junge, langsam. Hol tief Luft."

Er spürte den Blick seines Vaters auf sich ruhen. Es war ihm klar, daß er danach beurteilt und sicher auch damit verglichen wurde, wie sich Henry damals verhalten hatte.

„Das Gewehr ist immer noch gesichert, Luke."

Mit zitternden Fingern legte er den Hebel um. Der Hirsch hob den Kopf und sah direkt ins Fernrohr.

„Hat er uns gesehen?"

Sein Vater schaute durch das Fernglas. „Jedenfalls hat er von irgendwas Wind bekommen. Wenn du es tun willst, dann tu's jetzt. Ziel direkt hinter die Schulter."

Luke schluckte. „Ich weiß." Sein Puls dröhnte ihm in den Ohren. Ihm kam es vor, als wäre die Welt zu einem Tunnel geschrumpft, in dem es nur noch zwei Lebewesen gab, ihn an dem einen und den Hirsch, der ihn anstarrte, am anderen Ende. Und da das Tier dort offenbar den Tod gesehen hatte, schreckte es auf und ergriff die Flucht.

Im selben Moment drückte Luke ab. Der Hirsch zuckte zusammen und stolperte. Die Herde Kühe stob auseinander und jagte voller Panik in den Schutz des Waldes.

„Du hast ihn erwischt!"

Der Hirsch ging in die Knie, doch dann stand er wieder auf und lief in unsicheren Sprüngen zwischen den Zitterpappeln davon.

Lukes Vater griff nach dem Gewehr und sprang aus der Mulde. „Komm schon!" Mit kräftigen Schritten stapfte er durch den Schnee voran, das Gewehr hielt er hoch über dem Kopf. Halb geblendet von der Sonne, folgte Luke ihm. „O Gott, bitte laß ihn noch leben, laß ihn bitte entkommen. Bitte, bitte", sagte er immer wieder vor sich hin.

Als sie die Pappeln erreichten, sahen sie Blut im Schnee und folgten der Spur zu einigen Kiefern, die den Rand der Schlucht säumten.

Sie hörten den Hirsch, ehe sie ihn sahen. Es war ein tiefer, kehliger Schrei, der fast wie die Tür eines verfallenen Hauses klang, die im Wind knarrt. Den Spuren nach war der Hirsch gestolpert und über eine Felskante gestürzt.

Lukes Vater tastete sich vorsichtig bis an den Rand vor und starrte hinunter. „Da ist dein Bursche, Luke. Hast ihn im Hals erwischt."

Luke spürte, wie sich seine Brust zusammenschnürte. Der Hirsch schrie jetzt erbärmlich, und das Echo in der Schlucht war so schrecklich, daß Luke sich zwingen mußte, sich nicht die Ohren zuzuhalten. Er näherte sich der Felskante, doch er fürchtete bei jedem Schritt, was er gleich zu sehen bekommen würde. Dann stand er neben seinem Vater und schaute hinunter. Der Boden fiel steil zu einem Geröllfeld ab. Etwa auf halber Höhe stand ein abgestorbener Baum, der den Sturz des Hirsches gebremst hatte; dort lag das Tier nun eingeklemmt und sah zu ihnen hinauf, während seine Hinterläufe hilflos in der Luft zappelten. In seinem Hals klaffte ein dunkles Loch, und Brust und Schulterblätter waren naß von Blut.

Lukes Vater schob eine weitere Kugel in den Lauf und reichte ihm das Gewehr. „Auf geht's, mein Sohn. Du weißt, was zu tun ist."

Luke nahm die Waffe, doch dann fühlte er, wie seine Lippen zu zittern begannen und ihm die Tränen in die Augen traten. Er versuchte, dagegen anzukämpfen, schaffte es aber nicht. Sein ganzer Körper bebte. „Ich k-k-kann nicht."

„Aber du mußt es tun. Er gehört dir nicht, wenn du es nicht tust."

„Ich w-w-will ihn nicht!"

„Komm schon, Luke. Er leidet, bring's zu Ende."

„Ich kann nicht."

„Ein Jäger führt zu Ende, was er angefangen hat."

„Ich b-b-bin kein Jäger!"

Sein Vater schaute lange auf ihn herab. Dann, eher traurig als wütend, schüttelte er den Kopf und nahm das Gewehr. „Nein, Luke, ich glaube, das bist du wirklich nicht."

Er schoß dem Tier ins Herz, und sie sahen zu, wie seine Läufe zuckten. Ohne den Blick von ihnen abzuwenden, erstarrte der Hirsch, stieß noch einen langen, gurgelnden Seufzer aus und lag endlich still.

Doch damit war es noch nicht vorüber. Sie banden ein Seil um den Kadaver und zogen ihn nach oben. Dann mußte Luke seinem Vater helfen, den Hirsch zu häuten und auszuweiden. Danach sägten sie den Kopf ab und zerteilten das Fleisch in einzelne tragbare Stücke. Die ganze Zeit über weinte Luke stumm vor sich hin.

Was sie nicht tragen konnten, hängten sie hoch in einen Baum, damit es nicht von Kojoten gefressen wurde. Luke schaute sich um. Beim Anblick der Gedärme im blutgetränkten Schnee sagte er sich, daß, wenn es tatsächlich so etwas wie eine Hölle gäbe, sie so aussehen und er gewiß dort enden würde.

Der Schädel des Hirsches wurde nicht zu den anderen an die Wand gehängt. Vielleicht verbot es Lukes Mutter, nachdem sie gehört hatte, was vorgefallen war. Doch selbst jetzt, nach fünf Jahren, tauchte das Tier manchmal in seinen Träumen auf und glotzte ihn an. Und dann erwachte er schweißgebadet.

ELEANOR CALDER verstaute die Einkäufe, die sie an diesem Mittwochmorgen in Hope gemacht hatte, im Kofferraum und stieg in den Wagen. Sie wollte schon den Motor anlassen, als ihr Blick auf das Schild ZU VERKAUFEN fiel, das immer noch im Fenster von Ruth Michaels'

Souvenirladen auf der anderen Straßenseite hing. Sie dachte erneut darüber nach, was Kathy gesagt hatte.

Vor etwa einem Monat hatte ihre Tochter erzählt, daß das Paragon zum Verkauf stehe, und Eleanor geraten zuzugreifen. Seit sie verheiratet war, schien es Kathys liebster Zeitvertreib zu sein, sich irgendwelche Projekte für ihre Mutter auszudenken.

„Ruth will eigentlich gar nicht aufhören. Sie hat nur zuviel Schulden und kann deshalb nicht weitermachen. Wenn du dich bei ihr einkaufst, könntest du sie den Laden führen lassen und selbst entscheiden, wieviel Energie du investieren möchtest."

Obwohl sie seither nicht mehr davon gesprochen hatten, mußte Eleanor doch oft daran denken. Ihre Töchter waren verheiratet, und Luke würde bald aufs College gehen; sie könnte also durchaus etwas brauchen, das diese Leere ausfüllte.

Sie kannte Ruth Michaels nur vom Sehen, hatte sie aber immer für eine aufgeweckte und freundliche Frau gehalten. Eleanor ging nur selten in ihren Laden, war aber jedesmal beeindruckt. Ruth verkaufte nicht den üblichen Touristenschund; sie hatte Geschmack, das sah man an ihrer Schmuckauswahl, an den Büchern und diversen Kunstgegenständen.

Noch ehe sie sich ganz entschieden hatte, lief Eleanor bereits über die Straße. Eine Glocke bimmelte, als sie die Tür öffnete und wieder schloß. Im Halbdunkel des Ladens war es kühl und still. Leise Musik erklang, und der kräftige Geruch von Kaffee lag in der Luft. Es war niemand zu sehen, aber aus dem hinteren Teil des Ladens, in dem sich die Cappuccinobar befand, waren dumpfe, zischende Geräusche zu hören. Als Eleanor näher kam, hörte sie Ruths Stimme. „Jetzt mach schon, du Luder! Jetzt *mach*!"

Auf dem Tresen stand eine riesige Kaffeemaschine aus Chrom, die plötzlich furchterregende Dampfwolken ausstieß.

„Hallo?" rief Eleanor zaghaft. „Ruth? Sind Sie das?"

„Nicht, wenn Sie von der Bank oder vom Finanzamt sind."

Über der Kaffeemaschine tauchte langsam Ruths Kopf auf. Als sie Eleanor sah, blitzte einen Moment lang Panik in ihren Augen auf, doch dann lächelte sie. „Mrs. Calder! Hallo! Tut mir leid, ich habe Sie nicht gehört. Was kann ich für Sie tun? Soll ich Ihnen einen Kaffee machen?"

„Wenn das Ding da explodiert, dann lieber nicht."

„Ach, die benimmt sich nur so, wenn sie glaubt, daß keiner da ist."

„Haben Sie einen ohne Koffein?"

„Na klar. Bitte, nehmen Sie doch Platz."

Eleanor setzte sich auf einen der Barhocker, während Ruth der Maschine zwei Cappuccini abrang. Eleanor schätzte sie auf Mitte bis Ende Dreißig und stellte überrascht fest, wie attraktiv sie war.

„Und? Haben Sie schon einen Käufer gefunden?" fragte sie dann. „Kathy sagte mir, daß Sie einen Partner für Ihr Geschäft suchen."

„Haben Sie draußen nicht die lange Schlange gesehen? Ach was, kein Mensch interessiert sich dafür."

Eleanor probierte den Kaffee; er schmeckte gut. „Nun", sagte sie, „ich vielleicht schon."

BUCK vermutete, daß das Kalb schon seit ein paar Tagen tot war. Es war nicht viel von ihm übrig. Bis auf ein paar Knochen und einige Streifen zerkautes Fell war die hintere Hälfte fast völlig verschwunden. Der Kadaver lag am oberen Ende eines tiefen Bachbetts, und das, was Vögel und Aasfresser übriggelassen hatten, war von der Sonne ausgedörrt. Nat Thomas würde es bestimmt nicht leicht haben herauszufinden, was passiert war.

Nat kniete sich neben den Kadaver und stocherte mit einem Messer und einer Zange zwischen Fliegen und Maden herum. Wie auch schon sein Vater vor ihm war er der Tierarzt der Calder-Ranch. Buck hatte ihn gleich angerufen. Er wollte eine unabhängige Meinung, bevor die Bundesbeamten den Kadaver in die Finger bekamen.

Buck mochte den Typen von der Naturschutzbehörde nicht, diesen Prior. Der andere Kerl, Rimmer von der Behörde für Wildschäden, schien zwar in Ordnung, aber wenn es hart auf hart kam, waren Beamte eben Beamte und stets auf seiten des Wolfs, jeder von ihnen, ausnahmslos.

Buck stand neben Clyde und blickte Nat über die Schulter. Es war Mittag, und er schwitzte noch immer nach dem steilen Aufstieg.

Clyde hatte das Kalb früh am Morgen gefunden, und Buck ärgerte, daß Luke nicht längst darauf gestoßen war. Gleich nach Princes Tod hatte er dem Jungen den Auftrag gegeben, die Herde auf die Pachtweiden zu treiben. Wenn Wölfe in der Gegend waren, mußte jemand das Vieh im Auge behalten, und da Luke sich hier oben auskannte und sonst zu nichts zu gebrauchen war, konnte er ebensogut diesen Job machen. Doch wahrscheinlich hatte er vor sich hin geträumt oder nach alten Knochen gegraben. Buck hatte keine Ahnung, wie er aus diesem Sohn je einen halbwegs brauchbaren Rancher machen sollte.

„Und, Nat? Wie lang ist es schon tot?“

„Na ja, drei bis vier Tage vielleicht.“

„Was sagst du, war’s ein Wolf?“

„Tja, ist ziemlich drauf rumgekaut worden, und nach einem Bären sieht’s nicht aus. Aber vielleicht ist es auch schon vorher tot gewesen, vom Blitz erschlagen worden, was weiß ich…“

„Vom Blitz erschlagen! Jetzt mach mal ’nen Punkt, Nat!“ Buck spürte, wie Wut in ihm aufstieg. Er war felsenfest davon überzeugt, daß hier ein Wolf am Werk gewesen war, wahrscheinlich derselbe, der Kathys Hund getötet hatte, eine von diesen Bestien, die die Behörden im Yellowstone freigelassen hatten.

„Also, Nat, gibst du mir nun recht, wenn ich behaupte, daß das hier ein Wolf war, oder nicht?“

Der Tierarzt stand auf und kratzte sich am Kopf. Buck sah ihm an, wie unangenehm es ihm war, so in die Enge getrieben zu werden. „Hm, weißt du, das ist wirklich nicht einfach.“

Buck legte ihm einen Arm um die Schulter. „Nat, ich will dir keine Worte in den Mund legen. Aber du weißt ja, wie diese fanatischen Tierschützer sind. Sie werden alles mögliche anstellen, um nicht zugeben zu müssen, daß es einer von ihren kostbaren Wölfen war. Ich will bloß ein bißchen Munition.“

„Na gut. Vielleicht war’s einer.“

„Also mit neunzigprozentiger Wahrscheinlichkeit? Achtzig?“

„Ich *weiß* nicht. Vielleicht.“

„Gut, also fünfundsiebzig Prozent.“ Buck nahm seinen Arm von der Schulter des Tierarztes. „Ich danke dir, Nat. Ich weiß das wirklich zu schätzen.“

Nat Thomas sah auf seine Uhr und meinte, er sei spät dran und müsse jetzt gehen. Doch Buck wußte, daß der arme Kerl einfach nicht mehr in der Nähe sein wollte, wenn die Bundesbeamten auftauchten. Er klopfte ihm auf die Schulter, und zusammen machten sie sich auf den Weg. „Ich fahr dich runter. Na los, Clyde, rufen wir diese Wolfsfanatiker an.“

„LUKE? Kommst du essen?“

Er schlug die Augen auf und sah seine Mutter neben dem Bett stehen. Er setzte sich auf und schwang seine Beine auf den Boden.

„Klar. Ich muß wohl eingeschlafen sein.“ Er sah ihren Augen an, daß etwas nicht stimmte. „Was ist los?“

Sie wandte den Blick ab und seufzte. „Clyde hat ein totes Kalb gefunden, und dein Vater macht deshalb ziemlich Theater.“

„W-wo? Oben auf den Pachtweiden?“

Sie schaute ihn an und nickte.

„Und er glaubt, daß es ein W-w-wolf war?“

„Ja, Nat Thomas glaubt es auch. Komm, bringen wir es hinter uns.“

Er folgte ihr zur Treppe. Wie um alles in der Welt war Clyde bloß auf das Kalb gestoßen? Und was sollte er selbst jetzt sagen?

Luke hatte den Kadaver vor zwei Tagen entdeckt. Im Sand hatte er Wolfsspuren und frische Losung gefunden, daher hatte er die Überreste des Kalbes in eine nahe Schlucht geschleift und mit Steinen zugedeckt. Dann hatte er mit einem Kiefernzweig die Spuren verwischt und schließlich die Losung beseitigt. Er war davon ausgegangen, daß man erst im Herbst etwas merken würde, wenn das Vieh zu Tal getrieben und gezählt wurde.

Als er auf die Küchentür zuging, hörte er die anderen miteinander reden. Clyde lachte mit den beiden Farmarbeitern Ray und Jesse, die ihnen beim Heuen halfen, verstummte aber sofort, als er eintrat. Alle schauten ihn an. Sein Vater saß am Tischende.

„Na, Luke“, sagte er. „Komm und iß. Sonst wird’s noch kalt.“

Er setzte sich neben Ray, der ihm zunickte. Luke wußte, daß sein Vater ihn beobachtete, hielt den Blick aber auf den Teller gerichtet, während seine Mutter ihm schöpfte.

„Also, Luke“, begann sein Vater. „Du hast wahrscheinlich schon gehört, daß wir ein totes Kalb gefunden haben.“

„Ja, Sir, w-w-wo habt ihr es g-g-gefunden?“

„Oben am Ripple Creek“, antwortete Clyde.

Jemand oder etwas muß den Kadaver gefunden und wieder zurückgeschleppt haben, überlegte Luke. Wer machte so etwas? Vielleicht waren die Wölfe noch einmal zurückgekommen.

Die Farmarbeiter spürten, daß dies hier eine Familienangelegenheit war, und stierten auf ihr Essen. Sein Vater hatte Luke nicht einen Moment aus den Augen gelassen. „Ich dachte, du würdest da jeden

Tag nachsehen“, fuhr er fort. „Nat Thomas nimmt an, daß es ein Wolf war. Dieser Prior versucht, Rimmer zu erwischen, und will heute nachmittag mit ihm herkommen. Aber mir macht Sorgen, wie viele tote Kälber da oben wohl noch sind.“

„Ich g-g-glaub nicht, d-d-daß…“

„Du wolltest diesen Job, Luke, aber wenn du ihn machen willst, dann mach ihn auch richtig, okay?“

Er nickte. „J-j-ja, Sir.“

„Vielleicht war es ja auch gar kein Wolf“, meldete sich seine Mutter zu Wort.

„Nat behauptet nun mal was anderes“, entgegnete Lukes Vater.

„Nat Thomas mußt du nur einen Zehner geben, dann schwört er dir, daß es der Osterhase war.“

Wenn seine Mutter so etwas sagte, spürte Luke erst, wie gern er sie hatte.

DAN HATTE ihr viel von Buck Calder erzählt, doch nichts davon hatte Helen auf den Schock der ersten Begegnung vorbereitet. Die schiere Körperlichkeit dieses Mannes war überwältigend. Dan hatte sie unten beim Haus vorgestellt, und sie hatten sich die Hand gegeben. Die von Buck Calder war riesig und kühl, und er hatte die ihre einen Moment zu lang gehalten, während er sie mit seinen fahlen Augen gemustert hatte. Der Blick war so direkt und intim gewesen, daß sie gespürt hatte, wie sie rot anlief.

Calders Schwiegersohn hatte im Büro in Helena angerufen, als sie und Dan gerade den Pick-up mit ihren Sachen und den Tonnen Vorräten beladen hatten, die sie im Supermarkt gekauft hatten.

Jetzt standen sie um das angeblich von einem Wolf gerissene Kalb herum. Bill Rimmer kniete daneben, und Dan filmte die Untersuchung. Auf der anderen Seite des Kadavers stand Calder mit seinem Schwiegersohn und wartete auf ihr Urteil.

Es war eine Farce. Die Verwesung war bereits so weit fortgeschritten, daß sich unmöglich feststellen lassen würde, wie das Tier den Tod gefunden hatte.

Irgendwo weiter unten wieherte ein Pferd. Helen schaute hinunter und sah Calders Sohn zwischen den Felsen zu ihnen heraufreiten. Sie hatte ihn schon unten am Haus gesehen, doch niemand hatte sich die Mühe gemacht, ihn vorzustellen, bis Dan ihr gesagt hatte, wer er war.

Ihr war gleich aufgefallen, wie gut er aussah, und sie hatte sich gefragt, wieso er sich nur still im Hintergrund hielt.

Luke saß in einiger Entfernung ab und blieb neben dem Pferd stehen. Als Helen nach einer Weile zu ihm hinübersah, ertappte sie ihn dabei, wie er sie mit seinen leuchtendgrünen Augen anstarrte. Sie lächelte, doch er wandte den Blick ab.

Rimmer richtete sich auf und holte tief Luft. „Tja, ich weiß nicht, wie Nat behaupten kann, daß dieses Tier von einem Wolf getötet wurde."

Calder zuckte die Achseln. „Erfahrung vermutlich."

Rimmer überhörte die Beleidigung. „Verstehen Sie, für eine genaue Aussage ist einfach nicht mehr genug davon übrig."

„Die Ansichten von Nat Thomas dürften doch wohl etwas objektiver sein als die so manch anderer Leute. Ihr vom Staat laßt die Wölfe frei rumlaufen, unsere Haustiere und unser Vieh töten und tut dann so, als wäre niemand schuld daran."

„Sir, ich –", setzte Dan an.

„Verscherzen Sie es sich nicht mit mir, Prior. Wär' keine gute Idee." Calder schaute über das Tal, und eine Weile sagte niemand ein Wort. „Na schön", seufzte er schließlich und wandte sich wieder an Dan. „Diese junge Dame soll also ausschließlich an diesem Fall arbeiten?" Er wies mit dem Kinn in Helens Richtung.

„Ja, Sir."

„Dann soll sie sich ranhalten, denn wenn ich noch ein einziges Kalb verliere, müssen wir die Sache selbst in die Hand nehmen."

„Nun, ich muß Sie wohl nicht an die Gesetze erinnern …"

„Nein, Sir, das müssen Sie wirklich nicht."

HELEN benötigte fast zwei Tage, um ihre Sachen auszupacken und die Hütte bewohnbar zu machen, und sie hätte noch länger gebraucht, wenn Dan ihr nicht geholfen hätte. Doch verglichen mit einigen anderen Orten, an denen sie bereits gehaust hatte, war die Blockhütte gar nicht so schlecht. Sie besaß ein Fliegengitterfenster in jeder Wand. In einer Ecke stand ein dickbäuchiger Ofen mit einer Herdplatte. Die Kiste daneben hatte Dan mit Brennholz gefüllt. Außerdem gab es noch einen Coleman-Gasofen mit zwei Brennern.

„Mann, hier kann ich ja richtige Dinnerpartys geben", sagte Helen.

Auf den wackligen Regalen neben dem Ofen standen diverse Tassen, Schüsseln und Teller, die das Wappen der Forstbehörde trugen.

Die Spüle aus abgeplatzter Emaille war mit einem schön geformten Pumpenschwengel ausgestattet, doch das Wasser lief in einen weniger schönen Putzeimer unter dem Becken ab. In der gegenüberliegenden Ecke standen zwei Etagenbetten. An sonstigen Möbelstücken gab es noch einen alten Schrank und einen einfachen Holztisch mit zwei Stühlen.

Der einzige Luxus bestand in dem kleinen Generator, den Dan draußen neben der Tür angebracht hatte, damit Helen den Laptop, ihre Stereoanlage und das von ihm besorgte Handy aufladen konnte. Außerdem wollte er bei der Telefongesellschaft noch eine Mailbox für sie einrichten lassen.

Hinter der Hütte befand sich ein kleiner Verschlag mit einer Art improvisierter Dusche – einem Eimer mit Löchern.

Am zweiten Nachmittag brachte Dan Halsbänder, Fallen und Kartenmaterial auf Computerdisketten herauf und lud Helen dann zum Abendessen in Nelly's Diner ein.

Sämtliche Wände des Lokals waren mit riesigen Fototapeten bedeckt, die Motive aus den Rocky Mountains zeigten. Der einzige Kellner war ein freundlicher Riese namens Elmer, der seine langen grauen Haare zu einem Pferdeschwanz zusammengebunden hatte. Darüber hinaus wiesen ihn Tätowierungen und ein schwarzes T-Shirt mit dem Aufdruck MOTORRADFANS FÜR JESUS als den Besitzer der Harley Davidson aus, die chromglänzend draußen vor dem Eingang stand. Als Helen und Dan hereingekommen waren, hatte er gesagt: „Engel mit euch." Sie hatten einen Augenblick gebraucht, bis sie begriffen hatten, daß dies als Begrüßung gemeint war.

Während sie aßen, schwelgten sie fast ausschließlich in Erinnerungen an die gute alte Zeit in Minnesota. Mit keinem Wort spielte Dan auf ihre kurze Affäre an, wofür Helen sehr dankbar war. Doch nach dem Essen nahm Dan einen Schluck Bier und lehnte sich zurück. „Weißt du, als Mary und ich uns getrennt haben, da hätte ich dich beinahe angerufen. Ich habe oft an dich gedacht. Und daran, was aus diesem Sommer damals geworden wäre, wenn ich nicht..."

„Hör auf, Dan."

„Tut mir leid."

„Das muß es nicht." Sie faßte über den Tisch, nahm seine Hand und lächelte ihn an. „Wir sind Freunde. Und im Moment brauche ich einen Freund mehr als, na ja, mehr als alles andere."

„Tut mir leid“, wiederholte Dan und entzog ihr seine Hand.

Zum Glück tauchte Elmer auf, und sie bestellten Kaffee.

„Sie sind die Wolfslady, nicht?“ fragte der Kellner.

„Stimmt. Woher wissen Sie das?“

Er zuckte die Achseln. „Das weiß doch die ganze Stadt.“

BUCK vergewisserte sich, daß die Straße leer war. Wenn er auf der Höhe ihrer Einfahrt ein Auto sähe, würde er einfach weiterfahren.

Vor einiger Zeit hatten sie ein Signal vereinbart. Waren die Vorhänge vor dem kleinen Fenster auf der Straßenseite zugezogen, bedeutete dies, daß sie Besuch hatte. Dann fuhr Buck weiter. Er freute sich, daß dies heute nicht der Fall war.

Er fand immer einen Grund, abends nicht zu Hause zu sein. Einmal war es irgendeine Sitzung, zu der er mußte, dann ein Nachbar, den es zu besuchen, oder ein Geschäft, das es in der Stadt zu tätigen galt. Und für die seltenen Augenblicke, in denen es knifflig wurde, hatte er Freunde, auf die er sich verlassen konnte. Doch meist brauchte er nicht einmal zu lügen, da Eleanor nie fragte, wohin er ging, und schon schlief, wenn er heimkam.

Er parkte hinter dem alten Kombi. Als er ausstieg, ging die Haustür auf, und er sah sie in ihrem schwarzen Bademantel im Türrahmen lehnen und ihn erwarten. Bei ihr angelangt, küßte er sie auf den Hals.

„Ruth Michaels, du bist doch wirklich die aufregendste Frau diesseits des Missouri.“

„Ach ja? Und wen hast du auf der anderen Seite?“

ALS ER später nach Hause kam und sich zum zweitenmal an diesem Abend auszog, fragte er sich, was Eleanor in Gottes Namen dazu gebracht hatte, Ruth Geld anzubieten.

Ruth selbst fand die Idee offenbar recht amüsant. Sie hatte ihm die Neuigkeit etwa eine halbe Stunde nach seiner Ankunft mitgeteilt, als sie verschwitzt und zufrieden auf ihrem Bett gelegen hatten, während er ohne bestimmten Grund an die hübsche junge Biologin, die dort oben allein im Wald hauste, gedacht und sich gefragt hatte, wie wohl seine Chancen bei ihr standen. Als hätte sie ihn für diese Gedanken bestrafen wollen, hatte Ruth ihm wie von einer längst beschlossenen Sache erzählt, daß Eleanor ihr aus der Patsche helfen und ihre Geschäftspartnerin werden wolle.

„Deine Partnerin?“

Ruth hatte gelacht. „Weißt du, als sie hereinkam, war ich schrecklich nervös und dachte, meine Güte, da kommt sie, sie weiß Bescheid. Und dann sitzt sie da mit ihrem Cappuccino und bietet mir Geld an.“

„Ruthie, ich hab dir doch gesagt, ich geb dir das verdammte Geld.“

„Dein Geld könnte ich nicht annehmen.“

„Und von ihr kannst du's?“

„Ja.“

„Das kapiere ich nicht.“

„Tja, mein lieber Buck, denk drüber nach.“

Jetzt stand er unter der Dusche und dachte wirklich darüber nach. Natürlich konnte er Eleanor nicht darauf ansprechen, solange sie ihm nicht selbst etwas sagte. Außerdem handelte es sich um ihr eigenes Geld; ihr Vater hatte es ihr vererbt. Doch wenn sie ihre Pläne in die Tat umsetzte, würde sein Leben komplizierter werden. Für Ruth schien dies erstaunlicherweise kein Problem darzustellen.

Er trocknete sich vor dem Spiegel ab. Während er wie immer seine Figur bewunderte, suchte er gleichzeitig nach Spuren, die Ruth hinterlassen haben könnte. Nichts zu sehen. Er grinste sich zu, ging ins Schlafzimmer und schlüpfte leise neben Eleanor ins Bett. Wie jeden Abend lag sie mit dem Gesicht zur Wand, ohne sich zu bewegen. Er konnte sie kaum atmen hören. Manchmal glaubte er, daß sie nur vorgab zu schlafen.

„Gute Nacht“, sagte er leise, erhielt aber keine Antwort.

ELEANOR hörte ihn seufzen und sich herumwälzen. Sie wußte, daß er sich zu ihr umgedreht hatte und sie beobachtete. Sie blieb ruhig liegen. Gleich würde er noch einmal kurz seufzen, sich dann auf den Rücken legen und wenig später zu schnarchen beginnen.

Wenn sie sicher war, daß er schlief, drehte sie sich manchmal leise um und musterte ihn ihrerseits. Sein im Schlaf entspanntes Gesicht wirkte fast kindlich, ja anrührend. Dann suchte sie in ihrem Herzen nach Spuren ihrer früheren Liebe und erinnerte sich an die Zeit, als sie mehr als Mitleid oder Verachtung für ihn empfunden hatte.

Vor ihrer Ehe hatte sie zwar nicht alles, aber doch ziemlich viel über Bucks Verhältnis zu Frauen gewußt. Er hatte ein entwaffnend offenes Geständnis abgelegt und sie davon überzeugt, daß er doch immer nur auf sie gewartet hatte. Sein Verlangen nach Frauen war eine Schwäche, und bei einem so starken Mann konnte Schwäche durchaus etwas Reizvolles sein – Eleanor hatte ihn in dem Glauben geheiratet, ihm helfen zu können.

Daß Buck Calder nicht bereit war, sich helfen zu lassen, oder ihm einfach nicht zu helfen war, stellte sich allerdings schon nach wenigen Jahren heraus, doch sie brauchte eine Weile, um sich diese Tatsache einzugestehen. Er war ein geschickter Betrüger, wählte die Frauen mit Bedacht und mied jene, die später vielleicht Schwierigkeiten machten. Diejenigen, die er mit ins Bett nahm, riefen ihn nie zu Hause an und hinterließen keine Spuren. Und Eleanor, der viel von der Schmach der betrogenen Gattin erspart blieb, ließ sich bereitwillig täuschen.

Doch als Kathy zur Welt kam, änderte sich alles. Die Geburt setzte zwei Wochen zu früh ein, als Buck gerade bei einer Viehzüchterkonferenz in Houston war. Alles geschah derart rasch, daß sie, das Neugeborene im Arm, erst spät am Abend von der Klinik aus in seinem Hotel anrufen konnte und auf sein Zimmer durchgestellt wurde. Eine Frau meldete sich, eine, die offenbar die Regeln noch nicht kannte.

Buck kam nach Hause und gestand. Um der Kinder willen erklärte Eleanor sich bereit, ihm zu vergeben, war es doch, wie er beteuerte, nur ein einmaliger Ausrutscher gewesen. Doch dann meinten zwei mitleidsvolle Freundinnen, ihr mitteilen zu müssen, mit wem Buck in den letzten Jahren noch alles ins Bett gegangen war – und dazu gehörten auch einige Frauen, denen Eleanor bis dahin vertraut hatte.

Heute wußte sie, daß sie den Rat ihrer Freundinnen hätte befolgen und Buck verlassen sollen, doch in einem Winkel ihres Herzens war sie überzeugt gewesen, ihn noch retten zu können. Dennoch sollten drei Jahre vergehen, ehe sie wieder mit ihm schlief. Dabei sehnte sie sich nach ihm. Manchmal wachte sie nachts voller Begehren auf und mußte all ihre Kraft aufbieten, um ihn nicht zu wecken und ihm in lustvoller Umarmung zu vergeben.

Auf genau diese Weise wurde dann Luke empfangen. Und während in den folgenden Monaten ihr letztes Kind in Eleanors Schoß heranwuchs, entdeckten sie und Buck eine Leidenschaft füreinander, die sie ebenso überraschte wie ihn. Er war der einzige Mann, mit dem sie je geschlafen hatte, doch erst damals war ihr Körper ganz für ihn erwacht.

Aber nach der Geburt von Luke war es mit der Leidenschaft vorbei. Für Buck, dachte sie später einmal, war es wahrscheinlich nur wie das Ende einer seiner Affären gewesen.

Sie verstand seine Kritik an Luke als Kritik an ihr selbst, denn der Junge war tatsächlich ihr Ebenbild, und seine Schwächen und Unzulänglichkeiten mußten auch die ihren sein. Schon bald zeichnete sich die neue Struktur ihres Lebens ab: Eleanor war müde und abweisend, und Buck ließ sich wieder auf neue Abenteuer ein. So begann der lange Winter ihrer Ehe. Ohne Begehren und Zuneigung blieb ihnen nicht einmal mehr die Wärme gegenseitigen Trosts, als der junge Henry starb.

Nun lag sie da, hörte Bucks Schnarchen zu und fragte sich, in welchem Bett er heute abend wohl schon gewesen war. Aber sie gab sich Mühe, sich nach all den Jahren nichts mehr daraus zu machen.

DAN BRACHTE Helen zu ihrem Wagen. Sie bedankte sich bei ihm für den schönen Abend und gab ihm einen Kuß auf die Wange.

„Engel mit dir", sagte sie, als sie losfuhr.

„Mit dir auch."

Helen fuhr bis zum Ende der asphaltierten Straße und bog dann auf den Kiesweg ein, der zum oberen Talende führte. Sie befuhr diese Strecke zum erstenmal im Dunkeln, und nachdem sie den Hauptweg verlassen hatte, gab es keine Schilder mehr.

Am Waldrand fand sie endlich die Reihe der fünf Briefkästen der hier oben verstreut liegenden Ranches, unter denen sich auch ihr eigener befand. Der Kiesweg wurde zu einem Sandweg, der sich steil und zerfurcht weitere sechs Kilometer zum Eagle Lake hinaufwand.

Der See lag in der flachen Senke einer großen Wiese, die sich im Frühsommer in ein Meer von Blumen verwandelte. Am westlichen Rand der Senke stand, etwa zehn Meter vom Wasser entfernt, die Hütte an einem sanften Hang, den ein Bach durchschnitt.

Helen stellte den Pick-up neben der Hütte ab. Während Buzz schnuppernd umherlief, lehnte sie sich an die Kühlerhaube und schaute zum Himmel hinauf. Es war kein Mond zu sehen, dafür leuchteten die Sterne um so mehr. Im See spiegelte sich eine Sternschnuppe, und sie wünschte sich gleich drei Dinge statt einem: daß Joel gesund war, wie versprochen zu ihr zurückkehrte und – woran sie am meisten zweifelte – wieder mit ihr zusammensein wollte.

Morgen wollte sie sich auf die Suche nach dem Wolf machen. Sie fragte sich, wo er sich wohl gerade herumtrieb. Bestimmt war er auf der Jagd, schlich wie ein Schatten durch das Unterholz.

Vielleicht sollte sie heulen wie ein Wolf und warten, ob sie Antwort erhielt. Dan hatte immer behauptet, daß kein Wolf in ganz Minnesota ihrem Ruf widerstehen könne. Sie hatte seit Jahren keinen Wolfsruf mehr nachgeahmt. Aber dann räusperte sie sich und legte den Kopf in den Nacken. Ihr erster Versuch klang wie ein Esel mit Halsschmerzen, und auch beim zweitenmal war sie nicht viel besser. Doch beim dritten Versuch klappte es: der tiefe Ansatz, danach der sich langsam ausweitende, volltönende Anstieg, der schließlich in der Nacht verklang.

Falls ein Wolf sie gehört hatte, gab er keine Antwort. Sie erntete nur ein Echo aus einem entlegenen Winkel der Berge. Doch es ließ Helen schaudern. Denn sie hörte in ihm das Klagelied ihrer eigenen trauernden Seele.

HERBST KAPITEL VIER

Sie erreichten den Bergrücken, schirmten ihre Augen vor der Sonne ab und blinzelten in den gewundenen Canyon, der unter ihnen lag. Es war drei Wochen her, daß Helen und Bill Rimmer die Fallen ausgelegt hatten.

In dem abgelegenen Canyon hatten sie Wolfsspuren und die dazugehörige Losung gefunden, die beide allerdings nicht mehr besonders frisch gewesen waren. Dieser felsige Trichter, in dem sich ein über die Berge herübergekommener Wolf durchaus ansiedeln konnte, war ihnen als der bisher vielversprechendste Ort erschienen, und so hatten sie beschlossen, zehn der insgesamt zwanzig Fallen hier aufzustellen. Die übrigen hatten sie mit Rücksicht auf Buck Calder entlang den beiden wahrscheinlichsten Wegen durch den Wald hinunter zu jenen Weiden installiert, die Calder und seine Nachbarn für den Sommer gepachtet hatten.

Jede Falle, ein mit einer Kette im Erdboden verankertes, getarntes Tellereisen, war mittels einer Schnur mit einem in der Nähe versteckten Senderhalsband verbunden. Sobald der mit einem Lauf in die Klammern der Falle geratene Wolf diese aus dem Boden zerrte, riß die Schnur einen kleinen Magneten vom Halsband ab, das daraufhin ein Signal aussandte.

Helen hatte die eine Hälfte der Fallen aufgestellt, Rimmer die andere, und sie hatten um ein Bier gewettet, wer den ersten Wolf fangen würde. Doch nach diesen drei Wochen war das Ergebnis immer noch gleich Null.

Zuerst hatte Helen geglaubt, etwas falsch gemacht zu haben. Nach etwa zehn Tagen hatte sie daher die Fallen anders verteilt, es auch mit neuen Orten versucht – nicht nur entlang den Wildpfaden, wo man normalerweise einen Wolf vermuten konnte, sondern auch oben auf dem Bergkamm und unten am Bach.

Es half nichts. Aber sie hatte auch sonst noch genug zu tun. Sie rief die Karten, die Dan ihr auf Diskette mitgebracht hatte, auf dem Bildschirm auf und trug nicht nur die genauen Positionen aller Fallen ein, sondern auch sämtliche Informationen, die sich vielleicht einmal als nützlich erweisen konnten: die Spuren von Wapitis und anderem Wild, das ein Wolf normalerweise jagte – sogar die Standorte des auf den Pachtweiden grasenden Viehs.

Sie wußte, wie wichtig es war, sich zu beschäftigen, um nicht ständig an Joel denken zu müssen.

Die Nächte waren am schlimmsten. Meistens dämmerte es bereits, wenn sie vom Überprüfen der Fallen zurückkehrte. Wenn sich ihr Handy wieder aufgeladen hatte, fragte sie die Mailbox ab und erledigte ihre Rückrufe. Jedesmal hoffte sie dabei auf eine Nachricht von Joel.

Dann fütterte sie Buzz, gönnte sich eine Dusche, machte sich etwas zu essen und verbrachte den Rest des Abends am Computer, schrieb oder las. Doch wenn es dunkel wurde und Schweigen sich über den Wald senkte, fiel es ihr immer schwerer, die Erinnerung an Joel in Schach zu halten.

Wenn sie es nicht mehr aushielt, ging sie hinunter zum See, wo sie sich schluchzend hinsetzte und die ganze Welt verfluchte.

Ihre Ausflüge in die Stadt waren etwas erfolgreicher, und allmählich lernte sie die Leute kennen. Sie hatte inzwischen auch die meisten ortsansässigen Rancher aufgesucht und ihren Charme spielen lassen. Sie waren überwiegend freundlich gewesen, und die meisten hatten ihr erlaubt, ihr Land zu betreten, solange sie ihnen nicht in die Quere kam und keine Weidegatter offenließ.

Nur Abe Harding hatte sie nicht erreicht. Dann sah sie ihn eines Tages in der Stadt vor dem Lebensmittelladen, lächelte ihn an und grüßte ihn, doch er ging an ihr vorbei, ohne sie zu beachten. Hardings Söhne waren gerade dabei, ihren Lieferwagen zu beladen, und Helen sah, wie sie sich dabei über sie lustig machten.

„Ach, denken Sie sich nichts deswegen“, sagte Ruth Michaels, als Helen ihr erzählte, was passiert war. „Abe benimmt sich immer so.“

Sie mochte Ruth, deren schelmischer Humor sie stets zum Lachen brachte, was ihr ebenso guttat wie der Kaffee. Außerdem war es ganz nützlich, jemanden zu kennen, der einem das Neueste über die Leute in der Stadt erzählte.

Als die Wochen vergingen, wurde es Helen allmählich peinlich, daß sie noch keinen Wolf gefangen hatte. Man riß bereits Witze über sie.

Seltsam war auch, daß sie immer wieder Fallen fand, die zugeschnappt waren. Sie konnte es sich nicht erklären. Es schien, als wäre es ohne äußere Einwirkung geschehen, da die Fallen nicht aus der Erde gezogen waren und somit auch nicht den Sender aktiviert hatten. Erst gestern war sie wieder auf drei zugeschnappte Fallen gestoßen, weshalb sie am Abend Bill Rimmer angerufen und ihn gebeten hatte, sie heute morgen zu begleiten.

Es war typisch, daß die Fallen unten im Wald alle unberührt gewesen waren. „Sie glauben bestimmt, daß ich mir das alles nur eingebildet habe“, sagte sie deshalb zu Rimmer, als sie jetzt hinunter zum Canyon stiegen.

„Das ist wie mit dem Wagen, der komische Geräusche macht“, tröstete er sie. „In der Werkstatt ist davon nichts mehr zu hören.“

Auch die ersten beiden Fallen, die sie im Canyon überprüften, sahen genauso aus, wie Helen sie gestern abend zurückgelassen hatte. Doch die nächste war zugeschnappt. Helen hatte sie neben einem schmalen, staubigen Wildpfad aufgestellt. Sorgfältig hob Rimmer sie mit einem Stockende an und untersuchte sie.

„Mit der Falle ist alles in Ordnung.“

Er legte sie wieder hin, folgte dem Pfad etwa zwanzig Schritt weit und musterte aufmerksam den Boden. Dann kam er zurück und ging die gleiche Entfernung in die andere Richtung.

„Kommen Sie und schauen Sie sich das an“, sagte er schließlich.

Helen ging zu ihm, und Rimmer zeigte auf den Pfad. „Sehen Sie die Rehspur, die hier einfach aufhört? Und nun schauen Sie hier.“

Sie gingen an der Falle vorbei zu der Stelle, an der er zuerst stehengeblieben war. „Sehen Sie, wie hier die Spur wieder beginnt? Das ist dasselbe Tier, das in dieselbe Richtung läuft.“

„Sind Sie sicher?"

„Absolut. Was immer auch die Falle zuschnappen ließ, hat hinterher seine Spuren verwischt. Ich hatte schon mit ein paar verdammt cleveren Wölfen zu tun, aber so clever sind sie nun auch wieder nicht."

Bei der nächsten Falle war es dasselbe: Sie war zugeschnappt, und sämtliche Spuren waren verwischt. Bei einer weiteren fanden sie dann Wolfsspuren und frische Losung direkt auf der zugeschnappten Falle.

Helen stieß einen Freudenschrei aus. „Wenigstens gibt es ihn!"

Rimmer blickte stirnrunzelnd zu Boden. „Stimmt, aber ich glaube nicht, daß er den Mechanismus ausgelöst hat. Sieht eher aus, als hätte er dran geschnuppert, sein Geschäft verrichtet und wäre dann wieder seiner Wege gegangen."

„Sie glauben, die Falle war schon zugeschnappt, als er auftauchte?"

„Denke schon. Mir scheint auch, daß hier der Sand gefegt wurde, bevor der Wolf kam. Deswegen sieht man seine Spuren so deutlich."

Sie suchten die Nachbarschaft der Falle ab. Rimmer ging in die Hocke und schnupperte an einem Grasbüschel.

„Ist ja ein verdammt merkwürdiger Geruch. Fast wie Ammoniak." Er riß das Büschel aus und gab es Helen, die ebenfalls daran roch.

Kurz darauf fand Rimmer einen frisch abgebrochenen, mit Staub bedeckten Stengel Beifuß. Er hielt ihn hoch, um ihn ihr zu zeigen. „Eine Art Besen. Jemand führt uns hier an der Nase rum."

HOPES Jahrmarktplatz hatte schon bessere Tage gesehen. Früher war es hier das ganze Jahr über lebhaft zugegangen: auf Handwerksmärkten, bei Wettschießen, diversen Paraden und Rodeos. Übriggeblieben war davon allein der Jahrmarkt mit Rodeo, und selbst dieses Fest hatte unter dem großen Konkurrenzdruck anderer Veranstaltungen auf einen einzigen Samstag Mitte September reduziert werden müssen.

Höhepunkt der Veranstaltung war immer ein Konzert, das in diesem Jahr von der Sängerin Rikki Rain aus Billings bestritten wurde.

Eleanor stand an einer der Buden und sah über die Menge hinweg ihrem Mann zu. Er hatte seinen Arm um Rikki gelegt, die gerade ihre wasserstoffblonden Locken in den Nacken warf und auf etwas, das er gesagt hatte, mit einem kehligen Lachen antwortete.

Eleanor trank ihren Eistee aus und schlenderte dann an den Ständen vorbei. Es war ihre Idee gewesen, daß das Paragon einen eigenen aufbauen sollte, und sie war stolz darauf, daß einer ihrer ersten Vorschläge als neue Geschäftspartnerin so gut angekommen war. Sie hatten hier an einem Tag so viel verkauft wie sonst in einer Woche.

Als sie den Stand erreichte, fiel ihr auf, daß Ruth mit beinahe wütender Miene in die Menge starrte. Eleanor folgte ihrem Blick und sah, daß sie offenbar auch zu Buck hinüberschaute, der immer noch mit dieser Sängerin beschäftigt war.

Rührend, dachte Eleanor, daß Ruth sich meinetwegen solche Sorgen macht.

BUCK wünschte Rikki alles Gute und versprach, nach der Show noch einmal vorbeizuschauen, war sich aber nicht sicher, ob er das wirklich wollte. Die Sängerin sah von weitem besser aus als aus der Nähe, und daß seine Frau und seine Geliebte am Stand drüben wie die besten Freundinnen miteinander plauderten, machte das Leben auch nicht einfacher. Er drehte sich um und ging in die andere Richtung davon.

Dort sah er allerdings Abe Harding mit besorgter Miene aus der Menge auftauchen. Der hatte ihm gerade noch gefehlt. Seit dreißig Jahren waren sie Nachbarn, hatten sich in all der Zeit aber kaum näher kennengelernt. Hardings Ranch paßte mehr als zwanzigmal in seinen eigenen Besitz. Zudem war Abes Boden wesentlich schlechter. Es war ein offenes Geheimnis, daß er eine zu hohe Hypothek aufgenommen hatte, weshalb er stets knapp vor dem Ruin stand.

„Hallo, Nachbar, wie geht's denn so?"

Abe nickte. Seine Augen stierten unter dem dunklen Wulst der Brauen hervor. „Haben Sie 'nen Augenblick? Es geht um diesen Wolf, der Kathys Hund gerissen hat."

„Wir gehen davon aus, daß er sich mittlerweile auch eines unserer Kälber geholt hat."

„Hab ich gehört. Dieser Wolf, das war doch so ein großer schwarzer Bursche, richtig?" Als Buck nickte, fuhr Harding fort: „Tja, wir haben ihn gesehen. Und es waren noch zwei andere Tiere bei ihm."

„Wo?"

„Oben auf den Pachtweiden. Wir sind rauf, um ein paar neue Salzbrocken auszulegen, da haben wir dieses Heulen gehört. Und dann haben wir sie gesehen, den großen schwarzen und noch zwei graue."

„Waren sie hinterm Vieh her?"

„Nein, aber sie hatten's vor. Hätte ich meine Knarre dabeigehabt, hätte ich sie erwischt."

„Aber wenn Sie die Wölfe abknallen, wandern Sie vielleicht sogar in den Knast."

Abe gab keine Antwort, sondern kniff einfach nur die Augen zusammen. „Jedenfalls treiben wir früh zusammen und bringen die Herde runter, damit wir sie im Auge behalten können. Ich habe mich gefragt, ob Sie uns nicht vielleicht einen Arbeiter zur Aushilfe rüberschicken könnten."

„Natürlich, gern. Ach, sagen Sie, Abe, haben Sie dieser Biologin davon erzählt?"

„Warum sollte ich? Diese Leute haben die Viecher ja überhaupt erst auf uns losgelassen. Ich sag Ihnen, wenn ich ein einziges Kalb verliere, dann mach ich denen die Hölle heiß."

LUKE war nur zum Jahrmarkt gekommen, weil er es seiner Mutter versprochen hatte. Er wollte nicht lange bleiben. Die Qualität von Rikki Rain lieferte ihm einen guten Anlaß, möglichst bald wieder zu verschwinden. Ein weiterer war, daß er gerade einige Mitschüler aus seiner Abschlußklasse entdeckt hatte, darunter auch Cheryl Snyder, hinter der er während des ganzen letzten Schuljahres hergewesen war. Sie war das einzige Mädchen, das er bisher geküßt hatte – für sein Alter eine recht magere Bilanz.

In der Schule war Cheryl eines der nettesten und hübschesten Mädchen gewesen, weshalb sie meist von den schlimmsten Typen umschwärmt worden war. Vier davon spielten sich auch jetzt gerade vor ihr und ihrer Freundin Tina Richie auf.

Luke wollte gerade zwischen den Ständen hindurchschlüpfen und verschwinden, als er ihre Stimme hörte.

„Luke! He, Luke!"

Er drehte sich um und tat überrascht. „Oh, hallo, Ch-ch-cheryl."

Sie kam auf ihn zu, während die anderen ihr etwas langsamer nachschlenderten. „Ich habe dich den ganzen Sommer noch nicht gesehen, Luke."

„Na ja, ich habe auf der Ranch g-g-gearbeitet." Wie schon zu Schulzeiten suchte er in ihren Augen nach einem Anzeichen von Belustigung, Verlegenheit oder auch Mitleid, was bei weitem das schlimmste gewesen wäre.

„Wir haben dich im Fernsehen gesehen, als der Wolf sich den Hund deiner Schwester geschnappt hat", sagte Tina, und einer der Jungen,

ein Großmaul namens Jerry Kruger, stieß ein komisches Heulen aus.
„Habt ihr ihn noch mal gesehen?“ fragte Cheryl.

„Den Wolf? Nein. W-w-wahrscheinlich ist er längst w-w-weitergezogen. Aber ich m-m-muß mich jetzt auf den W-w-weg machen.“

„Okay“, sagte Cheryl. „Bis später dann.“

Als er weiterging, hörte Luke, wie Kruger ihn lachend nachäffte. „W-w-wahrscheinlich ist er längst w-w-weitergezogen.“

Es WAR kühler geworden, und Helen wünschte sich, sie hätte ihren Pullover mitgebracht. Die meisten Leute, die sie in den letzten Wochen kennengelernt hatte, besuchten den Jahrmarkt, und bis auf die Hardings hatte sie mit fast allen einen Schwatz gehalten.

Helen wußte, daß es allmählich Zeit war aufzubrechen, aber es fiel ihr schwer, sich loszureißen. Sie sehnte sich nach Gesellschaft.

Während sie dem Treiben der Menschen von Hope zuschaute, fühlte sie sich von deren Gemeinschaftssinn und davon berührt, wie sehr sie in diesem Ort und dieser Art von Leben verwurzelt waren. Alles hier war trotz der Hektik der heutigen Zeit im Kern unverändert geblieben.

Allmählich lichtete sich die Menge, und an einigen Ständen wurde bereits zusammengepackt. In diesem Augenblick entdeckte Helen Luke Calder im Gespräch mit seinen Freunden. Ohne selbst gesehen zu werden, lauschte sie dem Wortwechsel. Daß er stotterte, überraschte sie. Aber als dieser kleine Angeber ihn nachäffte, hätte sie dem Kerl am liebsten eine geknallt. Bestimmt hatte Luke ihn noch gehört. Zielstrebig lief er jetzt durch die Menge, und da er den Weg zum Parkplatz eingeschlagen hatte, folgte Helen ihm. Er hielt kurz am Paragon-Stand und verabschiedete sich von Ruth und seiner Mutter, dann ging er weiter.

„Luke?“

Er blieb stehen und drehte sich um. Als er sie sah, zuckte er erschrocken zusammen. Dann lächelte er nervös und tippte grüßend an seinen Hut. „Oh, hallo.“

Während sie auf ihn zuging, fiel ihr auf, daß er bestimmt fünfzehn Zentimeter größer war als sie. Buzz begrüßte ihn wie einen alten Freund, und Luke ging in die Hocke, um ihn zu streicheln.

„Wir sind einander noch gar nicht richtig vorgestellt worden. Ich heiße Helen.“ Sie streckte ihm die Hand hin.

„Ja, w-w-weiß ich." Er bemerkte ihre Hand erst jetzt. „Oh, t-t-tut mir leid, ich h-h-hab ..." Er stand auf, und sie gaben sich die Hand.

„Und Ihr neuer Freund hier heißt Buzz."

„B-buzz. Das ist ein netter Kerl."

„Sie bleiben nicht, um sich die Musik anzuhören?"

„Nein, nein. Ich m-m-muß was er-erledigen. Gefällt es Ihnen?"

Helen runzelte die Stirn. „Na ja ..."

Luke lachte, und seine großen grünen Augen schimmerten sanft. Für einen kurzen Augenblick ahnte Helen, wie er wirklich war. Aber gleich darauf war jede Spur des Lächelns wieder aus seinem Gesicht verschwunden.

„Nun, ich fürchte, mir ist es immer noch nicht gelungen, Ihren Wolf zu fangen."

Er blickte hastig auf. „Wieso denn *m-m-mein* Wolf? Ich hab ihn noch nie gesehen."

Helen sah, wie er rot anlief. „Das weiß ich. Ich meinte bloß ..."

„Ich g-g-geh jetzt l-l-lieber. Wiedersehen."

Helen blieb einen Moment lang stehen und fragte sich, was sie falsch gemacht hatte. Sie winkte, als Luke davonfuhr, aber er erwiderte ihren Gruß nicht, sah nicht einmal zu ihr herüber. Sie stieg in ihren Wagen und folgte ihm aus der Stadt hinaus, aber da er schneller fuhr, sah sie von ihm nur noch eine graue Staubwolke, als sie von der Straße abbog.

An ihrem Briefkasten an der Abzweigung zum See hielt sie. Seit sie in Montana arbeitete, hatte sie zwar Briefe von ihren Angehörigen erhalten, aber keinen einzigen von Joel. Dabei hatte sie ihm mindestens fünf- oder sechsmal geschrieben. Vielleicht waren ihre Briefe nicht angekommen. Vielleicht gab es dort, wo er sich aufhielt, Schwierigkeiten mit der Post.

Buzz schaute ihr vom Pick-up aus traurig zu, als sie den Deckel ihres Briefkastens öffnete. Er war leer.

SEIT ihrer Ankunft hatte er sie beobachtet. Sogar in jenen ersten Tagen, als Dan Prior ihr geholfen hatte, die Sachen abzuladen und die Hütte in Ordnung zu bringen. Und auch an dem Abend, als sie spät zurückgekommen war und unten am Wasser dieses unglaubliche Heulen von sich gegeben hatte. Wie auch jetzt, hatte er im Schutz der Bäume am anderen Seeufer gestanden und inständig gehofft, daß ihr kein Wolf antwortete.

Manchmal, wenn er am Waldrand weiter in nördlicher Richtung gegangen war und sich näher herangewagt hatte, hatte er durch die offene Tür einen flüchtigen Blick auf sie erhascht, wie sie telefonierte oder an ihrem Tisch mit all ihren Karten und dem Computer saß.

Luke versuchte sich einzureden, daß er ihr nicht nachspionierte. Er wollte nur verhindern, daß sie seine Wölfe fand. Doch je mehr Zeit verstrich, um so schwerer fiel es ihm, dies selbst zu glauben.

Sie hatte so traurig gewirkt, als sie am See gesessen und geweint hatte. Am liebsten wäre er zu ihr gegangen, hätte sie in den Arm genommen und ihr gesagt, daß alles in Ordnung sei. In der vorletzten Nacht hatte er sogar von ihr geträumt.

Er warf einen Blick über den See. In der Hütte rührte sich nichts. Ausnahmsweise hatte sie die Vorhänge zugezogen und sogar die Tür geschlossen, aber das Licht brannte, draußen stand ihr Pick-up, und er hatte den Hund bellen hören. Sie war also zu Hause. Mehr brauchte er nicht zu wissen, um sich beruhigt an seine nächtliche Arbeit zu machen.

Während er sich leise durch den Wald davonschlich, dachte er wieder an die Begegnung mit ihr auf dem Jahrmarkt. „*Wieso denn m-mein Wolf? Ich hab ihn noch nie gesehen!*" Gott, wie dumm, so etwas zu sagen. Er hatte sich deswegen schon hundertmal verflucht. Sie war wirklich nett, und das war ein Teil des Problems, genau wie bei Cheryl. Ständig machte er sich vor interessanten Frauen zum Narren, so daß er am Ende als genau der Trottel dastand, für den ihn solche Idioten wie Jerry Kruger hielten.

Moon Eye graste, wo er ihn zurückgelassen hatte, gleich neben dem Bach, der hier in Kaskaden durch eine enge, hohe Felsschlucht am südlichen Ende des Sees hinabstürzte. Luke schwang sich in den Sattel und lenkte das Pferd durch den Bach und dann den Wald hinunter zur ersten Falle.

Er ging übrigens nicht davon aus, daß Helen den Wölfen wirklich schaden wollte. Doch wenn sie ihnen erst mal ein Halsband verpaßt hatte, würden sie nicht mehr frei sein. Dann konnte man sie jederzeit aufspüren und sich ihrer entledigen. Einfach verrückt, daß diese Biologen das nicht kapierten.

Anfangs war die Sache mit den Fallen für ihn fast wie ein Spiel gewesen. Es hatte ihm Spaß gemacht, Helen und diesen Typen vom Amt für Wildschäden zu beschatten, als sie ihre Fallen aufgestellt hatten.

Danach hatte er zuerst in einem Tierladen in Helena ein paar grüne Kristalle gekauft, die normalerweise Hunde und Katzen davon abhalten sollten, auf den Rasen zu koten. Er hatte sie an den Hunden auf der Ranch ausprobiert und war zu dem Schluß gekommen, daß sie nicht stark genug waren, um Wölfe abzuhalten. Also war er wieder in die Stadt gefahren, hatte Insektenschutzmittel, Ammoniak sowie diverse Sorten Pfeffer gekauft und alles zu einer klebrigen Flüssigkeit vermengt. Als er an dem Resultat gerochen hatte, wäre er beinahe in Ohnmacht gefallen, und bei den Hunden hatte es einfach phantastisch gewirkt. Er hatte seinem Produkt sogar einen Namen gegeben: „Wolf-Stopp".

Die beiden Strecken, auf denen Helen und Rimmer Fallen vom Wald zu den Pachtweiden hinunter aufgestellt hatten, waren ein Kinderspiel gewesen. Sie wirkten wie Korridore, und durch eine Barriere aus Wolf-Stopp hatte er den Zugang an beiden Enden verriegelt. Ermüdend war dabei lediglich gewesen, hinterher seine Spuren zu verwischen.

Die Fallen im Canyon hatten ihm größeres Kopfzerbrechen bereitet. Hier war die einzige Möglichkeit gewesen, um jede einen Ring zu sprühen. Doch wenn Helen eine davon verlegte, ohne daß er sie dabei beobachten konnte, verbrachte er Stunden damit, die Falle wiederzufinden.

Schlimmer noch war, daß er vor ein paar Tagen seine Tasche mit dem Wolf-Stopp auf dem Weg nach oben verloren hatte. Es war ihm nichts anderes übriggeblieben, als ein paar Fallen zuschnappen zu lassen, ohne den Peilsender auszulösen, den sie daran befestigt hatte. Das hatte er bislang nur gemacht, wenn ihm das Wolf-Stopp kurzfristig ausgegangen war.

Die Erklärung für sein nächtliches Fortbleiben von zu Hause war einfach. Er hatte seinem Vater vorgeschlagen, auf den Pachtweiden zu kampieren, um auch nachts ein Auge auf die Herde haben zu können. Seine Mutter hatte das zwar übertrieben gefunden, sein Vater aber hatte zugestimmt.

Der einzige Tag, an dem er regelmäßig abends nach Hause kam, war der Dienstag, damit er sich vor seiner Sprachtherapie am nächsten Morgen duschen, rasieren und ausschlafen konnte.

Allmählich zog sich der Himmel jetzt zu, aber noch schien der Mond, so daß er seine Taschenlampe nicht brauchte, um die Fallen ausfindig zu machen. Nach knapp einer Stunde hatte er die beiden Strecken im Wald überprüft, seine Spuren verwischt und ritt nun den langen, steilen Anstieg zum Canyon hinauf.

Wo sich die Wölfe in diesem Augenblick befanden, wußte er nicht genau. Letzte Woche war er zweimal zu der Wiese hinaufgestiegen, wo sie einen Großteil des Sommers verbracht hatten, doch beide Male hatte er keine Spur von ihnen entdeckt. Vor einigen Nächten hatte er allerdings ihr Geheul gehört. Natürlich ließ sich schwer sagen, woher es kam, da die Berge jeden Laut verfälschten, doch er vermutete sie oberhalb des Wrong Creek, etwa eineinhalb Kilometer nördlich.

Am Eingang zum Canyon stieg er ab, band Moon Eye an eine Weide und lief los.

Helen hatte drei Fallen am oberen Ende eines von Rotwild genutzten schmalen Pfades aufgestellt, der an dichtem Wacholdergestrüpp entlangführte. Unterhalb davon fiel der Boden steil ab und war mit Büffelbeeren bedeckt, zwischen denen Luke jetzt stehenblieb. Er vermutete, nur noch wenige Schritte von der ersten Falle entfernt zu sein.

Der Mond war mittlerweile wolkenverhangen. Luke nahm die Taschenlampe und lief langsam durch die Büffelbeerbüsche. Schon nach wenigen Schritten sah er den Wolfskot, den Helen ausgelegt hatte, um die Wölfe zu täuschen; er war also an der richtigen Stelle. Gleich dahinter ragte das Grasbüschel empor, und dazwischen war die Falle vergraben, sorgsam mit Erde und Steinen getarnt. Er hockte sich hin und begann, den Kot zu besprühen.

„Was zum Teufel tun Sie da?“

Die Stimme erschreckte ihn derart, daß er das Gleichgewicht verlor und der Länge nach zwischen den Büffelbeeren auf den Rücken fiel. Dabei verlor er die Taschenlampe. Luke hörte, wie jemand von den Bäumen her auf ihn zurannte. Rasch rappelte er sich auf und hastete den Abhang hinunter.

„O nein! Wart nur, dich krieg ich schon!“ Mit einem Satz sprang Helen über den Pfad. Wer immer auch vor ihr war, hatte zehn Schritte Vorsprung. Die Büsche ratschten über ihre Beine.

Der flüchtende Mann hielt auf eine Gruppe Erlen zu. Als er sie erreichte, hörte Helen einen seiner Stiefel gegen einen Felsen krachen. Der Unbekannte stolperte und stürzte kopfüber ins Unterholz.

Ohne nachzudenken, warf Helen sich mit einem Hechtsprung auf ihn, als er gerade versuchte, wieder auf die Beine zu kommen. Mit einem lauten Grunzen ging er unter ihr zu Boden. Sie rollte von ihm herunter, war aber noch zu sehr außer Atem, um etwas sagen zu können. Und jetzt? schoß es ihr plötzlich durch den Kopf. Mitten in der Wildnis hatte sie einen fremden Mann angegriffen; sie mußte den Verstand verloren haben.

Sie erhob sich. „Keine Mätzchen, mein Freund. Ich bin von der Naturschutzbehörde, und Sie sind verhaftet!"

Doch noch während sie das sagte, begriff sie, daß er nicht in der Verfassung war, sich zu wehren. Mit angezogenen Knien lag er auf der Seite und rang keuchend nach Luft. Im Schein ihrer Taschenlampe sah Helen sein verzerrtes und staubbedecktes Gesicht. Sie konnte es einfach nicht glauben.

„Luke? Um Himmels willen..."

Sie kniete sich neben ihn, während er versuchte, wieder zu Atem zu kommen. Schließlich half sie ihm, sich aufzusetzen, und wischte Dreck und Zweige von seinem Rücken. Im Lampenlicht sah sie, daß seine Stirn blutete, und nahm ihr Taschentuch heraus.

„Sie haben sich verletzt. Soll ich...?"

Er nahm ihr das Taschentuch aus der Hand und wischte sich das Blut selbst ab.

„Waren Sie das? Von Anfang an?"

Er nickte und schaute dabei zu Boden.

„Aber warum, Luke? Wollen Sie nicht, daß ich den Wolf fange? Ihr Dad will das jedenfalls."

Er stieß ein leises, freudloses Lachen aus. „O ja, der w-w-will das."

„Aber Sie nicht?"

Er zuckte die Achseln, wich ihrem Blick aus.

„Wir wollen ihn nicht fangen, um ihn zu töten oder fortzuschaffen, Luke. Wir legen ihm nur einen Peilsender um. So wird er geschützt."

„Es gibt m-m-mehr als einen. Es sind neun, ein ganzes R-r-rudel."

„Sie haben sie gesehen?"

Er nickte. „Und Halsbänder können sie nicht beschützen. Damit kann man sie nur l-l-leichter loswerden."

„Aber das stimmt nicht."

„Warten Sie's nur ab."

Eine Zeitlang sprachen sie beide kein Wort. Dann sah er sie schließlich an. Etwas in seinen Augen rührte sie. Etwas Einsames und Verlorenes, das ihr wie in einem Spiegel ein Stück von ihr selbst zeigte.

LUKE saß auf einem Stuhl neben dem Ofen und reckte die Stirn ins Licht, damit Helen die Wunde säubern konnte, während Buzz zusammengerollt zu seinen Füßen lag.

Sie beugte sich über ihn, und er beobachtete ihr Gesicht, wie sie sich vor Konzentration auf die Lippe biß. Sie roch wunderbar.

„Das wird jetzt ein bißchen weh tun, okay?“

Er nickte, konnte aber nicht verhindern, daß er zusammenzuckte, als sie die Wunde mit Jod betupfte.

„Das kommt davon, wenn man sich an meinen Fallen zu schaffen macht.“

Lächelnd schaute er sie an. Es war erstaunlich, wie sie reagiert hatte. Als sie aus den Bäumen auf ihn zugestürzt war, hatte er kurzzeitig geglaubt, sie wolle ihn umbringen. Aber auf dem Weg zur Hütte hatte sie über seinen Bericht sogar lachen müssen. Sie hatte ihn dazu überredet, ihr die Flasche Wolf-Stopp zu zeigen, und wäre, als sie daran gerochen hatte, beinahe umgefallen.

Er hatte ihr erzählt, wie er die Wölfe entdeckt und sie seither beobachtet hatte. Und als sie versucht hatte, ihn davon zu überzeugen, daß es richtig war, ihnen ein Halsband anzulegen, hatte er festgestellt, daß ihr das Überleben der Tiere ebenso am Herzen lag wie ihm.

Jetzt klebte sie ihm ein Pflaster auf die Stirn. „So, das war's.“

„Danke.“

Sie hatte Wasser für einen Kakao auf den Kocher gestellt, das in diesem Moment zu brodeln begann. Während sie mit dem Topf hantierte, schaute Luke sich in der Hütte um. Sie war ziemlich vollgestopft, sah aber im Licht der Gaslampe warm und gemütlich aus.

Als Helen die Becher mit heißem Kakao brachte und auf den Tisch stellte, betrachtete sie Luke mit einem verschmitzten Lächeln. Er begann, sich ein wenig zu entspannen.

„Bin ich immer n-n-n-noch verhaftet?“

Helens Haar schimmerte im Lampenlicht. Sie nahm sich ihren Kakao, wölbte die Hände um die Tasse und nahm nachdenklich einen Schluck. „Kommt drauf an.“

„Worauf?“

Sie griff nach einer der Karten und breitete sie vor ihm aus. „Darauf, ob Sie mir zeigen, wo ich diese Wölfe fangen kann.“

KAPITEL FÜNF

Buck Calder zügelte sein Pferd auf einem kahlen Felsvorsprung, der aus dem Wald über seinen Pachtweiden ragte. Über die Bäume hinweg blickte er in der frühen Morgensonne auf die Wiesen und das Tal hinab, das sich in Richtung Hope erstreckte.

Er war mit Clyde zu Abe Hardings Weiden unterwegs, um ihm bei der Herde zur Hand zu gehen. Doch vorher waren sie noch zu ihrer eigenen Pacht geritten, um Luke abzuholen, der ihnen helfen sollte.

Weiter unten sah Buck Clyde aus dem Wald auf ihn zureiten. Sie hatten sich getrennt, um die Weide rascher überprüfen zu können. Dem Vieh schien es gutzugehen, aber seinen Sohn hatte Buck nicht zu Gesicht bekommen.

„Hast du ihn gefunden?“ rief er seinem Schwiegersohn zu.

„Nein.“

Buck schüttelte den Kopf. Wie so oft hatte ihm allein der Gedanke an Luke die gute Laune verdorben. Er wartete, bis Clyde ihn erreicht hatte, riß dann ohne ein Wort sein Pferd herum und lenkte es auf den Holzfällerweg, der zu den Weiden der Hardings führte.

Er hatte es für einen guten Einfall gehalten, Luke auf die Herde aufpassen zu lassen. Doch jetzt war er sich da nicht mehr so sicher. Clyde traf Luke nie an, sooft er auch heraufkam. Und im Haus schien der Junge auch nur noch dann aufzutauchen, wenn sonst keiner da war – von dem einen Mal vor zwei Tagen abgesehen, als er mit dieser Verletzung auf der Stirn zum Frühstück erschienen war. Beim Reiten sei ihm ein Zweig ins Gesicht geschlagen, hatte er seine aufgeregte Mutter beruhigt.

Manchmal trieb der Junge Buck zur Verzweiflung. Er konnte nicht anders, als Luke mit dem Sohn zu vergleichen, den er verloren hatte, und fragte sich zuweilen, was in der Zukunft wohl aus der Ranch werden würde. Er dachte immer öfter daran, Clyde und Kathy die Zügel anzuvertrauen, wenn es einmal soweit war.

Doch daß die Calder-Ranch nach all den Jahren von jemandem geführt werden sollte, der einen anderen Namen trug, empfand Buck als

Schande. Er hatte es nicht vermocht, einen ordentlichen männlichen Erben zu zeugen, der noch lebte und den Stammbaum fortsetzte – und die ganze Welt wußte darüber Bescheid.

Der Holzfällerweg war so schmal, daß die Pferde nicht nebeneinander laufen konnten. Daher ritt Clyde hinter ihm und behielt seine Gedanken für sich, wofür Buck ihm dankbar war. Unterhaltungen zählten nicht gerade zu Clydes Stärken, doch wo diese dann lagen, ließ sich auch nicht ohne weiteres sagen. Er hatte einen Zug an sich, den Buck manchmal irritierend fand: eine fast hündische Dankbarkeit. Er war stets zu sehr darum bemüht, auf die Launen seines Schwiegervaters Rücksicht zu nehmen, immer ein wenig zu sehr darauf aus zu gefallen. Doch egal; Kathy besaß genug Verstand für beide. Außerdem gingen sie und das Baby Clyde über alles. Und vor harter Arbeit scheute er auch nicht zurück.

Als sich der Wald lichtete, sah Buck Abe und seine beiden Söhne am Fuß der Weide auf ihren Pferden warten. Harding nickte, als er Buck und Clyde näher kommen sah.

„Hallo, Abe. Tut mir leid, daß wir so spät dran sind. Wir haben Luke gesucht."

„Hab ihn gesehen, als wir raufgekommen sind, vor einer Stunde ungefähr. Fuhr mit dieser Wolfsfrau Richtung Wrong Creek."

„Was zur Hölle hat er denn mit der zu schaffen?" meinte Clyde.

Abe spuckte einen Mundvoll schwarzen Tabaksaft aus. „Fragen Sie mich nicht."

Es dauerte eine Weile, bis das nächste Wort fiel. Buck wollte nicht, daß seine Stimme verriet, wie wütend ihn diese Neuigkeit machte. „Und? Wie läuft's?" fragte er schließlich.

„Bisher vier Kühe ohne Kälber. Die Euter sind ganz ausgetrocknet."

„Glauben Sie, daß es die Wölfe waren?" fragte Clyde.

„Wer denn sonst?"

Buck und Clyde machten sich an die Arbeit. Nach einer Stunde hatten sie sämtliche Kühe und Kälber zusammengetrieben. Abe entdeckte noch zwei weitere Kühe mit trockenen Eutern. Von ihren Kälbern war keine Spur zu sehen. Harding war ganz blaß, und sein Augenlid zuckte, als hätte er Mühe, sich unter Kontrolle zu halten.

Als sie die höher gelegenen Hänge hinter sich hatten, konnten die Hardings die Tiere ohne weitere Hilfe zur Ranch treiben.

Buck und Clyde bogen auf einen schmalen Pfad ein, der sich durch den Wald hinauf zu dem See schlängelte, an dem die Hütte dieser Helen Ross stand. Buck hielt es für sinnvoll, dort nach Luke zu suchen. Selbst wenn er nicht da war, konnten sie ihm an der Tür die Nachricht hinterlassen, daß er sofort nach Hause kommen solle. Der Junge hatte einiges zu erklären.

LUKE wartete neben dem Pick-up und sah Helen zu, die langsam den Weg abschritt. Über dem Kopf drehte sie eine H-förmige Antenne, während sie gleichzeitig sämtliche Frequenzen auf dem kleinen Empfänger abhörte, der in einer Ledertasche an ihrer Schulter hing.

Sie hatten anderthalb Tage gebraucht, um sämtliche Fallen umzusetzen. Luke war sich ziemlich sicher, daß die Wölfe beim Wrong Creek gewesen waren, als er sie hatte heulen hören; jedenfalls war er sofort mit Helen dort hinaufgestiegen. Tatsächlich hatten sie frischen Wolfskot und Spuren gefunden, und ein Schwarm Raben hatte sie zu dem Kadaver eines alten Elchbullen geführt.

Am gestrigen Nachmittag hatte Luke Helen dann auch die verlassene Höhle gezeigt. Sie hatte ihre kleine Stirnlampe aufgesetzt und war wie eine Höhlenforscherin in dem Loch verschwunden. Sie war so lange fortgeblieben, daß er schon begonnen hatte, sich Sorgen zu machen. Doch dann war sie mit den Stiefeln voran wieder aufgetaucht, hatte sich, mit grauem Staub bedeckt, rückwärts herausgeschlängelt und ihm ganz aufgeregt die Stirnlampe gereicht.

„Jetzt sind Sie dran."

Luke hatte den Kopf geschüttelt. „Nein, nein, ich k-k-kann…"

„Jetzt machen Sie schon, keine Angst."

Also hatte er sich hineingleiten lassen. Der Gang hatte ein paar Meter tief in den Berg geführt und war so eng gewesen, daß Luke die Schultern hatte einziehen und sich mit den Schuhspitzen vorwärts schieben müssen.

Im Licht der Lampe hatten die Wände fahl und glatt ausgesehen. Er hatte nicht die geringsten Hinweise auf Wölfe entdeckt, ein paar helle Haare ausgenommen, die an einigen Baumwurzeln an der Decke gehangen hatten. Das Ende des Gangs hatte sich zu einer etwa einen Meter breiten Kammer geweitet, und Luke war eine Weile keuchend liegengeblieben. Er hatte an das Weibchen gedacht, das hier seine Jungen geboren, ihre blinden Gesichter geleckt und sie gesäugt hatte.

Dann hatte er die Lampe ausgeknipst und den Atem angehalten, eingehüllt in Stille und Dunkelheit. Dabei hatte er daran denken müssen, einmal gelesen zu haben, das Leben sei ein Kreislauf vom Dunkel des Schoßes zum Dunkel des Grabes. Er hatte nie verstanden, warum man sich vor dem absoluten Nichts des Todes fürchten konnte. Er wäre zufrieden hier an Ort und Stelle gestorben.

Als er sich blinzelnd wieder ans Sonnenlicht geschoben hatte, war er einfach mit dem herausgeplatzt, was ihm durch den Kopf gegangen war – und das hatte ziemlich dumm geklungen. Doch Helen hatte einfach nur genickt, und er hatte ihren Augen angesehen, daß sie ihn verstanden hatte.

Jetzt sah er, wie sie plötzlich erstarrte und dann einen Freudenschrei ausstieß. Luke wußte, daß sie ein Signal empfangen hatte.

„W-w-welche ist es?"

„Fünf-sechs-zwei. Die haben Sie selbst gesetzt, beim Weidengestrüpp, wissen Sie noch?"

Sie sprangen ins Auto, und Helen fuhr so schnell, daß Luke bezweifelte, lebend am Ziel anzukommen. Die ganze Fahrt über neckte sie ihn, was für ein Anfängerglück er habe, nachdem sie so lange vergeblich den Wölfen nachgestellt hatte. Luke versprach ihr lachend, es niemandem zu verraten.

Sie stellte den Wagen auf einer Lichtung ab und entschied, daß Buzz im Pick-up bleiben mußte. Dann wanderten sie am Creek entlang, bis sie die Hochebene mit dem Elchkadaver erreichten.

Als sie sich dem Wildwechsel näherten, der am Weidengehölz vorbeiführte, sah Helen das Loch, wo die Falle aus dem Boden gerissen worden war, sowie die lange Furche vom Ankerhaken der Kette, die der Wolf hinter sich hergezogen hatte, als er Deckung gesucht hatte.

Zuerst war kein Laut zu hören und keine Bewegung zu erkennen. Doch dann hörte Helen die Kette klirren und wußte, daß er festsaß. Irgendwo im Weidengehölz mußte er stecken, knapp zehn Meter von der Stelle entfernt, an der sie standen. Sie flüsterte Luke zu, er solle sich nicht vom Fleck rühren, da sie erst die Lage prüfen wolle, und folgte dann vorsichtig der Kettenspur ins Dickicht.

Sie hatte ihm schon erklärt, daß man stets nachschauen müsse, wie fest das Bein des Wolfs in der Falle klemme und wie groß dessen Bewegungsspielraum sei. Wenn man ein Alphatier gefangen hatte, mußte man aufpassen. Unter Umständen stürzte der Wolf sofort los und schlug einem bei der geringsten Chance die Zähne ins Fleisch.

Wieder hörte Helen die Kette klirren. Gleichzeitig raschelte es im Gebüsch, so daß ein Schauer gelber Blätter niederging, hinter dem sie helles Fell aufblitzen sah. Luke hatte ihr gesagt, das Weibchen sei fast weiß. Helen drehte sich zu ihm um und flüsterte: „Ich glaube, wir haben die Mom."

Sie stand jetzt unmittelbar vor dem Dickicht, konnte die Wölfin aber immer noch nicht richtig sehen. Plötzlich wurden die Zweige auseinandergepeitscht, und gefletschte Zähne, ein rosiger Gaumen und gelbe Augen schossen auf sie zu. Helen erschrak so sehr, daß sie einen Satz nach hinten machte, ausrutschte und auf den Hintern fiel. Doch sie ließ den Wolf nicht aus den Augen und sah, wie sein Kopf wieder zurückzuckte und verschwand, sobald sich der Zug der Kette bemerkbar machte. Als sie aufstand, grinste Luke sie an.

„Sie haben recht, es *ist* Mom", sagte er.

„Übrigens macht man das so; man läßt sich immer zuerst auf den Hintern fallen. Dann fühlen sich die Wölfe gleich besser."

Luke lachte und zeigte auf einen Felsbrocken einige Meter vor dem Dickicht. „Vielleicht können wir da mehr sehen."

Er hatte recht. Sie hätte es gleich an dieser Stelle probieren sollen. „Okay, Sie Schlaumeier."

Sie kletterten auf den schmalen Felsen und starrten ins Dickicht hinunter. Die Wölfin war etwa sieben Meter entfernt, zog knurrend die Lefzen hoch und schaute sie an.

„Ist sie nicht schön?" flüsterte Luke.

„Ja, das ist sie." Helen sah, daß die Fangbügel der Falle den linken Vorderlauf des Tiers umklammert hielten und der Anker der Kette in einem Gestrüpp feststeckte. „Die läuft uns so schnell nicht mehr weg. Sieht aus, als kämen wir von der anderen Seite am besten an sie ran."

Sie sprangen vom Felsen herunter und eilten zu der Stelle zurück, wo sie ihre Rucksäcke abgesetzt hatten.

Helen holte den Injektionsstab mit der daran befestigten Spritze hervor und zog die nötige Menge Betäubungsmittel auf. Dann näherten sie sich der Wölfin von der gegenüberliegenden Seite durch das Dickicht. Als sie die letzten schützenden Büsche beiseite schoben, versuchte das Tier erneut, sich auf sie zu stürzen, doch die Kette hielt. Die Wölfin knurrte und duckte sich dann langsam zu Boden.

„He, Mom“, sagte Helen leise. „Bist du aber eine Hübsche.“

Die Wölfin war in hervorragender Verfassung; ihr Fell glänzte und hatte schon fast Winterdichte. Helen schätzte ihr Alter auf drei oder vier Jahre und ihr Gewicht auf gut 35 Kilo. Die Augen blitzten grünlichgelb im Sonnenlicht.

„Alles in Ordnung, Kleine“, gurrte Helen. „Keine Sorge, wir wollen dir nichts tun.“ Im gleichen sanften Tonfall bat sie Luke, langsam auf die andere Seite zu gehen. Wie erhofft, drehte sich die Wölfin mit und ließ Luke nicht aus den Augen. Jetzt hatte Helen ihre Chance. Sie holte aus und stieß der Wölfin die Spritze ins Hinterteil. Sofort fuhr das Tier knurrend herum. Doch Helen preßte den Stab so lange in sein Gewebe, bis die Spritze leer war. Dann wich sie zurück und schaute aus sicherer Entfernung zu, wie sich die Augen der Wölfin trübten, ihre Glieder erschlafften und sie schließlich zusammensackte.

Eine halbe Stunde später hatten sie es fast geschafft. Sie hatten der Wölfin eine Augenbinde umgelegt, sie gewogen, ihre Maße notiert und etwas Blut genommen und sie gründlich untersucht. Sie war frei von Läusen und schien in ausgezeichnetem Gesundheitszustand zu sein. Die Falle hatte eine leichte Fleischwunde am Bein hinterlassen, doch waren keine Knochen gebrochen. Helen trug eine antibiotische Salbe auf.

Luke kniete neben der Wölfin und streichelte ihr silbriges Fell. Er hatte sich als Assistent großartig bewährt, Notizen gemacht, die Proben beschriftet und Helen alles Nötige aus dem Koffer gereicht.

Sie ging ebenfalls in die Hocke und beobachtete ihn. Er streichelte die Wölfin völlig selbstvergessen, und seine Augen sahen das Tier sanft und voll unschuldigem Staunen an.

„Hat sie nicht ein phantastisches Fell? Unglaublich, diese verschiedenen Schichten ...“, sagte Helen.

„Ja, und diese Farben. Von w-w-weitem sieht sie bloß weiß aus, aber von nahem kann man auch die anderen Farben sehen. Braun und Schwarz, sogar ein b-b-bißchen Rot.“

Er schenkte ihr ein Lächeln, das Helen erwiderte. Sie spürte, daß etwas sie beide verband. Schließlich wandte sie den Blick ab und betrachtete die Wölfin. „Das alte Mädchen wird bald aufwachen.“

Sie befestigte einen Clip am Ohr des Tieres und notierte sich dessen Nummer. Dann legte sie der Wölfin das Halsband um und überprüfte, ob das Signal funktionierte. Schließlich nahm sie ihr die Augenbinde ab und machte ein paar Fotos. Als sie ihre Sachen zusammenpackten, begann sich die Wölfin bereits wieder zu regen.

„Verschwinden wir“, sagte Helen.

Sie zogen die Wölfin aus dem Dickicht und legten sie neben den Pfad. Unter den Bäumen am anderen Ende der Wiese blieben sie stehen und beobachteten, wie die Wölfin benommen auf die Beine kam. Sie machte ein paar wacklige Schritte, hielt aber gleich darauf inne, um sich die Vorderpfote zu lecken. Danach streckte sie die Nase in den Wind. Als sie ihre Witterung auffing, drehte sie sich sofort zu ihnen um und starrte sie an. Verächtlich wie eine gekränkte Filmdiva wandte sich die Wölfin dann mit stolz hochgerecktem Schwanz ab und trottete in den Canyon davon.

ER KONNTE den Blick nicht von ihr lassen. Barfuß schlenderte sie am Bach entlang und sprach in ihr Handy. Luke fragte sich, ob sie überhaupt ahnte, wie schön sie war. Er saß vor der Hütte auf dem Boden, wo sie ein improvisiertes Picknick abgehalten hatten, als sie zurückgekommen waren. Helen hatte ihn schon ein paarmal dabei ertappt, wie er sie beobachtete, aber es schien ihr nichts auszumachen. Sie hatte gelächelt, als sei es das Natürlichste auf der Welt.

Sie redete mit ihrem Boß, der sie offenbar ein wenig aufzog. „Was soll das heißen, ich hätte *Glück* gehabt? Das ist Können, Dan, reines Können. Hast du schon mal zwei Wölfe an einem Tag gefangen?“

Es war passiert, gleich nachdem sich das Alphaweibchen aus dem Staub gemacht hatte. Sie hatten erneut alle Frequenzen überprüft und ein zweites Signal gehört. In einer Falle einige hundert Meter weiter oben am selben Pfad hatten sie einen zweiten Wolf gefunden, diesmal einen jungen Rüden.

„Ich sag dir, Dan, diese Stelle am Wrong Creek ist die reinste Wolfsautobahn.“

Abermals blickte Luke zu Helen hinüber. Am Anfang hatte sie ihn ein bißchen nervös gemacht, und er hatte viel gestottert, doch sie schien das gar nicht zu bemerken. Schon bald hatte er sich entspannt. Mit ihr war alles ganz unkompliziert. Am besten gefiel ihm, wie sie ihn manchmal berührte, wenn sie ihm etwas erzählte und ihm dabei einfach nur eine Hand auf Arm oder Schulter legte. Als sie das zweite Signal gehört hatten, hatte sie ihn ganz fest in den Arm genommen. Luke war rot bis über beide Ohren geworden.

Plötzlich rannte Buzz bellend den Hügel hinunter. Vom Wald her näherten sich zwei Reiter. Als Luke sie erkannte, wurde ihm ganz elend zumute.

Er hatte mit Helen vereinbart, daß seine Mithilfe beim Fallenstellen ein Geheimnis blieb. Nicht einmal Dan Prior wußte davon. Doch jetzt würde die Sache auffliegen. Als er zu Helen hinüberschaute, sah er, daß sie dasselbe dachte. Sie beendete ihr Telefongespräch. Luke stand auf und beobachtete, wie Clyde und sein Vater die Pferde um den See und den Hang hinauf lenkten, während Buzz bellend um sie herumsprang.

„Guten Morgen", begrüßte Helen die beiden fröhlich und befahl Buzz, still zu sein.

Lukes Vater tippte grüßend an seinen Hut und bedachte sie mit jenem Lächeln, das er stets dann aufsetzte, wenn er überzeugt war, jemanden in die Ecke getrieben zu haben. „Ma'am."

Clyde sagte keinen Ton, sondern starrte Luke nur an. Dieser sah, wie der Blick seines Vaters über die Reste des Picknicks, dann über Helens nackte Füße und schließlich zu ihrem Gesicht wanderte.

„Die Arbeit für die Naturschutzbehörde scheint ja ganz angenehm zu sein."

„Klar", erwiderte Helen. „Ist besser als jeder Urlaub. Und Sie sollten erst mal die Lohntüte sehen!"

Ihr Sinn für Ironie beeindruckte Luke, doch am liebsten hätte er sie gewarnt, wie gefährlich es war, solche Scherze mit seinem Vater zu treiben – der ihn bisher übrigens noch keines Blickes gewürdigt hatte. Er ließ sein Opfer gerne zappeln. Erst jetzt drehte er sich zu ihm um und richtete die grauen Augen mit kaltem, kritischem Blick auf ihn.

„Nun, mein Sohn, schön, daß wir dich endlich gefunden haben. Du erinnerst dich doch sicher noch dran, daß wir den Hardings heute morgen beim Zusammentreiben ihrer Herde helfen wollten. Ich bin mit Clyde auf die Pachtweide geritten, aber du warst nicht da."

Luke hatte es völlig verschwitzt. „Ich w-w-warda ..."

„Und wie kommt's dann, daß Abe gesehen hat, wie du mit dieser jungen Dame hier zum Wrong Creek raufgefahren bist?"

„Ich w-w-wollte..." Lukes Zunge schien am Gaumen zu kleben. Seine Wangen brannten. Als er mit Helen allein gewesen war, hatte er sich fast wie ein Mann gefühlt, doch jetzt war er wieder das dumme, sprachlose Kind. Er schaute zu ihr hinüber, weil er meinte, daß sie ihn nun genauso einschätzte, doch sie hielt seinen Blick für einen Hilferuf.

„Er hat mich begleitet, weil ich ihn darum gebeten hatte", sprang sie ihm bei. „Ihm habe ich es zu verdanken, daß wir heute morgen zwei Wölfe fangen und mit Halsbändern versehen konnten."

„Sie haben zwei Wölfe gefangen?"

„Genau. Dank Luke. Er hat mir geholfen, sie zu finden."

Buck Calder schwieg einen Moment. „Und? Wo sind sie?"

Helen runzelte die Stirn. „Tut mir leid, worauf wollen Sie hinaus?"

„Haben Sie die Tiere schon abtransportieren lassen?"

„Ich denke, Mr. Calder, Sie wissen, worum es bei unserer Arbeit geht. Wir..."

„Sie haben sie einfach wieder laufenlassen?"

„Ja, aber..."

„Lassen Sie mich offen zu Ihnen sein, junge Dame. Ich hab grade Abe Harding, einem guten Freund und Nachbarn, geholfen, die Herde zusammenzutreiben. Und dieser Mann, der im Gegensatz zu Ihren Bossen in Washington nicht sinnlos Gelder verpulvern kann, hat sechs Kälber verloren. Das ist für ihn ein Verlust von, na, sagen wir dreitausend Dollar. Und jetzt erzählen Sie mir, Sie haben zwei von diesen Biestern gefangen und wieder laufenlassen? Soll ich mich darüber etwa freuen?"

Luke sah Helen an, daß sie wütend war. Aber auch eingeschüchtert. Es gab niemanden, den sein Vater nicht einschüchtern konnte.

„Worum's hier geht, Mr. Calder..."

„Danke, Ma'am, ich hab genug gehört." Er griff nach den Zügeln. „Luke, wenn du hier fertig bist, wär' ich dankbar, wenn du nach Hause kommen könntest. Es gibt da noch ein, zwei Dinge, die wir zu klären haben."

Luke nickte. Sein Vater tippte grüßend an den Hut. „Miß Ross." Er trat dem Pferd die Hacken in die Flanken und sprengte zum See hinunter. Clyde folgte dicht hinter ihm.

Gedemütigt und beschämt wich Luke Helens Blick aus. Als er seine Tasche aufhob, legte sie ihm eine Hand auf die Schulter.

„Luke, es war mein Fehler. Tut mir wirklich leid."

„Das m-m-macht doch nichts."

Als er seine Sachen eingesammelt hatte, ging er ohne ein weiteres Wort zu Moon Eye und schwang sich in den Sattel. Er ritt den Abhang hinunter, ohne sich noch einmal umzudrehen, doch er spürte ihren Blick in seinem Rücken.

DEN REST des Nachmittags verbrachte Helen damit, die beiden Wölfe mit Hilfe ihres Empfängers zu orten. Zum Glück blieben die Signale hoch oben am Wrong Creek und somit weit weg von den Herden.

Mit Bill Rimmer hatte sie sich für den frühen Abend auf ein Bier in Hope verabredet, und es war schon fast dunkel, als sie zur Hütte zurückfuhr.

Als sie sich der Reihe mit den Briefkästen näherte, sah sie etwas auf der Straße liegen. Sie hielt den Pick-up so an, daß sich die Scheinwerfer darauf richteten, und stieg aus. Es war ihr Briefkasten. Die Metallhalterung lag verbogen am Boden, der Kasten selbst war zertrümmert. Es sah aus, als hätte jemand darauf eingeschlagen und wäre dann auch noch mit dem Auto darübergefahren. Die anderen Briefkästen waren unbeschädigt.

Als sie in die Dunkelheit starrte, glaubte sie für einen Moment lang, auf dem grauen Kiesweg etwas Helles flattern zu sehen, doch dann war es wieder verschwunden. Sie wandte sich um und ging zurück zum Wagen.

Noch einmal bewegte sich der Brief, der auf dem Weg lag, wurde vom Wind herumgewirbelt und dann fortgeweht.

WÄHREND er versuchte, die Cessna ruhig im böigen Nordwind zu halten, sah Dan mit einem Blick, daß sich die Kunde von Abe Hardings angeblichen Viehverlusten durch die Wölfe inzwischen herumgesprochen hatte. Überall am Fuß der Berge wurden die Herden von ihren Sommerweiden getrieben.

Neben ihm saß Helen und überprüfte die Funkfrequenzen. Einige Meilen südwestlich von Hope hatte sie vorhin ihr erstes Signal aufgefangen, das von dem männlichen Jungtier stammte. Bald darauf hatte Helen auch das der Wölfin aufgefangen. Beide Signale waren dann am stärksten, wenn das Flugzeug den Wrong Creek überflog. Es war eine gute Neuigkeit, da sich die Wölfe offensichtlich nicht beim Vieh herumtrieben.

Sie hatten das Ende des Canyons erreicht. Dan zog die Maschine nach oben, um eine Kurve zu fliegen. Danach flog er niedriger und kippte die Maschine ab, damit Helen einen besseren Blickwinkel hatte. Plötzlich deutete sie hinunter. „Das ist sie!“

„Das Alphaweibchen?“

„Ja. Und da sind die anderen – vier, nein, fünf.“ Helen sah durchs Fernglas.

„Du hast gesagt, der junge Calder glaubt, es sind insgesamt neun?“

„Vier ausgewachsene Tiere und fünf Welpen.“

„Schon irgendeine Spur vom Alphamännchen?“

„Nein. Sieht mir nach vier Welpen und den beiden aus, denen wir die Halsbänder umgelegt haben.“

Helen griff nach dem Fotoapparat, und Dan flog eine weitere Runde, um ihr Gelegenheit zu geben, mit dem Teleobjektiv ein paar Aufnahmen zu machen. Die Wölfe lagen faul in der Sonne und fühlten sich erst beim dritten Überflug durch das Flugzeug gestört. Das Muttertier scheuchte die übrigen auf und unter die Bäume.

In der Hoffnung, auch die anderen drei Wölfe zu finden, überflogen sie noch eine Weile den Canyon und die nähere Umgebung, konnten aber keine Spur von ihnen entdecken. Auf dem Rückflug machte sich Helen einige Notizen. Dan fragte sich, ob sie etwas quälte, weil sie irgendwie traurig und abwesend wirkte.

„Mir wäre wesentlich wohler, wenn wir da oben auch das Alphamännchen gesehen hätten“, sagte er. „Ich vermute, es treibt sich lieber weiter unten bei den appetitlichen jungen Kühen herum.“

„Hör schon auf, Dan. Du glaubst doch nicht, daß Abe Hardings Kälber von Wölfen gerissen wurden, oder?“

„Wer weiß?“

„Harding ist nicht gerade der genialste Rancher in der Gegend, Dan. Ich möchte wetten, daß er jeden Sommer so viele Tiere verliert.“

„Aber wenn diese Wölfe tatsächlich Vieh reißen, müssen wir sie beseitigen. Sonst gefährden sie das ganze Wiederansiedlungsprogramm.“

„Was meinst du mit *beseitigen*? Sie umsiedeln?“

„Früher hätten wir das getan. Heute gibt es keinen Ort mehr, an den wir sie umsiedeln könnten. Nein, ich spreche von einer endgültigen Lösung.“

„Du willst sie abschießen?“ Helen schüttelte den Kopf und wandte den Blick ab.

„Wach auf, Helen! Dies ist die reale Welt. Lies den Kontrollplan.“

Schweigend landeten sie. Dan begleitete Helen bis zu ihrem Pick-up. Er hatte sich darauf gefreut, sie wiederzusehen, aber irgendwie war alles schiefgelaufen. Außerdem bedauerte er, daß er gerade so grob zu ihr gewesen war. Wahrscheinlich lag es nur daran, daß er sich von ihr abgewiesen fühlte. Zwischen ihnen würde sich nichts mehr abspielen; an den Gedanken sollte er sich langsam gewöhnen.

Helen stieg in ihren Wagen, und Dan bemerkte den Gegenstand auf dem Beifahrersitz. „Was ist denn das?"

„Mein früherer Briefkasten. Ich muß mir einen neuen besorgen." Sie erzählte ihm, was geschehen war.

„Klingt nicht gut. Hast du eine Ahnung, wer das getan haben könnte?"

Sie zuckte die Achseln. „Keinen Schimmer."

Dan runzelte die Stirn. „Versprich mir, daß du mich sofort anrufst, wenn so was noch mal passiert, ja?"

„Versprochen, Daddy."

„Engel mit deinem Briefkasten."

Sie lächelte. Er schaute ihr nach, bis der alte Pick-up verschwunden war. Dann drehte er sich um und ging zurück ins Büro. Er hatte den Raum kaum betreten, da sah er schon an Donnas Gesicht, daß etwas passiert war.

„Ich hatte gerade die Presse am Telefon", berichtete sie. „Und diese Fernsehreporterin. Sie hat mir erzählt, daß ein paar Rancher aus Hope Gift und Galle spucken. Angeblich haben sie durch die Wölfe eine ganze Menge Kälber verloren."

„Wie viele?"

„Dreiundvierzig bis jetzt."

„Was? Hat sie die Namen der Rancher genannt?"

„Ja. Einer von ihnen ist Buck Calder."

DIE VERSAMMLUNG sollte erst in einer halben Stunde beginnen, doch schon jetzt rollte ein steter Strom von Trucks in die Stadt. Einige hielten vor Nelly's Diner, doch war The Last Resort eindeutig der beliebtere Treffpunkt, was nichts Gutes verhieß. Daß es auch noch zu regnen anfing, paßte da ins Bild.

Helen beobachtete das Geschehen von Ruth Michaels' Laden aus. An der Glasscheibe der Tür klebte wie überall in der Stadt ein gelbes Plakat.

OPFER DER WÖLFE!
ÖFFENTLICHE VERSAMMLUNG
IN DER STADTHALLE VON HOPE
DONNERSTAG, 19 UHR

Es war zwei Tage her, daß Buck Calder und seine Nachbarn ihre Herden zusammengetrieben hatten und er die Versammlung im Fernsehen mit den Worten angekündigt hatte: „Die Typen vom Staat, die die Wölfe auf uns losgelassen haben, können ja vielleicht auch mal vorbeischauen und uns, die wir ihre Gehälter bezahlen, erklären, was sie da so treiben."

Helen hatte fast ihre ganze Zeit damit verbracht, die Wogen zu glätten. Sie war bei sämtlichen Ranchern gewesen, die behauptet hatten, Kälber verloren zu haben – und bei allen abgeblitzt.

Dan und Bill Rimmer wirkten erstaunlich gelassen. Sie hockten an dem kleinen Tresen in der Cappuccinobar und plauderten ganz unbekümmert mit Ruth. Helen gesellte sich wieder zu ihnen.

„Na komm", sagte Dan. „Das wird schon werden."

„Vielen Dank, Dan."

Sie hatte ihn überreden wollen, vor der Versammlung zu sprechen, doch er hatte darauf bestanden, daß dies ihre Aufgabe sei. Für den Fall, daß die Sache außer Kontrolle geriet, hatte er jedoch Vorkehrungen getroffen. Zwar verfügte Hope über einen ortsansässigen Hilfssheriff, einen jungen Mann namens Craig Rawlinson, doch man konnte ihn kaum einen Wolfsfreund nennen. Er war der Sohn eines Ranchers und mit der Tochter eines Ranchers verheiratet. Also hatte Dan zusätzliche Polizeikräfte sowie zwei Sonderermittler in Zivil von der Naturschutzbehörde angefordert.

Dan stand auf und zahlte. „Tja, ich glaube, wir gehen jetzt besser los." Er legte einen Arm um Helen. „Denk dran, wenn einer eine Waffe zieht, stehe ich direkt hinter dir."

„Danke, ich werde nicht vergessen, mich rechtzeitig zu bücken."

EINE Stunde später wirkte Dans Scherz längst nicht mehr so lustig. Helen bemühte sich jetzt seit zwanzig Minuten, eine Rede zu halten, doch ständige Zwischenrufe brachten sie aus dem Konzept. Die lautesten Schreihälse waren Wes und Ethan Harding. Der alte Harding war zum Glück nirgendwo zu sehen.

Ebensowenig wie Luke. Seit dem Tag, als sie die beiden Wölfe gefangen hatten, hatte Helen ihn nicht mehr gesehen. Sie machte sich Sorgen um ihn, und es überraschte sie, wie sehr er ihr fehlte.

Der Saal war gerammelt voll. Es gab Sitzplätze für hundert Leute, doch standen noch einmal so viele im hinteren Teil des Saals, von wo aus auch die meisten Zwischenrufe ertönten. Dazu kam noch das Fernsehteam mit seinen Kameras und Scheinwerfern.

Helen stand am Kopfende eines langen Tisches, den man auf das Podium gestellt hatte. Als wären sie drei die Angeklagten eines Tribunals, saßen Dan und Bill Rimmer dicht neben ihr. Am anderen Ende lehnte sich Buck Calder in seinem Stuhl zurück und ließ den Blick majestätisch über die Menge schweifen. Er war in seinem Element.

Seine Eröffnungsrede war meisterhaft gewesen. Für alle, die es nicht schon ein dutzendmal gehört hatten, hatte er nochmals erzählt, wie sein Enkel dem sicheren Tod entronnen war, und dann die schrecklichen Verluste aufgelistet, die er und seine Nachbarn seither erlitten hatten. Dann hatte er Helen vorgestellt.

Sie hatte die Anwesenden darüber informiert, was bislang über die Wölfe bekannt war: Es handele sich um ein Rudel von neun Tieren, und erste DNS-Proben hätten keine Verwandtschaft mit ihren Artgenossen ergeben, die im Yellowstone oder in Idaho freigelassen worden seien. Sie verlor außerdem noch einige Worte über das Naturschutzprogramm, das den Ranchern für jedes nachweislich von Wölfen gerissene Stück Vieh eine Entschädigung zugestand, und versicherte, daß jeder Wolf, der erwiesenermaßen ein Stück Vieh gerissen habe, umgesiedelt oder getötet werde. „Ich verstehe, daß einige von Ihnen sehr aufgebracht sind, doch wir bitten Sie, sich noch eine Weile zu gedulden und …“

„Welche Beweise brauchen Sie denn noch? Wölfe reißen Vieh, Punkt!“ brüllte es von hinten.

„Nun, Sir, bei allem Respekt: Im Laufe von Forschungen wurde festgestellt, daß Wölfe eng mit Vieh zusammenleben können, ohne ihm etwas anzutun …“

„Und wie kommt es dann, daß sie hier dreiundvierzig Kälber gerissen haben?“ rief Ethan Harding. Beifälliges Gemurmel wurde laut.

„Nun, wir versuchen gerade zu verifizieren, wie viele dieser Verluste auf Wölfe zurückzuführen sind.“

„Soll das heißen, daß wir lügen?“

„Nein, ganz und gar nicht."

Buck Calder beugte sich vor. „Vielleicht können Sie uns sagen, Miß Ross, bei wie vielen Kälbern Sie inzwischen ‚verifizieren' konnten, daß Wölfe ihren Tod verschuldet haben?"

Genau diese Frage hatte sie befürchtet. Von den 43 fehlenden Kälbern waren nur fünf Kadaver gefunden worden, und davon war keiner frisch genug gewesen, daß man noch die Todesursache hätte feststellen können.

„Wir haben die entsprechenden Arbeiten noch nicht abgeschlossen. Wie Sie wissen, ist die Beweislage hier etwas schwierig..."

„Von wie vielen können Sie es bis jetzt mit Sicherheit sagen?"

Im Saal wurde es still, man wartete auf ihre Antwort. Helen schluckte. „Nun, von keinem bis jetzt."

Es kam zu einem Tumult. Alle begannen gleichzeitig zu schreien. Calder hob die Hände und bat um Ruhe, konnte aber nur wenig ausrichten. Helen schaute Dan an, der schuldbewußt die Achseln zuckte.

Derweil ging am Saalende etwas vor. Der Kameramann drehte sich um und stieg auf einen Stuhl, um einen besseren Überblick zu bekommen.

Helen sah jemanden sich im Vorraum durch die Menge schieben, die sich langsam teilte, um den Neuankömmling durchzulassen. Bei seinem Anblick verstummten die Zwischenrufe. Es war Abe Harding.

Über der Schulter trug er eine Art Bündel, während er zwischen den Stuhlreihen hindurchging. Er hatte einen langen gelben Regenmantel an, der vor Nässe glänzte.

Es herrschte absolute Stille. Auf dem Weg zum Podium starrte Harding Helen mit irrem Blick an. Sie hoffte nur, daß Dans Spezialagenten ihre Waffen bereithielten.

Erst als Harding das Podium erreicht hatte und direkt vor ihr stehenblieb, fiel Helen das Blut auf, das ihm in Strömen über den Regenmantel lief. Endlich begriff sie, was das schwarze Bündel über seiner Schulter war.

„Hier haben Sie Ihren gottverdammten Beweis", sagte Harding und schleuderte den toten Wolf von seiner Schulter auf den Tisch.

ALS ES Helen und Bill Rimmer endlich gelang, die Stadthalle zu verlassen, sah es auf der Hauptstraße aus wie bei einem Katastropheneinsatz. Vier Polizeiwagen blockierten die Straße, während sich ein fünfter mit heulender Sirene durch die Menge vorzuarbeiten versuchte. Das Blaulicht spiegelte sich in den Schaufenstern. Im strömenden Regen stritt sich Dan mit einem der Polizisten, die Abe Harding verhaftet hatten. Dann sah Helen, wie der Rancher in einen der Polizeiwagen geschoben wurde, die Hände mit Handschellen auf dem Rücken gefesselt. Seine Söhne schrien zwei Beamte an.

„Dan scheint ein Problem zu haben“, sagte Rimmer, zog die Schultern hoch und rannte durch den Regen auf die andere Straßenseite. Helen folgte ihm.

„Das ist doch nicht nötig!“ sagte Dan gerade zu dem Polizisten.

„Der Mann hat einen Kollegen angegriffen. Außerdem, was wollen Sie überhaupt? Sie waren doch derjenige, der um polizeiliche Unterstützung gebeten hat.“

„Stimmt, aber weshalb wollen Sie ihn mitnehmen? Damit machen Sie ihn doch nur zum Märtyrer, und genau das will er.“

Doch es war schon zu spät. Der Wagen, in den man Abe verfrachtet hatte, fuhr bereits an und vertrieb mit seiner Sirene die Zuschauer.

Im Scheinwerferlicht entdeckte Helen plötzlich Luke, der die Straße entlangkam, als suche er jemanden. „Luke!“

Er drehte sich um und sah sie sofort. Er wirkte sehr blaß und traurig. Als er näher kam, versuchte er zu lächeln.

„Ich h-h-habe Sie gesucht.“

„Ich Sie auch. Da drinnen, meine ich. Haben Sie gesehen, was passiert ist?“

Er nickte. Dann zog er etwas aus seiner Manteltasche und gab es ihr. „H-h-hier, das habe ich gefunden. Lag oben neben dem Kiesweg.“

Es war ein Brief. Der Umschlag war schmutzig und die Tinte verlaufen, aber Joels Handschrift konnte Helen trotzdem noch erkennen. Ihr Herz machte einen kleinen Sprung. „Danke.“

„Ich g-g-geh jetzt lieber.“

Plötzlich ahnte sie, wie sehr es Luke schmerzte, was mit dem Wolf geschehen war. „Kommen Sie mich mal besuchen?“

Er schüttelte den Kopf. „Ich k-k-kann nicht.“

Durch den Regen ging er davon und war bald in der Menge verschwunden.

KAPITEL SECHS

16. September
Muwanda-Hospital, Kagambali

Meine liebe Helen,
hast Du sie schon gefangen? Nein? Dann paß auf, mach folgendes: Du besorgst Dir einen Metalleimer – aber einen ganz großen, ja? Dann legst Du einen Mast mit einer sich drehenden Öltonne darüber, und auf die schnallst Du anschließend einen toten Elch. Diese Methode besitzt das Latimer-Gütesiegel und wird seit Jahrhunderten in North Carolina angewandt.

Helen mußte laut lachen. Sie saß im Bett und las den Brief im Licht ihrer Stirnlampe. Sobald es ihr möglich gewesen war, hatte sie dem Trubel auf der Hauptstraße den Rücken gekehrt und war voller Freude zur Hütte zurückgefahren. Er hatte geschrieben – endlich!

Hier draußen geht es ziemlich verrückt zu. Etwa 120 Kilometer von uns entfernt haben die Rebellen mit einer neuen „ethnischen Säuberung“ begonnen, und jeden Tag kommen über tausend Flüchtlinge, die alle in ziemlich schlechter Verfassung sind.

Natürlich gibt es nicht annähernd genug Medikamente oder Lebensmittel. Einige Kinder, die es bis hierher geschafft haben (und Hunderte, vielleicht sogar Tausende schaffen es nicht), haben seit Wochen nichts mehr gegessen. Einfach entsetzlich. Mich erstaunt nur, daß einige von ihnen noch lächeln können.

Aber es ist nicht alles so schlimm. Vor allem wegen der unglaublichen Leute, mit denen ich zusammenarbeite. Und das, Helen, ist der eigentliche Grund, weshalb ich Dir schreibe. Es fällt mir nicht leicht, das zu sagen –

Helen spürte, wie sich etwas in ihr verkrampfte. O Joel, flehte sie lautlos, bitte sag's nicht.

Marie-Christine ist seit sechs Monaten hier. Sie ist Belgierin, lebt aber in Paris. Ausgebildet ist sie als Kinderärztin.

Einen Moment saß Helen da und starrte auf den Lichtfleck, den der

Strahl der Stirnlampe an die Tür warf. Dann zwang sie sich weiterzulesen.

> Als wir uns trafen – ach, Helen, es fällt mir so schwer, Dir das zu schreiben –, da war es, als würden wir uns schon lange kennen.

Das kommt mir bekannt vor, dachte Helen. Sie überflog den Brief und suchte nach dem Wort *seelenverwandt*, konnte es aber nirgendwo entdecken; zum Glück, denn sonst hätte sie vermutlich einen Schreikrampf bekommen.

> Jedenfalls haben wir zusammengearbeitet und diese mobile Station betreut, die täglich alle Flüchtlingscamps aufsucht, und ich habe gesehen, wie wunderbar sie mit Kindern umgehen kann. Die beten sie einfach an. Vielleicht sollte ich Dir das alles gar nicht schreiben, aber ich möchte es gern und bin mir sicher, daß ich es kann, Helen, da wir uns doch so nah waren und so viele herrliche Stunden miteinander verbracht haben.
>
> Kurz und gut, in zwei Wochen werden Marie-Christine und ich …

„Nein", schluchzte Helen. „Nicht, Joel. Sag das nicht!"

> … heiraten.

Helen zerknüllte den Brief und schleuderte ihn durch die Hütte. Sie strampelte den Schlafsack weg, stand auf und preßte die Hände vors Gesicht. Buzz war aufgesprungen und begann zu bellen.

„Halt die Schnauze, du blöder Hund!"

Sie zerrte sich die Stirnlampe vom Kopf und schmiß sie in eine Ecke. Dann riß sie die Tür auf und rannte blind in den Regen hinaus.

Mit ihren bloßen Füßen rutschte sie im Schlamm aus. Sie fiel zu Boden und blieb eine Weile liegen. Das Gesicht keuchend auf die nasse Erde gepreßt, verfluchte sie Joel und sich und den Tag, an dem sie ihn kennengelernt hatte.

IN DER letzten Stunde hatte Buck, eine Zigarre zwischen den Zähnen, am Tresen vom Last Resort vor all den Leuten hofgehalten, die nach dem Spektakel dort zusammengeströmt waren.

Die Versammlung war besser gelaufen, als er es sich erhofft hatte. Und dann der alte Abe, wie der diese Show mit dem Wolf abgezogen hatte! Was für ein Auftritt! Eine solche Publicity war für Geld nicht zu haben.

Buck gab der hinter der Theke stehenden Lori einen Fünfzigdollarschein, damit sie jedem noch einmal nachschenkte, und sagte gute Nacht. Er hatte heute abend noch etwas anderes vor.

Es war jetzt fast zwei Wochen her, daß er Ruth das letztemal geküßt hatte. Immer schien sie irgendeinen Vorwand zu haben, weshalb sie ihn nicht sehen könne, und meist hatte es etwas mit Eleanor zu tun, mit der sie gerade die Abrechnung oder weiß Gott was machen müsse. Aber heute abend würde sie ihm nicht entwischen.

Ruths Vorhänge waren nicht zugezogen, also lenkte er den Wagen in die Auffahrt und parkte an der üblichen Stelle. Als er aus dem Auto stieg, öffnete sie auch schon die Tür.

„Du mußt wieder verschwinden. Eleanor kommt gleich vorbei!"

„Was zum Teufel will die denn hier um diese Zeit?"

„Wir haben morgen einen Termin mit dem Steuerberater und müssen noch die Rechnungen durchgehen. Und jetzt verschwinde!"

„Herrgott noch mal!" Eingeschnappt ging Buck zu seinem Wagen zurück und hörte, wie Ruth grußlos die Tür zuschlug. Wütend schleuderte er die halbgerauchte Zigarre auf den Boden, stieg ein und knallte die Tür ebenfalls zu. Wie weit war es mit der Welt gekommen, wenn ein Mann nicht mal mehr mit seiner Geliebten ins Bett konnte, weil seine Frau bei ihr war! Finster stierte er in den Regen und fuhr mürrisch zurück nach Hause.

Als er dort ankam, war es still wie in einer Leichenhalle. Vermutlich schlief Luke schon. Er machte sich ein Bier auf und nahm es mit ins Wohnzimmer. Schwer ließ er sich auf die Couch fallen. Kaum hatte er es sich bequem gemacht, hörte er ein Geräusch. Als er aufblickte, sah er Luke oben auf der Treppe stehen.

„Hast du's im Fernsehen gesehen?"

„J-j-ja."

„Haben sie gezeigt, wie Abe den Wolf reingebracht hat?"

„Ja, d-d-die ganze… Sache."

„Wurde auch gesagt, was mit ihm passiert ist?"

„Er sitzt in H-h-helena im Gefängnis."

„Dann häng ich mich wohl besser ans Telefon. Er wird jemanden brauchen, der für ihn Kaution zahlt. Was für ein Abend! Trinkst du einen Schluck mit?"

„Nein, ich g-g-geh jetzt ins Bett."

Buck seufzte. „Okay, Luke. Dann gute Nacht."

„G-g-gute Nacht."

Traurig, wenn nicht mal der eigene Sohn ein Bier mit einem trinken wollte. Aus dem Telefonbuch suchte Buck die Nummer des Gefängnisses in Helena heraus.

Vielleicht war der Abend ja doch nicht so toll gelaufen. Abe hätte sich an die alte Regel halten sollen: erschießen, vergraben und schweigen. Hatte er aber nicht, und jetzt stand ihnen vielleicht eine größere Konfrontation mit den Behörden bevor. Aber verdammt, ein Buck Calder würde sich von diesen Paragraphenreitern keine Angst einjagen lassen. Ins Grübeln kam er allerdings doch. Vielleicht mußte er die Sache mit den Wölfen ganz anders anpacken.

„ICH HABE über diese Wolfsgeschichte nachgedacht", sagte sein Vater beim Frühstück. „Und ich glaube, wir sind mit diesen Typen von der Naturschutzbehörde ein bißchen zu hart umgesprungen. Vielleicht wäre es für uns alle besser, wenn wir etwas mehr zusammenarbeiten würden – die Wölfe finden, im Auge behalten und so."

Luke sagte dazu kein Wort. Er war stets auf der Hut, wenn sein Vater plötzlich so vernünftig klang.

„Weißt du noch, was mir die kleine Helen Ross neulich erzählt hat? Daß du ihr sehr geholfen hast beim Fangen der Wölfe." Er schwieg, wartete auf eine Reaktion, bekam aber immer noch keine. „Und das hat mich auf den Gedanken gebracht, daß du ihr vielleicht zur Hand gehen könntest, wenn wir die Kälber in die Winterställe getrieben haben. Ich hätte nichts dagegen."

Luke konnte es gar nicht erwarten, Helen die Neuigkeit zu überbringen. Gleich nach dem Frühstück sattelte er sein Pferd. Zwar verstand er den Meinungsumschwung seines Vaters noch nicht – wahrscheinlich steckte ein ganz und gar eigennütziges Motiv dahinter –, doch sollte ihm das egal sein.

Er lenkte Moon Eye hinauf zum See, der spiegelglatt und dampfend im Morgenlicht dalag. Am Hang zur Hütte schmolz die Sonne bereits erste grüne Flecken in den silbrigen Rauhreif.

Helens Pick-up war da, die Scheiben zugefroren. Luke hatte schon befürchtet, daß sie wegen der Fallen unterwegs sein könnte. Während Buzz bellend um ihn herumsprang, wartete Luke darauf, daß sie aus ihrer Hütte trat. Als sie sich nicht blicken ließ, stieg er ab und ging zur Tür.

„Helen?" Keine Antwort. „Helen? Hallo?"

Buzz bellte erneut und drückte sich an ihm vorbei in die Hütte. Luke folgte ihm. Es dauerte eine Weile, bis sich seine Augen an die Dunkelheit im Innern gewöhnt hatten. Dann konnte er undeutlich Helens Umrisse auf dem Bett erkennen. Sie lag völlig reglos da und rührte sich auch nicht, als Buzz sie winselnd mit der Schnauze anstieß.

Vorsichtig machte Luke einen Schritt auf sie zu. „Helen?" Erst jetzt sah er, wie schmutzig ihr Arm und ihr Gesicht waren. Ihre Augen waren offen, doch sie starrte nur teilnahmslos vor sich hin.

„Helen? Helen?"

Da flackerte ihr Blick. Sie schaute ihn an, ohne den Kopf zu bewegen. Sie machte ihm angst.

„Helen? Was ist los?"

Sie blinzelte. Vielleicht hatte sie Fieber. Vorsichtig trat er noch etwas näher und legte ihr die Hand auf die Stirn. Ihre Haut war eiskalt. Er hob einen Zipfel ihres Schlafsacks an und sah, daß ihr T-Shirt dreckverschmiert und durchnäßt war.

„Was ist passiert, Helen?"

Lautlos begann sie zu weinen. Die Tränen liefen über ihr schmutziges Gesicht. Luke konnte nicht ertragen, dieses Elend mit anzusehen, also setzte er sich zu ihr aufs Bett, nahm sie in die Arme und drückte sie an sich. Sie war so kalt und naß. Er wiegte sie und versuchte, sie zu wärmen und zu trösten.

Er hätte nicht sagen können, wie lange sie so dasaßen, doch als Helen schließlich aufhörte zu weinen, holte er eine trockene Decke, wickelte sie darin ein und machte den Ofen an.

Als er die Klappe schloß, entdeckte er auf dem Boden einen zerknüllten Bogen Papier, der blaßblau wie der Luftpostbrief war, den er ihr am Vorabend gegeben hatte. Er nahm ihn vom Boden und legte ihn auf den Tisch. Dann setzte er auf dem Kocher Teewasser auf. Die ganze Zeit saß Helen, trotz der Decke zitternd, mit umschlungenen Knien da und starrte ins Leere.

Luke fand einen Waschlappen, tauchte ihn in warmes Wasser und wischte ihr den Schmutz aus dem Gesicht sowie von Armen und Händen. Schweigend ließ sie ihn gewähren.

Ihr blauer Wollpullover und ein langärmliges Unterhemd hingen auf der kurzen Leine, die sie quer durch die Hütte gespannt hatte. Luke nahm die Wäsche ab und bat Helen, das nasse T-Shirt aus- und die trockenen Sachen anzuziehen, doch sie schien ihn nicht zu hören. Daher setzte er sich hinter sie und zog ihr das Shirt über den Kopf. Als er ihr das Unterhemd überstreifte, sah er die Wirbel ihres Rückgrats und den sanften Schwung ihrer Rippenbogen. Sie wirkte so zerbrechlich wie ein verletzter Vogel. Er mußte ihre Arme einzeln anheben, sie wie die einer Puppe in die Ärmel schieben.

Nachdem er ihr den Pullover auf dieselbe Weise übergezogen hatte, hielt er ihr die Teetasse an die Lippen und ließ sie trinken. Dann setzte er sich wieder zu ihr und nahm sie abermals in den Arm.

Es dauerte über eine Stunde, bevor sie etwas sagte. Ihr Kopf lag an seiner Brust, und ihre Stimme klang leise und schwach. „Tut mir leid, ich bin's nicht wert, daß du dich so um mich kümmerst."

Obwohl sie ihn geduzt hatte, war er klug genug, sie nicht zu fragen, was geschehen war. Vielleicht hatte es mit dem Brief zu tun. In diesem Augenblick wußte er nur, daß er sie liebte, und alles andere war gleichgültig.

Wie aus Rache für den Abschuß des Leitwolfs in Hope richteten Wölfe in der gesamten Region enormen Schaden an. Ein Schafzüchter nördlich vom Yellowstone verlor in einer einzigen Nacht 31 Lämmer durch ein Rudel, das aus dem Park abgewandert war. Ein anderes riß östlich vom Glacier National Park zwei Vollblutfohlen. Und ein Streuner aus einem Rudel in Idaho tötete am Salmon River drei Kälber.

Bill Rimmer saß nur noch im Helikopter. In zehn Tagen hatte er neun Wölfe abgeschossen und fünfzehn weitere, vor allem Welpen, betäubt, um sie umzusiedeln. Dan war derjenige, der jedesmal die Abschußerlaubnis unterschreiben mußte, und er tat es stets mit dem Gefühl, versagt zu haben. Doch ihm blieb kaum eine Wahl. Aufgrund der Ereignisse in Hope beobachteten die Medien jeden seiner Schritte.

Gegen Abe Harding war Anklage wegen Tötung eines Tieres einer gefährdeten Spezies sowie Transport und Inbesitznahme des Kadavers erhoben worden. Eine weitere Anklage wegen tätlichen Angriffs auf einen Polizeibeamten wurde fallengelassen. Dann setzte ihn ein Bundesrichter ohne Kaution wieder auf freien Fuß.

Schumacher und Lipsky, die beiden Sonderermittler der Naturschutzbehörde, die der Versammlung in Zivil beigewohnt hatten, begaben sich mit einem Durchsuchungsbefehl zur Ranch der Hardings, wobei sie von Hopes Hilfssheriff begleitet wurden, der auf seiner Anwesenheit bestanden hatte. Doch Craig Rawlinson machte nichts als Ärger, weil er sich auf die Seite der reichlich unverschämten Harding-Söhne schlug.

Die beiden Beamten bewahrten jedoch Gelassenheit, bis sie die geladene Ruger M-77 fanden, mit der Abe Harding – wie er gestanden hatte – den Wolf getötet hatte. Das Gewehr wurde ordnungsgemäß konfisziert.

Im forensischen Labor der Naturschutzbehörde in Ashland, Oregon, ergab eine DNS-Analyse, daß der Wolf in keinerlei Beziehung zu seinen im Yellowstone oder in Idaho freigelassenen Artgenossen stand. Ein Ohrclip verriet vielmehr, daß er aus einem entlegenen, über dreihundert Kilometer entfernten Teil der kanadischen Provinz British Columbia stammte. Außerdem stellte man fest, daß ihm am rechten Vorderlauf eine Zehe fehlte, und die Narbe, die er dort hatte, ließ vermuten, daß er einmal in eine Falle geraten war, aus der er sich aber wieder hatte befreien können. Wahrscheinlich war dadurch seine Fähigkeit, Rotwild zu jagen, beeinträchtigt worden, weshalb er sich vermutlich auf leichte Beute wie Vieh verlegt hatte.

Abe hatte anfangs behauptet, auf den Wolf geschossen zu haben, als dieser ein Kalb angegriffen habe. Später hatte er dann zugegeben, daß der Angriff noch nicht erfolgt gewesen sei, seiner Ansicht nach aber gedroht habe. Jedenfalls beharrte er darauf, unschuldig zu sein, und lehnte einen Verteidiger ab, während seine Söhne alles unternahmen, um aus ihm einen Volkshelden zu machen.

Insgeheim dachte Dan Prior allerdings, daß Harding ihnen wahrscheinlich sogar einen Gefallen getan hatte, als er diesen Störenfried erschossen hatte. Denn damit war die Wut der Rancher über die verlorenen Kälber ein wenig besänftigt, und Helen hatte Zeit gewonnen. Mit etwas Glück konnte sie auch dem Rest des Rudels bald Halsbänder umlegen und dadurch weitere Schwierigkeiten vermeiden.

Seit dem Abend der Versammlung hatte er sie nicht mehr gesehen und machte sich deshalb allmählich Sorgen. Drei Tage lang hatte sie weder angerufen noch auf seine Nachrichten reagiert, so daß er schon zu ihr hinausfahren wollte, als sie endlich zurückrief, um ihn darüber zu informieren, daß sie Grippe gehabt habe, jetzt aber wieder auf dem Damm sei. Luke Calder habe sich um sie gekümmert, setzte sie hinzu, und sei wirklich ganz reizend zu ihr gewesen.

Dan spürte, wie er unwillkürlich eifersüchtig wurde. „Sieht das nicht so aus, als wollten wir mit dem Feind anbandeln?"

„Er hilft mir, und dafür solltest du eigentlich dankbar sein."

„Tut mir leid", entschuldigte er sich.

Sie gab keine Antwort.

„Hör zu, ich habe ein Schneemobil für dich aufgetrieben. Du wirst es bald brauchen. Ich dachte, ich könnte es dir vielleicht am Wochenende raufbringen."

„Wenn du meinst."

Nachdem er aufgelegt hatte, saß Dan noch eine Weile da und dachte über Helen nach. Er stellte sich vor, wie sie da oben saß, ganz allein, von Wald und Dunkelheit umgeben. Er würde sie noch einmal zum Essen einladen, in ein nettes Restaurant diesmal.

BUCK lenkte seinen Truck auf die Schnellstraße. Es war wieder Zeit, etwas gegen diese verdammten Wölfe zu unternehmen.

Der erste Teil seines Plans war bereits umgesetzt: Luke arbeitete für Helen Ross. Zwar hatte Buck aus dem Jungen noch nicht herausbekommen, wo die Viecher sich aufhielten, doch das war nur eine Frage der Zeit. Wenn er erst einmal die nötigen Informationen besaß, brauchte er nur noch jemanden, der etwas damit anfangen konnte. Und genau dies war der Grund für seine heutige Fahrt. Ihm war nämlich ein alter Trapper eingefallen, der vor langer Zeit oben am Hope River gelebt und den sein Vater eingestellt hatte, wenn Wildtiere Probleme gemacht hatten, meist Kojoten, aber manchmal auch Pumas oder ein Grisly.

Buck wußte, daß der Sohn dieses Kerls im gleichen Geschäft tätig war, doch sosehr er sich auch angestrengt hatte, ihm war der Name einfach nicht eingefallen. Vor zwei Abenden hatte er dann im Last Resort den alten Ned Wainwright, der schon an die Neunzig war, beiläufig gefragt, ob er sich an den Namen erinnere.

„Josh Lovelace. Gütiger Himmel, der ist bestimmt schon zwanzig, dreißig Jahre tot."

„Aber hatte er nicht einen Sohn?"

„Stimmt, J. T. Der ist rüber nach Big Timber gezogen."

Buck hatte den Namen J. T. Lovelace im Telefonbuch gefunden und die Nummer einige Male angewählt, ohne daß abgenommen worden war. Also hatte er sich die Adresse in die Tasche gesteckt und beschlossen, ihn persönlich aufzusuchen.

An der Ausfahrt nach Big Timber bog er von der Schnellstraße ab und hielt kurz darauf an einer Tankstelle, um nach dem Weg zu fragen. Zehn Minuten später holperte er über die Schlaglöcher eines kurvigen Sandwegs. Es wurde bereits dunkel. Nach knapp fünf Kilometern sah er im Scheinwerferlicht einen rostigen grünen Briefkasten, auf dem LOVELACE stand.

Die weitere Auffahrt schien ihm für den Truck zu gefährlich, also stellte er den Wagen ab und ging zu Fuß. Steil stieg der zerfurchte Weg an. Nach einem knappen Kilometer sah Buck ein niedriges Holzhaus unter Bäumen am Hang. Es brannte Licht. Gleich daneben stand ein silberfarbener Wohnwagen.

Er hatte Hundegebell erwartet, doch man hörte nur den Wind. Die Fenster waren ohne Vorhänge, und Buck stellte fest, daß das Licht von einer Glühbirne stammte, die über dem Küchentisch hing. Er trat an die Tür und klopfte. Während er darauf wartete, daß ihm aufgemacht wurde, drehte er sich um – und bekam fast einen Herzschlag.

Er starrte direkt in den Lauf einer zwölfkalibrigen Schrotflinte. Der Mann, der ihm gegenüberstand, trug einen langen schwarzen Parka und hatte die Kapuze übergezogen, in deren Schatten ein knochiges, graubärtiges Gesicht und feindselig blickende schwarze Augen lagen.

„Mr. Lovelace?"

Der Mann gab keine Antwort.

„Hören Sie, es tut mir leid, daß ich hier so unangemeldet aufkreuze. Ich heiße Buck Calder und komme aus Hope. Ihr Vater Joshua hat für meinen Vater gearbeitet, als ich noch ein Junge war."

„Sind Sie Henry Calders Sohn?"

„Ja, Sir, der bin ich."

„Was wollen Sie hier?"

„Ich habe gehört, daß Sie das gleiche machen wie früher Ihr Vater."

Lovelace schaute ihn einen Moment an. Dann riß er den Lauf nach oben, legte mit einem Klicken den Sicherungshebel um und ging an Buck vorbei ins Haus. Die Tür ließ er hinter sich offen. Buck vermutete, daß dies wohl als Einladung gemeint war.

LOVELACE legte das Gewehr auf den Tisch. Im Haus war es kalt, daher behielt er den Mantel an. Seit Winnies Tod machte er sich nicht mehr die Mühe, den Ofen im Wohnzimmer zu heizen. Er lief durchs Haus nach hinten zur Fallenkammer und hörte, daß Calder ihm folgte.

Die Fallenkammer war eigentlich nur eine Art Werkstatt mit einem Elektroofen, aber neuerdings verbrachte er die meiste Zeit dort. Er schlief sogar hier, auf einer Matratze, die er aus dem Wohnwagen herübergeschleppt hatte.

Lovelace setzte sich auf den Campingstuhl am Ofen, klemmte sich den Plastikeimer mit dem Hirschkopf zwischen die Beine und machte sich wieder an die Arbeit. Er hatte ihn bereits halb gehäutet gehabt, als er gehört hatte, wie Calders Truck unten auf dem Weg angehalten hatte. Gar kein schlechtes Gehör für einen alten Knacker wie mich, dachte er. Mittlerweile war er auch schon 69.

Während er sich weiter mit dem Hirschkopf beschäftigte, erzählte sein Besucher ihm die Geschichte von dem Wolf und dem Ärger, den sie damit in Hope hätten. Calders Blick wanderte dabei über die Wände und Holzbalken des Dachs, an denen überall Fallen, Drähte, Schlingen, Felle und Schädel hingen.

Lovelace erinnerte sich an den Vater, an Henry Calder. Den Sohn, der jetzt vor ihm saß, kannte er nicht, allerdings hatte er auch 56 Winnie geheiratet und war mit ihr nach Big Timber gezogen. Nach Hope war er nur noch selten gekommen.

„Also, was meinen Sie?“ beendete Calder seine Ausführungen.

„Wölfe töten ist gegen das Gesetz.“

Calder lächelte verständnisvoll. „Wer soll davon Wind bekommen?“

Er hatte etwas Selbstgefälliges an sich, was Lovelace nicht sonderlich gefiel. „Man wird die Tiere mit Argusaugen beobachten.“

„Stimmt.“ Calder blinzelte ihm zu und grinste. „Aber Sie hätten Zugang zu Insiderinformationen. Mein Sohn geht der Biologin zur Hand. Er weiß, wo die Wölfe sind.“

„Dann brauchen Sie ja meine Hilfe nicht.“

„Doch, der Junge sieht die ganze Geschichte nämlich mehr mit den Augen der Biologin als mit meinen.“

„Und wieso sollte er Ihnen dann die Informationen geben?“

„Keine Sorge, die werde ich mir schon beschaffen. Also, Mr. Lovelace, was sagen Sie? Wollen Sie uns helfen? Den Preis können Sie selbst bestimmen.“

Der Hirschkopf war mittlerweile gehäutet. Lovelace stand auf, nahm den Eimer, trug ihn zum Becken am Ende der Werkbank und kippte das Blut aus. Dann reinigte er die Messer und dachte nach.

Es war jetzt drei Jahre her, daß er zuletzt illegal, und zwei, daß er das letzte Mal legal Wölfe getötet hatte. Nachdem sie ihn jahrelang gedrängt hatte, sich endlich zur Ruhe zu setzen, war es Winnie schließlich auch gelungen, ihn zu überreden. Doch dann, als er sich gerade daran gewöhnt, sogar angefangen hatte, es zu genießen, hatte sie vor sechs Monaten Krebs bekommen. Innerhalb von nur drei Wochen war sie tot gewesen.

Eigentlich brauchte er eine Beschäftigung, etwas, das ihn ablenkte. Und dies war das erste Angebot seit der Beerdigung.

„Was ist denn das für ein Drahtgestell da oben mit all den kleinen Metallstücken, wenn ich fragen darf?" Calder deutete auf die gegenüberliegende Wand, wo Lovelace seine Ankerketten, Haken und Drahtrollen aufgehängt hatte.

„Damit fängt man Wolfswelpen. Eine Erfindung von meinem Vater. Er hat sie ‚Lovelace-Schlinge' genannt."

SCHWEIGEND stapften die beiden Jäger den Weg entlang. Sie trugen Kampfanzüge, und über der Schulter hingen ihnen Magnum-Gewehre. Morgen begann die Jagdsaison, und diese beiden wollten offensichtlich vom ersten Augenblick an dabeisein.

Helen saß auf dem Beifahrersitz des Pick-ups und sah sie im Seitenspiegel näher kommen. Dann beobachtete sie Luke, der durch den Wald herunterkam, über der Schulter die Fallen, die er gerade abgebaut hatte. Sie mußte alle Fallen beseitigen, da es ihrer Sache wohl kaum diente, wenn ein Jäger hineintrat.

Als die beiden Männer auf Höhe des Wagens waren, musterten sie die Fallen, die Luke zu den bereits eingesammelten auf die Ladefläche warf. Nach ein paar Schritten sagte der eine zum anderen etwas, worauf beide zu lachen anfingen.

„Rambo-Idioten", knurrte Helen, während Luke einstieg.

Er ließ den Motor an. „Warst du n-nie auf der Jagd?"

„Nein, aber ich kenne genügend Biologen, die jagen gehen. Dan Prior zum Beispiel. Was ist mit dir? Warst du schon mal auf der Jagd?"

„Einmal. Mit dreizehn." Er berichtete ihr von dem Hirsch und davon, wie sein Vater ihn gezwungen hatte, beim Ausweiden zu helfen.

Seit jenem kalten Morgen, an dem er sie durchnäßt und schmutzig in ihrer Hütte gefunden hatte, war eine Nähe zwischen ihnen entstanden, wie sie Helen bisher noch nie erlebt hatte. Sie wußte, ohne Luke hätte sie diese Zeit nicht durchgestanden. Während sie sich langsam von ihrem Schock erholt hatte, hatte er dafür gesorgt, daß sie etwas aß, schlief und es warm hatte. Spätabends erst, wenn er die Lampen gelöscht und Holz im Ofen nachgelegt hatte, hatte er sich auf den Heimweg gemacht, und beim Morgengrauen war er wieder dagewesen, hatte Buzz hinausgelassen und Kaffee gekocht.

Erst später hatte er erwähnt, daß sein Vater ihm erlaubt habe, ihr mit den Wölfen zu helfen – falls sie einverstanden sei. Und so hatte er sich an die Arbeit gemacht. Während sie in der Hütte lag oder in Decken gehüllt draußen im fahlen Sonnenschein saß, überprüfte er die Fallen und hörte die Signale der gekennzeichneten Wölfe ab.

Wenn er abends zur Hütte zurückkam, gab er ihr seine Notizen, und während er das Abendessen zubereitete, berichtete er, was er getan und gesehen hatte. Trotz ihres Kummers erkannte Helen, daß er in seinem Element war.

In letzter Zeit war sein Stottern manchmal völlig verschwunden. Es kehrte nur zurück, wenn er von seinem Vater sprach oder aufgeregt war. So wie an jenem Morgen, als er angerannt gekommen war und gerufen hatte, daß ein Wolf in eine der Fallen geraten sei. „Du mußt m-m-mitkommen!"

„Luke, ich kann nicht …"

„Aber du m-m-mußt. Ich weiß nicht, w-w-was ich machen soll."

Er hatte ihr beim Anziehen und Zusammensuchen ihrer Sachen geholfen, dann war er mit ihr im Pick-up zu einem engen Canyon hoch über der Millward-Ranch gefahren, wo sich die Wölfe neuerdings häufig aufhielten.

Wie sich herausgestellt hatte, war einer der Welpen in die Falle geraten, ein Weibchen. Nach Helens Anweisungen hatte Luke das Tier vermessen und die Daten notiert, es aber ihr überlassen, die Spritze zu geben und Blutproben zu nehmen. Der Welpe würde noch wachsen, also hatten sie ihm ein Halsband für ausgewachsene Tiere umgelegt, das sie mit Schaumgummi und Tesamoll ausgepolstert hatten.

Für Helen hatte dieser Tag eine Wende bedeutet. Lukes Begeisterung schien in ihr einen Funken Hoffnung zu wecken, daß das Leben eines Tages doch wieder schön sein könnte.

Allerdings weinte sie sich noch immer fast jeden Abend in den Schlaf oder lag wach und stellte sich vor, wie Joel mit seiner perfekten Belgierin vor den Traualtar trat. Immer wieder sagte sie sich, daß es verrückt sei, sich so elend zu fühlen, da es seit seiner Bewerbung um diesen Job zwischen ihnen sowieso aus gewesen sei. Doch sosehr sie sich auch bemühte, nicht zu diesem Schluß zu kommen – seine Heirat bewies, wie wertlos sie war.

Dann wurde sie manchmal aggressiv, so zum Beispiel an dem Abend, als Dan ihr das Schneemobil gebracht hatte.

Er hatte sie in ein schickes Restaurant nach Great Falls ausführen wollen, doch im letzten Moment hatte sie ihm dann sagen müssen, daß ihr dazu einfach die Kraft fehle. Er hatte ziemlich verletzt reagiert und versucht, sie zu überreden, bis sie ihn schließlich angeschrien hatte.

Für Luke waren ihre Launen jedoch kein Problem. Er schien zu verstehen, wenn sie plötzlich wütend wurde oder in Tränen ausbrach. Dann nahm er sie wie an jenem ersten frostkalten Morgen in den Arm und hielt sie fest, bis sie zu weinen aufhörte.

Während er ihr nun die Geschichte von dem Hirsch erzählte, fragte sie sich erstaunt, wie er es als Sohn eines solchen Vaters geschafft hatte, so sanft und zärtlich zu werden.

Sein Stottern wurde schlimmer. „Mein V-v-vater war st-st-stinksauer. Er w-w-wollte immer, daß ich so w-w-werde wie mein B-bruder. Der hat schon mit z-z-zehn einen Z-z-zwölfender geschossen."

„Ich wußte gar nicht, daß du einen Bruder hast."

Luke schluckte und nickte. „Er ist t-t-tot. Starb v-v-vor elf J-j-jahren. B-b-bei einem A-a-autounfall. Er war f-f-fünfzehn."

„Wie grausam."

„Ja." Mit einem grimmigen, kurzen Lächeln sah er zu ihr herüber, und sie verstand, daß er nicht weiter darüber reden wollte.

AN DIESEM Abend begann es zu schneien, während sie beim Essen die Ereignisse des Tages rekapitulierten.

Ehe Luke nach Hause ritt, zogen sie sich warm an und fuhren mit dem Schneemobil hoch in den Wald hinauf. Luke saß hinter ihr und hielt sich fest, indem er – ganz vorschriftsmäßig – die Arme um sie schlang. Helen fand es angenehm, so gehalten zu werden. Sie fuhren dorthin, wo sie die Wölfe vermuteten. Als sie anhielten, hörte es auf zu schneien, die Wolken rissen auf, und die schmale Sichel des Mondes trat hervor.

Sie nahmen die Taschenlampe und den Empfänger und stapften durch den Schnee. In der kristallklaren Luft klickten die Signale laut und vernehmlich. Damit wußten sie, daß die Wölfe sich ganz in der Nähe befanden. Im Strahl der Taschenlampe entdeckten sie frische Spuren.

Helen knipste die Lampe aus. „Probier mal zu heulen", flüsterte sie.

Luke hatte einige Male gehört, wie sie das Heulen eines Wolfes imitiert hatte – erfolglos übrigens –, es aber nie selbst versucht. Er schüttelte den Kopf.

„Ich k-k-kann nicht. Da k-k-kommt nichts ..." Er deutete auf seinen Mund, und Helen begriff, daß er Angst hatte, seine Stimme würde ihn im Stich lassen.

„Ich bin's doch nur, Luke."

Lange schaute er sie an. In seinen traurigen Augen sah sie, was er für sie empfand, doch das wußte sie längst. Sie zog einen Handschuh aus und berührte lächelnd sein kaltes Gesicht. Als sie die Hand wieder wegzog, legte er den Kopf in den Nacken und stieß ein langes, klagendes Heulen aus.

Noch ehe es verklungen war, wehte über die schneebedeckten Wipfel der Bäume die Antwort der Wölfe herüber.

WINTER KAPITEL SIEBEN

Niemand bemerkte die Rückkehr des Wolfsjägers nach Hope. In der Nacht vor Thanksgiving, als der geräumte Schnee aufgetürmt an den Straßenrändern lag, glitt sein silberner Wohnwagen wie ein Geisterschiff durch die Stadt.

J.T. Lovelace saß in dem alten grauen Chevy, den er stets benutzte, wenn er mit dem Wohnwagen unterwegs war, und kam zu dem Schluß, daß sich nicht viel verändert hatte. Bei der Kreuzung an der alten Schule befand sich hinter den Bäumen auf der anderen Straßenseite der Friedhof, auf dem seine Mutter lag, die er nie kennengelernt hatte. Doch er sah nicht hinüber, dachte nicht einmal daran, denn er hegte keine besonderen Gefühle für Hope. Für ihn war es bloß eine von vielen gesichtslosen Städten.

Auch ohne die Karte, die Calder ihm gegeben hatte, konnte er sich gut an den Weg zur Ranch erinnern, führte er ihn doch acht Kilometer hinter der Stadt am alten Haus seines Vaters vorbei. Er hielt so an, daß die Scheinwerfer es anstrahlten. Das Tor war von Unkraut überwuchert und verschwand fast unter dem Schnee, aber er konnte das Haus deutlich durch die kahlen Äste der Pappeln erkennen. Es stand seit langem leer, das sah man auf den ersten Blick. Lovelace schlug das Lenkrad wieder ein und fuhr weiter das Tal hinauf.

Endlich passierte er den mächtigen Torbogen der Calder-Ranch mit dem Ochsenschädel. Eineinhalb Kilometer später erreichte er das Ranchhaus, wo er nach links auf den Weg zu den Hicks einbog.

Dort angekommen, stellte er den Wohnwagen unter einigen Bäumen hinter der Scheune ab, wo er Calder zufolge nicht einmal aus der Luft gesehen werden konnte. Außer ihm selbst wüßten ohnehin nur seine Tochter und sein Schwiegersohn, daß er komme, hatte Calder zudem versichert.

Ein eisiger Wind schlug Lovelace ins Gesicht, als er aus dem Wagen stieg. Er klappte die Ohrschützer seiner Fellmütze herunter und ging nach hinten zum Wohnwagen. Darin gab es einen Holzofen, aber ihm fehlte die nötige Energie, ihn jetzt noch in Gang zu setzen. Der Wohnwagen war ein Arbeits-, kein Luxusgefährt und sah wie eine kleinere Ausgabe der Fallenkammer aus; ein schmaler, mit Linoleum ausgelegter Gang führte von einer Pritsche und der Kochnische im vorderen Teil zu einem Tisch und der Werkbank am anderen Ende. Die Ausrüstung hatte Lovelace in geheimen Holzschränken im ganzen Wagen versteckt. Er hatte sie selbst gebaut und eingepaßt, und nur er kannte die verborgenen Türen.

Immer noch mit Mantel, Mütze, Stiefeln und Handschuhen bekleidet, legte er sich auf die Pritsche und deckte sich mit Wolfsfelldecken und dem alten Quilt zu, den Winnie für ihr gemeinsames Bett genäht hatte. Anschließend löschte er die Lampe.

Er versuchte, sich von der Kälte abzulenken, indem er an den Job dachte, mit dem er morgen beginnen wollte. Er zweifelte nicht daran, der Aufgabe gewachsen zu sein. Trotz seines Alters konnte er sich noch mit den Jungen messen.

HEUTE war Mittwoch: Sprachtherapie. Es war Viertel vor acht. Seine Mutter hatte Luke bereits fortfahren hören. Da Weihnachten näher rückte, half sie Ruth nun fast jeden Tag im Laden.

Das Büro seines Vaters ging direkt vom Wohnzimmer ab. Als Luke die Treppe herunterkam, sah er ihn am Computer sitzen, eine Zigarre zwischen den Zähnen.

„Morgen, Luke."

„M-morgen."

Sein Vater nahm die Zigarre aus dem Mund. „Heute nicht draußen bei Helen Ross?"

„Nein, Sir. Heute ist T-t-therapie."

„Ach ja, richtig. Frühstückst du? Dann trinke ich einen Kaffee mit."

Sein Vater ging vor ihm her in die Küche, nahm die Kanne aus der Kaffeemaschine, schenkte sich eine Tasse ein und setzte sich damit an den Tisch. Luke holte sich Cornflakes und nahm ihm gegenüber Platz.

Er wußte, was jetzt kam. In letzter Zeit hatte es über seine Arbeit mit Helen eine ganze Reihe dieser kumpelhaften Gespräche unter vier Augen gegeben. Erst gestern hatte sein Vater etwas über die Frequenzen der Peilsender wissen wollen. Es war lächerlich. Hätte er vorher auch nur das geringste Interesse an Lukes Leben gezeigt, hätte er vielleicht eine größere Chance gehabt.

Sein Vater trank einen Schluck Kaffee. „Und, wie ist gestern die Wolfssuche gelaufen?"

„G-g-gut."

„Wo treiben sie sich denn jetzt so rum?"

„Ach, d-d-die sind mal hier, m-m-mal da."

„Ja, aber gestern zum Beispiel, wo waren sie da?"

Luke schluckte. Ausweichend zu antworten fiel ihm leicht, aber er war überfordert, wenn es um eine klare Lüge ging. Sein Stottern verriet ihn fast immer.

„G-g-gestern waren sie w-w-weit oben. Direkt am K-k-kamm. So sechzehn K-k-kilometer südlich der g-g-großen Felswand."

„Wirklich?"

Luke merkte, wie sich die Miene seines Vaters verfinsterte. Verlegen schaute er auf die Uhr. „Ich m-m-muß jetzt los."

Während er Mütze und Jacke vom Haken an der Tür nahm, spürte er, daß ihn sein Vater nicht aus den Augen ließ. Er öffnete die Tür und floh.

DIE SITZUNG verlief gut; in der ganzen Stunde stotterte er kaum. Als sie sich verabschiedeten, meinte Joan, daß er sehr glücklich aussehe. Er hatte sich tatsächlich noch nie in seinem Leben so gut gefühlt.

Von der Klinik fuhr er zum Supermarkt, um ein paar Sachen einzukaufen, die er für Helen besorgen sollte. Kaum war er ausgestiegen, sah er Cheryl Snyder und Jerry Kruger auf sich zukommen. Sie hatten ihn schon entdeckt, es gab also kein Entrinnen. Dieser Spinner hatte einen Arm um Cheryl gelegt, als wollte er der Welt zeigen, daß sie jetzt zusammengehörten.

Sie plauderten eine Weile, das hieß, Luke hörte eigentlich zu, während Kruger endlos schwafelte und Witze riß, die Cheryl nicht einmal ein Lächeln entlockten. Was sie dennoch an diesem Typen fand, konnte Luke sich nicht vorstellen. Endlich gelang es ihm, sich loszueisen.

„Übrigens, herzlichen Glückwunsch!" brüllte Kruger ihm hinterher.

Luke drehte sich um und sah ihn stirnrunzelnd an.

„Hab gehört, dich hat endlich eine rangelassen!"

„Was?"

Cheryl gab Kruger einen Stoß in die Rippen und hieß ihn den Mund halten, doch er schenkte ihr keine Beachtung.

„Ach, komm schon. Die Wolfsfrau! Weiß doch jeder." Wie auf dem Jahrmarkt stieß er ein Heulen aus.

Cheryl riß sich von ihm los. „Laß ihn doch reden, Luke."

„Ich h-h-helfe ihr bloß, sonst nichts."

„Glaub ich dir aufs Wort", sagte Kruger, „kommt bloß drauf an, bei was!"

Cheryl versetzte ihm einen ärgerlichen Stoß in die Rippen. „Jerry, du bist widerlich. Halt den Mund, ja?"

Wie benommen lief Luke durch die Gänge im Supermarkt. Natürlich wurde in Hope wie in jeder Kleinstadt getratscht, aber zum erstenmal ging es um ihn. Er hoffte nur, daß Helen nichts davon erfuhr.

ELEANOR steckte den Stern auf die Spitze des Weihnachtsbaums im Schaufenster und trat einen Schritt zurück.

„Sieht wunderschön aus", lobte Ruth. „Wenn ich Weihnachtsbäume schmücke, sehen die immer irgendwie jüdisch aus."

Eleanor lachte. „Wie kann denn ein Baum jüdisch aussehen?"

Ruth zuckte die Achseln. „Weiß nicht. Ist einfach so. Sie sind Katholikin, oder?"

„So geboren, so aufgewachsen und so vom Glauben abgefallen."

„Das merkt man. Ich meine, das mit ‚geboren und aufgewachsen'. Katholiken sind beim Weihnachtsbaumschmücken einfach einsame Spitze."

Wieder mußte Eleanor lachen, und während Ruth einige Kunden bediente, kümmerte sie sich weiter um die Dekoration. Es war Jahre her, daß sie das zuletzt gemacht hatte. Zu Hause gab sich niemand mehr die Mühe, doch hier bereitete ihr die Arbeit eine fast kindliche Freude.

Als die Kunden gegangen waren, half Ruth ihr, eine goldene Girlande über der Eingangstür anzubringen. Ruth hielt das eine Ende, während sie selbst auf die Stehleiter stieg, um das andere zu befestigen.

„Hilft Luke eigentlich immer noch dieser Helen Ross?"

„Ja, wir kriegen ihn kaum noch zu sehen."

„Sie gefällt mir."

„Mir auch. Ich glaube, Luke mag sie."

Sie trugen die Leiter auf die andere Seite der Tür, und Eleanor stieg wieder hinauf. Eine Weile schwiegen sie.

„Und wie kommt's, daß Sie vom Glauben abgefallen sind? Wenn Ihnen die Frage nicht zu direkt ist."

„Nun, ich bin mein Leben lang regelmäßig in die Kirche gegangen. Auch nachdem unser Sohn Henry gestorben war, bin ich häufig hingegangen. Wissen Sie, man sucht nach einem Zeichen, nach einem Hinweis darauf, daß der, den man verloren hat, irgendwo anders lebt und glücklich ist. Eines Tages dann habe ich begriffen, nun... daß er nicht da ist."

„Ihr Sohn, meinen Sie?"

„O nein. Der ist da, keine Frage. Dem geht es gut, das weiß ich. IHN meine ich."

„Sie wollen also sagen, daß Sie zwar an den Himmel, aber nicht an Gott glauben?"

„Ganz genau."

Inzwischen hing die Girlande. Eleanor stieg von der Leiter, um sie zu betrachten. „Was meinen Sie?" Sie schaute Ruth an und stellte überrascht fest, daß diese nicht die Girlande, sondern sie ansah.

„Sie sind eine wunderbare Frau, Eleanor. Wissen Sie das?"

„Seien Sie doch nicht albern."

„Ich meine es ernst."

„Nun, ich finde, Sie sind auch ziemlich in Ordnung."

Ruth machte eine kleine, spöttische Verbeugung. „Vielen Dank, Madame."

„Darf ich Ihnen auch eine persönliche Frage stellen?" Es war nicht fair, das wußte Eleanor, und sie kam sich ein wenig hinterhältig vor, doch es gab Momente im Leben, die durfte man nicht ungenutzt verstreichen lassen.

„Natürlich."

„Wie lange schlafen Sie denn schon mit meinem Mann?"

KATHY war schon eine Weile auf, trug aber immer noch ihren pinkfarbenen Morgenmantel. Sie saß auf dem Sofa und blätterte im *People*-Magazin, während sie den Kleinen stillte.

In der Nacht hatte es geschneit; Clyde war mit dem Schneepflug unterwegs. Aber jetzt flutete die Morgensonne durch die Küchentür.

Aus den Augenwinkeln sah Kathy plötzlich einen Schatten über den leuchtenden Boden gleiten, und gleich darauf klopfte es zweimal kräftig an die Tür. Sie stand auf, bedeckte ihre Brust, und sofort begann das Baby zu schreien. Sie legte sich den Kleinen über die Schulter, klopfte ihm auf den Rücken und ging mit ihm durch die Küche.

Das Gesicht, das ihr entgegenblickte, als sie öffnete, jagte ihr einen solchen Schreck ein, daß sie beinahe das Baby hätte fallen lassen. Alles an diesem Gesicht war grau, vom Fell der Mütze bis zu den Spitzen der Barthaare. Alles – bis auf die Augen, die sie wie zwei angriffslustige schwarze Käfer anstarrten.

Sie begegnete dem Wolfsjäger zum erstenmal, obwohl er schon seit über zwei Wochen auf ihrem Grundstück hauste. Gelegentlich hatte sie einen flüchtigen Blick auf ihn werfen können, wenn er auf seinem Schneemobil über die obere Weide zum Wald gefahren war. Clyde hatte gesagt, er sei merkwürdig und mürrisch und sie solle ihn am besten gar nicht beachten.

Der kleine Buck brüllte aus Leibeskräften, und der Wolfsjäger starrte ihn an, als hätte er noch nie ein Baby gesehen. Dann schien ihm wieder einzufallen, daß Kathy vor ihm stand, und er tippte grüßend an seine Mütze. „Ma'am."

„Sie müssen Mr. Lovelace sein. Kommen Sie herein. Freut mich, Sie kennenzulernen."

Er betrat die Küche, den Blick weiter auf das weinende Kind gerichtet. „Ist das Ihres?“

Kathy lachte. Was für ein merkwürdiger alter Kerl. Wessen Baby sollte es denn sonst sein?

„Wie alt?“

„Ende Januar wird er ein Jahr.“

Lovelace nickte nachdenklich. Dann riß er sich ruckartig von dem Baby los und richtete seine Augen auf Kathy. „Ihr Mann hat gesagt, ich könnte mir die Kettensäge fürs Feuerholz leihen.“

„Ich weiß. Da drüben steht sie.“ Kathy wies neben die Tür. Gestern abend hatte Clyde die Kette nachgespannt und geölt.

„Kann ich sie mitnehmen?“

„Natürlich.“

Er nahm die Kettensäge auf. „Ich werd Ihnen keine Umstände mehr machen.“ Und noch bevor Kathy sagen konnte, daß er ihr überhaupt keine Umstände gemacht habe, war er wieder verschwunden.

SEIT mittlerweile fünfzehn Tagen suchte Lovelace nach den Wölfen, durchkämmte systematisch die Canyons und Wälder nach Spuren. Er hatte im Norden angefangen, da Calder die Tiere dort vermutete. Von ihm wußte er auch, wann dessen Sohn und die Biologin sich auf den Weg machten, um die Peilsender zu überprüfen. Da er ihnen nicht begegnen wollte, entschied er sich stets für Routen, die für die beiden seiner Meinung nach kaum in Frage kamen.

Mit dem Wetter allerdings war es wie verhext. Seit seiner Ankunft hatte es nahezu jeden Tag geschneit, als stünde Gott auf seiten der Wölfe und versuchte, ihre Spuren vor ihm zu verbergen.

In diesem Augenblick lag Lovelace in seinem Zelt im Schlafsack und studierte im Strahl der Taschenlampe seine Karte. Er überlegte, wo er weitersuchen sollte, wenn sich der Schneesturm, der vorhin losgebrochen war, wieder gelegt hatte. Draußen herrschten Temperaturen von fast zwanzig Grad unter Null.

Die Karte verriet ihm, daß er sich oberhalb einer Stelle namens Wrong Creek befand. Etwas darüber entdeckte er zwei gekreuzte Spitzhacken, das Symbol für eine sicher längst stillgelegte Mine. Er beschloß, sie einmal genauer zu erkunden. Vielleicht konnte er dort die Wolfskadaver loswerden. Falls er die Viecher je fing.

Er knipste die Taschenlampe aus, legte sich auf den Rücken und starrte an die Zeltdecke. Den ganzen Tag hatte er an das Baby der Hicks gedacht. Das Geschrei, die geballte Energie, das pure, explosive Leben des kleinen Wesens hatten ihn ziemlich aus der Fassung gebracht. Er hatte den Nachwuchs so mancher Tiere kennengelernt, doch ein menschliches Baby hatte er noch nie auf dem Arm gehalten oder auch nur berührt. Noch nie hatte er diesen warmen, süßen Babygeruch wahrgenommen, den er heute morgen gerochen hatte.

Winnie und er hatten keine Kinder bekommen können. Anfangs hatte Winnie eines adoptieren wollen, aber ihn hatte der Gedanke gestört, das Kind eines anderen aufzuziehen, und so hatten sie eben keine gehabt. Kontakt mit ihnen hatte er möglichst vermieden, was nicht schwierig gewesen war, da Winnie wie er selbst ein Einzelkind gewesen war und es deshalb keine Nichten und Neffen gab. Vielleicht hatte er befürchtet, sie könnten einen wunden Punkt in ihm berühren.

Ganz plötzlich und unerwartet mußte er an den letzten Abend denken, den er mit Winnie im Krankenhaus verbracht hatte. Die Ärzte hatten ihn mit gedämpfter Stimme darauf vorbereitet, daß sie bald sterben werde. Als er hineingegangen war und sich an ihr Bett gesetzt hatte, war ihm der Gedanke gekommen, sie sei bereits tot. Ihre Augen waren geschlossen gewesen, und er hatte sie nicht atmen sehen. Sie hatte so zerbrechlich gewirkt, so blaß. Doch nach einer Weile hatte sie die Augen aufgeschlagen und ihn lächelnd angeschaut.

Sie hatte zu reden begonnen, doch so leise, daß er sich zu ihr hatte hinunterbeugen müssen, um sie zu verstehen. Es hatte geklungen, als wäre sie mitten in einem Gespräch, das sie bereits seit einer Weile in ihrem Kopf geführt hatte. „Ich habe nachgedacht, Joseph, über all diese Tiere. Was glaubst du, wie viele es gewesen sind?“

„Winnie, ich ...“ Er hatte ihre Hand gehalten.

„Es müssen mehr als tausend gewesen sein. Zehntausende vielleicht. Glaubst du, daß es so viele waren, Joseph?“

„Was denn für Tiere, Winnie?“ hatte er gefragt.

„Na, die Tiere, die du umgebracht hast, Joseph. In all diesen Jahren. Ich habe versucht, sie zusammenzuzählen. All diese Leben, jedes von ihnen ein einzelnes, einzigartiges Leben ...“

„Du solltest dich nicht über so was aufregen.“

„Ach, ich rege mich nicht auf. Ich habe nur darüber nachgedacht, sonst nichts.“ Plötzlich hatte sie die Stirn gerunzelt und ihn aufmerksam angesehen. „Glaubst du, daß ihr Leben genauso ist wie unseres?

Ich meine, das, woraus es gemacht ist, dieser kleine Funke in ihnen, der Geist oder was auch immer es sein mag. Glaubst du, es ist das gleiche, was wir auch in uns haben?"

„Nein, Liebes, natürlich nicht. Wie könnte es das gleiche sein?"

Mit geschlossenen Augen und einem leisen Lächeln auf den Lippen war sie seufzend auf das Kissen zurückgesunken. „Du hast recht. Was bin ich dumm. Wie könnte es denn auch das gleiche sein?"

DER SCHNEESTURM blies aus Nordosten direkt über den See, und Helen hörte ihn wie einen Chor der verdammten Seelen um die Hütte heulen. Sie stemmte den Deckel des Ofens auf und ließ ein weiteres Holzscheit hineinfallen, das einen kleinen Funkenregen auslöste. Das Geräusch weckte Buzz, der lang ausgestreckt auf dem Boden lag. Er warf Helen einen mißbilligenden Blick zu. Sie kniete sich neben ihn und kraulte ihm den Kopf.

Luke saß mit dem Rücken zu ihr am Tisch und gab die letzten Daten über ihre Beobachtungen in den Laptop ein. Er kannte sich inzwischen mit der Kartensoftware ebenso gut aus wie sie. Helen war erstaunt, wie schnell er lernte. Das galt auch für ihre täglichen Streifzüge im Wald. Er war der geborene Wildbiologe.

Helen liebte diese gemeinsamen Abende. Es war stets schon dunkel, wenn sie von der Spurensuche heimkamen. Vor der Hütte traten sie die Stiefel ab und klopften sich gegenseitig den Schnee vom Rücken. Dann holte der eine die Skier und die übrige Ausrüstung vom Schneemobil, während der andere die Lampen anzündete und den Ofen heizte. Wenn das Handy funktionierte, hörte Helen ihre Mailbox ab und beantwortete die Anrufe. Danach bereitete der eine das Abendessen, während der andere die neuen Daten in den Computer eingab.

In ein paar Minuten, wenn er die letzte Eintragung gemacht hatte, würde Luke nach Hause gehen, und dann war Helen allein mit dieser inzwischen vertrauten Leere.

Er aktivierte die Speicherfunktion und lehnte sich zurück.

„Geschafft?"

„Ja. Sieh selbst."

Helen stand auf und trat hinter seinen Stuhl. Er hatte eine neue Serie von Karten erstellt, auf denen sämtliche Stellen eingezeichnet waren, an denen sie Markierungen gefunden hatten – Stellen also, wo die Wölfe regelmäßig urinierten, um Eindringlingen die Grenzen ihres

Territoriums anzuzeigen. Im Schnee konnte man sie leicht erkennen, und jeden Tag kamen neue hinzu. Lukes Einträge zeigten, daß die Wölfe ein deutlich umrissenes Territorium von etwa achtzig Quadratkilometern beanspruchten, das sie alle paar Tage durchstreiften. In seinem nördlichsten Winkel lag das untere Ende des Wrong Creek, und von dort dehnte es sich nach Süden und Osten bis an die äußerste Westecke einer Ranch aus.

Helen klopfte ihm leicht auf die Schulter. „Gute Arbeit, Professor."

Er legte den Kopf in den Nacken und sah lächelnd zu ihr auf. Sie spürte das plötzliche Verlangen, sich vorzubeugen und ihn auf die Stirn zu küssen, hielt sich aber gerade noch zurück. „Zeit zum Aufbrechen", sagte sie statt dessen.

Während er sich anzog, machte sie sich ans Aufräumen, um ihre Verwirrung zu verbergen. An was für einen Kuß genau hatte sie gedacht? Einen schwesterlichen? Einen mütterlichen? Oder einen völlig anderen? Sie ermahnte sich, vernünftig zu bleiben. Luke war ein Freund, das war alles. Ein Freund, bei dem sie sich wohl fühlte, der sie – im Gegensatz zu Joel – nie verurteilte und kritisierte, der sich um sie gekümmert und sie vom Abgrund zurückgerissen hatte.

Sie wußte, was Luke für sie empfand. So, wie er sie manchmal anschaute, war nicht zu übersehen, daß er sich ein bißchen in sie verliebt hatte. Und es gab Momente, in denen sie zugegebenermaßen etwas verspürte, das seinen Gefühlen nicht ganz unähnlich war. Doch die Vorstellung, daß zwischen ihnen etwas sein könnte, war einfach absurd; er war zehn Jahre jünger als sie. Auf der anderen Seite war das kein Argument: Als sie in seinem Alter gewesen war, hatte sie sich mit weit älteren Männern verabredet.

Luke stand mittlerweile an der Tür. „Dann g-gute Nacht."

„Gute Nacht, Professor."

Als er die Tür öffnete, rutschte eine Ladung Schnee auf ihn herab, der gleich darauf ein heulender Windstoß folgte. Der Blizzard war keineswegs abgeflaut, nur sein Tosen war von dem Schnee, den er gegen die Hütte getrieben hatte, gedämpft worden. Luke drückte heftig gegen die Tür, um den Schnee hinauszuschieben. Als er sie endlich zubekommen hatte, drehte er sich lachend und über und über mit Schnee bedeckt zu Helen um.

„Schon wieder da?" fragte sie.

LUKE erwachte in völliger Dunkelheit und brauchte einen Moment, um sich zu erinnern, wo er war. Auf dem Rücken lag er auf der klumpigen Matratze im oberen Bett, horchte auf das gedämpfte Tosen des Windes und fragte sich, was ihn geweckt hatte. Er blickte auf das erleuchtete Zifferblatt seiner Armbanduhr. Es war kurz nach drei.

„Luke“, flüsterte Helen. „Geht’s dir gut da oben?“

„Ja, prima.“

Das letzte Scheit im Ofen fiel in sich zusammen, ließ Asche durch den Feuerrost regnen und erfüllte die Hütte für einen Augenblick mit bernsteinfarbenem Glanz.

„Ich habe mich nie bedankt“, fuhr Helen fort. „Dafür, daß du dich um mich gekümmert hast.“

„Dafür brauchst du dich nicht zu bedanken.“

„Warum hast du mich nie gefragt, was passiert ist?“

„Ich dachte mir, w-w-wenn du’s mir erzählen willst, w-w-wirst du’s schon tun.“

Und genau das tat sie jetzt. Er hörte zu, versuchte sich das Gesicht des Mannes vorzustellen, den sie geliebt hatte. Wenn sie manchmal innehielt, konnte er sie schlucken hören; dann wußte er, daß sie gegen Tränen ankämpfte. Doch sie hielt sie zurück. Erst als sie ihm von dem Brief berichtete, den er auf dem Weg gefunden hatte, konnte sie nicht mehr weitersprechen. „Tut mir leid“, schniefte sie schließlich. „Ich dachte, ich schaff’s, ohne zu heulen. Ich hoffe nur, die beiden sind glücklich.“ Sie schwieg einen Moment. „Quatsch, ich hoffe, sie schmoren in der Hölle!“

Luke hätte ihr am liebsten gesagt, daß der Kerl sie sowieso nicht verdient habe und sie froh sein könne, ihn los zu sein. Doch es stand ihm nicht zu, so etwas zu sagen. Lange Zeit sprachen sie kein Wort.

„Und was ist mit dir?“ brach Helen das Schweigen schließlich.

„Wie meinst du das?“

„Mit Freundinnen und so. Ich hab dich auf dem Jahrmarkt mit einem ziemlich hübschen Mädchen reden sehen.“

„Mit Cheryl. Na ja, sie ist nicht meine F-f-freundin. Sie ist nett, a-a-aber… mit den Mädchen… Weißt du, mit meiner St-st-stotterei und so, da hat es nie…“ Er spürte, daß er rot wurde, und war froh, daß sie ihn nicht sehen konnte, da er den Gedanken nicht ertrug, daß sie Mitleid mit ihm empfinden könnte.

Er hörte, wie sie aufstand. Völlig überraschend befand sich ihr blasses Gesicht im Dunkeln direkt neben seinem. „Luke? Halt mich. Bitte, halt mich“, flüsterte sie und war wieder den Tränen nahe.

Er schlüpfte aus seinem Schlafsack, glitt vom Bett und stellte sich neben sie. Sie streckte die Hände nach ihm aus und umarmte ihn. Er zog sie an sich und drückte ihren Kopf an seine Brust. Ihren Körper so nah zu spüren raubte ihm fast den Atem.

„D-d-d-du …“ Aber er konnte es nicht sagen, konnte ihr nicht sagen, daß sie die einzige war, die er je geliebt hatte und je lieben würde.

Dann spürte er, wie ihre Arme ihn freigaben, wie sie sein Gesicht behutsam zwischen die Hände nahm. Sie küßte ihn auf die Stirn, als wollte sie ihn segnen, fuhr dann mit den Lippen über seine Wangen, küßte seine geschlossenen Augenlider, drückte ihre Wange an sein Gesicht. Einen Augenblick blieben sie so stehen, ohne sich zu bewegen. Dann schlug er die Augen auf und küßte ihr Gesicht so, wie sie seines geküßt hatte. Er konnte das Salz der Tränen auf ihren Wangen schmecken.

Als sich ihre Lippen schließlich berührten, spürte er, wie er am ganzen Körper erbebte. Er sog ihren Duft, ihren Geschmack, ihr ganzes Wesen in sich auf, als wolle er in ihr ertrinken.

DER WEIHNACHTSMARKT in der Stadthalle sah immer noch gut besucht aus, als Buck nach der Viehfütterung in die Stadt kam. Zum erstenmal seit vielen Jahren machte auch Eleanor wieder mit. Sie würde jetzt da drin in der Halle sein; damit rechnete Buck jedenfalls. Es war ziemlich schwierig gewesen, sie aus dem Haus zu locken, hatte sie sich doch die ganze Nacht Sorgen darüber gemacht, daß Luke im Schneesturm feststeckte. Sie hatte schon Craig Rawlinson anrufen und ihn bitten wollen, einen Suchtrupp zusammenzustellen, als der Junge kurz nach dem Frühstück angerufen hatte, um ihnen mitzuteilen, daß es ihm gutgehe und er die Nacht bei Helen Ross eingeschneit gewesen sei.

Vor dem Paragon verlangsamte Buck sein Tempo, da er hoffte, einen Blick auf Ruth zu erhaschen, doch war das Schaufenster zu vollgestellt. Er parkte ein wenig oberhalb von Nelly's Diner, ging zurück und vergewisserte sich unauffällig, ob ihn jemand sehen konnte. Aber alle Welt war heute offenbar auf dem Weihnachtsmarkt.

Nachdem er rasch in den Laden getreten war, stellte er fest, daß auch keine Kunden da waren. Seit über einem Monat hatte er Ruth weder gesprochen noch gesehen. Sie trug einen engen braunen Pullover und sah einfach fabelhaft aus.

„Was zum Teufel suchst du hier, Buck?"

„Ich wünsch dir auch fröhliche Weihnachten!"

Sie blieb stehen und funkelte ihn angriffslustig aus sicherer Entfernung an. „Falls du das noch nicht gemerkt haben solltest, Buck, es ist aus zwischen uns. Kapiert?"

„Ruthie, du fehlst mir so."

„Nach all dem, was passiert ist, begreife ich nicht, wie du hier aufkreuzen kannst."

„Was soll das heißen: ‚Nach all dem, was passiert ist'?"

Ruth maß ihn mit scharfem Blick. „Willst du etwa behaupten, daß sie dir nichts erzählt hat?"

„Mir was erzählt hat?"

„Sie weiß alles, du blöder Hund! Alles über uns!"

„Du hast es ihr *erzählt*?"

„Das brauchte ich nicht. Sie wußte es sowieso schon."

Die Türglocke bimmelte, und beide drehten sich um.

„Mrs. Iverson!" rief Ruth fröhlich. „Wie geht es Ihnen?" Sie warf Buck einen Blick über die Schulter zu. „Verschwinde! Sofort!" zischte sie zwischen zusammengepreßten Lippen hervor.

Buck ging, ohne sich zu verabschieden.

ES WAR Dienstag, der einzige Tag in der Woche, an dem Luke früh nach Hause kam, und daher auch der einzige, an dem sich Eleanor einige Mühe mit dem Abendessen machte. Heute abend gab es aus zwei Gründen Fischpastete: Sie war eines von Lukes Lieblingsgerichten, sein Vater dagegen konnte sie nicht ausstehen.

Eleanor hatte keine Ahnung, wo sich Buck aufhielt. Vermutlich hatte er sich irgendwo verkrochen und überlegte, wie er sich verhalten sollte, wenn er nach Hause kam.

Ruth hatte ihr erzählt, daß er heute morgen im Laden gewesen war. Die Arme konnte Eleanors Haltung immer noch nicht so recht verstehen. Es war ihr ein Rätsel, daß weder ihre Freundschaft noch ihre Geschäftsbeziehung bedroht zu sein schien, und das freute Eleanor um so mehr. Sie mußte Ruth zugute halten, daß sie nichts abgestritten hatte. Doch sie hatte wissen wollen, wie sie dahintergekommen war.

„Ach, Ruth, es tut mir leid, das sagen zu müssen, aber ich habe viel Übung darin."

Sie hatte ihr die Details erspart. Wie sie an dem Abend vor dem

Steuerberatertermin vor Ruths Haus seinen Wagen gehört und später eine seiner Zigarren in der Auffahrt gefunden hatte.

„Er hat immer irgendwo eine Frau“, hatte sie Ruth erklärt. „Ehrlich gesagt, interessiert mich das nicht mehr.“

Die arme Ruth war ziemlich erschüttert gewesen und behandelte Eleanor seitdem mit Vorsicht und Respekt.

Buck wußte jetzt also, daß sie über seine Affäre im Bilde war. Während Eleanor das Abendessen zubereitete, mußte sie bei dem Gedanken daran, wie ihm jetzt wohl zumute war, lächeln.

Es sollte noch eine Stunde dauern, bis sie seinen Wagen hörte. Als er hereinkam, deckte sie gerade den Tisch. Sie blickte auf und sah, wie zerknirscht, gereizt und blaß er aussah.

„Hier riecht es aber gut“, sagte er.

Lächelnd teilte Eleanor ihm mit, es gebe Fischpastete.

Wie ein Wolf sog Lovelace schnuppernd die Nachtluft ein. Der Wind kam stetig aus Norden und würde den Blutgeruch der toten Hirschkuh den Canyon hinuntertragen, genau dorthin, wo er ihn haben wollte.

Als der Wind in der Nacht des Schneesturms gegen Morgen nachgelassen hatte, hatte er ihr Heulen gehört, und als es hell geworden war, hatte er ihre Spuren kaum fünfzig Meter vom Zelt entfernt gefunden. Es hatte fast den Anschein gehabt, als hätten sie von seiner Ankunft gehört und ihn nun ein wenig in Augenschein nehmen wollen.

Jetzt war es neun, er wartete seit vier Stunden. Auf dem Bauch lag er in seinem Schlafsack, eingezwängt unter einem hohen, von Rissen durchzogenen Felssims, der an der Wand des Canyons entlanglief.

Durch das Nachtsichtgerät am Gewehr suchte er die Gegend erneut ab, ließ den gespenstischen grünen Lichtkreis langsam über den Bach sowie den Wildwechsel daneben wandern, den die Wölfe vermutlich nehmen würden, und schließlich über die Felsplatte, auf welcher der Kadaver der jungen Hirschkuh lag, die er im Morgengrauen weiter oben geschossen hatte. Er war noch immer unberührt. Doch als Lovelace das Gerät ein wenig nach rechts schwenkte, entdeckte er einen Schatten, der in den grünen Lichtkreis trat.

Es waren zwei, drei, vier. Hintereinander trotteten sie um eine Wegbiegung im Wildwechsel. Der erste Wolf war fast weiß. Der Größe, Position und Schwanzhöhe nach hielt Lovelace ihn für das Alpha-Weibchen. Er konnte das Halsband sehen und entdeckte es auch am nächsten Tier. Die beiden anderen waren schmächtiger, noch nicht ganz ausgewachsen; das eine ein Jungtier, das andere ein Welpe.

Lovelaces Herz begann zu rasen. Er konnte sein Glück nicht fassen. Leise schob er den Sicherungshebel zurück und stellte das Zielfernrohr an.

Calders Aussage nach bestand das Rudel aus acht Tieren. Daher ließ er die Wegbiegung nicht aus den Augen und wartete darauf, daß auch die anderen noch auftauchten. Aber sie kamen nicht. Lovelace fand es ungewöhnlich, daß sie nicht alle zusammen jagten, aber immerhin konnte er jetzt zwei aufs Korn nehmen. Die Wölfe mit Halsband würde er erst töten, wenn alle anderen erledigt waren. Solange die Signale kamen, würde die Biologin glauben, daß es dem ganzen Rudel gutging.

Etwa fünfzehn Meter unterhalb des Kadavers blieb die Weiße regungslos stehen und hob die Schnauze in den Wind. Lovelace fürchtete schon, daß sie seine Witterung aufgenommen haben könnte. Doch schon trottete sie weiter, wenn auch langsamer als zuvor, und die anderen folgten ihr. Lovelace hätte jedes Tier ein dutzendmal erschießen können, aber er wollte sie alle bei der toten Hirschkuh haben, wollte, daß sie so viel davon fraßen, daß jemand, der die Reste fand, glaubte, die Wölfe hätten das Tier gerissen.

Erst als sie mit ihrem Festschmaus fast fertig waren, machte er sich bereit zum Schuß. Die beiden Wölfe ohne Halsband standen nebeneinander; ihre Köpfe waren beim Fressen tief im Kadaver vergraben. Lovelace nahm das Jungtier, das ihm am nächsten war, ins Fadenkreuz. Gleich darauf hob der Wolf den Kopf, um ein Stück Fleisch zu verschlingen. Lovelace drückte ab.

Die Wucht des Einschlags schleuderte den Wolf vom Felsen ins Wasser. Lovelace hatte damit gerechnet, daß die anderen in panischer Angst davonjagen würden, doch das taten sie nicht. Sie hörten nur auf zu fressen und starrten ihren toten Artgenossen an.

In diesem Moment traf Lovelace sein zweites Opfer voll in den Kopf. Wie ein Stein fiel der Welpe neben dem Kadaver zu Boden. Diesmal reagierten die beiden übrigen Wölfe sofort: Blitzschnell rannten sie durch das Wasser, kletterten das eisige Ufer hinauf und verschwanden im Wald.

Lovelace brauchte fast eine Stunde, um die zwei toten Wölfe auf das Schneemobil zu laden. Danach fuhr er zur Mine, wo er die Wolfskadaver über den Schachtrand wuchtete und horchte, wie sie in einer

Steinlawine hinunterkollerten und mit einem fernen Platschen tief im Bauch der Mine landeten.

Einen Augenblick verharrte er und lauschte in die Stille.

Glaubst du, daß ihr Leben genauso ist wie unseres? Ich meine, das, woraus es gemacht ist, dieser kleine Funke in ihnen, der Geist oder was auch immer es sein mag. Glaubst du, es ist das gleiche, was wir auch in uns haben?

Nein, Liebes, natürlich nicht. Wie könnte es das gleiche sein?

Es begann wieder zu schneien. Bis zum Morgen würden seine Spuren verschwunden sein.

SIE HATTEN sich nur geküßt. Geküßt, einander in ihrem Bett im Arm gehalten und geredet, bis das Morgenlicht durchs Fenster gedrungen war. Was sollte daran schlimm sein? Mit dieser Frage schlug sich Helen seither herum.

Joel hatte ihr einmal gesagt, daß sie ihren Abschluß offenbar im Fach Schuldgefühle und nicht in Biologie gemacht habe. Luke war ihr da, wie sich herausgestellt hatte, ziemlich ähnlich.

Denn während sie sich an jenem Abend umschlungen gehalten hatten, hatte sie ihm gestanden, sich die Schuld an der lieblosen Ehe ihrer Eltern zu geben. Und er hatte ihr von seiner vermeintlichen Schuld am Tod seines Bruders erzählt. Mit großem Eifer, doch ohne jede Wirkung hatten sie einander anschließend versichert, wie absurd die jeweiligen Schuldgefühle seien. Die Absurdität der Gefängnisse anderer Menschen war stets so viel leichter zu erkennen.

War diese Nacht wirklich erst ein paar Tage her? Helen konnte immer noch nicht glauben, daß sie abreisen würde. Völlig überraschend hatte ihr Vater ihr einen Brief mit einer offiziellen Hochzeitseinladung und einem Flugticket nach Barbados geschickt. Zu Weihnachten würde sie hinfliegen und zehn Tage bleiben; ihr Flug ging am nächsten Morgen um sechs Uhr. Trotz ihres Protestes hatte Luke darauf bestanden, sie zum Flughafen zu bringen.

Während sie weg war, würde er in der Hütte wohnen, sich um Buzz kümmern und weiterhin die Wölfe im Auge behalten. Seine Eltern waren einverstanden, und Dan Prior hatte gemeint, es sei in Ordnung, solange alles „inoffiziell" bleibe.

Während Helen nun vor dem offenen Koffer stand und überlegte, was sie einpacken sollte, begann Buzz plötzlich laut zu bellen.

Wahrscheinlich hatte er ein Tier vor der Hütte gerochen. Helen befahl ihm, still zu sein.

„Ich will nicht, daß du wegfährst", sagte Luke unvermittelt und stand vom Computer auf.

„Ich auch nicht. Du wirst mir fehlen." Sie schlang die Arme um seinen Hals, und er hielt sie fest.

„Ich liebe dich, Helen."

„Ach, Luke, sag so was nicht."

„Doch." Er schob sie ein wenig von sich weg und schaute ihr in die Augen.

Sie runzelte die Stirn. „Es geht nicht."

„W-w-warum nicht?"

„Ich weiß nicht, aber..."

„Liebst du Joel immer noch?"

„Nein."

„Er hat dir weh getan. Ich könnte dir nie weh tun."

„Aber ich... *Ich* könnte *dir* weh tun."

Sie sahen sich lange an. Lukes ganzer Körper verlangte nach ihr. Er zog sie an sich und küßte sie. Einen Augenblick dachte er, sie wolle sich ihm entziehen, doch dann fühlte er, wie ihr Mund weich wurde und ihre Finger sich um seinen Arm krallten.

„Das ist mir egal", keuchte er.

Als sie sich eine Stunde später verabschiedeten und Luke sich auf den Heimweg machte, schneite es heftig. Hätte er sich umgesehen, wären ihm vielleicht die bereits halb verschneiten Spuren vor dem Hüttenfenster aufgefallen, doch er war mit dem Kopf ganz woanders.

KAPITEL ACHT

Courtney und Howard wurden am Nachmittag des ersten Weihnachtstages getraut. Die Zeremonie fand in einer blumengeschmückten Laube mit Blick auf eine Meeresbucht statt.

Helen fand es schön, Celia wiederzusehen und mit ihr allein zu sein, denn Bryan verbrachte die meiste Zeit damit, mit den Kindern zu schwimmen, zu segeln oder Wasserski zu laufen, während die Schwestern faul in der Sonne lagen, lasen und sich unterhielten. An den Abenden schwammen sie ohne Hast zu einem kleinen Ponton hinaus, ließen die Beine ins Wasser baumeln und betrachteten die traumhaften Sonnenuntergänge. Es wurde zu einem Ritual. Am Tag der Hochzeit nahmen sie, noch während die Party in vollem Gang war, als einziges Zugeständnis an den ersten Weihnachtstag zwei Gläser und eine Flasche Champagner mit hinaus.

„Du magst sie nicht, stimmt's?" fragte Celia und schenkte Helen ein.

„Courtney? Sie ist okay. Ich kenne sie ja kaum."

„Ich mag sie. Und weißt du was? Ich glaube, sie liebt ihn wirklich."

„Was das auch immer heißen mag."

Eine solche Bemerkung pflegte ihrer Schwester normalerweise einen sanften Tadel zu entlocken. Doch Helen hatte ihr vor zwei Tagen von Joels Brief erzählt; vielleicht hielt sie sich deshalb mit einer Entgegnung zurück. Als sie schwieg, schämte Helen sich ein wenig. Lächelnd wandte sie sich Celia zu. „Tut mir leid. Ist wahrscheinlich nur der Neid."

„Du begegnest schon auch noch dem Richtigen."

Helen lachte. „Du meinst, auch mein Prinz wird noch kommen?"

„Ich weiß es."

„Ich habe ihn übrigens schon kennengelernt." Helen rührte mit den Füßen im dunkler werdenden Wasser. Dann drehte sie sich wieder zu Celia, die sie abwartend mit großen Augen ansah. „Ich hasse es, wenn du mich so anschaust."

„Tja, jetzt bin ich natürlich neugierig geworden."

„Also schön. Er ist groß. Und dunkelhaarig. Und schlank. Und er hat die schönsten grünen Augen, die ich je gesehen habe. Er ist der Sohn eines mächtigen Ranchers. Er ist lieb, fürsorglich und völlig in mich vernarrt. Und er ist achtzehn Jahre alt."

„Oh." Celia hatte ihr starres Gouvernantengesicht aufgesetzt. „Ich meine, ist es… Hast du …"

„Ob ich mit ihm geschlafen habe?"

„Helen! Du weißt ganz genau, daß ich das nicht gemeint habe! Wieso glaubst du eigentlich immer, daß ich über solche Dinge schokkiert sein müßte? Ich weiß, daß du Bryan und mich bloß für langweilige Yuppies hältst und glaubst, du wärst diejenige, die wirklich lebt, immer nah am Abgrund, dort, wo's um was geht."

„Das seh ich nicht so, wirklich nicht…"

„O doch! Und du tust immer so, als hättest nur du allein wahre

Gefühle, als wärst du die einzige, die Leidenschaft und Schmerz empfindet, die einzige, die gelitten hat, als Mom und Dad sich getrennt haben. Aber so ist das nicht. Manchmal fühlen auch wir etwas, manchmal wird auch uns weh getan: Vor zwei Jahren hatte ich Brustkrebs."

„Du hast *was* gehabt?"

„Keine Sorge, es ist vorbei. Man hat ihn frühzeitig erkannt, ich bin ihn wieder los."

„Mein Gott, Celia! Du hast kein Wort gesagt ..."

„Warum sollte ich? Man muß mit dem Leben einfach weitermachen. Ich erzähle dir das jetzt auch nur, damit du siehst, daß du kein Monopol aufs Leiden hast. Mit Joel hat's nicht geklappt, und das ist schade. Aber vielleicht kannst du sogar von Glück sagen, daß du es jetzt schon gemerkt hast. Mom und Dad haben neunzehn Jahre gebraucht, um das herauszufinden."

Helen nickte. Ihre Schwester hatte recht. In allem. Sie war den Tränen nahe, doch nicht aus Selbstmitleid, sondern aus Scham. „Ich kann gar nicht glauben, daß du es mir nicht gesagt hast."

„Warum sollte ich alle Welt in Panik versetzen? Ich bin wieder gesund." Celia streifte den Badeanzug herunter. Unter ihrer linken Brustwarze befand sich eine kleine rosige Narbe. „Bryan findet sie sexy."

„Du überraschst mich wirklich."

Celia lachte. Sie zog ihren Badeanzug wieder hoch und umarmte ihre Schwester. „Also, wie heißt er?"

„Luke."

„Und?" fragte Celia mit anzüglichem Grinsen. „Ist er auch wirklich schön?"

„Und ob."

Sie lachten. Celia nahm Helen in den Arm und streichelte sie, wie sie es manchmal mit ihren Kindern tat. Schweigend schauten sie einem Pelikan zu, der zu einem Gleitflug ansetzte und bei den Palmen am Strand landete.

„Schau", sagte Celia nach einer Weile, „Courtney ist fünfundzwanzig und Dad sechsundfünfzig. Also, was soll die Aufregung? Wenn sie glücklich sind... Weißt du, was er mir gestern abend gesagt hat? Courtney habe ihm das Geheimnis des Lebens gezeigt, sie habe ihm beigebracht, den Augenblick zu genießen. Und weißt du was? Sie hat recht. Aber niemand hat es nötiger als du, so zu leben."

„Meinst du?"

„Ich *weiß* es. Als deine Schwester empfehle ich dir daher, mal eine Pause einzulegen und dir ein bißchen Vergnügen zu gönnen. Leb einfach in den Tag hinein, und laß die Dinge auf dich zukommen. Flieg zurück zu Luke und, na ja, du weißt schon…"

„Hüpf ins Bett mit ihm?"

„Helen, du bist unmöglich!"

Als die Party vorüber war, machte Helen in ihrem Zimmer die Balkontüren auf, legte sich aufs Bett und lauschte den Wellen, die an den Strand schlugen. Es war wie eine Offenbarung gewesen. Wie sehr sie ihre Schwester unterschätzt hatte! Und wie genau Celia sie durchschaut hatte!

Was ihren Rat in bezug auf Luke betraf, war Helen sich allerdings nicht so sicher. Er berücksichtigte nur ihre eigenen Bedürfnisse, nicht die seinen. In all ihren Beziehungen war bis jetzt sie diejenige gewesen, die darauf gewartet hatte, abgewiesen und verletzt zu werden. Doch bei Luke war das anders. Es gab nicht die geringsten Anzeichen dafür, daß er sie verletzen oder abweisen würde. Eher schon war es umgekehrt. Aber als sie ihn hatte warnen wollen, hatte er gesagt, es sei ihm egal. Warum also sollte sie darauf Rücksicht nehmen? Zu lieben und geliebt zu werden – war das nicht genug? Denn sie liebte ihn, das wußte sie, und nicht nur deshalb, weil er sie aus ihrer Verzweiflung gerettet hatte. Sie liebte ihn um seinetwillen, doch auf eine Weise, die für sie neu und seltsam befreiend war.

Zu Weihnachten hatte Helen Luke auf ihrer Mailbox eine lange Nachricht hinterlassen, ihm von der Hochzeit erzählt und gestanden, daß sie ihn sehr vermisse. Zum Schluß hatte sie ihm fröhliche Weihnachten gewünscht. Doch auf der Ranch war das Fest nicht fröhlicher gewesen als sonst. Sein Vater hatte schlechte Laune gehabt, und Luke hatte vor allem mit dem Baby gespielt. Irgendwann war er mit der Entschuldigung zur Hütte geflohen, er müsse Buzz füttern. Helens Nachricht hatte er wohl ein dutzendmal abgespielt.

Seitdem war kein Anruf mehr von ihr gekommen. Nur Dan Prior hatte in einer Nachricht mitgeteilt, endlich seien die Ergebnisse vom DNS-Test des markierten jungen Rüden eingetroffen. Sie seien ziemlich interessant, da aus ihnen hervorgehe, daß sich seine Gene von denen der anderen Tiere unterschieden, es sich bei ihm also um einen Streuner handeln müsse.

Als Luke an diesem Abend von seiner Runde in die Hütte zurückkam und sich gerade die Stiefel ausziehen wollte, hörte er draußen ein Geräusch. Aber erst als er es ein weiteres Mal vernahm, wußte er, was es war. Er ging ans Fenster und schaute hinaus. Die ersten Sterne erschienen bereits am klaren rosafarbenen Himmel, doch war es noch hell genug, um den Wolf zu sehen.

Es war das Alphaweibchen, das am Waldrand auf der anderen Seite des zugefrorenen Sees stand. Das weiße Fell hob sich deutlich vor dem Hintergrund der dunklen Bäume ab, und selbst das Halsband konnte Luke ausmachen. Während er das Tier betrachtete, hob es den Kopf und heulte erneut. Es war ein Heulen, wie Luke es noch nie von einem Wolf gehört hatte, denn es begann mit einem kurzen, lauten Kläffen wie bei einem Hund.

Rasch griff er nach Helens Fernglas und beschloß, die Tür ein wenig zu öffnen, um die Wölfin besser sehen zu können. Doch kaum war die Tür einen Spaltbreit offen, drängte sich Buzz an ihm vorbei und raste wie ein Wahnsinniger zum See hinunter.

Luke rannte ihm nach. „Buzz! Nein!“ Aber es war zwecklos, ihm hinterherzurufen. Buzz war vermutlich sowieso nicht mehr zu retten.

Die Wölfin hörte auf zu heulen und stand jetzt mit erhobenem Schwanz regungslos da, während sie den Hund beobachtete, der über die Eisfläche des Sees näher kam.

Luke lief den Hang hinunter, sank aber gleich bis zu den Knien ein und strauchelte. Nachdem er sich wieder aufgerappelt hatte, schaute er durchs Fernglas.

Buzz kletterte mittlerweile das andere Ufer hinauf. Plötzlich begann die Wölfin mit dem Schwanz zu wedeln. Buzz wurde langsamer und duckte sich auf den letzten Metern mehr und mehr, bis er fast auf dem Bauch dahinkroch. Als er die Wölfin erreicht hatte, warf er sich vor ihr auf den Rücken. Schwanzwedelnd schaute sie auf ihn herab.

Luke rechnete damit, daß sie nun über ihn herfallen und ihm die Kehle aufreißen würde, aber nichts geschah. Auf einmal duckte sich die Wölfin, preßte die Brust in den Schnee und legte den Kopf auf die ausgestreckten Vorderläufe, wobei sie weiterhin mit dem Schwanz wedelte. Luke konnte es nicht fassen: Sie wollte spielen. Kaum hatte Buzz dies auch kapiert, sprang sie auf und tollte um ihn herum. Der Hund versuchte vergeblich, sie zu fassen. Dann blieb die Wölfin stehen und duckte sich abermals, worauf Buzz es ihr gleichtat. Als sich einer von beiden bewegte, begann die Hatz aufs neue, nur war es diesmal die Wölfin, die Buzz jagte.

Doch abrupt brach sie das Spiel ab und trottete zu den Bäumen hinüber. Buzz blieb stehen und sah einen Moment lang verdutzt drein. Luke rief ihn wieder, aber er entschied sich, der Wölfin zu folgen, und verschwand gleich darauf im Wald.

Die Nacht senkte sich herab. Mit einem Schlag fand Luke das Spiel der Wölfin gar nicht mehr lustig.

AUCH der Wolfsjäger hörte das Heulen. Er befand sich hoch oben im Tal auf dem Weg zu jener Stelle, wo er am ersten Weihnachtstag den dritten Wolf getötet hatte.

Mehrere Tage lang war er den Spuren des Calder-Sohnes gefolgt und hatte darauf geachtet, Skier und Stöcke genau in dessen Abdrücke zu setzen. Am Weihnachtsabend hatte ihn der Junge unwissentlich zu dem halb gefressenen Kadaver eines Elchbullen geführt, zu dem die Wölfe später wahrscheinlich noch einmal zurückkehren würden. Daher hatte Lovelace auf den Routen, auf denen sie sich vermutlich nähern würden, Fußangeln ausgelegt.

Nachts hatte er eineinhalb Kilometer gegen den Wind kampiert, und als er bei Morgengrauen auf seinen Skiern zurückgekehrt war, hatte er gesehen, daß ihm nicht nur einer, sondern gleich zwei Wölfe beschert worden waren: ein weiblicher Welpe und der junge Rüde mit dem Halsband. Sie hatten sich geduckt und ihn furchtsam beobachtet, während er die Skier abgeschnallt hatte, um dann eine Axt und zwei schwarze Säcke aus seinem Rucksack zu holen.

„Hallo", hatte er dem Welpen mit freundlicher, besänftigender Stimme zugegurrt. „Bist du aber ein hübsches Mädchen."

Kurz vor dem Tier war er stehengeblieben. Er hatte die Axt über den Kopf gehoben, doch gleichzeitig hatte der Welpe zu ihm aufgeschaut, und der Blick seiner goldenen Augen hatte Lovelace zögern lassen. Mit einem Kopfschütteln hatte er jedoch seine Bedenken vertrieben und dem Tier mit zwei raschen Hieben den Schädel gespalten. Die Pfoten hatten noch gezuckt, als er ihn danach rasch in den Sack geschoben hatte, damit das Blut keine Spuren im Schnee hinterließ.

Dann hatte er die Fußangel gelöst und sich dem Wolf mit dem Halsband zugewandt. Bei dem Versuch, sich loszureißen, war diesem der Draht tief in den heftig blutenden Vorderlauf eingedrungen. Lovelace hatte geseufzt. Es war schon traurig, das Weihnachtsgeschenk wieder zurückzugeben, doch er hatte ja beschlossen, sich die markierten Wölfe bis zum Schluß aufzuheben.

Also hatte er dem Wolf den zweiten Sack über den Kopf geworfen und zugebunden, damit er ihn nicht beißen konnte. Dann hatte er sich rittlings auf das Tier gesetzt und es zu Boden gedrückt, um die Schlinge zu lösen. Es hatte eine Weile gedauert, bis er den Draht aus der Wunde hatte ziehen können, aber schließlich war es ihm gelungen. Dann hatte er das Seil gelöst, war zurückgetreten und hatte den Sack fortgerissen. Der Wolf hatte sich aufgerappelt und war humpelnd zwischen den Bäumen davongerannt.

Danach hatte Lovelace die Fußangeln erneut ausgelegt, den toten Wolf zur Mine gebracht und ihn den Schacht hinunter zu den anderen geworfen. Drei waren nun tot, blieben noch fünf.

Das war vor zwei Tagen gewesen. Seither hatte er morgens und abends die Fußangeln kontrolliert, sie aber stets leer vorgefunden. Das bedeutete, daß die Stelle durch seine Witterung inzwischen verdorben war und es Zeit wurde, die Angeln abzubauen. Er wollte es gerade erledigen, als er das Heulen der Wölfin vernahm. Gleich darauf rief der Junge nach dem Hund. Lovelace ahnte, daß etwas nicht stimmte.

Als er eine halbe Stunde später beim Kadaverplatz anlangte, hörte er ein Jaulen. Der Hund. Er hatte sich in derselben Fußangel verfangen wie vor zwei Tagen der Welpe. Als ihn der häßliche Köter entdeckte, begann er mit dem Schwanz zu wedeln. Der Wolfsjäger fluchte.

Da hörte er den Jungen weiter unten im Wald abermals rufen, und gleich darauf bemerkte er das schwankende Licht einer Taschenlampe. Wenn der Hund jetzt bellte, saß er ganz schön in der Klemme.

Ihm blieb nur eine Möglichkeit. Er löste die Bindung seiner Skier und streifte sie ab. Der Hund wimmerte leise.

SIE HIELT nach ihm Ausschau, als sie hinter den übrigen Passagieren vom Flugsteig kam, und entdeckte ihn vor dem riesigen ausgestopften Bären. Er sah sie direkt an, schien sie aber einen Augenblick lang nicht zu erkennen.

„Luke?“

„Oh, hallo!“

Sie gingen aufeinander zu und schauten sich verlegen an, während die Menge an ihnen vorbeiströmte.

„D-d-du bist ja ganz b-b-blond geworden."

Sie fuhr sich mit einer Hand durchs Haar. „Das macht die Sonne."

„Sieht gut aus." Er nahm ihre Tasche. „Laß uns gehen."

Auf dem Weg zum Parkplatz sprachen sie kein Wort.

Buzz saß vorn im Pick-up, und als er Helen entdeckte, geriet er völlig aus dem Häuschen. Als sie die Tür geöffnet hatte, wurde sie fast von ihm umgeworfen. Dann sah sie den Verband an seiner Vorderpfote.

„He, Hund, hast du dich mit einem Bären angelegt?"

„Mit W-w-wölfen", antwortete Luke.

Während sie zur Fernstraße fuhren, erzählte er ihr, was passiert war. Im Licht der Taschenlampe war er den Spuren hinauf in den Wald gefolgt, als Buzz ihm plötzlich auf dem Weg entgegengehumpelt kam.

„Er hat ziemlich stark geblutet, und weil ich dachte, daß ihn die W-w-wölfin gebissen hat, bin ich mit ihm gleich zu Nat Thomas gefahren. Aber der hat gesagt, daß es eher wie eine Drahtwunde aussieht. Er nimmt an, daß B-b-buzz in eine Schlinge geraten ist."

„Eine Schlinge? Werden da oben etwa welche ausgelegt?"

„Manchmal. Von W-w-wilderern. Ich wollte am nächsten Tag nachsehen, aber in der Nacht hat es geschneit, und am Morgen waren alle Spuren weg." Er wollte noch etwas sagen, schien es sich dann aber anders zu überlegen.

„Was ist?" fragte Helen.

„Na ja, an dem Abend hatte ich das Gefühl, daß da oben noch jemand war. Ehrlich gesagt, hatte ich diesen Eindruck schon öfter."

Aber schon mit dem nächsten Satz wechselte Luke das Thema und erzählte ihr, daß er mit Dan Prior geflogen sei und fünf Wölfe gesehen habe, darunter auch die mit den Halsbändern. Dan habe vermutet, die anderen drei seien auch in der Nähe, aber tiefer im Unterholz, so daß es schwierig sein würde, sie zu Gesicht zu bekommen.

„He, und weißt du was?" schloß Luke. „Ich habe mich an der Universität von Minnesota beworben!"

„Für den Herbst? Luke, das ist ja phantastisch!"

Er habe mit Dan darüber gesprochen, als sie zurückgeflogen seien, berichtete er. Die Universität verfüge über eine Homepage im Internet, und in Dans Büro hätten sie sich dann vor den Computer gesetzt und einen „virtuellen Rundgang" über den Campus unternommen. Danach hätten sie die Bewerbungsunterlagen ausgedruckt, ausgefüllt und abgeschickt.

Schweigend betrachtete Helen ihn eine Weile. Wie schön es doch war, wieder mit ihm zusammenzusein. Er wandte den Blick von der Straße ab und strahlte sie an.

„Was grinst du so?“ fragte sie.

Er zuckte die Achseln. „Du b-b-bist wieder zu Hause, das ist alles“, entgegnete er schlicht.

Helen wußte nicht mehr, wo oder was ihr Zuhause war, doch wenn es der Ort war, wo man hingehörte, dann war sicher, daß sie in diesem Augenblick hierher zu Luke und nirgendwo anders hingehörte.

DAS NEUE Jahr begann mit viel Nässe. Drei Wochen lang taute und regnete es. Die Waldwege verwandelten sich in Schlammrinnen. Dreimal hatte Lovelace versucht, sich in den Wald zu wagen, hatte aber jedesmal wieder umkehren müssen.

Er verbrachte die Tage im Wohnwagen und war froh über die Ruhepause. Von den letzten Anstrengungen taten ihm noch sämtliche Knochen weh. Er war müde. Hundemüde. Doch sosehr er sich auch anstrengte, er konnte nicht schlafen. Er schien vergessen zu haben, wie das ging. Die ganze Nacht lag er wach und wehrte sich gegen Gedanken, die er nicht zulassen wollte.

Um sich die Zeit zu vertreiben, blieb ihm nur die Geweihschnitzerei. Er betrieb dieses Hobby schon seit Jahren. Am liebsten nutzte er ein ganzes Geweih eines Wapitihirsches und formte Tiere heraus, die sich zu jagen schienen: große wie Wölfe, Bären oder Elche am Fuß der Skulptur, dann immer kleinere, bis an der Spitze nur noch winzig kleine Eichhörnchen oder Mäuse zu sehen waren.

An dem Geweih, mit dem er nun fast fertig war, hatte er beinahe drei Wochen gesessen. Jetzt brauchte er bloß noch den Namen auf die Unterseite zu ritzen.

Eine Stunde später watete er durch die Pfützen zur Küchentür der Hicks. Er klopfte, und einige Augenblicke später kam die Frau an die Tür. Bei seinem Anblick schien sie immer ein wenig zu erschrekken.

„Oh, Mr. Lovelace! Tut mir leid, ich fürchte, Clyde ist nicht da.“ Offenbar dachte sie, er wollte etwas von ihrem Mann.

„Deshalb bin ich nicht gekommen.“ Er hatte das bearbeitete Geweih in einen Lappen gewickelt. „Das ist für den Jungen. Sie haben doch gesagt, er hat bald Geburtstag.“

„Ja, morgen. Das ist aber wirklich nett von Ihnen.“ Sie nahm es entgegen. „Bitte, kommen Sie doch herein.“

„Nein, ich muß noch was erledigen. Wollte ihm das nur bringen.“

„Darf ich es mir ansehen?“ Sie schlug den Lappen zurück und hielt das Geweih in die Höhe. Er sah ihr an, daß es in ihren Augen ein seltsames Geschenk für ein Baby war. „Ach, wie schön. Haben Sie das selbst gemacht?“

Er zuckte die Achseln. „Ist bloß so ’n Ding. Vielleicht, wenn er älter ist ... Sehen Sie, sein Name steht drauf.“

„Das ist aber wirklich hübsch. Vielen Dank.“

Er nickte und verschwand.

IN DER Küche hingen Luftballons und Girlanden. Kathy setzte den Kleinen in den Kinderstuhl und zündete die Kerze auf dem wie ein Revolver geformten Geburtstagskuchen an, den sie gebacken hatte. Dann stellte sich die ganze Familie um Buck junior herum auf und sang „Happy Birthday“. Danach half Kathy ihrem Sohn, die Kerze auszublasen, und schließlich bekamen alle eine Tasse Kaffee und ein Stück Revolverkuchen.

„Und was hat unser kleiner Revolverheld zum Geburtstag bekommen?“ fragte Buck.

Kathy zählte ihm alles auf, während der Kleine versuchte, sich den Kuchen in den Mund zu stopfen. „... und Lane hat ihm einen tollen Strampelanzug geschickt, ganz in Weiß und Silber. Clyde meint, er sieht darin aus wie Elvis. Was noch? Ach ja, ihr werdet es nicht glauben: Mr. Lovelace hat ihm ein komisches Geweih mit lauter geschnitzten Tierfiguren geschenkt.“

Einen Augenblick lang herrschte Stille. Clyde warf einen raschen Blick zu Buck hinüber.

„Wer ist denn Mr. Lovelace?“ wollte Eleanor wissen.

Plötzlich wurde Kathy klar, was sie angestellt hatte. Sie schien zu überlegen, wie sie ihren Fehler wieder ausbügeln konnte, doch Clyde kam ihr zuvor.

„Ach, nur so ein alter Knacker, der für uns oben im Haus ein paar Schreinerarbeiten erledigen soll.“

Eleanor runzelte die Stirn. „Der Name kommt mir irgendwie bekannt vor. Wo kommt er her?“

„Aus der Gegend um Livingston. Hat früher viel für meinen Onkel gearbeitet … He, Kathy, paß doch auf! Der Kleine schmiert den Kuchen wirklich überallhin."

Die Gefahr war gebannt. Luke schien nicht zugehört zu haben, und Eleanor stellte keine weiteren Fragen. Sie bat ihren Sohn, Milch zu holen, und ging ans andere Ende der Küche, um noch mehr Kaffee aufzusetzen.

„Verdammt, was hast du dir dabei gedacht?" fauchte Clyde Kathy über den Kopf des Babys hinweg an.

„Ich hab einfach nicht dran gedacht, das ist alles."

„Schon okay", schlichtete Buck leise. „Ist ja nichts passiert."

Er gesellte sich zu Eleanor und Luke. Seit er sich um die Wölfe kümmerte, hatte er den Jungen kaum zu Gesicht bekommen. Er sah irgendwie anders aus, ein wenig erwachsener; doch so waren die Burschen in diesem Alter eben. Kaum drehte man sich um, waren sie schon wieder einige Zentimeter gewachsen.

„Na, Fremder", sagte Buck und klopfte ihm auf den Rücken. „Wie steht's denn so?"

„Mir g-g-geht's gut."

„Viele Wölfe siehst du bei diesem Wetter wohl nicht, oder?"

„Ist ein b-b-bißchen matschig."

„Und was treibst du so da oben mit Helen?"

Clyde kicherte. Luke drehte sich zu ihm um, und Kathy stöhnte. „Mach dich nicht lächerlich, Clyde."

Buck hatte den Tratsch selbst gehört. Erst gestern abend hatte es im Last Resort geheißen, Luke und Helen Ross hätten eine Affäre. Aber das war absurd. Luke hatte nie auch nur das geringste Interesse an Mädchen gezeigt. Sein toter Bruder war der mit den speziellen Calder-Genen gewesen.

Luke ignorierte Clydes dämliches Grinsen und wandte sich wieder Buck zu. „Wir tragen s-s-sämtliche Daten zusammen, die wir bisher gesammelt haben."

„Und wo treiben sie sich in letzter Zeit rum?"

„Ach, die t-t-treiben sich überall rum."

Buck spürte, wie er wütend wurde. „Glaubst du vielleicht, ich erzähle gleich alles brühwarm Abe?"

„N-nein, Sir."

„Verdammt, warum kannst du es dann deinem Vater nicht sagen?"

Wie immer kam Eleanor dem Jungen zu Hilfe, was Buck erst recht wütend machte. „Er darf keine vertraulichen Informationen weitergeben, stimmt's? Schließlich arbeitet er für den Staat. Also, wer möchte noch ein Stück Kuchen?"

Von dieser Warte aus hatte es Buck überhaupt noch nicht betrachtet. Sein eigener Sohn arbeitete für diese verdammten Regierungsheinis. Das ließ seine Laune weiter sinken. „Ich hoffe, diese Ross weiß, daß du hier rund um die Uhr gebraucht wirst, wenn die Kühe kalben", sagte er eisig.

Luke versuchte etwas zu entgegnen, doch Buck schnitt ihm das Wort ab. Das Gesicht dieses stotternden Jungen machte ihn rasend.

„Das ist kein Vorschlag, das ist ein Befehl!" Damit knallte er den Teller auf den Tisch und verließ das Zimmer.

NACH dem Tod des schwarzen Hund- und Kälberkillers hatte es keinen Zweifel an der Nachfolge gegeben, da es nur einen einzigen ausgewachsenen Rüden gab: den Streuner mit dem Halsband, der im vorletzten Herbst als Jährling zum Rudel gestoßen war.

Es war das Recht und die Pflicht des neuen Anführers, sich mit dem weißen Alphaweibchen zu paaren. Nur das Alphapärchen eines jeden Rudels durfte sich fortpflanzen.

Doch der neue Leitwolf war nun ein Krüppel. Die von der Schlinge des Wolfsjägers verursachte nun vier Wochen alte Wunde war vereitert, und der Wolf hatte viele Tage lang zwischen den Felsen an einem Seitenarm des Bachs gelegen, sich die Pfote geleckt und war immer magerer und schwächer geworden.

Da das Alphaweibchen und die drei verbliebenen Welpen offenbar wußten, daß ihr Überleben als Rudel von ihm abhing, pflegten sie ihn und brachten ihm von ihren Jagdausflügen etwas zu fressen mit.

Als es in der ersten Februarwoche wieder fror und der Schnee in weichen Flocken auf sie herabfiel, paarte sich die weiße Königin mit ihrem verkrüppelten König.

AM SELBEN Abend lagen Luke und Helen jenseits des schneebedeckten Waldes nackt und ineinander verschlungen in der von Kerzenlicht erhellten Hütte. Sie schlief. Ihr Kopf ruhte auf seiner Schulter, und er konnte ihren Atem auf seiner Haut spüren, warm und sanft.

Er streckte die Hand aus – behutsam, um Helen nicht zu wecken – und löschte die Kerzenflamme mit den Fingern. Er erinnerte sich an jenen Tag im Herbst, als er ihr die Wolfshöhle gezeigt und sie ihn dazu gebracht hatte, in das Loch zu kriechen. Er erinnerte sich, wie er da unten in völliger Dunkelheit gelegen und gedacht hatte, dies wäre der ideale Ort zum Sterben.

Nun wußte er, daß er sich geirrt hatte. Dies hier, in einer ebenso schwarzen Dunkelheit, doch mit einem lebenden Wesen in den Armen, dies war der ideale Ort.

DER PROZESS gegen Abe Harding fand Ende Februar statt, und der dritte und letzte Tag der Verhandlung näherte sich seinem traurigen, doch vorhersehbaren Ende. Unbarmherzig ging Schneeregen auf das kümmerliche Grüppchen von hardingfreundlichen Demonstranten nieder, das vor dem Gerichtsgebäude in Helena auf und ab marschierte.

Am ersten Vormittag waren es noch rund sechzig Teilnehmer gewesen, die von fast ebenso vielen Polizisten umringt worden waren, um sie in sicherer Entfernung von einer kleineren, aber gleichermaßen wortgewaltigen Gruppe von Wolfsfreunden fernzuhalten. Zur großen Zufriedenheit der anwesenden Fotografen, Journalisten und Fernsehreporter hatten sie sich gegenseitig beschimpft, Parolen skandiert und Transparente mit Sprüchen in die Höhe gereckt.

Doch Abe war nicht mehr zu helfen. In seiner Abschlußrede erklärte er der Jury stolz, er habe den Wolf absichtlich getötet. Mehr brauchte ihm der Staatsanwalt gar nicht nachzuweisen.

Abe Harding wurde in allen Punkten der Anklage für schuldig befunden. Das Strafmaß würde später verkündet werden, doch bestand keinerlei Zweifel, daß er mit mehreren Monaten Gefängnis und vermutlich auch einer hohen Geldstrafe zu rechnen hatte.

Vor dem Gerichtsgebäude starrten Wes und Ethan Harding Helen böse an, doch entweder bemerkte sie ihre Blicke nicht, oder sie ignorierte sie.

„Laß uns auf einen Drink gehen", schlug Dan ihr leise vor.

Sie stiegen in ihre jeweiligen Autos und fuhren getrennt zu einer Bar, von der Dan annahm, daß die Harding-Fans ihren Kummer nicht gerade dort ersäufen würden. Das Angebot des Lokals stammte aus biologischem Anbau, und die Kundschaft setzte sich überwiegend aus Studenten und Vegetariern zusammen. Sie fanden eine freie Ecke und bestellten zwei Weizenbiere.

„Hat Luke schon was von der Uni gehört?" fragte Dan.

„Noch nicht. Aber er hat ihnen einen tollen Bericht über seine Arbeit mit der Kartensoftware geschickt."

„Sie werden ihn schon nehmen." Dan trank einen großen Schluck Bier. „Ich muß dir was sagen, Helen."

„Willst du mich feuern? In Ordnung, ich kündige."

Er lächelte zögernd. „Nein. Es geht um folgendes: Im Büro erhalte ich ständig anonyme Anrufe. Bestimmt versucht bloß jemand, wegen Harding Staub aufzuwirbeln ... Es geht um Luke."

Er sah, wie sie leicht zusammenzuckte. „Was ist mit ihm?"

„Na ja, ich weiß, er verbringt viel Zeit oben in der Hütte, weil ihr viel zu tun habt. Aber einige Leute behaupten, daß ihr eine Affäre habt."

„Und jetzt willst du, daß ich dir sage, ob es wahr ist oder nicht?"

„Nein", log er. „Du weißt ganz genau, daß es mir nicht darum geht." Sein Handy unterbrach ihn. „Mist!" Er suchte nach dem Telefon und fand es schließlich in seiner Manteltasche. Der Anruf kam von Bill Rimmer, der ihm mitteilte, einige Wölfe hätten in der Nähe von Boulder drei Kälber gerissen. Er meinte, es sei wichtig, daß Dan gleich herkomme und versuche, die Wogen zu glätten.

„Tut mir leid, Helen, ich muß los. Ich ruf dich morgen vormittag an."

Sie beobachtete ihn, während er den Mantel anzog.

Nach dem, was er gesagt hatte, kam er sich mies und verleumderisch vor. „Verzeih", sagte er. „Irgendwie habe ich es falsch angepackt."

„Kein Problem."

Er drehte sich um und ging zur Tür, als sie seinen Namen rief. Er blieb stehen und wandte sich noch einmal zu ihr um. Sie sah verletzt aus – und wunderschön.

„Übrigens", sagte sie. „Es stimmt."

Als er nach Boulder fuhr, schwirrte Dan der Kopf, und das Herz wurde ihm schwer.

HELEN hatte ihr zweites Bier ausgetrunken und fragte sich, ob sie sich noch ein drittes bestellen sollte, als sie hinter sich eine Stimme vernahm. „Ist doch wirklich ein trauriger Anblick, wenn eine hübsche Frau allein feiern muß."

Der hat mir gerade noch gefehlt, dachte Helen. Sie drehte sich um und erblickte Buck Calder, der sie mit anzüglichem Grinsen musterte.

„Warum sollte ich was feiern?"

„Sie haben Ihr Urteil. Das wollten Sie doch, oder?“

Helen schüttelte den Kopf und wandte den Blick von ihm ab.

„Macht es Ihnen was aus, wenn ich mich zu Ihnen setze?“

„Macht es Ihnen was aus, wenn ich Sie frage, was Sie hier zu suchen haben?“

„Ich war gerade auf dem Heimweg, und da hab ich draußen Ihren Pick-up gesehen und gedacht, ich schau mal rein und sag hallo.“

Die Kellnerin kam, und Buck bestellte zwei Weizenbiere.

„Danke, aber ich muß gleich los“, versuchte Helen abzuwehren.

Trotzdem setzte er sich ihr gegenüber auf die Bank. Helen ermahnte sich, ruhig zu bleiben. Auch wenn sie den Mann nicht mochte, war er doch immerhin Lukes Vater.

„Ich wollte mit Ihnen über meinen Sohn reden“, begann er mit einem wissenden Lächeln. „Ich möchte Ihnen sagen, egal, was böse Zungen behaupten...“

Die Kellnerin brachte das Bier. Er dankte ihr und wartete, bis sie gegangen war, ehe er fortfuhr. „Ich möchte Ihnen nur sagen, wie dankbar Eleanor und ich für das sind, was Sie für den Jungen getan haben, daß Sie mit ihm zusammenarbeiten und so. Aber ich muß Ihnen auch sagen, daß ich ihn auf der Ranch brauche, wenn die Kühe kalben. Das werden Sie hoffentlich verstehen...“

Helen nickte.

„Seine Mutter hat erst gestern abend gemeint, sie habe Luke noch nie so glücklich gesehen. Er scheint endlich ein wenig erwachsen geworden zu sein. Selbst mit dem Stottern ist es ein bißchen besser. Und dafür wollte ich Ihnen danken.“

Helen wußte nicht, was sie erwidern sollte. Der Kerl hatte sie überrumpelt.

Er nahm einen Schluck. „Wissen Sie, ich glaube, wenn das alles am Anfang nicht so schiefgelaufen wäre, könnten wir heute Freunde sein.“

„Aber wir sind doch Freunde. Jedenfalls, was mich betrifft.“

„Also gut. Mehr als Freunde.“

Sie tat, als verstünde sie ihn nicht recht. Er betrachtete sie mit einem mehrdeutigen Grinsen. Dann griff er unter den Tisch und legte eine Hand auf ihr Knie. „Warum gibst du dich mit einem Jungen zufrieden, wenn du einen Mann haben kannst?“

Helen holte tief Luft und stand auf. „Ich muß los.“ Sie zog ihren Mantel an und ging.

Es schneite heftig. Als sie über den Parkplatz hastete, glitt sie aus und wäre beinahe hingefallen, so aufgebracht und wütend war sie. Wie konnte er es wagen! Am liebsten hätte sie ihn umgebracht.

Rasch stieg sie in ihren Pick-up und knallte die Tür zu. Gott sei Dank sprang der Motor sofort an. Sie trat aufs Gaspedal und brauste davon.

SCHWEIGEND beendete Helen ihr Abendessen. Schon als sie zur Tür hereingekommen war, hatte Luke ihr angesehen, daß etwas nicht stimmte, doch sie hatte nichts gesagt. Eigentlich hatte er mit ihr über seine Befürchtung sprechen wollen, daß etwas Seltsames mit den Wölfen vor sich ging, aber dafür schien jetzt nicht der richtige Augenblick zu sein.

Er griff über den Tisch und nahm ihre Hände. „Was ist los?"

Sie seufzte. „Ich glaube, du solltest nicht mehr hier übernachten."

„W-w-warum?"

„Du weißt doch, was die Leute reden."

Er nickte. „Ich w-w-wußte nur nicht, ob du es weißt."

Sie lachte bitter. „O doch." Dann erzählte sie ihm von den anonymen Anrufen in Dan Priors Büro.

„Du willst also, daß wir uns nicht mehr sehen?"

„Aber nein, Luke, ich könnte es nicht ertragen, ohne dich zu sein."

„Kann denn das, w-w-was andere Leute denken, unsere Beziehung beeinflussen?"

„Ich weiß nicht. Es wird immer Menschen geben, die kaputtmachen wollen, was sie nicht verstehen oder nicht selbst haben können."

„Aber w-w-wenn du auf sie hörst, dann haben sie gewonnen. Und ich liebe dich."

„Luke, bitte ..."

„Ist okay. Du b-b-brauchst es nicht auszusprechen."

„Als ich es das letzte Mal gesagt habe, ist der Kerl mit einer belgischen Tussie abgehauen."

„Ich kenne keine b-b-belgischen Tussies." Fast hätte er sie zum Lachen gebracht. „Ich kann sowieso ein paar Wochen lang nicht m-m-mehr kommen, ich muß meinem Vater helfen, wenn die Kühe kalben."

„Hat er mir schon erzählt."

„Du hast mit ihm gesprochen? Was hat er gesagt?"

Sie zuckte die Achseln. „Nur das."

Sie fanden den Wolf auf halber Höhe in der engen Schlucht; eingekeilt lag er zwischen zwei Felsen. Seine Schnauze war auf die Vorderpfoten gebettet, als wollte er jeden Augenblick losrennen. Seine Augen standen offen und waren zu einem stumpfen Gelb erstarrt. Es war schwer zu sagen, wie lange er schon tot war.

Sie hatten das Signal kurz nach dem Morgengrauen aufgefangen, nicht das übliche rhythmische Piepen, sondern einen einzelnen Dauerton, der ihnen sofort verraten hatte, daß etwas vorgefallen war.

Sie brauchten eine Weile, um den Kadaver zwischen den Felsen herauszuhebeln, ohne ihn zu beschädigen. Dann legten sie ihn am Bach auf den Boden und knieten sich neben ihn, um ihn sich genauer anzuschauen. Rund um die angeschwollene Vorderpfote, die dreimal so dick wie die anderen war, fehlte das Fell. Außerdem entdeckten sie eine tiefe, kreisrunde Wunde.

„Armer Kerl! Sieht aus, als wäre er in eine Falle geraten."

„Oder in eine Fußangel, so wie Buzz", sagte Luke. „Ist auch d-d-die gleiche Pfote."

Helen entfernte das Halsband und stellte das Signal ab. Seufzend erhob sie sich. „Und da waren es nur noch sieben."

„Ich glaube nicht, daß es noch so v-v-viele sind. Ich hab dir doch erzählt, daß Dan und ich vom Flugzeug aus nur fünf gesehen haben und daß er gesagt hat, die anderen seien w-w-wohl unter den Bäumen. Nun, in den letzten Tagen, als du im G-g-gericht warst, hatte ich den Eindruck, daß das alle Tiere sind. Ich weiß, sie laufen oft in den Spuren ihres Vordermanns, aber wenn sie sich trennen, dann sieht es aus, als wären sie nur noch zu dritt oder viert."

Sie trugen den toten Wolf zum Schneemobil und brachten ihn zur Hütte. Helen rief Dan an, der ihnen daraufhin mitteilte, daß Donna gleich zu ihnen rausfahren und den Kadaver abholen würde.

„Die Wunde sieht nach einer Fußangel aus. Luke ist der Meinung, daß jemand versucht, die Wölfe umzubringen", bemerkte Helen zum Schluß.

„Wilderer legen Schlingen für alle möglichen Tierarten aus", erwiderte Dan. „Ich glaube, der Junge hat etwas zuviel Phantasie."

Helen entgegnete ihm, daß Luke in letzter Zeit nie mehr als die Spuren von vier oder fünf Tieren gesehen habe.

Als Dan antwortete, klang seine Stimme hart. „Helen, *du* bist da draußen die Biologin. *Dich* bezahlen wir, nicht ihn."

Es war dumm von ihr, aber bis zu diesem Augenblick hatte sie nie daran gedacht, daß Dan eifersüchtig sein könnte. Sie hatte ihn verloren. Von jetzt an war Luke ihr einziger Verbündeter.

ALS JUNGES Mädchen hatte Kathy die Zeit des Kalbens immer geliebt, doch seit sie ins rote Haus gezogen war, gefiel sie ihr überhaupt nicht mehr. Jetzt bedeutete es, daß Clyde mehr als einen Monat unten im Haupthaus schlief und mit der Kälbertruppe in Schichten arbeitete.

Seit mehr als einer Woche war er nun bei den Kühen. Kathy langweilte sich und fühlte sich einsam, vor allem an den langen Abenden. Sooft sie daher Licht im Wohnwagen des Wolfsjägers sah, dachte sie sich einen Vorwand aus, um ihn zu besuchen. Sie brachte ihm die Reste vom Mittagessen oder selbstgebackene Kekse, und wenn das Baby wach war und nicht quengelte, nahm sie es mit, denn sie wußte, daß der Alte den Kleinen gern hatte.

Im Wohnwagen stank es zwar wie in einem Schweinestall, doch sie gewöhnte sich bald daran, weil sie das Bedürfnis hatte, mit jemandem zu reden. Und trotz seiner griesgrämigen Art hatte der alte Mann etwas an sich, das ihr gefiel. Außerdem schien auch er sie ganz gern zu sehen.

Er hatte einige Tage oben im Wald verbracht, und als er wieder zurück war, brachte sie ihm einen Teller Eintopf und Brot. Gierig schlang er das Essen hinunter und wischte sogar noch mit dem Brot den Teller sauber.

Buck junior auf den Knien, saß Kathy ihm an dem schmalen Tisch gegenüber. Der kleine Buck war ganz still und folgte aufmerksam jeder Bewegung des Wolfsjägers, als dieser sich einen Kaffee eingoß, drei Löffel Zucker nahm und wie immer seinerseits das Baby ununterbrochen beobachtete.

Es war oft schwer zu beurteilen, ob er zum Reden aufgelegt war oder nicht. Manchmal sagte er kaum ein Wort, so daß Kathy die Unterhaltung ganz allein bestreiten mußte. An anderen Tagen wieder sprudelten die Worte nur so aus ihm heraus, vor allem, wenn er auf seinen Vater zu sprechen kam.

„Wissen Sie noch, wie Sie mir von diesem Ding erzählt haben, das Ihr Vater erfunden hat?“

„Die Lovelace-Schlinge meinen Sie?“

„Die Lovelace-Schlinge, genau. Was hatte es damit auf sich?“

Eine Weile rührte er schweigend in seinem Kaffee. „Wollen Sie sie mal sehen?“

„Sie haben sie noch?"

„Ich nehm sie manchmal sogar noch."

Er trat an einen der Schränke, griff tief hinein und zog eine aufgerollte Drahtschlinge heraus, an der kleine, schlanke Metallkegel angebracht waren. Er legte sie auf den Tisch, und nachdem er die beiden Lederbändchen aufgeknüpft hatte, von denen die Schlinge zusammengehalten worden war, rollte er den mehrere Meter langen Draht auf. Das Baby griff nach einem der Metallkegel.

„Nein, mein Schatz", sagte Kathy. „Nicht anfassen!"

„Genau, nichts anfassen. Die kleinen Dinger sehen vielleicht wie Spielzeug aus, sie sind aber keins. Ich zeig's dir, Kleiner."

Auf dem Tisch lag noch ein Stück Brot. Lovelace griff danach und schob es behutsam über eine der Kegelspitzen.

„Mein Vater hat immer gesagt, Hühnerfleisch ist am besten, aber eigentlich funktioniert es mit allen Fleischsorten. Stellen Sie sich also vor, dieses Brot hier ist ein Stück Fleisch. Jetzt legt man die Schlinge rings um die Wolfshöhle aus, gerade wenn die Welpen etwa drei Wochen alt sind und raus in die Welt wollen. Und dann …"

Er zögerte. Kathy, die seinen Bewegungen gefolgt war, schaute in sein Gesicht und bemerkte, wie er das Baby mit seltsamem Blick betrachtete.

„Mr. Lovelace? Alles in Ordnung?"

Sein Blick richtete sich auf sie. Er schaute sie an, als habe er keine Ahnung, wer sie sei oder was sie hier zu suchen habe. Dann sah er wieder auf seine Hände, die ihn daran zu erinnern schienen, was er hatte sagen wollen. „Also. Der Welpe riecht den Köder. Und weil er es nicht besser weiß, nimmt er ihn ins Maul, das schmale Ende zuerst. Das ist wichtig, schließlich soll er den Köder erst mal ganz runterschlucken …" Wieder schaute er das Baby an.

„Ganz runterschlucken", erinnerte Kathy ihn.

„Ganz runter … bis tief in die Kehle. Und dann, wenn er mit dem Maul auf diese breite Seite beißt, genau hier …"

Leicht drückte er mit den Fingern zu; es knackte laut, und drei stachlige Haken schnellten wie kleine Enterhaken hervor, schossen durch das Brot und ließen es über den ganzen Tisch fliegen.

Buck junior fuhr erschrocken zusammen und begann zu schreien. Kathy stand auf, drückte ihn an sich und klopfte ihm auf den Rücken, aber es half nichts. „Tut mir leid, ich bringe ihn wohl besser rüber ins Haus."

Der alte Mann sagte nichts. Er stand einfach nur da und starrte den Haken in seiner Hand an.

„Mr. Lovelace?“

Das Geschrei des Kleinen wurde unerträglich. Kathy ging zur Tür und drehte sich noch einmal um, um ihm eine gute Nacht zu wünschen, aber er schien sie nicht zu hören.

Ganz sicher würde sie es nie sagen können, da die Lampe in seinem Rücken hing und sein Gesicht halb im Schatten lag. Doch als sie die Tür zuzog, glaubte Kathy, auf der Wange des alten Wolfsjägers eine Träne zu sehen.

Tief in der Nacht, als sie im Bett lag und das Baby neben ihr schlief, hörte sie, wie er das Schneemobil anließ. Sie trat ans Fenster und beobachtete, wie die Scheinwerfer über die obere Weide glitten und dann im Wald verschwanden.

In der zweiten Woche kamen am Tag etwa zwanzig Kälber zur Welt. Die Männer arbeiteten nachts in Schichten von zwei, drei Stunden, und keiner von ihnen bekam mehr als vier Stunden Schlaf. Luke hatte Ray um vier Uhr früh abgelöst und bislang eine relativ ruhige Zeit gehabt. Nur einmal hatte es ein Problem gegeben, als er zwei Kojoten entdeckt hatte, die an einem Korral herumgeschlichen waren. Er hatte sie fortgescheucht und war froh gewesen, daß es keine Wölfe waren.

Jetzt war er wieder zu den Korrals unterwegs, um noch einmal nach einer überfälligen Färse zu sehen. In der letzten Stunde hatte sie etwas krank gewirkt, und er fragte sich, ob mit ihr etwas nicht in Ordnung war. Am Korralzaun angelangt, leuchtete er mit der Taschenlampe nach der Färse.

„Na, wie läuft's?“

Luke drehte sich um. Hinter ihm stand Clyde, der gleich die nächste Schicht übernehmen würde.

„Ganz gut, aber um eine Kuh mache ich mir ein bißchen Sorgen. Hat vielleicht eine v-v-verdrehte Gebärmutter oder so was.“

Clyde bat ihn, ihm die Färse zu zeigen. „Ach was“, urteilte er verächtlich. „Der fehlt gar nichts.“

Luke zuckte die Achseln. Er berichtete seinem Schwager noch von den Kojoten und ging dann zurück ins Haus, um vor Sonnenaufgang noch eine Stunde zu schlafen.

Er verschlief. Als er geduscht und sich angezogen hatte, saßen die anderen bereits am Frühstückstisch in der Küche. Er merkte sofort, daß etwas passiert war. Ray und Jesse aßen stumm, und sein Vater starrte wütend vor sich hin. Seine Mutter warf ihm einen warnenden Blick zu. Eine Zeitlang sagte niemand ein Wort.

„Und? Wieso hast du die Färse krepieren lassen?“ fragte ihn sein Vater schließlich.

„W-w-was?“ Er schaute Clyde an, aber der hielt den Blick auf seinen Teller gesenkt.

„Clyde hat eine tote Färse im Korral gefunden. Hatte eine verdrehte Gebärmutter.“

Luke starrte seinen Schwager ungläubig an. „Aber d-d-die hab ich dir doch gezeigt, und du hast gesagt, mit ihr ist alles in Ordnung.“

Clyde schaute kurz auf, und Luke sah die Angst in seinen Augen. „Verdammt, das hast du nicht getan!“

„Hört auf, Jungs!“ mischte sich Lukes Mutter ein. „Wir verlieren jedes Jahr ein, zwei Kühe ...“

Sein Vater unterbrach sie wütend. „Halt du dich da raus!“

„Ich hab d-d-dir sogar gesagt, was mit ihr vielleicht nicht stimmt“, beharrte Luke. „Und du hast gesagt, es ist alles in Ordnung.“

„He, Kleiner, jetzt versuch nicht, mir die Geschichte anzuhängen!“

Luke stand auf. Sein Stuhl scharrte über den Boden.

„Wo willst du hin?“ fragte ihn sein Vater.

„Mir r-r-reicht's.“

„Dir reicht's also, ja? Aber mir reicht's noch lange nicht, setz dich gefälligst wieder hin!“

Luke schüttelt den Kopf. „Nein, Sir.“

Ray und Jesse standen auf und gingen leise aus dem Zimmer.

„Du rührst dich nicht vom Fleck, bis ich mit dir fertig bin. Deine Mutter hat mir erzählt, du willst nach Minnesota aufs College, stimmt das?“

Lukes Mutter stand auf. „Um Himmels willen, Buck, nicht jetzt ...“

„Halt den Mund! Willst wohl studierter Tierschützer werden, was?“

„Nein, B-b-biologe.“

„Also doch. Und du denkst nicht mal dran, deinen Vater zu fragen, was er davon hält?“

Luke spürte, wie seine Beine zitterten, doch nicht vor Angst. Zum erstenmal in seinem Leben fürchtete er sich nicht vor diesem großen Bullengesicht, das ihn über den Tisch hinweg anglotzte. Er fühlte nichts als Wut. Es wirkte beinahe belebend.

„Hat's dir die Sprache verschlagen?"

Er holte tief Luft und spürte eine erstaunliche Ruhe in seiner Brust aufsteigen. „Nein", antwortete er schlicht.

„Dann solltest du mir lieber erklären, was hier los ist."

Dies war der Augenblick, auf den er lange gewartet hatte. Endlich würde er frei sein. „Ich habe nicht gedacht, daß es dich interessiert."

„Ach, was du nicht sagst." Sein Vater grinste sarkastisch.

„Ich wußte, daß es dir nicht g-gefallen würde."

„Tja, mit der ersten Annahme hattest du unrecht, mit der zweiten nicht. Es *interessiert* mich, aber es gefällt mir nicht. Du wirst auf die Montana State gehen, mein Junge, und versuchen, ein guter Rancher zu werden, der Färsen nicht einfach krepieren läßt."

„Wenn Clyde so ein F-f-feigling ist, daß er es nicht zugeben will, ist mir das egal. Aber ich werde nicht auf die Montana State gehen, ich st-st-studiere auf der Minnesota."

„Soso." Sein Vater stand auf und kam auf ihn zu. Einen Moment lang spürte Luke, wie ihn sein Mut zu verlassen drohte.

„Und was glaubst du, wer das bezahlen wird?"

„Ich f-f-finde schon einen Weg."

„Ich bezahle." Seine Mutter. Sie drehten sich beide zu ihr um.

„Ich habe gesagt, du sollst dich da raushalten!"

„Wa-wa-wa..." Lieber Gott, dachte Luke, laß mich jetzt bitte nicht im Stich.

„Wa-wa-wa...", äffte ihn sein Vater nach.

Luke spürte, wie eiskalte Wut ihn packte. „Warum mußt du eigentlich alle Menschen t-t-terrorisieren? Hast du nicht schon genug Unheil angerichtet? Wir müssen immer so sein, wie du uns haben willst. Und was du nicht v-v-verstehen kannst, das mußt du kaputtmachen. Tust du das, weil du Angst hast, oder was?"

„Wie kannst du es wagen, so mit mir zu reden?" Sein Vater gab ihm eine schallende Ohrfeige, und seine Mutter schrie auf. Luke spürte den Geschmack von Blut im Mund. Schwer atmend und mit rotem Gesicht starrte ihn sein Vater an. Aber er machte ihm keine Angst mehr.

„Ich gehe jetzt", sagte Luke.

„Wenn du das tust, setzt du nie wieder einen Fuß in mein Haus!"

„Ich gehöre hier s-s-sowieso nicht her. Hab ich noch nie." Er nickte seiner Mutter zu und verließ die Küche.

Oben nahm er zwei Reisetaschen aus dem Schrank und packte

etwas Kleidung, einige seiner Lieblingsbücher und ein paar Dinge ein, von denen er glaubte, daß er sie brauchen werde. Dann hörte er die Küchentür zuschlagen und sah durch das Fenster, wie sein Vater wütend durch den Schnee zu den Korrals stapfte. Clyde folgte dicht hinter ihm.

Vom Treppenabsatz aus sah er durch die offene Tür des Schlafzimmers seiner Eltern, daß seine Mutter einen Koffer packte. Er stellte seine Taschen ab und trat auf die Schwelle. „Mom?"

Sie drehte sich um, und eine Weile schauten sie sich stumm an. Dann breitete sie die Arme aus, und er ging zu ihr und drückte sie an sich. Er sagte nichts, bis ihr Schluchzen nachließ.

„W-w-wo willst du hin?"

Sie wischte sich die Tränen ab. „Ich habe Ruth angerufen. Sie sagt, ich kann eine Weile bei ihr bleiben. Gehst du zu Helen?"

Er nickte.

„Du liebst sie sehr, stimmt's?" Sie küßte ihn auf die Wange. „Versprich mir, daß du mich besuchen kommst."

„Versprochen."

Er stellte seine Taschen im Wohnzimmer ab, ging zum Gewehrschrank im Büro seines Vaters und nahm sich die Winchester, die seit dem Tod seines Bruders ihm gehörte. In der Schublade unter den Gewehren fand er eine Schachtel Patronen, die er zusammen mit der Waffe in einer der Taschen verstaute. Vom Haken in der Küche holte er dann noch Mantel, Regenmantel und Hut, nahm ein Paar Ersatzstiefel mit und trug alles zum Jeep.

Als er durch das Tor fuhr, sah er über die Schulter zur Ranch zurück. Sein Vater und Clyde trieben einige Färsen zum Stall. Sein Schwager drehte sich um, blieb stehen und schaute ihm nach, doch sein Vater ging einfach weiter.

VOR SEINEM Tod, wollte sich der alte Wolfsjäger noch entschuldigen, doch niemand war da, bei dem er das hätte tun können. Winnie war der einzige Mensch, der ihn verstanden hätte, und Winnie war tot. Er fragte sich, wie lange sie schon über diesen „kleinen Funken", wie sie es genannt hatte, Bescheid gewußt und warum sie ihm vorher nichts davon gesagt hatte. Doch tief in seinem Innern ahnte er, daß er niemals auf sie gehört hätte.

Er hatte mit dem Gedanken gespielt, zur Hütte dieser Biologin zu fahren und um Verzeihung zu bitten, aber er mußte sich ja nicht allein bei ihr entschuldigen. Es ging um sein ganzes Leben. Also hatte er sich direkt zur Mine aufgemacht. Dieser Platz war so gut wie jeder andere.

Als er hier angekommen war, hatte sein Verstand verrückt gespielt; vielleicht, hatte er gedacht, war der Welpe doch nicht tot, den er am Abend zuvor erschossen und wie die anderen in den Schacht geworfen hatte, und vielleicht konnte er, wenn er den Eingang zur Mine fand, das Tier noch retten. Aber seine Suche war erfolglos gewesen.

Jetzt saß er, mit dem Rücken an einen Baum gelehnt, nackt am Rand jener Lichtung, auf der sich der abgedeckte Luftschacht befand. Er hatte alle seine Kleider hinuntergeworfen und stellte sich vor, wie sie nun auf den Wölfen lagen. Seine welke Haut war fast so weiß wie der Schnee. Er sah die Sterne verblassen, die einer nach dem anderen in der Morgendämmerung verschwanden, und spürte, wie die Kälte seine Arme und Beine hinaufkroch, sich zu seinem Herzen stahl. Sein Atem wurde immer langsamer, sein Bart gefror.

Ihn überkam eine seltsame Ruhe. In seinem Tagtraum sah er das Gesicht eines Babys, das ihn im Licht einer Kerze anstarrte. Vielleicht war es der Junge unten aus dem Haus, vielleicht aber auch das Kind, das er und Winnie nie gehabt hatten. Doch dann erkannte er mit einemmal, daß ihn sein eigenes jüngeres Ich betrachtete. Und im selben Augenblick beugte sich der Schatten seiner Mutter, die er nie gekannt hatte, zur Kerzenflamme hinab und blies sie behutsam aus.

FRÜHLING KAPITEL NEUN

In der ersten Aprilwoche zog sich der Schnee wie eine verebbende Flut talaufwärts zurück. Drei Wochen zuvor hatte die weiße Wölfin eine verlassene Kojotenhöhle am Fuß einer Rodung gefunden, und die beiden überlebenden Welpen hatten ihr dabei zugesehen, wie sie stundenlang gegraben hatte, bis die Höhle ihren Vorstellungen entsprochen hatte.

Ihr Bauch war schwer geworden, und im schmelzenden Schnee wurde die Jagd für sie immer mühseliger. Die beiden Welpen waren nun ausgewachsene Jährlinge, doch mangelte es ihnen noch an Gewitztheit und Lebenserfahrung. Allein hatten sie noch nie Beute reißen müssen. Seit das Muttertier trächtig war, hatten sie selbst mit den vom Winter geschwächten Rehen ihre Not.

Daher war die Witterung, die aus dem Tal heraufgetragen wurde, verlockend. Inzwischen hatten die Hauptherden mit dem Kalben begonnen, und die Wölfe kannten bereits die Stellen, an denen die Rancher ihre toten Tiere abluden.

Als die Stunde der weißen Wölfin gekommen war, verschwand sie allein in der Höhle. Die beiden Jährlinge warteten die ganze Nacht und auch den nächsten Tag darauf, daß sie wieder herauskam. Rastlos liefen sie auf und ab oder lagen stundenlang mit auf die Pfoten gelegtem Kopf da und beobachteten den Eingang zur Höhle. Manchmal streckten sie auch winselnd den Kopf ins Loch, doch ein Knurren aus der Tiefe warnte sie, näher zu kommen. Schließlich zogen sie hungrig davon.

Am zweiten Abend, während die Wölfin sechs Junge zur Welt brachte, taten sie es ihrem toten Vater gleich und rissen ihr erstes Kalb: ein reinrassiges Black-Angus der Calder-Ranch.

HELEN hatte Luke erzählt, sie wolle in die Stadt, um einige Vorräte zu kaufen, denn er sah es mit Sicherheit nicht gern, daß sie seine Mutter aufsuchte. Doch sie fand, sie schuldete Eleanor eine Erklärung. Was sie ihr allerdings genau sagen wollte, wußte sie nicht. Es fiel ihr schwer genug, sich selbst klar darüber zu werden, wie sie sich an jenem Tag gefühlt hatte, als Luke mit seinen beiden großen Taschen vor der Hütte aufgetaucht war und erklärt hatte, er sei von zu Hause fortgegangen – ob er „einige Tage bei ihr bleiben“ könne? Sie hatte ihn einfach in den Arm genommen, und so waren sie lange eng umschlungen dagestanden. Mit ihm in dem winzigen Raum zusammenzuleben, der ihr gemeinsames Universum war, schien ihr das Natürlichste von der Welt.

Mit Joel hatte sie Leidenschaft und auch Kameradschaft gekannt, doch erst jetzt begriff sie, daß es zwischen ihnen nie jene Vertrautheit gegeben hatte, die sie mit Luke verband. Als sie mit Joel zusammengewesen war, hatte sie sich stets kontrolliert und bemüht, jene Frau zu sein, die er ihrer Meinung nach haben wollte. Mit Luke konnte sie ganz sie selbst sein. Bei ihm fühlte sie sich begehrt und schön, doch vor allem zum erstenmal in ihrem Leben nicht immerzu kritisiert.

Aber wie um alles in der Welt sollte sie das seiner Mutter erklären?

Als sie die Tür zum Paragon öffnete, ertönte die Glocke. Zum Glück waren weder Kunden noch Ruth da; Eleanor Calder stand allein an der Kasse.

Helen hatte sie seit dem Jahrmarkt nicht mehr gesehen und registrierte nun verblüfft, welche Ähnlichkeit sie mit Luke hatte: die gleiche blasse Haut und die schönen grünen Augen. Eleanor lächelte.

„Hallo, Helen. Was kann ich für Sie tun?"

„Hallo, Mrs. Calder. Äh, na ja, ich..."

„Kommen Sie. Setzen wir uns."

Sie drehte das OFFEN/GESCHLOSSEN-Schild um und schloß die Tür ab. Helen folgte ihr zu der kleinen Kaffeetheke und setzte sich auf einen Barhocker, während Eleanor sich hinter den Tresen stellte. „Kann ich Ihnen einen Kaffee machen?"

„Nur, wenn Sie auch einen trinken." Helen überlegte, wie sie beginnen sollte. Stumm schaute sie zu, wie Lukes Mutter den Kaffee zubereitete.

„Ich bin hergekommen, weil ich das mit Luke erklären wollte – nein, eigentlich nicht *erklären*, sondern... ich wollte Ihnen nur sagen, daß... ach, Mist!"

Eleanor Calder lächelte. „Ich mache Ihnen die Sache ein bißchen leichter." Sie stellte Helen den Kaffee hin und goß sich dann selbst eine Tasse ein. „Sie haben Luke sehr glücklich gemacht. Soweit ich es beurteilen kann, tun Sie ihm also nur gut." Sie kam um den Tresen herum und setzte sich zu ihr.

„Danke", sagte Helen verblüfft.

„Und daß er zu Ihnen gezogen ist, nun, da kann ich nur sagen, einige Leute in dieser Gegend sind ziemlich altmodisch. Aber was ihr macht, geht nur euch etwas an. Und ehrlich gesagt, wüßte ich auch nicht, wo Luke sonst hin sollte."

„Er hat mir erzählt, daß Sie auch ausgezogen sind."

„Ich hätte schon vor Jahren gehen sollen. Im Grunde bin ich nur wegen Luke geblieben."

Sie redeten noch eine Weile über Lukes Universitätsbewerbung und dann über die Wölfe. Helen äußerte Lukes Vermutung, daß wahrscheinlich nur noch drei oder vier übrig seien.

„Was ist mit den anderen passiert?"

„Keine Ahnung. Wahrscheinlich hat jemand sie umgebracht."

Eleanor runzelte die Stirn. „Vielleicht sollte ich es lieber nicht erwähnen, aber oben auf der Ranch war ein Mann namens Lovelace, der für meinen Schwiegersohn angeblich Schreinerarbeiten erledigt hat. Anfangs fiel mir nicht ein, wo ich den Namen schon mal gehört hatte, aber dann wußte ich es wieder: In Hope gab es mal einen berühmten alten Trapper mit diesem Namen. Man nannte ihn ‚Wolfsjäger'."

ZUM GLÜCK hatten sie diesmal nicht das Fernsehen angerufen, doch dafür machte sich Clyde Hicks nun selbst ans Werk. Seine Videokamera lief, sobald Dan und Bill Rimmer auf die Weide fuhren, um die beiden toten Kälber zu untersuchen.

„Ihr Leute von der Regierung schneidet den Film doch so, wie ihr ihn haben wollt", sagte er. „Also sorgen wir dafür, daß wir unsere eigenen Beweismittel haben."

Calder begrüßte sie nicht einmal. Sein Schweigen sagte mehr als alle Worte. Als er Dan im Büro angerufen hatte, um ihm mitzuteilen, was passiert war, hatte er nur die nüchternen Tatsachen aufgelistet und hinzugefügt, daß er Helen Ross nicht sehen wolle. Dan hatte ihr auf der Mailbox eine entsprechende Nachricht hinterlassen.

Rimmer machte sich nun daran, den zweiten Kadaver zu untersuchen. Die Biß- und Blutspuren hatten keinen Zweifel daran gelassen, daß das erste Kalb von einem Wolf gerissen worden war.

Mit verschränkten Armen sah Calder ihnen zu. Er sah blaß und mitgenommen aus und hatte dunkle Ringe unter den Augen, wie die meisten Rancher in der Zeit des Kalbens.

„Gefressen haben sie jedenfalls davon", sagte Rimmer schließlich. „Aber gerissen haben sie das zweite Kalb nicht. Es war eine Totgeburt."

Calder schaute ihn einen Augenblick an. „Bei uns gibt es keine Totgeburten", entgegnete er mit eisiger Stimme.

„Nun, Sir, ich fürchte, dies hier ist eine. Die Lungen haben sich nicht geöffnet. Ich kann es Ihnen zeigen, wenn …"

„Verschwinden Sie von hier!"

Dan versuchte zu vermitteln. „Ich bin mir sicher, Sir, daß Sie von der Behörde für Wildschäden den vollen Marktwert für beide Tiere ersetzt bekommen."

„Verschwinden Sie endlich von meinem Grund und Boden!"

LUKE hätte sich in dem Gewirr der Holzfällerwege beinahe verfahren, weil er nicht an der Ranch vorbeiwollte. Er hatte sich aufgemacht, nachdem Helen zurückgekommen war und ihm von ihrem Gespräch mit seiner Mutter erzählt hatte. Es war Mittag, also würde Kathy unten im großen Haus sein und für die Kälbertruppe das Mittagessen kochen, wie sie es tat, seit ihre Mutter das Haus verlassen hatte. Ihm blieb ungefähr eine halbe Stunde Zeit.

Endlich fand er den Weg, den er gesucht hatte, und befand sich bald oberhalb von Kathys Haus. Er stellte den Wagen ab und ging den Rest des Wegs zu Fuß.

Von der oberen Wiese aus wirkte die Ranch verlassen. Ein silberner Wohnwagen und ein alter grauer Chevy standen versteckt hinter der Scheune. Luke wußte, daß sie weder Clyde noch Kathy gehörten. Um sicherzugehen, pochte er an die Küchentür und schaute auch noch in der Scheune nach, aber es war niemand da. Daraufhin ging er rasch zum Wohnwagen und klopfte an. Als keine Antwort kam, drückte er die Klinke herunter. Die Tür war nicht verschlossen.

Er brauchte nicht lange, um herauszufinden, daß dies wohl kaum die Behausung eines Schreiners war. Das verriet ihm schon der Geruch. Dann fand er die verborgenen Schranktüren. Zwei Fächer waren mit Fallen, Drähten, Fußangeln und anderen Dingen vollgestopft, die er noch nie gesehen hatte. In einem anderen entdeckte er Flaschen. Er machte eine auf und schnupperte daran. Wolfsurin.

In diesem Moment hörte er draußen einen Wagen vorfahren. Rasch stopfte er die Flasche und eine der Fußangeln in die Manteltasche. Dann trat er aus dem Wohnwagen und versuchte, die Tür leise hinter sich zu schließen, aber sie fiel mit einem lauten Klicken ins Schloß.

„Mr. Lovelace?"

Luke erstarrte. Es war Clyde. Sein Schwager kam um die Scheune herum. Als er Luke sah, wurde seine freundliche Miene feindselig. Hinter ihm tauchte Kathy mit dem Baby auf.

„Was machst du hier?" fragte Clyde.

„Ich w-w-wollte meine Schwester besuchen."

„Ach ja? Und wie bist du hergekommen? Bist du geflogen?"

Luke wies mit dem Kopf zum Wald hoch. „Mein W-w-wagen steht da oben."

„Du hast vielleicht Nerven, spionierst hier auf anderer Leute Grund und Boden herum!"

„Clyde, ich bitte dich“, sagte Kathy.

Der Blick ihres Mannes huschte zum Wohnwagen hinüber. „Hast du da auch rumgeschnüffelt?“

„Ich hab b-b-bloß angeklopft. Ist aber k-k-keiner da.“

„Na, dann kannst du ja jetzt wieder verschwinden!“

„Clyde!“ rief Kathy. „Er ist meinetwegen gekommen!“

„Halt den Mund!“

Luke sah, wie seine Schwester zusammenzuckte. „Schon in Ordnung, Kathy. Ich v-v-verschwinde.“ Er ging an ihnen vorbei und gab sich alle Mühe, gelassen zu wirken. Doch als er den Waldrand erreicht hatte, begann er zu rennen und blieb erst beim Wagen wieder stehen.

Als er an der Hütte ankam, sah er Dan Priors Wagen neben Helens Pick-up stehen. Das angespannte Schweigen, das ihn empfing, als er eintrat, verriet ihm, daß sie sich gestritten hatten.

„Er will die übrigen Wölfe töten“, teilte Helen ihm aufgebracht mit.

Dan seufzte. „Eines der Kälber Ihres Vaters wurde gerissen, Luke.“

„Also läßt du dich einschüchtern und tust genau das, was sein Vater will: Du sorgst dafür, daß die Wölfe verschwinden.“

„Helen, begreifst du denn nicht? Manchmal muß man eine Schlacht verlieren, wenn man den Krieg gewinnen will.“

„Das ist doch Blödsinn, Dan! Weißt du noch, was du gesagt hast? Hope soll ein richtungweisendes Experiment werden. Wenn du dich nicht gegen Leute wie Calder zur Wehr setzt, gewinnst du den Krieg ganz bestimmt nicht!“

„Du mußt dich damit abfinden, Helen: Hope ist noch nicht bereit, mit Wölfen zu leben.“

„Wenn du sie umbringst, wird Hope nie lernen, mit ihnen zu leben. Ich weiß überhaupt nicht mehr, wieso du mich eigentlich geholt hast.“

„Weißt du was? Dieselbe Frage habe ich mir auch schon gestellt.“

Wütend funkelten sie einander an.

Luke holte die Fußangel und die Flasche mit dem Wolfsurin aus seiner Tasche und legte beides auf den Tisch. „Das hier d-d-dürfte manches ändern.“

BUCK war sofort gekommen, nachdem Clyde ihn angerufen hatte. Er ging gleich mit ihm zum Wohnwagen.

„Wann hast du ihn zuletzt gesehen?“ fragte Buck.

„Muß fast drei Wochen her sein. Kathy hat gehört, wie er mitten in der Nacht mit dem Schneemobil losgefahren ist. Sie macht sich Sorgen, weil er sonst nie so lange fortbleibt, und glaubt, daß ihm was passiert ist."

Sie durchsuchten den Wohnwagen. Es sah nicht so aus, als sei Luke drinnen gewesen. Aber da er hier herumgeschnüffelt hatte, mußte er einen konkreten Verdacht gehabt haben. Es war also durchaus möglich, daß der Junge direkt zu Dan Prior lief, und dann konnten im Handumdrehen alle möglichen Regierungsbeamten hier auftauchen.

„Wir sollten den Wohnwagen und den Chevy lieber verschwinden lassen", sagte Buck. „Wir fahren sie irgendwohin und lassen sie dort stehen."

Sie machten sich sofort an die Arbeit, räumten im Wohnwagen auf und verstauten alles Herumliegende.

„Sollte man nicht nach Lovelace suchen?" gab Kathy zu bedenken.

„Das wäre bestimmt nicht verkehrt. Ich werde mal mit Craig Rawlinson reden. Aber wir müssen vorsichtig mit dem sein, was wir über ihn sagen, okay? Offiziell hat er sich um Kojoten gekümmert. Kein Wort über die Wölfe." Buck drückte sie an sich. „Wenn jemand kommt, während wir unterwegs sind, sag einfach, du weißt nichts."

Inzwischen hatte Clyde die Schlüssel für den alten Chevy gefunden, und zusammen hängten sie den Wohnwagen an. Dann sahen sie noch einmal nach, ob von den Sachen des Wolfsjägers auch nichts liegengeblieben war, und fuhren los. Buck lenkte den Chevy, und Clyde folgte ihm mit seinem eigenen Wagen.

Sie ließen den Chevy und den Wohnwagen etwa siebzig Kilometer von Hope entfernt an einem Rastplatz für Fernfahrer stehen.

ALS KATHY einen Wagen vorfahren hörte, nahm sie an, daß Clyde und ihr Vater wieder zurückkamen. Doch einige Sekunden später sah sie durch das Küchenfenster einen beigefarbenen Pick-up, den sie nicht kannte, neben dem Auto ihres Vaters halten. Zwei Männer stiegen aus und gingen auf das Haus zu.

Als Kathy ihnen die Tür öffnete, zeigte ihr einer von ihnen seinen Ausweis. „Mrs. Hicks? Ich bin Sonderermittler Schumacher von der Naturschutzbehörde. Das hier ist mein Kollege Lipsky."

Kathy versuchte, unbekümmert dreinzuschauen. „Was kann ich für Sie tun?"

„Ihr Mann, Ma'am, könnten wir bitte mit ihm sprechen?"

„Er ist im Augenblick nicht da. Stimmt was nicht?"

„Wir haben Informationen erhalten, daß illegale Fallen im Naturschutzgebiet aufgestellt werden, vermutlich um Tiere zu fangen, deren Bestand bedroht ist. Der Informant hatte Grund zu der Annahme, daß der Fallensteller von hier aus operiert."

„Wirklich?" Sie versuchte zu lachen. „Da handelt es sich bestimmt um ein Mißverständnis."

Endlich sah sie Clydes Wagen die Auffahrt heraufkommen. Ein weiteres Fahrzeug folgte ihm, das sie als Hilfssheriff Rawlinsons Auto erkannte. Neben dem Polizisten saß ihr Vater.

Als Clyde ausstieg, sah sie die Wut in seinen Augen. Zum Glück war ihr Vater da. Sie trat zur Seite, als Schumacher noch einmal alles von vorn erklärte.

„Da muß jemand was durcheinandergebracht haben", sagte Buck, nachdem der Sonderermittler zu Ende gesprochen hatte.

„Hat in letzter Zeit jemand bei Ihnen in einem Wohnwagen gewohnt?"

„Ja, natürlich. Der alte Knabe, der vor einer Weile hier war, um sich um die Kojoten zu kümmern."

„Haben Sie was dagegen, wenn wir uns ein bißchen umsehen?"

Jetzt platzte Clyde der Kragen. „Und ob ich was dagegen habe!"

Der Beamte holte ein Stück Papier aus seiner Tasche. „Sir, dieses Schreiben hier erlaubt es mir, das Grundstück zu überprüfen."

Buck reckte das Kinn. „Nur über meine Leiche", sagte er mit leiser Stimme.

Kathy sah, wie Craig Rawlinson schluckte und sich dann neben Clyde und ihren Vater stellte. „Das hier fällt in meinen Zuständigkeitsbereich, und als Sheriff des Bezirks ist es meine Pflicht, den Frieden zu wahren. Sie sollten also lieber wieder gehen. Und zwar sofort."

Schumacher drehte sich um und sah zu Lipsky hinüber, der, obwohl er die ganze Zeit kein Wort gesagt hatte, den Ton anzugeben schien. Nach ein paar Sekunden nickte er.

Schumacher deutete auf Rawlinson. „Sie benehmen sich ziemlich daneben, Mister. Ich werde mich mit Ihrem Vorgesetzten in Verbindung setzen."

„Tun Sie, was Sie nicht lassen können."

Die Sonderermittler stiegen wieder in ihre Wagen. Niemand sprach, bis sie verschwunden waren.

Dann boxte Clyde triumphierend in die Luft. „Ja!"

Craig seufzte vor Erleichterung, und Buck klopfte ihm grinsend auf den Rücken. „Ich bin stolz auf Sie, mein Sohn. Männer wie Sie haben den Westen erobert."

Kathy hätte am liebsten geweint, doch nicht vor Erleichterung, sondern vor Wut.

„Alles in Ordnung, Schatz?" erkundigte sich ihr Vater.

„Nein, nichts ist in Ordnung! In Zukunft könnt ihr eure Lügen allein erzählen!" Sie drehte sich um und verschwand im Haus.

„WÖLFE auf zwei Uhr!" rief der Pilot.

Der Helikopter jagte seinem eigenen Schatten auf einer weiten Rodung nach, die mit Geröll und einem Gewirr gefällter Baumstämme übersät war.

Helen schaute nach unten und entdeckte zwei Wölfe, die sich auf einem vorspringenden Felsen sonnten. An dem helleren der beiden konnte sie das Halsband ausmachen, das sein Signal zu ihnen heraufsandte. Angesichts des lärmenden Ungeheuers über ihren Köpfen standen die Wölfe jetzt aber auf und trotteten zunächst in Richtung Wald, bis sie schließlich zu rennen anfingen.

Bill Rimmer, der, von Gurten gesichert, mit herausbaumelnden Füßen in der offenen Hubschraubertür saß, hatte den Lauf seines Palmer-Gewehrs bereits auf eines der Tiere gerichtet.

„Tiefer geht's nicht", meldete der Pilot in sein Mikrofon.

„Schon gut", erwiderte Rimmer. „Ich hab ihn."

Der Rückschlag des Gewehrs stieß ihn zurück. Helen sah, wie sich der Wolf ohne Halsband überschlug, verlor ihn dann aber aus den Augen, da der Pilot den Hubschrauber steil nach oben riß. Er verfehlte die Baumwipfel nur um Zentimeter.

„Mann! Toller Schuß!" jubelte der Pilot.

Rimmer grinste. „Sie sind aber auch klasse geflogen! He, komm schon, Helen! Jetzt schau nicht so traurig, ist doch bloß ein Pfeil."

Sie nickte und gab Dan über Funk Bescheid. Er und Luke waren dem Signal mit dem Wagen unten durch den Wald gefolgt und würden nun auf der Rodung mit ihnen zusammentreffen.

Erst in letzter Sekunde hatte Dan den Wölfen eine Gnadenfrist gewährt. Selbst nachdem Luke ihm die Flasche und die Fußangel gezeigt hatte, war er anfangs nicht davon abzubringen gewesen, die verbleibenden Wölfe zu töten. Nur für das Alphaweibchen hatte er eine Ausnahme machen und es zusammen mit den neuen Welpen in den Yellowstone Park umsiedeln wollen. Erst als er im Büro von Schumacher erfahren hatte, was bei den Hicks vorgefallen war, hatte er seine Ansicht geändert. Buck Calders offener Widerstand hatte ihm den Kragen platzen lassen. Es war an der Zeit gewesen, Stellung zu beziehen.

Statt die letzten verbliebenen Wölfe zu töten, sollten sie nun betäubt und mit Halsbändern versehen werden, damit alle ihre Bewegungen über Monitor verfolgt werden konnten. Und wenn dann einer dieser Rancher einen Wolf auch nur annieste, würde er den Kerl persönlich in den Knast schleifen, hatte Dan getobt.

Der Pilot flog jetzt einen Kreis, so daß sie den getroffenen Wolf im Auge behalten konnten, bis die Wirkung des Betäubungsmittels einsetzte.

„Bill, was glauben Sie?" fragte Helen. „Könnte die Wurfhöhle dort bei dem Felsen sein, auf dem die Wölfe gelegen haben?"

„Schon möglich."

Wenn dem so war, war ihre Lage alles andere als ideal. Zwar fiel das Gelände unter dem Felsen steil ab und war dicht bewaldet, doch lag die Höhle selbst offen da und war von einem Holzfällerweg am Rand der Rodung leicht einzusehen.

Helen sah Dans Wagen jetzt an der Rodung halten, während der getroffene Wolf deren Rand fast erreicht hatte. Doch noch ehe er unter den Bäumen verschwinden konnte, strauchelte er und stürzte. Sein Artgenosse mit dem Halsband dagegen war längst im Wald verschwunden.

„Okay, es geht abwärts", gab der Pilot durch.

Helen und Rimmer brauchten ungefähr eine halbe Stunde, um alles Nötige zu erledigen. Unterdessen waren Dan und Luke zu ihnen herübergekommen und schauten nun zu. Der Jährling war in miserabler Verfassung. Zusätzlich zur Wurmkur und einer Spritze Penicillin mußten sie ihn gründlich gegen Läuse behandeln.

„Sieht aus, als hätte er harte Zeiten hinter sich", vermutete Rimmer. „Und seine Schwester sieht wohl auch nicht besser aus."

Sobald sie den Clip am Ohr des Wolfs befestigt sowie das Halsband angelegt und getestet hatten, verabschiedete sich Rimmer und ging zum Hubschrauber zurück, während Helen mit Luke und Dan den Hang hinauf zum Holzfällerweg kletterte. Sie wollten weg sein, um den Wolf beim Aufwachen nicht erneut zu erschrecken.

Während sie darauf warteten, daß er sich bewegte, zeigte Helen den beiden anderen durch Dans Fernglas die Felsen, zwischen denen sie die Höhle des Alphaweibchens vermutete. Sie lag nur knapp zweihundert Meter weiter unten am Hang.

„Vielleicht sollten wir den Weg sperren“, schlug Helen vor.

Dan wäre ihr fast an die Kehle gesprungen. Es war überdeutlich, wie stark ihr Verhältnis angespannt war.

„Was zum Teufel redest du da? Das ist öffentliches Eigentum, kapiert? Wenn sie so blöd ist, sich ihre Höhle direkt neben einem öffentlichen Weg zu graben, ist das ihr Problem!“

Luke ignorierte ihren Wortwechsel und blickte durch das Fernglas. „Er st-st-steht auf.“

Der Wolf taumelte, schüttelte sich und nieste. Wahrscheinlich war ihm Läusepulver in die Nase geraten. Einen Augenblick blieb er verwirrt stehen. Schließlich drehte er sich um und trottete in den Wald, wobei er dem Weg folgte, den seine Schwester genommen hatte.

Dan fuhr sie zur Hütte zurück. Unterwegs sprach niemand ein Wort. Ein Schwarm Schneegänse hatte sich auf dem See niedergelassen, um sich auf der langen Reise nach Norden ein wenig auszuruhen. Dan stellte den Motor ab, und vom Wagen aus schauten sie eine Weile den Vögeln zu. Dann meinte Luke, er müsse in die Stadt, doch Helen wußte, daß er ihr nur Gelegenheit geben wollte, einige Worte allein mit Dan zu wechseln. Sie sahen ihm nach, als er zu seinem Wagen ging und wegfuhr.

„Ich mach mich jetzt auch lieber auf den Weg“, sagte Dan, ohne Helen anzuschauen.

„Okay.“ Sie öffnete die Tür und stieg aus. „Dan?“

Mit versteinerter Miene drehte er sich zu ihr um. „Ja?“

„Es tut mir leid.“

„Was tut dir leid?“

Helen zuckte die Achseln. „Alles. Ich habe das Gefühl, daß wir keine Freunde mehr sind. Ich weiß, daß es dir nicht paßt – das mit Luke und mir.“

„Ist schließlich dein Leben.“ Mit einem traurigen Lächeln sah er sie an und ließ den Motor an.

Sie streckte die Hand durchs Fenster, und er hielt sie einen Augenblick lang fest.

„Du weißt, wo du mich finden kannst", sagte er.

OBWOHL die Nächte noch Frost brachten, wurde es tagsüber schon warm, und die beiden Jährlinge fanden leichte Beute unter den vielen kleineren Waldtieren, die nun aus ihrem Winterschlaf erwachten. Einige Male gelang es den beiden sogar, ein junges oder geschwächtes Reh zu reißen, von dem sie dann stolz einige Brocken zu den Felsen schleppten.

Erst als Helen und Luke dies mit eigenen Augen sahen, wußten sie sicher, daß das Muttertier mit seinem neuen Wurf dort tatsächlich in einer Höhle lag. Sie beobachteten die Stelle vom oberen Rand der Rodung aus, manchmal gemeinsam, manchmal allein, und auch nur dann, wenn der Wind richtig stand. Von ihrer Position konnten sie auch den Weg überblicken und waren froh, als sie herausfanden, wie selten er benutzt wurde – an einem Mittag fuhr ein mit Holz beladener Laster vorbei, aber das war es dann auch schon.

Den Blicken aller entzogen, saugten die Welpen unten in der kühlen dunklen Erde an den Zitzen der weißen Wölfin. Die Fleischbrocken, die ihr die Jährlinge brachten, reichten gerade, um die Milch nicht versiegen zu lassen. Noch lebten alle sechs Welpen, auch wenn sie kleiner und schwächer als der Wurf des letzten Jahres waren. In ein paar Tagen würden ihre Milchzähne durchbrechen, und sie würden Fleisch brauchen. Erst dann würde ihre Mutter die Kleinen nach draußen lassen.

ES WAR nach acht, und Kathy spürte, wie sich ihr Ärger allmählich zu regelrechter Wut steigerte. Sie hatte ihr bestes Kleid angezogen, Buck junior lag im Bett, das Abendessen wartete im Ofen, aber wo blieb Clyde? Die Zeit des Kalbens war vorbei, und heute wollten sie eigentlich ihren ersten gemeinsamen Abend seit über einem Monat verbringen. Aber wahrscheinlich war er mit den Rancharbeitern auf ein Bier in die Stadt mitgefahren.

Ihr Verhältnis hatte sich seit dem Ärger mit den Leuten von der Naturschutzbehörde ein wenig abgekühlt. Kathy konnte sich immer noch ziemlich über die Geschichte aufregen und hatte Clyde zappeln lassen. Doch jetzt war es an der Zeit, sich wieder zu versöhnen.

Allerdings brauchte es nicht mehr lang, und das ganze Essen war ruiniert. Um sich von ihrem neuerlichen Zorn abzulenken, packte Kathy das Hochzeitsgeschenk für Lucy Millwards ein. Die Feier würde morgen nachmittag stattfinden. Gerade hatte Kathy die Glückwunschkarte geschrieben, da erhellten die Scheinwerfer von Clydes Wagen das Küchenfenster. Als er hereinkam, schaute er so betreten drein, daß sie ihm sein Zuspätkommen beinahe auf der Stelle verziehen hätte.

Doch dann mußte er alles verderben. Sie saßen gemütlich zusammen und genossen das Essen, als er wieder von diesen Wölfen anfing. Vorhin, so berichtete er, habe er sich im Last Resort mit zwei Holzfällern unterhalten, die ihm erzählt hätten, daß sie auf einer Rodung auf eine Wolfshöhle gestoßen seien.

„Wenn niemand was dagegen unternimmt, gibt's bald wieder ein ganzes Rudel von diesen Biestern", schloß Clyde.

Kathy stand auf und räumte das Geschirr ab. Sie wollte kein Wort mehr von diesen Wölfen hören. Das erinnerte sie bloß an den armen Lovelace, der immer noch nicht wiederaufgetaucht war, und an diese schrecklichen Naturschutzbeamten. Clyde erhob sich ebenfalls und ging ins Wohnzimmer. Sie hörte, wie er den Schrank durchsuchte. Als er zurückkam, hielt er etwas in der Hand. Kathy brauchte einen Augenblick, um zu erkennen, was es war: die Lovelace-Schlinge.

„Er hat sie dir doch gezeigt, oder?"

„Hast du die aus seinem Wohnwagen gestohlen?"

„Ich hab sie mir bloß ausgeliehen. Ich will ja nur, daß du mir zeigst, wie sie funktioniert." Er legte die Schlinge auf den Tisch und nahm Kathy in den Arm. „Komm schon, Schatz. Hilf mir, ich tu's doch für deinen Daddy."

DER BRIEF steckte in einem wichtig aussehenden Umschlag mit dem Absender UNIVERSITÄT VON MINNESOTA. Für den kommenden Herbst wurde Luke ein Studienplatz am Institut für Biologie angeboten.

Helen stieß einen Freudenschrei aus und umarmte ihn. Er wollte die Neuigkeit gleich Dan erzählen, aber da sich das Handy wieder einmal nicht aufgeladen hatte, fuhren sie nach Hope, um ihn von dort aus anzurufen. Dan bestand darauf, daß sie nach Helena kommen sollten, denn er wollte sie zur Feier des Tages zum Essen einladen.

Allerdings war heute Lucy Millwards' Hochzeit, und sowohl Luke als auch Helen waren eingeladen. Doch wollte keiner von ihnen

Lukes Vater oder Clyde begegnen. Also nahmen sie Dans Angebot an.

Er führte sie in ein Lokal namens „The Windbag“, wo sie viel mehr aßen und tranken, als sie vertrugen. Dan war in weit besserer Laune als bei ihrer letzten Begegnung und schien sich wieder mit Helen zu vertragen. Als sie schließlich zurück nach Hope fuhren, sprachen sie und Luke kaum ein Wort, träumten vor sich hin und genossen es, einfach zusammenzusein.

DIE HOCHZEITSGESELLSCHAFT saß im Korral auf Heuballen und beobachtete, wie sich das Brautpaar das Jawort gab.

Eleanor hatte Buck heute zum erstenmal seit ihrem Auszug wiedergesehen, doch die Begegnung war nicht so unangenehm verlaufen, wie sie befürchtet hatte. Er hatte ihr kurz zugenickt, nichts weiter. Das war ihr nur recht. Schon seit vielen Jahren hatte sie sich nicht mehr so wohl gefühlt. Sie lebte bei Ruth aus dem Koffer, fühlte sich aber jung und frei.

„Nun dürfen Sie die Braut küssen“, hörte sie den Geistlichen sagen, und die versammelte Hochzeitsgesellschaft jubelte.

Dann posierte das Paar für die Fotografen, während die Gäste sich auf der Suche nach einem Drink in den nächsten Korral begaben, wo lange Reihen mit Tischen und Bänken sowie in der Mitte ein hölzerner Tanzboden aufgebaut worden waren.

Und da geschah es. Der Wind trug den Laut deutlich zu ihnen herüber: das panische Brüllen einer Kuh.

DIE NACHT war klar und frisch, und ein fast voller Mond warf ihre Schatten über den Hang, als sie ihre Ausrüstung auf den Pick-up luden. Es war 23 Tage her, seit sich das Alphaweibchen in der Höhle verkrochen hatte, und Luke war fest davon überzeugt, daß sie die Welpen heute zu Gesicht bekommen würden.

Helen schloß gerade die Tür ab, als sie zwischen den Bäumen Scheinwerferlicht näher kommen sah. Es war eine recht ungewöhnliche Zeit für einen Besuch. Sie kannten den Wagen nicht, und erst als er vor ihnen hielt, sah sie Ruth Michaels am Steuer und Lukes Mutter auf dem Beifahrersitz.

„Mom?“ Luke ging auf sie zu. „Was ist los?“

„Die Wölfe haben ein paar von Doug Millwards’ Kälbern gerissen. Dein Vater hat sie erschossen.“

„Er hat die Wölfe erschossen?"

„Zwei. Er hat einem von Dougs Rancharbeitern einfach das Gewehr aus den Händen gerissen und sie beide erschossen. Doug hat noch versucht, ihn davon abzuhalten, aber Buck wollte nichts davon wissen. Er hat eine ganze Truppe zusammengetrommelt, und sie haben sich auf den Weg zur Höhle gemacht, um die anderen Tiere umzubringen."

„Sie wissen, wo die Höhle ist?" fragte Helen.

„Clyde sagte, Holzfäller hätten sie entdeckt."

„Ich ruf Dan an." Helen rannte in die Hütte, griff nach dem Handy, wählte Dans Nummer und wartete. Dann erst begriff sie, daß das Telefon keinen Ton von sich gab.

„Noch n-n-nicht aufgeladen?" Luke war nachgekommen.

„Nein!" Sie dachte einen Augenblick nach. „Du fährst mit deiner Mom zur Rodung und versuchst, die Leute zur Vernunft zu bringen. In der Zwischenzeit werde ich versuchen, die Welpen aus der Höhle zu holen."

„Die W-w-welpen hol lieber ich."

„Du hast so was noch nie gemacht. Du mußt ganz in die Höhle reinkriechen. Und das kann gefährlich werden, wenn das Muttertier noch drin ist."

„Ich schaff das schon."

Sie zögerte, aber vermutlich hatte er recht. „Du wirst was brauchen, womit du die Welpen tragen kannst. Deine Reisetaschen. Und Ruth, könnten Sie in die Stadt fahren und Dan anrufen?" Helen kritzelte ihr seine Nummer auf ein Stück Papier. „Rufen Sie auch die Polizei und den Notruf der Naturschutzbehörde an. Sagen Sie allen, daß wir auf der großen Lichtung bei der Wolfshöhle sind. Dan weiß Bescheid."

„Wird gemacht." Ruth lief zu ihrem Wagen zurück, während Luke sein Gewehr lud und die beiden Taschen nahm.

„Das Gewehr wirst du nicht brauchen", sagte Helen.

„Nein, aber du vielleicht." Er hielt es ihr hin. „Nimm es."

Sie tat ihm den Gefallen. Dann nahm sie die Kettensäge, schloß Buzz in die Hütte ein und folgte Luke und seiner Mutter zu den Autos. Ruth war bereits auf dem Weg hinunter. Helen warf Gewehr und Kettensäge in den Pick-up, griff nach dem Spritzenstab sowie einer Taschenlampe und brachte beides zu Luke, der in seinen Jeep stieg.

„Kriech langsam in die Höhle. Schieb den Stab vor dir her. Sie wird dich bedrohen, aber letztlich dann doch die Flucht ergreifen."

„Okay. Soll ich die W-w-welpen hierherbringen?“

Helen hatte noch nicht darüber nachgedacht. Doch in der Hütte würde man zuallererst nachsehen.

„Bring sie in Ruths Haus“, schlug Eleanor vor.

„Und, Luke“, sagte Helen, „paß auf dich auf!“

Er nickte lächelnd und schlug die Tür zu. Als er den Jeep wendete, stiegen Helen und Eleanor in den Pick-up und folgten seinen rotglühenden Rücklichtern durch die gewundenen Baumkorridore.

„Danke“, sagte Helen, „daß Sie uns Bescheid gesagt haben.“

Als Antwort streckte Eleanor eine Hand aus und strich ihr sanft über die Schulter.

DIE WEISSE Wölfin verharrte im Eingang zur Höhle, während die beiden größten und vorwitzigsten Welpen zwischen ihren Beinen hindurch in die mondbeschienene Welt hinaustapsten.

In der Nähe lag etwas, das gut roch. Das Muttertier hatte es auch wahrgenommen, bereits den ganzen Tag. Vielleicht hatten die Menschen es gebracht. Lange bevor sie ihre Stimmen gehört hatte, hatte sie diese Wesen gerochen. Sie war reglos in der Höhle liegengeblieben, während sie auf das Scharren und Stampfen der Füße draußen gelauscht hatte. Dann waren da ein klirrendes Geräusch gewesen und noch ein anderer Geruch außer dem von frischem Fleisch.

Die beiden Welpen aber rochen nur das Fleisch. Schon den ganzen Tag hatten sie versucht, die Höhle zu verlassen, waren aber immer wieder von ihrer Mutter daran gehindert worden. Doch nach den vielen Stunden vergeblichen Wartens darauf, daß die Jährlinge mit Fressen zurückkamen, war die Wölfin so hungrig, daß sie schließlich nachgab.

Zielstrebig tapste der erste Welpe auf die Stelle zu, von wo der Geruch herüberdrang. Das Muttertier folgte ihm und stupste den nächsten Welpen mit der Schnauze zu seiner ersten richtigen Mahlzeit. Hinter ihnen blinzelten zwei weitere Welpen aus der Höhle ins Mondlicht.

Ein Brocken helles Fleisch lag direkt vor der Wölfin; links und rechts davon roch sie noch weitere. Der beißende Geruch aber, den sie außerdem noch wahrgenommen hatte, kam von einem Menschending, einem Draht, der zwischen den Fleischstücken verlief.

Inzwischen roch der erste Welpe bereits an dem Fleisch. Er stupste es mit der Nase an, zerrte dann daran und schleifte es über den Boden. In diesem Moment sah seine Mutter, wie sich der Draht bewegte. Hier lauerte Gefahr, das wußte sie jetzt genau. Mit einem Satz war sie bei dem Welpen.

Doch der Kleine hatte das Fleisch schon im Maul und biß zu.

LUKE ließ den Wagen stehen, griff nach den Taschen und dem Spritzenstab und lief durch den Wald. Er hielt den Strahl der Taschenlampe vor sich auf den Boden gerichtet. Überall gab es Felsen, Baumwurzeln und Gestrüpp.

Endlich entdeckte er zwischen den Bäumen die mondhelle Rodung. Er knipste die Taschenlampe aus und fischte Dans Nachtsichtgerät aus seiner Tasche. Gerade als er es scharf gestellt hatte, begann ein Wolf zu bellen.

Es war das Alphaweibchen, das wenige Schritte vor dem Eingang zur Höhle stand und ihn direkt anbellte. Hinter der Wölfin bewegte sich etwas: die Welpen. Die Mutter scheuchte sie zur Höhle, schien ihnen aber nicht folgen zu wollen.

Als der letzte Welpe darin verschwunden war, lief sie bellend auf und ab und brach nach jedem Laut in ein langgezogenes Heulen aus. Hoffentlich gibt sie endlich Ruhe, dachte Luke, sonst verrät sie allen, wo sie ist.

Er steckte das Nachtsichtgerät in die Tasche und betrat die Rodung. Die Wölfin rannte einige Schritte davon, drehte sich dann um, kam wieder zurück und bellte und heulte ihn abermals an. Im Mondlicht sah Luke etwas Dunkles an der Stelle liegen, zu der sie immer wieder zurücklief.

Als er die letzten Meter zur Höhle zurücklegte, wich die Wölfin erneut zurück. Kaum zwanzig Meter weiter aber blieb sie wieder stehen und beobachtete ihn. Er hörte Wimmern und knipste die Taschenlampe an. „O nein“, murmelte er.

HELEN hatte den Pick-up quer über den Weg gestellt und die Schlüssel unter einem Stein in der Nähe versteckt. Weil der Wagen allein als Sperre nicht reichte, hatte sie mit der Kettensäge eine riesige Douglastanne gefällt. Im Augenblick sägte sie gerade an einem zweiten Baum. Schließlich senkte er sich, knirschte und stürzte krachend genau dorthin, wo sie ihn haben wollte.

Sie standen gut zwei Kilometer nördlich der Rodung. Helen hatte sich für diese Stelle entschieden, weil man von hier aus den Weg, der sich in steilen Kurven vom Tal heraufwand, weit überblicken konnte.

Helen legte die Kettensäge auf die Ladefläche des Pick-ups zurück. Schweigend standen sie und Eleanor danach eine Weile neben dem Wagen und betrachteten den Mond. Dann erregte eine Bewegung unten im Tal Helens Aufmerksamkeit. „Da kommen sie“, sagte sie.

In der ersten Kurve blitzten Scheinwerfer auf. Die beiden Frauen beobachteten, wie ein zweites Fahrzeug und dann noch ein weiteres auftauchte. Gleich darauf kamen noch mehr; fünf, sechs, insgesamt acht Trucks krochen im Konvoi den Weg herauf.

„Na dann“, sagte Helen, „los geht's!“

BUCK schätzte, daß es ungefähr zwanzig Mann waren, darunter allerdings auch einige, die er lieber nicht dabeigehabt hätte. Die Harding-Söhne und ein paar Holzfäller waren ziemlich betrunken. Andererseits bot ihnen die Tatsache, so viele zu sein, auch einen gewissen Schutz. Niemand würde die ganze Stadt ins Gefängnis stecken.

Er saß in Clydes Truck, der die Kolonne anführte. Zwischen ihnen saß einer der Holzfäller, der ihnen den Weg zeigte. Er gehörte zu jenen Kerlen, die am Abend zuvor mit Clyde hier heraufgefahren waren, um diese idiotische Lovelace-Schlinge auszulegen. Hätten sie doch bloß Gift ins Loch gestopft oder Benzin hineingegossen! Nun, das würden sie nachholen, sobald sie oben waren.

„He, seht mal“, rief Clyde plötzlich. „Da wartet schon wer auf uns!“

Etwa zweihundert Meter vor ihnen war der Schein einer Taschenlampe zu sehen. Dann entdeckten sie im Scheinwerferlicht die Bäume, die quer über dem Weg lagen, und dahinter den Pick-up.

„Dieses Wolfsweib“, sagte Clyde. „Und wer ist das neben ihr?“

Buck hatte sie bereits gesehen. Nun erkannte sie sein Schwiegersohn auch. Er sah Buck an. „Verdammt, was macht Eleanor hier?“

Buck gab ihm keine Antwort. Offenbar war sie zu Helen Ross gefahren und hatte ihr erzählt, was sie vorhatten. Seine eigene Frau! „Halt an!“ befahl er.

Ungefähr zehn Meter vor dem Hindernis blieben sie stehen. Helen Ross trat unter den Bäumen hervor, schirmte die Augen gegen Clydes Scheinwerferlicht ab und kam auf sie zu. Buck stieg aus und ging langsam um den Wagen herum. Auch die übrigen Männer verließen ihre Autos und drängten nach vorn. Hardings Hunde bellten wie verrückt.

„Hallo, Mr. Calder."

Er starrte sie bloß an. Er spürte, welche Angst sie hatte.

„Ich fürchte, Sir, dieser Weg ist gesperrt."

„Ach ja? Und von wem?"

„Von der Naturschutzbehörde."

„Das hier ist ein öffentlicher Weg."

„Das ist mir bekannt, Sir."

Eleanor trat nun hinter sie. Wahrscheinlich glaubte sie, sie könnte ihn hier vor aller Augen zum Narren machen.

„Craig?" rief Buck, wobei er Helen Ross unverwandt anschaute.

„Ich komme!" Rawlinson drängte sich durch die Menge nach vorn.

„Sheriff, besitzt diese Frau die Vollmacht, einen öffentlichen Weg zu sperren?"

„Nur wenn sie eine entsprechende Bescheinigung vorweisen kann."

„Buck", bat Eleanor. „Bitte hör endlich auf damit."

„Aufhören?" Er lachte. „*Honey,* ich habe gerade erst angefangen!"

Helen wandte sich an Craig Rawlinson. „Ich kann nicht glauben, daß Sie diesen Männern helfen, ein Verbrechen zu begehen."

„Soweit ich beurteilen kann, sind Sie die einzige, der ein Vergehen angelastet werden muß", erwiderte er. „Jetzt setzen Sie sich in Ihren Wagen und geben Sie den Weg frei, sonst muß ich Sie verhaften."

Er wollte sie an der Schulter packen, doch Helen holte aus und versetzte ihm einen Stoß vor die Brust, so daß er rückwärts taumelte.

„Ganz schön störrisch, die Kleine, was?" rief Wes Harding.

Eleanor trat vor. „Was ist los mit euch, Jungs? Einige von euch kenne ich von Kindesbeinen an. Ich kenne eure Mütter, und ich denke, ihr solltet jetzt alle nach Hause gehen."

Ihr ruhiger, vernünftiger Ton brachte Buck in Rage. „Clyde, schaff mir diese Bäume aus dem Weg!"

ZEHN Minuten lang hatte Luke versucht, die Haken aus dem Maul des Welpen zu lösen, doch die drei Stacheln saßen zu tief, als daß er sie hätte herausziehen können, ohne noch größeren Schaden anzurichten. Immerhin war es ihm gelungen, dem Kleinen sämtliches Fleisch aus der Kehle zu fischen, so daß er nicht ersticken mußte. Aber das war auch schon alles gewesen. Er wußte, daß der Welpe letztlich verbluten würde. Wenn er aber noch mehr Zeit vergeudete, wären auch alle anderen Tiere verloren. Also hatte er den Kleinen wieder auf den Boden zurückgelegt.

Zentimeter um Zentimeter schob er sich nun im Höhlengang voran, den Spritzenstab vor sich herschiebend. Dann hörte er die Welpen winseln, und als er sich um die letzte Biegung geschoben hatte, sah er sie plötzlich vor sich: einen dunklen, pelzigen, wimmernden, ins Licht blinzelnden Haufen am anderen Ende der Höhle.

„He, ihr", sagte er leise. „Ist ja gut. Alles wird wieder gut."

Er legte Stab und Taschenlampe beiseite, zog die Leinentasche hervor, die er sich unters Hemd gestopft hatte, und kroch näher an die Welpen heran. Es waren fünf. Da der Tunnel eng war, wollte er nicht riskieren, daß die Tiere sich verletzten. Also beschloß er, erst einmal drei mitzunehmen und dann zurückzukommen, um die beiden letzten zu holen. Er griff in das Fellknäuel und nahm sich den ersten Welpen heraus. Sein Fell war weich und flauschig; der Kleine winselte.

„Ich weiß, ich weiß, tut mir leid."

„FAHREN Sie den Wagen zur Seite!" verlangte Buck Calder.

„Nein!" Helen lehnte mit dem Rücken an der Fahrertür, die Arme vor dem Körper verschränkt. Sie gab sich größte Mühe, amtsmäßig auszusehen. Ihr Kopf reichte ihm gerade mal bis zur Brust. Sie spürte, wie ihr die Knie weich wurden.

Clyde überwachte die Beseitigung des zweiten Baums; die erste Tanne hatten die Hardings bereits von der Straße gezogen.

„Geben Sie mir die Schlüssel!" Buck hielt ihr die Hand hin, und Helen mußte sich zusammenreißen, um nicht hineinzuspucken. Hinter ihm sah sie Eleanor mit Clyde reden, doch er hörte ihr nicht zu. Mit ihrem Laster zerrten die Hardings gerade den zweiten Baum zur Seite.

„Clyde, mach das Seil fest!" rief Buck im Anschluß.

„An ihr oder am Pick-up?" ließ sich Ethan Harding vernehmen.

Die Männer grölten. Jemand reichte Hicks ein Seil, der daraufhin auf den Pick-up zuging. Helen wirbelte herum, riß die Tür auf, griff hinter den Sitz und zog Lukes Gewehr heraus. Sie richtete es auf Hicks und spannte den Hahn. Clyde erstarrte, und plötzlich wurde es still.

Helen schluckte. „Fahrt nach Hause! Sofort!"

Die Männer rührten sich nicht von der Stelle, starrten sie bloß an.

Stirnrunzelnd betrachtete Buck das Gewehr. Als er auf Helen zutrat, schwenkte sie den Lauf herum, so daß die Waffe auf ihn zeigte. Er zögerte, doch dann kam er immer näher, bis der Lauf nur noch wenige Zentimeter von seinem Körper entfernt war.

„Wie können Sie es wagen", flüsterte er. „Wie können Sie es *wagen*, mit dem Gewehr meines toten Sohnes auf mich zu zielen?" Er legte die Hand über die Mündung und nahm ihr die Waffe ab.

DIE WÖLFIN stand direkt am Eingang der Höhle, als Luke mit der ersten Tasche voller Welpen nach draußen kroch. Einen Moment lang fürchtete er, sie wollte ihn angreifen, doch dann wich sie bellend, knurrend und zähnefletschend vor ihm zurück. Aber erst als er sie anschrie und mit dem Stab herumfuchtelte, nahm sie ganz Reißaus. Zwanzig Meter entfernt blieb sie stehen und bellte ihn erneut an.

Luke fürchtete, daß sie sich, wenn er die Tasche vor der Höhle stehenließ, die Welpen schnappen und mit ihnen verschwinden würde, während er sich die anderen griff. Daher klemmte er die Tasche mit den wimmernden Kleinen in einen Felsspalt. Das würde die Wölfin zwar nicht auf Dauer abhalten, verschaffte ihm aber vielleicht die nötige Zeit. Während er es tat, versuchte er, nicht auf den winselnden Welpen in der Schlinge zu achten, die, wie er erst jetzt bemerkte, rund um die Höhle ausgelegt war. Was für ein Hirn konnte sich so etwas Grausames ausdenken?

Plötzlich vernahm Luke fernes Motorengeräusch und Hundegebell. Als er über die Rodung schaute, sah er Scheinwerferlicht den Himmel abtasten. Er ergriff die Lampe und die leere zweite Tasche und stürzte zur Höhle zurück.

DIE AUTOS und Trucks hielten in einer langen Reihe oberhalb der Rodung. Die Männer stiegen aus. Die meisten trugen Gewehre bei sich, andere hielten Taschenlampen. Abe Harding hatte seine Hunde angeleint. Sie gebärdeten sich wie verrückt.

Henrys Gewehr in der Hand, stand Buck neben Clydes Truck. Bei dem Gedanken daran, wie Helen Ross auf ihn gezielt hatte, geriet sein Blut noch immer in Wallung. Am liebsten hätte er sie gründlich verdroschen. Nur gut, daß Craig Rawlinson dagewesen war, um sie ihm vom Leib zu halten, als ihr Pick-up aus dem Weg geschoben wurde. Auf Eleanor war er genauso wütend, hatte sie sich doch mit diesem Miststück gegen ihren eigenen Mann verbündet.

Rawlinson hatte taktvoll angedeutet, sich mit den beiden Frauen im Hintergrund zu halten. So konnte er später beteuern, nichts von dem gewußt zu haben, was sie nun vorhatten.

„Also? Wo ist die Höhle?“ fragte Buck.

Clyde zeigte über die Rodung. „Direkt in der Mitte. Ein paar hundert Meter von hier. Siehst du die Felsen?“

„Schaut!“ schrie Wes Harding. „Da ist einer!“

Er wies zum Rand der Rodung. Sofort richteten sich sämtliche Taschenlampen auf die Stelle, so daß die weiße Wölfin angestrahlt wurde, die dort stand und die Männer anstarrte.

Buck riß sein Gewehr hoch, doch drei oder vier andere waren schneller. Gleich darauf krachte eine ganze Salve, deren Wucht ausreichte, um die Wölfin in die Luft zu schleudern. Sie war tot, noch ehe sie wieder auf dem Boden aufkam.

„Hört alle mal her!“ rief Buck. „Ich muß hier einen Job zu Ende bringen! Zwei von den Bestien habe ich heute schon abgeknallt. Wenn also einer ins Gefängnis wandert, dann bin ich das, okay? Wenn noch eins von diesen Biestern auftaucht, gehört es mir! Verstanden?“

Zustimmendes Gemurmel war zu hören.

„Also gut. Habt ihr Schaufeln und Benzin? Dann laßt uns gehen.“

Clyde schritt mit der Lampe voran; Buck folgte ihm mit entsichertem Gewehr, ohne die Höhle aus den Augen zu lassen.

Nach knapp der Hälfte des Weges konnte er das schwarze Loch in der fahlen, vom Mond erhellten Erde deutlich erkennen. Plötzlich bemerkte er, wie sich die Kontur der Höhle veränderte. Ein zweiter Wolf! Er wollte nicht laut rufen, weil die anderen sonst sofort schießen würden, egal, was er gesagt hatte. Statt dessen flüsterte er Clyde zu stehenzubleiben.

„Da kommt einer aus der Höhle. Halt die Lampe drauf, sobald ich dir Bescheid gebe.“

Er hob das Gewehr und richtete das Fadenkreuz auf die sich bewegende Gestalt am Eingang der Höhle. „Jetzt!“

Im selben Moment, als der Lichtstrahl sein Ziel fand, drückte Buck ab, und der Schuß hallte von den Bergen wider.

Ein Schrei. Laut und schrecklich.

Und Buck wußte ebenso wie alle anderen, die ihn hörten, daß kein Wolf ihn ausgestoßen hatte.

„LUKE? Luke?“

Es war der Mond, der ihn rief, doch er wußte nicht, warum. Er verschwand immer wieder in einem Wirbel roter Wolken. Dann tauchte er plötzlich wieder auf und rief nach ihm.

„Luke? O mein Gott! Luke?“

Es klang wie sein Vater, aber das konnte nicht sein, denn der wollte nichts mehr mit ihm zu tun haben. Da waren noch andere Stimmen, und manchmal legten sich Schatten vor den Mond. Er wünschte sich, sie würden verschwinden, damit er den Mond betrachten konnte.

Er dachte daran, es ihnen zu sagen, da er wußte, daß er eine Stimme hatte. Helen hatte sie für ihn gefunden. Doch er wußte nicht, wo diese Stimme jetzt war. Und wenn er blinzelte, fühlte sich eines seiner Augen so komisch an. Etwas Nasses, Klumpiges schien darin zu sein.

Wo war sie? Einen Moment lang glaubte er ihre Stimme unter all den anderen zu hören, wie sie seinen Namen rief. Dann verschwamm der Mond wieder hinter roten Wolken. Aber es waren gar keine Wolken, sondern rote Vorhänge, die sich vor dem Himmel zuzogen. Vielleicht würde Helen vor ihm stehen, wenn sie wieder aufgingen.

SOMMER KAPITEL ZEHN

Eleanor saß allein im Café des Einkaufszentrums, nippte an einem Mineralwasser und sah der Menge zu. Es war das Wochenende des Unabhängigkeitstags, und die Läden waren brechend voll. Das Café lag in einer ruhigen Ecke neben den Fahrstühlen.

Sie schaute auf die Uhr. Er war bereits zehn Minuten zu spät dran. Vielleicht fand er nicht gleich her, schließlich hatte er Einkaufszentren schon immer gehaßt. Doch bei seinem Anruf war ihr kein anderer Treffpunkt eingefallen. Es lag direkt gegenüber der Wohnung, die sie sich gemietet hatte.

Der Gedanke, Buck nach all diesen Wochen wiederzutreffen, machte sie eher traurig als nervös. Zuletzt hatten sie sich im Krankenhaus gesehen. Damals hatte sie ihn nicht ansehen, geschweige denn mit ihm reden können.

Endlich entdeckte sie ihn. Mit leicht gesenktem Kopf, das Gesicht halb vom Hutrand verdeckt, kam er heran. Sein Gang war unsicher, beinahe linkisch. Er trug ein hellblaues Hemd und viel zu weite schwarze Jeans. Erst jetzt fiel ihr auf, wie hager er geworden war.

Am Eingang zum Café blieb Buck stehen. Sie winkte ihm zu.

„Tut mir leid, daß ich zu spät komme", entschuldigte er sich und setzte sich. „Die ganzen Eingänge haben mich ein bißchen verwirrt."

Eleanor lächelte. „Macht nichts."

Buck bestellte sich einen Kaffee. Nachdem die Kellnerin gegangen war, saßen sie einige Augenblicke schweigend da. Sie schienen beide nicht so recht zu wissen, was sie sagen sollten.

Nachdem die Kellnerin den Kaffee gebracht hatte, rührte Buck lange darin herum, obwohl er ihn immer schwarz und ohne Zucker trank. Das gab Eleanor Zeit, ihren Mann genauer zu betrachten. Er sah ziemlich mitgenommen aus.

„Kathy hat mir erzählt, daß du dir unten in Bozeman ein schönes Haus kaufen willst", begann er schließlich.

„Ja, es ist wirklich hübsch. Ziemlich klein, aber ich brauche auch nichts Großes. Weißt du, daß Ruth nach Santa Fe zieht?"

„Ja, das hab ich gehört." Wieder schwiegen sie. „Weißt du, Eleanor, das mit Ruth und mir, das war nie…"

„Nicht, Buck. Es ist vorbei. Es ist alles vorbei."

Er nickte und starrte in seinen Kaffee.

„Wie geht's auf der Ranch?"

„Ziemlich gut. Ich überlasse Kathy jetzt viel Arbeit."

„Das hat sie mir erzählt."

„Ein tolles Mädchen. Und als Rancher weit besser, als Clyde es je sein wird."

„Der kleine Buck wächst so schnell."

Buck lachte. „Ja, der macht sich prima!"

Eleanor fragte, ob er schon wisse, wann sein Prozeß beginne.

„Wahrscheinlich im September. Hat Kathy dir von Clyde erzählt?"

Sie nickte. Man hatte die Fingerabdrücke ihres Schwiegersohns auf dieser gräßlichen Lovelace-Schlinge gefunden, doch da Buck sich in allen Punkten schuldig bekannt hatte, war bei Clyde von einer Anklage abgesehen worden.

„Hast du schon eine Ahnung, welche Strafe dich erwartet?"

„Neun Monate, ein Jahr. Ehrlich gesagt, ist es mir egal." Sie sah, wie er gegen die Tränen ankämpfte. Eigentlich ist er schon genug gestraft, dachte sie.

Er lächelte gequält. „Was soll's? Abes Söhne sagen, drinnen ist's wie im Ferienlager. Ihm geht's offenbar so gut wie nie zuvor."

Vom Nebentisch stand ein junges Pärchen mit Zwillingen auf. Eleanor beobachtete Bucks Gesicht, als er die Babys betrachtete. Eines der kleinen Mädchen lächelte ihn an, und erneut traten ihm Tränen in die Augen. Dann sah er sie an.

„Ich wollte dir bloß sagen … Es tut mir leid, es tut mir ja so leid."

ALS SIE so weit in die Berge hinaufgefahren waren, wie es mit dem Wagen möglich war, zeigte sich am östlichen Himmel ein schmaler rosiger Streifen. Schlammspritzer auf dem Lieferwagen, den Dan sich gemietet hatte, zeugten von ihrem nächtlichen Ausflug. Wenn sie fertig waren, würden sie mit dem Wagen zur Hütte fahren, damit Dan alles einladen konnte, was Helen nicht mitnehmen wollte. Am Abend würde die Hütte dann wieder so leer sein wie vor ihrem Einzug.

Der Weg war ziemlich holprig. Helen konnte das leise Klappern der Käfige hinten auf der Ladefläche hören. Seit ihr Luke die erste Wolfshöhle gezeigt hatte, war sie nicht mehr so weit oben in den Bergen gewesen. Sie mußte an sein staubiges Gesicht denken, als er herausgekrochen war und ihr gesagt hatte, daß dort unten der ideale Ort zum Sterben sei.

„Ich schätze, viel weiter werden wir nicht kommen", sagte Dan.

Der Weg schien sich auf einem schmalen Felsplateau zu verlieren, das nach Osten in eine Schlucht abfiel.

Dan stellte den Motor ab und schaute Helen an. „Ganz wie früher, oder? Prior und Ross, das Alphateam."

Sie lächelte. „Was hast du jetzt vor?" fragte sie.

„Mit meinem Leben? Mir einen vernünftigen Job besorgen, denke ich. Meine Mutter hat immer gesagt, ich solle ‚mit Leuten arbeiten', und ich habe immer geantwortet: ‚Gut, dann werde ich eben Leichenbeschauer.' "

„Mir scheint, deine Witze waren früher auch nicht viel besser als heute."

Am Tag nachdem auf Luke geschossen worden war, hatte Dan seine Kündigung eingereicht. Man hatte ihn gebeten zu bleiben und immer wieder betont, daß ihn keine Schuld treffe. Aber er hatte erwidert, er habe genug, er sei „auf den Wolf gekommen". Sein Nachfolger würde nächsten Monat anfangen.

Dan starrte zum Himmel hinauf. „Es wird hell. Bringen wir's hinter uns. Bist du soweit?"

Sie stiegen aus und gingen zur Rückseite des Lieferwagens. Dan zog den Riegel zurück und stieß die Türen weit auf. Dann nahmen sie die Plane von den beiden im Licht der Taschenlampe glänzenden Aluminiumkäfigen.

„Ich hoffe, man hat den beiden hier gesagt, was in dieser Gegend mit Wölfen passiert", meinte Dan.

„Ich dachte, das sind vegetarische Wölfe."

„Sind sie, aber vielleicht kommen sie noch auf den Geschmack."

Helen würde nicht fragen, woher sie stammten; Dan hatte sich um alles gekümmert. Sie wußte nur, daß es sich um ein Alphapärchen ohne Kennzeichnung, Halsband und nachweisbare Herkunft handelte. Kurz vor Mitternacht hatten sie die Tiere in einer menschenleeren Gegend gut fünfzehn Kilometer südlich der kanadischen Grenze abgeholt. Es war niemand zu sehen gewesen, nur die mit der Plane und einigen Ästen zugedeckten Kisten hatten dort gestanden.

Helen stellte sich hinter die erste und griff nach den Tragestangen.

„Fertig? Eins, zwei, drei und hoch damit."

Sie stellten die Kiste oben auf dem Hang ab und setzten anschließend die andere daneben. Dann entfernten sie die Schlösser und öffneten beide Schiebetüren. Dahinter befand sich jeweils noch eine zweite Tür aus senkrechten Stäben, durch die sie zwei gelbe Augenpaare mißtrauisch beobachteten.

Sie zählten bis drei und öffneten dann die inneren Türen. Einen Moment lang passierte gar nichts, dann schossen die Wölfe wie Raketen aus den Käfigen. Sie landeten auf einem Geröllfeld und jagten gleich weiter die Schlucht hinab. Auf halbem Weg blieben sie jedoch stehen und schienen noch einmal zurückzuschauen.

Helen begann zu schluchzen.

Dan nahm sie in den Arm. „Na komm. Ist doch alles in Ordnung."

„Ich weiß, ich weiß, entschuldige."

Als sie die Tränen weggewischt hatte und den Blick hob, waren die Wölfe verschwunden.

DER HIMMEL war strahlend blau und wolkenlos, und die Sonne trocknete den Tau von den Blumen am Hang, als sie vor der Hütte hielten. Buzz kam ihnen entgegengestürmt und bellte laut. Von drinnen roch es nach Frühstück.

Luke stand in der Tür. Er lächelte und blinzelte mit dem gesunden Auge in die Sonne. Der Anblick der schwarzen Klappe über seinem anderen war für Helen immer noch ein Schock.

Er sah, daß sie geweint hatte, ging ihnen entgegen und nahm sie beide in den Arm. So standen sie eine Weile zu dritt da, die Köpfe in stummer Zwiesprache gesenkt, während Buzz um sie herumtollte.

Die Kugel hatte Lukes Hals glatt durchschlagen, war gegen einen Felsen geprallt und ihm direkt ins linke Auge gedrungen. In der Zeit, die verstrichen war, bis der Hubschrauber eingetroffen war und ihn ins Krankenhaus hatte bringen können, hatte er eine Menge Blut verloren. Daß er überlebt hatte, war das reinste Wunder.

Der Halsdurchschuß hatte vergleichsweise wenig Schaden angerichtet, an dem Auge aber hatten die Ärzte stundenlang operieren müssen. Zwar war es gerettet worden, doch würde Luke damit nie mehr richtig sehen können. Als er wieder zu sich gekommen war, hatte er als erstes wissen wollen, was mit den Welpen geschehen war.

Nur der in der Schlinge gefangene war verendet, die übrigen hatte man in den Yellowstone Park geflogen, wo Wolfsfamilien für sie gefunden worden waren. Lukes Vater hatte der Polizei erzählt, wo er und Clyde den Wohnwagen des Wolfsjägers abgestellt hatten. Kurz danach hatte ein Ranger dessen verlassenes Schneemobil auf einer Lichtung oberhalb des Wrong Creek entdeckt. Von dem alten Lovelace selbst aber fand man nie auch nur eine Spur.

Die drei setzten sich ins Gras vor der Hütte und genossen ihr Frühstück, während sie über Alaska und einige andere Orte sprachen, die Helen und Luke in den nächsten zwei Monaten bereisen wollten, bevor er aufs College ging. Luke wollte, daß sie mit nach Minnesota kam. Sie würden sich eine Wohnung suchen, malte er aus. Während er in seinen Seminaren sitze, könne sie ihre Doktorarbeit beenden, und an den Wochenenden zögen sie gemeinsam durch die Wildnis.

Vielleicht würde sie es tun. Merkwürdigerweise schien die Zukunft zum erstenmal in Helens Leben als Erwachsene keine Rolle mehr zu spielen. Es kam ihr so vor, als hätten die zurückliegenden Ereignisse sie von ihrem alten Ich befreit. Allein auf das *Jetzt* kam es an und darauf, daß sie mit dem Menschen zusammen war, den sie auf der Welt am meisten liebte.

Nach dem Frühstück verstauten sie ihre wenigen Habseligkeiten in Lukes Jeep. Nachdem auch Buzz hineingesprungen war, gab Helen Dan die Schlüssel für den alten Pick-up zurück.

„Siehst du?" sagte er. „Er hat ein ganzes Jahr durchgehalten."

„Ich auch."

Sie wollten beide kein großes Aufheben um ihren Abschied machen, also umarmten sie sich einfach und wünschten einander Glück. Dan blieb am Jeep stehen, als Helen und Luke einstiegen.

„Engel mit dir", sagte er.

„Mit dir auch, Dan."

Auf der Fahrt durch die Stadt sahen sie kein einziges bekanntes Gesicht. Schließlich bogen sie ostwärts ab und fuhren in Richtung Prärie.

Als sie die Brücke passierten, hielt Helen an. Ein letztes Mal blickten sie zur Kirche am Fluß hinüber.

„Schau." Luke deutete auf das Ortsschild auf der anderen Straßenseite. Drei dünne Sonnenstrahlen fielen durch die Schußlöcher.

Ein Gentleman im Wilden Westen

Nach dem weltweiten Erfolg seines Debütromans *Der Pferdeflüsterer* wurde der ehemalige Drehbuchautor Nicholas Evans von seinen US-Verlegern wie ein rohes Ei behandelt – ein dem zurückhaltenden, bescheiden gebliebenen Engländer nicht sonderlich angenehmer Umstand, dem er mit typisch britischem Humor begegnete. „Einmal lud mich die Chefetage zum Essen ein", erinnert sich der mit seiner Frau und drei Kindern in London lebende Schriftsteller amüsiert. „Natürlich wollte man wissen, wovon mein nächstes Buch nach dem *Pferdeflüsterer* handle, und mit perfektem Oxford-Akzent erwiderte ich: ‚Vermutlich von Wüstenspringmäusen. Und geflüstert wird nicht. Vielleicht herumgebrüllt.'"

So erfuhr die sichtlich irritierte Runde nicht, daß der hofierte Autor bei seinen Recherchen zum *Pferdeflüsterer* in Montana einem Wolfsforscher begegnet war und seither die ernsthafte Idee für eine neue Geschichte mit sich herumtrug. Bis aus dieser ersten Inspiration *Im Kreis des Wolfs* entstanden war, sollten aber noch zwei Jahre vergehen. Denn auch für seinen zweiten Roman legte Nicholas Evans, der Journalismus in Oxford studiert hat, größten Wert auf Authentizität: „Der Journalist in mir ist ständig präsent. Nachforschungen sind unerläßlich."

Für Evans bedeuteten sie allerdings einen zusätzlichen Reiz. Sein Herz schlägt schon lange für *Big Sky country*, das Land des weiten Himmels, wie die urwüchsigen Staaten im Nordwesten der USA von den Einheimischen genannt werden; als begeisterter Western- und Jack-London-Fan war bereits der kleine Nick der Faszination des wilden, ursprünglichen Amerika mit seinen Mythen und Legenden erlegen.

DER KAPITÄN

HINRICH MATTHIESEN

Abeling erkannte, daß die Anabel *verloren war, und löste Generalalarm aus. Ohrenbetäubend heulten die batteriebetriebenen Sirenen auf. Die Männer reagierten sofort auf das schrille Signal, sei es, daß sie zu den Booten oder zu den Rettungsinseln liefen, sei es, daß sie noch schnell einen Ring aus der Halterung rissen oder nur mit Schwimmwesten ins Wasser sprangen. Abeling selbst blieb auf der Brücke, bis die* Anabel *sich auf die Seite legte und zu sinken begann.*

1

Kapitän Abeling war ein einsamer, grüblerischer Mann. Dennoch zeigte er sich hin und wieder gesellig. Er hatte gelernt, daß man sonst nicht weiterkam. Die Menschen waren egoistisch, wollten von den Sorgen anderer nichts wissen. Und er hatte Sorgen! Sie hatten immer mit seinem Schiff zu tun und mit der Einsicht, daß er es eigentlich keine drei Meilen mehr hin und her bewegen, geschweige denn sich mit ihm in die offene See hinauswagen durfte, womöglich bei Sturm. Gegenwärtig bestand allerdings keine Gefahr, daß die *Anabel* leckschlagen könnte, denn das Schiff lag im Hafen. Es hatte Container an Bord, und Löschen und Beladen würden ihre Zeit brauchen.

Meinert Abeling saß in seiner Kajüte. Die 24-Uhr-Nachrichten der Deutschen Welle waren zu Ende. Er stellte das Radio ab und dachte an den frivolen Spruch, der Piet Kannegieter, seinem Ersten Offizier, beim Abendbrot aus dem losen Mundwerk gekollert war. „Die feinsten Damen lassen bei mir arbeiten!" hatte Kannegieter verkündet. So lächerlich Meinert Abeling diese Prahlerei auch fand, sie stieß ihn – wie alles, was in irgendeiner Weise mit „Qualität" zusammenhing – wieder einmal auf sein Problem, nämlich auf die Frage, wer für wen arbeiten ließ und was dabei für das Schiff und die Männer herauskam. Denn natürlich gehörte die *Anabel* nicht ihm, aber er befehligte sie und hatte die Verantwortung für den 18000 Tonnen großen Oldtimer wie für die 19 Menschen, die auf ihm Dienst taten.

Er überließ also Piet Kannegieters Damen ihrem Schicksal und wandte sich jener Lady zu, die ihm näherstand, seiner *Anabel*. Sie steht, ging es ihm durch den Kopf, bei der Reederei Schottmann & Sohn in Dienst, und weil das keine gute Adresse ist, fehlt es dem armen Mädchen an allem.

Das Schiff war verwahrlost vom Topp bis zum Kiel, vom Bug bis zum Heck. Die Maschine zum Beispiel, ein 9000 PS starker Viertakter, in

Liverpool gebaut und im allgemeinen verläßlich, müßte längst mal wieder grundüberholt werden. Nach 6000 Betriebsstunden war das fällig. 8000 waren auch noch zu akzeptieren, aber bei 17 000 Betriebsstunden ohne ordnungsgemäße Instandsetzung lag ein schon krimineller Leichtsinn vor. Schottmann schob die seit langem fällige Maßnahme mit immer neuen Ausflüchten vor sich her. So stotterte sich die *Anabel* von Hafen zu Hafen, manövrierfähig nur noch durch die Bastelkünste ihrer Ingenieure, des Deutschen Berthold Rogge, des Israeli Ruben Feuerstein und des Assistenten Luís Cabrera, eines Spaniers aus Santiago de Compostela.

Auch um die Funkanlage war es schlecht bestellt. Zwar befanden sich alle vorgeschriebenen Geräte an Bord, aber sie waren mindestens anderthalb Jahrzehnte alt und hätten längst ausgetauscht werden müssen. Hörte man Jim Forrester, den amerikanischen Funker, in seiner Bude laut sprechen, obwohl er allein war, dann war er dabei, auf eins seiner Instrumente, das wieder einmal nicht funktionieren wollte, einzureden wie auf ein störrisches Kind, und bisher war es ihm noch jedesmal gelungen, den Defekt zu beheben. Abeling, selbst Inhaber des Funkpatents, lobte den Schwarzen aus Tennessee oft. Ein Plus allerdings gab es, nämlich die Sat-Com-Anlage, die die Benutzung von Telefon und Faxgerät per Satellitenkommunikation möglich machte. Doch das ging nicht auf eine noble Geste des Reeders zurück; vielmehr hatte einer der Charterer auf dieser Anlage bestanden, und Schottmann hatte sie gebraucht erworben.

Alles andere war sträflich abgenutzt. Die Brücke, das Kartenhaus, die Kombüse, die Proviantkühlräume und die Kajüten befanden sich in einem kläglichen Zustand. Dieser bedrückende Arbeitsplatz barg die Gefahr in sich, daß die dazugehörigen Menschen ihr Erscheinungsbild vernachlässigten. Bei einigen von ihnen war es denn auch der Fall. Sie legten wenig Wert auf saubere Kleidung, und sogar ihre Körperpflege ließ zu wünschen übrig. Das häßliche Schiff färbte auf sie ab.

Ihm selbst erging es nicht so. Vielleicht war es ein Protest gegen die unerfreulichen Umstände, daß er stets auf gutes Aussehen bedacht war. Er war groß und schlank, überragte die eher kleinwüchsigen Filipinos und Südamerikaner um Kopfeslänge, und unter den Europäern waren nur der Erste Offizier und der Koch von ähnlicher Statur. Sein Haar war bereits grau, aber noch sehr voll, und er trug es kurz, ohne Scheitel. Eine Uniform legte er selten an, und wenn, dann nur die khakifarbene Version der Tropen, sonst schwarze oder dunkelgraue Hosen, dazu Pullover, auch sie in Schwarz oder Grau, mal mit, mal ohne Rollkragen. Und immer gehörten zu seiner Kleidung seidene Oberhemden.

Alles in allem war er eine respektable Erscheinung, ganz im Gegensatz zur *Anabel.* Mit ihr konnte man keinen Staat machen, und wenn sie es bis jetzt noch immer geschafft hatte, den jeweiligen Zielhafen anzulaufen, mußte Gottes schützende Hand im Spiel gewesen sein.

Natürlich, er hätte abmustern können, doch war der Wechsel auf ein anderes Schiff nicht so ohne weiteres möglich. Aus der Zeit, als er noch nicht für Schottmann & Sohn fuhr, lastete eine Havarie auf seinem Konto, bei der es zu Personen- und Sachschäden gekommen war. Zum Zeitpunkt des Unglücks hatte er unter dem Einfluß eines starken Schmerzmittels gestanden, mit dem er eine schwere Magenkolik bekämpft hatte. Und ausgerechnet in dieser Nacht verursachte der Dritte Offizier vor Cherbourg eine Kollision mit einem Griechen. Medikamentierung und Kollision hätten nicht ausgereicht, dem Kapitän eine Verwarnung zu erteilen, doch bei der Seeamtsverhandlung hatte sich herausgestellt, daß der Dritte, ein Jugoslawe aus Split, kein gültiges Patent besaß, und das ging voll auf die Kappe des Schiffsführers. So hatte er, was ihn schmerzte, bei den Reedern den Ruf eines zweitklassigen Kapitäns und konnte froh sein, überhaupt noch eine Anstellung gefunden zu haben.

Es war jetzt kurz vor eins. Am frühen Abend waren sie in Veracruz angekommen, hätten dort schon zwei Tage früher einlaufen sollen, doch wenige Stunden vor Erreichen des Ziels hatte sich im Golf von Mexiko ein Unwetter zusammengebraut. Es waren nur zwei Tage gewesen, die sie im Wartestand zubringen mußten, doch als Abeling seiner Reederei die voraussichtliche Verzögerung telefonisch mitgeteilt hatte, war er vom Junior geradezu überschüttet worden mit wütendem Protest. Er hatte dem erst 27 Jahre alten Rüdiger Schottmann erwidert, immerhin lägen sie mit insgesamt neun Frachtern vor Veracruz und die Reederei könne nicht erwarten, daß ausgerechnet das lahmste dieser Schiffe den aberwitzigen Versuch unternähme, die Naturgewalten auszutricksen. Das Jüngelchen, das erst kürzlich aus der Immobilienbranche in die Reederei des Vaters übergewechselt war und von Nautik kaum etwas verstand, hatte eingelenkt, ja, sich sogar entschuldigt.

Abeling verließ die Kajüte und stieg die Treppe zum Navigationsdeck hinauf, um vor dem Schlafengehen noch eine Weile auf der Steuerbord-Brückennock hin und her zu gehen. Er war, wie während einer Liegezeit und dann noch zu so später Stunde nicht anders zu erwarten, allein da oben. Die meisten Männer waren an Land gegangen. Er wollte sich gerade abwenden und nach unten gehen, da entdeckte er das Pärchen. In inniger Umarmung steuerte es auf die *Anabel* zu, und als es näher herangekommen war, erkannte er im Licht der Kranlampen, daß der Mann neben dem südländischen Mädchen der strohblonde Heiner Nickelsen war, sein aus dem Emsland stammender Koch. Er trat von der Nockkante zurück, um nicht in den Verdacht zu geraten, er spioniere seinen Leuten nach, und ging in die Kajüte.

Seine Ehe war schon früh gescheitert. Als Dreißigjähriger hatte er Elke Simonsen, eine selbstbewußte Friesin von der Insel Föhr, geheiratet, aber schon nach zwei Jahren fanden beide, daß die monatelangen Reisen, hin und wieder unterbrochen durch gegenseitige Stippvisiten, keine Basis abgaben für eine Ehe. So trennten sie sich in gutem Einvernehmen, und es dauerte dann auch nicht lange, da heiratete Elke nach Australien. Seitdem hatte es für ihn nur Begegnungen gegeben, bei denen von vornherein feststand, daß sie nie in eine dauerhafte Verbindung münden würden. Ehe und Seefahrt, das hatte er für sich erkannt, paßten einfach nicht zusammen.

2

Heiner Nickelsens Eroberung war eine sehr exotische und zugleich erotische Frau, die er in einer schummrigen Kneipe aufgetan hatte. Jetzt, im hellen Licht seiner Kajüte, sah er erst so richtig, was für eine kaffeebraune Schönheit er sich aus der Bar La Concha geholt hatte. Dabei war Mariluz keine der vielen Mulattinnen, die man in Veracruz so häufig zu Gesicht bekam. Vielmehr ging die dunkle Hautfarbe, wie sie ihm gesagt hatte, auf ihre indianischen Vorfahren zurück. Meinen Leuten hinterm Deich, dachte er, erzähl ich später was von einer indianischen Prinzessin!

Sie hätte, vom rassigen Erscheinungsbild her, eine sein können, wenn da nicht das allzu knappe T-Shirt und der überaus kurze Rock gewesen wären, dazu der grellgeschminkte, Kaugummi kauende Mund. Sie hatte die hoch angesetzte, schmale, leicht gebogene Nase der Indios und kohlschwarze Augen. Ihre Brust war füllig, dennoch fest, und ihre Hände waren schlank und fein. Angesichts solcher Reize hatte sich des 25jährigen Emsländers ein für ihn ganz untypischer Leichtsinn bemächtigt. In rascher Folge hatte er immer neue *copas* bestellt, und der honigfarbene Tequila hatte ihn, der schon reichlich aufgekratzt war, dann noch beschwingter gemacht. Schließlich war der gemeinsame Aufbruch nur noch eine Frage des Geldes gewesen. An der sprachlichen Verständigung freilich haperte es, denn sein Spanisch war kümmerlich, und Mariluz beherrschte nur das Englisch ihres Gewerbes.

„*Let's have a drink!*" schlug sie vor, und Heiner holte fast ein Dutzend verschiedener Flaschen aus seinem Spind und reihte sie aneinander.

„*I need ice*", sagte sie. Eilfertig lief er hinüber in die Kombüse, nicht ahnend, daß er ihr damit die Gelegenheit gab, ihr eigentliches Vorhaben einzuleiten. Aus einem Beutel holte sie ein Fläschchen hervor, öffnete es und schüttete einen Teil des Inhalts in sein Glas.

Er hatte gut eingeschenkt. Nun kamen die Eiswürfel hinzu. Mariluz hob ihr Glas und sagte: „*Salud!*"

„*Salud!*" antwortete er. Sie kippte den ganzen Drink hinunter, und er tat es ihr nach.

Die K.-o.-Tropfen wirkten nicht sofort. Er saß neben ihr auf der Koje, hatte sein Glas auf dem Fußboden abgestellt, umfaßte sie nun mit der rechten Hand, ließ die linke in ihren Ausschnitt gleiten und streichelte ein paar glückliche Sekunden lang die prallen braunen Kugeln. Doch der Spaß war nur kurz. Plötzlich griff er ins Leere, rutschte von der Bettkante, fiel auf den Spannteppich, stieß dabei die Gläser mit den Eisresten um, blieb liegen und rührte sich nicht mehr.

Mariluz kniete neben ihrem Opfer nieder und schüttelte den Bewußtlosen ein paarmal. Er zeigte keinerlei Reaktion. Daraufhin schlüpfte ihre Rechte flink und routiniert in seine Jeanshose, ertastete den Schlüsselbund, zog ihn heraus und legte ihn auf den Tisch. Sie erhob sich, trat an die Tür, öffnete sie und klebte ihren Kaugummi von außen unter den Türgriff. Sie ging in die Kabine zurück, drückte die Tür zu, setzte sich auf die Koje und wartete.

Die Brüder José und Ignacio, ihre beiden Helfer, kamen nach einer halben Stunde. Auf einem Schlauchboot hatten sie sich der *Anabel* genähert, die Bordwand erklommen und als erstes den Wachmann gesucht, ihn auch gefunden, und zwar in tiefem Schlaf. Er lag auf der gepolsterten Sitzbank in der Messe.

Die Mexikaner kannten sich auf Schiffen aus und hatten die Kajüte des Kochs schnell gefunden. Seine Berufsbezeichnung stand auf dem Türschild. Der Griff nach dem Kaugummi verriet ihnen, daß drinnen alles nach Plan verlaufen war. Sie traten ein.

Nach einer kurzen geflüsterten Absprache ging das eingespielte Trio an die Arbeit. Mariluz bezog Posten auf einem der Gänge, und die beiden jungen Männer schlichen sich zum Zollraum, wo die zu verzollenden Waren gelagert wurden. Die an fast allen Türen angebrachten Schilder erleichterten ihnen auch hier die Orientierung.

Als sie in der Bar La Concha ihre finsteren Vereinbarungen getroffen und dabei den so spendabel auftretenden Koch der *Anabel* ins Fadenkreuz genommen hatten, war ihnen klar gewesen, daß der Umfang ihrer Beute nicht zuletzt von zwei Schlüsseln abhängen würde, dem des Zollraums und dem des Proviantkühlraums. Jetzt, da sie zur Tat schritten, mußten sie zu ihrer Enttäuschung feststellen, daß der lohnendere der beiden Bereiche, nämlich das Depot mit hochkarätigen Waren wie Alkoholika, Zigaretten, Parfums und Schokolade, entfiel. Keiner der Schlüssel paßte. Also gehörte der Zollraum zur Domäne des Kapitäns, und sie hatten sich mit dem anderen Raum zu begnügen. Aber sie fanden sich schnell damit ab.

Hier stimmten Schlüssel und Schloß überein, und so schleppten José und Ignacio wenig später je zwei vereiste Rinder- und Schweinehälften und ein beachtliches Kontingent an armdicken Würsten über Gänge und Decks. Mariluz stand Schmiere. An der Backbordseite ließen sie ihre Beute an Seilen hinunter. Die beiden großen Plastikbehälter mit den Würsten landeten in dem an der Bordwand vertäuten Schlauchboot, das Fleisch im Wasser. Die drei kletterten ins Boot, legten ab und paddelten, die Tierhälften im Schlepp, zu einem ausgedienten Lagerschuppen an einem der Kais.

Dort angekommen, luden sie zuerst die Würste um, zogen anschließend das Fleisch aus dem Wasser und hievten alles in den hölzernen Aufsatz einer uralten, zum Transporter umgerüsteten Lincoln-Limousine. Als auch das Schlauchboot auf dem Auto verstaut war, brachten sie das Mädchen zurück in die Bar. Anschließend fuhren sie zu ihrem Haus, einem von zahlreichen Familienmitgliedern bewohnten ärmlichen Flachbau am Stadtrand, wo sie als erstes das Fleisch mit Frischwasser abspritzten.

3

Kapitän Abeling saß, wie gewohnt, ab sieben Uhr am Frühstückstisch, doch was noch fehlte, war das Frühstück. Er nahm es meistens in seiner Kajüte ein. Diesmal war der Steward schon zehn Minuten über die Zeit.

Er klingelte. Kurz darauf stand Manuel, der peruanische Steward, vor ihm, mit leeren Händen.

„Sag mal", polterte Abeling los, „hast du verschlafen?"

„Herr Kapitän... Ich wollte die Eier aus der Kombüse holen, aber die war zu. Der Koch war noch gar nicht gekommen, und dabei warteten die Männer längst auf ihr Frühstück. Da ging ich zu ihm in die Kabine. Er lag bewußtlos auf dem Boden. Ich holte den Dritten, und wir packten Nickelsen erst mal in seine Koje. Er wachte auf, war aber noch benommen. Also haben wir ihn mit kaltem Wasser bearbeitet, und da kam er allmählich zu sich. Er sagte, man hätte ihm irgendwas in den Whisky geschüttet. Als er in seine Hosentasche griff, stellte er fest, daß sein Schlüsselbund weg war. Wir liefen alle drei zum Kühlraum, und da merkte Nickelsen sofort, daß was fehlte. Jemand muß ihm den Schlüssel geklaut und den Kühlraum geplündert haben. Ein paar Rinder- und Schweinehälften fehlen und 'ne Menge Mortadella."

„Und der Schlüssel? Wo ist der jetzt?"

„Der steckt im Schloß vom Kühlraum. Die Tür war zu."

„Gott sei Dank! Wer hatte die Wache?"

„Joska."

„Und was sagt der dazu? Hat er nichts gemerkt?"

„Er sagt nein. Die müssen barfuß gegangen sein."

„Ich glaube eher, der hat mal wieder gepennt. Ich will den Koch sprechen. Du kochst mir jetzt einen Kaffee und bringst auch irgendwas zum Beißen."

„Der Kaffee ist fertig. Milchsuppe und Brot gibt es auch gleich."

Es dauerte nur wenige Minuten, und dann hatte Meinert Abeling sein Frühstück. Er war noch beim Essen, als der Koch erschien. „Setz dich", sagte der Kapitän. „Du siehst ja aus wie ein Gespenst."

„Mir geht's auch ziemlich schlecht", antwortete Heiner Nickelsen.

„Was ist passiert?"

„Ich bin betäubt worden, und als ich am Boden lag, müssen die

Gangster mir den Schlüssel abgenommen und damit den Kühlraum geöffnet haben. Na ja, und da haben sie sich bedient."

„Heiner, so mir nichts, dir nichts kommen die doch nicht in deine Kammer!"

„Ich hatte 'ne Frau an Bord, die mir wohl ein bißchen den Kopf verdreht hat."

„Ich weiß. Hab euch zufällig kommen sehen. Hat sie dir das Zeug verpaßt?"

„Sie muß mir was in den Whisky geschüttet haben, als ich kurz weg war, um Eiswürfel zu holen. Gleich nach dem Drink kippte ich von der Koje. Ich weiß nicht, mit wem sie zusammengearbeitet hat, aber irgendwelche Leute hat es gegeben, denn unmöglich hat sie die schweren Brocken allein transportiert. Bestimmt saßen die Helfer schon in der Bar, in der ich sie kennengelernt hab. Aber ich würde den Laden wiederfinden! ‚La Concha' heißt der Schuppen, und zu Fuß sind es nur zwanzig Minuten. Wenn ich also ..."

„Das laß lieber sein! Da schwört doch jeder Stein und Bein, dich nie gesehen zu haben. Auch die Frau würde leugnen, dich zu kennen. Und selbst wenn du ein halbes Dutzend von unseren Männern mitnähmst, hättet ihr alle gegen euch, und die Polizei würde euch einbuchten. Wir werden der Reederei den Einbruch melden und beim hiesigen Schiffsmakler Ersatz bestellen."

„Und die Kosten?"

„Die brummen wir der Reederei auf. Wieviel Proviant fehlt uns denn nun?"

„Zwei Rinder- und zwei Schweinehälften und zwanzig Würste. Mortadella. Die lagen noch abgepackt in ihren Kästen."

„Na, dann schätze ich, daß der Spaß die Reederei etwa tausend Dollar kostet. Aber Schottmann wird's überleben. Und jetzt sieh zu, daß du wieder ins Lot kommst!"

4

Im Haus der Familie Carrasco, zu der auch José und Ignacio gehörten, gab es Rind- und Schweinefleisch in Fülle. Señora Patricia, weiblicher Mittelpunkt der vierzehn zur Sippe gehörenden Esser, machte sich daran, die von ihren Söhnen herbeigeschafften Tierhälften in handliche Portionen zu zerlegen und dann wahre Köstlichkeiten daraus zu zaubern: Rinder- und Schweinebraten, auf Holzkohle gegrillte Filets und Koteletts.

Die Kinder jedoch waren mehr auf den anderen Teil der Beute erpicht. Nicht weniger als drei der dicken und von einer dunkelroten Hülle umgebenen Würste waren bereits im Anschnitt, und wer von den Kleinen vorbeikam, säbelte sich ein Stück ab. Es war ein Fest! Von der erst siebzehn Monate alten Carlotta bis hin zu Jerónimo, dem Großvater, aßen sich alle durch den Tag.

Selten zuvor hatte in dem zwischen Veracruz und der Ortschaft Boca del Río gelegenen Siedlungshaus eine so fröhliche Stimmung geherrscht.

Noch in der Nacht des Diebstahls war es an die Verteilung gegangen. Die Brüder hatten eine Rinder- und eine Schweinehälfte wie auch drei Würste zu Verwandten nach Jamapa gebracht, einem zwanzig Kilometer landeinwärts gelegenen Dorf, in dem ein Bruder des alten Jerónimo mit seiner Großfamilie lebte. Danach war Ramón Pérez, der im Zentrum von Veracruz einen bescheidenen Mittagstisch unterhielt, mit 25 Kilo des immer noch beträchtlichen Fleischvorrats sowie mit zwei Würsten versorgt worden.

Beide Lieferungen hatten Geld eingebracht, an dem auch Mariluz beteiligt war. Was den Eigenbedarf des Mädchens anging, hatte sie sich mit einer der handlichen Würste begnügt, weil es in ihrer Absteige keine Kochgelegenheit gab; ihr weitgehender Verzicht auf die Naturalien war durch einen entsprechend höheren Geldbetrag wettgemacht worden.

ABER ES gab doch ein bitteres, ein trauriges Nachspiel. Zwar traf es auch die Täter, nur nicht sie allein. Mit Jerónimo, dem Großvater, begann es. Gegen vier Uhr nachts weckte ihn der Tumult in seinem Bauch, der sich bald zu heftigen Koliken auswuchs. Wohl ein dutzendmal mußte sich der Ärmste im Verlauf der nächsten Stunde zum Abtritt schleppen.

Der Alte blieb nicht lange allein. Nach und nach gesellten sich andere Familienmitglieder zu ihm, erst die Kinder, später José und Ignacio und die übrigen Erwachsenen mit Ausnahme Señora Patricias. Um sechs Uhr morgens waren alle Hausbewohner in Aufruhr. Um halb sieben wurde beratschlagt, was zu tun sei, doch erst kurz vor acht, als die indianischen Kräutertees zu keiner Linderung geführt hatten, erwog man, einen Arzt zu rufen. Bei den meisten Erwachsenen stieß dieser Vorschlag auf Widerstand, denn die ersten Fragen des Arztes, das lag auf der Hand, würden sich auf die von den Kranken genossenen Speisen und ihre Herkunft beziehen.

Es war Señora Patricia, die schließlich, weil sie um ihre Kinder bangte, kurzen Prozeß machte. „Jetzt rufen wir den Arzt!" Sie griff sich Carlotta, das Nesthäkchen, zurrte die Kleine in ihrem Schultertuch fest und stürmte hinaus.

Bis zum nächsten Telefon in der Fischereistation von Boca del Río war es ein Weg von anderthalb Kilometern. Um kurz vor neun erreichte sie das einstöckige Gebäude und stieß dort auf Fernando Ochoa, einen ehemaligen Fischer, der jetzt in der Netzausbesserung arbeitete und den sie gut kannte. Der war bereit, das Telefongespräch zu führen. So weihte sie ihn ein in das Unglück, das ihre Familie getroffen hatte. Fernando wählte die Nummer von Dr. Robles, der dafür bekannt war, daß er bei der Betreuung seiner Patienten keinerlei Unterschied zwischen arm und reich machte, außer daß er von den allzu Bedürftigen kein Geld verlangte. Fernando berichtete, sprach von einer Massenvergiftung, schilderte die näheren Umstände und gab die Adresse der heimgesuchten Familie an.

Arturo Robles Ariaga hatte, bevor er ins Auto stieg, seinen Sohn rufen lassen. Carlos, der Junior, würde beruflich in die Fußstapfen des Vaters treten. Er stand kurz vor dem Abschluß seines Studiums. Er war sofort bereit, den Vater in eins der Armenviertel zu begleiten.

„Eine Massenvergiftung", fragte Carlos, „oder glaubst du nicht auch, daß der Mann ein wenig übertrieben hat?"

„Das kommt darauf an", erwiderte der Vater, „wie man den Begriff ‚Masse' definiert. Hier hat es wohl eine ganze Sippe erwischt und vielleicht noch ein paar Fremde dazu. Die Leute scheinen eine regelrechte Fleischorgie veranstaltet zu haben. Ich tippe auf Salmonellen, habe sicherheitshalber Antibiotika eingepackt."

Nach einer Fahrt von zehn Minuten erreichten sie die Siedlung, fuhren dann einen Feldweg entlang, wollten gerade einen Passanten nach dem Haus der Carrascos fragen, da wurden sie schon von einer aufgeregt gestikulierenden Gruppe herangewinkt. Sie fuhren bis vor die Tür, stiegen aus, gingen hinein, begrüßten Señora Patricia, dic soeben zurückgekehrt war, und untersuchten die Kranken zunächst nur oberflächlich.

Als ein erster Eindruck vorlag, sagte Dr. Robles zu Señora Patricia: „Ich brauche jetzt einen Raum, in dem es etwas ruhiger zugeht. Da werde ich mit allen sprechen, und mit Ihnen fange ich an."

Sie führte ihn und Carlos über einen Flur in ein nur mit ein paar Sitzmöbeln ausgestattetes Zimmer. „Mein Sohn", sagte der Arzt, „wird einen Packen Klarsichtbeutel aus dem Auto holen, und dann muß man ihn zu sämtlichen Töpfen, Pfannen und Schüsseln führen, in denen das Fleisch zubereitet worden ist oder aufbewahrt wird. Wurde schon alles gekocht oder gebraten?"

„Ein paar Stücke", antwortete Señora Patricia, „sind nur eingesalzen."

„Gut. Mein Sohn wird von allem Proben nehmen und sie später im Labor abliefern. Ihnen, Señora Patricia, händigen wir nachher die erforderlichen Medikamente aus. Morgens, mittags und abends bekommt jeder eine Kapsel zugeteilt, die er mit abgekochtem Wasser einnimmt. Der alte Mann allerdings ..., ist er Ihr Vater?"

„Nein, mein Schwiegervater."

„Der muß in die Klinik. Mein Sohn wird vom Auto aus die Ambulanz anfordern. Ich schätze, der Wagen kann in einer halben Stunde hiersein."

„Steht es so schlimm um Jerónimo?"

„Ihn hat es am ärgsten getroffen, aber in der Klinik wird man sich gut um ihn kümmern. Nach den anderen Patienten sehe ich täglich. Sollte sich bei dem einen oder anderen der Zustand verschlechtern, muß er ebenfalls in die Klinik. Von Ihnen abgesehen, haben alle eine akute Fleischvergiftung. Und jetzt wünsche ich folgendes: Alle kommen in dieses Zimmer, aber einzeln. Jeder muß mir ganz genau sagen, was und wieviel er gegessen hat. Danach möchte ich erfahren, woher das Fleisch stammt und wer außer Ihrer Familie davon gegessen hat. Was können Sie selbst dazu sagen?"

„Ein Teil", antwortete Señora Patricia, „ist nach Jamapa gegangen, zum Bruder meines Schwiegervaters, ein anderer zu Señor Pérez. Er hat ein Bistro in Veracruz."

„Ich notiere mir die Namen nachher. Aber nun noch einmal zur Herkunft der Fleischvorräte! Was wissen Sie darüber?"

„Nichts. Die Jungens, José und Ignacio, brachten die Sachen in der vorletzten Nacht. Sie sagten nur, sie hätten sie günstig bekommen. Ich habe dann nicht weiter nachgefragt."

„Gut", meinte Robles, „ich werde später mit den beiden reden."

Mit der Entnahme der Proben und der Befragung der einzelnen Familienmitglieder setzte nun eine Betriebsamkeit ein, die alle Beteiligten geraume Zeit in Atem hielt.

Carlos verstaute die Beutel mit den Fleischstücken im Kofferraum des Autos. Dann händigte er Señora Patricia die Medikamente aus. Dr. Robles wurde in seiner Arbeit einmal kurz unterbrochen, als die Ambulanz kam und Jerónimo abholte. Gleich darauf ging es weiter mit den immer gleichen Fragen: Von welchem Fleisch hast du gegessen? Wieviel? Wie lange danach hast du dich zum erstenmal übergeben? Wie sieht es mit dem Stuhlgang aus? Wo tut es dir jetzt weh?

Schließlich standen José und Ignacio, die zu zweit hereingerufen worden waren, vor dem Arzt. Nachdem sie über ihren Verzehr und ihre Beschwerden Auskunft gegeben hatten, kam die Frage: „Also: Wann und wo gekauft oder geklaut? Und bildet euch bloß nicht ein, ihr könntet mir einen Bären aufbinden."

José hatte es übernommen zu antworten. „Das Fleisch", antwortete er, „stammt von einem Transporter, einem Kühlwagen. Der fuhr vor uns her, und plötzlich ging seine hintere Tür auf, so daß er jede Menge Ware verlor. Wir haben beinahe einen Unfall gebaut, weil uns das Zeug regelrecht um die Ohren flog. Ich habe dem Fahrer des Transporters mit dem Scheinwerfer Zeichen gegeben, aber er fuhr weiter. Klar, daß wir dann kehrtgemacht und die Ware eingesammelt haben."

„Wann war das?"

„Vorgestern. Abends. Gegen elf Uhr, schätze ich."

„Wenn ihr hinter dem Laster hergefahren seid, habt ihr doch sicher den Namen der Firma gelesen."

„Irgendwas mit Frigidera oder so ähnlich stand auf dem Heck."

„Und das Kennzeichen?"

„Das haben wir uns nicht gemerkt."

„Herr des Himmels", wetterte Robles, „es wäre so enorm wichtig gewesen, den Transporter zu identifizieren! Wir könnten ihn der Gesundheitsbehörde melden, und vielleicht bestünde damit eine winzige Chance, andere Menschen vor dem zu bewahren, was euch passiert ist."

Doch sein energischer Appell erbrachte nichts, und so schickte er die beiden hinaus, zumal er sah, daß ihnen hundeelend war. Als sie den Raum verlassen hatten, sagte er zu seinem Sohn: „Die Burschen lügen wie gedruckt! Selbst wenn sich wirklich eine Tür geöffnet haben sollte, fliegen da doch nicht gleich die Ochsen und Schweine durch die Gegend. Da gibt es doch Fleischerhaken, an denen die Teile hängen, und Kühlfächer.“ Ohne Übergang sagte er: „Ich glaube übrigens nicht an Salmonellen. Ich tippe eher auf Botulismus.“

„Lebensmittelvergiftung? Hast du also falsch medikamentiert?“

„Nein, denn die Krankheiten ähneln sich. Nur ist Botulismus viel seltener. Unsere Kandidaten weisen neben Durchfall und Erbrechen typische Botulismus-Merkmale auf wie zum Beispiel Gliederschmerzen, Schlaffheit und Atembeschwerden. Ganz auffällig ist, daß gerade diejenigen, die die stärksten Vergiftungserscheinungen aufweisen, vor allem von der Mortadella gegessen haben, zum Teil sogar ausschließlich. Señora Patricia hingegen, die als einzige gesund geblieben ist, hat die Wurst nicht angerührt. Bei einer solchen Vergiftung ist übrigens die Menge entscheidend, die man konsumiert. Die Kinder haben sich vorwiegend an die Wurst gehalten, und tatsächlich sind sie besonders schlimm dran. Wahrscheinlich müssen wir zwei von ihnen in die Klinik schicken. Auch der Alte hat aus den Töpfen und Pfannen nichts gegessen, sondern nur von der Wurst, und das aus einem einleuchtenden Grund. Er hat keine Zähne mehr, und sein Gebiß ist kaputt.“

Die beiden Mediziner rüsteten zum Aufbruch. Robles schrieb Señora Patricia die Adresse der Klinik auf und ordnete an, Urin- und Stuhlproben aller Patienten so schnell wie möglich dorthin zu bringen. Schließlich ließ er sich noch die Adressen der Verwandten aus Jamapa und des Bistrobetreibers nennen und sagte: „Diese Personen brauchen wahrscheinlich ebenfalls ärztliche Behandlung. Ich werde das Gesundheitsamt verständigen, damit man sich um sie kümmert.“

Am Abend blieben Vater und Sohn noch lange beisammen. Sie warteten auf das Ergebnis der Laboruntersuchung, saßen im Patio. Robles trank Weißwein, sein Sohn eisgekühlte Jamaica, einen mit Zitrone und Zucker abgeschmeckten Früchtetee.

„Kriegt man Botulismus eigentlich nur vom Wurstessen?“ fragte Carlos.

„Nein, auch von anderen Fleischprodukten und manchmal sogar

von Fisch. Selbst Gemüse und Milchprodukte können das Leiden hervorrufen. Jeder Fall von Botulismus ist eine Lebensmittelvergiftung, aber nicht jede Lebensmittelvergiftung ist gleichzusetzen mit Botulismus. Ausschlaggebend ist, ob das Toxin von Clostridium botulinum vorhanden ist, einem sporenbildenden Bakterium, das in großen Mengen im Erdboden vorkommt. Manchmal sitzen die Burschen übrigens auch in Konservendosen, die aufgebläht sind."

„Aber es steht wohl fest: Bei den Carrascos war's die Mortadella, nicht wahr?"

„Ja, die war's. Da bin ich mir ziemlich sicher."

Um halb zehn kam der Anruf aus dem Labor, und damit herrschte nun Gewißheit: Es handelte sich um Botulismus. Von den beiden Kindern, bei denen die Symptome besonders deutlich aufgetreten waren, hatte das eine, ein Mädchen, wie der Laborarzt berichtete, ebenfalls in die Klinik eingeliefert werden müssen.

Am nächsten Tag stabilisierte sich der Zustand der meisten Patienten, wenn auch von Genesung noch bei keinem die Rede sein konnte. Aber die Krankheit verschlimmerte sich wenigstens nicht. Mit einer Ausnahme. Es sah so aus, als würde der alte Jerónimo es nicht schaffen. Robles und sein Sohn bemühten sich aufopfernd um die Kranken und fuhren auch in die Klinik, um nach dem Alten und dem kleinen Mädchen zu sehen. Am dritten Tag gegen Abend starb Jerónimo. Die Vergiftung hatte seinen ohnehin nicht sehr widerstandsfähigen Körper zu sehr geschwächt.

Noch in derselben Nacht klingelte es an der Haustür der Familie Robles. Der Arzt wurde aus dem Schlaf geholt. Vor ihm standen José und Ignacio. Sie erklärten, sie müßten mit ihm reden. Es sei sehr wichtig.

Wenige Minuten später kam die Wahrheit auf den Tisch. Der Tod des Großvaters hatte die beiden so aufgerüttelt, daß sie meinten, die tatsächliche Herkunft der vergifteten Ware nicht länger verschweigen zu dürfen. Sie erzählten, daß sie, weil es bei ihnen zu Haus nun mal ganz erbärmlich zugehe und sie manchmal vor Hunger nicht einschlafen könnten, hin und wieder gezwungen seien, das siebte Gebot zu mißachten. An dieser Stelle unterbrach der Arzt den Redefluß: „Woher stammt die Mortadella?"

Sie berichteten von ihrem in der Bar La Concha ausgeheckten Plan, sich einem Koch, der dort schwadronierte, an die Fersen zu heften und auf dessen Schiff mal so richtig zuzulangen. Aus den Prahlereien des Deutschen, so erzählten sie weiter, hätten sie herausgehört, daß nahezu die gesamte Besatzung an Land gegangen sei. Sie erwähnten auch Mariluz, beteuerten jedoch, sie sofort nach Auftreten der ersten Krankheitsanzeichen über die Gefährlichkeit der entwendeten Ware verständigt zu haben. „Zum Glück", sagte José, „hatte sie bis dahin von der Mortadella nichts gegessen."

„Ich muß euch", erklärte Robles, „schwerste Vorwürfe machen, weil ihr in einer so ernsten Angelegenheit tagelang gelogen habt. Aber wenigstens seid ihr jetzt gekommen. Wie heißt das Schiff?"

„Wir wissen es nicht. Der Name stand zwar drauf, aber der Kasten war so vergammelt, daß man die Buchstaben nicht richtig lesen konnte."

„Erinnert ihr euch an den Liegeplatz?"

„Ich würde den Lagerschuppen, der auf der gegenüberliegenden Seite stand, bestimmt wiedererkennen."

„Die haben doch Nummern."

„Darauf haben wir nicht geachtet."

„Wie habt ihr euch denn dann abgesprochen? Das Mädchen ist mit dem Koch an Bord gegangen, sagt ihr. Aber woher wußtet ihr, um welches Schiff es sich handelte, wenn ihr nicht mal den Namen erfahren habt?"

„Wir sind den beiden gefolgt. Und als wir sahen, wo sie an Bord gingen, holten wir unser Schlauchboot, um vom Wasser aus auf das Schiff zu kommen."

„Wie groß war es ungefähr?"

„Ich schätze, zwischen fünfzehn- und zwanzigtausend Tonnen."

Ignacio meldete sich zu Wort. „Wir wissen, was es geladen hatte, nämlich Container. Vier oder vielleicht sogar fünf Lagen gab es."

„Die Ladung könnte uns weiterhelfen. Mit den bisher gelieferten Informationen müßte das Schiff eigentlich zu finden sein", meinte Robles.

Als er wieder allein war, rief er den Hafenkapitän an, und der fand binnen weniger Minuten heraus, daß es sich um die für eine deutsche Reederei fahrende und nach Panama ausgeflaggte *Anabel* handelte, die jedoch am Nachmittag mit dem Zielhafen New Orleans in See gegangen war.

5

Bei den Schottmanns in der kleinen, idyllischen Hafenstadt Husum gab es keine von Clostridium botulinum befallene Mortadella, sondern Rehkitzrücken, gespickt mit geräuchertem Speck und durchzogen von einer Marinade aus Bordeaux, Wacholderbeeren, Pfeffer, Nelken, Zimt und Thymian, auch Preiselbeeren waren dabei und frischer Ingwer. Das Ganze wurde von zwei jungen Polinnen serviert, die seit drei Jahren in dem Reederhaushalt Dienst taten.

Der Anlaß zu dem fulminanten Mahl, an dem 22 Personen teilnahmen, war ein Jubiläum. Die Reederei Schottmann wurde zehn Jahre alt. Für ein Schiffahrtsunternehmen war das nicht viel. Trotzdem war es bemerkenswert, mit welcher Energie und Zähigkeit Georg Schottmann aus einem 16 Jahre alten und nur 1500 Tonnen großen Frachter, seiner ersten Errungenschaft, eine Flotte von sieben Schiffen mit einem Gesamtvolumen von fast 90 000 Bruttoregistertonnen aufgebaut hatte.

Er war 15 Jahre lang Filialleiter einer Sparkasse in Frankfurt gewesen, ehe er von dem Angebot erfuhr, die *Zeeland II* günstig zu erwerben. Mit dem Geld, das er mit Hilfe einiger riskanter Termingeschäfte erwirtschaftet hatte, kaufte er den Oldtimer, steckte Geld hinein und ließ ihn fortan im Nord- und Ostseebereich fahren. Es dauerte dann nur wenige Monate, bis der Newcomer begriffen hatte, daß die Frachtbeförderung per Seeweg ein lukratives Geschäft sein konnte, sofern es gelang, die Personal- und Betriebskosten gering zu halten, worauf er dann auch von da an bei allen Transaktionen sein Hauptaugenmerk richtete.

Aber es gab Barrieren. Die seemännischen Berufsverbände sorgten dafür, daß die Schiffahrtsunternehmen bestimmte Vorschriften beachteten. Dabei ging es unter anderem um die Sicherheit der Seeleute. Maschine, Funkstation, die Ausstattung mit Rettungsinseln, kurzum, alle für Leib und Leben wichtigen Einrichtungen mußten intakt sein und regelmäßig überprüft werden.

Doch die infolge des Konkurrenzdrucks scharf kalkulierten Frachtraten einerseits und die strikte Einhaltung der vielen Bestimmungen andererseits brachten die Reeder in immer größere Schwierigkeiten. Wer die hohen Auflagen erfüllte, lief Gefahr, geringen oder gar keinen

Gewinn zu machen oder am Ende noch zuzusetzen, denn für die Schiffahrtsgesellschaften der Billiglohnländer war es ein leichtes, die von den deutschen Transporteuren erhobenen Frachtkosten zu unterbieten. Das veranlaßte schließlich zahlreiche deutsche Reeder, es den Unterbietern gleichzutun. Nichts hinderte einen Eigner daran, sein Schiff künftig nicht mehr in der Bundesrepublik, sondern in einem solchen Billiglohnland zu beheimaten. Das brachte ihm nicht nur den Vorteil verminderter Steuern und niedriger Heuertarife ein, sondern enthob ihn auch der Verpflichtung, die strengen deutschen Sicherheitsbestimmungen einzuhalten. Diese galten nicht mehr, sobald das Schiff in eines dieser Länder übergewechselt war, sei es nun nach Singapur oder Panama, nach Zypern oder Liberia, auf die Bahamas oder die Caymaninseln oder in irgendein anderes Land aus der langen Liste der mit Niedrigangeboten lockenden Schiffsbeherberger.

Schottmann wußte, daß viele seiner Kollegen den Katalog der Einsparungen nicht voll nutzten und Wert darauf legten, zwar Gewinn zu machen, aber zugleich ihre Schiffe verantwortungsbewußt auszurüsten. Er dagegen hatte es sich zum Prinzip gemacht, an Gewinn herauszuholen, was irgend herauszuholen war. Daß er damit zu den schwarzen Schafen gehörte, störte ihn nicht.

DAS MAHL neigte sich dem Ende zu. Das Dessert rührte kaum jemand an, weil alle dem Hauptgericht kräftig zugesprochen hatten. Vom Kaffee hingegen, für den man in die Bibliothek übergewechselt war, nahmen sie gern. Etwa die Hälfte der Festteilnehmer rauchte. Der Hausherr ließ sich eine Davidoff schmecken. Seine Frau Marianne – es war seine zweite, und sie war mit ihren 34 Jahren fast zwei Jahrzehnte jünger als er – rauchte eine Filterzigarette, die in einer langen goldverzierten Spitze steckte. Sie saßen in Gruppen über den großen Raum verteilt und unterhielten sich.

Das Telefon, das auf einer kleinen Konsole stand, läutete. Zofia, die jüngere der beiden Polinnen, die gerade dabei war, die Aschenbecher zu leeren, nahm den Hörer ab und sagte dann zum Hausherrn: „Da ist ein Kapitän, der Sie sprechen will."

„Lege das Gespräch nach oben in mein Schlafzimmer, sonst habe ich zu viele Geräusche im Hintergrund!" Schottmann entschuldigte sich bei seinen Gästen und verließ die Bibliothek. Im Schlafzimmer setzte er sich aufs Bett, nahm den Hörer ab, meldete sich.

„Hallo, Herr Schottmann“, hörte er, „hier spricht Abeling. „Entschuldigen Sie bitte, wenn ich Sie geweckt haben sollte, aber ich muß Ihnen einen Vorfall melden.“

„Ich habe noch nicht geschlafen. Also schießen Sie los, aber verschonen Sie mich mit Hiobsbotschaften!“

„Ich kann mir die Meldungen, die zu übermitteln sind, nicht aussuchen“, antwortete der Kapitän der *Anabel*, „sie ergeben sich zwangsläufig aus dem, was bei uns passiert.“

„Na, und was ist passiert?“

„Hier an Bord wurde eingebrochen. Im Hafen von Veracruz hat man unseren Kühlraum geöffnet und einen Teil der Fleisch- und Wurstvorräte mitgehen lassen ...“

„Und das teilen Sie mir erst jetzt mit? Sie sind doch schon vor drei oder vier Tagen in Veracruz ausgelaufen!“

„Ich habe es Ihrem dortigen Agenten mitgeteilt. Daß der sich offenbar Zeit gelassen hat, die Sache weiterzuleiten, sollten Sie nicht mir anlasten.“

„Schon gut. Aber wie konnte der Kühlraum denn überhaupt geöffnet werden? Soweit ich mich erinnere, haben wir auf der *Anabel* kürzlich neue Schlösser anbringen lassen.“

„Das stimmt. Aber die Diebe haben den Koch überfallen, ihn außer Gefecht gesetzt, ihm die Schlüssel abgenommen und sich dann im Kühlraum bedient.“

„Wo waren Sie zu der Zeit? Wann passierte denn das überhaupt?“

„Nachts, und da habe ich geschlafen.“

„Und die Besatzung? Verflixt noch mal, das muß doch jemand mitkriegen, wenn da eine Horde mexikanischer Banditen aufs Schiff kommt und den Kühlraum plündert!“

„Nicht unbedingt, jedenfalls nicht in der Nacht, wenn die Männer entweder schlafen oder an Land sind. In diesem Fall waren die meisten von Bord gegangen. Ist doch klar nach drei Wochen auf See! Und der Wachmann hat nichts gehört. Aber das alles wird nebensächlich, wenn man die Folgen des Einbruchs bedenkt. Das Fleisch, das gestohlen wurde, war schlecht, genauer gesagt, die Mortadella, und jetzt sind ungefähr zwanzig Personen an Botulismus erkrankt. Eine ist inzwischen daran gestorben.“

„Ach du dickes Ei! Wer?“

„Ein alter Mexikaner.“

„Der interessiert mich nicht. Von der Besatzung ist also niemand gestorben?"

„Nein."

„Wie viele von unseren Leuten sind an Botulismus erkrankt?"

„Bis jetzt noch keiner, aber..."

„Mensch, Abeling, und dann machen Sie so einen Wind? Wenn es bei uns niemanden getroffen hat, ist das Ganze doch kein Ding!"

„Da bin ich entschieden anderer Meinung! Zumindest muß man den Wurstlieferanten belangen. Das war, wie ich in der Proviantliste gesehen habe, eine Firma, mit der wir vorher noch nie zu tun gehabt haben. Entgegen den Gepflogenheiten haben Sie selbst oder Ihr Sohn die Billigware bestellt. Wer ist dieser Lieferant? In den Unterlagen steht ein polnischer oder russischer Name."

„Wer das ist, spielt keine Rolle! Wenn mich jemand beklaut und sich dann an der Beute verschluckt, ist das nicht mein Problem."

„Es hätte aber die gesamte Besatzung treffen können."

„Hat es ja offenbar nicht, und allein darauf kommt es an. Von wo aus telefonieren Sie eigentlich?"

„Von See aus."

„Da verplempern Sie ja ein Vermögen! Drei Minuten über die Sat-Com-Anlage kosten mich hundertzwanzig Mark! Und wieso rufen Sie jetzt an, mitten in der Nacht?"

„Weil die Nachricht vor einer Stunde hier eintraf, telefonisch. Ein Mann vom Hafenamt informierte mich. Er sprach zwar nur von befallener Mortadella, aber ich habe sicherheitshalber sofort unseren gesamten Fleischbestand über Bord werfen lassen, auch das, was wir in Veracruz als Ersatz geordert hatten. Bei uns ist jetzt Abendbrotzeit. Wenn vorhin nicht die Meldung durchgekommen wäre, hätte es vielleicht heute nacht eine Massenvergiftung gegeben. Daß wir bis jetzt Glück gehabt haben, ist wohl nur reiner Zufall."

„Okay, dann ernährt sich die Besatzung eben einen halben Tag lang von Milchpulver und Makkaroni. Das wird sie ja wohl überleben."

„Aber die Geschichte, also die Vergiftung von rund zwanzig Personen, wird ein Nachspiel haben. Jedenfalls wurde mir mitgeteilt, daß ein Vertreter der mexikanischen Gesundheitsbehörde morgen in New Orleans aufs Schiff kommt."

„Haben die nichts Besseres zu tun, als wegen ein paar verdorbener Würste in der Weltgeschichte herumzufahren? Sie werden den Mann hoffentlich als erstes fragen, wieso seine Landsleute sich erdreisten, ein fremdes Schiff zu entern, ein Besatzungsmitglied zu überfallen und dann einen schweren Einbruchsdiebstahl zu begehen."

„Der Mann, der morgen kommt, hat mit den Dieben nichts zu tun, ebensowenig wie der Alte, der gestorben ist. Das ist ein Fünfundsiebzigjähriger, der keiner Fliege was zuleide getan, geschweige denn unseren Koch überfallen und Sie bestohlen hat. Der hat ganz zufällig ein Stück Ihrer infizierten Wurst gegessen und ist elendig daran krepiert. Und es ist nicht auszuschließen, daß in den nächsten Stunden einem kleinen Mädchen das gleiche widerfährt. Niemand kann garantieren, daß es bei ein, zwei Todesfällen bleibt. Und da wundern Sie sich, wenn die Mexikaner einen Mann in Marsch setzen, der Nachforschungen anstellen soll? Man kann doch nicht so mir nichts, dir nichts Ursache und Wirkung umdrehen! Hätten Sie bei einem seriösen Händler eingekauft oder die Proviantbestellung den Leuten überlassen, die dafür zuständig sind, zum Beispiel dem Kapitän, wäre der alte Mann noch am Leben, und neunzehn andere würden sich nicht vor Schmerzen krümmen."

„Verdammt noch mal, Abeling, ich habe es allmählich satt, mir Ihre Moralpredigten anzuhören! Wer mir was klaut, hat es selbst zu verantworten, wenn ihm das nicht bekommt. Also, jagen Sie diesen mexikanischen Gesundheitsapostel, wenn er morgen aufkreuzt, zum Teufel! Im übrigen sollten auch Sie die Kausalität nicht durcheinanderbringen. Die Erkrankten haben immerhin mit meinem Eigentum ein Fest veranstaltet! Damit Sie's wissen: Ich feiere auch ein Fest, das zehnjährige Bestehen der Reederei. Ich habe Gäste und bin nicht bereit, mir von Ihnen die Stimmung verderben zu lassen!"

„Gut, Herr Schottmann, die Korrespondenz mit dem mexikanischen Gesundheitsministerium und mit der Deutschen Botschaft in Mexiko City übernehmen dann bitte Sie! Und da wir gerade dabei sind, kann Ihre verdammte Mortadella auch gleich eine ganze Mängelliste einläuten. Es ist mir scheißegal, wie viele Gäste Sie haben und wie die Stimmung in Ihrem Hause ist. Unsere Hauptmaschine meutert, und das tut sie, schätze ich, zum zehnten oder zwölften Mal. Es ist nur eine Frage der Zeit, wann sie ihren Geist aufgibt. Auch jetzt, auf der Fahrt durch den Golf, schon kurz nach dem Auslaufen aus Veracruz, bockte sie, und die drei Ingenieure – na ja, der eine, der Assi, ist ja eigentlich nur ein halber – haben geschlagene neun Stunden gebraucht, um sie wieder flottzumachen. Sie müssen mir einen vollwertigen Dritten Ingenieur schicken, was aber nicht heißt, daß wir dann auf den Assi verzichten können und natürlich ebensowenig auf die Grundüberholung. Sie wissen selbst, die normalen Inspektionsintervalle sind sträflich verlängert worden. Wir fahren jetzt schon siebzehntausend Betriebsstunden, ohne daß zum Beispiel die Kolben gezogen wurden. Kurzum, die Maschine muß grundüberholt werden, und das so schnell wie möglich! Nächster Punkt! Als wir vor Veracruz lagen und ich mit Ihrem Sohn telefonierte, bat ich um die Bereitstellung eines Zweiten Offiziers, weil bei Herrn Kronauer Verdacht auf Hepatitis bestand. Vom Hafen aus teilte ich Ihnen dann per Fax mit, daß der Arzt die Diagnose bestätigt und den Mann sofort in eine Klinik eingewiesen hat. Sie aber lehnten einen Ersatz ab, obwohl wir ihn dringend brauchen. Nächster Punkt! Die Luke fünf schließt nicht mehr richtig. Da ist, wie Sie längst wissen, der Rolldeckel zu erneuern. Außerdem: Wir fahren mit vier Containerlagen an Deck. Drei sind für die *Anabel* genehmigt. Zwar haben wir den Golf von Mexiko so gut wie hinter uns, und in New Orleans löschen wir, aber dann laden wir neu, und es werden, wie ich im Stauplan gesehen habe, wieder vier Lagen sein, eine zuviel also. Ich habe Ihnen immer wieder gesagt, daß bei einem derartigen Überladen die Stabilität schnell im Eimer ist. Wenn dann was passiert, wird die Versicherung hellhörig, und wenn die Herren obendrein erfahren, daß der Deckel von Luke fünf schon seit mehreren Reisen defekt ist…“

Schottmann nutzte Abelings Atempause: „Nun machen Sie mal halblang! Die…“

Doch der Kapitän ließ sich nicht beirren. „… dann zahlen die nicht einen Pfennig. Weiter! Die Rettungsboote und auch die Rettungsinseln entsprechen nicht den Sicherheitsbestimmungen. Sie müssen, wie ich mehrfach angemahnt habe, durch neue ersetzt werden. Zwar ist eine der Inseln vor kurzem neu ausgestattet worden, aber eben nur eine. Weiter! Die Funkanlage ist so veraltet, daß Jim Forrester längst einen Orden verdient hätte, weil er es immer wieder schafft, sie in Schwung zu bringen. Aber ich bin sicher, noch lieber als ein Orden wäre ihm eine Prämie von, sagen wir, dreitausend Dollar, und die stände ihm auch zu, denn seit Monaten erledigt er Arbeiten, die eine Fachvertretung ausführen müßte. Weiter! Die beiden erwähnten Vakanzen sind nicht die einzigen Schwachpunkte in der Besatzungsliste. In fast allen Bereichen habe ich zuwenig Leute, und die Männer müssen Überstunden machen in einem

Ausmaß, das im Hinblick auf die Schiffssicherheit nicht mehr zu verantworten ist. Ich warte nur auf den Tag, an dem mir der wachhabende Offizier auf der Brücke einschläft und der Rudergänger ihn nicht wecken kann, weil er kurz zuvor selbst eingepennt ist, und das Schiff dann auf ein Riff fährt, falls es nicht auf Kollisionskurs gerät und ein anderes Schiff rammt. Wenn es dann zufällig ein Schottmann-Schiff ist, trifft es ja den Richtigen, und vermutlich haben dann beide schuld, weil eben auf beiden Schiffen die Männer vor Übermüdung eingeschlafen sind. Aber im Ernst: Natürlich trifft es einen anderen, einen Unschuldigen, und die Verantwortung für das ganze Desaster trage ich. Der Spruch des Seeamts wird dann ..."

„Herr Abeling", mit schneidender Stimme nahm der Reeder seinem Kapitän das Wort, „sobald Sie in Antwerpen sind, steigen Sie in den Zug und fahren hierher! Sie melden sich in der Reederei, wo ich Ihnen die Entlassungspapiere persönlich aushändigen werde."

„Das wird teuer für Sie, denn immerhin haben wir einen Vertrag."

„Den Sie nicht einhalten, wenn Sie mir dauernd Knüppel zwischen die Beine werfen. Und jetzt ist Schluß! Ich will nichts mehr hören. Meine Schiffe sind okay. Ihr Zustand entspricht den Sicherheitsstandards der Heimatländer, und meine Männer sind keinesfalls überfordert. Sie schlafen nicht zu zweit auf der Brücke ein, und ihre Überstunden werden ordnungsgemäß abgerechnet. Sie, Abeling, sind ein ewiger Nörgler und Miesmacher, und so was kann ich auf meinen Schiffen nicht brauchen. Ende."

Bebend vor Zorn legte Schottmann auf. Wie dieser verdammte Abeling hatte noch keiner mit ihm gesprochen. Es war unvermeidlich, daß er den Mann von Bord jagte.

6

Bevor Abeling an Land ging, versuchte er – wie immer, wenn sein Schiff in New Orleans angelegt hatte und die Zoll- und Einfuhrformalitäten erledigt waren – sich auf die Stadt einzustellen. Jedesmal hatte er sich gefreut auf das Altstadtviertel mit seinen französischen Mansarden und spanischen Balkonen und auf einen Bummel durch die Canal Street. Diese Stadt hatte ihn stets beglückt. Doch er spürte, diesmal wollte die Freude sich nicht einstellen.

Am Morgen hatte er den Mexikaner empfangen. Auch das war überstanden. Es war ein von beiden Seiten höflich geführtes Gespräch gewesen, in dessen Verlauf der mexikanische Beamte die Kombüse, den Kühlraum und die Vorratsräume besichtigte. Auch den Koch und den Steward hatte der Mexikaner befragt, hatte danach einen Stapel Papiere auf den Kajütentisch gelegt und von einem Fragebogen gesprochen, den es in mehreren Exemplaren auszufüllen gelte. Er entschuldigte sich wegen der damit verbundenen Belästigung, doch Meinert Abeling war gern bereit, den Wünschen seines Gastes nachzukommen. Der Beamte wollte wissen, welche Fleisch- und Wurstsorten vor Ausbruch der Krankheit eingekauft worden seien, woher die Ware stamme und wann sie an Bord gekommen sei. Auch Angaben über Verpackungsmaterial und Lagerung wurden verlangt, ebenso über die Temperaturen in den verschiedenen Sektionen des Kühlraums.

Alles wurde sorgfältig notiert, auch die Anschriften der Reederei und des Lieferanten, und zwischendurch erklärte der Mann einmal mehr, daß er leider von Gesetzes wegen gezwungen sei, als Störenfried aufzutreten.

Nachdem Abeling alles unterschrieben hatte, schenkte er seinem Besucher und sich selbst einen Tequila ein.

Nun war es schon fast halb drei, und Abeling rüstete sich zu seinem Landgang. Er rief ein Taxi, das zehn Minuten später neben der Gangway hielt, stieg ein, gab als Ziel ganz allgemein die City an.

Der Wagen passierte das Gebäude der Agentur Jefferson & Mason Ltd., die am Morgen, gleich nach dem Festmachen, einen Vertreter auf die *Anabel* geschickt hatte. Zwei Stunden später waren die Bestände, die über Bord geworfen waren, durch neue ersetzt, und das ausschließlich in Form von Konserven. Zwar hatte ein Säuberungstrupp noch auf See den gesamten Kühlraum gereinigt und desinfiziert, doch war es bis jetzt nicht gelungen, eindeutige Auskunft über die Widerstandsfähigkeit der Botulismuserreger zu bekommen. Außerdem roch der Kühlraum nun so entsetzlich, daß der Koch sich nach Absprache mit der Schiffsführung dazu entschlossen hatte, bis zum Eintreffen in Antwerpen nur Konserven zu verwenden.

Etwas später stieg Abeling in der belebten Canal Street aus. Er ging hinunter zum Fluß und dann zurück ins French Quarter. Er durchstreifte die alten Gassen, die dem Viertel schon vor zweihundert Jahren seinen ganz eigenen Charme verliehen und bis auf den heutigen

Tag erhalten hatten. In der stickigen Mittagshitze war er durstig geworden, so ging er in ein Bistro und bestellte ein kühles Bier.

Doch Freude kam auch jetzt nicht auf. Er spulte das mit Schottmann geführte Telefongespräch noch einmal in seinem Kopf ab und räumte ein, daß er sich dazu hatte hinreißen lassen, die Mängelliste wie eine Kanonade auf den Reeder abzufeuern. Aber dessen Kommentare zum Todesfall und zur Massenerkrankung in Mexiko waren ja auch nicht gerade feinfühlig gewesen.

Bin also meinen Job los, dachte er und überlegte weiter: Vielleicht sollte ich dem Kerl etwas zusätzlichen Ärger machen und schon jetzt abmustern, gleich heute, ihm per Fax mitteilen, daß er sich die Entlassungspapiere, die er ja so gern persönlich überreicht hätte, sonstwohin stecken kann. Doch schnell verwarf er den Gedanken wieder, empfand plötzlich die Verantwortung, die er seinen Männern gegenüber hatte, als eine Pflicht, aus der er sich nicht von heute auf morgen davonstehlen durfte. Der Erste Offizier, Piet Kannegieter, war erst vor drei Monaten von einem litauischen Schiff auf die *Anabel* übergewechselt. Im großen und ganzen kannte er sie zwar, aber bei einer *Anabel* genügte das nicht. Man mußte, wollte man sie sicher führen, mit jeder ihrer Launen vertraut sein.

Okay, dachte er, ich lasse die Crew nicht im Stich, bleibe noch bis Antwerpen an Bord. Aber sobald ich das Schiff verlassen habe, erzähle ich aller Welt, was bei Schottmann los ist, daß da Menschenleben aufs Spiel gesetzt werden, auf all seinen Schiffen. Dem Mann muß das Handwerk gelegt werden!

Und wie würde es danach für ihn selbst weitergehen? Er hatte nichts anderes gelernt als die Seefahrt. Was also sollte er machen? Etwa wieder die Billigflaggen studieren und sich eine zweite *Anabel* suchen? Wohl kaum! Andererseits gehörte er mit seinen 55 Jahren noch nicht zum alten Eisen. In finanzielle Bedrängnis würde ihn die Entlassung nicht bringen. In Keitum, einem kleinen Ort auf der Insel Sylt, besaß er ein Haus, ein Bauernhaus, das sich seit über hundert Jahren im Besitz der Familie befand und nach dem Tod der Mutter ihm zugefallen war. Er hatte nie an Verkauf gedacht. Doch wenn er, da nun ohne Schiff, seine Grundstücke einem Makler anböte, wäre er in Kürze ein reicher Mann.

Die Verhältnisse auf Sylt hatten sich in einer fast grotesken Weise verändert. Früher, als die Männer noch in die Fremde gingen, um auf den Schiffen zu dienen, und ihren Frauen neben allen anderen Pflichten auch die schwere Feldarbeit aufgebürdet war, führten die Insulaner ein ärmliches, hartes Leben. Jetzt aber kamen in hellen Scharen die Fremden zu ihnen, und das trieb den Wert ihrer Anwesen in geradezu widersinnige Höhen. Fünf, sechs und mehr Millionen Mark wurden für ein Haus in Kampen, einem der Hauptorte der Insel, gezahlt.

Noch seine Großmutter hatte, weil ihr Mann früh gestorben war, zusätzlich zur Haus- und Feldarbeit bei der Dünenbepflanzung geholfen, und das für einen Stundenlohn von wenigen Groschen. Er, der Enkel, entsann sich genau der schwieligen, verknöcherten Hände, mit denen sie sich nicht selten zwölf, ja oft dreizehn, vierzehn Stunden täglich abgerackert hatte, um die Familie durchzubringen. Auch damals gehörten, wie jetzt, acht Hektar Grundbesitz zum Hof, deren Ertrag jedoch für den Unterhalt nicht ausreichte.

Doch selbst jetzt erwog er den Verkauf nicht ernsthaft. Es gab andere Wege, aus dem Besitz klingende Münze zu ziehen. Man müßte nur den seit vielen Jahren leerstehenden Kuhstall zu Ferienwohnungen umbauen und diese dann an Gäste vermieten. Er kannte viele Sylter, die sich auf ähnliche Weise ein stattliches Einkommen sicherten.

Er schob die Gedanken an die Zukunft beiseite und befaßte sich mit einem weiteren Begleitumstand der bevorstehenden Entlassung, mit dem Abschied von seinen Männern. Zu Freunden waren sie ihm nicht geworden, aber doch zu Gefährten, die man am Ende des gemeinsamen Weges nicht einfach vergaß.

Da war, wenn auch nicht von der Sympathie, sondern allein von der Rangordnung her, Piet Kannegieter der ihm Nächste. Für den privaten Umgang hätte er sich den pfiffigen Holländer wohl nicht ausgesucht, und so zählte hier nur das vielzitierte Bild vom Sitzen im selben Boot.

Der Leitende Ingenieur, „Chief" Berthold Rogge, genoß sein Vertrauen und seinen Respekt. Der wortkarge Deutsche hatte, ähnlich wie Jim Forester im Funkbereich, erstaunliche Leistungen vollbracht, wenn es darum gegangen war, die immer häufiger von asthmatischen Schüben heimgesuchte Hauptmaschine wieder auf Touren zu bringen.

Mit Heiner Nickelsen, dem Koch, verband ihn eine nun schon fünfjährige gemeinsame Fahrenszeit. Er mochte ihn, aber Forester, den freundlichen, herkulisch gebauten Schwarzen aus Tennessee, hatte er sogar in sein Herz geschlossen.

Der Bootsmann, der Däne Olaf Jensen, stammte von der Insel Rømø, die von Sylt nur wenige Kilometer entfernt lag. Das Ergebnis einer

Volksabstimmung nach dem Ersten Weltkrieg hatte die Inseln zwar politisch voneinander getrennt, doch den Menschenschlag hatte die Korrektur der Landkarte nicht verändert. So war ein Mann von der Insel Rømø den Syltern ähnlich verwandt wie einer von der Insel Amrum.

Dann waren da noch die Seeleute aus den Billiglohnländern. Mit ihnen hatte er nur wenig Kontakt. Sie taten ihre Arbeit und waren privat äußerst zurückhaltend. Im großen und ganzen war die Crew nicht übel. Natürlich, manchmal gab es, wie auf jedem Schiff, innerhalb der Mannschaft Auseinandersetzungen, doch in der Regel ließen die sich schlichten.

Er trank aus, zahlte, verließ das Lokal und schlenderte durch die Gassen, aber von Freude oder wenigstens Wohlbefinden konnte auch jetzt keine Rede sein, denn ganz unwillkürlich ging es von neuem los mit dem vorweggenommenen Abschied von seinen Männern.

Besonders um den Chief und den Assi kreisten seine Gedanken, und das lag vielleicht daran, daß der ständige Ärger mit der Reederei vor allem durch die Maschine bedingt war. Wie waren sie ihm geläufig, die vielen Beschwerden der beiden, sei es, daß sie ihm ihre Schwierigkeiten mündlich mitteilten, damit er selbst die Reederei verständigte, oder sei es, daß sie schriftliche Berichte abfaßten. Und immer wieder kam von Husum die Antwort, die Mängel seien, so gut es eben gehe, mit Bordmitteln zu beheben. Einmal hieß es sogar in einem Schreiben von Georg Schottmann: „Bei soviel Mist auf einmal habe ich den Eindruck, nicht die Maschinenteile, sondern die Maschinisten müßten ausgewechselt werden."

Abeling winkte ein Taxi herbei, kehrte an Bord zurück, ließ sich von Piet Kannegieter über den Verlauf der Löscharbeiten informieren. Einen halben Tag würde das Entladen der oberen Containerlagen noch dauern, und ebensoviel Zeit mußte fürs Zuladen des neuen Transportgutes einkalkuliert werden. Am Ende jedenfalls würde die *Anabel* wiederum mit vier Lagen auf die Reise gehen und damit, wie auf fast jeder Fahrt, sträflich überladen sein.

ES GAB zwei Möglichkeiten, die Atlantik-Überquerung einzuleiten. Je nachdem, zu welcher der beiden Abeling sich entschloß, würde der weitere Verlauf der Reise die *Anabel* entweder nördlich oder südlich an den Bermuda-Inseln vorbeiführen. Abeling hatte die Wahl zwischen der Floridastraße und dem New Providence Channel. Die

Floridastraße böte ihm die Chance, den Golfstrom zu nutzen und dadurch schneller voranzukommen, hätte jedoch ein unter Umständen gravierendes Handikap: Es war Ende September, der Höhepunkt der Hurrikan-Saison, und im Hinblick auf sein hoch beladenes und angeschlagenes Schiff empfahl es sich, Sturmzonen wie diese Wasserstraße zu meiden. Der New Providence Channel hingegen war ein meist ruhiges Gewässer, aber das zusätzliche Wegstück und der gleichzeitige Verzicht auf die Nutzung der Golfstromdrift würden die Fahrzeit verlängern, die Reederei also mehr Geld kosten.

Daß er schließlich diese Route wählte, hatte nichts mit Rachsucht zu tun. Zwar war es ihm nicht gerade unangenehm, Schottmann zu melden, er habe sich für den längeren und teureren Weg entschieden, doch der Grund dafür lag ausschließlich im seemännischen Bereich.

Die *Anabel* dampfte also durch den Bahama-Archipel und ließ gerade die Insel Abaco nördlich liegen. Es war Abend. Sie hatten ruhige See und machten elf Knoten über Grund. Das war das äußerste, was Rogge bei günstigen Wetterbedingungen aus der Maschine herauszuholen vermochte.

Piet Kannegieter zeigte auf die Container, über deren obere Kante sie gerade noch hinwegsehen konnten, und sagte zu Abeling: „Unser Boß kann mal wieder den Hals nicht voll genug kriegen. Vier Lagen! Drei sind für dieses Schiff erlaubt. Ich möchte zu gern wissen, wie Sie eigentlich noch immer klarkommen mit dem Mann."

„Tu ich ja gar nicht", erwiderte Abeling. Bis jetzt hatte er den Streit mit dem Reeder für sich behalten, doch nun, da die Rückreise angetreten war, hielt er den Zeitpunkt für gekommen, seinen Ersten Offizier einzuweihen. So ergänzte er: „Dies ist meine letzte Reise auf der *Anabel.*"

„Was? Sie haben gekündigt?"

„Umgekehrt. Er hat mich gefeuert, weil ich ihm ein paar Wahrheiten an den Kopf geworfen habe." Er berichtete von der Auseinandersetzung am Telefon und fügte hinzu: „Aber ich bin sicher, wenn er mir nicht zuvorgekommen wäre, hätte ich von mir aus gekündigt, es sei denn, er wäre auf meine Forderungen eingegangen."

Kannegieters Kommentar überraschte ihn. „Ich hätte nicht übel Lust, ebenfalls von Bord zu gehen, denn das einzige, was mich hier bis jetzt gehalten hat, war mein Kapitän."

„Ich wußte gar nicht, daß ich bei Ihnen so hoch im Kurs stehe."

„Ist aber so. Wirklich, ich glaube, ich mustere ab. Die *Anabel* ist ein

Schiff, mit dem man von morgens bis abends nichts als Ärger hat. Das wäre für Schottmann ein Schuß vor den Bug: Beide, Kapitän und Erster, gehen von Bord! Ich würde erklären, daß ich die von Ihnen vorgetragene Mängelliste ohne Einschränkung mit unterschreibe, mich also weigere, auf einem Schiff zu fahren, dessen Reeder die Sicherheitsvorschriften gleich haufenweise mißachtet. Ich habe die Schäden ja oft genug selbst gemeldet, und nichts wurde gemacht! Na, und jetzt, nachdem ich von Ihnen erfahre, daß wieder nichts in Angriff genommen wird, ist das Maß für mich eben voll. Also, je länger ich darüber nachdenke, desto klarer wird mir, daß ich hier abtreten muß. Und wenn ich der Crew erzähle, was ihr Kapitän sich alles hat anhören müssen, werden es sicher noch ein paar mehr sein, die gehen."

„Dann macht er unter Garantie eine Meuterei daraus, indem er behauptet, ich hätte die Besatzung gegen ihn aufgewiegelt. Aber das soll mir egal sein."

„Genau. Was hat Schottmann denn überhaupt zu den Trichinen gesagt, oder wie die Viecher heißen, die er uns mit seiner vergammelten Wurst beschert hat?"

„Clostridium botulinum heißt das Zeug, und damit fing unser Gespräch an." Abeling berichtete nun auch von diesem Teil der Unterredung, und daraufhin meinte Kannegieter: „Hoffentlich machen die Mexikaner ihm jetzt die Hölle heiß!"

„Das würde ihn nicht kratzen. Sein Standpunkt ist und bleibt: Wer bei mir einbricht, hat sich die möglichen Konsequenzen selbst zuzuschreiben. Vermutlich käme er damit auch durch. Wenn die Massenerkrankung uns getroffen hätte, sähe es anders aus, aber so, wie die Dinge liegen, hat er vermutlich nichts zu befürchten. Es wird ein paar Briefe hin und her geben, und dann verläuft die Sache im Sande, wie alles andere, was man Schottmann seit Jahren vorwirft. Und noch vorwerfen wird, denn sobald ich von Bord gegangen bin, mache ich den Mund erst richtig auf."

Sie unterhielten sich noch eine Viertelstunde über die Reederei, auch über die anderen Schiffe, die unter ihrer Flagge fuhren und deren Besatzungen ähnlich unzufrieden waren wie die Männer der *Anabel*, und dann verließ Abeling die Nock.

Er betrat das Brückenhaus und ging bis ganz nach hinten durch, wo der Kartenraum war, beugte sich über das große Kartenblatt mit der Überschrift ROUTENPLANUNG ATLANTISCHER OZEAN und betrachtete dann das Gewirr der Bahama-Inseln. Einige Dutzend waren auf dem kartonierten Papier verzeichnet, aber er wußte, daß es an die 700 waren, und dazu kamen die etwa 2000 über diese Meereszone verstreut liegenden Felsen und Korallenriffe.

Mit dem Zirkel steckte er die Route ab, die er der Floridastraße vorgezogen hatte und von der er hoffte, sie werde sein Schiff vor den gefürchteten Stürmen bewahren, die in dieser Jahreszeit nicht selten die tropischen Breiten im Südosten der USA heimsuchten. Schon mit 120 bis 130 Kilometern pro Stunde konnten sie verheerende Schäden anrichten, doch es gab, in extremen Fällen, auch Hurrikans mit Sturmstärken bis zu 300 km/h. Er legte den Zirkel aus der Hand, rechnete halblaut vor sich hin: „Zehn Knoten im Schnitt wird die alte Dame ja wohl schaffen; also sind's noch gut drei Tage bis zu den Bermudas."

Noch einmal nahm er den Zirkel auf, steckte wiederum ab und rechnete weiter: „Die Bermudas am 30. September abends, und dann kommen, bis wir Antwerpen erreicht haben werden, meine letzten zwei Wochen auf der *Anabel.* Jedenfalls werde ich Mitte Oktober zwischen Antwerpen und Nordfriesland mit der Eisenbahn unterwegs sein und auf meine Insel zurückkehren."

Er ging unter Deck, suchte seine Kajüte auf und setzte sich in den Sessel, der vor dem Tisch am Fußboden festgeschraubt war. Mit jedem anderen Schiff, dachte er, hätte ich die Floridastraße genommen. Dreimal während meiner Zeit auf See hat mich da ein Hurrikan erwischt, und dreimal ist es gutgegangen, weil es eben gute Schiffe waren. Ja, selbst mit der *Anabel* hätte ich es wahrscheinlich gewagt, wenn nicht die zusätzliche Containerlage wäre!

In der Tat war die hoch aufgetürmte Fracht der eigentliche Grund gewesen für das Ausweichen in den New Providence Channel. Es ist, dachte er, eine einfache Rechenaufgabe, sich klarzumachen, daß durch die zusätzlich geladenen Container die Gefahr des Kenterns besteht. Und so teuer, sagte er sich, wird die neue Strecke nun auch wieder nicht. Er schätzte, daß der Umweg die Reederei 10 000 bis 15 000 Dollar kostete. Zum einen verlängerte sich der Reiseweg um rund 300 Meilen, zum anderen schlug der Verzicht auf die Golfstromdrift noch einmal mit ein bis zwei Knoten zu. 10 000 bis 15 000 Dollar, das war für einen Reedereibetrieb kein nennenswerter Betrag, doch einen Firmenchef, der aus einer dubiosen Quelle Billigfleisch bezog, um die Proviantkosten zu senken, würde die Summe natürlich auf die Palme bringen. Noch hatte

Schottmann auf das Ausweichen in den Channel nicht reagiert, aber die Meldung über die Kurskorrektur war ja auch erst vor wenigen Stunden erfolgt. Spätestens morgen, dachte er, wird man mir die Ohren volljammern. Na, wenn schon! Kein Reeder der Welt kann einem Kapitän einen Vorwurf daraus machen, daß er seine Navigation nach der Devise betreibt: Sicherheit geht vor Profit!

7

Der nächste Tag, der 28. September, verlief ähnlich ruhig wie der vorangegangene, abgesehen von dem Unwetter, das den Kapitän aus dem fernen Husum erreichte. Wieso er dazu komme, brüllte Schottmann ihn durchs Telefon an, bewährte Fahrtrouten zu ignorieren und statt ihrer eine Spazierstrecke zu wählen, auf der sich die *Anabel* eine mindestens fünfzigstündige Verspätung einhandeln werde.

„Sie mit Ihrem friesischen Dickschädel sind nicht nur ein störrischer Schiffsführer, sondern auch ein Saboteur, der es jetzt offensichtlich darauf anlegt, die Firma, in deren Dienst er steht, noch steht, zu schädigen! Über den Daumen gerechnet, kostet Ihre Eskapade die Reederei zwanzigtausend Dollar, nicht eingerechnet den viel größeren Schaden, den uns – als Folge der Verspätung – der Wegfall von Frachtverträgen einbringen kann."

Und in einem wenig später eingegangenen Fax kam der ganze Sermon dann auch noch schriftlich, und das hieß: Schottmann schien den Sachverhalt dokumentarisch belegen zu wollen.

Jim Forester brachte ihm das in der Funkstation eingegangene Schreiben, das noch ein paar Zusätze hatte: „Ich werde klären lassen, ob ich in einem so eindeutigen Fall gezielter materieller Schädigung den Schiffsführer in Regreß nehmen kann." Und: „Zu der Zeit, als Sie bei ordnungsgemäßer Durchführung der Reise die Floridastraße passiert hätten, herrschte dort, wie ich inzwischen ermittelt habe, bestes Wetter mit Windstärken zwischen drei und vier."

Abeling heftete das Schreiben ab und sagte zu Forester, der mittlerweile in den Streit eingeweiht war: „Ich glaube, er wird versuchen, mir so etwas wie Meuterei zur Last zu legen."

„Damit würde er auflaufen", antwortete der Funker, „denn Herr auf dem Schiff ist immer noch, jedenfalls auf See, der Kapitän. Selbst wenn Schottmann an Bord gewesen wäre, hätte er Ihnen nicht reinreden dürfen."

Einen weiteren Tag später, am 29. September, schenkte ihnen der Morgen ein Bilderbuchwetter mit klarem Himmel und schwachem Wind. Gegen elf Uhr ging Abeling, zum zweitenmal an diesem Vormittag, auf die Brücke. Die Wache hatte der Dritte Offizier Umberto Camacho, den sie, weil er so gut singen konnte, manchmal Caruso nannten.

„Wie geht's zu Hause?" fragte Abeling. Er wußte, daß Umberto Camacho in Andalusien aufgewachsen war, aber bald nach dem Besuch der Seefahrtschule eine Chilenin geheiratet hatte und mit ihr nach Chorillos, einem Vorort von Valparaíso, gezogen war und daß die junge Familie ihr erstes Kind erwartete.

„Danke, gut", antwortete Camacho. „In drei Wochen ist es soweit. Dann wird unser Carlito geboren."

„Sie wissen schon, daß es ein Junge wird?"

„Ja."

„Und bei Mutter und Kind alles in Ordnung?"

„Alles okay, Gott sei Dank!"

„Fliegen Sie dann von Antwerpen aus erst mal nach Chile?"

„Nein, das kann ich mir nicht leisten. Aber im Dezember hab ich Urlaub, und dann werde ich von morgens bis abends mit Carlito spielen."

„Ich drücke Ihnen die Daumen, daß alles klargeht."

Abeling nahm sich das Fernglas, das sich neben der Backbord-Schiebetür in einer Halterung befand, und ging damit auf die Nock, blickte lange hindurch. Als er zurückkam und das Glas wieder in die Halterung gesteckt hatte, meinte er, und diesmal sprach er nicht spanisch, sondern englisch, um den Rudergänger, den achtzehnjährigen Stanislaw aus Kolberg, in das Gespräch mit einzubeziehen: „Das Wetter macht mir Sorgen."

„Sorgen?" Camacho war erstaunt. „Aber besser, als es zur Zeit ist, kann es doch gar nicht werden!"

Und der Kommentar des jungen Polen lautete: „Die halbe Crew sitzt an Deck und sonnt sich."

Abeling nickte. „Ja", sagte er, „es ist wirklich ein Wetter fürs Promenadendeck, aber eins gefällt mir nicht: die ungewöhnlich klare Sicht. Extrem klares Wetter bedeutet nicht selten die Ankündigung eines Sturms. Als der Hurrikan Charly vor ein paar Jahren über Florida hinwegfegte, bescherte er den Einwohnern von Miami und Umgebung einen 100-Millionen-Dollar-Schaden."

„Aber wir sind nicht in der Floridastraße", antwortete Camacho.

„Das nicht", sagte Abeling, „aber wir sind längst raus aus dem Schutz der Inseln. Mir wäre wohler, wenn wir die Bermudas schon mindestens tausend Meilen hinter uns hätten."

Abeling ging nach unten, erledigte an seinem Schreibtisch ein paar Arbeiten, die mit der bevorstehenden Übergabe der *Anabel* an seinen Nachfolger zu tun hatten, und nahm dann das Mittagessen zusammen mit den Offizieren der Freiwache in der Messe ein.

Um siebzehn Uhr hatte sich die Wetterlage auffallend verändert. Der Wind hatte erheblich zugenommen. Aus der Windstärke drei, die noch während der Mittagsstunden geherrscht hatte, war deutlich mehr geworden. Abeling tippte auf Stärke sechs, immerhin ein Wert, bei dem die Beaufortskala von einer steifen Brise und von grober, unruhiger See mit drei bis fünf Meter hohen Wellen sprach.

Er ging in den Funkraum, fragte Forester nach den Wettermeldungen.

„Normal", lautete die Antwort.

„Keine Sturmwarnung?"

„Bis jetzt nicht."

„Was sagt das Barometer?"

„Es fällt."

In diesem Moment traf ein arrhythmischer Wellenschlag die Backbordseite mit solcher Vehemenz, daß Abeling durch den kleinen, mit Geräten vollgestopften Raum geschleudert wurde. Zum Glück landete er auf dem zweiten Stuhl, rieb sich aber die rechte Seite, mit der er gegen die Armlehne geprallt war. „Der hatte es in sich", meinte er, und Forester erwiderte: „Davon eine kleine Serie, und unser altes Mädchen wird zerrissen."

„Malen Sie den Teufel nicht an die Wand!"

Er verließ den Funkraum, betrat die Brücke. Dort hatte inzwischen Piet Kannegieter die Wache übernommen, und hinter dem Ruder stand Guillermo, ein junger Mann von den Philippinen.

„Behalten Sie die Container im Auge!" befahl Abeling. „Sobald sich einer von den Dingern lockert, müssen wir Leute rausschicken zum Nachlaschen. Jetzt ginge das noch, bei Windstärke acht oder neun nicht mehr. Die Gefahr wäre zu groß."

„Alles klar."

Abeling ging hinunter in die Kombüse. Heiner Nickelsen war schon dabei, Töpfe und Pfannen zu sichern.

„Hast du fürs Abendbrot ein warmes Essen auf dem Programm?"

„Eigentlich sollte es Nudelauflauf geben, aber ich habe umdisponiert. Es gibt Salat und Corned beef, dazu Brot, Mettwurst und Käse."

„Gut. Den Auflauf dann morgen, sofern das Wetter mitspielt."

Und eine weitere Inspektion nahm er vor, schritt sowohl an Steuer- wie auch an Backbord die lange Reihe der Container ab, prüfte die Laschungen, die Twinlocks und die Spannschrauben.

Anschließend ging er zurück in seinen Salon und studierte die zur Ladung gehörenden Papiere. Die Originale waren dem Antwerpener Empfänger bereits vom Reederei-Agenten ausgehändigt worden. Sie stellten die Quittung dar, gegen deren Vorlage die Fracht ausgeliefert wurde. Er überflog die einzelnen Angaben wie Ablader, Empfänger, Lade- und Löschhafen, Containerinhalt, Gefahrenklasse, Gewicht und die Berechnung der Frachtkosten.

Heiner Nickelsen hatte dem Wetter trotzen wollen und zum Abendessen dann doch seinen Nudelauflauf auf den Tisch gebracht und die eigenwillige Korrektur dem Kapitän gegenüber auch begründet: „Erstens ist so ein Auflauf nichts, was überschwappen könnte, und zweitens habe ich beschlossen, daß der Wind wieder auf Stärke vier oder drei zurückgeht."

Was das Überschwappen anging, hatte er recht. Doch mit dem Wind hatte sich der Koch vertan. Statt der vorher registrierten fünf bis sechs bescherte Beaufort ihnen nun sogar eine Stärke von sieben bis acht, Werte also, bei denen in der von dem englischen Admiral vor fast zwei Jahrhunderten aufgestellten Skala ein harter, stürmischer Wind mit einer Geschwindigkeit von 13 bis 15 Metern pro Sekunde und dazu Wellenhöhen bis zu zehn Metern angegeben wurden.

Trotz des stärker gewordenen Seegangs schmeckte es den Männern. Was jedoch mehr an ihren Nerven zerrte, war das Zittern der *Anabel,* das durch den arrhythmischen Wellenschlag erzeugt wurde.

Nach dem Essen verstärkte Abeling die Wachen. Er war nun ständig auf der Brücke, und als sich der Sturm bei einbrechender Dunkelheit bis zu Stärke neun, in Böen sogar bis zehn gesteigert hatte, drehte er bei, so daß die Brecher möglichst am Bug abgefangen werden konnten.

Um kurz nach zwanzig Uhr – der Wachwechsel hatte gerade stattgefunden – war er dann mit all seinen Schrecknissen da, der Hurrikan.

Ein Wellenberg von etwa zwölf Meter Höhe hob die *Anabel* mit einer solchen Wucht empor, daß die Männer fürchteten, den Sturz zurück ins Tal würde sie nicht überstehen. Doch sie tat es. Zwar krachte es, als bräche der Kiel auseinander, aber das Schiff blieb heil, wiegte sich wieder ein. Doch in der obersten Lage an Steuerbord hatten sich mehrere Container gelöst. Vier waren über Bord gegangen, zwei hingen schief und drohten ebenfalls heruntergerissen zu werden.

Abeling reagierte sofort, schickte den Läufer, der bei Wachwechsel zusätzlich auf die Brücke bestellt worden war, mit der Order zum Bootsmann, alle transportablen Scheinwerfer nach achtern zu bringen und ihre Lichter auf das Wasser am Heck zu richten. Dort nämlich war eine akute Gefahr entstanden. Sollten die in der tobenden See treibenden Container den Propeller und das Ruderblatt beschädigen, würde selbst die beste Maschine der Welt nichts mehr nützen. Das Schiff würde steuerlos auf dem aufgebrachten Meer treiben.

Das Deckpersonal wurde noch einmal verstärkt. Alle Nautiker der Besatzung waren nun oben. Als die Lichter den Bereich des quirligen Schraubenwassers ausleuchteten, zeigte sich, wie heikel die Lage geworden war. Einer der vier Container war nirgendwo auszumachen und befand sich demnach weit genug vom Schiff entfernt oder war gesunken, aber die anderen drei schlugen ihre Purzelbäume in bedrohlicher Nähe. Zwei von ihnen trieben dann zum Glück rasch ab, der letzte jedoch hielt sich beharrlich in der Nähe des Schraubenbrunnens.

Abeling gab eine Kurskorrektur durch, doch bevor der 18000 Tonnen große Koloß reagieren konnte, sah er – und mit ihm sahen es seine Männer –, daß sich am Heck die tiefe Schlucht eines Wellentals auftat und der Container gleich darauf in den plötzlich entstandenen freien Raum stürzte. Jeder war so gut wie sicher, daß die nächste Welle den Kasten gegen das Achterschiff werfen würde.

Aber es ging noch einmal gut. Zwar hievte die neue Welle den Container ein gewaltiges Stück in die Höhe, schleuderte ihn dann jedoch haarscharf am Heck vorbei in den Abgrund.

Sie atmeten auf, auch wenn sie wußten, daß die Gefahr nicht gebannt war. Weitere Container konnten sich losreißen, und das böse Spiel würde von neuem beginnen. Abeling betrat das Brückenhaus, rief den Funker an und fragte, ob inzwischen neue Wettermeldungen eingegangen seien.

„Ja", gab Forester durch, „gerade eben hat die Station Washington

NSS einen tropischen Wirbelsturm gemeldet, und zwar exakt für die Zone, in der wir jetzt sind."

„Geschwindigkeit?"

„Hundertfünfzig Kilometer pro Stunde. Tendenz steigend."

Abeling unterrichtete die Crew und wies alle Besatzungsmitglieder an, sich für jede Art von Notfall bereitzuhalten. Im Augenblick hatten sie eine relativ erträgliche Fahrt. Er überlegte, ob er diese Phase für ein Nachlaschen der Container nutzen sollte. Er prüfte durchs Fernglas die Stelle, von der aus die vier Kästen über Bord gegangen waren. Mit Besorgnis stellte er fest, daß sich nun auch an den benachbarten Containern mehrere Befestigungen gelockert hatten.

Als hätte der Dritte Offizier seinem Kapitän die Gedanken von der Stirn abgelesen, fragte er: „Nachlaschen?"

Abeling schüttelte den Kopf. „Einen Moment lang habe ich daran gedacht, aber es wäre zu riskant für die Leute. Sie könnten über Bord gehen oder von losen Eisenteilen erschlagen werden."

Mittlerweile war es dunkel geworden, und die Windstärke hatte die Zwölf erreicht, jene Größe, die lange Zeit hindurch als Kulminationspunkt der Stürme galt, bis die Meteorologen herausfanden, daß es noch schlimmere gab, und die Skala bis auf 17 ausweiteten. Die ehemals magische Zwölf also war nun da.

Und dann, es war 21.09 Uhr, hörten sie es. Oder vielmehr: Weil sie plötzlich nichts mehr hörten außer dem Lärm des Orkans, wurde ihnen klar, daß die Hauptmaschine ausgefallen war. Wie gelähmt standen sie da, sahen sich entsetzt an. Das regelmäßige Stampfen war die Begleitmusik gewesen, die ihnen – allen Sturmgefahren zum Trotz – die beruhigende Gewißheit gegeben hatte, daß ihr Schiff mit eigener Kraft fuhr und daß es manövriert werden konnte. Und da kam auch schon der Anruf aus der Tiefe. Rogge meldete: „Ausfall der Hauptmaschine."

„Mensch, Rogge", nie zuvor hatte Abeling seinen Leitenden Ingenieur so angeredet, „reparieren Sie schnell! Wir haben hier oben einen wahren Hexenkessel, aus dem wir ohne die Maschine nicht wieder rauskommen."

„Wir tun unser möglichstes."

Der nächste Anruf kam elf Minuten später, und Abeling riß förmlich den Hörer hoch. „Wir haben Brüche an den Kolbenringen, dadurch Abfall des Kompressionsdrucks und Eindringen von Gasen und Verbrennungsrückständen in den Triebraum. Demzufolge eine totale

Verschmutzung des Schmieröls", erklärte Rogge. „Und durch das schwere Wetter kommt es zum Aufwühlen dieser Rückstände, und zwar so stark, daß die Filter versagen. Folglich ist der ganze Dreck in die Lager der Kurbelwelle geraten. Die haben sich erhitzt und angefangen zu fressen. Das hat die Maschine nicht verkraftet. Und es ist nicht sicher, daß wir sie wieder hinkriegen."

„Sie wissen, das würde unser Ende bedeuten."

„Klar weiß ich das, und natürlich versuchen wir, sie noch mal in Gang zu bringen, aber die Chance, daß es gelingt, liegt bei höchstens dreißig Prozent. Verlassen Sie sich darauf, wir reißen uns Arme und Beine aus."

„Viel Glück!"

Abeling wußte: Die Lage war fatal. Und es kam noch schlimmer. Hervorgerufen durch den Ausfall der Hauptmaschine und die katastrophale Wetterlage, begann die *Anabel* unkontrolliert zu schlingern. Dadurch versagten die Hilfsdiesel, die das Schiff mit Elektrizität versorgten. Es kam zum totalen Stromausfall. Abeling entschloß sich, SOS zu funken, was mit Hilfe der Batterien zum Glück noch möglich war. Allerdings gab es dabei, wie Forester wenig später meldete, hin und wieder Aussetzer. „Wieso denn das?" fragte Abeling und bekam von Forester zur Antwort: „Wissen Sie noch, welchen Ärger ich mit Schottmann hatte, als ich zu ihm sagte, die gesamte Funkstation sei der letzte Schrott? Er warf mir an den Kopf, ich hätte meine Ausbildung ja wohl in einem Häkelkurs absolviert, sonst wären die mir anvertrauten Geräte besser gewartet worden."

Die lange Erklärung des Funkers machte Abeling nervös, aber zugleich verstand er nur zu gut, daß der Mann seine Unschuld beweisen wollte, und so erwiderte er: „Ich weiß. Und ich weiß auch, daß Sie ihm damals geantwortet haben, Schrott lasse sich nur schwer warten. Versuchen Sie, irgendwie Kontakt zu bekommen!"

Forester funkte weiter den Notruf durch den Äther, und Abeling gab von der Brücke aus das Mayday, dazu die Koordinaten: 31° 30' Nord, 66° 43' West.

Inzwischen traten an Deck die Folgen des Maschinenausfalls in ihrer ganzen Tragweite zutage. Jede weitere Navigation war unmöglich und die *Anabel* den Elementen hilflos ausgesetzt. Abeling ordnete das Klarmachen der Rettungsboote an. Die Männer trugen mittlerweile ihre Schwimmwesten.

Alle an Bord befindlichen batteriebetriebenen Lampen wurden eingesetzt, doch sie erhellten jeweils nur einen ganz begrenzten Umkreis. Sie beleuchteten nicht das Geschehen außerhalb der Bordwände, und somit ließ sich auch nicht mehr ausmachen, ob treibende Container das Schiff gefährdeten.

Und dann war es in der Tat die Ladung, die der *Anabel* den Garaus machte. Ein extrem schwerer Brecher traf sie mit einer solchen Wucht, daß in der betroffenen Sektion sämtliche Befestigungen rissen und alle Container herausgeschlagen wurden. Die Container nahmen, als sie über Bord gingen, den defekten Rolldeckel von Luke fünf mit. In einem einzigen, nur Sekunden währenden Vorgang riß der tonnenschwere Verschluß ab und folgte der Ladung ins Meer.

Abeling stürmte zum Telefon, rief im Maschinenraum an, beorderte alle Mann nach oben und erklärte: „Wahrscheinlich gehen wir in Kürze unter!“

Und er hatte recht mit seiner düsteren Ankündigung. Bei Luke fünf klaffte nun ein Riesenloch, und da fast pausenlos gewaltige Wassermassen übers Deck liefen, flossen ganze Kaskaden durch die Öffnung. Er erkannte, daß die *Anabel* verloren war, und löste Generalalarm aus. Ohrenbetäubend heulten die batteriebetriebenen Sirenen auf. Die Männer reagierten sofort auf das schrille Signal, sei es, daß sie zu den Booten oder zu den Rettungsinseln liefen, sei es, daß sie noch schnell einen Ring aus der Halterung rissen oder nur mit Schwimmwesten ins Wasser sprangen. Abeling selbst blieb auf der Brücke, bis die *Anabel* sich auf die Seite legte und zu sinken begann. Dann sprang auch er.

In der kochenden See wurde er wie ein Stück Kork hin und her geworfen, geriet mal über, mal unter Wasser, blieb manchmal zehn, zwölf Sekunden, die ihm wie eine Ewigkeit vorkamen, in der Tiefe, wurde dann plötzlich ins Freie katapultiert, oft nur für ein Atemholen, weil die nächste Woge ihn erfaßte. Er hatte mit dem Leben abgeschlossen, hatte sich gesagt: Nach menschlichem Ermessen kann es aus dieser Hölle kein Entrinnen geben. Und er hoffte, die Qual werde sich nicht hinziehen. Von der Wassertemperatur her würde es ein langes Ringen werden, denn bei 24 Grad starb man nicht an Unterkühlung.

Es mochten drei oder vier Minuten vergangen sein, da wurde er gegen eine Rettungsinsel geworfen, und – o Wunder! – auf dieser Insel funktionierte die Batterie, so daß die äußere Signallampe brannte und ihr kleines Licht ihn für die anderen sichtbar machte. Ein paar Arme packten ihn, hievten ihn ins Innere der geräumigen, für zwölf Personen vorgesehenen Insel, in das sich aber nur vier Besatzungsmitglieder hatten retten können.

Es waren der Koch Heiner Nickelsen, der Leitende Ingenieur Berthold Rogge, der Filipino Guillermo und Umberto Camacho.

8

Nach dem Untergang der *Anabel* hielt der Sturm noch sieben Stunden in unverminderter Stärke an, und in diesen sieben mit Angst und Schrecken angefüllten Stunden wurden die fünf Männer fast ohne Unterlaß auf ihrer Rettungsinsel durcheinandergeschüttelt. Meinert Abeling, der mit Abstand älteste, verlor mehrmals die Besinnung. Jedesmal setzte eine fieberhafte Tätigkeit ein, bei der es vor allem darum ging, Mund und Nase des Ohnmächtigen vor den sich über ihn ergießenden Wassermassen zu schützen; denn auch diese Gefahr bestand während der Sturmnacht von Bermuda: auf der Rettungsinsel zu ertrinken! Doch sie schafften es immer wieder, das Wasser von ihm abzuwehren und zwischendurch auch noch zu lenzen, damit die Rettungsinsel nicht vollief. Schließlich, gegen fünf Uhr am Morgen, begann sich der Sturm zu legen. Zwar tanzte die Insel noch eine ganze Weile auf den Wogen, aber die Sprünge und Stürze im Wellengebirge waren ruhiger geworden. Es war eine große Linderung, daß die Leinen, mit denen sie sich festgezurrt hatten, nun nicht mehr so tief in die stellenweise schon blutende Haut einschnitten, und geradezu ein Labsal war es, als nach Ablauf der achten Stunde die Fesseln losgebunden werden konnten, die sie höllisch gepeinigt hatten.

Die Rettungsinsel war nicht nur mit zwei kleinen Leuchten versehen, sondern, wasserdicht verpackt, mit nahezu allem, was zum Überleben auf See notwendig war. Ein Kompaß, eine Halogentaschenlampe, Leuchtraketen, Werkzeug, Medikamente, Proviant, Frischwasser und zwei Paddel gehörten zur Ausrüstung, ebenso ein zusätzlicher, abknöpfbarer Isolationsboden, der in kalten Zonen die Insassen vor Unterkühlung bewahren sollte. Und es gab zwei Dutzend schwimmfähiger Leinen an Bord, ohne die sie verloren gewesen wären.

Nachdem sie ihre Wunden behandelt und sich mit Zwieback, etwas Corned beef und Trinkwasser gestärkt hatten, fragte Meinert Abeling in die Runde: „Wie lief es bei Ihnen nach Ihrem Sprung in den Atlantik?“

Rogge antwortete als erster. „Ihr Anruf runter in die Maschine, daß alle sofort raufkommen sollten, schlug bei uns wie eine Bombe ein. Wir ließen alles stehen und liegen und stürmten nach oben. Wir, das waren der Assi, Ruben, die beiden Schmierer Héctor und Pablo und ich. Alle liefen in verschiedene Richtungen auseinander, und jeder tat, was er für richtig hielt. Ich schloß mich Heiner und Camacho an, die gerade dabei waren, dieses Floß zu wassern. Die Insel blies sich auf, sobald sie im Wasser war, und automatisch gingen auch die beiden Lichter an, eins außen, das andere innen. Im letzten Moment kam Guillermo noch dazu. Wir kappten die Verbindung zum Schiff, und sofort riß uns eine gewaltige Welle mit sich. Nach einer Weile stießen dann Sie zu uns."

„Ja", erinnerte sich Abeling, „ich knallte plötzlich mit dem Kopf gegen das Floß." Er schwieg nachdenklich. „Was glauben Sie, haben es noch mehr von uns geschafft?" fragte er dann.

„Ich glaube", erwiderte Guillermo, „der Erste und der Assi wollten nicht einfach ins Wasser springen. Cabrera rief Kannegieter zu, das wäre bei diesem Wellengang reiner Selbstmord. Ob sie sich dann ein Boot oder eine Rettungsinsel gesucht haben, weiß ich nicht."

„Wir haben großes Glück gehabt", sagte Rogge, „daß wir ausgerechnet dieses Exemplar erwischt haben, das, ausgenommen Bedachung und Sender, alles an Bord hat, was nötig ist."

„Herr Kap'tän", wandte sich Guillermo zögernd an Abeling, „wird man ..., wird man uns finden?"

Abeling wollte den Männern Mut machen, und so galt es auch den anderen, als er dem jungen Filipino antwortete: „Aber sicher! Auf der Route zwischen den Bahamas und dem Englischen Kanal sind ständig Schiffe unterwegs, in beiden Richtungen. Von denen kommen natürlich nur die in Frage, die in der Nähe sind, aber das dürften immer noch zehn, wenn nicht zwanzig sein. Und da wir SOS und Mayday ausgesandt haben, ist damit zu rechnen, daß Hilfe eintrifft, sobald es hell wird."

Camacho fügte hinzu: „Wir haben den großen Vorteil, daß wir mindestens zwei Wochen durchhalten können. Die Trinkwasser- und Proviantvorräte sind für eine Woche berechnet, aber ausgehend von zwölf Leuten."

Endlich wurde es Tag. Sobald die Sonne hoch genug stand, gingen sie daran, ihre Kleidung zu trocknen. Sie zogen sich aus, legten die einzelnen Stücke auf den Rand der Rettungsinsel und errichteten ein provisorisches Sonnensegel, wobei sie den zusätzlichen Boden, der mit Druckknöpfen auf dem Grund ihres Fahrzeugs befestigt war, zu Hilfe nahmen, und setzten sich dann unter das schattenspendende Dach.

Am frühen Nachmittag – da war ihre Kleidung schon getrocknet, und sie hatten sich wieder angezogen – kam sogar ein bißchen Abwechslung in das eintönige Dahintreiben. Immer häufiger stießen sie auf Treibgut. Blech- und Plastikkanister, Bretter, Bootsplanken, Kisten, hölzerne Hauswände und sogar vier, fünf Meter lange, aus dem Boden gerissene Palmen trieben im Meer und kündeten davon, daß der tropische Wirbelsturm auch an Land furchtbar gewütet hatte.

Und dann kam plötzlich – Heiner Nickelsen entdeckte es – ein ganzes Blockhaus auf sie zu. Sofort machte das Fernglas die Runde. Alle meinten, daß es sich vielleicht lohnen würde, die gut mannshohe, etwa drei mal vier Meter messende Hütte näher in Augenschein zu nehmen. Camacho und Heiner Nickelsen ergriffen die Paddel und hielten auf das Häuschen zu. Es hatte sogar ein Fenster; Reste der Glasscheibe steckten im Rahmen.

Sie legten an der Tür an. Camacho zog am Griff und schaffte es, sie zu öffnen. Sofort schlug starker Verwesungsgeruch ihm entgegen. Er sprang trotzdem hinüber, und Heiner Nickelsen folgte ihm. Sie entdeckten zwei tote Ziegen auf dem Fußboden. Neben dem Fenster hing ein aus Holz geschnitztes Kruzifix an der Wand. Camacho bat, es sich holen zu dürfen. Niemand hatte einen Einwand. Er ließ sich ein Werkzeug reichen und löste das Kruzifix von der Wand, kletterte in die Rettungsinsel zurück, legte seine Beute auf das Korkpolster seiner Schwimmweste und griff nach dem Paddel. Heiner Nickelsen tat es ihm gleich, und mit kräftigen Stößen entfernten sie sich von dem Häuschen.

Eine viel aufregendere Begegnung fand 24 Stunden später statt. Gegen 14 Uhr, sie hatten sich gerade mit Zwieback, Dosenfleisch und Frischwasser gestärkt, und Meinert Abeling rauchte die letzte seiner Zigaretten, da rief Guillermo, der das Fernglas hatte: „Ich glaube, ich sehe eine Rettungsinsel!“ Er zeigte voraus, und wie elektrisiert blickten nun auch die anderen in die angegebene Richtung. Nacheinander schauten sie durch das Glas.

Heiner Nickelsen und Camacho griffen erneut nach den Paddeln, fuhren auf das Objekt zu, und schon nach etwa zehn Minuten gab es keinen Zweifel mehr: Da kam ihnen ein zweites Überbleibsel der *Anabel* entgegen.

„Ist jemand an Bord?" fragte Heiner Nickelsen.

Rogge, der das Fernglas hatte, antwortete: „Das läßt sich noch nicht sagen. Wenn Leute drauf sind, werden sie von den Wänden verdeckt, liegen also."

Eine Viertelstunde noch mußten sie sich gedulden, aber dann waren sie der Insel so nahe, daß sie hineinsehen konnten. Zwei Männer lagen reglos auf dem Boden, und der Kunststoff um sie herum hatte an mehreren Stellen große dunkle Flecken, die nach getrocknetem Blut aussahen.

„Jetzt kann ich sie erkennen", meldete Rogge. „Es sind Piet Kannegieter und Luís Cabrera, der Assi."

Als die Schlauchboote sich schließlich berührten und Guillermo sie mit einer Leine verbunden hatte, kletterten Abeling und Rogge hinüber und hoben die beiden vorsichtig in ihr eigenes Floß. Nach der ersten, flüchtigen Untersuchung meinte Abeling: „Unser Assi lebt nicht mehr, aber Piet Kannegieter atmet, wenn auch nur schwach."

Sie drehten den Verletzten um und entdeckten auf seinem Rücken ein entsetzliches Gemenge von Haut- und Fleischfetzen, verkrustetem Blut und zerrissenem Hemdenstoff. Sofort begannen sie, die Wunden zu säubern und mit einer Heilsalbe zu bestreichen. Danach drehten sie auch Luís Cabrera um. Er wies die gleichen Rückenverletzungen auf, doch außerdem war bei ihm die Wirbelsäule gebrochen.

Plötzlich kam von Kannegieter ein leises Stöhnen. Er öffnete die Augen, sah in die Runde. „Was ist los? Mein Gott, mein Rücken!"

„Wir haben dich gerade gefunden", antwortete Rogge, „dich und den Assi. Er ist leider tot. Was ist mit euch passiert, Piet? Ihr seid beide am Rücken verletzt, aber bei dir scheinen die Knochen heil geblieben zu sein."

Es dauerte eine ganze Weile, bis Kannegieter weitersprach. „Ein Container", brachte er schließlich hervor, „ich bin sicher, es war einer…, aber sehen konnte ich ihn nicht… Wir hatten… zu zweit die Rettungsinsel erwischt, klammerten uns fest…, wollten rein, da kam…, da kam von hinten… dieser verfluchte Kasten. Luís, glaube ich, bekam eine Ecke ins Kreuz, und mich hat der Bursche wohl nur gestreift."

„Gestreift?" Rogge war kurz davor, aufzulachen. „Das Miststück hat deinen Rücken regelrecht umgepflügt! Muß verdammt weh tun."

„Und ob! Es ist wie Feuer. Habt ihr nicht irgendein Schmerzmittel? Ich halt es kaum noch aus.“

Abeling kramte im Medikamentenkasten, fand, wonach er gesucht hatte, zog die Spritze auf, gab Piet Kannegieter eine Dosis Morphium und erntete schon bald ein dankbares Lächeln.

Der Kapitän und der Chief, die beiden erfahrensten unter den Männern, besorgten weiterhin die Behandlung des Verletzten, nutzten die Phase der Betäubung, um auf seinem Rücken erneut eine Schicht Heilsalbe zu verreiben und danach die ganze zerfurchte Fläche zu verbinden. Dabei ging mehr als die Hälfte ihres Mullvorrats drauf.

„Wie ist“, wollte Abeling wissen, „der Assi mit seinem gebrochenen Rückgrat überhaupt noch in die Rettungsinsel gekommen?“

„Der Container wird ihn reingeworfen haben“, antwortete Kannegieter. „Ich dagegen mußte noch ’ne ganze Weile strampeln, ehe ich drin war.“

„Und wie hast du es dann bloß geschafft, dich anzubinden?“ fragte Rogge.

„Das weiß ich selbst nicht. Aber es glückte. Erst habe ich den Assi angezurrt, den ich für bewußtlos hielt, und dann mich. So ein Körper scheint ein komischer Vogel zu sein, wartet mit den Höllenschmerzen, bis man die absolut lebensnotwendigen Maßnahmen erledigt hat. Aber dann legte er los. Ich hatte gerade den letzten Knoten gemacht, da war es, als hätte man mir Benzin über den Rücken gekippt und dann angezündet.“

„Wir flicken dich wieder zusammen.“ Rogge strich ihm über die Stirn. „Glaub mir, alles wird gut! He, alter Junge, nicht einpennen! Mußt erst mal was essen und trinken!“

Er flößte ihm Wasser ein, aber essen wollte Kannegieter nicht, und sie überließen ihn seinem Schlaf.

„Was machen wir mit Cabrera?“ fragte Guillermo.

„Bestatten“, antwortete Abeling. „Wir haben keine Wahl. Wir sind in den Subtropen.“

Sie untersuchten die andere Rettungsinsel, stellten fest, daß es keinerlei Vorräte gab, ebensowenig einen Sender, den sie so dringend gebraucht hätten. Sie holten sich den zweiten Boden, wickelten den Toten hinein und verschnürten das Bündel. Dann lösten sie die Verbindungsleine und überließen die leere Insel der Strömung. Langsam trieb sie davon.

„Aber“, meinte Abeling, „wir warten mit der Bestattung, bis Kannegieter aufgewacht ist. Er war Cabreras letzter Partner und sollte deshalb dabeisein.“

Nach anderthalb Stunden war es soweit. Kannegieters Schmerzen schienen sich noch in Grenzen zu halten. Rogge erklärte ihm, daß sie nun den Assi der See übergeben müßten, und zeigte auf das verschnürte Bündel. Heiner Nickelsen und Guillermo legten ihren toten Kameraden an die Kante. Außer Piet Kannegieter knieten sich alle hin. Das war wegen des schwankenden Untergrunds sicherer als das Stehen.

„Luís Cabrera“, begann Abeling, „du verläßt uns jetzt, gehst auf die große Reise. Unsere Gedanken begleiten dich. Du warst ein guter Gefährte, hast dich auf unserem schwierigen Schiff vor keiner Aufgabe gescheut, hast immer deinen Mann gestanden, hast deinen Kollegen geholfen, sooft es not tat. Dafür danken wir dir. Gott wird dich empfangen in seinem Reich.“ Er hielt inne, und die anderen spürten, daß er noch etwas zu sagen hatte, was ihm nicht so ohne weiteres über die Lippen wollte. „Wir werden jetzt beten und, wie es Brauch ist, unseren Schuldigern ihre Schuld vergeben, aber ich sage dir, für mich besteht da eine Ausnahme. Unserem Reeder vergebe ich nicht, und er wird es zu spüren bekommen, das verspreche ich dir! Luís Cabrera, wir überlassen dich jetzt dem Element, das seit deinem zwanzigsten Jahr zu deinem Leben gehört hat. Bitte, lieber Gott, nimm unseren Freund gnädig auf, ebenso all jene, die mit ihm gemeinsam den großen Sturm nicht überlebten, und behüte und beschütze uns andere, die wir das Glück hatten, ihm zu entkommen. Vater unser, der du bist im Himmel…“

Er sprach das Gebet langsam und ein wenig stockend. Nach dem „Amen“ nickte er Heiner Nickelsen und Guillermo zu. Behutsam nahmen die beiden das Bündel auf und schoben es ins Wasser. Camacho stimmte ein altes spanisches Kirchenlied an und hielt sein hölzernes Kruzifix übers Meer.

SIE WURDEN auf eine harte Probe gestellt. Stunde um Stunde, Tag um Tag trieben sie auf dem Atlantik, litten unter der glutheißen Sonne, hielten verzweifelt Ausschau nach einem Zeichen, das Rettung verhieß. Aber nichts geschah.

Am Morgen des achten Tages, sie hatten gerade etwas Zwieback und Trinkwasser zu sich genommen, sagte Rogge: „Ich weiß nicht, woraus wir noch Hoffnung schöpfen sollen. Wenn sieben Tage ergebnislos verstreichen, können daraus auch zehn oder fünfzehn werden, und irgendwann sind wir beim letzten Happen und beim letzten Tropfen angelangt, und von da an ist klar, daß wir unserem Assi folgen müssen."

Abeling ärgerte sich über die düstere Prognose und fuhr dem Ingenieur über den Mund: „Unsinn, die suchen doch auch jetzt noch nach uns!"

„Wieviel Proviant haben wir denn überhaupt noch?" fragte Guillermo.

„Für eine Woche", antwortete Heiner Nickelsen. „Wenn es bis dahin mal regnet, kommen wir mit dem Wasser vielleicht noch ein paar Tage länger aus."

Gegen Mittag bekam Piet Kannegieter hohes Fieber. Zuerst meinten sie, seine Schweißausbrüche seien auf die Hitze zurückzuführen, doch sein Zustand verschlechterte sich zusehends, und er fühlte sich immer schwächer. Abeling gab ihm das Fieberthermometer, und als er es nach einigen Minuten aus dem Mund nahm, zeigte es fast vierzig Grad an.

„Mal sehen, was los ist", sagte Abeling und fing an, den über und über mit Schorf bedeckten Rücken zu untersuchen, tastete jede Handbreit der zerschundenen Fläche ab, und als er am rechten Schulterblatt angekommen war, stöhnte der Verletzte auf. „Da sitzt Eiter", stellte Abeling fest. Er ließ sich von Rogge ein Stück Verbandsmull geben, rieb damit vorsichtig etwas Schorf ab.

Auch Rogge untersuchte die Schulterpartie. „Der Kapitän hat recht", sagte er, „da ist Eiter. Aber das kriegen wir hin."

„Wollt ihr schneiden?"

„Nur ein bißchen pieksen", erwiderte Abeling, „damit der Eiter abfließen kann." Er zog den Medikamentenkasten näher heran, entnahm ihm eine Ampulle. „Sie kriegen jetzt eine Spritze; es ist allerdings unsere letzte."

„Dann will ich sie nicht!" Der Protest des Ersten kam energisch. „Wir müssen eine eiserne Reserve behalten. Für jeden von uns kann es so kommen, daß er sie noch dringender braucht als ich jetzt."

„Okay." Abeling legte die Ampulle zurück, griff nach dem Skalpell und säuberte die Klinge mit einer aseptischen Lösung. Rogge steckte dem Patienten das aufgerollte Ende eines Schwimmwestengurtes in den Mund. „Beiß drauf, wenn's weh tut!" sagte er.

Es wurde dann kein Pieksen, sondern ein mehrfaches tiefes Schneiden, weil einige Hautpartien brandig geworden waren und entfernt werden mußten. Kannegieter gab keinen einzigen Laut von sich. Und dann floß der Eiter.

Abeling gab Kannegieter ein paar Aspirintabletten, um das Fieber zu senken, und nach gut einer Stunde war die Temperatur tatsächlich auf 38,4 Grad zurückgegangen.

„Auch die Schmerzen lassen etwas nach“, meldete der Kranke.

In dieser Nacht hatte Camacho die Wache ab 22 Uhr. Sie waren, um auf keinen Fall ein während der Dunkelheit vorbeifahrendes Schiff zu verpassen, übereingekommen, im Zweistundenwechsel Ausschau zu halten.

Es war wenige Minuten vor Mitternacht. Gerade hatte Camacho dem Floß einen winzigen Drall nach backbord gegeben. Als es sich langsam in die gewünschte Richtung drehte, stockte ihm plötzlich der Atem. Er glaubte ein Licht erkannt zu haben. Er schwenkte das Fernglas ein kleines Stück nach links, fand dort nur schwarze Nacht, sah nach rechts, fand das Licht wieder, ließ das Glas weiterwandern, erkannte ein zweites Licht und war nun sicher, es mit den Topplaternen eines Schiffes zu tun zu haben.

„Ein Schiff! Ein Schiff!“ schrie er.

Die anderen waren sofort hellwach. Das Fernglas wechselte von Hand zu Hand. Meinert Abeling riß den Satz Leuchtkörper aus einer Seitentasche der Rettungsinsel heraus, reichte ihn Camacho, der sofort eine der Raketen abschoß. Inzwischen hatte Guillermo die Halogenlampen hervorgeholt. Ihr grelles Licht glitt in die Richtung des Schiffes. „Ich kann nicht morsen!“ rief er.

Camacho nahm ihm die Lampe ab und meldete SOS, gab auch den Schiffsnamen *Anabel* und das Rufzeichen an.

Ganz schwach drang ein dumpfes, lang anhaltendes Tuten zu ihnen herüber. Gleich darauf blitzte drüben die Morselampe auf, und mit leicht zitternder Stimme übersetzte Camacho die Nachricht, die ihnen übersandt wurde: „Wir kommen! Wir holen euch!“

Es war ein Freudentaumel, den diese fünf Wörter auslösten. Bis auf Piet Kannegieter redeten alle wild durcheinander.

„Leute, dreht jetzt nicht durch! Schließlich gibt’s was zu tun. Wir müssen ihnen ununterbrochen unser Licht hinhalten, damit sie auf uns zusteuern können!“ rief Abeling.

Camacho nahm die Lampe wieder auf. „Soll ich nicht erst noch antworten?“ fragte er.

„Klar. Morsen Sie: Danke, danke, danke!“

Der Spanier blitzte die Botschaft hinüber, und von da an hielt er die Lampe mit beiden Händen ständig in Richtung auf das Schiff.

Nach etwa zehn Minuten entdeckten sie ein weiteres Licht, und als sie dann erkannten, daß es schaukelte und immer deutlicher wurde, hatte ihre Freude keine Grenzen mehr. Schließlich hörten sie auch einen Bootsmotor.

Camacho senkte den Strahl der Halogenlampe, um die Retter nicht zu blenden. Ein Beiboot kam heran. Der Mann am Steuer drosselte den Motor. Die Seitenplanke schlug leicht gegen die Vinylwand. Als erster wurde Piet Kannegieter übernommen, dann Rogge, dann Guillermo, dann der Koch, dann Camacho und schließlich Abeling. Die Rettungsinsel kam in Schlepp, weil sie bei der Seeamtsverhandlung als Indiz zur Verfügung stehen mußte.

Das Boot legte ab. Eine knappe Stunde nach Entdeckung der beiden Topplaternen befanden sie sich in Sicherheit.

PIET KANNEGIETER lag in einem frisch bezogenen Bett. Der Zweite Offizier des fremden Schiffes besah sich die Verletzungen und entfernte einen Rest Eiter, säuberte den ganzen Rücken, brachte dort, wo Abeling geschnitten hatte, eine dicke Kompresse an. Er griff nach einer Morphiumampulle, injizierte.

Die anderen saßen in der Messe dem Kapitän gegenüber, während der Steward den Tisch für sie deckte. Nach acht Tagen der verzweifelten Ausschau und der schwindenden Hoffnung waren sie nun einfach glücklich. Das Schiff, das sie aufgenommen hatte, war der dänische Frachter *Little Mermaid*, mit Stückgut unterwegs von Miami nach Liverpool. Als sie dann die erste warme Mahlzeit seit über einer Woche verzehrten, erfuhren sie, daß der Kapitän sie gegen sieben Uhr am nächsten Morgen den britischen Behörden auf Great Bermuda überstellen würde. Die entsprechenden Informationen waren schon per Funk durchgegeben worden und würden natürlich eine verstärkte Suche nach weiteren Schiffbrüchigen auslösen. Sogar ein Krankenhaus war unterrichtet, in dem Piet Kannegieter gleich nach der Ankunft ärztliche Betreuung erfahren sollte.

9

Das Überleben war eine Sache, das Weiterleben eine andere. Meinert Abeling wußte, nach dem Kampf gegen die Wellen des Atlantischen Ozeans stand ihm ein zweiter bevor, bei dem es gleichfalls hart auf hart gehen würde, vermutlich erst in einem Jahr, dafür aber in doppelter Ausführung. Zum einen mußte er sich vor dem Seeamt verantworten, das für die fachmännische Untersuchung von Havarien zuständig war, zum anderen würde der Staatsanwalt gegen ihn ermitteln, da es Tote gegeben hatte.

Die Bilanz der Sturmnacht von Bermuda war entsetzlich. Nur Piet Kannegieter, Berthold Rogge, Umberto Camacho, Heiner Nickelsen, Guillermo und er hatten überlebt. Die amerikanische Küstenwache hatte wenige Tage nach dem Untergang fünf Besatzungsmitglieder tot aus den Fluten geborgen. Drei waren Wochen später an der Küste von Great Bermuda angetrieben. Die übrigen galten als verschollen.

Jetzt, Anfang Januar, war er auf seine Insel zurückgekehrt. In den Wochen davor hatte er sich teils in Hamburg aufgehalten, um für die ersten bürokratischen Erfordernisse zur Verfügung zu stehen, und teils war er unterwegs gewesen, um Angehörige seiner Toten zu besuchen. Er hatte ihnen sein Mitgefühl persönlich aussprechen und zugleich ihre Hilfe erbitten wollen, denn er brauchte Zeugenaussagen. Die Überlebenden, dessen hatte er sich versichert, würden das ihre zu seiner Entlastung beitragen, doch sein Anwalt hatte ihm geraten, auch bei den Verwandten der Opfer Auskünfte einzuholen. Vier wichtige Erklärungen hatte er zusammengetragen, hatte sie ins Deutsche übersetzen und von den jeweiligen konsularischen Vertretungen beglaubigen lassen.

Daß er schließlich sogar die weite Reise in die USA unternahm, hatte mit seiner Sympathie für Jim Forester zu tun, und zugleich hoffte er, Briefe des Funkers an die Ehefrau einsehen zu dürfen, in denen dieser ja vielleicht über seine Station berichtet hatte. Und tatsächlich, unter den vielen Briefen gab es einen, in dem Forester seiner ganzen Wut und Verzweiflung über den Zustand der Funkgeräte Ausdruck gegeben hatte.

Er war zufrieden mit seiner Ausbeute, fühlte sich gewappnet, hatte nun, die ihm zugesagten entlastenden Zeugenaussagen der Überlebenden eingerechnet, neun Erklärungen, die das Fehlverhalten des Reeders vor Gericht belegen und damit seine eigene Schuld vielleicht etwas mindern würden.

Daß eine solche vorlag und daher sowohl das Seeamt wie auch die Staatsanwaltschaft in Aktion treten würden, hatte ihm sein Anwalt ganz unverblümt mitgeteilt. Stundenlang hatte er Dr. Haberland in dessen Praxis in Hamburg gegenübergesessen, und als er sich schließlich verabschiedete, schwirrte ihm der Kopf von Paragraphen und Prognosen.

Der Anwalt hatte ihm klargemacht, daß er durchaus mit einer Haftstrafe rechnen müsse, da ihm grob pflichtwidriges Verhalten gegen Rechtsvorschriften zur Verkehrssicherung vorzuwerfen sei. Er selbst hatte ins Feld geführt, die Mängel, die an Bord bestanden hätten, seien allesamt auf den vom Reeder ausgeübten Zwang zurückzuführen. Sein Anwalt hatte darauf jedoch erwidert, der Reeder hätte noch so massiv verlangen können, notwendige Maßnahmen zu unterlassen oder offizielle Bestimmungen zu ignorieren, die Entscheidung darüber, ob derlei Wünschen entsprochen werde oder nicht, liege nun mal beim Kapitän. Er hatte hinzugefügt: „Sie hätten ihm erklären müssen, Sie seien erst zur Weiterfahrt bereit, wenn er alle Mißstände behoben hätte.“ – „Ich hab ihn doch konfrontiert mit der verdammten Mängelliste!“ hatte Abeling entgegnet und daraufhin zu hören bekommen: „Sie haben verbal reagiert, doch dann sind Sie weitergefahren, und genau das wird der Richter Ihnen vorhalten.“

Auf seine Frage, ob der vom Reeder ständig ausgeübte Druck die Fortsetzung der Fahrt nicht doch in einem anderen Licht erscheinen lasse, war wiederum eine simple Antwort gefolgt: „Nein, denn so, wie Sie mir das letzte Telefongespräch mit Herrn Schottmann geschildert haben, ist die Kündigung bereits vor Ihrer Abreise aus New Orleans ausgesprochen worden. Sie konnte also nicht mehr als Drohung verstanden werden, und somit waren Sie absolut frei in Ihren Entscheidungen, hätten, ohne auch nur die geringste neuerliche Repressalie befürchten zu müssen, erklären können: ‚Keine einzige Meile mehr mit diesem Schrottkahn!‘ Sie aber sind weitergefahren und haben, da Sie den schlechten Zustand des Schiffes kannten, den Tod von Menschen in Kauf genommen. Es ist nicht einmal auszuschließen, daß der Staatsanwalt Ihnen dreizehnfachen Mord zur Last legen wird.“

Auf die Frage, wie er denn Schottmanns Aussichten einschätze, hatte sein Anwalt geantwortet: „Es ist das alte Lied: Die moralisch Schuldigen sind viel schwerer zu packen als diejenigen, die man mit Hilfe der Paragraphen festnageln kann. Ich bin sicher, die Strategie der Schottmannschen Verteidigung wird darauf abzielen, daß alle Maßnahmen, die wir als Repressalien ansehen, nur Vorschläge waren, und Vorschläge sind nicht verboten und damit irrelevant. Dennoch, mit Hilfe der Zeugenaussagen werden wir beweisen, daß die Mißstände an Bord dem Reeder sehr wohl bekannt waren. Straffreiheit wird es auch für ihn nicht geben, aber es kann sein, daß er mit einer Geldbuße davonkommt."

Abeling erinnerte sich des Versprechens, das er dem Assi mitgegeben hatte ins nasse Grab, und sagte sich: Es darf nicht sein, daß man diesem Ausbeuter nur die Ohren langzieht und er weiterhin seine Schiffe überlädt und sie mit schrottreifer Hauptmaschine den Hurrikans entgegenschickt. Das muß ich verhindern, und zwar bevor man mich einsperrt. Ich muß etwas tun! Fester denn je hatte er diesen Vorsatz im Kopf.

Mitte Januar ergab sich ein weiterer Anlaß zum Reisen. Schon auf der *Anabel* hatte er manchmal unter Rückenschmerzen gelitten, aber während der letzten Wochen waren sie verstärkt aufgetreten. Bei einer Untersuchung stellten sich altersbedingte Verschleißerscheinungen heraus. „Ihnen hat jahrzehntelang die körperliche Bewegung gefehlt", erklärte der Arzt. „Für strammes Marschieren reichen die paar Quadratmeter einer Kommandobrücke nicht aus." Er riet ihm zu einer dreiwöchigen Kur.

Bald darauf befand er sich in dem berühmten, in der Nähe Venedigs gelegenen Kurort Abano, schwamm dort im warmen Heilwasser, ließ Massagen, Fangopackungen und allerlei andere medizinische Anwendungen über sich ergehen. Doch nach einiger Zeit verzichtete er auf die Thermalbäder, die Packungen, die Massagen und fuhr nach Venedig. Gegen Ende der zweiten Woche gab er sein Quartier in Abano auf und wechselte ganz über in die Lagunenstadt, quartierte sich in dem luxuriösen Hotel Danieli ein.

Er genoß den Aufenthalt in dem aus dem Mittelalter stammenden Adelspalast und schätzte den Komfort des Hauses ebenso wie den ungehinderten Ausblick auf die Lagune. So bewegte er sich mit Behagen zwischen den marmornen Säulen und den silberdurchwirkten

Seidensesseln, den von breiten Goldrahmen eingefaßten Gemälden und den kunstvoll gewirkten Gobelins, wandelte lautlos auf den dicken Teppichen.

Und sah immer wieder übers Wasser.

Wenn er das Hotel verließ, ging er weder zur Markuskirche noch zur Rialtobrücke. Ihn lockten auch nicht die Galleria dell'Accademia oder das Colleoni-Standbild. Es war allein der Hafen, der ihn anzog. Es drängte ihn nachzusehen, aus welchen Ländern die Schiffe kamen, was sie ausluden oder an Bord bringen ließen. Er nahm Maß mit den Augen, zählte die Luken und schätzte die Tonnage, rügte im stillen, wenn die Decklast zu viele Etagen hatte oder die Außenhaut des Schiffsrumpfes sich schälte.

Spätabends lag er dann in seinem Prachtbett und fragte sich wie schon so oft, wo sein eigener Anteil an der Schuld zu suchen war.

Sicher, es gibt ihn, dachte er. Ich hätte sagen müssen: Mit diesem Schiff fahre ich keine Meile mehr, es sei denn ... Ja, das hätte ich sagen müssen, ohne Rücksicht auf die Folgen, die auf mich zugekommen wären. Ich bin schuldig geworden, weil mich ein anderer unablässig unter Druck setzte, schuldig zu werden, wenn ich nein sage. Dafür soll er geradestehen, denn alles muß seine Ordnung haben. Aber ... wie mach ich's?

Am nächsten Morgen fuhr er wieder zum Hafen. Am Kai setzte er sich trotz des unwirtlichen Wetters – es nieselte, und der naßkalte Wind schlug ihm ins Gesicht – auf einen Poller, zündete sich eine Zigarette an. Er sah auf ein Schiff, dessen hervorstechendstes Merkmal darin bestand, daß es von der Lademarke bis hinauf in die Toppen verwahrlost war. Es hieß *Olivi*a und war, wie die Heckaufschrift ihm verraten hatte, in Triest beheimatet. An Rumpf und Aufbauten überwog der schmutzigbraune Belag aus Eisenoxyd gegenüber den schwarzen und weißen Resten des einstigen Anstrichs, und sogar die an Deck sichtbaren Ketten und Schäkel strotzten von Rost.

Ja, ein Schiff wie dieses müßte es sein, dachte Abeling, gleiche Größe, gleicher Zustand. Das ist es! Ich werde mich, wenn ich wieder in Deutschland bin, umsehen, werde die Makler abklappern und nach einem alten Schiff suchen. Vielleicht finde ich so einen Gammelkasten in Rostock oder Stettin. Irgendwo werde ich einen auftreiben, und dann ..., ja, dann muß ich natürlich erst mal die Mannschaft zusammentrommeln.

10

Nachdem er nach Hause, nach Keitum, zurückgekehrt war, machte er sich an die Arbeit, suchte gleich am ersten Tag alles aus den Akten heraus, was mit seinem Besitz zu tun hatte. Den ganzen Vormittag verbrachte er über den Papieren, zu denen außer Grundbuchblättern und Flurkarten, Baubeschreibungen und Versicherungsscheinen auch viele an seine Eltern oder Großeltern gerichtete, teils amtliche, teils private Mitteilungen gehörten. Er las, rechnete, notierte und überlegte.

Er löste die Grundbuchblätter und Flurkarten aus dem Ordner heraus und vertiefte sich in die Unterlagen, die ihm dokumentierten, was er besaß, befaßte sich mit den Wiesen in der Mark, wie man den Außenbereich auch nannte. Sechs unterschiedlich große waren es, und sie lagen so weit auseinander, daß es für sie sechs verschiedene Katasterblätter gab.

Er addierte die Flächen und errechnete den wahrscheinlich zu erzielenden Erlös. Es waren rund 200 000 Mark. Dafür, dachte er, krieg ich nicht mal 'ne Barkasse! Doch dann legte er diese sechs Blätter zur Seite, holte sich die drei letzten heran. Es waren jene, die den Hof und das Bauland auswiesen, das aus zwei großen, in der Nähe des Keitumer Kliffs gelegenen Grundstücken bestand. Den Hof zu verkaufen kam nicht in Frage, nur diese beiden Wiesen, deren fremde Nutzung zum Jahresende aufhören würde, weil der Pachtvertrag dann auslief.

Wieder rechnete er und kam auf eine Fläche von zwei Hektar, dreiunddreißig Ar und achtzig Quadratmetern, was einem Wert von rund 11 700 000 Mark entsprach.

Damit schaff ich's, sagte er sich, denn er hatte oft genug davon gehört, wie drastisch man bei gebrauchten Schiffen im Vergleich zu Neubauten im Preis herunterging. Er würde sich umsehen, würde sich Angebote schicken lassen, sie studieren und sich dann vor Ort begeben, nach Hamburg oder Lübeck, Emden oder Bremerhaven, vielleicht nach Rostock oder auch Stettin, je nachdem, wo das Schiff lag.

Die Frage, in welcher Höhe der Fiskus nach dem Landverkauf zulangen würde, konnte ihm sicher der Notar beantworten. Eigentlich, ging es ihm durch den Kopf, müßte sich der Zugriff in Grenzen halten, denn einen großen Teil des Geldes lege ich ja wieder an, stecke ihn sogar in einen Gewerbebetrieb. Wie verlottert der ist, ist einzig und allein meine Sache!

Am Nachmittag desselben Tages saß er in einem großen, komfortabel eingerichteten Büro dem Makler gegenüber, bekam Kaffee, Gebäck und einen Kognak vorgesetzt.

Die Flurzeichnungen hatte er auf den Tisch gelegt, doch der Makler, der seit mehr als zwei Jahrzehnten auf der Insel lebte, warf, jedenfalls zu Beginn des Gesprächs, keinen einzigen Blick auf die Papiere. Er kannte, wie Abeling mit Erstaunen feststellte, die Liegenschaften fast genauso gut wie er selbst.

Die Unterredung dauerte ungefähr eine Stunde, und natürlich waren, sobald es ins Detail ging, die Zeichnungen dann doch ausgebreitet und gemeinsam begutachtet worden. Als Abeling sich schon erheben wollte, kam von seinem Gegenüber noch ein Vorstoß.

„Herr Abeling, ich freue mich über den Auftrag, den Sie mir erteilt haben, aber sollten wir nicht auch über Ihr schönes, altes Haus mit dem großen Garten sprechen? Es ist ein wahres Juwel, für das man Ihnen eine stolze Stumme hinblättern würde. Sie haben keine Frau, keine Kinder, und die beiden Feddersens, die unter Ihrem Dach leben, gehören nicht zur Familie. Was hindert Sie also, einen zusätzlichen Schnitt zu machen?"

„Was mich hindert? Offen gesagt, das Gefühl, schon mit meinen zweieinhalb Hektar genau zweieinhalb Hektar zuviel wegzugeben."

Der Verkauf lief zügig ab, obwohl es Winter war und der Makler die Grundstücke nur unwirtlich vorführen konnte. Auch mit dem Erlös war Abeling zufrieden. Da es sich um zwei sehr große Flächen handelte, hatte es zunächst so ausgesehen, als müßten viele verschiedene Käufer gefunden werden, was die Verhandlungen sicher in die Länge gezogen hätte, aber es waren dann doch nur ein Privatmann aus Köln und eine Immobilien-Investment-Gesellschaft aus Frankfurt, mit denen er die Kaufverträge abschloß.

11

Es war Mitte März, und ein Hauch von Frühling lag in der Luft. Um sieben Uhr am Morgen hatte Meinert Abeling seinen Volvo in List verladen und war mit der Fähre auf die Nachbarinsel Rømø übergesetzt.

Von dort war er dann auf der durch das Wattenmeer führenden Straße zum Festland gefahren und hatte nach weiteren fünfzig Kilometern den an der Westküste Jütlands gelegenen Hafen Esbjerg erreicht. Nun stand er dort – es war erst neun Uhr – am Kai und sah fasziniert auf den heruntergekommenen Russen, den die dänischen Behörden an die Kette gelegt hatten.

In einem Katalog hatte er die Offerte eines Kopenhagener Maklers gefunden, die wie auf seine Wünsche zugeschnitten schien. Unter anderem hatte es da geheißen, der zum Verkauf stehende Dampfer sei 2100 Bruttoregistertonnen groß, vor achtzehn Jahren in Leningrad gebaut und vorwiegend im Nord- und Ostseeraum, vereinzelt aber auch für Reisen nach Spanien und Portugal eingesetzt worden, bis die Dänen ihn schließlich, und das liege bereits drei Monate zurück, an der Weiterfahrt gehindert hätten. Warum das geschehen war, stand nicht in der Anzeige, aber der Makler hatte es ihm am Telefon erklärt. Die Reederei hatte Hafenabgaben, Lotsengebühren und andere Verbindlichkeiten, darunter auch Rechnungen über große Mengen an Treibstoff, nicht beglichen.

In der ausführlichen Beschreibung, die er dann per Post bekommen hatte, waren die hydraulisch arbeitenden Ladewinden mit dem dazugehörigen Geschirr angepriesen worden. Maschine, Funkeinrichtung und Ruderanlage bedürften zwar einer Grundüberholung, seien aber von der Basis her intakt. Auch von einer Ausstattung mit Containerzubehör war die Rede. Das Schiff könne, nach vorheriger Anmeldung, jederzeit im Hafen von Esbjerg besichtigt werden.

Den Preis des Frachters – er lag knapp unter einer Million Mark – fand er angemessen, und auch der Name des Veteranen gefiel ihm. Es war durchaus möglich, daß er es bei ihm belassen würde. *Rasputin* hieß der Kasten, und wer ihn einst taufte, hatte sicher von den Machenschaften des sibirischen Bauernsohnes gewußt.

Zusammen mit dem Anbieter, einem Okke Jespersen, der aus Kopenhagen angereist war, machte er sich wenig später an die Besichtigung. Sie wurden schnell handelseinig. Jespersen schien froh zu sein, das Schiff endlich verkaufen zu können, und das bei einem Abschlag von nur fünfzehn Prozent. Außerdem bekam er vom neuen Eigner einen lukrativen Auftrag, für dessen Vermittlung er eine zusätzliche Provision einstreichen konnte. Die *Rasputin,* so hatte Abeling nach der Besichtigung entschieden, sollte zunächst für eine Grundüberholung in die

Werft, und Jespersen würde die Aufgabe übernehmen, von vier Firmen Kostenvoranschläge anzufordern. Den Vorvertrag über den Verkauf des Schiffes schlossen sie in einem Hafenrestaurant. Die zehnprozentige Anzahlung konnte Abeling problemlos leisten, obwohl seine Millionen noch auf einem gesperrten Konto lagen. Seine Bank hatte ihm eine hohe Summe kreditiert. Als er am Abend nach Sylt zurückkehrte, war er zufrieden.

Einen Monat später war er erneut in Esbjerg. Eine dort ansässige Werft hatte den Zuschlag bekommen. Zweck dieser zweiten Jütlandreise war, mit der Werftleitung die einzelnen Reparaturen zu besprechen. Mehrere größere Bereiche galt es zu erörtern, von denen einer die Arbeiten umfaßte, die nicht ausgeführt werden sollten, wie dringend geboten sie auch erscheinen mochten. Da ging es sozusagen um *Rasputin*s Garderobe, die so verwahrlost zu bleiben hatte, wie sie war. Die Außenhaut, die Decks, die Aufbauten, die Luken, die Treppen wie auch sämtliche Räume im Schiffsinneren würden weder einen neuen Farbanstrich bekommen noch vom Rost befreit werden. Auch das Containerzubehör durfte nicht behandelt oder ausgewechselt werden. Unbeirrt nahm Abeling das Risiko auf sich, für geizig gehalten zu werden. Um so mehr setzte er die drei Ingenieure, denen er gegenübersaß, in Erstaunen, als dann die Positionen zur Sprache kamen, die mit dem Betrieb des Schiffes zusammenhingen. Ob Brückenausstattung oder Funkeinrichtung, Ruderanlage oder Maschine, Wasserversorgung oder Kühlsystem, bei allem entschied er sich für das jeweils Beste und Teuerste. Und was den dritten Bereich anging, setzte diese Tendenz sich fort, so daß seine Partner nun wohl meinten, es mit einem durch und durch exzentrischen Reeder zu tun zu haben. Die beiden Rettungsboote nämlich, die von allen lebenswichtigen Einrichtungen der *Rasputin* noch am besten erhalten waren, wollte er durch ein einziges hochmodernes ersetzt wissen. Es sollte ein selbstlenzendes Freifall-Motorboot sein, in Rundspantbauweise erstellt, mit Spiegelheck versehen und ausgerüstet mit einem wassergekühlten Dieselmotor. Es war eines jener Rettungsboote, die als unsinkbar galten.

Dieses extravagante Wasserfahrzeug und die vielen Reparaturen gingen natürlich ins Geld und würden ihn teurer zu stehen kommen als das Schiff selbst. Doch damit hatte er gerechnet. So besaß er nun also, nachdem er dreieinhalb Jahrzehnte für fremde Reedereien gefahren war, sein eigenes Schiff. Anfang Juni, das hatte die Werft ihm mitgeteilt, sollten die

Reparaturarbeiten beginnen, und etwa Mitte August würden sie abgeschlossen sein. Er rechnete damit, Ende August mit der *Rasputin* die erste Reise unternehmen zu können, und würde dann im Herbst, in der Zeit der Stürme, entweder in der Nordsee oder in der Biskaya kreuzen.

Was die technischen Bedingungen seines Vorhabens anging, war er somit gerüstet. Jetzt aber würde es um die schwierigste Stufe der Mobilmachung gehen, um die Rekrutierung der Crew. Ganz oben auf seiner Liste stand Piet Kannegieter, den er spätestens während der Tage von Bermuda als fairen Kollegen kennengelernt hatte. Dem Holländer würde eine Schlüsselrolle zukommen, und so machte Abeling sich wieder einmal auf den Weg, fuhr zunächst nach Antwerpen, übernachtete dort und ließ sich am nächsten Morgen von einem Taxi über die nahe Grenze nach Terneuzen bringen, wo er im Hotel Churchill abstieg. Er war zum Mittagessen mit Kannegieter verabredet.

Kannegieter war pünktlich, klopfte wenige Minuten nach ein Uhr an Abelings Zimmertür. Nach einer herzlichen Begrüßung sagte Abeling: „Wir nehmen zuerst einen Drink, und anschließend werden wir im Restaurant essen. Weshalb ich Sie erst mal auf mein Zimmer gebeten habe ... Ich möchte Ihren Rücken sehen."

Kannegieter fand nichts dabei. Er machte den Oberkörper frei und drehte sich um.

Abeling strich kurz über die Haut. „Scheint ja alles gut verheilt zu sein", meinte er.

„Ja." Kannegieter zog sich wieder an. „Ich hatte einen guten Arzt."

„Tut's noch weh?"

„Nein, es juckt nur von Zeit zu Zeit, aber es ist auszuhalten."

Sie setzten sich und tranken ihren Campari, den Abeling zuvor beim Zimmerservice bestellt hatte.

„Und Ihre Frau? Was sagt sie dazu?"

„Jetzt gar nichts mehr. Sie hat sich verabschiedet. Genaugenommen fing alles nach meiner Rückkehr von den Bermudas an. Seit der Zeit sei ich nicht mehr derselbe. Sagte sie. Ich glaube, sie hatte das viele Alleinsein satt."

„Haben Sie sich denn schon getrennt?"

„Ja. Sie ist erst mal zu ihrer Schwester nach Groningen gezogen. Die Scheidung läuft. Aber nun sollten wir das Thema wechseln! Ich freue mich wirklich, meinen alten Kapitän wiederzusehen."

„Ich freue mich auch." Sie leerten ihre Gläser. „Gehen wir nach unten!“ sagte Abeling. „Ich habe im Restaurant einen Tisch reservieren lassen, an dem wir ungestört sein werden.“ Er nahm seine Aktentasche auf.

„Ist das“, fragte Kannegieter, „der Koffer mit Ihrer Munition gegen Schottmann? Ich schätze, Sie sind dabei, sich auf die Seeamtsverhandlung vorzubereiten, und wollen auch einen Beitrag von mir. Um es gleich zu sagen: Mein Zeugnis bekommen Sie.“

„In gewisser Weise“, antwortete Abeling, „geht es tatsächlich um die Verhandlung, die wohl zum Jahresende stattfinden wird. Ich weiß, daß ich es sehr schwer haben werde, gegen Schottmann anzukommen. Aber lassen Sie uns jetzt etwas essen!“

Sie fuhren im Lift nach unten und betraten das nur mäßig besetzte Restaurant. Ein Ober brachte sie an ihren Tisch, der in einer Nische stand. Kannegieter entschied sich für Lammbraten, Abeling wählte Seezunge.

Die Aktentasche lag auf einem der beiden überzähligen Stühle. Abeling tippte kurz auf das Leder. „Ja“, begann er, „hier steckt meine Munition, allerdings eine von ganz besonderem Kaliber. Dazu gleich mehr. Vorher möchte ich gern wissen, ob Sie von den anderen gehört haben, von Rogge, Camacho, Nickelsen und Guillermo.“

„Gesprochen hab ich in der Zwischenzeit nur mit Rogge“, erwiderte Kannegieter, „als ich ihn zufällig bei der Seeberufsgenossenschaft traf, aber er hat mir von den anderen erzählt. Guillermo wollte, wie er mir beim Abschied sagte, so schnell wie möglich zurück in die Heimat und sich einen Job an Land suchen. Ob er’s dann auch getan hat, weiß ich nicht. Rogge fährt als Chief auf einem norwegischen Tanker. Auch Heiner hat der Seefahrt ade gesagt. Laut Rogge arbeitet er irgendwo in Norddeutschland auf einem Schlachthof. Und Camacho ist natürlich längst Vater geworden. Er soll eine Zeitlang auf einem Küstenmotorschiff entlang der chilenischen Küste gefahren sein, aber schon bald keine Lust mehr gehabt haben auf Schiffe, die kaum größer sind als Lastautos. Nun fährt er wieder weltweit, auf einem spanischen Schiff.“

Das Essen wurde gebracht, und angesichts der aufgetischten Köstlichkeiten fand Abeling es plötzlich besser, seinen brisanten Gesprächsstoff zurückzuhalten. So wartete er ab, überbrückte selbst den Nachtisch mit leichter Unterhaltung. Erst als der Calvados vor ihnen stand, griff Abeling endlich nach der Aktentasche, entnahm ihr einen Ordner und legte ihn auf den Tisch.

Sie stießen an und tranken. Abeling öffnete seinen Ordner. Obenauf lag ein Foto im Postkartenformat. Er schob es über den Tisch. Kannegieter nahm es, betrachtete es und meinte dann: „Wenn die veränderten Maße nicht wären, würde ich sagen: Da ist ja unsere *Anabel* in ihrer ganzen Verkommenheit wieder auferstanden! Erzählen Sie mir bloß nicht, Sie hätten auf diesem Kasten angemustert!"

„Schlimmer. Ich habe ihn gekauft." Abeling zog eine Lupe aus dem Seitenfach seiner Aktentasche, gab sie Kannegieter. Der beugte sich über das Foto, und seine Augen tasteten sich mit Hilfe des Vergrößerungsglases an dem rostigen Schiff entlang. Schließlich legte er die Lupe aus der Hand und fragte: „Fährt das Ding überhaupt?"

„Zur Zeit liegt es in Esbjerg in der Werft und wird grundüberholt." Abeling löste einen ganzen Stoß von Papieren aus seinem Ordner und erläuterte die vielen in Auftrag gegebenen Neuanschaffungen und Reparaturen, sprach auch über das Freifall-Rettungsboot. „Alle Innereien der *Rasputin*", sagte er, „werden höchsten Standard haben, aber das Outfit bleibt so häßlich, wie es ist."

„Und warum?"

„Das ist ein Teil meiner Strategie."

„Apropos Maschine, wer wird sie bedienen?"

„Darüber sprechen wir noch."

„Sie haben mich neugierig gemacht, und darum nun bitte raus mit Ihrer Geschichte!"

„Ich muß etwas ausholen", begann Abeling. „Der Erwerb der *Rasputin* und mein Treffen mit Ihnen sind Teile eines bestimmten Programms, das ich allerdings nicht allein bewältigen kann. Ich brauche eine Crew, und der wichtigste Mann darin wären Sie, wenn es nach mir ginge. Gut möglich, daß Sie nein sagen. Daher eine Frage vorweg: Geben Sie mir Ihr Wort, daß Sie die Sache, auch wenn Sie nicht mitmachen, für sich behalten?"

Kannegieter war ernst geworden. „Sie sprachen von der Crew, die Sie brauchen. Für dieses Schiff benötigen Sie mindestens zwölf Mann. Müssen Sie sich etwa von jedem einzelnen versichern lassen, daß er den Mund hält, auch wenn er abwinkt? Mein Wort haben Sie. Ich werde in jedem Fall schweigen. Aber was ist mit den anderen?"

„Bei den meisten liegt die Sache anders. Die werden ganz normal angeheuert. Bei zweien allerdings muß ich wahrscheinlich so vorgehen wie bei Ihnen, mich also weit aus dem Fenster lehnen."

„Guillermo und Rogge sind das wohl kaum. Der eine wäre vermutlich nicht aufzufinden, und falls doch, nicht bereit, noch einmal zur See zu fahren, und der andere ..., na ja, der Chief der *Anabel* ist mir zu ... zu kleinkariert, zu bieder. Der würde, selbst wenn er in einer endlos weiten Wüste mutterseelenallein wäre, vor einer roten Ampel stoppen, und ich schätze, diese Art von Wohlverhalten ist nicht gefragt."

Abeling mußte lachen. „Sie haben recht", sagte er. „Was ich brauche, sind Leute, die kein Mittelmaß sind. Nickelsen zum Beispiel hat ein ausgeprägtes Gerechtigkeitsempfinden, kann darin sogar fanatisch sein, aber zugleich zeigt er Toleranz. Diese Mischung ist gut, und sie ist selten. Über Camacho weiß ich nur wenig, und deshalb hat er auf meiner Liste noch ein Fragezeichen. Kennen Sie ihn näher?"

„Ich weiß nur, daß er sich in Matamoros mal eine blutige Nase geholt hat, weil er auf einen Mann losging, der seine Frau auf offener Straße verprügelte. Dabei kannte er weder den Mann noch die Frau. Bei ihm hätte ich keine Bedenken, die Karten auf den Tisch zu legen. Aber was haben Sie vor?"

„Etwas Abenteuerliches. Andere würden wahrscheinlich sagen: etwas Verrücktes. Aber einige würden es als etwas Notwendiges bezeichnen. Ich habe die *Rasputin* gekauft, um Georg Schottmann zu einer Reise einzuladen. Er soll lernen, was Seefahrt bedeutet."

„Einladen? Da gibt es mehrere Versionen. Zum Beispiel die mit dem höflichen Brief: ... würden wir uns freuen und so weiter. Und dann die andere: Ich nehme jemanden an den Kanthaken. Meinen Sie nun die höfliche oder die rabiate Fassung?"

„Ein Mittelding. Ich locke den Mann aufs Schiff mit einem Verkaufsangebot, und dann wird er zu einer Probefahrt überredet, sagen wir, von Bremerhaven nach Emden. Allerdings kommt es in deren Verlauf zu einem kleinen Abstecher in die stürmische Biskaya. Das muß natürlich sehr behutsam eingefädelt werden. Zum Beispiel darf nicht ich als Anbieter fungieren. Ich darf zu Beginn überhaupt nicht in Erscheinung treten."

„Mit anderen Worten: Ich soll einspringen."

„Das wäre ideal."

„Aber bevor der Mann die *Rasputin* inspiziert, wird er die Pläne verlangen. Prangt auf denen nicht der Name Meinert Abeling?"

„Ich habe mir einen Firmennamen zugelegt, und nur der erscheint in den Unterlagen. Wenn Sie mitmachen, werde ich dafür sorgen, daß Sie wie die anderen Mitglieder der Crew dastehen, nämlich so, als wären Sie von mir hinters Licht geführt worden und hätten von meinen finsteren Absichten keine Ahnung gehabt."

„Das dürfte schwierig werden, es sei denn ..., Sie kidnappen ihn, schleifen ihn heimlich an Bord, verstecken ihn, legen mit der *Rasputin* ab, und irgendwann auf hoher See zeigen Sie den Knaben vor. Dann kann jedermann schwören, nichts von Ihrem Coup gewußt zu haben."

„Das wäre mir dann doch zu brutal. Ich will ihm ja nur eine Lektion erteilen, die er nie vergißt. Er soll einmal, und sei es nur für Stunden, die Todesangst durchstehen, die wir auf der *Anabel* erleben mußten."

„Das hat er verdient, weiß Gott!"

„Gut", sagte Abeling, „darin sind wir uns einig. Die Einzelheiten kommen nachher an die Reihe. Jetzt geht's erst mal um die Finanzen. Das Schiff und seine Instandsetzung kosten mich rund zwei Millionen Mark. Eine weitere Million setze ich an für die Besatzung. Der Mann, der mein Stellvertreter sein wird – und das sind hoffentlich Sie –, bekommt eine Viertelmillion. Die beiden anderen, die ich vermutlich einweihen muß, erhalten je hundertfünfundzwanzigtausend Mark und der Rest fünfzigtausend Mark pro Kopf."

„Das ist ein irrer Haufen Geld. Eine Viertelmillion für den Ersten Offizier ..., Mann, das bedeutet ein Vermögen! Und die beiden anderen ..., na ja, eine kleine Eigentumswohnung ist auch nicht zu verachten. Aber was mich umschmeißt, ist die Tatsache, daß Sie drei Millionen hinblättern wollen, nur um Ihrem Reeder eine Lektion zu erteilen! Jahrelang haben Sie sich auf einem Dreckskasten abgerakkert, und nun diese Summen!"

„Das Geld ist mir legal zugeflossen. Aus ein paar Landverkäufen. Und was mein Motiv angeht: Ich glaube, jeder Mensch hat einen Traum. Meiner lautet: Ich will Sühne für die Toten der *Anabel!* Das ist mein Ziel, und dafür setze ich die Mittel ein, die mir zur Verfügung stehen. So einfach ist das. Man kann es auch etwas differenzierter sagen: Zwei Menschen sind schuldig geworden am Tod von dreizehn Seeleuten, ein Reeder und ein Kapitän, der eine aus Habsucht, der andere aus Schwäche, weil er dem Habgierigen nicht in die Parade gefahren ist. Beide müssen ein Opfer bringen. Ich bringe meins, eben die Millionen, weil dem anderen sonst keins abverlangt wird; denn daß die Anwälte Schottmann rauspauken werden, steht für mich fest."

Es war lange still zwischen ihnen, bis Kannegieter zu einer Erwiderung fand. „Okay, es ist viel zu tun! Gehen wir an die Arbeit!"

12

Auch Georg Schottmann hing einem Traum nach. Der Husumer Reeder träumte von einer großzügigen Arrondierung seiner andalusischen Hazienda, der er den Namen *El Buen Retiro* gegeben hatte. Doch der Rückzug in ein möglichst weitläufiges Besitztum unter südlicher Sonne war nur der eine Teil dieses Traums. Der andere hatte mit der Reederei zu tun und mit dem Bestreben, sie auf Erfolgskurs zu halten. Gewiß, er wollte sein Paradies, doch im Hintergrund sollte sein Imperium weiterwachsen. Der Ruhesitz allein wäre ihm nicht genug. Und wenn er die weltweiten Tonnagebewegungen auch mehr und mehr seinem Sohn Rüdiger überlassen würde, dachte er doch letzten Endes egoistisch und sah in ihm den Sachwalter seiner eigenen Wünsche. Allerdings mußte der Junge noch an sich arbeiten, mußte vor allem lernen, seine Skrupel abzustreifen. Er würde ihm dabei helfen, würde ihm immer wieder vor Augen führen, daß die Welt zu einer durch und durch maroden Einrichtung geworden war, in der es darum ging, ihren Verlust an Moral für den eigenen Vorteil zu nutzen und jede Chance, wo immer sie sich bot, ohne Rücksicht auf andere wahrzunehmen.

Es war um die Mittagszeit des dritten Mai. In seinem Kalender hatte Schottmann zwei der für diesen Tag vorgemerkten Termine unterstrichen. Der eine war, jedenfalls zu Beginn, unangenehm verlaufen, aber nun wenigstens erledigt. Den anderen hatte er auf fünfzehn Uhr angesetzt. Wie er enden würde, war ungewiß.

Das auf einem Messingsockel befestigte hundert Jahre alte englische Schiffschronometer zeigte zwei Uhr an. Bis auf die junge Frau, die Telefondienst hatte, war die Belegschaft in der Mittagspause. Er überdachte noch einmal das lange Gespräch vom Vormittag. Da hatte er sich, wenn auch nur am Telefon, mit einem Beamten der mexikanischen Botschaft auseinandersetzen müssen. Der Mann hatte erklärt, ein Bürger seines Landes sei an einer von einem Schottmann-Schiff stammenden Speise gestorben und zwei Dutzend weitere Personen hätten schwerste gesundheitliche Schäden erlitten. Infolge zum Teil sehr langwieriger behördlicher Vorgänge komme man erst jetzt zu einem abschließenden Urteil, so daß auch erst jetzt der Kostenpunkt zu erörtern sei. Er sei autorisiert, mit dem Verursacher der Massenvergiftung eine pauschale

Wiedergutmachung zu vereinbaren. Immerhin seien Beerdigungs- und Krankenhauskosten entstanden, und schließlich habe man über das Schmerzensgeld für die Opfer zu verhandeln. Er halte deshalb eine Gesamtentschädigung in Höhe von 120 000 US-Dollar für angemessen.

Schottmann entgegnete dem Mexikaner, die Lieferung verdorbener Ware auf sein Schiff sei zwar ein bedauerlicher Vorfall, aber aus drei Gründen komme für ihn eine Zahlung, in welcher Höhe auch immer, nicht in Betracht. Erstens sei er nicht der Verursacher der Leiden noch der entstandenen Kosten, denn er sei nicht der Lieferant gewesen. Und zweitens könne man von ihm wohl kaum erwarten, daß er einen auf seinem Schiff verübten Einbruch auch noch honoriere. „Wenn Sie“, so fuhr er fort, „sich über die Opfer Gedanken machen, dürfen Sie mich nicht vergessen. Ihre Landsleute haben mir Ware im Wert von rund tausend Dollar gestohlen. Ich habe also ebenso Veranlassung, eine Rechnung aufzumachen.“ Er sei jedoch, fügte Schottmann hinzu, in jedem Fall der falsche Adressat, da für ein solches Gespräch seine Versicherung zuständig sei.

„Sie vergessen“, lautete die Antwort, „daß die betroffene mexikanische Familie Ihnen wahrscheinlich eine Menge Ärger erspart hat. Hätte nicht sie sich die Krankheit eingefangen, wäre es Ihrer Besatzung passiert.“

Schottmann konterte: „Ich gehe davon aus, daß die Ware, solange sie sich auf meinem Schiff befand, einwandfrei war und erst nach dem Einbruch vom Krankheitserreger befallen wurde.“

„Es war nicht das Fleisch. Es war die Wurst, und die war luftdicht verpackt. Ganz ohne Zweifel ist sie in verdorbenem Zustand von Ihrem Schiff gekommen.“

Sie hatten sich dann noch eine Weile gegenseitige Schuldzuweisungen an den Kopf geworfen, bis Schottmann erklärte, daß sich die Gegenpartei mit seinem Anwalt in Verbindung setzen solle, und aufgelegt hatte.

Anschließend führte er weitere Telefonate, rief auch seinen Sohn an, der nach Málaga geflogen war, um mit einem andalusischen Bauern über den Ankauf von Land zu verhandeln. Vor der Abreise hatte er Rüdiger ermahnt: „Rede mit Engelszungen! Diese drei Hektar an der Westseite muß ich unbedingt haben, damit auch da der Abstand zum Nachbarn groß genug ist.“

Um Punkt drei Uhr war sein Besucher da. Mein Gott, sieht der

Mann spießig aus! schoß es Schottmann durch den Kopf, doch er ging lächelnd auf ihn zu. „Willkommen in unserer kleinen Stadt, lieber Herr Rogge! Ich hoffe, Sie haben inzwischen den Bermuda-Schock überwunden und sind wieder der alte, den ich aus acht gemeinsamen Jahren kenne und schätze!" Er zeigte auf die Sitzgruppe, die aus vier schwarzen Ledersesseln und einem flachen Glastisch bestand. Sie nahmen Platz. Die Sekretärin, soeben aus der Pause zurückgekehrt, brachte frischen Kaffee und Gebäck.

„Sie fahren jetzt also auf der *Sea Warrior;* wie gefällt es Ihnen bei den Norwegern?"

„Gut. Es ist ein ziemlich neues Schiff, ein Koloß von fast siebzigtausend Tonnen."

„Donnerwetter! Dagegen war die *Anabel* ja eine Nußschale." Schottmann musterte seinen Besucher, war entsetzt über dessen schwarzweißes Pepita-Sakko und die schlechtsitzende graue Hose, vor allem aber über das schnurgerade gescheitelte Haar. „Herr Rogge, der Grund für meine Bitte, nach Husum zu kommen, hat, wie Sie sich vielleicht schon gedacht haben, mit der *Anabel* zu tun. Das alte Mädchen macht mir, auch wenn es nun auf dem Meeresgrund liegt, erhebliche Sorgen. Mit der Seeamtsverhandlung ist gegen Ende des Jahres zu rechnen, und natürlich wird es dann auch um den damaligen Zustand der Maschine gehen. Ich will ganz offen mit Ihnen reden: Sie werden Ihrem alten Arbeitgeber hoffentlich nicht in den Rücken fallen."

Die kleine Pause, die an dieser Stelle entstand, nutzte Rogge nicht, obgleich die Worte weniger nach einer Feststellung als nach einer Frage geklungen hatten. Das Schweigen mißfiel Schottmann, und so fuhr er fort: „Ich weiß, die *Anabel* hatte durchaus ihre Launen, und ihre Maschine war nicht mehr die jüngste. Ganz sicher werden die Sachverständigen wissen wollen, worin Sie als der Leitende Ingenieur den Grund für den Untergang des Schiffes sehen. Entscheidend für das Urteil wird sein, in welchem Bereich die Hauptursache zu suchen ist. Ist es der Sturm, sind wir aus dem Schneider; ist es das Schiff, sind wir dran. Ich hoffe, in unserer Sache wird das Seeamt ein versöhnliches Fazit ziehen und nicht etwa Herrn Abeling folgen, der in seiner ersten, vielleicht noch ein bißchen emotional eingefärbten Stellungnahme die Meinung vertrat, das Unglück hätte bei niedrigerer Decklast und bei regelmäßiger Wartung vermieden werden können. Ich dagegen gehe davon aus, daß der Schiffsuntergang nicht auf menschliches Versagen und Unzulänglichkeiten im Schiffsbetrieb zurückzuführen ist, sondern einzig und allein auf die Naturgewalten, die in dieser Region ja ganz verheerend sein können. Ich bedaure außerordentlich, daß Herr Abeling sich nicht an den üblichen Kurs gehalten, sondern jenen unsäglichen Schlenker gemacht hat."

„Er hatte seine Gründe", warf Rogge ein, „und es waren einleuchtende."

„Na ja, er ist wohl ein Kapitän ohne Fortune. Alles spricht dafür, daß es das Wetter war. Was meinen Sie?"

Rogge räusperte sich. „Wir waren unvorschriftsmäßig beladen, hatten einen defekten Rolldeckel, und unsere Hauptmaschine war extrem anfällig, weil sie siebzehntausend Betriebsstunden ohne Überholung auf dem Buckel hatte. Außerdem waren wir unterbesetzt."

„Selbst wenn auf der *Anabel* alles hundertprozentig intakt gewesen wäre, hätte sie dem Hurrikan nicht standhalten können, und damit erhebt sich die Frage, ob man zusätzlich zur Hauptursache von diesen paar Schwachpunkten überhaupt reden sollte. Das würde niemandem nützen, am wenigsten Herrn Abeling, denn er war der Schiffsführer. Und wenn die Sachverständigen auf Grund von ebenso ungeschickten wie überflüssigen Hinweisen der Überlebenden außer dem Sturm noch bordinterne Ursachen festmachen wollen, dann geht das natürlich gegen den Kapitän. Der Rolldeckel zum Beispiel! Ich habe ihn am Telefon gefragt, ob wir das Ding nicht doch lieber vor der Fahrt über den Atlantik reparieren lassen sollten, aber er meinte, das könne noch bis Antwerpen warten. Und die vier Containerlagen ..., mein Gott, alle Welt fährt mit ein paar Kisten oder ein paar Tonnen mehr, und wenn es gutgeht, kräht kein Hahn danach. Diesmal ist es eben schiefgegangen. Aber jetzt zur Maschine! Sie ist Ihre Domäne. Ich erinnere mich, Sie haben sich hin und wieder beklagt. Nun, das muß bei der Seeamtsverhandlung ja nicht unbedingt zur Sprache kommen, oder haben Sie vor, dort auf den alten Einwänden herumzureiten?"

Beide wußten, der kritische Punkt war erreicht. Rogges Antwort kam klar und ohne Schnörkel: „Das wird von den Fragen abhängen, die man mir stellt." Und dann folgte noch einmal sein Rapport, im Wortlaut fast genau so, wie er ihn während der dramatischen Minuten seinem Kapitän auf die Brücke durchgegeben hatte. Er sprach von den gebrochenen Kolbenringen, vom Abfall des Kompressionsdrucks, vom verschmutzten Schmieröl, schließlich auch vom Versagen der

Filter und von den Kolbenfressern und endete mit den Worten: „Wegen des Sturms war eine Reparatur so gut wie unmöglich. Trotzdem versuchten wir, die Maschine wieder in Gang zu bringen, aber dann fiel der Strom komplett aus, und der Rolldeckel ging zusammen mit einigen Containern über Bord. Da sahen wir zu, daß wir nach oben kamen."

„Glauben Sie mir", beteuerte Schottmann, „ich habe, sobald mir Näheres bekanntgeworden war, immer wieder all die Szenen vor Augen gehabt, die sich auf der *Anabel* abgespielt haben müssen, und auch den verzweifelten Kampf im Wasser, der für so viele von Ihnen mit einer Niederlage endete. Aber wir müssen glücklich darüber sein, daß sechs Besatzungsmitglieder es geschafft haben. Und weil es nun mal so ist und weil der Hurrikan sowieso die bordinternen Unzulänglichkeiten ... im Grunde gegenstandslos gemacht hat, sollten wir sie gar nicht ins Spiel bringen. Herr Rogge, wollen wir uns nicht darauf verständigen, daß es diese siebzehntausend Betriebsstunden ohne Inspektion gar nicht gegeben hat? Daß außerdem die ... Schwierigkeiten mit der Maschine nicht unbedingt das Ausmaß hatten, das Sie gerade beschrieben haben? Wir sind unter uns, können also ganz offen miteinander reden. Ich würde ein entsprechendes Entgegenkommen von Ihrer Seite selbstverständlich belohnen. Dreißigtausend Mark wäre es mir wert, wenn Sie bei der Seeamtsverhandlung auf meiner Seite ständen."

Rogges Gesichtsausdruck verriet nicht, was er dachte. „Wie Sie wissen, bin ich nicht der einzige, der über den Zustand der Maschine unterrichtet war. An Bord haben wir oft über den lahmen Viertakter geflucht. Auch sind schriftliche Mängelberichte an die Reederei gegangen."

„Die muß ich ja nicht unbedingt dem Seeamt präsentieren, und vom Maschinenpersonal sind Sie der einzige, der übriggeblieben ist. Somit besteht eine gute Chance, Ihrem Viertakter ein noch halbwegs passables Zeugnis auszustellen! Und selbst wenn die siebzehntausend Betriebsstunden zur Sprache kämen, könnten Sie erklären, Sie und Ihre Leute hätten eine Grundüberholung selbst durchgeführt. Die Montageberichte seien mit untergegangen. Jedenfalls hätten Sie immer darauf geachtet, die Maschine in einem ordnungsgemäßen Zustand zu halten. Sie sind der einzige Fachmann, der das Unglück überlebt hat, und könnten überzeugend reagieren, wenn ein Nautiker – und da kämen ja nur Abeling, Kannegieter und Camacho in Frage – Ihnen widersprechen sollte."

„Aber die wären dann zu dritt."

„Sind aber keine Techniker. Außerdem glaube ich, daß mein Anwalt mit Erfolg versuchen würde, deren Äußerungen als Schutzbehauptungen zu entlarven. Für Abeling geht es um viel mehr, um den Erhalt des Patents und vielleicht sogar um den Kampf gegen eine Gefängnisstrafe."

Rogges Erwiderung bestand aus einem einzigen Wort: „Fünfzigtausend."

Zunächst war Schottmann sprachlos. Er sah den Ingenieur lange an, ehe er zu einem Lächeln fand. „Fünfzigtausend Mark sind eine Menge ..."

„Dollar."

„Hoppla, hoppla! Damit wären wir ja schon bei einem Betrag, den mir das Seeamt oder das Gericht als Buße aufbrummen könnte. Einigen wir uns auf sechzigtausend Mark! Das ist immerhin das Doppelte meines ersten Angebots."

„Einverstanden. Die eine Hälfte gleich, die andere nach der Verhandlung."

„Auf dreißigtausend war ich eingestellt; die können Sie sofort mitnehmen." Schottmann stand auf, ging zu seinem Safe, öffnete ihn, holte einen vorbereiteten Umschlag heraus, schloß wieder ab, kehrte zum Tisch zurück und schob Rogge das Geld zu. Der steckte es in die Innentasche seiner Jacke.

„Und was auch immer über die Maschine von der Gegenseite kommt: Es hatte nichts mit mangelhafter Wartung zu tun."

„Ich hoffe, ich krieg das hin."

„Na, für nichts und wieder nichts sind die sechzigtausend ja auch nicht gedacht. Da kann ich wohl ein bißchen Leistung verlangen."

Sie standen auf, gaben sich die Hand. Erst jetzt entdeckte Schottmann die Anstecknadel, die Rogge am Revers seiner Pepita-Jacke trug, zeigte darauf und fragte: „NSC? Ist das die Reedereiflagge der *Sea Warrior?*"

„Ja. Die *Norwegian Shipping Company*."

„Ich wünsche Ihnen, daß Sie immer gute Reisen machen unter dieser Flagge."

13

Meinert Abeling war wieder einmal unterwegs, und wenn sein erster Flug nach Amerika einem Besuch von Jim Foresters Witwe gegolten hatte, ging es ihm bei seinem zweiten Sprung über den Atlantik um eine Crew für die *Rasputin*, genauer gesagt: um zwei Männer, die er in Dienst nehmen wollte. Er hätte sie auch in Europa finden können, wo es genug arbeitslose Seeleute gab, aber ihm war an zwei ganz bestimmten jungen Burschen gelegen. Er hatte sich in den Kopf gesetzt, José und Ignacio Carrasco anzuheuern. Immerhin gehörten auch sie zu den Opfern, die der Reeder der *Anabel* auf dem Gewissen hatte, waren sie doch nach dem Verzehr von Schottmannscher Billigware schwer erkrankt und hatten überdies ihren Großvater verloren.

Er hatte in Mexiko-Stadt das Flugzeug gewechselt, saß nun in einer Maschine der Aero-Mexico. Der Flug nach Veracruz würde etwa fünfzig Minuten dauern. Er hatte sich einen Kaffee bringen lassen. Die Kabine war nur zur Hälfte belegt, und so konnte er es sich bequem machen.

Seit seinem ersten Treffen mit Piet Kannegieter war ein Monat vergangen. In dieser Zeit hatten sie sich noch viermal gesehen, ein weiteres Mal in Terneuzen, einmal in Keitum und zweimal in Hamburg. Sie hatten sich die Rekrutierung der Mannschaft aufgeteilt. Kannegieter, der aus seinem Job ausgeschieden war, um sich ganz der neuen Aufgabe widmen zu können, hatte einen Funker angeheuert, einen jungen Finnen mit Namen Hendrik Juvonen, ebenso vier Matrosen, und an einem der nächsten Tage würde er mit dem Leitenden Ingenieur Geert de Jonge verhandeln, einem Landsmann aus Leeuwarden. Er hatte es auch übernommen, Heiner Nickelsen von dessen neuem Arbeitsplatz abzuwerben, was leicht gewesen war, weil der Emsländer sich ohnehin an Land nicht wohl gefühlt hatte.

Abeling hatte den Zweiten Ingenieur, Gregorio Molina, ausgesucht, der zuletzt zwischen Nord- und Südamerika in Zeitcharter gefahren war. In dem auf Sylt geführten Gespräch mit Kannegieter war es unter anderem um die Frage gegangen, ob sie mit Umberto Camacho, dem Dritten Offizier der *Anabel*, Kontakt aufnehmen sollten. Abeling hatte gemeint, der Andalusier würde dann natürlich zu den wenigen Eingeweihten gehören. Er hatte schließlich zugestimmt, daß Kannegieter sich mit Camacho traf. Um dessen neue Reederei herauszubekommen, rief er zunächst das Deutsche Hospital in Valparaíso an. Die Sekretärin der Klinik, mit der er verbunden wurde, sah in den alten Unterlagen nach und gab ihm die private Adresse durch. Dort erreichte er Camachos Frau und erfuhr, daß sein einstiger Dritter für eine spanische Reederei fuhr und Anfang Juni mit seinem Schiff in Le Havre sein würde.

Camachos Zusage vorausgesetzt, fehlten ihm jetzt noch drei Männer, aber er war sicher, im August die Besatzung komplett zu haben. Diejenigen, die bereits angeheuert waren, hatten zur Überbrückung ein ansehnliches Handgeld erhalten. Dafür mußten sie ihm ihre Seefahrtsbücher überlassen.

Die beiden Carrascos, überlegte er, kann ich auch ohne seemännische Kenntnisse auf meinem Schiff beschäftigen. Der eine wird Heiner Nickelsen zur Hand gehen, also als Küchenhilfe fungieren, und der andere übernimmt die Aufgaben eines Stewards, hält die Kammern der Offiziere sauber und deckt in der Messe den Tisch.

Der Landeanflug begann. Die Sierra lag hinter ihnen, die Wolkendecke riß auf, und das dunkle Grün des tropischen Tieflandes wurde sichtbar. Er freute sich auf Veracruz, aber wohnen wollte er diesmal außerhalb. Er kannte ein gutes Hotel, es hieß „Macambo“ und lag ganz in der Nähe von Boca del Río. Seine Nachforschungen hatten ergeben, daß sowohl die Familie Carrasco als auch der Arzt, Dr. Robles, dort zu finden waren.

Morgen werde ich zunächst den Doktor besuchen, dachte er, und danach geht es zu den Carrascos. Und wenn es dann so weit ist, daß die Brüder José und Ignacio auf der *Rasputin* erscheinen, wird Heiner Nickelsen hoffentlich seinen Groll gegen die Diebe, die damals seinen Kühlraum plünderten, verwunden haben.

Die Maschine landete pünktlich. Schon zehn Minuten später hatte er die Zoll- und Einreiseformalitäten hinter sich gebracht und war in die feuchtwarme tropische Luft hinausgetreten. Er nahm ein Taxi, handelte mit dem Fahrer den Preis für die etwa zwölf Kilometer lange Strecke bis zum Hotel Mocambo aus.

Um halb acht hatte er sein Zimmer bezogen, ausgepackt und den Anzug gewechselt. Danach rief er Dr. Robles an, erkundigte sich nach der Familie Carrasco und erfuhr, daß der Doktor einen der Söhne seit einiger Zeit behandelte.

„Leidet Ihr Patient etwa noch immer an den Folgen des Botulismus?“ fragte er.

Nein, bekam er zur Antwort, es sei etwas anderes, habe allerdings auch mit der gestohlenen Mortadella zu tun. Vor zwei Wochen seien José und Ignacio auf dem Friedhof gewesen, um das Grab des Großvaters zu besuchen. Und während sie dort standen, sei jemand mit einer zweirädrigen Karre den Weg entlanggekommen. Auf der hölzernen Ladefläche habe ein großer Feldstein gelegen, dessen Haltetau gerissen sei. Der schwere Stein sei seitlich von der Karre gekippt und Ignacio auf den rechten Fuß gefallen. Er habe einen komplizierten Knochenbruch erlitten.

Abeling gab seinem Bedauern Ausdruck und ließ sich den Weg zum Haus der Carrascos beschreiben. Anschließend ging er hinunter ins Hotelrestaurant. Auch wenn die Nachricht, daß einer der Carrasco-Brüder verletzt war, ihn enttäuscht hatte, aß er mit Genuß, denn er hatte sich gesagt: Bis die *Rasputin* die Werft verläßt, werden noch zweieinhalb Monate vergehen; also ist Zeit genug, den Knochenbruch halbwegs zu kurieren, und warum soll ich nicht mit einem hinkenden Küchenjungen auf die Reise gehen? Zum Gemüseputzen und Kartoffelschälen braucht man schließlich nur die Hände.

Am nächsten Morgen gab es für ihn eine weitere unangenehme Überraschung. Als er vor dem Haus der Carrascos aus dem Taxi stieg, kam Señora Patricia ihm schon entgegen und erklärte, ihre beiden ältesten Söhne hätten von Dr. Robles erfahren, daß da ein deutscher Kapitän mit ihnen sprechen wolle, vermutlich wegen der Fleischaffäre, und daraufhin sofort das Weite gesucht.

Sie ließ ihn eintreten, bot ihm einen Stuhl an. Er setzte sich, sah sich um. Das Haus und seine Einrichtung waren armselig. „Ich hätte die beiden gern gesprochen“, sagte er.

„Sie haben Angst“, erwiderte die Mutter, „daß die alte Geschichte nun wieder aufgerollt werden soll.“

Er lächelte und schüttelte den Kopf. „Ich will etwas ganz anderes! Der Diebstahl ist längst vergessen oder jedenfalls vergeben. Im Grunde schulde ich José und Ignacio sogar Dank.“ Er berichtete von dem Anruf, der ihn auf hoher See erreicht und veranlaßt hatte, den gesamten Fleischbestand über Bord zu werfen. „Ihre Söhne“, fuhr er fort, „haben mit Sicherheit eine Massenvergiftung an Bord verhindert.“ Daß die *Anabel* dann kurze Zeit später untergegangen war, erwähnte er nicht.

„Also, sagen Sie ihnen bitte, sie hätten nichts zu befürchten! Im Gegenteil, ich möchte ihnen ein Angebot machen, das ihnen, wenn sie darauf eingehen, eine Menge Dollars einbringt." Er nahm zwei Fünfzigdollarnoten aus der Brieftasche und schob sie zu ihr hinüber. „Einen Schein für jeden, damit sie mich so bald wie möglich im Hotel Mocambo besuchen."

Sie steckte das Geld ein.

„Wie konnte", fragte er, „Ignacio mit seinem gebrochenen Fuß das Haus denn verlassen?"

„Sie sind ja nicht weit weg", erwiderte sie.

„Sie kennen also ihren Unterschlupf?"

Sie nickte.

Er stand auf. „Bitte, Señora, überbringen Sie ihnen meine Botschaft! Wirklich, Ihre Söhne haben nichts zu befürchten."

Er verließ das Haus, stieg in sein Taxi, das er hatte warten lassen, und bat den Chauffeur, ihn ins Hotel zurückzufahren.

Aber es dauerte dann noch geschlagene acht Stunden, bis José und Ignacio Carrasco im Mocambo erschienen. Aus der Rezeption erhielt Abeling die Mitteilung, da seien zwei Jünglinge, die ihn zu sprechen wünschten.

Er ging hinunter, staunte, wie adrett sie aussahen. Der eine allerdings hatte einen eingegipsten Fuß und stützte sich auf Krücken.

Er lud sie zum Abendessen ein, und je mehr Gefallen die beiden an den ihnen servierten Köstlichkeiten fanden, desto spürbarer tauten sie auf. Während einer Gesprächspause schob Ignacio sogar die Beteuerung ein, daß es ihnen sehr leid täte, in den Kühlraum des Schiffes eingebrochen zu sein.

„Ihr habt ja bitter dafür bezahlen müssen", erwiderte Abeling. „Und jetzt noch das Pech mit deinem Fuß!"

„Dr. Robles sagt, in drei oder vier Wochen kommt der Gips ab, und dann ist es fast wie früher."

Beim Kaffee hielt Abeling den Zeitpunkt für gekommen, mit seinem Plan herauszurücken. „Ich möchte", begann er, „daß ihr euch im kommenden August ins Flugzeug setzt und nach Deutschland fliegt, wo ich euch dann als Besatzungsmitglieder an Bord meines Schiffes nehmen will. Die Tickets bekämt ihr rechtzeitig per Post. Ihr müßtet euch um einen international gültigen Paß kümmern, auch um ein Gesundheitsattest und einen Impfschein. Und weil ihr keine Matrosen seid, würde der eine als Küchengehilfe, der andere als Steward arbeiten. Könnt ihr so was?“

„*Seguro!*“ kam es wie aus einem Mund. Sicher.

„Das Ganze wird nur ein paar Wochen dauern, aber Lohn bekommt ihr für ein Vierteljahr, und zwar jeder insgesamt sechstausend Dollar, natürlich bei freier Unterkunft und Verpflegung. Den Rückflug bezahle ich selbstverständlich auch. Und wenn ihr eure Sache gut gemacht habt, kriegt ihr obendrein noch eine Prämie. Seid ihr denn überhaupt interessiert an dem Job?“

Sie nickten mit ernsten Gesichtern, aber José hatte eine Frage. „Warum tun Sie das? Geben so viel Geld aus für zwei Mexikaner, die Sie vorher gar nicht kannten und die Sie sogar bestohlen haben?“

Noch einmal erklärte er, daß er ihnen dankbar sei, und dann fügte er hinzu: „Ich tu es auch wegen eures Großvaters, der durch den Proviant, den mein Schiff nach Veracruz brachte, sein Leben verlor. Natürlich, ein Einbruch ist verwerflich, und daß eure ... Assistentin meinen Koch narkotisierte, war auch nicht gerade die feine Art, aber es gibt schlimmere Vergehen.“

14

Es war jetzt Ende Juni. Wieder einmal hatte Abeling sich mit Piet Kannegieter getroffen. Sie waren ins Hamburger Landungsbrücken-Restaurant gegangen, um beim Abendessen die Ergebnisse ihrer jüngsten Rekrutierungsversuche und ihr weiteres Vorgehen zu besprechen.

Kannegieter, der in der Zwischenzeit in Le Havre gewesen war, hatte ausführlich geschildert, wie es ihm dort gelungen war, Umberto Camacho für das gemeinsame Vorhaben zu gewinnen. Abeling selbst hatte von seiner mexikanischen Unternehmung berichtet. Erst spät hatten sie sich getrennt. Er war dann in sein Hotel zurückgefahren.

Obwohl er kein Golfspieler war, wohnte er, wie schon mehrfach in letzter Zeit, im Hotel eines Golf- und Country-Clubs, dem „Treudelberg“, das vor einigen Jahren am nördlichen Stadtrand errichtet worden war. Er schätzte die komfortablen Zimmer, die gute Küche und den wohltuend unaufdringlichen Service des Hauses. Kannegieter hätte ihn gern begleitet, mußte jedoch, weil er am nächsten Tag seinen Scheidungstermin hatte, noch in der Nacht mit dem Auto nach Terneuzen zurückfahren. So saß Abeling, es ging schon auf Mitternacht zu, ohne ihn in der Hotelbar. Es war ein kühler, regnerischer Abend, aber im Kamin brannte ein wärmendes, anheimelndes Feuer. Er hatte einen Kognak vor sich stehen, sah an dem Goldgelb vorbei in die Glut. Camacho kam ihm in den Sinn, und er fragte sich, wieso Kannegieter keine Mühe gehabt hatte, den Mann aus Chile auf seine Seite zu ziehen. Wahrscheinlich, überlegte er, haben die Tage von Bermuda jeden von uns auf irgendeine Weise aus dem Ruder laufen lassen. Um Haaresbreite davongekommen zu sein verschiebt offenbar die Grenzen und befähigt zu Handlungen, die man unter normalen Umständen ablehnen würde. Ich bin sicher, selbst Rogge ist nicht mehr derselbe wie vor dem Schiffbruch. Auch Kannegieter hat sich verändert.

Erneut kam ihm die Sache mit der Freiheitsberaubung in den Sinn, und in diesem Moment meldeten sich Zweifel an seinem Plan, über dessen Schwachpunkte Kannegieter und er, vielleicht aus Übereifer, einfach hinweggegangen waren. Da war zunächst als Auftakt zu der heiklen Unternehmung die listige Offerte an Schottmann, äußerst billig einen Frachter erwerben zu können. Dessen Faible für wohlfeiles Einkaufen war bekannt, also bestand eine reelle Chance, daß er anbiß. Aber natürlich würde der Reeder mit seinen Angestellten, den Junior eingeschlossen, über die *Rasputin* reden, und sollte es zu einer Probefahrt kommen, würde jeder wissen, wohin sich der Chef begab. Kehrte er von dieser Reise dann nicht zurück, wäre es ein leichtes, das Schiff zu orten. Wie Abeling es in seinen Erwägungen auch drehte und wendete, immer wieder stieß er auf diese Unvereinbarkeit zwischen der auszustreuenden Offerte und ihrer Geheimhaltung gegenüber Dritten. Wenn der Mann sein Kontor verließ, um an einer Probefahrt teilzunehmen, wäre eine Ausweitung der Reise bis in die Biskaya undurchführbar. Die Kidnapper trügen Handschellen, noch ehe sie Schottmann auch nur die erste Lektion in Sachen Seefahrt erteilt hätten.

Es gab ein zweites, nicht minder schwerwiegendes Handikap. Schottmann war, sowohl was die Brücke, als auch was die Maschine anbetraf, ein Laie. Selbst wenn er sich im Lauf der Zeit gewisse Grundkenntnisse angeeignet haben sollte, konnte er den Zustand eines ihm angebotenen Schiffes nicht beurteilen. Er war also auf den Sachverstand von Experten angewiesen, und das hieß: Wo immer er die Gangway der *Rasputin* beträte, würden ihn mindestens zwei Männer begleiten, nämlich seine für Nautik und Technik zuständigen Inspektoren. Vermutlich würde auch der Sohn dabeisein. Sollte man diese Zeugen etwa auch festsetzen? Unmöglich!

Schließlich meldeten sich noch Bedenken ganz anderer Art. Konnte er es wirklich verantworten, Kannegieter und die anderen einfach mit hineinzuziehen, wenn es ihn trieb, von Schottmann Rechenschaft zu verlangen? Tat er damit nicht genau das, was er dem Reeder vorwarf, nämlich andere in Schuld zu verstricken?

Er ließ sich einen zweiten Kognak bringen, trank ihn beinahe zornig, weil nun feststand, daß sein aufwendiges Konzept voller Fehler steckte.

Ich muß es entweder aufgeben oder anders machen, dachte er. Kannegieter und die anderen würden mein Scheitern miterleben, aber sie bekämen immerhin ihr Geld. Die *Rasputin* könnte ich behalten und dann ganz normale Fahrten machen. Auf jeden Fall bestände die Chance, herauszukommen aus der Sache, mit ein paar Blessuren allerdings und mit der bitteren Erkenntnis, den Eingeweihten wie auch den Toten gegenüber mein Gesicht verloren zu haben. Ja, und irgendwann käme es dann zur Seeamtsverhandlung. Schottmann würde siegen. Die Toten wären ungesühnt. Und sollte ich mein Patent verlieren, bliebe mir nicht mal mehr das Fahren.

Er ging in sein Zimmer, sah sich im Fernsehen die Spätnachrichten an, nahm jedoch, was da berichtet wurde, kaum auf. Dann aber, dachte er, würde der Mann weitermachen mit der Schlamperei, würde seine Schiffe miserabel ausrüsten, seine Leute schlecht bezahlen und seinen Kapitänen unentwegt im Nacken sitzen mit der Forderung, noch schneller zu sein.

Ich habe, sagte er sich, nur zwei Möglichkeiten. Entweder ich verzichte, oder alles verläuft bis auf eine unerläßliche Korrektur wie geplant. Die *Rasputin* wird fahrbereit gemacht, die Crew angemustert, das Schiff läuft aus mit dem Ziel Nordsee oder Biskaya, und Georg Schottmann ist an Bord, aber keiner außer mir weiß, wie er dorthin kam, und auch in Husum ahnt niemand, was mit ihm passiert ist. Man stellt nur fest, daß er verschwunden ist, spurlos. Eine Probefahrt, die für die Suche nach ihm als Ansatzpunkt herhalten könnte, hat nicht stattgefunden, nicht mal eine Besichtigung. Der Name *Rasputin* taucht nicht auf. Der verschwundene Reeder wird den Seinen und der Öffentlichkeit Rätsel aufgeben. Vielleicht wird man an eine persönliche Krise denken oder an eine heimliche Geliebte. Den wildesten Spekulationen werden Tür und Tor geöffnet sein, nicht zuletzt der

Annahme eines Verbrechens. Also wird man auch nach seinen Feinden suchen. Wie gut, daß es davon so viele gibt! Fazit aus meinen Vorbehalten: Ich muß umdisponieren.

Er rief im Flughafen an, erfuhr, daß morgens um 7.30 Uhr die Sabena von Hamburg nach Brüssel flog und für die Strecke nur eine gute Stunde brauchte.

Um halb sechs ließ er sich wecken, bekam sogar schon ein Frühstück und fuhr dann mit dem Taxi nach Fuhlsbüttel. Um Viertel vor neun stand er am Informationsschalter des Brüsseler Flughafens. Die Auskunft, die er dort erhielt, war unbefriedigend. Weder mit dem Bus noch mit der Bahn, so wurde ihm erklärt, sei er vor zwölf in Antwerpen, und bis nach Terneuzen habe er dann ja noch das letzte Stück entlang der Schelde vor sich. So nahm er lieber gleich ein Taxi und klingelte um Punkt zehn Uhr an Piet Kannegieters Tür. Doch der Holländer war noch nicht zurück von seinem Gerichtstermin.

Er überbrückte die Wartezeit im Restaurant des Churchill-Hotels, machte sich dort ein paar Notizen. Kurz nach elf stand er wieder vor Kannegieters Tür. Diesmal wurde geöffnet, und natürlich war die Verblüffung seines Partners groß.

„Na, so was! Da hätte ich Sie ja auch in meinem Auto mitnehmen können.“

„Mir wurde erst in der Nacht klar, daß ich etwas Wichtiges übersehen habe. Wie war's vor Gericht? Alles nach Wunsch verlaufen?“

„Ja, voll und ganz. Von meiner Frau wurden keinerlei Ansprüche geltend gemacht.“

„Gut, dann zu uns! Zunächst, meine ich, sollten wir das spröde ‚Sie‘ ablegen. Das paßt nicht für zwei, die beinahe gemeinsam ertrunken wären und die nun dabei sind, einen Überfall vorzubereiten.“

„Find ich schön. Danke.“

Abeling nahm sich Zeit, als er Kannegieter nun seine neuen Erkenntnisse unterbreitete. Der Holländer war zunächst überrascht, stimmte ihm dann jedoch zu: „Es ist alles so, wie du sagst. Er käme auf keinen Fall allein aufs Schiff, und genau das müßte gewährleistet sein.“

„So ist es! Ihn zu locken, entfällt. Wir müssen ihn kidnappen, bei Nacht und Nebel, ohne daß eine Spur entsteht. Später, wenn er an Bord ist, könnten wir ihn, bis wir in der Biskaya sind, verstecken. Ein kleiner Umbau im Bereich der Eignerkabine ließe sich noch vornehmen.“

„Gut. Und das Kidnapping? Wie soll das ablaufen?“

„Das muß ich allein machen."

„Kommt nicht in Frage! Heiner und Camacho können wir fürs erste raushalten, aber ich bestehe darauf, bei dem eigentlichen Anschlag mitzumachen. Wenn du das nicht akzeptierst, steige ich aus."

„Hast du daran gedacht, daß dieser Wechsel von Plan A zu Plan B andere Dimensionen hat? Auch wenn das Ziel dasselbe bleibt, macht es einen gewaltigen Unterschied, ob du dem Opfer in Gestalt eines Händlers gegenübertrittst, der sein Schiff an den Mann bringen will, oder ob du ihn unter Anwendung von Gewalt auf das Schiff bringst."

„An dem Punkt waren wir schon mal. Die andere Dimension gilt genauso für dich!"

„Junge, du bist erst achtunddreißig, und ich hab schon fünfundfünfzig Jahre auf dem Buckel. Sollten wir beide auf Dauer hinter Gitter kommen, sind es bei dir siebzehn Jahre mehr. Dein Risiko ist also viel größer als meins."

„Erstens darf man so nicht rechnen. Zweitens wandern wir nicht in den Knast. Wir werden so überzeugend sein, daß dem Kerl ein für allemal ein Licht aufgeht, und dann schleift er uns nicht vor den Kadi. Falls die Meteorologen uns in der Biskaya oder auf dem Atlantik ein schönes Sturmtief anbieten, wird er das große Flattern kriegen und genau das durchmachen, was wir auf der *Anabel* erleben mußten. Er soll ein paar Stunden lang mit dem nahen Tod rechnen. Er soll, verdammt noch mal, die Seefahrt nicht immer nur vom grünen Tisch aus betreiben, sondern sich Sorgen machen um seine Männer. Und, glaube mir, wir kriegen ihn soweit!"

Abeling nickte. „Wenn wir das schaffen, ist es mir fast egal, wie die Seeamtsverhandlung ausgeht."

„Wir schaffen es! Ich bin also von A bis Z dabei?"

„Gut", antwortete Abeling, „holen wir uns den Mann zu zweit! Aber das will sorgfältig vorbereitet sein."

15

Berthold Rogge kam aus heimatverbundenem bäuerlichem Milieu, und so ausgedehnt der geographische Rahmen seines Lebens später auch war, bis vor kurzem hatte diese Herkunft sein Denken und Handeln bestimmt. Immer war er den geraden, ehrlichen Weg gegangen, hatte niemanden je benachteiligt oder gar betrogen. Doch dann hatte er miterleben müssen, wie ein anderer aus purer Gewinnsucht 13 Menschen ins Verderben führte, und seitdem sann er darüber nach, wie man gegen ihn vorgehen, wie man ihn ans Messer liefern könnte, ganz gleich, ob auf redliche oder auf unredliche Weise. Daß er nach Husum gerufen wurde und sich dort einem Bestechungsversuch ausgesetzt sah, kam ihm dabei höchst gelegen, nicht wegen des Geldes, wohl aber wegen der Chance, Macht über den Mann zu gewinnen.

Es war Abend, jedoch noch hell. Er hatte die Freiwache und hielt sich in seiner Kajüte auf, die aus einem Wohn- und einem Schlafraum sowie einem Bad bestand. Sie hatten in Lobito Erz geladen und waren auf der Rückreise nach Rotterdam, hatten den größten Teil der 6000 Meilen langen Strecke bereits hinter sich. Da die erst im vergangenen Jahr in Dienst gestellte *Sea Warrior* 14 Knoten machte, würden sie gegen Mitternacht die Straße von Dover passieren und am Morgen in ihrem Zielhafen festmachen.

Er war auf dem Norweger wesentlich zufriedener als auf der *Anabel*, denn die Maschine funktionierte gut, und da 26 Mann Besatzung an Bord waren, konnte ein geregelter Wachplan eingehalten werden. Dennoch überfiel ihn immer häufiger das Verlangen, mit den Überlebenden seiner alten Crew zusammenzusein. Nur zu gern hätte er mal wieder mit Meinert Abeling geredet. Den Koch Heiner Nickelsen, der mittlerweile in einem Bremer Schlachthof arbeitete, hatte er ja im Frühjahr durch Zufall getroffen. Ob es ihm wohl Spaß macht, fragte er sich, tagaus, tagein in einer weißgekachelten Halle Rinder und Schweine zu zerlegen?

Er stellte sich an das geöffnete Bullauge, nahm aber die endlose graue Wasserfläche, die vor ihm lag, gar nicht wahr, sondern versank in Erinnerungen. Er war wieder bei den fünf Männern auf der Rettungsinsel, sehnte sich nach ihnen, wollte mit ihnen reden oder wenigstens mit einem von ihnen. Und da die drei Nautiker und der Matrose wahrscheinlich in alle Himmelsrichtungen verstreut waren, hielt er sich an den einen, von dem er meinte, daß er ihn noch am ehesten antreffen würde, an Heiner Nickelsen. Ich werde, beschloß Rogge, wenn ich morgen nach Hause fahre, einen Abstecher nach Bremen machen!

Sein Anruf bei dem Bremer Schlachthof am nächsten Tag brachte eine Überraschung. Er stand in einer Telefonzelle in Rotterdam, wählte und wurde mit einem Herrn Sievers verbunden. Heiner Nickelsen, so wurde ihm mitgeteilt, hatte vor kurzem seinen Job aufgegeben, weil – wie Nickelsen sich wohl ausgedrückt hatte – Schlachthöfe nun mal nicht sein Ding seien. Es ziehe ihn zur christlichen Seefahrt zurück.

Rogge wollte Näheres wissen. Welche Reederei? Welches Schiff? Welches Fahrtgebiet? Aber da hielt sich der andere mit Antworten zurück. Auch die private Anschrift und Telefonnummer gab er nicht preis. Mit einer interessanten Einzelheit jedoch rückte er heraus, und dabei klang Bedauern über Heiners Weggang mit. „Plötzlich tauchte", sagte Sievers, „ein Mann hier auf, sprach mit Herrn Nickelsen, und noch am selben Nachmittag erfolgte die Kündigung."

Berthold Rogge blieb noch eine Weile in der Zelle stehen, überlegte, suchte sich dann im Telefonbuch die Nummer der internationalen Auskunft, fragte dort nach, doch Heiner hatte keinen Anschluß. Womöglich ist er schon auf See, dachte er, und hat in Bremen gar keine Wohnung mehr und also auch kein Telefon.

Er nahm den nächsten Zug, der in Richtung Hamburg fuhr. Seine Familie erwartete ihn mit Ungeduld, das wußte er, und auch er freute sich auf das Wiedersehen. Trotzdem, der Mann, der es offenbar im Handumdrehen geschafft hatte, den einstigen Koch der *Anabel* wieder für die Seefahrt zu erwärmen, ging ihm nicht aus dem Sinn, und noch ehe der Zug die Grenze passiert hatte, entschied er sich anders, denn zu sehr drängte es ihn, Näheres über diese Abwerbung zu erfahren. Immerhin hatte Heiner bei ihrem letzten Treffen gesagt, für ihn kämen in Zukunft nur noch Posten an Land in Frage, es sei denn, Kapitän Abeling brauche ihn.

In Bremen stieg er aus dem Zug, verstaute sein Gepäck in einem Schließfach und verständigte seine Frau, sagte ihr, er werde erst in ein paar Stunden kommen. Sie, die derlei Terminänderungen gewohnt war, erklärte kurzerhand, dann werde sie den Schmorbraten eben einen Tag später auf den Tisch bringen.

Auf dem Bahnhofsvorplatz winkte er ein Taxi heran und ließ sich zum Schlachthof fahren. Sievers sei außer Haus, hieß es dort, doch man erwarte ihn jeden Augenblick zurück. So setzte er sich in den Aufenthaltsraum. Nach einer Viertelstunde war der Mann zurück. Er bat den Besucher in sein Büro.

„Herr Sievers", sagte Rogge, „ich weiß, Datenschutz ist etwas Heiliges, und daher dürfen Sie mir nicht so ohne weiteres Auskunft geben über Heiner Nickelsen. Aber ich muß ihn unbedingt sprechen und brauche nun mal seine Adresse oder seine Telefonnummer. Er selbst wäre mit Sicherheit sehr betroffen, wenn er später erführe, meine Suche nach ihm habe sich in diesem Büro totgelaufen. Er und ich waren acht Tage im Atlantik verschollen, zusammen mit vier anderen Schiffbrüchigen. Wir hatten schon mit unserem Leben abgeschlossen, als wir, fast verdurstet, von einem dänischen Frachter gerettet wurden. Das war vor fast einem Jahr, und unglücklicherweise habe ich Heiner später aus den Augen verloren. Ich wußte nur, daß er hier einen Job gefunden hatte. Ja, und nun brauche ich ihn, denn die Familie eines Toten – dreizehn unserer Männer gingen mit dem Schiff unter – muß etwas erfahren, worüber nur er Bescheid weiß."

„Ist doch klar", unterbrach Sievers ihn, „ich helfe Ihnen, so gut ich kann. Im übrigen weiß ich von dem Unglück. Aber heute morgen, da hatte ich ja noch keine Ahnung von dieser Dringlichkeit. So ein Riesengeheimnis ist das, was auf dem Personalblatt unseres Herrn Nickelsen steht, nun auch wieder nicht. Aber seine neue Anschrift habe ich wirklich nicht. Doch er gab mir die Adresse seiner Schwester, und die kriegen Sie jetzt." Sievers blätterte in einer Kartei, las vor, und Rogge schrieb mit.

„Und wann hat er hier aufgehört?" fragte er dann.

„Vor zwei Wochen. Wie schon gesagt, das ging ruckzuck. Wir bedauern seinen Weggang, denn er war tüchtig und zuverlässig."

„Und der Mann, der hier erschien, um Ihnen Heiner auszuspannen ..., war der etwa Mitte Fünfzig, größer als ich, auch kräftiger, mit grauem Haar ..."

„Nein, er war sehr schlank, ungefähr vierzig Jahre alt, dunkelblond."

„Den Namen wissen Sie nicht?"

„Ich habe schon die ganze Zeit nachgedacht, denn gewußt habe ich ihn. Herr Nickelsen stellte mir den Mann vor. Warten Sie ..., so ähnlich wie Gießkanne ..."

„Kannegieter?"

„Natürlich! Kannegieter. Er sprach mit holländischem Akzent. Mit dem Namen können Sie offenbar was anfangen, oder?"

„Das ist einer von den Überlebenden. Er wär beinahe draufgegangen. Ein treibender Container hat ihm den Rücken abgehobelt. Schiff und Reederei wissen Sie wirklich nicht?"

„Tut mir leid. Ich hatte sogar den Eindruck, Nickelsen selbst hatte noch gar keine näheren Informationen. Als ich ihn fragte, wohin die erste Reise denn ginge, sagte er, das liege noch nicht fest, aber er habe sich ab sofort bereitzuhalten."

Rogge stand auf, bedankte sich und verließ das Büro. Neben dem Eingangstor des Schlachthofs entdeckte er eine Telefonzelle. Er betrat sie und wählte die Nummer, die er von Sievers bekommen hatte. Eine Frau Lüben meldete sich. Auf seine Frage nach Heiner Nickelsen antwortete sie: „Ja, mein Bruder wohnt zur Zeit bei uns, aber er ist im Moment nicht da, er kommt erst heute abend gegen acht."

Seinen Namen hatte er ihr schon genannt. Nun erzählte er ihr, woher er ihren Bruder kannte. „Ah, Sie sind der Chief! Heiner hat oft von Ihnen gesprochen. Kommen Sie doch gegen acht einfach mal vorbei."

Er machte sich auf den Weg zum Bahnhof, dachte nach: Piet Kannegieter hatte Heiner sozusagen wieder zu den Fahnen gerufen, und der war ihm spontan gefolgt. Das waren schon zwei der sechs Überlebenden der alten Crew, und da Heiner ja gesagt hatte, er werde nur dann zur Seefahrt zurückkehren, wenn Abeling ihn brauche, mußte man davon ausgehen, daß Kannegieter auf dessen Betreiben hin im Schlachthof erschienen war. Das hieß: Drei hockten wieder zusammen. Der vierte war er selbst. Bleiben zwei, von denen Guillermo nicht unbedingt mitzählte, da Abeling vermutlich Schwierigkeiten hatte, ihn aufzutreiben. Stellte sich also nur noch die Frage: Was war mit Camacho?

Er winkte ein Taxi herbei, holte sein Gepäck vom Bahnhof und nahm sich in der Innenstadt ein Hotelzimmer.

Er wußte, daß Camacho zu einer großen spanischen Reederei in Valencia übergewechselt war. Das hatte Heiner ihm damals erzählt, und er hatte auch den Namen des Schiffes genannt: *Delfino*. Er rief das spanische Generalkonsulat in Hamburg an, doch dort konnte man ihm nur indirekt weiterhelfen. Das spanische Verkehrsamt in Frankfurt sei in diesem Fall eher zuständig, erfuhr er und ließ sich die Telefonnummer geben.

Also rief er in Frankfurt an und erhielt eine Liste mit Adressen und Telefonnummern von Reedereien, die in Valencia beheimatet waren. Gleich bei der ersten wurde ihm mitgeteilt, die *Delfino* fahre nicht unter ihrer Flagge, sondern gehöre einer Reederei mit dem Namen *Compañia Naviera Gallegos*.

Er wählte, bat, nachdem eine Frauenstimme den Namen der Reederei genannt hatte, mit der Personalabteilung verbunden zu werden, und bekam dann Auskunft von einem Señor Rivera: Der Zweite Offizier der *Delfino,* Umberto Camacho, hatte nach einer Reise von Vietnam nach Israel am 14. August in Haifa abgemustert. Wo er danach abgeblieben war, wußte Señor Rivera nicht, aber er meinte gehört zu haben, daß er zu seiner alten deutschen Reederei zurückgekehrt sei.

Er bedankte sich für die Informationen, legte den Hörer auf, ging hinunter in die Hotelbar und setzte sich an einen der kleinen runden Tische. Eigentlich hatte er etwas essen wollen, aber nach der jüngsten Meldung war ihm der Appetit vergangen, und so ließ er sich eine Cuba Libre bringen. Zu dieser Nachmittagsstunde war er fast allein in der Bar. Er holte sein Notizbuch hervor und blätterte darin. Es ist ausgeschlossen, dachte er, daß Camacho noch mal bei Schottmann angeheuert hat. Da irrt Señor Rivera. Vielleicht ist eine Formulierung gefallen wie „Camacho geht zu seiner alten Crew in Deutschland". Für ihn bedeutete es „zur alten Reederei", für mich aber „zu Abeling und Co.". Ja, das, was ich geahnt, was ich befürchtet habe, wird stimmen: Sie sind wieder zusammen, der Alte, der Erste, der Dritte und der Koch. Aber einer fehlt, der Chief Berthold Rogge!

Er trank aus, bestellte eine zweite Cuba Libre. Je länger er grübelte, desto trauriger wurde er. Was lief da ab und an ihm vorbei? Was hatte Meinert Abeling bewogen, die bermudaerprobten Männer um sich zu scharen und einen auszulassen? Um welches Schiff ging es, oder ging es am Ende gar nicht um die Seefahrt? Wie er es auch wendete, es kam immer das gleiche Unbegreifliche heraus: Die Männer der *Anabel,* vor einem Jahr durch Todesangst und Entbehrung zu einer einzigartigen Überlebensgemeinschaft zusammengeschweißt, sammelten sich wieder, und er war nicht dabei! Das schnitt sich tiefer ins Herz als ein Klassentreffen, bei dem man einen vergaß. Das war Verrat!

Oder war alles doch ganz anders? Hatten Kannegieter und Heiner nur ein harmloses Treffen gehabt, und alles andere waren Hirngespinste? Ein abenteuerlicher Gedanke schoß ihm durch den Kopf. Señor Rivera hatte gesagt, Camacho sei wohl wieder bei seiner alten deutschen Reederei. Vielleicht war das überhaupt keine Verwechslung! Es mußte ihm, gerade ihm, doch glaubhaft erscheinen, daß Schottmann den Dritten Offizier geködert hatte mit einem lukrativen Job und einer Einmalzahlung obendrauf. Auch Camacho konnte geschmiert worden sein, und damit wären es dann schon zwei, die vor dem Seeamt die Auffassung zu vertreten hatten, nicht das Schiff selbst, sondern der Sturm sei die Ursache der Katastrophe gewesen.

Das würde sich feststellen lassen! Also hinauf ins Zimmer und erneut ans Telefon. Ose Volquardsen meldete sich, die seit der Gründung zum Reedereiteam gehörte und die er gut kannte. Er stellte seine Frage ganz direkt: „Fährt Herr Camacho, der damals Dritter auf der *Anabel* war, wieder für Schottmann?“ Die Antwort lautete: „Nein. Ich habe nie wieder was von ihm gehört.“ Er fragte nach Abeling, Kannegieter, Nickelsen und Guillermo, begründete seine Neugier mit dem Wunsch, Kontakt aufzunehmen mit den alten Gefährten. Aber Ose Volquardsen wußte nichts. Er bedankte sich und beendete das Gespräch.

Mit aller Macht stürmte die alte Befürchtung wieder auf ihn ein. Ja, es war Verrat, egal, aus welchem Grund die anderen sich sammelten. Der Überlegung, daß es auf einem Schiff selten vier oder fünf Vakanzen auf einmal gab und diese dann ja auch noch mit den jeweiligen Befähigungen übereinstimmen mußten, stand eine andere gegenüber: Vielleicht sollte irgendwo ein Neubau in Dienst gestellt werden, und Abeling hatte die Aufgabe übernommen, dafür die Mannschaft zusammenzutrommeln. Doch ob nun so oder so, er war nicht gefragt worden.

Als er eine halbe Stunde später mit seiner Frau telefonierte, merkte sie ihm seine Niedergeschlagenheit an. „Was hast du, Berthold?“

„Ach, nichts von Belang. Ich habe mich ein bißchen geärgert. Es hieß, nach dem Löschen in Rotterdam käme die *Sea Warrior* in die Werft. Ist nicht. Erst nach der nächsten Reise. Darum wird mein Urlaub kürzer ausfallen.“

„Kürzer als die drei Tage jetzt?“

„Nein, die bleiben. Ich hatte mit mehr gerechnet, wollte dich damit überraschen. Nun wird nichts draus.“

„Und warum mußt du in Bremen übernachten?“

„Heiner Nickelsen hat mich eingeladen. Und ehe ich morgen oder übermorgen extra wieder nach Bremen fahre, mach ich es lieber mit einem Zwischenstopp. Und weil es spät werden kann, dachte ich, ich geh besser ins Hotel.“

Sie wünschte ihm einen schönen Abend mit seinem, wie sie sich ausdrückte, Leidensgenossen von damals.

Um acht Uhr stand er vor Heiner Nickelsens Tür. Ein überschäumendes Hallo wurde es nicht, und sie hatten sich kaum begrüßt, da teilte Heiner ihm auch schon mit, er habe für den späteren Abend noch eine Verabredung, aber auf ein Bier oder zwei lade er ihn in die Kneipe gegenüber ein.

Es waren nur ein paar Schritte. Sie setzten sich, bestellten und bekamen ihr Bier. Erst nachdem einige alte Geschichten aufgewärmt waren, rückte Rogge mit dem, was ihm auf der Seele lag, heraus, wenn er es auch nicht direkt benannte: „Und du willst also doch wieder zur See fahren?"

„Ja, es geht bald los. Es gibt mehrere Gründe. Erstens: Fast jeden Tag den armen Viechern den Stahlbolzen in die Birne zu schießen ist ein lausiges Geschäft. Zweitens: Ich vergesse allmählich meine schönen Kochrezepte. Drittens, und das ist für mich das wichtigste: Ich will mir später mal ein Haus bauen. Eine Heuer bedeutet freies Wohnen, freie Kost und viele Wochen, in denen ich überhaupt keine Chance habe, Geld auszugeben, so daß ich sparen kann."

So stichhaltig das alles auch klang, Rogge nahm es Heiner nicht ab, behielt seine Zweifel aber für sich. „Welche Reederei?" fragte er. „Welches Schiff, wie groß, wie alt, welche Route, welcher Kapitän?"

„Das ist ja gleich ein ganzer Sack voller Fragen! Also, der Zossen heißt *Huascaran,* die Reederei ist Ziemann & Gräfing. Ausgeflaggt nach Zypern. Einsatzgebiet: Levante und Ostafrika. Das Schiff ist achttausend Tonnen groß und zwölf Jahre alt. Stückgut und Container. Der Kapitän hat gerade gewechselt, und wie der neue heißt, weiß ich nicht. Alle Offiziere sowie Funker und Koch sind Deutsche, der Rest kommt aus Billiglohnländern. Zufrieden?"

Wieder glaubte Rogge dem Koch kein Wort. Die Antworten waren zu glatt gekommen, wie auswendig gelernt. „Und wieso taucht plötzlich Piet Kannegieter bei dir auf?"

„Wir waren in Kontakt geblieben, lose, und ich hatte ihm gesagt, wenn er was wüßte, sollte er mir Bescheid geben. Na ja, und nun hatte er erfahren, daß für die *Huascaran* ein deutscher Koch gesucht wurde."

„Hast du mal was von Abeling gehört?"

„Nein. Aber ich schätze, dem geht der Arsch auf Grundeis. Lange kann es nicht mehr dauern bis zur Seeamtsverhandlung."

„Und Camacho?"

„Ich weiß nur, daß er für eine spanische Reederei fährt."

„Fehlt noch Kannegieter. Was macht der? Fährt er?"

„Nee, der hat vollauf zu tun mit seiner Scheidung. So, jetzt bist du an der Reihe! Wie ist es bei den Norwegern?"

Er berichtete, und als ihre Gläser leer waren, sah Heiner auf die Uhr. „Ich muß mich allmählich auf die Socken machen, mich vorher auch noch umziehen. Um zehn hole ich sie ab. Dann hat sie Feierabend. Sie arbeitet in einer Taxizentrale."

Sie verabschiedeten sich vor der Kneipe, wünschten sich gegenseitig gute Fahrt. Rogge sah, wie Heiner in der Haustür verschwand, stellte sich in eine Einfahrt. Es war halb zehn. Bis halb elf blieb er auf seinem Posten. Also wollte er mich los sein, dachte er enttäuscht, während er sich zu Fuß auf den Weg zurück ins Hotel machte. Da möchte man einen Freund besuchen und stellt fest, daß er gar keiner mehr ist.

16

Sie hatten zu spüren bekommen, wie schwierig es war, einen Menschen zu entführen. Es war schon ihr vierter Versuch, dem Reeder in einer Situation nahe zu kommen, in der es keine Zeugen gab. Die beiden ersten Male hatte er zwar ohne Begleitung in seinem Auto gesessen, war aber nur in belebten Gegenden unterwegs gewesen, so daß keine Gelegenheit bestand, sich seiner beim Aus- oder Einsteigen zu bemächtigen. Der dritte Versuch hatte vielversprechend begonnen. Schottmann hatte sich bis spätabends in der Reederei aufgehalten, und als er das Gebäude dann endlich verließ, machte er sich zu Fuß auf den Heimweg. Sie waren bereits an den Bürgersteig herangefahren, wollten aus dem Wagen springen, ihn packen und ins Auto zerren, da war plötzlich ein Mann um die Ecke gekommen. Die beiden hatten sich begrüßt und waren dann gemeinsam weitergegangen bis zu Schottmanns Privathaus.

Jetzt aber, bei diesem neuerlichen Anlauf, mußte es klappen! Sie hatten herausgefunden, daß Schottmann sich in Brunsbüttel mit einem Seelotsen treffen würde, und waren ihm nachgefahren. Das Essen der zwei Männer hatte bis kurz nach 23 Uhr gedauert, und sobald sie sich auf dem Parkplatz des Restaurants voneinander verabschiedet hatten und der dicke Daimler des Reeders in Richtung Norden abgebogen war, nahmen Abeling und Kannegieter die Verfolgung auf. Schon vor längerem hatten sie Abelings Volvo mit einem Autotelefon versehen. Auch in Schottmanns Wagen gab es, das wußten sie, eine solche Anlage.

Sie befanden sich auf einer zu dieser späten Stunde kaum befahrenen Bundesstraße. Abeling saß am Steuer. Er fuhr bis auf etwa zwanzig Meter an seinen Vordermann heran, und dann nahm Kannegieter den Hörer auf, wählte die Nummer des Schottmannschen Autotelefons. Der Reeder meldete sich mit einem knappen: „Ja?“

„Hallo, Herr Schottmann“, sagte Kannegieter, „hier spricht einer, der Ihnen helfen will. Ich rufe Sie aus Brunsbüttel an. Eines vorweg: Legen Sie in Ihrem eigenen Interesse nicht auf! Sie würden sonst nicht erfahren, wie bedrohlich die Lage ist, in der Sie sich befinden. Sie haben dreizehn Seeleute auf dem Gewissen. Die Eltern eines dieser Toten haben mich engagiert. Aber ich bringe es nicht über mich, das zu tun, was sie mir aufgetragen haben. Darum dieser Anruf. Unter Ihrem Wagen ist eine Sprengladung angebracht worden. Es sind acht gebündelte Dynamitstangen, und sie sitzen unter der Bodenwanne. Sie haben noch genügend Zeit, um sich in Sicherheit zu bringen. Das Auto fliegt in einer Minute in die Luft, denn der Zeitzünder ist auf 23.33 Uhr eingestellt. Ende.“

Sie hörten das Quietschen der Reifen, bremsten ebenfalls. Der Mercedes kam zum Stehen, der Volvo gleichfalls, nur wenige Meter dahinter. An beiden Autos blieben die Lichter eingeschaltet. Das nun folgende Geschehen spielte sich in Sekundenschnelle ab. Sie hatten ihre Masken übers Gesicht gezogen, alles bereitgelegte Zubehör aufgenommen und waren ausgestiegen. Schottmann war gleich nach dem Verlassen des Autos über die etwa einen Meter hohe Hecke gesprungen, die die Bundesstraße säumte. Sofort setzten sie ihm nach. Abeling ließ die Taschenlampe aufblitzen, und da sahen sie ihn mit acht bis zehn Meter Vorsprung über das unwegsame Stoppelfeld hetzen.

„Stehenbleiben, oder wir schießen!“ rief Kannegieter.

Schottmann lief einfach weiter.

Kannegieter, der aufgeholt hatte, machte einen letzten großen Sprung und packte Schottmann an der Schulter, so daß der, jählings aus vollem Lauf zum Stoppen gebracht, hinfiel. Danach war es ein leichtes, ihn zu überwältigen. Während Abeling im Licht der Taschenlampe Schottmann die Schreckschußpistole in die Seite drückte, legte Kannegieter ihm Handschellen um die auf den Rücken geführten Hände. Anschließend stülpte er dem Reeder einen grobmaschigen Sack über, der so groß war, daß er bis zu den Hüften hinabreichte.

„Was wollen Sie von mir?“ Laut und herrisch drang Schottmanns Stimme aus dem Sack.

„Das werden Sie schon noch erfahren“, sagte Kannegieter. „Erst mal geht es zurück zur Straße." Er packte einen Sackzipfel und zog Schottmann hinter sich her.

Nachdem sie die Hecke erreicht hatten, ging Abeling voraus und prüfte den Verkehr auf der Bundesstraße. Er wartete zwei vorbeifahrende Autos ab, blinkte dann kurz mit der Taschenlampe, worauf Kannegieter seinen Gefangenen durch das Gebüsch drückte, ihn zum Volvo bugsierte und dort auf den Rücksitz schob. Danach stieg auch er ein und startete.

Abeling fuhr Schottmanns Auto, und als sie nach etwa zehn Kilometern einen Rastplatz erreicht hatten, wurde es dort unbeleuchtet abgestellt. Abeling stieg bei Kannegieter ein, der am Steuer blieb.

Sie gingen auf Gegenkurs, passierten Heide und fuhren auf der Autobahn weiter in Richtung Hamburg, ließen die Stadt hinter sich und hielten auf Bremen zu.

Schottmann hatte schon mehrmals versucht, Aufschluß über den Grund seiner Entführung zu erhalten, doch Abeling war stumm geblieben.

„Noch einmal: Geht es um Geld?" fragte Schottmann wieder und machte sogar ein Angebot: „Wenn es so ist, können wir die Sache unverzüglich hinter uns bringen. Ein Anruf in Husum, und die Summe wird bereitgehalten."

„Seien Sie endlich still!"

Schottmann ließ sich nicht beirren. „Sie sprechen mit holländischem Akzent", sagte er, „und der Kerl neben Ihnen macht die Schnauze nicht auf. Ist er stumm, oder hat er Angst, ich könnte ihn an seiner Stimme erkennen?"

„Sie reden sich noch um Kopf und Kragen! Wissen Sie denn nicht, wie gefährlich es ist, Kidnappern irgendwelche Vermutungen über deren Identität mitzuteilen?"

„Sie sagten am Telefon, ich hätte dreizehn Seeleute auf dem Gewissen und Sie seien ein gedungener Killer. Der Fall ging durch die Presse, aber das ist lange her, und heute weiß kaum noch jemand, daß es dreizehn Männer waren, die bei dem Schiffsunglück ertranken. Sie wissen es! Haben Sie was zu tun mit dem Untergang der *Anabel?*" Er bekam keine Antwort. „Als Sie mich überfielen", fuhr er fort, „waren Sie maskiert. Das kann zwei Gründe haben. Erstens: Sie wollen verhindern, daß ich Sie später, wenn es um die Fahndung geht, beschreibe. Zweitens: Ich kenne Sie. Welcher der beiden Gründe trifft zu?"

Abeling meldete sich plötzlich zu Wort: „Die zweite Version trifft zu."

„Also Sie, Abeling!" tönte es aus dem Sack. „Sie stecken dahinter! Ich hätte es mir denken können. Aber verlassen Sie sich darauf, das Ganze wird Sie teuer zu stehen kommen!"

„Ist einkalkuliert", antwortete Abeling und fügte hinzu: „Trotzdem werde ich unterm Strich ein dickes Plus haben."

Danach war es lange Zeit still. Gegen vier Uhr in der Nacht kamen sie in Emden an, erreichten die Pier, an der die *Rasputin* lag. Sie zogen Schottmann den Sack vom Kopf, knebelten ihn, und während Kannegieter zunächst mit dem Gefangenen im Wagen blieb, ging Abeling an Bord, prüfte die Lage, kehrte zurück und flüsterte Kannegieter zu, daß die Besatzung teils schlafe, teils an Land sei und er den Wachmann angewiesen habe, unter Deck seine Runde zu machen.

Sie nahmen Schottmann in ihre Mitte, bestiegen die Gangway und führten ihn in die Kapitänskabine, die aus zwei Räumen mit je einer Koje bestand.

„Ich schlafe hier im Salon", sagte Abeling zu Schottmann, „und Sie wohnen nebenan. Ich schließe Ihre Tür zu, nehme Ihnen aber vorher den Knebel und die Handschellen ab."

Sobald Schottmann vom Knebel befreit war, fauchte er: „Und also auch Sie, Kannegieter!"

„So ist es. Ich stehe, wie Sie sehen, zu meinem Kapitän, und da bin ich, Sie werden es bald merken, nicht der einzige."

17

„Leider", sagte Kommissar Bernardy, „tappen wir noch immer im dunkeln." Sie saßen in der Bibliothek des Schottmannschen Hauses, der Beamte der Husumer Kriminalpolizei, die Reedersfrau und der Sohn. „Für keins der üblichen Muster", fuhr der Mann von der Kripo fort, „gibt es einen Anhaltspunkt, weder für einen Unfall noch für ein Verbrechen. Sagen Sie, hat er vielleicht in einer persönlichen Krise gesteckt?"

„Wie meinen Sie das?" fragte Marianne Schottmann.

„Na ja, der Mann mittleren Alters, den plötzlich die Frage umtreibt ‚Das soll alles gewesen sein?' und der Familie, Beruf und Freundeskreis aufgibt, um an einer anderen Ecke der Welt ganz neu anzufangen."

„Ausgeschlossen! Er ist immer sehr stolz gewesen auf das, was er aufgebaut hat.“

„Oder könnte womöglich eine schwere, eine unheilbare Krankheit, von der Sie nichts wußten, ihn dazu getrieben haben, freiwillig aus dem Leben zu gehen?“

„Mein Mann ist gesund, und nach dem Urteil seines Arztes, noch vor vierzehn Tagen hier in diesem Raum verkündet, ist er sogar, gemessen an seinen Jahren, unverschämt gesund.“

„Gut“, faßte der Kommissar zusammen, „dann ist das einzige, was wir wissen, also folgendes: Vor drei Tagen hat er in Brunsbüttel mit einem Herrn Wieland zu Abend gegessen. Der hat ausgesagt, er habe nichts Auffälliges bemerkt. Das Treffen sei harmonisch, ja, sogar fröhlich verlaufen. Danach haben sie sich auf dem Parkplatz des Restaurants getrennt; der eine ist in Richtung Husum gefahren, der andere nach Hause.“

„Hat man den Wagen mittlerweile durchsucht?“ schaltete sich Rüdiger Schottmann ein.

„Bis zur letzten Sitzpolsterfalte. Resultat: Nichts von Belang. Mein Kollege, der den Mercedes entdeckt hat, erklärte, im näheren Umfeld habe es keine Besonderheiten gegeben. Das Auto war vorschriftsmäßig geparkt auf einem der Parkplätze. Wir haben es dann sichergestellt und labortechnisch untersucht. An Fingerabdrücken gab es nur seine eigenen und die von Ihnen beiden, außerdem ein paar verwischte. Im Seitenfach neben dem Fahrersitz befand sich nur das Übliche, ebenso im Handschuhfach. Dann war da noch eine wildlederne Brieftasche mit den Autopapieren, Führerschein, Zulassung, ADAC-Karte und so weiter. Übrigens, wie hielt er es damit? Einige Fahrer nehmen ja grundsätzlich, auch wenn sie nur fünf Minuten aussteigen, ihre Papiere mit, oder sie haben sie sowieso immer in der Jacke. Andere lassen sie einfach im Auto.“

„So macht er's“, sagte Schottmann junior. „Er ist da etwas lax.“

Bernardy wandte sich an Marianne Schottmann: „Ich muß noch einige Fragen stellen, die Ihr Privatleben betreffen.“

„Nur zu!“ antwortete sie. „Das gehört zu Ihrem Job.“

„War, Entschuldigung, ist Ihre Familie intakt?“

„Absolut. Natürlich, manchmal gibt es Differenzen, aber gravierend sind die nie.“

„Sie gehen, hörte ich, oft allein auf Reisen.“

„Ja, das stimmt. Mein Mann führt die Reederei und kann daher nicht jedesmal mitkommen, wenn ich in den Süden fahre. Und das muß ich, denn Husum im November oder im Januar oder Februar ist, Sie wissen es selbst, nicht sehr angenehm. Aber manchmal fliegen wir auch gemeinsam nach Spanien. Und in Zukunft will er das Ruder mehr und mehr unserem Sohn überlassen; dann wird auch er häufiger in unserem Haus in Andalusien sein, zusammen mit mir."

„Könnte es sein, daß eine andere Frau im Spiel ist?"

„Bestimmt nicht", antwortete sie, und Rüdiger Schottmann erklärte: „Ich arbeite Seite an Seite mit meinem Vater und kann nur sagen, bei seinem Pensum hat er keine Zeit für Eskapaden, und er ist auch nicht der Typ dafür."

„Wissen Sie, ob er Feinde hat?"

„Die hat er", erklärte der Sohn, „und das nicht zu knapp. Ich schätze, die hat jeder Reeder, aber das gilt genauso für die Chefs anderer Betriebe. Bei uns können es unzufriedene Besatzungsmitglieder sein, Kapitäne, Offiziere, Ingenieure, ja, sogar mit Matrosen erlebt man manchmal sein blaues Wunder. Auch Personen, die nicht auf unserer Gehaltsliste stehen, stellen sich gelegentlich quer, Makler, Schiffsausrüster, Angestellte der Werften, vielleicht auch mal ein Kollege vom Verband Deutscher Reeder oder irgendein Nörgler von der Seeberufsgenossenschaft, aber das alles mündet doch nicht in ein Verbrechen!"

„Tja, das wär's dann für heute." Bernardy steckte seinen Notizblock ein. „Nach drei Tagen ist mit einer Lösegeldforderung kaum mehr zu rechnen, aber für den Fall, daß sie doch noch eingeht, lassen wir unsere Geräte in der Reederei und hier im Haus eingeschaltet. Das Band läuft bei jedem Anruf mit."

Rüdiger Schottmann begleitete den Kommissar bis zur Haustür und ging, nachdem sie sich verabschiedet hatten, zurück in die Bibliothek.

„Ich habe große Angst", gestand Marianne Schottmann. „Welchen Reim sollen wir uns auf sein Verschwinden machen?"

„Bernardy meint ja, Erpresser warten nicht drei Tage und länger, bis sie sich melden, aber meiner Meinung nach irrt er sich in diesem Punkt. Selbst wenn eine ganze Woche vergehen sollte, kann es noch zu einer Erpressung kommen. Sich nicht melden, die Familie einfach warten lassen, das ist unter Umständen Teil der Strategie."

„Du meinst also, die Lösegeldforderung könnte noch kommen?"

„Ja."

„Und wenn es Rache ist? Du weißt, nach dem Untergang der *Anabel* wurde behauptet, Georg sei schuld am Tod der Seeleute."

„Rache? Nein, kann ich mir nicht vorstellen. Seeleute greifen nicht zu Mafiamethoden. Warten wir also die Lösegeldforderung ab."

„Ja", sagte sie, „und wir zahlen, egal, wie hoch sie ist."

18

Am Morgen des sechsten Reisetages fuhr die *Rasputin* mit halber Kraft durch die Biskaya, hielt sich dabei auf einer Route, die sie – weitab vom Land – fast am äußersten Rand des Golfs entlangführte.

Beim Verlassen des Emdener Liegeplatzes hatten die Männer auf der Brücke durch ihre Ferngläser beobachtet, daß vom Kai aus neugierige Blicke den über und über von Rost befallenen Frachter verfolgten. Auch später hatte vermutlich so mancher Seemann von seinem vorbeifahrenden Schiff aus den buntscheckigen Veteranen bestaunt oder belächelt, denn auf der Esbjerger Werft hatte man, dem Auftrag entsprechend, am jämmerlichen äußeren Zustand der *Rasputin* nichts geändert. Ihre technischen Einrichtungen hingegen waren von höchstem Standard. Abeling hatte dafür gesorgt, daß diese dem Gefangenen verborgen blieben. Schottmann durfte sich tagsüber zwar weitgehend frei an Bord bewegen, doch der Zutritt zur Brücke, zur Maschine und zur Funkstation war ihm verwehrt, und so litt er denn auch, ganz wie der Plan es vorsah, von Beginn an unter dem Eindruck, er sei auf einem wahren Seelenverkäufer, den schon ein leichter Sturm in Gefahr bringen würde.

Sie befanden sich bei westsüdwestlichem Kurs auf der Position 45° nördlicher Länge und 5° westlicher Breite. Von Emden aus war es durch die Nordsee gegangen, diagonal von Südost nach Nordwest, weil für den Bereich nördlich der Doggerbank Windstärke neun bis zehn gemeldet war. Bei Erreichen ihrer Zone war das Sturmtief bereits weitergezogen in Richtung Nordwest, und so waren sie auf diesem Kurs geblieben, zunächst bis zu den Orkneys, schließlich hinauf zu den Färöern. Aber es hatte den Anschein gehabt, als triebe der Wind seinen Schabernack mit ihnen. Sie hatten sich an seine Spur geheftet, waren dabei mit äußerster Kraft gefahren, doch auch dort oben war er ihnen entwischt.

Abeling war dann auf Gegenkurs gegangen, war denselben Weg

zurückgefahren und erst bei der Doggerbank auf Westsüdwest geschwenkt, um den Kanal anzusteuern. Zu diesem Zeitpunkt hatte er noch nicht entschieden, ob es danach der offene Atlantik oder die Biskaya sein würde. Daß es dann die Biskaya geworden war, hatte an der Wettervorhersage gelegen.

Doch bis jetzt waren auch hier die Stürme ausgeblieben. Trotzdem, von ruhigem Wasser konnte nicht die Rede sein. Die See war kabbelig und attackierte das Schiff mit kleinen, unangenehmen Stößen aus verschiedenen Richtungen. Bei Georg Schottmann hatten sie immerhin dazu geführt, daß er sich an diesem Vormittag nun schon zum dritten Mal übergeben hatte.

Es war ein zorniger Blick, mit dem der Gefangene den neben ihm an der Reling stehenden Kapitän bedachte. „Sie werden Ihr Leben lang nicht wieder froh! Das garantiere ich Ihnen."

„Ich gebe ja zu", erwiderte Abeling, „es ist hier etwas ungemütlich. Außerdem fahren wir, wie Sie vielleicht am Tiefgang abgelesen haben, im Ballast, und das verstärkt die Schaukelei. Wer nicht seefest ist, muß dann die Fische füttern."

„Quatsch!" lautete die Antwort. „Ich rede nicht vom dem bißchen Gekotze. Ich rede von dem Kapitalverbrechen, für das Sie mindestens acht Jahre hinter Gittern landen und Ihre sauberen Komplizen ebenso." Schottmann verschwand unter Deck.

Abeling ging auf die Brücke. Dort hatte Umberto Camacho die Wache, am Ruder stand Jules Queneau, ein zwanzigjähriger belgischer Leichtmatrose.

Auf spanisch sagte Abeling zu seinem Zweiten: „Das Schwanken bekommt ihm schlecht. Wir haben zwar leider noch nicht den großen Wind von vorn, aber immerhin hat er heute schon dreimal über der Reling gehangen."

„Ist eben kein Seemann", antwortete Camacho. „Seit Tagen rennt er durchs Schiff und versucht, jedem, auf den er stößt, klarzumachen, daß man an ihm ein Gewaltverbrechen verübt hat und daß er alle an Bord, die sich nicht auf seine Seite schlagen, vor Gericht bringen wird. Aber damit läuft er auf. Diejenigen, die ihn verstehen – ich meine, sprachlich –, sind seine Gegner, und was die Neutralen angeht, zahlt es sich aus, daß Sie und Piet auf miserable Englischkenntnisse Wert gelegt haben. Was macht er denn jetzt?"

„Er ist gerade unter Deck gegangen, hockt nun wohl wieder in der

Kammer und hadert mit dem Schicksal. Sein schönes Frühstück ist über Bord gegangen. Trotzdem, zu Mittag kriegt er, wie alle anderen auch, ein saftiges Steak und Schokoladenpudding. Er soll uns später nicht vorwerfen können, wir hätten ihn schlecht versorgt. Er hat immer saubere Bettwäsche, kriegt jeden Morgen zwei neue Handtücher, kann heiß und kalt duschen, darf Radio hören und sich Drinks mixen, und wir geben ihm sogar was zu rauchen. Er hat es bei uns so gut wie ein zahlender Passagier. Nur die höhere Gewalt können wir nicht von ihm fernhalten. Beten Sie heute nacht, daß der liebe Gott uns einen handfesten Sturm beschert!"

„Aye, aye, Sir!"

Abeling verabschiedete sich, winkte auch dem Rudergänger zu und ging in seine Kammer. Doch dort hielt er sich nur kurz auf. Er fand es lästig, Wand an Wand mit dem Gefangenen die Zeit zu verbringen. So suchte er die auf demselben Deck gelegene Lotsenkammer auf, einen kleinen Raum, der außer einer schmalen Koje, einem Stuhl, einem Bord mit ein paar seemännischen Handbüchern und einem winzigen Klapptisch nichts zu bieten hatte.

Bis jetzt war alles im großen und ganzen nach Plan verlaufen, doch eine Sorge machte ihm wirklich zu schaffen: er hatte auf den Wind gesetzt, den es zur Herbstzeit in der Biskaya doch fast immer gab, und was war nun? Mit einer kümmerlichen Stärke von vier bis fünf wartete er auf, und die war ganz sicher nicht geeignet, Georg Schottmann durch die Hölle gehen zu lassen.

Die Hölle. So etwa hatten Kannegieter und er sie für ihren Gefangenen entworfen: Ein Orkan fegt über das Meer, pflügt die See und beutelt die *Rasputin*, bringt die Männer nach Meinung des Gefangenen in Not, und zwar so sehr, daß die Schiffsführung beschließt, das Freifall-Rettungsboot klarzumachen und es – mit den Männern darin – über die Rampe in die kochende See zu schicken. Nur einer bleibt an Bord: Georg Schottmann. Ihm ist vorher mitgeteilt worden, daß man ihn auf dem Schiff zurücklassen werde und es dann allein in Gottes Hand liege, ihn überleben oder untergehen zu lassen. Einmal sollte er jene Todesangst durchleben, die die von ihm angeheuerten Männer der *Anabel* zu überstehen hatten. Danach, so hatten Kannegieter und er gemeint, würde er vielleicht bescheiden und demütig geworden sein und aus den erlittenen Qualen die richtigen Lehren ziehen.

Natürlich hatten sie nicht vor, ihn gänzlich im Stich zu lassen. Es sollte nur so aussehen. Sie würden in der Nähe bleiben, so daß sie per Funkortung jederzeit wußten, wo die *Rasputin* war, würden nach ein paar Tagen zurückkehren und wieder an Bord gehen. Ihr Täuschungsmanöver war wirklich gut geplant, bis hin zum scheinbaren Ausfall von Maschine und Funkanlage. Aber der Wind spielte nicht mit!

Er stand auf, verließ die Lotsenkammer, ging zu Piet Kannegieter. Der saß vor einer Flasche Bourbon, und in seinem Unmut ließ Abeling sich überreden mitzuhalten.

„Wie soll es jetzt weitergehen?" fragte der Holländer.

„Verflucht, ich weiß es nicht! Die Wetterkarten waren vielversprechend. Und was kommt? Ein lasches Lüftchen!"

„Ja, und das macht den Scheißkerl so dreist. Wir haben ihm eine große Lektion angekündigt, und nun tut sich seit Tagen nicht das geringste."

„Wenn wir morgen früh Kap Ortegal erreicht haben und das Wetter dann noch immer so ist wie jetzt, fahren wir erst mal auf derselben Route zurück bis Brest und hoffen, daß endlich was passiert. Natürlich können wir durch tollkühnes Navigieren ein paar Knalleffekte erzielen, aber das würde er durchschauen. Ich habe schon zu Camacho gesagt und sag es jetzt auch zu dir: Bete, daß der liebe Gott uns einen handfesten Sturm schickt!"

„Kann ich machen. Nur, im allgemeinen hört der nicht auf mich. Darum glaube ich, Nachdenken bringt mehr als Beten."

„Okay, dann denk nach! Ich tu's auch. Vielleicht fällt uns ja was Vernünftiges ein."

UMBRINGEN, dachte Georg Schottmann, wird der Verrückte mich nicht. Das hätte er einfacher haben können, ohne diesen absurden Aufwand und ohne die vielen Zeugen hier an Bord. Sie haben also was anderes vor, etwas, wobei ich am Leben bleibe.

Er hatte zu Abend gegessen, schob den Teller beiseite, stand auf und warf sich auf die Koje. Langsam ließ er seinen Blick durch die winzige Kajüte wandern, und wie schon viele Male davor rätselte er auch jetzt, was es mit der grotesken Ausstattung auf sich haben mochte. Es ist eine kümmerliche Bude, und doch ist sie anders als das übrige Schiff, das so aussieht, als wäre der letzte Anstrich vor dreißig Jahren erfolgt. Vom Spiegel, von den Lampen, dem Waschbecken, dem WC und den Sperrmüllmöbeln abgesehen, wirkt sie nicht wirklich verkommen. Die Keramikteile sind vergilbt und haben abgeplatzte Stellen, aber die

Leitungen sind neu! Ich bin sicher, der ganze Raum wurde erst kürzlich geschaffen und nur auf alt getrimmt. Was soll das? Was haben die mit mir vor? Eine Lektion erteilen, sagten sie. Was heißt das?

Das Schiff machte nun ruhige Fahrt. Es gingen keine Stöße mehr durch den stählernen Leib. Es war noch hell, denn das Abendessen wurde immer schon um sechs Uhr serviert. Zwischen neun und halb zehn war dann Zapfenstreich, und man schloß ihn ein. Das machte jedesmal dieser arrogante Kannegieter.

Er verließ seine Kammer, ging an Deck, stellte sich an die Reling. Es war angenehm warm. Ein leichter Nieselregen kam herunter. Zu seiner Überraschung entdeckte er einen sich ganz schwach vom grauen Himmel abhebenden Küstenstreifen am Horizont. Er überlegt: Wir sind seit acht Tagen auf See. Von Husum aus waren wir vier Stunden mit dem Auto unterwegs. Ich tippe, daß wir in der Deutschen Bucht gestartet sind. In Dänemark jedenfalls nicht, weil ein Grenzübertritt für sie zu heikel gewesen wäre. Bremen, Bremerhaven, Wilhelmshaven, Emden, einer dieser Plätze wird es gewesen sein. Acht Tage also und jetzt etwa zwanzig Grad Lufttemperatur ..., da käme die Westküste von Spanien oder Portugal in Frage, vielleicht von Nordafrika. Oder sie haben in der letzten Nacht die Straße von Gibraltar passiert und fahren nun durchs Mittelmeer.

Ein junger Mann, der deutlich erkennbar das linke Bein nachzog, trat, einen Eimer in der Hand, etwa drei Meter von ihm entfernt an die Reling und kippte Küchenabfälle ins Meer.

„Wo sind wir?“ fragte Schottmann ihn auf englisch.

„Im Atlantik“, antwortete der Bursche.

Schottmann zeigte auf die Küste. „Was für ein Land ist das da vorn?“

„Europa.“

„Geht es nicht ein bißchen genauer?“

„Wie bitte? Mein Englisch ist nicht gut.“

„Wie heißen Sie?“

„Ignacio.“

„Wo ist Ihr Zuhause?“

„In Mexiko. Aber ich muß jetzt arbeiten.“ Er ging auf die mittschiffs angebrachte schwere Eisentür zu, zog sie auf und stieg über das kniehohe Süll.

Einer aus dem Fußvolk, dachte Schottmann, das wahrscheinlich keine Ahnung hat, was hier abläuft, und nur so plappert, wie man’s ihm eingetrichtert hat. Der Verrückte hat ein paar Überlebende der *Anabel* um sich geschart und den Rest der Mannschaft vermutlich aus aller Herren Länder zusammengeklaubt.

Gerade wollte er die Treppe zum Captainsdeck hinaufsteigen, da verspürte er eine Bewegung im Schiff, die anders war als das gleichförmige Sichwiegen. Und jetzt sah er es auch: Der Bug schwenkte nach backbord und das nicht nur um ein paar Grade. Der Dampfer beschrieb einen großen Bogen.

Nanu, dachte er, was für ein Manöver soll das denn werden? Wollen die mich womöglich zurückbringen?

Der Bogen spannte sich immer weiter und hörte erst auf, als das Schiff auf Gegenkurs gegangen war.

Er stieg die Treppe hinauf. Oben angekommen, stieß er auf Kannegieter. „Na, haben Sie sich verfahren?“ höhnte er.

„Wieso?“

„Sie haben doch eben eine Kehrtwendung gemacht.“

Aber so leicht war der Holländer nicht herauszufordern. „Was“, sagte er, „Sie haben mitgekriegt, daß wir einen 180-Grad-Turn über Backbord gefahren sind? Mann, Sie lernen ja! Das muß ich sofort dem Käpt'n erzählen.“

19

Es war Camacho, der die Erregung der Gemüter heraufbeschwor. Abeling, Kannegieter, Nickelsen und er hatten über den Leerlauf ihrer Aktion debattiert. Entsprechend mißmutig war die Stimmung, als er sagte: „Ich habe das Gefühl, die Sache läuft uns aus dem Ruder.“

„Will jemand aussteigen?“ Barsch und frostig kam Abelings Frage.

Sie saßen in der Messe. Es war Viertel nach eins in der Nacht. Das Wendemanöver vor Kap Ortegal war vor 28 Stunden erfolgt. Am frühen Morgen hatte Abeling erneut die Richtung geändert. Sie hielten nun auf die Azoren zu, denn für das Gebiet dieser Inselgruppe hatten die Meteorologen ein kräftiges Sturmtief vorausgesagt. Das Problem war nur: Die Reise dorthin bedeutete einen Weg von knapp 1000 Meilen, würde also drei Tage dauern, und bis dahin konnte der Sturm sich wieder gelegt haben.

Camacho trank seinen Kaffee aus und beeilte sich, wieder auf die

Brücke zu kommen, denn er hatte die Wache. Einen Dritten Offizier besaß die *Rasputin* nicht. Da während dieser ganz besonderen Reise nur Eingeweihte auf der Brücke stehen sollten, hatte Abeling dessen Aufgaben mit übernommen.

„Und wenn das Wetter uns auch bei den Azoren versetzen sollte", sagte Kannegieter „dann fahren wir in unsere sturmerprobte Gegend, Bermudas, Bahamas, Florida, Golf von Mexiko, und kreuzen so lange, bis uns da ein Charly oder James oder John auf die Hörner nimmt."

„Es dauert neun Tage, bis wir drüben sind", gab Abeling zu bedenken. „Ein Tag reiht sich an den anderen, und nichts passiert. Schottmann wird längst denken, wir seien mit unserem Latein am Ende."

„Was haltet ihr davon", fragte Nickelsen, „wenn wir ihm eine nächtliche Unterrichtsstunde verpassen? Zu jedem Lernprozeß gehören Theorie und Praxis, und jetzt ist eben erst mal die Theorie an der Reihe. Sobald wir einen Sturm haben, kommt das andere, das *learning by doing*. Ich finde, wir schaffen ihn her, und zwar sofort, und heizen ihm ordentlich ein!"

Abelings Miene verriet Skepsis, und auch Kannegieter zeigte sich nicht erbaut von dem Vorschlag. „Drohungen hat er mittlerweile genug gehört", sagte er. „Nein, Leute, beim nächsten Schritt muß was Drastisches her."

„Er hat recht", sagte Abeling. „Am besten machen wir erst mal Schluß, und morgen sehen wir weiter."

Nickelsen ging in seine Kammer, aber Kannegieter blieb noch bei Abeling in der Messe, schenkte ihm und sich selbst Bier und Korn ein.

„Ich muß immer wieder an das denken", sagte Abeling, „was ich dem Assi versprochen hab, bevor wir ihn über die Kante kippten. Daß sein Tod nicht ungesühnt bleiben darf und daß Schottmann seine Schiffe in Zukunft anders führen muß."

„Caramba, jetzt weiß ich's!" Kannegieter sprang abrupt auf, packte Abeling bei den Schultern, schüttelte ihn und rief: „Ich weiß die Lösung! Ich weiß, wie wir's ohne Sturm machen können."

„Nämlich?"

Kannegieter begann auf und ab zu gehen. Endlich blieb er stehen, sah Abeling an und rief aufgeregt: „Umgekehrt muß es laufen! Wir warten hier so gottergeben auf den Wind, damit wir, wenn er endlich kommt, ins Freifallboot gehen können, um Schottmann für 'ne Weile seinem Schicksal zu überlassen. Aber er kommt nicht, der Wind. Also drehen wir den Spieß um, bleiben auf der *Rasputin* und setzen unsern Mann … natürlich nicht in das Boot, aber auf eine der beiden Rettungsinseln. Dann kriegt er's auch ohne Sturm ganz dicke, weil er mutterseelenallein auf dem kleinen Gummiteller unterwegs ist. Da schafft schon die Windstärke vier, was auf dem großen Pott erst ab neun oder zehn läuft."

„Du, das ist genial!"

„Nicht wahr? Mann, jetzt kriegen wir ihn dahin, wo wir ihn haben wollen, und das ohne den Riesenapparat, der uns vermutlich sowieso einen Haufen Probleme bereitet hätte. Dann hat er für ein paar Tage unseren Bermuda-Trip live, nur daß er irgendwo im Iberischen Becken stattfindet. Er kriegt genügend Proviant mit und Trinkwasser, auch Tabletten gegen Migräne und Schnupfen. Und ein Fernglas kriegt er und natürlich Signalraketen, dazu 'ne Schwimmweste und ein bißchen Tauwerk. Er kriegt alles, was wir hatten, nur – genau wie wir – kein eigenes Funkgerät. Aber wir bauen, gut versteckt, einen Sender in die Vinylwand, damit wir ihn jederzeit orten können, denn natürlich darf der Kerl uns nicht abhanden kommen. Dazu packen wir einen Akku als Verstärker."

„Diese Variante", meinte Abeling, „hätten wir Blindgänger schon vor einer Woche in der Nordsee haben können. Wirklich, deine Idee ist grandios!"

„Ja. Aber hör zu, ich schieb noch 'ne zweite nach. Der Geizkragen hat uns damals ja höchst minderwertige Rettungsinseln aufs Schiff gepackt. Ich schätze, die hatte er sich auf einem malaysischen Flohmarkt besorgen lassen. Die eine war zwar mit dem Nötigsten ausgestattet, aber doch uralt, hatte zum Beispiel keine Bedachung. Also kriegt er auch keine. Wir knöpfen sie, bevor wir ihn reinsetzen, einfach ab. Soll er sehen, wie er klarkommt! Wir mußten es auch."

„Einverstanden", erklärte Abeling. „Endlich kommt die Sache ins Rollen. Wir sind als Gangster keine Profis, haben Fehler über Fehler gemacht, aber jetzt steht der Plan. *Learning by doing,* so hat Nickelsen es genannt, und genau das soll Schottmann ein paar Tage lang machen. Wir wollen nur hoffen, daß ihn nicht schon nach zwei oder drei Stunden jemand auffischt."

„Das wird schon nicht passieren. Glaub mir, nun kriegen wir den Großkotz kirre! Der macht Schluß mit Habgier und Hochmut. Und wenn wir dann kommen, um seine Qualen zu beenden, und er uns am Horizont auftauchen sieht und noch nicht weiß, wer wir sind, dreht er fast durch vor Freude. So wie wir damals. Er schießt seine Raketen ab, und wir antworten. Wenn ihm schließlich dämmert, wer da auf ihn zudampft, wird das Ganze ein höchst zweischneidiges Erlebnis für ihn. Also, wann machen wir's?"

„Auf jeden Fall nachts, weil die Crew das nicht mitkriegen soll. Da die Sache zu viert besprochen und vorbereitet werden muß, schaffen wir es heute natürlich nicht mehr. Sagen wir, morgen. Bald nach dem Wachwechsel, gegen ein Uhr."

Noch gut eine Stunde lang erörterten sie die Einzelheiten des Programms. Dazu gehörte auch, sich zu überlegen, wo und wie sie, um die Funkpeilung zu gewährleisten, den Sender in die Wand der Rettungsinsel einbauen sollten, was ja nur in aufgeblasenem Zustand, also nach Wasserung möglich sein würde. Sie beschlossen, diese komplizierte Arbeit vom Heck des Schiffes aus vorzunehmen, während die *Rasputin* keine Fahrt machte, und Schottmann für die Dauer des Eingriffs nicht an Deck zu lassen. Den durfte er ja auf keinen Fall mitbekommen, denn sonst wüßte er, daß sie ihn an der langen Leine hatten und er sich nicht wirklich in Gefahr befand.

IN DER folgenden Nacht befanden sie sich ungefähr 450 Seemeilen westlich von Kap Finisterre. Der Wind kam mit Stärke drei aus Südost. Die Lufttemperatur betrug 18 Grad. Ein paar Sterne blinkten am Himmel, und ein schmales Stück Mond warf sein bleiches Licht übers Wasser. Die Maschine der *Rasputin* war gestoppt. Um Lärm zu vermeiden, hatten sie statt des Fallreeps nur die Jakobsleiter an Backbord hinuntergelassen.

Zu dritt kletterten sie die von Stricken gehaltenen hölzernen Sprossen hinab, vorn Piet Kannegieter, in der Mitte Georg Schottmann, dann Meinert Abeling. Camacho und Nickelsen verfolgten das Geschehen von ihren Plätzen aus; der eine stand auf der Backbordbrückennock, der andere lehnte an der Reling.

Vor der untersten Sprosse lag, mit Hilfe der Bergeleine vertäut, die Rettungsinsel. Kannegieter betrat ihre kleine Einstiegsrampe, stieg über die wulstige Wand, und auch Schottmann setzte über. Als letzter kletterte Abeling hinein. Er zog eine Stabtaschenlampe aus der Jackentasche, schaltete sie ein und legte sie auf dem Boden ab, so daß ein kleiner Lichthof entstand.

Da das Floß durch den Übertritt der Männer gehörig ins Schwanken geraten war, setzte Schottmann sich hin. „Kommen Sie mir bloß nicht zu nahe!“ sagte er, als die beiden anderen seinem Beispiel folgten.

„Keine Angst“, entgegnete Abeling, „Sie sind uns sowieso gleich los, aber vorher gibt’s noch eine kurze Durchsage. Dies alles ist nichts anderes als ein Akt der Gerechtigkeit. Damals, bei den Bermudas, hatten neunzehn Männer den Tod vor Augen. Dreizehn von ihnen mußten sterben. Die sechs übrigen bekamen eine Chance, allerdings nicht durch Sie. Trotzdem kriegen auch Sie eine. Wir befinden uns rund fünfhundert Meilen nordöstlich der Insel São Miguel. Das ist eine der Azoren. Das Meer hier um uns herum ist das Iberische Becken, und unser Standort ist ungefähr in der Mitte zwischen den Inseln und dem spanischen Festland. Wir werden Sie jetzt verlassen, denn in acht Tagen müssen wir in Fort Lauderdale Ladung nehmen. Aber was nun Sie angeht: Ihr weiterer Weg ist abhängig vom Schiffsverkehr und vom Wetter. Vielleicht ist Gott gnädig mit Ihnen, und man findet Sie schon heute früh nach Sonnenaufgang. Kann aber auch sein, daß es länger dauert. Wasser und Proviant reichen für vierzehn Tage. Und bei uns sieht es wie folgt aus: Wenn wir in Fort Lauderdale angekommen sind, gibt es vier Möglichkeiten. Nummer eins: Sie wurden frühzeitig gefunden, lebend, sind nach Deutschland zurückgekehrt und haben die Justiz eingeschaltet. Dann hätten wir nach dem Festmachen das FBI an Bord. Man würde Kannegieter und mich verhaften und eine Weile später der deutschen Gerichtsbarkeit ausliefern. Möglichkeit Nummer zwei: Sie werden lebend gefunden, kehren nach Deutschland zurück und halten über das, was hier an Bord passiert ist, den Mund, weil Sie auf dem Floß zu der Einsicht gelangt sind, daß Ihnen nichts anderes widerfahren ist als uns Überlebenden der *Anabel* und es also keinen Grund gibt, vor Gericht zu ziehen. In diesem Fall müßten Sie eine Geschichte erfinden, die Ihren Aufenthalt auf der Rettungsinsel erklärt. Drittens: Sie werden tot geborgen, vielleicht nach einigen Wochen, jedenfalls zu einer Zeit, in der Ihre Vorräte verbraucht sind. Dann wären wir ebenfalls aus dem Schneider, da uns kein Mensch mit Ihrer Odyssee in Verbindung bringen würde. Und schließlich viertens: Sie werden nie gefunden. Sie sehen, es steht drei zu eins für uns.“

„Was für eine Anmaßung! Sie reden von Gott, und in Wirklichkeit maßen Sie sich seine Rolle an. Abeling, Sie kommen in den Knast und Ihr Komplize ebenso! Mehr habe ich zu Ihrem Piratenstück nicht zu sagen.“

Kannegieter wandte sich dann an Abeling. „Wir sollten jetzt gehen", meinte er und machte Anstalten, über den Rand zu klettern, drehte sich aber noch einmal um und sagte zu Schottmann: „Übrigens, wenn Sie auf ein längliches rotes Paket stoßen, das im Meer treibt, dann ist das Luís Cabrera, unser Assi von der *Anabel.* Schade, daß Sie an der Seebestattung nicht teilgenommen haben." Er stieg über die Wand. Abeling folgte ihm. Die Taschenlampe hatte er zurückgelassen. Er kappte die Bergeleine und kletterte wie Kannegieter die Jakobsleiter hinauf.

Als sie wieder an Deck waren, holte Heiner Nickelsen die Leiter ein. Die *Rasputin* nahm, zunächst mit halber Kraft, wieder Fahrt auf. Zu dritt sahen sie dem rötlichen Schimmer nach, der schwächer und schwächer wurde und schließlich ganz verschwand.

Sie gingen in die Lotsenkammer, überzeugten sich davon, daß das Signal gut zu hören war. Danach suchten sie die Brücke auf. Abeling ordnete „Volle Fahrt voraus!" an. Sie setzten ihre Reise fort, aber natürlich wollten sie nicht nach Fort Lauderdale in den USA, sondern nur ein Stück westwärts und dann damit beginnen, die Rettungsinsel weitläufig zu umrunden, immer orientiert an den in der Lotsenkammer eingehenden Signalen.

20

Von einer andalusischen Badebucht aus betrachtet, hätte Schottmann das riesige, im Osten aus dem Meer auftauchende Gold berauscht. So jedoch, versetzt in eine Ungewißheit, an deren Ende der Tod stehen konnte, knüpfte er an die sich von Minute zu Minute weiter ausbreitende Helligkeit nur den einen Gedanken: Bringt sie mir ein Schiff?

Schon eine Weile vorher, beim ersten Dämmerlicht, hatte er mit seinem Fernglas immer aufs neue den Horizont abgesucht. Das tat er auch jetzt in regelmäßigen Abständen, hoffte inständig, daß irgendeine Kontur sich abzuheben begänne. Aber er entdeckte nichts außer einigen Wolkenfetzen.

Er hatte lange vor der wulstigen Wand gekniet, aber nun taten ihm die Beine weh, und er drehte sich um. Sein Blick wanderte über die an der Innenseite angebrachten Taschen, und gleich darauf nahm er das Fernglas ab, befestigte den Riemen an einer Schlaufe und öffnete eine Tasche nach der anderen, wollte die Ausrüstung, die man ihm mitgegeben hatte, untersuchen. Er zog alles hervor, breitete es vor sich aus. Da kam viel zusammen: Kappmesser, Schöpfbecher, Blasebalg, Paddel, Wurfring, Regenauffangbeutel und Schwimmweste; außerdem reichlich Proviant und mehrere Kanister mit Trinkwasser. Auch ein gefüllter Medikamentenkasten und Werkzeuge waren vorhanden, Ersatzbatterien für die Taschenlampe, Leuchtspurmunition und sogar ein Thermoanzug. Sie haben an alles gedacht, resümierte er, nur nicht an ein Funkgerät, oder es mir aus pädagogischen Gründen vorenthalten. Er machte sich daran, alles wieder einzuräumen.

Die Sonne stand jetzt schon recht hoch. Er zog seinen Pullover aus. Auch das Hemd legte er ab. Er öffnete eine der Proviantaschen, suchte die Konservendosen mit Corned beef, Brot und Butter heraus, schenkte Trinkwasser in einen Metallbecher und nahm eine kleine Mahlzeit ein. Zwischendurch nahm er immer wieder das Fernglas zur Hand, richtete den Blick auf jene Linie, an der Himmel und Meer aufeinanderstießen und an der sich das Wunder zeigen würde. Aber es blieb aus.

Er wußte, daß die Schiffahrtsstraße, die von Europa aus nach Südwestafrika führte, durch das Iberische Becken ging. Doch ebenso wußte er, daß es sich bei solchen Korridoren nur um empfohlene Routen handelte und die Kapitäne, sobald sie die Hoheitsgewässer der Anrainerstaaten verließen, freie Hand hatten und diese Strecken außer acht lassen durften.

Wie groß, dachte er, ist das verdammte Iberische Becken? Er machte eine skurrile Rechnung auf, gab dem Becken eine Länge und eine Breite von jeweils 350 Meilen, was höchst willkürlich war, weil es sich nicht um ein exakt berechenbares Binnengewässer, sondern um die offene, an ihren Rändern in den Ozean übergehende See handelte. Die Rettungsinsel war rund und hatte einen Durchmesser von etwa drei Metern. Er kannte die für die Berechnung von Kreisen erforderliche Ludolphsche Zahl, kam mit ihrer Hilfe auf einen Flächeninhalt von ungefähr sieben Quadratmetern. Und dann multiplizierte er überschlägig, um die andere, die große Fläche zu errechnen, und wußte schließlich: Das Iberische Becken war viele Milliarden mal so groß wie seine Insel! Das munterte ihn natürlich nicht auf. Im Gegenteil, ihm war nun endgültig klar, daß es sich bei seinem Floß um die berühmte Nadel im Heuhaufen handelte.

Er räumte die Konserven wieder ein, lehnte sich erneut gegen die Wand, dachte an Marianne und Rüdiger. Wie kommen sie mit meinem

Verschwinden zurecht? fragte er sich. Daß ich mich klammheimlich davongemacht haben könnte, werden sie nicht eine einzige Sekunde erwägen. Also gehen sie von einer Entführung aus oder sogar von Mord. Ob sie, wenn die Kriminalpolizei nach möglichen Tätern fragt, auf den Neurotiker von Sylt kommen? Ich fürchte nein.

GEGEN Abend nahm der Wind zu. Die Schwankungen der Rettungsinsel wurden stärker, und von Zeit zu Zeit setzten Spritzer über die Kante, besprühten ihn und benetzten den Boden. Das war nicht weiter schlimm, aber die Angst, der Wind könnte sich zum Sturm auswachsen, machte ihm zu schaffen, und so legte er ein Bündel Seile bereit, um sich, falls es nötig werden sollte, damit zu sichern. Ihm wurde übel, und nur unter Mühen konnte er den von Zeit zu Zeit einsetzenden Brechreiz unterdrücken.

Erst gegen zwei Uhr in der Nacht kam die Müdigkeit. Zum Glück hatte der Wind nicht mehr zugenommen, aber er blies doch noch so stark, daß sein Fahrzeug hin und wieder Wasser übernahm. Drei oder vier Liter mochten sich inzwischen in den abgesteppten Nähten des Isolierbodens angesammelt haben. Darum lenzte er nun, wischte den Rest mit einem Lappen auf. Danach schaltete er die Taschenlampe ein, band sich eine der Leinen um den Bauch und befestigte sie an einer Schlaufe. Er hielt seine Armbanduhr ins Licht. Es war 2.24 Uhr. Er legte sich hin, schlief kurz darauf ein.

Als er erwachte, war wieder das Gold da. Es war wie am Morgen davor, ein prächtiges Naturschauspiel, dem er sich gewiß hingegeben hätte, wenn es jetzt nicht ausschließlich darum gegangen wäre, ein Schiff aufzuspüren. Aber wohin er auch blickte, das Meer hielt keinen Hoffnungsschimmer bereit. Der Wind hatte gegen Morgen erneut zugenommen, und die Rettungsinsel machte beängstigende Sprünge, so daß er es vorzog, angebunden zu bleiben.

Er frühstückte. Es wurde ein karges Mahl aus Brot und Butter und Wasser. Als er den Teller, den Becher und das Messer in die Seitentasche zurücklegen wollte, fiel ihm eine Besonderheit auf. Zwischen zwei Kunststoffplatten, die das Geschirr schützten, hatte der Stoff einen kleinen Schaden. Eine Fläche von etwa zwanzig mal dreißig Zentimetern war offenbar aufgeschnitten und wieder zugeklebt worden, aber die obere linke Ecke hatte sich gelöst und war umgeklappt. Er riß den Flicken herunter. Doch was dann zum Vorschein kam, jagte ihm einen eisigen Schrecken ein. In der Kammer steckten zwei durch ein Kabel miteinander verbundene Kästen. Der eine hatte die Ausmaße einer Zigarrenkiste und war signalrot; der andere war schwarz, hatte die Form eines Würfels mit Kantenlängen von acht bis zehn Zentimetern und war unschwer als Akku zu identifizieren. Schon jedes der beiden Teile für sich hätte ihn stutzig gemacht. Zu zweit jedoch und dann auch noch miteinander verknüpft, versetzten sie ihn in höchste Erregung, denn schlagartig erinnerte er sich an seinen letzten Abend an Land und an die alarmierende Mitteilung, unter seinem Fahrzeug befinde sich eine Ladung Dynamit.

Er machte sich nicht klar, daß der Anruf damals nichts als ein simpler Trick gewesen war, sondern hatte allein den abrupten Stopp seines Wagens und den blitzschnellen Sprung im Kopf, und so – nur so – für den Bruchteil einer Sekunde in eine irrige Assoziation gelockt, konnte es geschehen, daß er seinen Fund für eine mit einem Zeitzünder versehene Bombe hielt. Er packte die Kästen und warf sie, so weit er konnte, über Bord. Gleich danach duckte er sich hinter die Kante.

Doch nichts geschah. Er atmete auf, sah übers Wasser. Die Kästen waren nicht mehr da.

Zu der Erkenntnis, soeben den wahrscheinlich verhängnisvollsten Fehler seines Lebens begangen zu haben, kam er schon wenige Minuten später. So böse, so mörderisch, schoß es ihm plötzlich durch den Kopf, sind sie ja gar nicht! Was sie hier eingebaut haben, sollte mich nicht umbringen, sondern am Leben erhalten. Klar, das war ein versteckter, mit Akku versehener Peilsender, der ihnen ständig meine Position angegeben hat. Und den werf ich Schwachkopf ins Wasser!

21

Es war Ignacio, der Abeling die Hiobsbotschaft überbrachte. Sie hatten für die Überwachung des Empfangsgeräts einen Zeitplan aufgestellt. Er sah vor, daß Heiner Nickelsen, Ignacio und José sich in vierstündigem Wechsel die Kontrolle des Signaltons und des magischen Auges teilten. Dabei brauchten sie nicht ununterbrochen vor dem Gerät zu sitzen. Nur jeweils zur vollen Stunde hatten sie die Überprüfung durchzuführen. Zwischendurch konnten sie sich auf dem schmalen Bett ausstrecken, durften auch schlafen, mußten aber den Wecker immer wieder neu stellen. Der hatte kurz vor acht Uhr Ignacio aus dem Schlaf geholt. Die Stille in dem kleinen Raum hatte ihn sofort alarmiert. Er war aufgesprungen. Das magische Auge leuchtete zwar, ließ jedoch keinerlei Bewegung erkennen.

Er rannte los. Es waren nur wenige Schritte bis zu Abelings Tür. Vor ihr stand der Mexikaner nun, klopfte ein paarmal, öffnete, ohne die Antwort abzuwarten, und trat ein.

Abeling, der im Bad war, hatte die Tür offengelassen, so daß er den Jungen sofort bemerkte. Im Bademantel und mit Rasierschaum im Gesicht kam er in den Salon und fragte: „Was gibt es?"

„*Se murió el receptor!*" Ignacios blumige Formulierung, das Empfangsgerät sei gestorben, hätte ihn, wenn der Inhalt der Mitteilung nicht so erschreckend gewesen wäre, sicher amüsiert.

„Wann?"

„Eben habe ich es bemerkt, und die vorangegangene Kontrolle liegt eine Stunde zurück. Da war noch alles in Ordnung."

„Sag Herrn Kannegieter und Herrn Camacho, sie möchten bitte sofort in die Lotsenkammer kommen."

Ignacio verschwand. Abeling wischte sich den Schaum vom Gesicht, schlüpfte aus dem Bademantel und zog sich an.

In der Lotsenkammer fand er die beiden Offiziere schon vor. Kannegieter war dabei, das Gerät zu untersuchen. Als er Abeling sah, sagte er: „Der Empfänger ist okay. Somit steht fest, daß da draußen irgendwas passiert ist. Aber wenn du nun wissen willst, was, kann ich dir nur lauter Möglichkeiten aufzählen, bei denen ich die Begründung, warum sie eigentlich nicht in Frage kommen, gleich mitliefern möchte. Erstens: Ein Schiff hat ihn gefunden. Dagegen sprechen jedoch gleich zwei Umstände. Wir hätten es auf unserem Radar sehen müssen. Falls ihn dennoch jemand an Bord genommen hat, wäre deswegen der Sender ja nicht ausgefallen. Selbst wenn sie die Insel an Deck gehievt hätten, wäre der Signalton geblieben."

„Weiter", sagte Abeling.

„Die Insel ist gekentert. Ebenfalls kaum vorstellbar. Bei Windstärke fünf kippt sie nicht um, schon gar nicht, wenn jemand drinsitzt. Nummer drei: Entweder Akku oder Sender hat einen Defekt. Dagegen spricht, daß die Anlage bis jetzt einwandfrei gearbeitet hat. Nummer vier: Die Insel hat das Sendegebiet verlassen. Dann müßte sie geflogen sein, denn die Reichweite des Senders beträgt immerhin rund fünfzig

Meilen. Bei dem zur Zeit herrschenden Wind versetzt sich die Insel aber nur um zwei Meilen pro Stunde. Nummer fünf: Unser Matrose da draußen hat – weiß der Geier, wieso – den Vinylflicken gesehen, ihn womöglich abgerissen und dann rumgefummelt und dabei unsere schöne Anlage kaputtgemacht. Wenn es so war, muß er ein Vollidiot sein, denn jedem halbwegs intelligenten Menschen wäre sofort klar gewesen, was es mit einer solchen Apparatur auf sich hat; er würde sich hüten, ihre für ihn lebenswichtige Funktion zu stoppen."

„Welche Möglichkeit hältst du denn für die wahrscheinlichste?" fragte Camacho.

„Daß sich ein Defekt eingeschlichen hat."

„Eigentlich", sagte Abeling, „ist es völlig egal, wo der Fehler liegt, denn beheben können wir ihn sowieso nicht. Aber natürlich müssen wir jetzt was unternehmen."

„Klar, wir müssen den Mann suchen", pflichtete ihm Kannegieter bei. „Fragt sich bloß, wo."

„Vielleicht", schlug Camacho vor, „sollten wir den zuletzt ermittelten Standort ansteuern und von da aus in immer größer werdenden konzentrischen Kreisen das Meer abfahren."

„Ja", meinte Abeling, „das wäre eine Möglichkeit, aber nicht die beste, weil wir dann immer auch ein Feld mit abdecken würden, das von der Windrichtung her gar nicht in Betracht kommt. Was den Ausgangspunkt angeht, stimme ich zu, doch von da aus nehmen wir nur die Leeseite, denn die Insel treibt ja nicht gegen den Wind. Und wir fahren auch keine Kreise ab, sondern Bahnen, hin und her, jeweils um eine Sichtweite versetzt."

Camacho nickte. „So halbieren wir das Suchgebiet."

Und Kannegieter fügte hinzu: „Mir kommt da eine gute Idee! Wir fahren, weil wir zunehmenden Wind haben und es demnach für Schottmann durchaus gefährlich werden kann, nicht mit einem, sondern mit zwei Schiffen und teilen das Gebiet in zwei Zonen auf. Wir starten wie vorgesehen und bewegen uns dann in parallelen Bahnen, die eine Crew mit der *Rasputin,* die andere – vier oder fünf Mann stark – mit dem Freifallboot."

„Hast recht, so wird's gemacht", entschied Abeling.

Alle vier gingen nun zu Heiner Nickelsen und José in die Kombüse, und gemeinsam wechselten sie über in die Messe, wo der Einsatzplan besprochen wurde. Abeling stellte die Mannschaft für das

Freifallboot zusammen und sorgte dafür, daß die beiden Mexikaner dabei waren.

Ein bißchen heikel war es, den Uneingeweihten mitzuteilen, daß der Passagier auf einer Rettungsinsel unterwegs sei und es nun darum gehe, das kleine Objekt irgendwo auf dem weiten Meer ausfindig zu machen. Abeling behalf sich mit einer Notlüge. Es habe einen heftigen Streit gegeben, erklärte er, und der Mann habe in seiner Wut eine der Rettungsinseln klargemacht, sie gewassert und sei dann losgepaddelt.

Das Freifallboot wurde mit Kannegieter, Nickelsen, José, Ignacio und dem Bootsmann Esteban Pérez besetzt, und als die *Rasputin* die letzte bekannte Position der Rettungsinsel erreicht hatte, ging man daran, es zu wassern. Der Bolzen, mit dem das Boot arretiert war, wurde gelöst, und das Fahrzeug rutschte die Rampe hinab.

Die Standardversion des Bootes hatte nur einen dreißig PS starken Motor, doch Abeling hatte in Esbjerg eine wesentlich stärkere Maschine geordert. So konnte es eine Geschwindigkeit von maximal fünfzig Kilometer pro Stunde entwickeln und war damit fast doppelt so schnell wie die *Rasputin.* Dieser Vorteil wurde allerdings dadurch geschmälert, daß die Männer auf der *Rasputin* einen wesentlich höheren Standort hatten und ihre Sicht somit weiter reichte.

Als das Suchmanöver angelaufen war, ging Abeling auf die Brücke. Dort hatte sich auch der Funker Juvonen eingefunden, der nun fragte: „Herr Kapitän, können wir die Insel denn nicht auf dem Radar finden?"

Abeling wußte, Juvonen hatte seine Frage zu Recht gestellt. Das Radargerät wäre immer noch das beste Hilfsmittel gewesen, wenn es da nicht ein gewisses Handikap gegeben hätte. Zur Ausrüstung von Rettungsinseln gehörte eine kleine Eisenstange mit Radarreflektor, die an der Oberkante angebracht war. Das Mitführen eines solchen Stabes war sogar Vorschrift. Die ausgesetzte Insel jedoch hatte ihn nicht, genauer gesagt, nicht mehr. Kannegieter und er hatten ihn, nachdem der Sender installiert und aktiviert worden war, kurzerhand entfernt, damit Schottmann sich nicht in der Gewißheit wiegen konnte, man habe ihn mit Hilfe des Radars unter Kontrolle und seine Lage sei nicht wirklich besorgniserregend.

„In diesem Fall", antwortete er, „geht das nicht, weil die Insel keinen Reflektor hat."

Juvonen gab sich mit der Erklärung zufrieden, fragte auch nicht, warum das Metallstück fehlte.

Auf der Brücke waren jetzt Abeling, Camacho, der Funker, der Rudergänger und ein weiterer Matrose. Außer dem Mann am Ruder hatten sich alle ein Fernglas umgehängt, das sie in kurzen Abständen immer wieder vor die Augen hielten, um das Meer abzusuchen. Da ein leichter Regen eingesetzt hatte, war die Sicht stark beeinträchtigt.

Auf dem Freifallboot hatten die Männer des Suchkommandos sich jeweils zu zweit auf und unter das Dach begeben, und weil das Boot heftig schaukelte, waren die beiden Außenposten an der niedrigen Reling vertäut. Kannegieter saß im Bootsinneren an Backbord und sah durch die Seitenscheiben. Über ihm, im Freien, hielt José Ausschau. An Steuerbord waren es Heiner Nickelsen und Ignacio, die, der eine unten, der andere oben, nach dem Verschollenen suchten. Esteban Pérez bediente die Maschine und das Ruder.

Der Sprühregen wurde dichter, die Sicht damit noch schlechter, so daß die abzufahrenden Bahnen immer schmaler angesetzt werden mußten. Was ihre Länge anging, hatten sie sich auf zehn Meilen geeinigt. War diese Strecke zurückgelegt, erfolgte die Kehre. Als es wieder einmal soweit war, schaltete Kannegieter das auf dem Dach befestigte und mit einem Messingschutzkorb versehene Rundumlicht ein. Beim Suchen war es keine große Hilfe, aber es könnte von Schottmann entdeckt werden und ihn veranlassen, eine Leuchtrakete abzuschießen.

Am Nachmittag klarte es endlich auf. Kannegieter ordnete eine Mahlzeit an, verlangte aber, daß während des Verzehrs jeder auf seinem Posten blieb. In der Zwischenzeit telefonierte er mit Abeling. Auch auf der *Rasputin* hatten die Männer es schwer gehabt, mit ihren Ferngläsern das diffuse Licht zu durchdringen, und entsprechend schmal waren auch da die Suchfelder ausgefallen.

„Gott sei Dank können wir jetzt wieder sehen", meinte Abeling, „und heute nacht werden die Scheinwerfer eingeschaltet. Wie machen sich denn die beiden Indios?"

„Sind gute Jungs", antwortete Kannegieter, „haben sich in sieben Stunden noch keine Pause gegönnt."

„Manchmal denke ich, es war falsch, sie in das alles mit reinzuziehen."

„Nun red dir keinen Unsinn ein! Du hast ihnen immerhin eine Menge Geld zugeschanzt, mehr, als sie in zwanzig Jahren zusammenklauen können."

„Glaubst du, wir finden Schottmann?"

„Klar. Es sei denn, ein anderer hat ihn vor uns gefunden, aber das ist nicht anzunehmen. Übrigens, meine Hoffnung ist auch, daß der Sender sich plötzlich wieder einschaltet. Kontrolliert ihr weiterhin das Empfangsgerät?“

„Und ob! Einer sitzt ständig davor. Aber es gibt keinen müden Ton von sich.“

„Also suchen wir weiter!“

„Ja, denn wir müssen ihn finden! Unbedingt!“

22

Schottmann hatte sich auf den Isolierboden gelegt und sah in den grauen, aber nicht mehr regnerischen Nachmittagshimmel. Er hatte nun bereits 37 Stunden auf der Rettungsinsel zugebracht. Der Schock, womöglich sein Überleben verwirkt zu haben, als er die beiden Kästen über Bord warf, saß auch jetzt noch tief. Immer wieder dachte er darüber nach, wie ihm eine so unbesonnene Reaktion hatte passieren können, und jedesmal fragte er sich: Was haben sie unternommen, seit das Signal ausgeblieben ist? Haben sie überhaupt etwas unternommen oder sich gesagt: Okay, er hat sich abgenabelt; überlassen wir ihn also seinem Schicksal?

Nach einer Weile richtete er sich auf und suchte Corned beef und Brot aus seinem Bestand heraus, aß davon ohne jeden Appetit. Aber er mußte sich bei Kräften halten. Was übrigblieb, kam in Plastikbehälter, die er verschloß und wieder verstaute. Nach dem Imbiß zündete er sich eine Zigarette an, inhalierte tief. Er dachte an Marianne. Was würde seine Frau machen, wenn er nicht durchkäme? Wieder heiraten? Sie ist jung, dachte er, sie ist schön, und sie wäre reich. Ich glaube nicht, daß sie lange allein bliebe. Komme ich aber durch, werde ich alles daransetzen, sie zu verwöhnen und glücklich zu machen. Und Rüdiger? Auch um ihn werde ich mich intensiver kümmern als bisher und ihm mehr Verständnis entgegenbringen.

Am späten Nachmittag kam starker Wind auf. Er band sich fest, kniete wenig später, die Leine um den Bauch geknotet und das andere Ende etwa anderthalb Meter entfernt in der Mitte des Floßes an einer Schlaufe befestigt, erneut vor der Bordwand und sah übers Wasser. In kurzen Abständen packte der Wind die Insel, hob sie mit Macht auf die Wellenkämme und warf sie gleich darauf zurück in die sich unter ihr bildenden Täler.

Die Turbulenzen verstärkten sich, und von Zeit zu Zeit geriet die Insel in eine bedrohliche Schieflage, ja, manchmal legte sie sich mit einem Neigungswinkel von siebzig, achtzig Grad auf die Seite, und er wurde, obwohl er vertäut war, hin und her geworfen wie ein Ball.

Er hatte nie gebetet, nur als kleiner Junge ein paar Verse nachgeplappert, ohne über ihren Inhalt nachzudenken. Nun formte sich aus der Not wie von selbst ein Ruf nach oben: „Bitte, gib, daß ich diese Gefahr überstehe!“

Doch Gott schien nicht geneigt, denn schon die nächste Welle schuf neue, noch größere Bedrängnis. Vier, fünf Meter hoch schoß die Insel, hinaufkatapultiert mit einer Wucht, die alles Vorangegangene übertraf. Die Krängung betrug jetzt neunzig und mehr Grad, und in dieser einen Sekunde kam es darauf an, ob die Insel sich in der nächsten Welle wieder fing und ins Tal zurücksauste oder aber umschlug.

Sie fing sich nicht. Sie kippte, schlug um, klatschte mit der Oberkante der Bordwand auf und deckte ihn zu. Es wurde dunkel um ihn her. Wie lange würde sich das Sauerstoffpolster über ihm halten? Wenn es ihm nicht gelang, sich innerhalb kürzester Zeit vom Seil zu befreien, war er verloren.

Er versuchte, den Knoten zu lösen, schaffte es aber nicht. Er mußte an das Kappmesser herankommen!

Im Dunkeln arbeitete er sich an die Innenwand vor, stieß zunächst auf jene leere Kammer, in der Peilsender und Akku gesteckt hatten. Er wußte, daß im dritten Fach Ersatzbatterien, Wurfleine und Kappmesser verstaut waren, zog sich an der Wand entlang, befühlte die Taschen und zählte sie. Er erreichte die gesuchte Tasche, riß den Klettverschluß auf, griff nach den Gegenständen, die von enganliegenden Schlaufen gehalten wurden, ertastete den Messerknauf, umfaßte ihn und führte die Klinge an seine rechte Seite, zerschnitt mit einem einzigen kräftigen Ruck die Leine, schob das Messer hinter den Hosengürtel und tauchte unter der Wand hindurch nach draußen. Sobald er hochgekommen war, packte er die äußere Griffleine. Als nächstes galt es, die Insel wieder umzudrehen. Wie er es schon in der dem Erste-Hilfe-Kasten beigegebenen Broschüre „Überleben auf See“ gelesen hatte, waren auch an der Unterseite des Bodens Gurte angebracht. Die befanden sich nun oben. Am unteren Wulstrand entdeckte er kleine, fußgerechte Schlaufen. Die benutzte er, verschaffte sich dadurch einen gewissen Halt. Er ergriff einen der Gurte, brachte sich in Rückenlage und zog, doch die Insel ließ sich nicht kippen; sie war zu schwer.

Wie sollte er sich ernähren, wenn das Ding nicht umzudrehen war? Wie könnte er sich, wenn doch noch ein Schiff am Horizont auftauchte, bemerkbar machen, wie eine Leuchtrakete abfeuern oder auch nur mit der Taschenlampe ein Signal geben? Und was würde werden, wenn in wenigen Stunden die Dunkelheit einsetzte? Er war verzweifelt und nahe daran, sich aufzugeben. Er brauchte nur loszulassen. Danach würde es allerdings lange dauern. Bei dem etwa zwanzig Grad warmen Wasser könnte er allein auf totale Erschöpfung setzen.

Doch ganz überraschend flaute der Wind ab. Bald gaben nur einige Böen der Insel noch dann und wann einen Stoß. Er schöpfte neuen Mut und beschloß, sich ein paar Dinge zu holen, eine Leine, das Fernglas, etwas Proviant und Trinkwasser, wollte gerade tief einatmen, um für die Tauchaktion genügend Luft zu tanken, da entdeckte er das Boot. Zuerst glaubte er nicht, was er sah, hielt das wunderbare Bild für einen Schabernack seiner überreizten Nerven. Er rieb sich die Augen, sah wieder hin, starrte auf den kleinen orangefarbenen Flitzer, der durchs Wasser pflügte, geradewegs auf ihn zu.

Er konnte die Augen nicht mehr lassen von dem Anblick, den er so sehnlich herbeigewünscht hatte. Und das Fahrzeug war schon so nah, daß die beiden Männer, die er auf dem Dach sah, ganz sicher auch ihn wahrgenommen haben mußten.

Er hob seinen Arm und winkte. Die Antwort kam sofort. Die Männer hatten Tücher in ihren Händen, schwenkten sie hin und her.

Und dann weinte Georg Schottmann. Dieser im Umgang mit anderen Menschen knochenharte Mann war nicht in der Lage, das ihn durchströmende Glücksgefühl im Zaum zu halten. Die Tränen liefen ihm über die Wangen, vermischten sich mit dem Salzwasser in seinem Gesicht.

Er sah eine dritte Person aufs Dach kommen, und im nächsten Moment hatte er in der großen, schlanken Gestalt Piet Kannegieter ausgemacht.

Der Holländer winkte ihm zu. Schottmann reagierte nicht, sah wie versteinert hinüber. Immer noch war sein Glücksgefühl über die Maßen groß, er war gerettet, war dem Tod von der Schippe gesprungen, aber der Mann da drüben kam von der *Rasputin*!

Die hochtourige Maschine wurde lauter, dröhnte übers Wasser, verstummte dann abrupt. Das Boot, das er nun deutlich als das Freifallboot erkannte, glitt heran, kam längsseits. Gleich darauf flog die Wurfleine durch die Luft. Der kleine sandgefüllte Beutel an ihrem freien Ende landete dicht neben ihm im Wasser. Er schlang sich das Seil um Schultern und Leib, und sie hievten ihn an Bord. Heiner Nickelsen nahm ihm das Messer ab, und dann führten er und Ignacio ihn nach unten, zogen ihn aus, trockneten ihn ab und wickelten ihn in Wolldecken, drückten ihn schließlich in einen der am Boden festgeschraubten Sitze.

„Wir hatten Angst um Sie", gestand Kannegieter.

„War das nun endlich alles", fragte Schottmann wütend, „oder haben Sie sich noch mehr Schikanen ausgedacht?"

„Ich schätze, das war's, aber das Kommando an Bord habe nicht ich, wie Sie wissen. Wieso ist Ihr Floß umgekippt? Diese Rettungsinseln sind doch wahre Stehaufmännchen."

„Offenbar nicht."

„Und warum ist Ihr Peilsender verstummt?"

„Hatte ich denn einen?"

Der Kerl ist durchtrieben wie kein zweiter, dachte der Holländer und wechselte das Thema. „Wir steuern jetzt mit der *Rasputin* die Azoren an, fahren nach Ponta Delgada."

„Und was passiert da? Werden Sie mich freilassen?"

„Ich nehme an, der Käpt'n wird Sie nach Hause schicken."

„Wie nett."

„Na ja, definitiv ist das erst, wenn er es Ihnen sagt."

Kannegieter stand auf und ging zum Heck. Er hatte Abeling gleich nach Auffinden des Schiffbrüchigen Bericht erstattet. Nun, während das Freifallboot mit Volldampf auf die *Rasputin* zufuhr, rief er ihn erneut an: „Physisch scheint er ziemlich angeschlagen zu sein, war 'ne Weile im Wasser, weil die Insel gekentert ist, aber seine freche Klappe hat er immer noch. Wir müssen uns in Deutschland ..., verdammt!"

„Was ist?"

„Die Insel! Hab sie sausenlassen in der Annahme, die paar Mark würden den Eigner nicht kratzen."

„Tun sie auch nicht."

„Aber wir brauchen sie, und zwar als Beweis dafür, daß wir ihn nicht umbringen wollten. Wir müssen den Sender vorzeigen können.

Warte mal einen Moment!“ Er wies den neben ihm stehenden Bootsmann an, die Maschine zu stoppen, ging wieder nach vorn und rief Heiner Nickelsen zu sich, denn er wollte einen Zeugen haben. „Jetzt geben Sie mir“, wandte er sich an Schottmann, „gefälligst Auskunft! Ist der Peilsender noch auf der Rettungsinsel?“

„Nein.“

„Wo denn dann?“

„Ein paar tausend Meter tief auf dem Meeresgrund.“

„Wieso?“

„Sie sind mir schon mal mit einer Bombe gekommen, und als ich heute morgen die beiden Kästen fand und dazu das Kabel, wollte ich sichergehen und habe den ganzen Krempel über Bord geworfen.“

„Wie haben Sie … den Krempel überhaupt gefunden?“

„Der Flicken in der Bordwand hatte sich gelöst.“

Kannegieter ging wieder zum Heck und setzte sein Gespräch mit Abeling fort: „Trotzdem sollten wir das Floß wieder einfangen.“

„Du hast recht“, erwiderte Abeling, „wenn's schon den Sender nicht mehr gibt, müssen wir wenigstens die Stelle vorzeigen können, an der er gesessen hat.“

„Aye, aye, Sir! Ich kehre um.“

EIN BECHER mit heißer Bouillon war alles, was auf den Tisch kam. Auch Schottmann bekam einen, schob ihn jedoch zur Seite mit den Worten: „Nein, Abeling, keine Verbrüderungsmahlzeit! Ich erwarte, daß man mir was zu essen bringt, sobald ich wieder in meiner Zelle bin. Und Konversation mit Ihnen will ich ebensowenig. Sie haben mich in die Messe holen lassen, um mir etwas mitzuteilen. Okay, tun Sie das!“

Sie waren allein. Das Freifallboot und die Rettungsinsel waren an Bord, und die *Rasputin* fuhr mit 16 Knoten in Richtung Ponta Delgada.

„Sie kommen“, sagte Abeling bestimmt, „nicht runter vom Schiff, solange Sie leugnen, in erheblichem Maße mitschuldig zu sein am Untergang der *Anabel.*“

„Daß ich nicht lache! Sie waren es doch, der eigenmächtig den Umweg durch den New Providence Channel eingeschlagen hat, wahrscheinlich, um die Reise für mich zu verteuern! Sie wurde dann extrem teuer, kostete dreizehn Menschenleben. Dafür haben Sie geradezustehen, nicht ich.“

„Das wird das Seeamt entscheiden, aber verlassen Sie sich darauf, ich gehe nicht ungewappnet ins Gefecht. Die Zeugen werden aufmarschieren wie ein Trupp Soldaten."

„Zeugen! Meinen Sie etwa Ihren sauberen Komplizen, diesen Kannegieter? Und der Koch? Der windige Bursche weiß zwar, wie man Diebe an Bord schleust, aber er hat doch keine Ahnung davon, wie man ein Schiff führen muß, damit es heil ankommt!"

Abeling schüttelte den Kopf. „Die Männer sind absolut zuverlässig und integer", sagte er, „und außerdem habe ich noch ein paar Leute mehr. Sie hatten Angehörige auf der *Anabel*, die ihnen lange vor dem Unglück interessante Einzelheiten über das Geschäftsgebaren der Reederei Schottmann mitgeteilt haben."

„Sie glauben doch nicht im Ernst, daß ein Seeamt sich an das hält, was die Mutter irgendeines toten Seemanns von sich gibt!"

„Warten wir die Verhandlung ab", meinte Abeling, „aber hier an Bord wird es eine kleine Vorrunde geben. Kannegieter und ich wollen, bevor Sie uns in Ponta Delgada verlassen, Ihre Stellungnahme zu einigen ganz konkreten Fragen hören: zum Rolldeckel, zu den vier Containerlagen und zur verdorbenen Mortadella, in erster Linie jedoch zum Herzstück der *Anabel*, zu ihrer Maschine."

„Finden Sie das fair, zwei gegen einen?"

„Anfangs hatten wir sogar vor, Camacho und den Koch hinzuzuziehen und auch die beiden Mexikaner, die durch Ihren sträflichen Provianteinkauf den Großvater verloren haben und selbst tagelang sterbenskrank waren."

„Wann sind wir in Ponta Delgada?"

„In etwa sechsunddreißig Stunden."

„Ich bin einverstanden mit der Befragung, unter einer Bedingung."

„Und die wäre?"

„Daß ein Techniker dabei ist, der über die Maschine der *Anabel* kompetent aussagen kann. Leute vom Deckpersonal haben da nicht mitzureden."

„Dafür käme nur Berthold Rogge in Frage. Die anderen sind tot."

„Okay, Rogge."

„Und wie stellen Sie sich das vor? Einen Seemann mal eben zum Gespräch zu bitten ist unter Umständen eine globale Angelegenheit."

„Das ist Ihr Problem. Ich werde jedenfalls keine einzige Frage beantworten, wenn Rogge nicht dabei ist. Schaffen Sie ihn also her! Falls

Sie's nicht wissen: Der Mann fährt jetzt für die Norwegian Shipping Company. Die sitzt in Drontheim. Da können Sie erfahren, wo er steckt."

Es war derselbe Abend, eine Stunde später. Die Drontheimer Reederei hatte Abeling alle Informationen gegeben, die er brauchte, und so saß er nun in seiner Kajüte, eingestellt auf ein schwieriges Telefongespräch, denn immerhin mußte er seinen einstigen Chief dazu überreden, alles stehen- und liegenzulassen und sich nach Ponta Delgada zu begeben.

Dabei waren die beruflichen und geographischen Hürden gar nicht so hoch, wie er befürchtet hatte. Die *Sea Warrior* befand sich, von Angola kommend, etwa hundert Meilen vor Emden, sollte noch in der Nacht dort eintreffen, um 70 000 Tonnen Erz zu löschen, was zwei bis drei Tage in Anspruch nehmen würde. Danach war das Schiff für eine weitere Afrikareise disponiert. Rogge könnte also gleich nach dem Festmachen von Bord gehen und nach Lissabon oder Faro fliegen. Von diesen beiden Flughäfen aus gab es eine tägliche Verbindung nach Ponta Delgada.

Die Zwickmühle, in der er steckte, war anderer Natur. Einerseits mußte er seine Bitte um Rogges Besuch dringend machen, andererseits durfte er den wahren Grund für das gewünschte Zusammentreffen nicht nennen, ja, Schottmanns Anwesenheit auf der *Rasputin* mit keinem Wort erwähnen. Doch es stellte sich dann heraus, daß es konkreter Erklärungen gar nicht bedurfte.

„Hallo, Herr Rogge", sagte er, als er den Chief am Apparat hatte, „hier ist Meinert Abeling. Ich freue mich, mal wieder mit Ihnen reden zu können. Ich rufe Sie von See aus an, von der *Rasputin*, einem kleinen Frachter, den ich vor ein paar Monaten gekauft habe. Wir sind unterwegs zu den Azoren, werden in der Frühe in Ponta Delgada auf São Miguel festmachen. Und Ihre *Sea Warrior* steuert also gerade, wie man mir in Drontheim sagte, Emden an. Ich hoffe, es geht Ihnen gut."

„Danke ja. Auch ich freue mich."

„Herr Rogge, ich habe eine Bitte an Sie, die Ihnen reichlich verwegen vorkommen wird, aber es geht dabei um eine Angelegenheit von äußerster Wichtigkeit."

„Schießen Sie los! Ich habe schon lange auf Ihren Anruf gewartet."

„Nanu?"

„Ich vermute, Sie haben die alte Crew zusammengetrommelt, das heißt ihren kläglichen Rest. Kannegieter scheint dabeizusein, ebenso

Heiner Nickelsen, und ich glaube, auch Camacho. Ich habe mich oft gefragt: Warum die und ich nicht?“

Fast verschlug es Abeling die Sprache. „Aber …, aber woher wußten Sie …?“

„Ich habe Heiner in Bremen getroffen. Er erwähnte, daß er Kontakt zu Kannegieter hat, und da habe ich mir so einiges zusammengereimt.“

Abeling hatte keine Wahl. „Zunächst“, antwortete er, „wird es aber nur ein Treffen von wenigen Stunden sein. Sie müßten nach Ihrer Ankunft in Emden versuchen, so schnell wie möglich nach Ponta Delgada zu kommen, und könnten noch am selben Tag oder am nächsten Morgen zurückfliegen, ständen Ihrem Kapitän also schnell wieder zur Verfügung.“

„Heißt das, daß ich gar nicht anmustern soll bei Ihnen?“

Die Enttäuschung war unüberhörbar gewesen, und so beeilte sich Abeling, ihn zu beruhigen: „Nichts wäre mir lieber, als Sie sofort zu übernehmen, aber von heute auf morgen kommen Sie doch bestimmt nicht aus Ihrem Heuervertrag heraus.“

„Da haben Sie allerdings recht. Und später?“

„Kann ich nur sagen: Willkommen an Bord!“

„Danke. Und worum geht es jetzt?“

„Nicht am Telefon, aber glauben Sie mir, es ist wichtig.“

Rogge gab sich damit zufrieden. Sie erörterten noch die Einzelheiten der Anreise und verabschiedeten sich dann. Anschließend ging Abeling zu Kannegieter, und nachdem er ihn ins Bild gesetzt hatte, sagte dieser: „Wir machen Rogge klar, daß er eigentlich von Anfang an zur *Rasputin*-Crew gehört hätte.“

„Aber er wird doch von Schottmann erfahren, warum er jetzt hergebeten worden ist, nämlich einzig und allein wegen der Befragung! Wir müssen eine versöhnliche Begründung dafür finden, daß er beim Zusammenstellen der Crew übergangen wurde.“

„Laß mich das machen! Ich bekomme das hin. Wir haben an seine Familie gedacht. Ihretwegen wollten wir ihn nicht mit reinziehen.“

WENN der Flug der Trans Air Portugal pünktlich war und die Einreiseformalitäten sich nicht in die Länge zogen, würden sie Rogge in einer halben Stunde begrüßen können, und dann sollte es im Flughafenrestaurant eine Lagebesprechung geben.

Der Erwartete kam schnell durch die Kontrolle, denn er reiste nur mit Handgepäck. Es wurde eine lautstarke Begrüßung, und als sie wenige Minuten später am Tisch saßen und Kaffee bestellt hatten, ging es ans Erzählen. Aber weil alle drei auf Wichtigeres aus waren, machten sie es kurz.

Piet Kannegieter kam dann zur Sache: „Berthold, du hast dem Käpt'n schon gesagt, daß du dich übergangen fühlst. Ich verstehe das, aber wir hatten unsere Gründe. Du mußt wissen, wir haben ein ziemlich dickes Ding gedreht, der Käpt'n und ich. Als wir es planten, war erst mal zu klären, wer mitmachen sollte."

„Entschuldige", unterbrach Rogge ihn, „vorab würde mich interessieren, was für ein ‚Ding' das war."

„Wir haben", antwortete nun Abeling, „Georg Schottmann entführt und auf mein Schiff verfrachtet, wo er seit zehn Tagen unser Gefangener ist. In der Öffentlichkeit gilt er als vermißt."

„Mein Gott, Sie waren das!" Rogge schlug mit beiden Händen flach auf den Tisch. „Ich kann's kaum glauben!"

„Schottmann sollte am eigenen Leibe erfahren, was Seefahrt bedeutet, und Angst sollte er haben, Todesangst, so wie wir damals", erklärte Kannegieter. „Wir hofften, es würde ihn zur Besinnung bringen, also auch dazu führen, daß er vorm Seeamt die Wahrheit sagt."

„Und die strafrechtliche Verfolgung? Kidnapping ist ein schweres Delikt."

„Wir waren überzeugt davon, daß er uns nicht anzeigen würde. Aber zurück zur Rekrutierung! Ich fange mal mit Camacho an. Verläßlichkeit bei ihm: ja. Motivation: ja. Was das Soziale angeht, hatte Käpt'n Abeling Bedenken, weil Camacho verheiratet ist und ein Kind hat. Er wollte ihn deshalb von der Liste streichen. Ich nicht, denn an der Entführung sollte er ja nicht beteiligt sein. Und Käpt'n Abeling hat für jeden, der mitmacht, eine Prämie ausgesetzt, enorm hoch, und die kann ein junger Familienvater gut brauchen. Wir einigten uns darauf, ihn zu fragen. Ergebnis: Er wollte unbedingt dabeisein. Bei Heiner Nickelsen war es leichter. Er erfüllte die Forderungen, auch die dritte, weil er weder Frau noch Kinder hat. Der letzte warst du. Verläßlichkeit: ja. Motivation: ja. Soziale Komponente: nein! Du lebst in Hamburg, hast eine prächtige Familie. Nicht mal fragen durften wir dich. Womöglich hättest du aus reiner Loyalität zugestimmt."

„Ich wäre ganz sicher furchtbar in die Klemme geraten." Rogge wandte sich an Abeling: „Aber nun haben Sie mich doch gerufen!"

„Ja, denn Schottmann, der partout nicht klein beigeben will, verlangt nach Ihnen“, erklärte Abeling.

„Wieso denn das?“

„Ich habe ihm gesagt, daß es zwischen Kannegieter, ihm und mir eine Art vorweggenommener Seeamtsverhandlung geben wird. Eher kommt er nicht von Bord. Er soll uns erläutern, worin er die Ursache sieht für den Untergang der *Anabel* und sich vor allem zur Maschine äußern, zu den siebzehntausend Betriebsstunden ohne Grundüberholung. Mit dieser Konferenz ist er einverstanden, aber nur unter der Bedingung, daß Sie, der Techniker, daran teilnehmen.“

AN DEM zweieinhalb Meter langen Tisch der Messe saßen sie sich gegenüber, Abeling und Kannegieter auf der einen Seite, Schottmann und Rogge auf der anderen.

Abeling begann. „Wir sind hier nicht vor Gericht“, sagte er. „Wenn wir trotzdem die Schuldfrage erörtern, geschieht es, um herauszufinden, auf welche Umstände der Untergang der *Anabel* zurückzuführen ist. Wir haben den Tod von dreizehn …“

Schottmann ging dazwischen. „Immer dieses Salbadern! Bevor es damit weitergeht, bitte ich mir aus, daß Herr Rogge erfährt, wie ich auf Ihr Schiff gelangt bin.“

„Das weiß er längst“, antwortete Kannegieter.

„Ja, von Ihnen oder von Abeling! Ein einziges Lügengespinst wird das gewesen sein.“ Er wandte sich an Rogge: „Ich wäre um Haaresbreite ertrunken. Die setzten mich auf einer Rettungsinsel aus, und als Sturm aufkam …“

„Dann haben Sie ja“, sagte Rogge, „genau das erlebt, was wir erlebt haben, und können nachempfinden, daß wir nicht mehr die sind, die wir vor dem Unglück waren.“

Schottmann starrte ihn an. Seine Miene drückte Verblüffung aus, aber bevor er zu einer Entgegnung kam, sprach Rogge weiter: „Alles, was wir seitdem gemacht haben, ist von dieser Warte aus zu sehen, sogar der Umstand, daß Sie gewaltsam entführt wurden. Wie lange waren Sie denn auf der Rettungsinsel?“

„Fast zwei Tage.“

„Wir mußten eine ganze Woche ausharren. Wie gesagt, nach der Rettung war ich nicht mehr derselbe wie vorher, und darum habe ich etwas gemacht, was sonst undenkbar gewesen wäre.“ Er löste die kleine metallene Reedereiflagge vom Revers seiner Jacke, legte sie vor Schottmann auf den Tisch und fragte: „Wissen Sie noch, was das ist?“

„Nein“, log Schottmann.

„Als ich bei Ihnen in Husum war, fragten Sie, ob das mein neues Reedereizeichen sei. ‚Ja‘, hab ich gesagt, ‚es ist das Emblem der Norwegian Shipping Company‘. Sie wünschten mir viel Glück auf den Schiffen dieser Gesellschaft. Erinnern Sie sich jetzt?“

Schottmann schwieg.

Rogge nahm das Abzeichen wieder in die Hand und erklärte: „Es ist aber noch viel mehr. Eigentlich wollte ich heute abend Herrn Abeling erzählen, was es damit auf sich hat. Ich wußte ja nicht, daß Sie auch an Bord sind. Aber nun können Sie es gleich mit erfahren. Sehen Sie mal! Hier steckt ein winziges Mikrofon. Das Kabel führte damals ins Innenfutter meiner Jacke und weiter in die Außentasche, wo der Recorder war. Dieser ist es!“ Er holte das Gerät aus seiner Tasche, stellte es auf den Tisch, schaltete es aber noch nicht ein, sondern sagte: „Ich ahnte, warum Sie mich zu sich gebeten hatten, und dachte mir, daß es von Vorteil sein könnte, das Gespräch festzuhalten.“ Noch einmal griff er in den Handkoffer, entnahm ihm einen weißen Umschlag im DIN-A5-Format und legte ihn neben den Recorder, den er gleich darauf in Gang setzte.

Dem nun ertönenden Dialog lauschten Abeling und Kannegieter wie gebannt, Schottmann aber mit Entsetzen, das sich noch steigerte, als die Worte kamen: „Sie werden Ihrem alten Arbeitgeber hoffentlich nicht in den Rücken fallen.“

Rogge spielte die gesamte Unterredung vor, und bei so mancher Einzelheit geschah es, daß Meinert Abelings Augen aufblitzten und er zu Schottmann hinübersah, doch der saß reglos auf seinem Stuhl, hielt den Kopf gesenkt.

„... ist es der Sturm, sind wir aus dem Schneider; ist es das Schiff, sind wir dran.“

„... er ist wohl ein Kapitän ohne Fortune ... Alles spricht dafür, daß es das Wetter war. Was meinen Sie?“

„Wir waren unvorschriftsmäßig beladen“, kam als Antwort, „hatten einen defekten Rolldeckel, und unsere Hauptmaschine war extrem anfällig, weil sie siebzehntausend Betriebsstunden ohne Überholung auf dem Buckel hatte. Außerdem waren wir unterbesetzt.“

Einige Minuten später war zu hören, wie Schottmann die Katze aus dem Sack ließ: „Herr Rogge, wollen wir uns nicht darauf verständigen, daß es diese siebzehntausend Betriebsstunden ohne Inspektion gar nicht gegeben hat? Daß außerdem die ... Schwierigkeiten mit der Maschine nicht unbedingt das Ausmaß hatten, das Sie grade beschrieben haben? Wir sind unter uns, können also offen miteinander reden. Ich würde ein entsprechendes Entgegenkommen von Ihrer Seite selbstverständlich belohnen. Dreißigtausend Mark wäre es mir wert, wenn Sie bei der Seeamtsverhandlung auf meiner Seite ständen."

Und dann kam das Pokern, das Feilschen, bei dem der Angestellte dem Boß die Daumenschrauben anlegte und das Doppelte des ursprünglichen Gebots herausschlug!

Als das Band leer zu laufen begann, schaltete Rogge den Recorder aus, zog den Umschlag zu sich heran, entnahm ihm ein dickes Bündel Geldscheine und warf es auf den Tisch. „Da ist er", sagte er, „der Judaslohn! Ich will ihn nicht und habe ihn nie gewollt. Aber ich mußte Sie festnageln."

Nun endlich hob Schottmann den Blick. „Sie Schwein!" zischte er Rogge an. „Sie widerliches Schwein!" Er stand auf, griff sich mit grimmiger Geste den Packen Geld und verschwand.

Danach war es eine ganze Weile still in der Messe, bis Kannegieter sagte: „Ich glaube, jetzt können wir aufatmen. Ein Menschenraub hat nicht stattgefunden. Es lebe der Chief!"

MEINERT ABELING stand auf der Backbordbrückennock und sah hinüber zu der alten, der Stadt Veracruz vorgelagerten Festung San Juan de Ulua, die einst von den Spaniern zum Schutz gegen Seeräuber errichtet worden war. Nur verschwommen konnte er sie ausmachen, denn über dem Wasser lag mittäglicher Dunst.

Die schneeweiß gestrichene *Rasputin,* noch in Ponta Delgada von der Werft herausgeputzt und seitdem so adrett wie ein Bananendampfer, dümpelte vor sich hin, bereit, das Lotsenboot längsseits zu nehmen.

Abelings Blick wanderte hinunter zum Bootsdeck, stieß auf José und Ignacio, die ihrerseits Ausschau hielten, fieberten sie doch jenem Moment entgegen, der sie wieder mit ihrer Familie vereinen würde.

Abelings Gedanken waren bei seinem Urgroßvater, der Schiffsführer geworden war und seine Einkünfte mit Sorgfalt beiseite gelegt und gemehrt hatte. Eigentlich, dachte er, sind sie es, seine Jahr für Jahr gesparten Erträge, die es mir ermöglicht haben, die *Rasputin* zu erwerben und mit ihr mein Vorhaben durchzuführen, denn als er, Urgroßvater Claas, sich zur Ruhe setzte, konnte er für seine Familie ein Haus bauen und zusätzliche Ländereien kaufen. Hinzu kam dann für mich die Gunst der Stunde. Wer hätte je gedacht, daß die Äcker meiner Ahnen hundert Jahre später so viel Geld einbringen würden!

Zugegeben, letztlich hat mein Vorhaben erst durch Rogges Tonbandaufnahme Erfolg gehabt, aber ich bin sicher, auch das Unternehmen „Iberisches Becken“ hat in Schottmanns Kopf einiges zurechtgerückt. Der Seeamtsverhandlung jedenfalls und allem weiteren kann ich gelassen entgegensehen. Man wird mich verwarnen, aber ich werde weiterhin fahren dürfen. Und ich habe eine gute Crew. Kannegieter und Nickelsen bleiben, und im Januar kommt Rogge. Camacho zieht es zwar zurück nach Chile, aber ich werde sicher Ersatz finden. Die beiden Mexikaner mustern auch ab, haben mir erklärt, sie wollen sich jetzt, na, wer sagt's denn, Land kaufen …

Das Tuten schreckte ihn aus seinen Gedanken auf. Er setzte das Fernglas an die Augen. Aus dem Dunstschleier schälten sich die Umrisse einer Barkasse heraus, wurden deutlicher. Das Lotsenboot kam.

Ohne Recherche keine Spannung

Der Sylter Autor Hinrich Matthiesen hatte seinen Havarieroman *Der Kapitän* gerade beendet, als dieser von der Wirklichkeit auf tragische Weise eingeholt wurde: Nur wenige Seemeilen von Sylt entfernt brannte der in Seenot geratene Holzfrachter *Pallas* völlig aus und bedrohte das Wattenmeer mit einer Ölpest.

Die Gemeinsamkeiten zwischen der unter der Billigflagge der Bahamas fahrenden *Pallas* und dem verwahrlosten Containerschiff *Anabel* des Romans sind in der Tat geradezu erschreckend und zeigen, wie brisant Matthiesens Thema der Ausflaggung fahrlässig gewarteter Handelsschiffe ist.

Aktualität, Authentizität und vor allem verläßliche Information stehen für Matthiesen beim Schreiben ganz offensichtlich im Vordergrund: „Ich möchte auf unterhaltende Art informieren. Darum flechte ich in meine Bücher oft sehr detailgenaue Beschreibungen von technischen Sachverhalten ein." Kein Wunder also, daß eine genaue Recherche für den 71jährigen Schriftsteller unabdingbar ist. Obwohl Matthiesen selbst aus einer Sylter Kapitänsfamilie stammt und an Nautik interessiert ist, besorgte er sich auch für den Roman *Der Kapitän* das fundierte Wissen von Experten: „Am meisten hat mir neben den Gesprächen mit Reedern, Kapitänen und Ingenieuren einer meiner Vettern geholfen, der in Hamburg Kapitän und Reederei-Inspektor ist."

Obwohl der ehemalige Lehrer erst relativ spät in die Zunft der Schriftsteller überwechselte, kann er stolz auf ein umfangreiches Werk blicken: *Der Kapitän* ist bereits das 30. Buch, das von ihm im Handel erschienen ist.

DAS ELFTE GEBOT
Originalausgabe: *The Eleventh Commandment*
erschienen bei HarperCollins Publishers Inc., New York

TOD EINER ZOFE
Originalausgabe: *Death of a Lady's Maid*
erschienen 1997 bei Headline, London

IM KREIS DES WOLFS
Originalausgabe: *The Loop*
erschienen 1998 bei Delacorte Press, a division of Bantam Doubleday Dell Publishing Group Inc., New York

DER KAPITÄN

Übersetzer:
Das elfte Gebot: Lore Straßl
Tod einer Zofe: Regina Baumann
Im Kreis des Wolfs: Robin Seals

Illustrationen und Fotos:
Das elfte Gebot: S. 4 (links): Russia/IFA-Bilderteam (Kreml), S. 6/7/8: Hubertus Mall (Kopf)
Tod einer Zofe: S. 4 (rechts), 168/169: Superstock/Mauritius
Im Kreis des Wolfs: S. 5 (links): H. Beebower/Zefa-Sharpshooters, 296/297: BCI/IFA-Bilderteam (Rudel), Daniel J. Cox/Tony Stone (Hintergrundbild), 298: Daniel J. Cox/Tony Stone,
Kapitelvignetten: BCI/IFA-Bilderteam
Der Kapitän: S. 5 (rechts), 462/463/464: Horst Maurmann

Die ungekürzten Ausgaben von *Tod einer Zofe, Im Kreis des Wolfs* und *Der Kapitän* sind im Buchhandel erhältlich. Die ungekürzte Ausgabe von *Das elfte Gebot* wird in Kürze im Buchhandel erhältlich sein.